中国文学通史系列

宋代文学史(上)

中国社会科学院文学研究所 ◎ 总纂

孙望 常国武 ◎ 主编

The History
of
Song Dynasty Literature

人民文学出版社

图书在版编目(CIP)数据

宋代文学史：上下 / 孙望，常国武主编. -- 北京：人民文学出版社，2025. -- （中国文学通史系列）.
ISBN 978-7-02-019112-3

Ⅰ．I209.44

中国国家版本馆 CIP 数据核字第 2025H4Y936 号

责任编辑　董岑仕
装帧设计　刘　静
责任印制　王重艺

出版发行　人民文学出版社
社　　址　北京市朝内大街 166 号
邮政编码　100705

印　　刷　三河市宏盛印务有限公司
经　　销　全国新华书店等

字　　数　783 千字
开　　本　880 毫米×1230 毫米　1/32
印　　张　33.875　插页 6
印　　数　1—4000
版　　次　2025 年 5 月北京第 1 版
印　　次　2025 年 5 月第 1 次印刷

书　　号　978-7-02-019112-3
定　　价　128.00 元（全二册）

如有印装质量问题，请与本社图书销售中心调换。电话:01065233595

目 录

编写说明 …………………………………………………… 001

第一章 总论 ………………………………………………… 001
  第一节 宋代文学发展的背景 ……………………………… 001
  第二节 宋代文学的承先启后 ……………………………… 010
  第三节 辽金文学 …………………………………………… 024
第二章 北宋前期文学概述 ………………………………… 034
第三章 柳开、王禹偁和宋初其他作家 …………………… 042
  第一节 柳开 王禹偁 ……………………………………… 042
  第二节 惠崇 魏野 林逋 ………………………………… 050
  第三节 西昆体诗人 ………………………………………… 056
第四章 苏舜钦、梅尧臣和前期其他作家 ………………… 061
  第一节 穆修 石介 范仲淹 ……………………………… 061
  第二节 苏舜钦 ……………………………………………… 071
  第三节 梅尧臣 ……………………………………………… 077
第五章 柳永 ………………………………………………… 084
  第一节 柳永的生平 ………………………………………… 084
  第二节 柳永词的思想内容 ………………………………… 088
  第三节 柳永词的艺术成就 ………………………………… 095

第六章　晏殊 ……………………………………………… 110
　第一节　晏殊的生平 ………………………………… 110
　第二节　晏殊词的思想内容 ………………………… 113
　第三节　晏殊词的艺术特色 ………………………… 118

第七章　欧阳修（上）……………………………………… 127
　第一节　欧阳修的生平与思想 ……………………… 127
　第二节　欧阳修的文 ………………………………… 134

第八章　欧阳修（下）……………………………………… 144
　第一节　欧阳修的诗 ………………………………… 144
　第二节　欧阳修的词 ………………………………… 149
　第三节　欧阳修在文学史上的地位及其影响 ……… 155

第九章　张先 ……………………………………………… 158
　第一节　张先的生平 ………………………………… 158
　第二节　张先词的思想内容 ………………………… 161
　第三节　张先词的艺术特色 ………………………… 166

第十章　北宋后期文学概述 …………………………… 174

第十一章　苏洵　曾巩　司马光 ……………………… 180
　第一节　苏洵 ………………………………………… 180
　第二节　曾巩 ………………………………………… 187
　第三节　司马光 ……………………………………… 194

第十二章　王安石 ………………………………………… 203
　第一节　王安石的生平和思想 ……………………… 203
　第二节　王安石的散文 ……………………………… 209
　第三节　王安石的诗词 ……………………………… 215
　第四节　王令 ………………………………………… 228

第十三章　苏轼（上）……………………………………… 235

第一节　苏轼的生平 ……………………………………… 235
   第二节　苏轼的思想与著述 ……………………………… 239
   第三节　苏轼的诗 ………………………………………… 245

第十四章　苏轼(下) …………………………………………… 258
   第一节　苏轼的文 ………………………………………… 258
   第二节　苏轼的词 ………………………………………… 266
   第三节　苏轼在文学史上的地位及其影响 ……………… 272

第十五章　苏辙与苏门弟子 …………………………………… 276
   第一节　苏辙 ……………………………………………… 276
   第二节　晁补之 …………………………………………… 283
   第三节　张耒 ……………………………………………… 288
   第四节　李廌 ……………………………………………… 293

第十六章　晏几道 ……………………………………………… 299
   第一节　晏几道的生平 …………………………………… 299
   第二节　晏几道词的思想内容 …………………………… 302
   第三节　晏几道词的艺术特色 …………………………… 309

第十七章　秦观 ………………………………………………… 317
   第一节　秦观的生平 ……………………………………… 317
   第二节　秦观的词 ………………………………………… 321
   第三节　秦观的诗文 ……………………………………… 331

第十八章　贺铸 ………………………………………………… 336
   第一节　贺铸的生平 ……………………………………… 336
   第二节　贺铸词的思想内容 ……………………………… 341
   第三节　贺铸词的艺术成就 ……………………………… 347

第十九章　黄庭坚与江西诗派(上) …………………………… 355
   第一节　黄庭坚的生平 …………………………………… 355
   第二节　黄庭坚的著述和诗论 …………………………… 362
   第三节　黄庭坚的诗 ……………………………………… 367

第四节 黄庭坚的词 …………………………………………… 381
第二十章 黄庭坚与江西诗派(下) …………………………………… 388
　第一节 陈师道 ……………………………………………………… 389
　第二节 陈与义 ……………………………………………………… 400
第二十一章 北宋后期其他诗人 ……………………………………… 414
　第一节 韩驹 徐俯 潘大临 三洪 …………………………… 414
　第二节 夏倪、二谢、晁冲之及其他诗人 ……………………… 420
　第三节 吕本中 ……………………………………………………… 426
第二十二章 北宋后期其他词人 ……………………………………… 432
　第一节 万俟咏 田为 曹组 …………………………………… 433
　第二节 陈克 周紫芝 …………………………………………… 439
　第三节 叶梦得 ……………………………………………………… 444
第二十三章 周邦彦 …………………………………………………… 450
　第一节 周邦彦的生平 …………………………………………… 450
　第二节 周邦彦词的思想内容 …………………………………… 454
　第三节 周邦彦词的艺术成就及其影响 ………………………… 461
　第四节 周邦彦的诗文 …………………………………………… 467
第二十四章 李清照 …………………………………………………… 472
　第一节 李清照的生平 …………………………………………… 472
　第二节 李清照的诗文 …………………………………………… 474
　第三节 李清照的词 ……………………………………………… 480
　第四节 李清照的词学批评 ……………………………………… 488
第二十五章 辽代文学 ………………………………………………… 492
　第一节 前期文学 ………………………………………………… 493
　第二节 中后期文学 ……………………………………………… 497
　第三节 杰出的契丹女作家 ……………………………………… 501
　第四节 馀论 ……………………………………………………… 505

编写说明

文学史是文学研究整体中的一门重要学科。建国以来,由各大专院校、科研机构集体编写和专家个人编写出版的中国文学史各有特色,其中有些著作还发生过较大影响。但目前尚缺少一部论述较为详尽的多卷本文学史著作。为了弥补这种不足,按照全国哲学社会科学"六·五"规划的安排,由中国社会科学院文学研究所主持组织有关单位和有关专家编写十四册的《中国文学通史》,以期作为文学研究工作、高等院校教学工作以及其他文化工作中的参考用书。

按照长期以来文学史研究的实际情况,为了有利于编写者发挥专长,同时考虑到读者的方便,本书按时代分为十种十四册,计为《先秦文学史》、《秦汉文学史》、《魏晋文学史》、《南北朝文学史》、《唐代文学史》(上、下)、《宋代文学史》(上、下)、《元代文学史》、《明代文学史》(上、下)、《清代文学史》(上、下)、《近代文学史》。各册自成起迄而互作适当照应,合则为文学通史,分则为断代文学史。

本书编写的总要求是,在马克思主义指导下,阐述我国古近代文学的基本面貌,要求材料比较丰富翔实,叙述比较准确充分,力图科学地、全面地评价作家、作品,从而阐明各种文学现象形成的历史过程及其继承和发展关系。限于主客观的种种条件,实际的工作必然和上述要求有所距离,书中的不当以至错误必然不可避免,敬希海内外的学者专家和读者不吝指正。

下面是对编写工作中一些具体问题的说明。

一、本书由中国社会科学院文学研究所负责总纂，北京大学、南京师范大学协作编纂。

二、本书各册的编写方式不取一致，采用主编或编著者负责制。

三、本书设立编纂委员会，负责协调各册的编写工作及组织质量审定的工作。编纂委员会设正、副主任委员，负责处理有关工作。

四、编纂委员会聘请各协作单位的著名专家三人担任全书的顾问。

五、各册的编写服从于统一的全书编写方针，但各册的内容、体例均相对独立。各册之间的分工、衔接以及内容中必要的互见都经过讨论、协商。

六、少数民族文学是中国文学史的重要组成部分之一。由于各种原因，本书中仅对少量用汉语写成的少数民族古典文学作家、作品作了论述。中国社会科学院少数民族文学研究所目前正组织编写《中国少数民族文学史丛书》，出版后将可和本书互参互补。待将来条件成熟而本书又有机会作较大的修订，自当酌增这方面的内容。

七、本书的编写得到国家社会科学基金会的资助，得到中国社会科学院和文学研究所负责同志和有关单位负责同志的支持和赞助，也得到国内外学者的鼓励；在出版工作中又承人民文学出版社古典文学编辑室大力支持，谨此一并致以谢忱。

《中国文学通史》编纂委员会

第一章 总 论

第一节 宋代文学发展的背景

一代有一代之文学。历来我国古代文学史的研究者，大都认为唐、宋两代文学最为辉煌。在我国封建社会的历史长河中，宋代不仅是一个很有特色的王朝，其文学也有它自身的独特面貌。

宋代分为北宋（960—1127）、南宋（1127—1279）两个阶段，共计三百二十年，国祚之长，秦代以后，仅次于汉（四百零九年），超过了唐（二百八十九年）、元（八十七年）、明（二百七十六年）、清（二百六十七年），约占封建社会历史的七分之一。在这一历史时期里，也先后存在过辽、西夏、金及元等其他兄弟民族建立的若干政权。辽、金统治者常称宋为"南朝"，宋则往往称辽、金为"北朝"，所以从整个中国历史的发展来看，这又是一个南北朝互相抗争、对峙和各兄弟民族之间互相影响、融合的时代。元人修撰这一历史时期的中国史时，将宋、辽、金三史并列，是符合实际情况的。

在我国文学发展史上，宋代是一个十分重要的阶段。宋代文学承先启后，又具有鲜明的独特风貌，无论就其总体成就还是各体文学的实绩而言,都足以与唐代文学后先辉映。后人言及我国文学,总是唐宋并称,诗、文、词皆是如此。宋代诗歌继承了唐诗的传统,在思想内容和艺术表现上都有所开拓创造,出现了许多流派和优秀诗人,形成了与唐诗显著不同的特色,对后代诗歌发展产生了深远的影响,在清代更引起了尊唐宗宋之争。宋代散文在继承唐代古文运动的基础上也有所发展创新,并以其显著的成就和重要的特色在我国散文史上占有独特的地位。词更是宋代最具代表意义的文学样式,它渊源于唐五代,至两宋而发展成全盛的局面。小说、戏曲等通俗文学,前代仅具雏形,到了宋代,又有了长足的进步,并且直接影响元代以迄明、清,因此后人又往往并称宋元话本、宋元戏曲。文学批评方面,不仅著述繁富,其内容和形式也都能扩大和深化前代的积累,出现了前所未有的繁荣。

宋代文学的繁荣,是有着许多错综复杂、既带普遍性又具特殊性的背景和因素的。这些背景和因素的交互作用,促使宋代文学经过逐步演进、变化等一系列曲折的历程,最终形成了一个颇有异于前代的总体风采。下面着重论述宋代几个带有自身特点的历史背景及其与文学创作之间的关系。

第一,宋代是一个高度中央集权的封建王朝。这是宋代开国之君吸取了从安史之乱到五代十国这二百零五年间藩镇割据、国家分裂的历史经验的必然结果。在军事方面,为了彻底改变"方镇太重,君弱臣强"的状况,宋太祖于建国之初,首先就将禁军的统兵权集中到皇帝手中,又通过直接对皇帝负责的枢密院掌握了调兵权,同时还用文臣取代武将以为藩镇,将各州的强兵升为禁军,使地方厢兵徒有虚名。在政治方面,为了分散大臣的权力,中央实行的是政事堂(中书)与枢密院"对掌大政"的"二府"制,宰相是行政首脑,枢密使是军事长官,而地位仅次于二府宰执的三司使则是财政方面的负责人。

与此同时，中央又设有御史台和谏院，控制言路，弹劾大臣，最后裁决权也归于皇帝。在地方上，路设有漕司、宪司、帅司、仓司四个机构，其中漕、宪、仓三司长官负有监察州、县官员的职责，通称为"监司"。州设知州，又设可以直接向皇帝奏事的通判，使之互相监视、牵制。至于对外政策，则由于开国之君全力防止内部政变，加之收复燕、云的两次战役均告失败，故在宋初即已形成"守内虚外"的指导思想，其后一直被奉为"祖宗之法"，对少数民族政权的军事侵扰，基本上都是采取守势。在经济方面，宋初便下令各州赋税收入除支度给用外，"悉辇送京师"，由皇帝直接掌握；又特设转运使管理各路财赋，务使"外州无留财"。另一方面，同前代许多封建王朝一样，为了恢复生产，繁荣经济，巩固政权，宋廷也采取了招集流民、奖励垦荒、兴修水利、改善工具、提高技术等一系列措施，特别是让封建的租佃制取代人身依附关系很强的部曲佃客制，以提高佃农的生产积极性。在农业发展的基础上，手工业和商业也逐步繁荣起来。

　　采取上述方针政策的结果，一是军事上的孱弱，不仅燕、云十六州未能收复，而且外患频仍，辽、西夏、金和蒙元相继骚扰、蚕食、吞并宋地，以致慨叹国耻国难、表现爱国主义精神的作品也就不断涌现出来，这是宋以前文学所不曾有过的现象。二是生产的迅速恢复、发展，推动了经济的繁荣，从而使得商品交换关系空前活跃，城市人口大大增加，市民阶层进一步壮大，许多大都市更加繁华，这些都为文学创作提供了丰富多彩的生活素材，有力地促进了歌词、话本、戏曲等市民阶层所喜闻乐见的文学样式的兴盛发展。与此同时，为了防边而不得不大量增加军费（特别是冗兵的粮饷），为了绥靖甚至屈服于少数民族政权而被迫支出数以十万计的岁赐、岁币、岁贡，为了维持皇室的奢靡生活和官员的优厚俸禄又需要花费更可观的钱物，政府便千方百计地向广大劳动人民榨取钱物，各种名目的苛捐杂税数不胜数，可谓"取财于万民者不留其有馀"（赵翼《廿二史札记》卷二十五"宋制禄之厚"条）；加之准许土地自由买卖之后，不断的兼并和残酷的地租剥削，迫使农民不得不起而抗争，以致从宋代开国初期直到北宋灭亡，人民起义的烈火不断在燃烧，从局部地区蔓延到较大范围，从小股暴动演变为大规模的武装斗争。南宋时期，民族矛盾虽然上升为主要矛盾，但因继续加重的赋税剥削集中落到了南方人民身上，起义仍然频繁而广泛。在这一背景下面，宋代文学作品中反映阶级矛盾、同情人民疾苦的内容，也就比前代更加丰富、深刻。阶级矛盾、民族矛盾的愈演愈烈，使得许多有识见的士大夫知识分子深感危机的严重，他们迫切要求改革，不仅见诸行动，而且奋笔为文，或与保守、反动的官僚进行斗争，或向集大权于一身的皇帝进献诤言，为求说理明晰，论证有力，文字风格就必须变艰涩险怪为平易畅达。两宋期间之所以出现众多气势充沛、说理透辟、文字流畅的政论散文，这是一个重要的原因。

第二，宋代又是一个非常尊重知识和优待知识分子、十分重视文教事业建设的封建王朝。这是最高统治者始终执行"重文轻武"亦即"兴文教，抑武事"这一方针政策的又一必然结果。宋代初年，便非常注重争取知识分子的支持：一是大大增加制举考试录取的人数，并且以皇帝特恩的名义取士，由皇帝亲自召见考试合格的举人，甚至由皇帝亲临"殿试"录取士子。这些都是前代从未有过的网罗、笼络人才的特殊措施。二是由政府兴办培养人才的学校，京师学校皆隶属于国子监，其名有十，以国子学和太学最为重要。仁宗庆历四年（1044）以后，又下令地方大量兴办州学县学。受此影响和鼓励，私人讲学的书院也纷纷建立，著名的即有石鼓、岳麓、白鹿洞、应天、嵩阳等，讲学者多为名儒硕学，所以也培养出不少人才。三是给予士大夫知识分子很高的政治待遇和优厚的俸禄。宋太祖曾立誓碑，内容之一就是誓不诛戮士大夫及上书言事人,两宋三百馀年间,历朝皇帝也确实极少直接下令处死过士大夫知识分子。通过科举考试取士,"名卿钜公,皆由此选",从而使文人掌政成为宋代政治的一个重要特色。至于俸禄之厚,赏赐之多,前代也无法比拟,这在《宋史·职官志·奉禄制》中有着非常具体的记载,所谓"恩逮于百官者惟恐其不足"(赵翼《廿二史札记·宋制禄之厚》),确非夸大之辞。在文化事业建设方面,北宋初年便兴建崇文院收藏图书,仁宗庆历元年,王尧臣、欧阳修等人奉敕撰成《崇文总目》六十六卷,收书凡三万六千六百六十九卷。靖康之变,内府藏书荡然无存。宋室南迁后,又极力访求图书,至孝宗淳熙间,成《中兴馆阁书目》二十卷,著录图书四万四千四百八十六卷,宁宗嘉定年间,复成《中兴馆阁续书目》三十卷,著录淳熙以后所得图书一万四千九百四十三卷。影响所及,私人也开始著录图书,著名的有晁公武《郡斋读书志》、尤袤《遂初堂书目》、陈振孙《直斋书录解题》等。宋代文化事业建设中尤足称道的是《太平御览》、《太平广记》、《文苑英华》、《册府元龟》四大书以及《资治通鉴》的编纂,它们涉及文化领域的各个方面,其规模不仅远迈前代,也为后世树立了良好的典范。在这种浓厚的文化气氛中,各种类型的私人著述大量涌现;而由于印刷术的突飞猛进和出版商的应运而生,这些著述便更能得到广泛流传,为士大夫知识分子研习学业,创造了方便的条件。以上这些背景和因素,对宋代文学的繁荣影响极大。学而优能仕,仕而可以获得很高的俸禄,这就促使人们奋发读书,以求一第,知识分子的队伍便迅速庞大起来。因为俸禄甚丰,许多士大夫得以家蓄歌伎,享受声色之乐,于是最适宜反映他们流连光景、富贵绮靡生活的艳体歌词也因之得到迅速的发展。另一方面,各种文化建设事业的繁荣,从总体上来看,更使宋代的知识分子在学识的广度和深度上超过前代,许多作家之所以能在他们的作品中创造性地博采广收前人文学之所长，大量而熟练地运用古书中的成语典故，不管是叙事、抒情、议论，都能做到笔之所至，曲随人意，就是建筑在这一坚实基础之上的。众所周知，王安石、苏轼、黄庭坚乃至陆游、辛弃疾等人，向以知识渊博而为人们极口称颂，而欧阳修这样的大作家当时却竟然有人讥讽他"不读书"，即此一端，已可见宋代知识分子腹笥之富和对知识的重视。还值得一提的是，历代文人相轻的陋习在宋代知识分子中似乎已有较大的变化。人有所长，交口称誉，对志同道合的朋友、同僚是这样（如欧阳修、苏舜钦、梅尧臣），对政见不合的朋友、同僚也是这样（如苏轼与王安石）。倘若文学主张不同，审美情趣各异，那也大都是通过文章来展开论辩，诉诸说理，极少人身攻击乃至大兴文字之狱（涉及政治的"乌台诗案"是极个别的例外）。在这种学术的氛围中，唐代知识分子间那种座主与门生的密切关系，到了宋代，已显然被文学集团、文人群体所替代，北宋的欧、苏、梅，苏门四学士、黄庭坚及江西诸子，南宋的四灵、江湖诗人词人群，乃至许多诗社、词社，都是在文学共同兴趣的基础上，同声相应，同气相求，结成或十分紧密、或相对松散的群体，对文艺创作进行认真的交流、切磋和探讨。而在同一文学群体之中，也决不是强求一律，例如欧、苏、梅三人的诗风显然不同，江西诗派"三宗"的诗作也互有同异，苏门四学士对苏轼更不是亦步亦趋等等。宋代文学各个领域之所以出现众多的流派和风格，从而促进了文艺创作的繁荣，从这里也不难窥见一些消息。

第三，宋代还是一个十分重视"统系"，同时又是学术思想活跃、思辨能力空前发展的封建王朝，这就是在政治上强调"正统"，在思想上强调"道统"，在文学上则强调"文统"。宋王朝在各个领域大大强化了中央集权，防止任何人"与人主争黔首"（王安石《度支副使厅壁题名记》），竭力"收轻重敛散之权归之公上"（王安石《乞制置三司条例》),这种政治概念渗透了宋人的意识,变成他们思想里的一个前提。加之先是燕、云未复,后是中原沦丧的现实,更使得孔子以来"尊王攘夷"和溯源于《春秋》公羊学的大一统思想[1],以及"天下只此一家,古今相传一脉"(钱锺书先生语)的一统观念,得到了空前的强化和深化。自宋初孙复的《春秋尊王发微》鼓吹尊重朝廷,真宗朝官修的《册府元龟》严别正闰,到欧阳修的《正统论》(上)企图"合天下之不一",司马光的《资治通鉴》强调"使九州合而为一统",以至南宋朱熹的《资治通鉴纲目》之以"统系"为核心所阐发的正统历史观等等,都足以说明宋人正统观念的强烈。这种观念在作家思想上的反映,就是对王朝的高度忠诚,以及与之互相拍合、互相作用的强烈民族意识和民族气节;反映在文学作品中的,则又同忧患意识,爱国精神,以及由此而产生的兴利除弊的政治愿望和政治要求交织融合,密不可分。宋代文学(特别是诗文)在言情之外尤偏重于议论、说理,除了其他多种原因之外,这也是一个重要的因素。宋代整理了国家机器,也需要一个哲学体系来为它服务,"理学"(即"道学")[2]就是满足这个需要而产生的理论系统。宋代理学家特别强调道统,总是以继承孔、孟道统自居。其后朱熹又以周敦颐和二程上接孟轲,自己则上接周、程。在这一统系中,韩愈是一个承先启后的人物。值得玩味的是,宋代的道学和宋代的文学都承继韩愈,但它们却大异其趣。宋代文学复古运动的首倡者柳开提出了他的道统、文统合一观:"吾之道,孔子、孟轲、扬雄、韩愈之道;吾之文,孔子、孟轲、扬雄、韩愈之文也。"(《应责》)韩愈是重道的,所以宋代文学家喜欢在作品里说理以至说教;韩愈也是讲文的,其主要成就在文不在道,因此宋代文学家主要还是在文的方面承绪韩愈的衣钵,只不过沾染一些议论、言理的学究气而已。宋代道学家则恰恰相反,他们强调的只是道统,认为韩愈虽然讲道却颠倒了文和道的位置,从而由主张"文以载道"

走到文可以"害道"的极端,抛弃了韩愈讲文的传统。正因为如此,宋代道学家写作的大量文章,基本上都是质木无文的哲学讲义和理论教条,它们充斥于宋代文坛,却很难被视为文学作品。如上所述,宋代文统的观念是从宋初散文的复古运动发端,由理论而充实、完成于创作实践的。在诗词创作领域中,也同时存在着统系的观念。例如江西诗派有一祖三宗之说,强调继承杜甫、步武黄庭坚的统系;永嘉四灵标榜"二妙",以贾岛、姚合为指归;歌词创作则是一味承绪西蜀、南唐,强调词"别是一家"(李清照语),以婉约为"正宗",而视苏轼豪放词为"别调"、"要非本色"(陈师道《后山诗话》);等等。然而任何事物都是辩证的,特别是在宋代各种社会矛盾日趋尖锐激烈和文化气氛非常浓厚的背景下,哲学和文学领域中的非正统、非主流的思想和作品也随之出现。与道学家理论相驳难的以陈亮为首的永康学派和以叶适为首的永嘉学派的崛起,是哲学领域中的突出例子;与江西诗派对立的以四灵、江湖诗人为代表的晚唐体的产生,是诗歌创作中的突出例子;而与婉约派相抗衡的以苏轼、辛弃疾为主帅的豪放派的发展壮大,则是宋词发展过程中的突出例子[3]。对立统一的法则在宋代特殊的历史文化背景下所产生的作用,在这些方面表现得更加突出,更加生动。宋代思想领域中还必须提到的一个现象是儒道释三者的融合。以理学而言,它虽标榜为儒家正宗,其实却是子思、孟轲学派以至汉代董仲舒神学、魏晋南北朝玄学和佛学的大杂烩。周敦颐、邵雍被目为道教化的人物,以陆九渊为代表的心学一派又被后人直指为禅学,是并非毫无根据的。道学家师弟传授的文字常常采用语录体,也是仿效唐以来僧徒记录师语的形式,如《宋史·艺文志》著录的程颐《语录》二卷、朱熹《语录》四十三卷等。类似情况在宋代一般士大夫文人中也表现得较为普遍。王安石诗喜欢用佛典道书中的典故来讲当前的情事;苏轼在诗文中大量运用佛老的语言事典；黄庭坚诗不仅"多用释氏语"(《说郛》卷二〇载吴萃《视听钞》)，而且善于将禅家的"机锋"手法加入韩、孟的句法之中；范成大诗承袭江西习气，是黄庭坚以后、清钱谦益以前用佛典最多、最内行的著名诗人；辛弃疾喜掉书袋，词中也同样常用佛老的事语。这些都是较为突出的例子。尽管佛老思想未必都能真正深入他们的骨髓，但对其创作的影响则斑斑可见。宋代从事文学创作的释子道流也不乏其人，九僧、惠洪、葛长庚等便是其中的佼佼者。就其大体而言，文人禅学化、释道文人化的倾向在宋代是较为突出的。禅学对宋代文学批评的影响更不容忽视。陆游论诗曾借用佛经里的比喻和禅宗的口号；杨万里认为江西诗派好比"南宗禅"，是诗里最高的境界（见其《江西宗派诗序》、《江西续派二曾居士诗集序》、《送分宁主簿罗宠材》等）；宋末严羽《沧浪诗话》这部以禅喻诗的重要文艺批评著作的出现，则更是一个典型的例子。

　　第四，两宋时期，汉民族和契丹、女真等少数民族建立的政权同时存在，它们在军事上对立、抗衡，在文化上则互相影响，互相融合。辽、金上下风俗习惯的逐渐汉化自不待言，即以文学而论，汉文文学都是它们创作中的主流，使用其本民族文字的作品则本来就很少，流传下来的则更是寥若晨星。在著名的作家中，汉族同样居于多数，而少数本民族作家（包括两朝的最高统治者）的作品也大都使用汉文，在艺术上接受汉文学的传统，取法于汉民族的作家作品。总之，南学北渐、汉族人才为少数民族所用的情况是比较普遍的。汉族作家中，有的本籍北方，有的原来就是宋臣（如宇文虚中、高士谈、吴激等）。他们的创作，或瓣香苏轼、黄庭坚等北宋诗人，或以唐人为学习对象。可见南北文化的融合，特别是文学艺术的交流，主要还是南方影响北方，汉民族影响少数民族。这些都同南北朝时期的情况相似。但南北朝时，南方汉族作家到北方的仅有庾信、王褒、颜之推数人，这种融合和交流，无论从广度还是深度来说，都不能与宋代相比拟。当然，辽、金两代一些少数民族作家也做出了一定的成绩，他们的作品同样以其特色而成为中华民族文化宝库中的一份珍贵遗产。而入于北朝的汉族作家，如果没有北方大地和北方各族人民的哺育，也不可能创作出有价值的作品来。从这一角度而言，北方少数民族在这一期间对文学的贡献也同样是功不可没的。至于系出鲜卑族、集金代文学大成的元好问，对我国文学事业的贡献和影响，就更是超迈同时群流，不仅是少数民族作家群中的一位杰出代表，也算得上是我国文学史上一颗璀璨的明珠了。

第二节　宋代文学的承先启后

社会政治、经济、文化等方面的发展变化，必然影响到意识形态领域中的文学艺术创作，而我国传统的文学艺术在其发展变化的过程中，也有其自身规律。两者的交互作用和影响，就形成了宋代文艺创作的鲜明特色。

作为有宋"一代文学"的词，是从隋唐以来逐渐出现和发展起来的一种新诗体。和前代不断出现的新的文学样式一样，词最初也诞生于民间，然后进入文人拟作、加工、提高的阶段。在这一渐进的过程中，出现了西蜀派（亦即"花间派"）的词人及其作品，从此奠定了词的基调，确立了描述艳情在歌词创作中的主流和正宗地位。南唐词扩大了"花间"的格局，开北宋一代风气，词体仍多短制，作风则有所变化，即辞笔较为清新，不像"花间"那样专务绮靡。

宋代前期词坛，沿袭唐五代馀风而又有所发展，大体分为两条支流：一支是承继"花间"、南唐的遗风，以反映达官贵人生活情趣为其主要内容的侧艳词，代表人物有晏殊、欧阳修、张先等，作品主要是小令；另一支是远绍敦煌民间词风，以反映市民阶层生活、情趣为其主体格局的歌馆风情词，代表人物为柳永，作品较多长调。前者风格比较典雅、清丽、含蓄，与"花间"那种轻浮、秾丽的作风稍异其趣，但也偶有俚俗的辞语；后者风格比较通俗、平易、直露，但亦有比较典丽清疏的一面，同敦煌民间词的韵致并不完全雷同。尽管就其主要倾向而言，以上两支词作语言有雅俗之分，题材有广狭之别，但内容大都侧重男女柔情，并没有度越"艳科"的藩篱。

随着社会各种矛盾的加剧，文艺创作经验的积累，作家对上述创作传统的反思，到了北宋中叶，词坛上开始出现突破传统观念和创作藩篱的作家作品，苏轼就是其中最重要的代表人物，从此以后，词史上便崛起了与婉约派并驾齐驱、二水分流的豪放一派。豪放派的作家，虽也保留了很多传统词风影响的痕迹，并且也写作了不少歌妓词、风情词，但毕竟扩大了词的题材，发展了词的风格，解放了词的形式，从而使词具有了前所未有的社会功能，将词的地位大大提高了一步。到了北宋后期，词坛上更是异彩纷呈，不同风格的词人往往互相不满，却又自觉或不自觉地受到对方的影响，像秦观、黄庭坚等人都在不同程度上存在着将柳永之俚融入晏、欧之雅中的倾向，到了周邦彦，更因其在内容和形式上将上述两者熔为一炉，而被前人称道是北宋词坛上集婉约派大成的巨匠。受苏轼影响的，则有贺铸、黄庭坚等人的部分词作。不过终于北宋之世，豪放一派的力量尚不能与婉约派相抗衡。

宋室南渡前后，空前激化的民族矛盾，孕育了一批又一批爱国词人，词风也随之发生了较大的变化。南宋初期，岳飞、张元幹、张孝祥等人创作了许多以抗金复国为内容的词章，作风慷慨悲壮。即使本来工于写离愁别恨的李清照,以高士自许的朱敦儒等人,此时所写的作品也大大充实了社会内容;甚至以继承前代婉约词风为其主要倾向的宫廷词人康与之、曾觌,也多少写过一些"凄然有黍离之感"(《花庵词选》)的词篇。

辛弃疾的出现,标志着豪放一派词作,在苏轼奠定的基础上,发展到登峰造极的地步。在辛弃疾的笔下,词才真正做到了"无意不可入,无事不可言",在发挥其社会功能方面几乎跻于与诗、文完全平等的地位;而诗、文的一切艺术手段,在辛词中也被全部调动起来。和辛弃疾同时先后的陆游、陈亮、刘过等人,所作虽不如辛词那样博大精深,但也豪气过人,各具特色,这就形成了以辛弃疾为核心的辛派词人。他们共同努力,将豪放一派提高到能与婉约一派分庭抗礼的地位。南宋后期继承辛弃疾薪火的词人绵延不断,著名的有刘克庄、戴复古、陈人杰、刘辰翁、文天祥等。他们继续高举抗战旗帜,感时抚事,慷慨悲歌,都表现了真挚而炽烈的爱国情愫,可以算作是辛派的后劲。

隆兴和议之后,民族矛盾暂趋缓和,南宋政权也因之稳定下来。加之以临安为中心的东南一带,经济发达,物产富饶,于是达官贵人又复征歌逐舞,留连诗酒。适应这一情势的发展变化,"祖清真而祧花间"的一派词人又在词坛上活跃起来,代表人物有姜夔、史达祖、吴文英等。他们大多是地位较低的幕僚、清客,往往因请缨无路或不乐仕进而飘流湖海,不得不挟其歌词游于权豪势要之门。他们虽间有寓托身世之感、抒发时代之愁的作品,但就总体而言,其思想情趣同辛派词人是大相径庭的。他们的词风大多趋于或萧疏清逸,或绵丽细密,与北宋婉约词相比,更加刻意追求典雅,讲究词法,雕琢字句,强调音律。后人所谓"词至南宋而遂深",其原因主要在此。同时或稍后,又有高观国、卢祖皋和周密、陈允平、王沂孙、张炎等人。

高、卢应视为姜、吴、史的同道,周、陈等则可目为三人的后劲。前者廓庑不大,成就不高;后者特别是王沂孙、张炎,其作品由于能将身世之感融于家国之恨中,并出以含蓄不尽的手法和哀婉欲绝的词语,所以具有突出的个性和感人的力量。至此辛派后劲和姜、吴一派后劲在风格上虽然属于两种不同的艺术倾向,但在抒写国破家亡这一主题方面,却有相同相近的地方。

宋代是词创作的鼎盛时期。根据唐圭璋《全宋词》辑集所得,宋词作者凡一千三百馀人,遍及社会各个阶层;作品两万馀首,风格多样,无体不备。宋词的影响十分深远。金代大家大多继武苏轼遗风,形成了"苏学北行"的局面。元、明两代,词的创作处于低谷,但宋词馀绪未断,部分作家也时有佳作。清代号称词学中兴,不同流派的杰出词人先后辈出,各擅胜场,究其渊源,也无不绍述两宋而上溯唐五代。在词学研究方面,举凡词人的评传,词集的整理,版本的考订,作品的笺注,乐吕的探讨,格律的规范,词韵的斠订,艺术的评析等等工作,自宋而下,无代无之。时至今日,词学已经成为古典文学研究中的一个专门学科,各种新的研究成果仍在不断涌现出来。

在我国诗歌发展史上,宋诗也是异帜独张,具有鲜明特色,而能与唐诗后先媲美的。据初步估算,现存宋诗作者已逾万人,作品数量约超过《全唐诗》四五倍。

宋代是一个国力屡弱的王朝,大多数士大夫知识分子也缺乏唐人那种时代自豪感和建功边疆的进取心,所以唐代边塞诗的铺张扬厉,在两宋几于绝响,而慷慨悲凉的爱国诗篇却显得特别突出。宋代统治阶级对下层人民的剥削较唐代更为严酷,反映民间疾苦的诗作也就更有广度和深度。宋代文化繁荣,一般来说,诗人的学殖有过于唐人,因而所作每以使事相尚、博学相矜。而为求在唐诗极盛之后另辟蹊径,成就自身面目,宋代诗人又必然在内容和技巧上刻意求新求异。宋词重在言情,宋诗重在言理,其间似分工默契。严羽《沧浪诗话·诗评》指出:"本朝人尚理而病于意兴,唐人尚意兴而理在其中。"尚意兴则主情韵,以含蓄为贵;尚思理则主透辟,以显露为能。而欲其显露透辟,在表达上则愈趋精细,务使析理入微,状物穷形尽象,有异于汉、唐诗作的浑成凝重;对技巧则用功更深更密,举凡用典、对仗、句法、用韵、声调等等,无不较唐诗更为周详。宋代积贫积弱,故宋人忧患意识甚重,知识分子议政的风气很浓;而科场考试对策论的重视,又加强了文人议政的能力。加之宋代诗人喜学杜、韩,常在诗中发表政见。所有这些因素的交汇,形成了宋诗议论化、散文化的倾向。

北宋前期诗风,大体上是中晚唐诗风的延续,作者或学白居易,或学贾岛、姚合,或学李商隐。其中学李的西昆体曾耸动天下,风靡四十馀年,但终因伤于雕砌,引起诗坛不满,影响迅速衰歇。仁宗朝,欧阳修、梅尧臣、苏舜钦等绍承李白、韩愈等人,专以气格为主,语言平易疏畅,趋于散文化,开始显示宋诗的独立面目。北宋中期,随着社会文化生活的丰富多彩,诗人辈出,创作繁荣,王安石、苏轼、黄庭坚三大家各以其鲜明的个性、风神和独特的成就高踞诗坛,领袖一代,培育后昆,使宋诗发展出现了鼎盛的局面。王安石主要学杜、韩、李(商隐),苏轼兼学刘(禹锡)、李(白)、陶(潜)、杜、白(居易),黄庭坚则专学杜、韩,他们于诗歌既各有师承,又各有独诣,都体现了与唐音有异的典型宋调。三大家中,由于黄诗有门径可寻,所以学之者众,蔚成风气;加之陈师道、吕本中、陈与义等高手为之羽翼,于是终于形成了宋代影响最大、最深远的江西诗派。后人言及宋诗,往往就以这一流派为典型代表。

南宋初期,民族灾难深重,剥削更为酷烈。诗人发为吟咏,类多流露爱国激情,哀叹民生疾苦,诗风又一次有所转变。一方面,江西影响仍然斑斑可见,很少诗人不受其濡染;另一方面,社会的巨变,江西家法本身的弊病,又不能不使许多诗人经过反思,或进行补救,或改弦更张——前者有两宋之交的江西骨干吕本中、陈与义、曾几,后者主要是被称为"中兴四大家"的尤袤、杨万里、范成大、陆游,以及同时的萧德藻和稍后的姜夔等。陆游的诗作继承了李白、杜甫、白居易的优良传统,以其雄豪、俊逸、敷腴的风格,反映炽烈的爱国情思,成就和影响最大。杨万里诗讲究"活法",以痛快幽默的风格独树一帜,是南宋诗坛由江西体过渡到晚唐体的枢纽人物。范成大诗兼受晚唐、江西的影响,时有感时之作,尤以反映农民生活和农村风貌的田园诗享誉于世。三人都是多产作家。他们的作品代表了南宋诗歌的最高成就。

南宋后期,国势愈益贫弱,士气愈益萎靡不振,诗坛也被一片衰飒气象所笼罩。四灵阅历浅狭,才气不足,只在中晚唐格局较小的贾岛、姚合门下乞讨生活。影响所及,晚唐体在诗坛上取代了江西体,诗风又一次发生变化。江湖诗人的诗风同四灵相近,虽取径稍广,手法较为放纵,出现了刘克庄、戴复古等廊庑较大的作家,气格仍觉卑弱,不能与陆、杨、范等相提并论。南宋覆亡前后,文天祥、汪元量、谢翱、林景熙、郑思肖等一批爱国诗人应时而出,他们或写抗元斗争的经历,或抒黍离麦秀的悲思,一反四灵、江湖的卑琐之习而注入深沉浓郁的家国存亡之感。宋诗至此,遂因时代悲剧而为之一振,从而以悲壮的结局降下了帷幕。

宋诗对后世的影响几乎可与唐诗相颉颃。金代苏学大兴,至有"金源一代一坡仙"的说法。明人颇轻宋诗,前后七子倡言"诗必盛唐",但后七子的领袖之一王世贞晚年却转而学习苏轼、陆游。到了清代,宋诗开始受到重视,清代中叶,尊唐宗宋者各有其人。晚清

"同光体"盛行一时,论者甚至认为它是宋诗中兴的标志。宋诗影响的深远,由此可知其大略。

宋诗现存数量尚未能确知。在流传的过程中,特别是由于明代前后七子的排斥,其散佚是很严重的。明末潘是仁编选《宋元四十三家集》,其中宋诗二十六家。曹学佺《历代诗选》五百零六卷,宋诗占一百零七卷。清初喜学宋诗的人渐多,因而搜集整理宋诗便成为一时风尚,总集中较重要的有陈焯的《宋元诗会》(选宋诗四百九十七家)、陈纡的《宋十五家诗选》、吴之振的《宋诗钞》(列一百家,当时仅刻八十四家)和曹庭栋的《宋百家诗存》等。目前北京大学中文系全宋诗研究室正在编纂《全宋诗》,并陆续印行,宋诗全貌不久当可得以呈现。另外介于诗话与总集之间的有厉鹗的《宋诗纪事》,收三千八百一十二家;陆心源的《宋诗纪事补遗》,较厉书增多约三千家;今人孔凡礼复有《宋诗纪事续补》,又增补数百家。其他有关年谱、评传、笺注以及诗话等等,数量繁多,不能一一枚举。

在我国散文发展史上,宋代散文占有重要地位。明代茅坤《唐宋八大家文钞》标举韩愈、柳宗元、欧阳修、苏洵、苏轼、苏辙、曾巩、王安石为唐宋古文八大家,其中宋代就占了六名,可见宋代古文成就之高,影响之大。

中唐古文运动在韩、柳之后,出现低潮,难以为继,而自六朝以迄中唐始终受到崇尚的骈文又继续发展,到了晚唐五代,几乎弥漫文坛。宋初高(锡)、梁(周翰)、柳(开)、范(杲)及王禹偁等人以复兴韩、柳道统、文统为己任,在反对唐代咸通以后"艳冶"的文风方面取得了一定成绩,但因种种主客观因素的限制,尚不能扭转五代馀风。到了真宗年间,"民风豫而泰,操笔之士率以藻丽为胜"(苏舜钦《石曼卿诗集序》),西昆体应运而生,绮靡文风又复踵事增华,统治文坛达四十年之久。

北宋中叶,政治改革的浪潮推进了文风的改革,一些富有政治热情的文人士大夫以学习韩、柳的古文相号召,他们倡导文以"明道"、"致用",传播韩、柳文集,抨击西昆时文,一时重振韩、柳文统,使古文运动取得了重大胜利。在这次文体改革运动中,欧阳修是一个关键人物。他写作了大量明畅朴素的散文,并且热心奖掖后进,纠正险怪文风,使散文革新运动走上健康发展的道路,奠定了平易自然、婉转流畅的宋文风格的坚实基础。从英宗朝到北宋末,王安石、苏洵父子、曾巩等作者,沿着欧阳修等人开辟的道路继续前进。这批高手文风相近,论文主张也很相似,大都强调明道致用,言之有物。他们创作了一系列为现实斗争服务的重要散文,也创作了许多其他题材的优秀篇章,使古文创作出现了空前繁荣的局面。

南宋散文的成就远远不如北宋。诗风、词风到了南宋还有新的发展,散文风格在南宋却变化较少,也没有出现像欧、王、曾、三苏那样继往开来的作家。

南宋前期,民族矛盾和宋廷统治阶级内部主战、主和两派之间的斗争都非常激烈,以抗战复兴为主题的政论文因而有了突出的发展,作家有宗泽、李纲、陈东、胡铨、虞允文、辛弃疾等。他们的作品,不但充满着火一般的爱国热情,而且在说理、辨析方面具有理直气壮、逻辑谨严、文笔明快的特点,但因偏重论辩说理,艺术性则不免有所减弱。南宋前期散文的另一特点是哲学家的作品占有相当比重。理学家的哲学论文大抵不能算是文学作品,可以置而不论;但他们的其他散文却间有佳作,不应忽视。其中朱熹的成就最为突出。他在政治上主张抗战,在文学上有很高的修养,在文艺理论上也提出过一些好的见解。吕祖谦为文闳肆博辩,所编《古文关键》取韩、柳、曾、苏洵、苏轼、张耒之文凡六十馀篇,颇能示学者以习文的门径。与程朱唯心主义学派相对立而主张事功的哲学家陈亮、叶适,都以古文鼓吹抗战,反对道学,所作政论文和哲理文颇能以"堂堂之阵,正正之旗"迎战论敌,气势磅礴,在南宋卓然可称大家。南宋后期,国势危殆,士风消沉,文气日趋卑弱,很少有值得一提的作家、作品,直到元兵席卷江南,才出现了一批慷慨悲凉的爱国散文,作家有文天祥、陆秀夫、王炎、谢翱、郑思肖等。道学家的散文则进一步走向死胡同,代表人物真德秀所编《文章正宗》只收"发挥义理"的文章,以致颇受后世冷遇,他们自己的作品更可想而知。

总的来看,宋文于唐文虽有承继关系,也有很多差异。唐文波澜起伏,逆折奇崛,宋文则以舒徐婉转、平易自然见胜。唐文喜用色泽鲜明的奇字重字,宋文则喜用明白如话的常用字。两相比较,可谓各擅胜场。

宋文各体也呈现出自己独特的风貌。宋代的序跋文和尺牍特别发达,明、清人常将这类文章从别集中抽出单刻,作为学习的典范。宋人笔记更是散文领域中的一个重要方面。笔记始自魏、晋,到了宋代,内容益加繁富,文笔更为生动。举凡朝章政典,遗闻佚事,风土人情,天文地理,乃至街谈巷议,神鬼迷信等等,无不兼包并容,其中也时有文学艺术方面的记述和评论。宋人的文章往往伤于繁冗,而题跋、信札和笔记却大都言简意长,饶有韵致。宋代的辞赋、四六受散文的影响较大。辞赋这一体裁发展到了唐代,由于用以取士的律赋在声韵、对仗、字数等形式上限制甚严,所以极少佳作。韩愈的《进学解》,特别是杜牧的《阿房宫赋》一类作品,开始冲破这种樊笼,出现散文化的趋势。北宋欧阳修、苏轼的一些著名赋作,进一步以散代骈,变唐人律赋为文赋。骈文发展到晚唐李商隐,形成了句式整齐的四六文。宋初沿袭其风,西昆作家尤精此道。北宋古文家提倡散文,但并不一概排斥骈文,欧阳修、苏轼等就都是骈文高手,不过所作已参以散文笔法,逐渐形成了宋四六的独特风貌。北宋末以迄南宋的著名骈文家,前有汪藻、孙觌、綦崇礼、洪适等,在形式上逐渐打破了四六格式,多用长句;后有李刘、方岳等,或流丽稳帖,或造语自然,大体皆由雅淡精通而愈趋散化。这些都是与宋诗的散文化和某些词人以文为词的倾向相一致的。由此可见宋文对宋代诗、词、辞赋、骈文所产生的影响。

对宋文的评价,后代褒贬不一。誉之者认为"散文至宋始是真文字"(王若虚《文辨》),"自秦以下,文莫盛于宋"(宋濂《苏平仲文集序》)。在倡言"文必秦汉"的明七子看来,则"唐之文庸","宋之文陋","元无文"(王世贞《艺苑卮言》),贬之可谓已甚。不论毁誉如何,北宋古文革新运动所形成的平易流畅的文风,不仅使宋文具有了自身的特色,也对元、明、清三代古文的发展有所影响,是应该受到充分重视的。

宋文从未有人作过全面的搜集整理。现存宋文总集实际上都是选本,较好的有宋人吕祖谦的《皇朝文鉴》(即《宋文鉴》),选北宋诗文;清人庄仲方的《南宋文苑》,选南宋诗文。目前四川大学古籍整理研究所正在编纂《全宋文》,并陆续印行。

丰富多彩、流派众多、风格各异的文艺创作,为宋代文学批评的繁荣提供了坚实的基础。各体创作的理论,既受沾溉于前代,又比前代有了长足的发展。

词的评论始于宋代。现存最早的词话为杨绘的《时贤本事曲子集》。在词的评论著作中,有较为系统的专书,如《词源》;有兼及词评的著作,如《碧鸡漫志》、《能改斋漫录》、《苕溪渔隐丛话》和其他一些笔记等。还有一些单篇的专论和题、序,如李清照的论词,胡寅的《题酒边词》,范开、刘克庄、刘辰翁为辛弃疾词集作的序等。

宋词评论主要是围绕着词"别是一家"这一焦点来展开的。宋代大部分词人都强调"花间"、南唐是传统的、正宗的词风，因而从"尊体"角度出发，对柳永和苏轼的词作加以嘲笑和反对（如陈师道、李清照等）。与此同时，也有人持不同意见，为柳、苏之词辩解（如范镇、晁补之、王灼、胡仔等）。到了南宋，爱国词作大量涌现，辛弃疾及辛派词人的出现，说明词坛的观念已有所改变。但因传统观念仍有很大影响，所以范开序辛词时，一方面赞不容口，另一方面又说作者"未尝有作之之意"，只是把词当作"陶写之具"而已，意思与胡寅《题酒边词》中所谓"文章豪放之士，鲜不寄意于此（按指作词）者，随亦自扫其迹，曰'谑浪游戏而已'也"相同，都反映了当时人们对词这种文体仍不够看重，这依然与词"别是一家"的观念有着密切的关系。

　　在南宋词坛上，继承北宋婉约词风特别是受周邦彦影响的词人仍占多数。反映和评论这类词人创作实际的论述，其特点之一就是对姜夔、吴文英两家词风进行比较、评骘。张炎《词源》从"词要清空，不要质实"的观点出发，特别推崇姜夔而对吴文英颇有微词。黄昇和尹焕对姜、吴则各有偏袒（均见《花庵词选》）。沈义父又持折衷之论（《乐府指迷》）。另外，对乐律的讨论也是此期词论中的一个重要内容。张炎精通音律，他在《词源》中主张"音律所当参究，词章先宜精思"，而不能像亦步亦趋周邦彦的方千里、杨泽民那样死腔盲填，这是十分可取的见解。

　　宋代的诗歌评论，除在一些单篇文章、诗词和笔记中涉及的以外，主要是通过"诗话"的形式反映出来的。从以"诗话"为名的第一部著作欧阳修的《六一诗话》，到司马光的《续诗话》、刘攽的《中山诗话》、许顗的《彦周诗话》等，虽内容渐趋拉杂，但写作目的基本上都在于"以资闲谈"。北宋中叶以后，适应王安石、苏轼、黄庭坚等诗坛领袖在诗中大量使事用典的实践,许多诗话对"用事出处"和"造语出处"两个方面也就特别注意,如魏泰的《临汉隐居诗话》、叶梦得的《石林诗话》、吴可的《藏海诗话》和曾季貍的《艇斋诗话》等。至此,诗话已开始突破"闲谈"、"记事"的格局和功能。现存宋代诗话大都属于这类。

南宋期间,出现了三部比较全面论述诗歌理论的诗话,即张戒的《岁寒堂诗话》、姜夔的《白石道人诗说》和严羽的《沧浪诗话》。张戒是第一个不满苏、黄斤斥于"用事押韵"、"以议论作诗"的评论家,主张作诗要知"咏物之为工,言志之为本"。南宋前期诗坛逐渐摆脱江西羁绊的创作趋势,同他的理论是大体相合的。张戒强调的主要是充实内容,姜夔则主要是从如何进一步讲究技巧着眼,他的一系列观点也是当时诗坛上要求越出江西畛域的一种反映。严羽的诗话最为晚出,在宋代诗话中系统最为完整,纲领最为鲜明,代表了宋人诗话的最高成就。他的以禅喻诗的种种观点,尽管有不少片面之处,但对明、清诗坛上拟古主张和神韵说等都产生了巨大影响。

宋人写诗话,也编诗话,主要有阮阅的《诗话总龟》、胡仔的《苕溪渔隐丛话》和魏庆之的《诗人玉屑》三大部,都是研究宋代诗歌批评的重要参考资料。

宋代的文论,古文家、政治家、道学家三家的观点各有异同。

古文家的文论是针对晚唐五代宋初以迄西昆的浮艳文风而发的。宋初文论家大都强调文章化人和传道明心的作用和功能,对批判当时华靡的文风固有一定的现实意义,却削弱了文学的独立地位,故未能取得人们的公认。欧阳修则同时看到了文与道的联系与区别,因而主张重道以充文。他所理解的"道"虽属儒家传统之道,其具体内容则是现实生活中的"百事"(《答吴充秀才书》)。其后王安石主张作文在于明道致用,同时认为文之有辞亦"犹器之有刻镂绘画","容亦未可已也"(《上人书》)等观点,都是在欧阳修文论和创作基础上推衍的。

政治家的文论与道学家的文论互相对立。道学家主张文以载道,他们所说的"道",主要是明心见性之学,天理人欲之辨,总不免脱离现实,堕入玄虚。政治家主张文章应该经世致用,表扬事功,所论较为通达有识。北宋中叶李觏的《原文》,就是一篇充分体现这种精神的论文。

道学家与古文家在文、道关系上的意见始终相悖。道学家把载道的"文"仅仅看作是一种发表思想的工具,概念的内涵偏重在语言文字而不是文章之学。古文家也说过"明道"、"贯道"和宗经、征圣一类的话,其所谓的"道"指文章内容的思想性,其所谓的"文"则指词章之学,他们的终极目的还在于文。

总之,道学家由强调文以载道发展到作文害道,结果是重道而废文。政治家讲文以经世致用,结果是重实用而轻文采。古文家虽然也讲道讲用,但重点在文。三家的异同大略如此,宋代文论的争辩焦点也在于此。

宋代各种适应市民需要的文学非常繁荣,除一部分歌词外,其主要形式是话本和戏曲。

宋代话本受到唐代"说话"和"市人小说"的影响,也从唐代俗讲、变文的形式得到一定的启发,大致有小说、谈经、讲史、合生四家,这在《东京梦华录》、《都城纪胜》、《武林旧事》、《梦粱录》等著作中都有具体记载。

宋代话本比过去的文学作品更广泛地反映了社会生活,爱憎分明,形象生动,往往能使读者如临其境,如见其人。它开辟了我国小说的新纪元,明、清以来以历史为题材的长篇章回小说就是宋代长篇

"讲史"话本的继承与发展，短篇小说也是在它的直接影响下成长起来的。另外，宋代话本也给元、明以来的戏剧提供了不少题材，影响至为深广。

宋代话本数量，仅据罗烨《醉翁谈录》的统计，就有一百馀种。由于年深日久，加之封建士大夫的排斥摧残，现在保存下来的很少，散见于《京本通俗小说》、《清平山堂话本》和明人冯梦龙的《三言》诸书中，其中有若干篇还可能是元人的作品。

宋代戏曲由唐代变文和歌舞戏演变而来，一类以歌舞讲唱为主，如转踏、曲破、大曲、赚词、鼓子词、诸宫调等，它们尚未从叙事体向代言体过渡，还不能算是真正的戏剧。另一类和戏剧比较接近，如傀儡、影戏、杂剧、南戏等。

第一类讲唱文学虽非戏剧，但对戏剧的发展有影响，其中鼓子词和诸宫调尤为重要。北宋赵令畤有《蝶恋花》鼓子词咏崔莺莺故事。神宗时孔三传又创作了诸宫调。金代董解元的《西厢记》诸宫调、元代王实甫的《西厢记》杂剧，就都是从宋代的鼓子词、诸宫调推衍变化而来的。第二类最重要的是杂剧和南戏。宋杂剧源于唐参军戏，在结构和脚色等方面已有更大发展，在内容和形式上都对元杂剧有直接影响。可惜没有一篇作品传世，现在只能从宋人笔记中窥见一个大概而已。南戏一名戏文，当时因流行于温州，故最初名叫温州杂剧或永嘉杂剧。南戏以代言体扮演故事，其乐曲编成与诸宫调相同，不过诸宫调系用北曲宫调，南戏则用的是南曲宫调，都和元曲以同一宫调组成的不同。南戏篇幅长短不拘，又不分出；凡登台的脚色都可以独唱、接唱、同唱、合唱，这些也与元杂剧相异。南戏作品散佚很多，今天可考者尚有二百三十八种（据钱南扬《戏文概论》），其中绝大部分是元代作品，较可肯定为南宋时作品的只有全本《张协状元》，收录于《永乐大典》中。

第三节　辽金文学

辽朝是契丹族统治者在我国北方和东北地区建立的一个多民族政权。这个政权自太祖耶律阿保机（916—926在位）至天祚帝耶律延禧（1101—1125在位），历时二百馀年。后来耶律大石建立西辽，又历时八九十年，是辽朝的继续。

早在公元四世纪时，契丹民族即活动于辽河上游西拉木伦河和老哈河流域。其后，它经历了从原始的氏族公社制经过奴隶制发展到封建制的历史过程。阿保机建立政权时，这个新兴的王朝是产生于氏族公社废墟上的奴隶制的国家。以后的统治者积极向南扩张，进入汉族地区，加快向封建制过渡。在景宗耶律贤（969—983在位）、圣宗耶律隆绪（983—1031在位）时期，这个转化逐渐完成，封建的生产关系和政治制度基本确立，当然也还保留着许多奴隶制的残馀。

辽朝先后与五代、北宋并立，它的经济、文化落后于中原和南方，只有后来并入的燕云地区的经济、文化发展水平较高。辽朝与中原王朝有着多方面的联系，彼此间发生过一系列的战争，但也有长时期的和平相处与友好往来，从而促进了辽朝经济、文化的发展与繁荣。契丹人和汉人一同开发了我国北方和东北地区，发展了渔、猎、牧、农、手工业等社会生产和商业经济。辽朝和五代、北宋之间，契丹民族和汉族以及其他少数民族之间，在经济方面相互交流，在文化方面相互学习，相互吸收。当时正处于从奴隶制向封建制转化中的契丹民族及其建立的政权，必然要更多地接受先进的中原地区的汉文化。

辽朝上层统治阶级衷心倾慕中原文明，一贯积极汲引中原文化，不断从汉文化宝库中吸收营养来发展自己的文化,甚至全面移取袭用某些中原文化成果,纳为自己文化的组成部分。这种做法本是我国历史上许多少数民族的一个优良传统,当某一少数民族的统治者入主中原时则尤为必要。南北朝时期的北魏拓跋氏已经有例在先,为契丹所征服吞并的渤海政权更可就近师法,辽朝的耶律氏在这条道路上又有新的发展。史载阿保机建立政权后不久即建孔庙,命皇太子春秋释奠,并亲临祭祀(参见《辽史·义宗耶律倍传》)。孔子学说和儒家经典是汉文化的核心,辽朝统治阶级自觉地将它作为发展政治文化的主导思想,是经过充分讨论并有明确目标的一项重大方针。耶律倍的建议和阿保机的决定,既反映了辽朝和中原王朝、契丹民族和汉民族思想文化的紧密联系,也确定了有辽一代文化的发展方向。

太宗耶律德光(927—947在位)灭后晋,备法驾入汴,御崇元殿受贺,建国号,改元,实有迅速入主中州之意。不久,迫于形势北归,先将晋伎、百工、图籍、历象、石经、铜人、明堂刻漏、太常乐谱悉送上京,又以中原文臣冯道、和凝等从行,可见他对中原文明的重视。这是辽代文化发展历史上的又一重大事件,它对辽代文化发展的影响至为巨大深远。圣宗以后,辽朝国势日盛,与宋盟好,使命交通,来往频仍,并且实行科举取士制度,于是汉文化的影响愈加广泛深入,辽朝文化亦日趋繁荣。其时,朝廷刻印颁行多种汉文典籍,如《五经传疏》、《史记》、《汉书》等,民间私贩也输入许多汉文书籍。中土文士,接触益多;中原印本文字,广为流传。有些汉文名著更被译成契丹文字,以供更多的契丹人学习、赏鉴,如《贞观政要》、《五代史》、《阴符经》、白居易的《讽谏集》等。兴宗重熙年间曾"诏译群书",萧朝家奴一人就译了三种。当日译书之盛和大量吸收中原文化对辽代文化发展的决定性影响(参见《辽史·文学传序》)由此可见。中原传统文化入辽之后，一方面被直接采用，一方面则作为借鉴，间接地发挥作用。契丹人和汉人以及其他各族人民，在固有的文化传统基础上，共同创造了具有时代特色的辽文化，在文字、史学、艺术、文学等很多方面都取得了一定的成绩，对我国历史文化作出了应有的贡献。

辽代文学和其他朝代文学一样，是我国古代文学整体中一个有机组成部分。作为唐代文学的一个分支，它发端于五代这个我国古代文学低潮时期。当北宋文学呈现繁荣时，辽代文学在自身发展的基础上，受到宋文学的积极影响，开始逐渐趋向成熟。可是为时不久，辽室倾亡，未能充分发展起来的辽代文学的历史，也就随之终止了。

辽代文学作品，以诗文为主。写作诗文，始于政权建立之初。中原入辽的汉族文士，本为唐季臣民，一些契丹贵族，也生长在唐朝末年，他们深受唐代文风的影响，具有唐代士人的素养和气质，颇喜吟诗作赋。圣宗以后，文化日益繁荣，科举以词赋试士，且列为正科。平日朝野也常有饮宴赋诗、迭相唱和的活动，这在《辽史》中是屡见不鲜的。而《辽史·王鼎传》对文士们唱和于野的描述则更为详细。

圣宗以后，作者渐多，写作技巧日趋成熟，诗文作品大量出现，且多有裒辑成集者。辽人别集今日尚可见于记载的即有十数种，其中大部分为契丹人的作品。有些别集，卷帙已颇繁富，如圣宗时人刘京文集竟达四十卷之多。与刘京同时的契丹贵族萧柳，多智能文，别人收录其诗千篇，名为《岁寒集》。萧柳膂力绝人，勇冠三军，曾为四军兵马都指挥使。写作诗文，乃其馀事，作品收入集中者已至千篇，平生所作想必还要超过此数。遗憾的是《岁寒集》已经佚失，故无从具体评述。又据《辽史·道宗本纪》载："咸雍六年九月，以马希白诗才敏妙，十吏书不能给，召试之。"可见马希白的诗作也很多，可惜今日不传,其名亦仅见于此。尽管如此,这条史文足以说明当时辽人作诗技巧已是十分成熟的了。

辽代文学作者,除汉族人士外,还有许多契丹人士。契丹原本通行汉字,耶律阿保机建立政权后相继创制了契丹大、小字,以后三种文字同时并用。汉人一般仍然使用汉字写作诗文,许多契丹人精通汉语、汉文,他们既使用契丹文字写作诗文,也能用汉字写作诗文。辽代文学,按写作所使用的语言文字区分,有汉文文学和契丹文文学两种。汉文文学作品和契丹文文学作品并存,以汉文文学为主,这是辽代文学的一个显著特点。

辽代文学深受先秦以来特别是唐宋文学的影响。唐宋文学家在辽朝影响较大的是白居易和苏轼。白诗有关政事,通俗易解,在契丹民族中颇受推崇。阿保机的长子东丹王耶律倍(899—936)投南寓居后唐时,自署乡贡进士黄居难,字乐地,这个名字,明显含有仿效白居易字乐天的意思。圣宗耶律隆绪在诗中称"乐天诗集是吾师",并亲以契丹大字译《讽谏集》,令群臣读之。尊崇以至于此,实为汉族人士所不及。辽朝人士更熟悉同时代的苏轼,据王辟之《渑水燕谈录》卷七记载:"张芸叟(名舜民)奉使大辽,宿幽州馆中,有题子瞻《老人行》于壁者。闻范阳书肆亦刻子瞻诗数十篇,谓《大苏小集》。子瞻才名重当代,外至夷虏,亦爱服如此。芸叟题其后曰:'谁题佳句到幽都,逢着胡儿问大苏。'"苏轼一次与辽使会食,辽使诵其诗句:"痛饮从今有几日,西轩月色夜来新。"用以证明东坡能饮,劝其进酒。可见辽朝人士对苏轼的作品是何等熟悉。苏轼自己也不止一次提到辽朝人士对其作品的熟悉与喜爱。白、苏之外,其他中土文学家的作品,在辽朝也受到相当重视。洪迈《夷坚丙志》卷十八云:"契丹小儿初读书,先以俗语颠倒其文句而习之,至有一字用两三字者。……如'鸟宿池边树,僧敲月下门'两句,其读时则曰:'月明里和尚门子打,水底里树上老鸦坐。'"据此可知贾岛推敲诗句的故事,在契丹人中流传甚广,一些名篇佳作已成为儿童学习文学的启蒙读物。寺公大师的《醉义歌》,是一首契丹文长诗,原文已佚,今存乃元代耶律楚材以汉文译写者。诗中提到大诗人陶潜、李白:"渊明笑问斥逐事,谪仙遥指华胥宫。"又檃栝《庄子》语入诗,云:"梦里蝴蝶勿云假,庄周觉亦非真者。以指喻指指成虚,马喻马兮马非马。天地犹一马,万物一指同。"并用了不少其他典故,足以反映这位契丹诗人对汉文古代文学名著的熟悉。辽代的许多骈文作品,更明显地受到六朝和唐代文学的影响。

金朝是我国历史上女真族首领完颜阿骨打(金太祖)于公元1115年建立的政权,它在建国后的短短十年左右,便先后灭掉了辽与北宋,进而据有淮水以北的中国广大地区,与南宋对峙,享国凡一百二十年之久。直到1234年,才被崛起于漠北的蒙古所灭。较之南宋,金朝不仅在军事上拥有明显的优势,其政治、经济和文化也都取得了颇为可观的成绩。从社会历史发展的观点看来,金朝的建立,大大增强了北方民族对于祖国中央的向心力,促进了北方疆域的稳定和中华各民族的融合,并为中国历史文化的发展作出了积极的贡献。

金代文学,既是当时祖国的北方文学,又是我国古典文学的重要组成部分,它与南宋文学大体上是平行发展的。由于金朝所辖地区的北方汉族居民和北方少数民族禀有雄浑质朴之气,习染劲猛蹈厉之俗,风教固殊,气象亦异,因而发为声歌文章,类皆华实相副,骨力遒上,呈现出与南宋文学不同的风貌。唐人在总结南北朝时期南朝文学与北朝文学的各自特点时曾经指出:"江左宫商发越,贵于清绮;河朔词义贞刚,重乎气质。气质则理胜其辞,清绮则文过其意。理深者便于时用,文华者宜于咏歌。此其南、北词人得失之大较也。"(《隋书·文学传序》，亦见《北史·文苑传序》)宋、辽、金时期的文学也有某些类似之处。

女真原是活动于我国东北白山黑水之间的一个古老民族，属阿尔泰语系，与历史上的肃慎、挹娄、勿吉—靺鞨一脉相承。至五代时，契丹族呼黑水靺鞨为"女真"(辽代时因避辽兴宗宗真之讳亦称"女直")，于是便以此名见称于世。由于女真人生活在祖国北方的山林草原地区，特殊的人文地理环境和游牧狩猎的生产、生活方式，造就了他们粗犷剽悍、纯真直率的民族气质和民族性格。其"旧俗无室庐，负山水坎地，梁木其上，覆以土，夏则出随水草以居，冬则入处其中，迁徙不常"(《金史》卷一《世纪》)。后来虽然定居下来，以耕凿为业，种植五谷，但是农业还处于比较原始的状态。据宋人马扩《茅斋自叙》记载："自来(涞)流河(即拉林河，流经今吉林省北部、黑龙江省南部边境)阿骨打所居指北带东行约五百馀里，皆平坦草莽，绝少居民，每三五里之间有一族帐，每族帐不过三五十家。自过咸州(今辽宁开原东北)至混同江(今松花江)以北，不种谷麦，所种止稗子。春粮旋炊硬饭；自过嫔(今辽宁鞍山东北)、辰州(今辽宁盖州市)、东京(今辽宁辽阳)以北，绝少羊面，每晨及夕各以射倒禽兽荐饭，食毕上马。"(《三朝北盟会编》卷四《政宣上帙四》)南进中原以后，女真统治者则十分重视农业的发展。金太宗天会四年(1126)攻陷北宋都城汴京以后，即降诏书明令"所在长吏，敦劝农功"(《金史》卷三《太宗》)。为了适应中原地区生产力的发展水平，金政权逐步确立了封建的经济关系，从社会形态上完成了奴隶制向封建制的过渡。与此同时，女真族和汉族在文化上也经历了一个相互影响、相互吸收的过程。早在北宋灭亡以前，女真等北方民族的歌诗音乐就曾在汉地流行，并受到宋人的喜爱。南宋曾敏行《独醒杂志》卷五即称："先君尝言：宣和间客京师时，街巷鄙人多歌蕃曲，名曰〔异国朝〕、〔四国朝〕、〔六国朝〕、〔蛮牌序〕、〔蓬蓬花〕等,其言至俚,一时士大夫亦皆歌之。"宋人江万里《宣政杂录》也说:"宣和初,收复燕山,以归朝金民来居京师。其俗有'臻蓬蓬歌',每扣鼓和臻蓬蓬之音为节而舞,人无不喜闻其声而效之者。"北宋灭亡以后,女真贵族曾经在辽、宋旧地推行女真文化,要求汉族居民学习女真风俗。陆游诗中"舞女不记宣和妆,庐儿尽能女真语"(《得韩无咎寄使虏时宴东都驿中所作小阕》,《剑南诗稿》卷四)的说法即大体上反映了当时的情况。南宋诗人范成大于孝宗乾道六年(1170,金世宗大定十年)使金时,所见则为"民亦久习胡俗,态度嗜好,与之俱化,最甚者衣装之类,其制尽为胡矣。自淮以北皆然,而京师尤甚"(《揽辔录》)。当他行至华北地区时,甚至发出"虏乐悉变中华,惟真定(今河北正定)有京师旧乐工,尚舞高平曲破"(《真定舞》诗小序)的感叹。另一方面,在与汉族人民的长期相处、共同生活中,女真人在很大程度上也接受了汉文化潜移默化的影响,灭掉北宋后不久,这一点在金皇室中便首先反映出来。据《大金国志》记载,金熙宗完颜亶"自为童时聪悟,适诸父南征中原,得燕人韩昉及中国儒士教之,后能赋诗染翰,雅歌儒服,分茶焚香,弈棋象戏,尽失女真故态矣。视开国旧臣,则曰'无知夷狄';及旧臣视之,则曰'宛然一汉户少年子也'"(卷一二《熙宗孝成皇帝四》)。在确立封建的经济关系和政治制度的过程中,为了统治的需要,女真贵族曾经积极提倡汉文化。从金熙宗(1136—1146在位)开始,历代国君往往重视尊孔读经。金世宗完颜雍(1161—1189在位)尽管对女真文化特别偏爱,临御期间也曾用女真文字翻译汉文经史,以便使"女真人知仁义道德所在"(《金史》卷八《世宗下》)。尤其是金章宗完颜璟(1190—1208在位),"性好儒术,即位数年后兴建太学,儒风盛行。学士院选五六人充院官,谈经论道,吟哦自适。群臣中有诗文稍工者,必籍姓名,擢居要地,庶几文物彬彬矣"(《大金国志》卷二一《章宗皇帝下》)。为了网罗人才,金廷早在天会五年(1127)灭亡北宋后不久,便降诏提出"宜开贡举"(《金史》卷三《太宗》),从而出现了"终金之代,科目得人为盛"(同上卷五一《选举一》)的局面。特别是"世宗、章宗之世,儒风丕变,庠序日盛,士由科第位至宰辅者接踵"(同上卷一二五《文艺上》),影响所及,不仅汉人争相奔走,而且强悍的猛安谋克也开始"习辞艺,忘武备"(《金史》卷九二《徒单克宁传》)。直至金廷南迁汴京的金代后期,有些世袭猛安谋克的女真人仍然"好文学"而"作诗多有可称"(刘祁《归潜志》卷六)。随着汉文化与女真文化的双向交流,汉文化在女真人当中迅速传播,他们"很快就学会了被征服民族的语言"(马克思、恩格斯《费尔巴哈》),使汉语成为女真族的通用语,从而为汉语文学的充分发展铺平了道路。

金代汉文文学的样式主要是诗歌,其发展大体可分为前期、中期、后期三个阶段。前期诗人基本来自辽、宋,他们沿着北宋作家开辟的道路发展,尚未形成自己的特色。金代中叶,一般作者在技巧和风格上大都取法苏轼,也有一部分人受到江西诗派的影响。从内容来看,以歌唱闲适生活为主,触及社会现实的作品很少;从技巧来看,个别写景状物的作品颇见锤炼语言的功夫。这是由于1164年隆兴和议后宋、金双方相安无事四十馀年,金政权内部相对稳定的局势对文艺创作的影响所致。金代末期,内忧外患愈趋严酷,不仅各民族人民备受涂炭的苦难,女真族统治者的政权也是危如累卵。客观形势的急遽变化,也使诗歌创作发生了明显的变化。大批诗人的笔下,已从各个角度反映、描绘了尖锐的民族矛盾和阶级矛盾,在艺术上则除了继续崇拜苏轼外,一些重要的诗人已开始公开反对江西诗派。在这一诗歌创作变革的过程中,出现了金代最杰出的诗人元好问,他从师法苏轼入手,进而上追杜甫,不仅度越同时代的其他诗人,就是置之两宋大家中也并不多让,从而为有金一代诗坛大大增添了异彩。金代的诗歌,由于他所编的《中州集》而基本得以保存,其功也是不可没的。

金代的文学批评主要集中在诗歌创作方面,主要论著有赵秉文的《答李天英书》,王若虚的《滹南诗话》和《论诗》诗,以及元好问的《论诗》绝句等。赵秉文宗主苏轼而归之于平易通达,反对刻意求奇,以至诡谲怪异。他主张作诗应"尽得诸人所长"而能"卓然自成一家",即既不"有意于专师古人",又不"有意于专摈古人",能从古人中入,又能从古人中出。王若虚是金代最重要的一位文学批评者,他与赵秉文的观点相近,都非常推尊苏轼,又十分赞赏白居易。他认为"哀乐之真,发乎性情",所以反对"经营过深","雕琢太甚",只有白、苏等人才能达到这样的境界。他论诗的主旨既然在于"真",在于"自得",因而特别反对黄庭坚,至以为黄的"点铁成金"、"夺胎换骨"法不过是"剽窃之黠者耳"。元好问的《论诗》绝句三十首属于品评作家作品的范围,他主张从现实生活中取得创作源泉,反对一味模拟;主张自然天成,反对夸多斗靡;主张高雅,反对险怪俳谐怒骂;主张刚健豪放,反对纤弱窘仄;主张真诚,反对伪饰。在论列宋代诗人时,对苏轼是在肯定的基础上有所贬弹,对江西诗派则全然加以批判,与上述赵、王两人大同而稍异。从金代文学批评的大略中,也可见其与宋代诗歌的密切关系。

金代的戏剧和讲唱文学也很繁盛。从北宋时代的"官本杂剧"发展成为金代的"院本杂剧",在我国戏剧史上具有重要的意义。杂剧本身不但有了较大的发展,而且更重要的是它从宫廷府第走向了瓦肆行院,广大人民群众成了演出的主要对象。根据有关资料记载,宋代的"官本杂剧"只有二百八十本(周密《武林旧事》),金代的"院本杂剧段数"却多至六百九十本,可惜这些金杂剧作品只在元、明两代的戏剧和《金瓶梅词话》中偶然保存了几段,其他的都已失传了。从记载下来的段数题目看,其内容除了诙谐调笑,还多写历史和爱情故事,为元杂剧的发展开了先路。诸宫调北宋中叶以后即已风行于汴京,王灼《碧鸡漫志》、孟元老《东京梦华录》和吴自牧《梦粱录》都有所记载。这种讲唱文学也在金代的都市里流行。董解元的《西厢记》便是当时诸宫调流传至今的惟一硕果,它对元代杂剧影响很大,故有"北曲之祖"的美称。

除了汉文文学之外,金代还同时存在着女真语文学。早期以民歌、巫歌为主,中期在上层人士中则有女真歌词和"本曲"流传,此外还用女真文撰写的七言律诗等。尽管这些作品的艺术性不高,而且由于失传已多,文献无征,难以窥见全豹,因而在我国文学发展史上几乎没有产生过什么影响,但作为整个中华民族文学遗产的一个部分,这仅存的寥寥篇章也是弥足珍贵的。

〔1〕 清姚范《援鹑堂笔记》卷一三云:"'正统'二字,或谓撮《公羊·隐二年》'君子大居正'及《隐元年》'大一统'也。"

〔2〕 元人修纂《宋史》,特为周敦颐、程颐、朱熹等人立《道学传》,由此理学也称为道学。

〔3〕 将词明确分为婉约、豪放两派,虽始于明人张綖《诗馀图谱》和稍晚的徐师曾《文体明辨序说》,但在宋代实已肇其端倪,如苏轼《答陈季常书》始用"豪放"评词,俞文豹《吹剑续录》记苏轼在玉堂时某幕士以形象比喻对比柳永与苏轼词风格不同等。今人对于这种分类颇有异议,因未形成一致意见,故本章及全书仍基本采取上述传统观点。

第二章　北宋前期文学概述

北宋一百六十餘年，可以神宗登位变法为界，分为前后两期。前期由开国(960)到英宗末叶(1067)约百餘年，是政治上大体稳定、经济上向上发展的时期。由太祖、太宗到真宗，历朝垦田数不断递增，手工业、商业和海内外贸易都有相当发展。随着中原统一局面的形成和社会经济的繁荣，统治者歌舞升平、宴安享乐之风蔓延。然而承平稳定的社会表象，毕竟掩盖不了内外矛盾的迅速增长。宋朝对辽、夏的转攻为守，特别是真宗景德元年(1004)、仁宗庆历四年(1044)两次轻易地允诺向对方纳币求和，加重了宋朝外部的经济和政治威胁；官冗、兵冗、财乏、军弱等新弊端的逐渐形成，豪门富商兼并聚敛的日益加剧，又促成了社会内部机制的动荡不安。内外矛盾的纷至沓来，使敏感的士大夫知识层产生了忧患感、危机感，意识到不能再一循旧章地苟安下去。因而从真宗嗣位以来，朝内就出现了各种挽救危机的议论，而到仁宗时代，呼唤变革更形成了一股强劲的潮流。如真宗咸平初，王禹偁就指出"兵威不振，国用转急"的现状，柳开也提出了"若守旧规，斯未尽善，能立新法，乃显神机"(《宋史纪事本末》卷二十)的见解。仁宗时，范仲淹、富弼、欧阳修等人都主张革新政治，富弼在奏章中认为"朝廷自守弊法，不肯更张"(《续资治通鉴长编》卷一四三)，必将有严重后患。北宋前期是社会生活由相对稳定到多重矛盾渐趋显露的时代,也是地主阶级中有识之士改革呼声日益高涨的时代。

北宋前期文学同这种社会潮流相呼应,其发展主线大体上经过了由承传前代馀风,到呼唤革新和完成蜕变的漫长过程。而各体文学的演进,又是不能不受着它们自身的前行发展状况所影响和制约的。

晚唐五代艺术好尚趋向娱情和唯美,文字讲究骈俪,内容多写游冶和艳情。所谓"镂玉雕琼","裁花剪叶",温(庭筠)李(商隐)韩(偓)欧(阳炯)等人的作品都代表这种风尚,时人称之为"今体"。五代牛希济的《文章论》就曾批评今体"忘于教化之道,以妖艳为胜"。宋朝建国后,基本上沿袭了五代馀绪,由五代入宋的作家如徐铉、宋白等人,文风大都趋于绮丽。

"今体"的泛滥,必然激起文人的不满,宋太祖时,梁周翰等人即以习尚淳古而著称。《宋史·梁周翰传》说:"五代以来,文体卑弱,周翰与高锡、柳开、范杲习尚淳古,齐名友善,当时有'高、梁、柳、范'之称。"四友中以柳开影响为最大。他以继承韩、柳自任,大声疾呼地倡导古文。稍后,王禹偁继续呼吁文风改革,太宗淳化初,他在《送孙何序》中明确宣称:"咸通以来,斯文不竞,革弊复古,宜其有闻。"他不仅发表了许多有价值的论文主张,还创作了不少平易晓畅的优秀散文。柳开、王禹偁的发难,揭开了宋初古文运动的序幕,但未能引起普遍持久的社会反响。在真宗即位不久的咸平中期,柳开、王禹偁相继去世,文坛时尚受到秘阁文臣影响,与杨(亿)刘(筠)风采相契合的"时文"遂称盛一时。欧阳修在其《记旧本韩文后》中回忆道:"天下学者杨、刘之作,号为时文,能者取科第、擅名声,以夸荣当世,未尝有道韩(愈)文者。"这说明景德以来的二三十年间,古文的创作又进入了冷寂的低谷时期。在时文风行年代,能够独立不倚、坚持致力古文者是山东的穆修。穆修在大中祥符二年(1009)第进士时,已三十八岁,天圣末年故去,创作活动历时不久,"于是时独以古文称"(《宋史·穆修传》)。虽有一定影响,毕竟难以改变一时潮流。

宋仁宗即位后,随着政治弊端和社会矛盾的显露,士大夫中更革时弊的要求渐趋高涨,改革文风的意识也随之日益增强。天圣三年(1025),范仲淹进《奏上时务书》,从敦厚风化的角度,提出"兴复古道","以救斯文之薄"的主张。接着于天圣七年(1029)、明道二年(1033),朝廷两次下诏申戒浮华,提倡散文。文人的呼吁,朝廷的倡导,浓化了文风改革的气氛,为古文家的接踵涌现创造了条件,从而促进了古文运动的发展。这时有影响的作者有范仲淹、尹洙、石介、苏舜钦等人。他们的创作活动大体在仁宗即位后的二十馀年间,基本上沿着柳开、王禹偁开辟的道路前进,大都以重道、致用、尊韩、崇散相号召。范仲淹除亲自撰写散文外,还从改革家的立场,着意于以行政手段支持文风改革。尹洙曾与穆修交游,力为古文,"其文严谨,辞约而理精,章奏疏议,大见风采"(范仲淹《尹师鲁河南集序》)。石介抨击浮靡文风更为激烈,扩大了古文运动的舆论攻势。苏舜钦天圣时期曾从穆修游,后更不顾时人非笑,致力于古文的写作。继续循着这一轨迹前进,把古文运动推向高潮,从而为宋代散文的成熟奠定了坚实基础的,是被称为宋代韩愈的欧阳修。欧阳修的写作生涯主要在仁宗、英宗两朝,前后近四十年,他既有平实切要的散文主张,又撰写了大量具有鲜明风格的各体散文。如果以庆历年间的《朋党论》、《醉翁亭记》等作为欧阳修散文创作高度成熟的标志,那么,嘉祐二年(1057)他主持礼部贡举时所采取的有关措施,则是利用科举考试来扭转科场文风的成功尝试[1]。欧阳修主盟文坛以来所作的出色贡献,使宋代古文运动取得了决定性的胜利。

北宋古文运动的显著特点,是文风改革与政治改革紧密呼应,古文运动在政治力量的支持下形成高潮。当时的散文家大多是政治改革家或与政治改革派有联系的知识阶层,他们通常以赵宋王朝的效忠者自任,由时代的使命感和忧患感酝酿胎息而生成一种以改良谋富强的进取意识。这就增强了宋代古文与现实政治的联系。宋代古文家基于载道致用、垂教移俗的儒家正统文学观,要求文人能本于人伦,辅翼教化。他们以伦理的、政教的实用功能性,来与享乐的、唯美的纯情文艺好尚相对抗,这一方面使某些古文不免带有伦理说教色彩,另一方面却也唤起了一些作家正视现实、干预政治的意识,从而推动了部分反映现实、指斥时弊的优秀作品应时涌现。宋代文章革新是在"革弊复古"的口号下进行的。它要革除的是声律时文的弊病,而要复兴的是唐代韩、柳古文。它一开始就打出了尊崇韩、柳的旗帜,继而沿着韩、柳开辟的道路,着重发展了韩、柳自然平易、文从字顺的传统。在某种意义上说,宋代古文运动是唐代古文运动的复活和继起,经过了宋人的努力,韩、柳所倡导的散文才取得了长足的发展和彻底的胜利。

北宋诗的嬗变历史与文相通。古文运动的前驱王禹偁诗文俱工,他提出"韩柳文章李杜诗"的口号,最早主张诗尊李、杜。当时李、杜诗并不为人所重。太祖、太宗、真宗三朝约六十年间,诗歌主要承袭中晚唐。方回说:"宋划五代旧习,诗有白体、昆体、晚唐体。"(《送罗寿可诗序》)白体学白居易,诗风平易晓畅,作者有李昉、徐铉、王禹偁等,以王禹偁成就为最大;晚唐体学贾岛、姚合,以清逸幽隐为归,作者有"九僧"[2]、林逋、魏野、潘阆等,九僧和林逋可为代表;昆体学李商隐,辞采密丽精工,杨亿、刘筠是这一派的领袖。大致白体诗流行最早,作者不少为由五代入宋的诗人,今存最早的白体唱和诗集《禁林宴会集》,系太宗淳化二年(991)苏易简、毕士安、梁周翰、李昉、张齐贤等于翰苑观赏飞白御书而作。晚唐体的流行差不多与白体同时,"九僧"年辈略与王禹偁相近,魏野、林逋的生年也早于杨亿、刘筠。西昆体的兴起在真宗景德年间,其酬唱诗结集于大中祥符元年(1008),由于主要作者身为文学侍臣,供职翰院,为一代风雅所系,加之他们以富赡的辞采咏唱华贵的帝都生活,恰与开国不久宴安升平的气氛相契合,遂使昆体耸动天下,风靡一时,在宋初诗派中兴起最晚而影响最大。西昆体的过热流行及其末流的偏弊日甚,必然会引发诗界内部反对声浪的涌起,加之仁宗时代政治改革浪潮日益高扬,这就促进了诗歌的矫弊和创新。

仁宗、英宗两朝四十馀年,是诗坛上针对西昆的偏弊而创新诗风的时代。这时从舆论上痛诋西昆而造成广泛影响的是石介,以创作实绩而显示出宋诗独立面目的,是苏舜钦、梅尧臣和欧阳修。苏舜钦在《石曼卿诗集序》中说:"国家祥符中,民风豫而泰,操笔之士,率以藻丽为胜。"这显然是针对西昆而发的。他于景祐年间校辑杜甫别集,感叹杜诗"不为近世所尚"(《题杜子美别集后》)。他写诗发扬杜诗关注重大时事的传统,而摒弃了一味追求藻丽的风尚。梅尧臣于天圣九年(1031)调任河南县主簿,他同任职于西京留守钱惟演幕府的欧阳修、谢绛等人结为诗友,相互酬唱,一时间使洛阳成了诗歌创作的一个中心。他们这时虽未提出矫正昆体的口号,但已经开始了改革诗风的创作实践。以后随着政治改革斗争的激化,他们以诗歌干预现实的意念更加自觉。梅尧臣于庆历年间所写的几篇有名的论诗诗,鲜明地揭橥了革新派诗人的创作旨趣。苏诗激情奔涌,梅诗覃思清切,各擅其长,齐名一时,深受欧阳修推重。欧阳修诗坦易疏畅有似李白,而议论英发处则于韩愈为近。北宋诗到梅、苏、欧三家,已洗尽了浮艳积习,完成了诗风改革。叶燮《原诗》云:"开宋诗一代之面目者,始于梅尧臣、苏舜钦二人。……自梅、苏变尽昆体,独创生新,必辞尽于言,言尽于意,发挥铺写,曲折层累以赴之,竭尽乃止。"叶梦得《石林诗话》说:"欧阳文忠公诗始矫昆体,专以气格为主。"可见变尽昆体而显示出宋诗独立面目者,始于梅、苏、欧三家。

北宋前期诗歌的革新历程,与古文运动相似,它随着政治改革的深入而发展,革新派诗人的创作观念也与古文家波澜莫二。革新派诗人大多是主张文风复古的古文家,如王禹偁、苏舜钦、欧阳修等人都是诗文兼擅的。以此,他们对创作大抵强调发扬风雅美刺等观照现实的诗歌传统,以诗歌作为"正始雅音"来参预政治改革的意识也比较自觉。不过诗歌风格的演变与古文着重发展韩、柳文从字顺的一面而走上坦易明畅的路子有所不同,它以杜、韩为主要师法对象而走向了深窈奇崛一途,在承传变化唐音的基础上创造了与唐诗韵味迥异的宋调。

宋初词作沿着晚唐五代开辟的方向发展。晚唐五代词,以小令写艳情,风调缠绵,趋于唯美。温庭筠和西蜀的韦庄等其他花间词人,南唐的冯延巳和李中主、李后主,形成了两个词作中心。宋初词家大都承传西蜀和南唐。晏殊和欧阳修受南唐冯延巳影响最大,张先则颇具温、韦风情。晏殊的创作活动历真宗、仁宗两朝,他以太平宰相染指于小词,内容多写艳情闲愁,词格风流闲雅、温润秀洁,不减当年冯延巳,被前人视为"北宋倚声家初祖"。欧阳修是正宗的文章大家,但也爱填小词,词作除写景感怀外,其丽情柔语不逊于南唐,故词作有时不免与冯延巳《阳春》词相混。清人冯煦谓:"文忠家庐陵而元献家临川,词家遂有江西一派。其词与元献词同出南唐,而深致则过之。"(《六十一家词选例言》)张先是长寿词人,长晏殊一岁,享年却比晏殊多出二纪,先后与晏殊、欧阳修、王安石、苏轼均有交往。他年届八十犹狎声伎,作词至老不衰。其词多写艳情离思,也借闺怨寄托幽怀,韵味隽永,妙句迭出,在北宋前期词向后期发展中起着承前启后的过渡作用。晏、欧、张等人于承流接响中各有所独诣,但大体不出于香艳范围。正如吴梅所云:"大抵开国之初,沿五季之旧,才力所诣,组织较工,晏、欧为一大宗,二主一冯,实资取法,顾未能脱其范围也。"(《词学通论》)这种香艳之作既是五代馀风的延续,又是与宋初上层文人宴游逸乐、歌舞升平的社会环境相适应的。

与此同时,词坛上崛起了一种以柳永为代表的俚俗新声。柳永的时代与晏殊相当。晏殊十四岁以神童被荐入朝,仁宗初年便以朝堂重臣身份领袖一代风雅。柳永成名则更早,其词作在真宗朝即已流传。柳永在民间俚曲的影响下,大量创作慢词,拓展了词的内容,丰富了词的技法,特别是反映了与士大夫情趣颇为不同的市民意识,使词风为之一变。宋翔凤云:"慢词盖起于宋仁宗朝,中原息兵,汴京繁庶,歌台舞席,竞赌新声。耆卿失意无俚,流连坊曲,遂尽收俚俗语言,编入词中,以便伎人传习,一时动听,散播四方。"(《乐府馀论》)这说明柳词是与欧、晏词迥然不同的另一种社会环境的产物,其流行在仁宗时,它的出现为宋词开拓了新天地,标志着宋词发生了一次大的嬗变。

词学观念与诗文全然不同,词体演进也走着不同的路径。词从民间走向文人,经晚唐五代完全变成了剪红刻翠的"艳科"文学。文人们把诗文视为载道言志的"经国大业",而把词则看成娱宾遣兴的"艳科小技"。赵宋建国之初,统治者一面整肃纲纪,强化儒学伦理统治,一面又自恃承平,鼓励臣下多置歌儿舞女"厚自娱乐"。适应前者,经纬治道的诗文不免日益伦理化政治化;适应后者,追欢助兴的小词不妨吟风玩月,沉浸艳情。由此艳词不仅风行词苑,且可流布禁省,而代表作家,既有雍容儒雅的一代宰辅,又有反对华靡的文坛巨匠。上层文人以诗文言志议政寄托经国宏猷,而把感性人欲、风流艳情、游冶享乐,倾洒于词体之中。这就形成了伦理理性内容和个性感性情思向不同文学体制析轨分流的情势。与诗文以复古为革新，以现实的政教目的取代现实晏乐和纯情的旨趣不同，北宋前期词在风行于上层文人殿堂的同时，被柳永引向了市井。柳永的出现，使词由醇雅走向俚俗，由小令繁衍制作出大量慢声，由豪门华筵间贵族戏谑之资，演变成为青楼歌馆中市民享乐之具。词的"侧艳小技"地位并未改变，所不同的是渗入了一些市民意识和里巷风调。诗文经过复古，其体益尊，其风貌愈加醇雅；词体由晏、欧到柳词的演变，则更加世俗化，更加增益了反禁欲的享乐色彩。

〔1〕《欧阳文忠全集》附录五，欧阳发所编《事迹》载："嘉祐二年，先公知贡举，时学者为文以新奇相尚，文体大坏。……公深革其弊，一时以怪僻知名在高等者，黜落几尽。二苏出于西川，人无知者，一旦拔在高等。榜出，士人纷然，惊怒怨谤，其后稍稍信服。而五六年间，文格遂变而复古，公之力也。"

〔2〕 九僧：指希昼、保暹、文兆、惠崇等九位能诗的僧人，见司马光《续诗话》。参见本册第三章第二节。

第三章　柳开、王禹偁和宋初其他作家

第一节　柳开　王禹偁

宋代年辈较早而首开一代诗文风气的作家是柳开、王禹偁。

柳开(947—1000),原名肩愈,字绍先,后改名开,字仲塗,著书自号东郊野夫、补亡先生,大名(今属河北)人。开宝六年(973),太祖亲临讲武殿复试礼部贡士,柳开登进士第;八年,补宋州司寇参军。太平兴国中,擢右赞善大夫。曾从太宗车驾督楚、泗八州军粮,后知常州、润州、贝州,转殿中侍御史。雍熙中宋廷举兵北征,柳开曾上疏自请守边,表示必出生入死,收复幽蓟,被派知宁边军。端拱初徙全州,淳化初移桂州,后又知环州、邠州、曹州、邢州等地。真宗即位,命知代州,徙知忻州。契丹犯边,柳开上书请求皇帝亲征。咸平三年徙沧州,赴任途中病死,享年五十四岁。著有《河东先生集》十五卷,有《四库全书》本、《四部丛刊》影旧钞本等。

赵宋建国后,文场流行五代体,讲究声律骈偶,气格卑弱。首先起而反对五代体,倡导文风复古的是柳开。他在《上王学士第三书》

中说：

> 代言文章者,华而不实,取其刻削为工,声律为能。刻削伤于朴,声律薄于德,无朴与德,于仁义礼知信也何?

他反对文章华而不实,认为文章的功用在于阐扬儒家的伦理道德。在全面阐述文风改革主张的《应责》中,他对所倡导的古文作了简明的界定:

> 古文者,非在辞涩言苦,使人难读诵之;在于古其理,高其意,随言短长,应变作制,同古人之行事,是谓古文也。

他倡导古文意在能表述古理、高意,且能做到通俗平易,屈伸自如。他还说:"吾之道,孔子、孟轲、扬雄、韩愈之道;吾之文,孔子、孟轲、扬雄、韩愈之文也。"他标举文统道统,主张文道合一,自觉地以恢复韩、柳古文的传统为己任。他自幼就受韩文的熏陶,服膺韩愈,其《东郊野夫传》记述了少年学习韩文的情形,自谓"深得其韩文之要妙"。不过,综观柳开经历,他一生辗转宦途,悉心从政,主要从意欲有所建树的政治家的视角,来看待文章传道化民的社会功利价值,因而集中所作应用文较多。少数篇章,如《东郊野夫传》、《补亡先生传》、《来贤堂记》、《上符兴州书》、《代王昭君谢汉帝疏》等,写人记事,发抒情感,有一定文学性。《上符兴州书》自述个人的狂逸脾性,颇为真切生动;《代王昭君谢汉帝疏》拈出汉廷史事,借题发挥,谓朝廷大臣无计安邦,推出红颜弱女息兵和戎,借昭君之口,婉曲地讥讽了宋廷的屈辱怯敌。然而就总体来讲,柳开散文风格质朴,时有艰涩之弊,其创作实绩不免落后于他的理论倡导。柳开的贡献在于他一反文场时风,首倡古文复兴,提出了理论主张,成为宋代古文运动的先驱者之一。正如《四库全书总目·〈河东集〉提要》所说:"宋朝变偶俪为古文,实自开始。惟体近艰涩,是其所短耳。"柳开不善于写诗,集中仅存诗三首。宋江少虞《皇朝事实类苑》卷三十五引《倦游杂录》辑存其《塞上》绝句一首,颇为传诵,《宋诗纪事》业已录入。诗云:

鸣骹直上一千尺,天静无风声更干。碧眼胡儿三百骑,尽提金勒向云看。

小诗写边疆民族驰骑塞原习武射箭的场景颇为真实生动。当时曾有人取此诗意绘成画图,据杨慎《升庵外集》卷七十八云,此幅图画稿本明代尚存。

王禹偁(954—1001),字元之,济州钜野(今属山东)人。晚年贬居黄州,人称王黄州。王禹偁出身寒微,《东都事略》和《宋史》本传都说他世为农家,《邵氏闻见后录》谓"其家以磨面为生"。他在"总角之岁,就学于乡先生"(《孟水部诗集序》),经过勤奋学习,文才日渐显露。太平兴国八年(983)登进士,授成武主簿。次年移知长洲县,公务之馀,与友人诗文唱和,人多传诵。端拱初,太宗闻其名,召试中书,擢右拾遗直史馆,乃献《端拱箴》寄寓规讽。其诗有句云:"载笔居三馆,登朝忝拾遗","侍从殊为贵,图书颇自怡"(《谪居感事》),说明这一阶段是他仕途最为顺利的时期。

王禹偁性格刚直,不愿随众俯仰,在庸俗的官场中难免碰壁。淳化二年(991),庐州尼姑道安诬告徐铉,王禹偁抗疏为徐铉雪诬,触怒皇帝,朝臣乘机谗陷,因而被贬为商州团练副使。商州荒僻,旱涝不调，民生艰难，王禹偁目睹民隐，继承乐府诗传统，在谪居的两年中，写了不少关注民生疾苦的诗篇，可说是一生创作的高潮时期。淳化四年四月，王禹偁量移解州，不久召还京师，拜左正言、直史馆。为便于赡养，他请求调知单州，到任十五天，又重回京师任礼部员外郎、知制诰。

至道元年（995）拜翰林学士。这时王禹偁已不再抱有那么多政治幻想，但耿直敢言的性格并没有改变。这年四月，太宗赵炅的嫂子孝章皇后病死，群臣不成服，王禹偁上疏论谏，被指为讪谤，复以工部郎中贬知滁州。这次政治打击，使王禹偁意识到刚直敢言，难以久居官场，不禁发出"虽得五品官，销尽百炼钢。何当解印绶，归田谢膏粱"（《闻鸦》）的感叹。

王禹偁至道元年到滁州，次年十二月移任扬州。至道三年真宗即位，诏求直言，王禹偁条陈五事，提出谨边防、通盟好；减冗兵、并冗吏；艰难选举，使入官不滥；沙汰僧尼，使疲民无耗；亲大臣，远小人等主张，都切中时弊，具有改革精神。奏疏上达，王禹偁回京复知制诰，预修《太祖实录》，直书其事。时相张齐贤、李沆不协，王禹偁受到疑忌，咸平元年（998）除夕即被贬知黄州。新君即位，自身内迁，王禹偁本想乘时有所施为，不料又无故被逐。离京前他愤然对当轴提出了"敢向台阶请罪名"的质问。次年闰三月他到达黄州，抑郁寡欢，邑政之暇，曾"作竹楼、无愠斋、睡足轩以玩意"（《小畜集跋》）。咸平四年，王禹偁奉命移任蕲州，不料到郡尚未逾月，就病死在任上，享年四十八岁。

王禹偁一生著述颇多，史学著作有《建隆遗事》、《五代史阙文》等，诗文集今存《小畜集》三十卷，作者晚年自编，因以易自筮，得乾之小畜卦，遂以名集[1]。《小畜外集》十三卷，其曾孙王汾所编，残存卷七至十三。以上均有《四部丛刊》本。近人徐规从《永乐大典》、方志诸书,搜集其散佚诗文若干,录存于其《王禹偁事迹著作编年》中。

王禹偁不满唐末五代以来的纤丽文风,早在宋太宗淳化元年(990)和三年所写的《送孙何序》及《五哀诗》中,就提出了改革文风的意见。在前文中,他提出"咸通以来,斯文不竞,革弊复古,宜其有闻",认为赵宋建国三十年来德化已成,却很少有人以振兴文运为己任,这是不应该的。至道元年(995),他在《答张扶书》《再答张扶书》中系统地阐述了自己的革新主张。他指出文章的功用在于"传道而明心",为此就要有言,"惧乎言之易泯也,于是乎有文焉"。至于如何改革,他提出了"远师六经,近师吏部,使句之易道,义之易晓"的目标。王禹偁发挥了韩愈文从字顺的传统,比柳开更加强调文风平易,而且于"传道"外,提出"明心",于"有言"外提出"有文",他的文学见解,对欧阳修、曾巩等人起了先导作用。

王禹偁的散文实践了自己的主张。《小畜集》中的文章,包括赋、四六、古文等类。由于历代文人以能赋为荣,科举要考试诗赋,官场诏令书启习用骈文,故编纂文集多首列辞赋。王禹偁曾任知制诰,他擅长辞赋骈文,这类作品在集中占有相当数量,也有一些名篇佳句。不过他尤致力于倡导古文,不少文章写得"简易醇质,得古作者之体"(沈揆《小畜集跋》),在当时很有特色和影响。如《待漏院记》用正反对比的手法和骈散交错的文笔,揭示佞臣、庸臣和贤臣待漏时的不同思绪和心态,借以讽谕宰臣应勤政恤民,以国事为重。《唐河店妪传》描写唐河(今河北定县附近)老妪推敌兵坠井的故事,歌颂了边疆人民的机智勇敢。《吊税人场文》以虎之搏人喻官之税人,控诉了赋役的苛重扰民。《黄冈新建小竹楼记》以简洁而富于情韵的文笔,描绘了寓居竹楼所领略到的独特风光和琴棋雅趣,勾勒了一个有高情旷怀的文吏的儒雅风流。如写竹楼风光和谪居乐趣一段:

远吞山光,平挹江濑,幽阒辽夐,不可具状。夏宜急雨,有瀑布声;冬宜密雪,有碎玉声;宜鼓琴,琴调虚畅;宜咏诗,诗韵清绝;宜围棋,子声丁丁然;宜投壶,矢声铮铮然——皆竹楼之所助也。公退之暇,披鹤氅衣,戴华阳巾,手执《周易》一卷,焚香默坐,消遣世虑,江山之外,第见风帆、沙鸟、烟云、竹树而已。待其酒力醒,茶烟歇,送夕阳,迎素月,亦谪居之胜概也。

写来文笔优美、声情兼胜,十分耐人品味。全文意象清迥,文情摇曳,堪称是一篇雅素隽洁的抒情散文。

王禹偁秉性刚直,生当宋室初建,怀有依据儒家理想致力国事的使命感,"吾生非不辰,吾志复不卑。致君望尧舜,学业根孔姬"(《吾志》)。可见他颇为自负。然而因循现状的政局和忌直喜佞的官场,使他多次碰壁,一生三黜。他内心世界虽不免陷入矛盾郁愤之中,却仍顽强地表示:"屈于身兮不屈其道,任百谪而何亏!"(《三黜赋》)王禹偁的性格际遇和所熏沐的传统文化心理,使他继承了优良的文学传统。"篇章取李杜,讲贯本姬孔。古文阅韩、柳,时策闻晁、董"(《寄题陕府南溪兼简孙何兄弟》),就是他的自白。在诗歌创作上他发扬了杜甫、白居易关注现实、关怀民瘼的精神,尤其倾心于白体。他儿时就喜读元(稹)白(居易)集,贬谪中更"多看白公诗"。他不仅学习白氏的新乐府体来干预社会生活,也效法其杂律诗、闲适诗以抒情、遣怀和酬赠。严羽《沧浪诗话》说"王黄州学白乐天",是符合实际的。

《小畜集》并外集共存诗五百八十馀首,另有佚诗不足二十首。其政治诗《对雪》、《感流亡》、《竹》、《对雪示嘉祐》等,真诚地关怀民瘼,尖锐地揭露现实,严于针砭自身,与杜甫"忧黎元"、白居易"补时阙"的精神一脉相承。《感流亡》是描写一个农夫搀扶年迈双亲、提携三个幼儿去外地逃荒讨饭的情景,诗中用白描、对话和戏剧式场面,构成了一幅典型的荒年流民图。任右拾遗时所写的《对雪》是一首涵盖量很丰富的五言长诗。诗中先叙述自己同家人在京都团聚赏雪的安闲自得,继而借想象宕开思路,描写河朔民夫和守边军卒辗转穷沙冰雪中的艰难痛苦。苦与乐的鲜明对比,触发了正直官吏的深切内疚:

  自念亦何人,偷安得如是!深为苍生蠹,仍尸谏官位。
謇谔无一言,岂得为直士?褒贬无一词,岂得为良史?

这种身处安乐,不忘百姓贫苦,勇于引咎自责的心声,与杜甫"生常免租税,名不隶征伐,抚迹犹酸辛,平人固骚屑"(《奉先咏怀》)和白居易"褐裘覆绝被,坐卧有余温;幸免饥冻苦,又无垅亩勤:念彼深可愧,自问是何人"(《村居苦寒》)之类诗作的思想感情一脉相承,它发自一名封建时代官员的肺腑,实在是难能可贵的。

  在贬谪期间,王禹偁多有吟咏湖山、描写谪居生涯的诗章,所谓"平生诗句多山水,谪官谁知是胜游"(《听泉》),"唯怜文集里,添得谪官诗"(《滁上谪居》),便是他的诗集中的一个重要组成部分。白居易集有不少闲适诗、杂律诗,自谓"或诱于一时一物,发于一笑一吟"(《与元九书》)。在这方面,王禹偁也有意师法白居易。对此林逋早有评论:"放达有唐唯白傅,纵横吾宋是黄州"(《读王黄门诗集》)。王禹偁的谪居诗,直倾胸臆,明畅如话,意态雍容。如《清明日独酌》:

  一郡官闲唯副使,一年冷节是清明。春来春去何时尽?闲恨闲愁触处生。漆燕黄鹂夸舌健,柳花榆荚斗身轻。脱衣换得商山酒,笑把《离骚》独自倾。

诗于平淡中寓有深意,明写暗喻,耐人思索,在抑郁中尤能自我解脱,和白居易诗风确有相近之处。王禹偁的一些山水诗,也写得很有情韵。如《村行》:

马穿山径菊初黄,信马悠悠野兴长。万壑有声含晚籁,数峰无语立斜阳。棠梨叶落胭脂色,荞麦花开白雪香。何事吟馀忽惆怅,村桥原树似吾乡。

写村行所见之景,绘声绘色。"数峰无语立斜阳"一句,尤为奇警。山峰本不能语,故云"无语";而着一"立"字,将山峰拟人化,陡觉它们含情脉脉,虽不语而精神毕现,从而产生在平淡中见奇特的艺术效果。结句则景中寓情,回挽上句,发挥联想,韵味无穷。

王禹偁的一些绝句,也颇有特色。如《春居杂兴二首》:

两株桃杏映篱斜,装点商山副使家。何事春风容不得,和莺吹折数枝花。

春云如兽复如禽,日照风吹浅又深。谁道无心便容与,亦同翻覆小人心。

诗格爽畅清俊,写景中富有寓意,耐人寻味。至于他的一些佳句,如:"甘露钟声清醉榻,海门山色滴吟窗"(《寄献润州赵舍人》)、"随船晓月孤轮白,入座晴山数点春"(《再泛吴江》)、"一水漪涟媚,千岩木叶红"(《西晖亭》)、"盖圆松影密,鞭乱竹根狞"(《春游南静川》)

等,均形象鲜明,动态可掬。王禹偁的诗歌,在谋篇、遣辞、造句方面,均有较高成就,所以石介评宋初文坛谓"黄州号辞伯"(《赠李常李堂》)、"黄州才专胜"(《赠张绩禹功》);黄庭坚则称"元之如砥柱"(《次韵杨明叔见饯》)。《蔡宽夫诗话》亦云:"国初沿袭五代之馀,士大夫皆宗白乐天诗,故王黄州主盟一时。"从这些评价,可以察知王禹偁在当时文场的重要地位。作为宋初诗文革新运动的先导者,王禹偁不但在理论上有所建树,而且在创作上也是卓有实绩的。

第二节　惠崇　魏野　林逋

北宋初期有些宗法贾岛、姚合而以描写山林风物见长的诗人,与西昆同时而略早,其诗作被称为晚唐体。这派诗人有九僧和魏野、林逋等人。

九僧是九位以诗名世的诗僧,其名始见于欧阳修《六一诗话》:"国朝浮图,以诗名于世者九人,故时有集号《九僧诗》,今不复传矣。"后来司马光在元丰初发现《九僧诗集》,他在《续诗话》中,载录了剑南希昼、金华保暹、南越文兆、天台行肇、沃州简长、贵城惟凤、淮南惠崇、江南宇昭、峨眉怀古等九僧之名。九僧中惠崇诗名较著。希昼称他"诗名在四方"(《书惠崇师房》),方回亦云:"九僧之七惠崇,最为高者。"(《瀛奎律髓》卷四七)

惠崇,建阳(今属福建)人,一说淮南人。他擅长绘事,《韵语阳秋》卷十四说他"善为寒汀烟渚、萧洒虚旷之状,世谓'惠崇小景',画家多喜之"。王安石、苏轼、黄庭坚等都有诗赞扬他的画艺。惠崇诗学晚唐,长于五律,善于白描,讲究句法锤锻,喜写林泉雅趣,同他的画风具有相同的特色。如《访杨云卿淮上别墅》:

地近得频到，相携向野亭。河分冈势断，春入烧痕青。望久人收钓，吟馀鹤振翎。不愁归路晚，明月上前汀。

诗写访友中宾主郊外闲步所见原野景物。首联发端于访友踏青，尾联收绾到趁月晚归，中两联写景由远而近，由无我的客观纯景写到纳入宾主行迹的主客观交融之景，画面富有层次感、立体感，下语精当简洁，充满悠闲萧散的情致。此诗第二联因截取唐人司空曙、刘长卿语合成，时人曾戏为打油诗予以讥诮。然刘攽《中山诗话》、方回《瀛奎律髓》均不以为病。其实讽咏古人诗多，偶而取为己用，只要运化得当，并与全诗融浑一体，也是无妨为佳作的。惠崇的另一首五律《赠文兆》，写自己寓居京寺的生活情景，也颇闲淡而饶有韵致：

偶依京寺住，谁复得相寻。独鹤窥朝讲，邻僧听夜琴。注瓶沙井远，鸣磬雪房深。久与松萝别，空悬王屋心。

此诗中间两联下字精稳，创境清寂，纪昀评："中四句幽而不僻"（《瀛奎律髓》纪批）。其写斋寺生涯，也颇具特色。惠崇尝作《摘句图》一百联，刊石于长安，一时为人传诵。冯舒云，九僧诗"大抵以清紧为主，而益以佳句，神韵孤远"（《瀛奎律髓》评语）。大抵而言，工于写景，着力磨炼中间四句，诸人气韵大体相似，而变化较少，惠崇诗略可代表。《九僧诗集》已佚，九僧的某些诗作，见于《瀛奎律髓》、《宋诗纪事》诸书。今有辑本。

魏野（960—1019），字仲先，号草堂居士，陕州（今河南陕州区）人。家世业农。他生于赵宋建国之初，历经太祖、太宗、真宗三朝半个世纪的承平时代，无意仕进，不求闻达；但与达官显宦多有唱酬，一时诗名颇著。尝于陕州东郊手植竹树,构建草堂,弹琴吟啸,徜徉其中。大中祥符四年(1011),真宗西祀汾阴,遣陕令召之,魏野以"资性慵拙"、"早乐吟咏"、"麋鹿之性,顿缨则狂"等为由,辞不应诏。他布衣终生,死后追赠著作郎。著有《草堂集》十卷,大中祥符初已传至契丹。后其子魏闲重编为《钜鹿东观集》。前者有《两宋名贤小集》本,后者有《峭帆楼丛书》本。

作为岩穴高人隐士,魏野气格狂放清逸,处世耿介不群。有人赠诗称他:"怪得名称野,元来性不群。"(《续温公诗话》)九僧中的宇昭《赠魏野》诗,描述他的日常生活,也有"别业唯栽竹,多闲亦好奇。试泉寻寺远,买鹤到家迟"之句,由此可以见出他的为人志趣。魏野诗多写山林生活的闲逸乐趣,如:

　　春暖出茅亭,携筇傍水行。易谙驯鹿性,难辨斗鸡情。妻喜栽花活,儿夸斗草赢。翻嫌我慵拙,不解强谋生。

　　　　　　　　　　　　　　——《春日述怀》

诗人春暖出屋,扶杖临水,周围有温驯的野鹿,矫健的山鸡,妻子手植的花卉蓓蕾初开,儿童斗草归来夸耀得胜,这充满生气的村野生活,倒反衬出自身拙于谋生的疏放脾性。诗中"暖"、"喜"、"夸"、"赢"等字体现出诗人心境的安逸惬意,三、四两联则隐寓他忘机无争、知足平和的意蕴。《书友人屋壁》也是对高人雅士日常林泉生活的真切描写:

　　达人轻禄位,居处傍林泉。洗砚鱼吞墨,烹茶鹤避烟。闲唯歌圣代,老不恨流年。静想闲来者,还应我最偏。

第二联以精工的对仗,写高人的生活细节,极见幽居雅兴。全篇笔致潇洒,语言简淡,充溢着冲淡闲雅、悠游自得之趣。诗人写林泉生活的佳句也颇多,如"成家书满屋,添口鹤生孙"(《闲居书事》)、"闲闻啄木鸟,疑是打门僧"(《冬日书事》)、"数声离岸橹,几点别州山"(《题普济院》)、"身犹为外物,诗亦是虚名"(《和王衢见寄》)等等,都受到时人和后人的赞赏。

魏野某些七言诗偶有壮语,如《登原州城呈张贲从事》中"日暮北来唯有雁,地寒西去更无州。数声寒角高还咽,一派泾河冻不流"二联,境界也较开阔。其七绝也有明畅可诵的佳篇,如《清明》、《寻隐者不遇》等。魏野与寇准时有唱酬,据《古今诗话》载:"寇莱公典陕日,与处士魏野同游僧寺,观览旧游,有留题处,公诗皆用碧纱笼之,至野诗则尘蒙其上。时从行官妓之慧黠者辄以红袖拂之。野顾公笑,因题诗云:'世情冷暖由分别,何必区区较异同。但得常将红袖拂,也应胜似碧纱笼。'"这则文坛雅话,既反映出封建时代尊官贱民、文以人重的人情世态,也表明魏野的诗作还时而体现出某种幽默感和讽谕性。

林逋(967—1028),字君复,钱塘(今浙江杭州)人。少孤力学,不为章句。早年曾漫游江淮间,后归杭州,结庐西湖孤山,养鹤种梅,不娶不仕,隐居自娱,人称其"梅妻鹤子"。因以高节善诗闻名当世,一时名公钜卿多与之游,朝廷长吏亦时有馈遗。他与梅尧臣、范仲淹、陈尧佐等人互有酬唱。梅尧臣称其为人"若高峰瀑泉,望之可爱,即之愈清"(《林和靖诗集序》)。范仲淹亦以"风俗因君厚,文章到老醇"(《寄林逋处士》)之句,赞其人品诗品。林逋曾自谓"黑头为相虽无谓,白眼看人亦未妨"(《湖山小隐》),道出他狷介乐道的个性。他清苦独身,年六十二而卒,赐谥和靖先生。林逋诗随写随弃,多有散佚，其诸孙大年掇拾所作[2]，编为集，请梅尧臣作序。今存《林和靖先生诗集》四卷，存诗近三百首。有《四部丛刊》本、《四部备要》本等。

林逋是一个性喜风月、悉心诗艺的布衣诗人。他不期通显，不求荣名，唯独对写诗牵思萦虑，雅兴不衰。曾有诗云："风月骚人业，相传能几家"(《诗家》)；"只缘吟有味，不觉坐劳神。寄远情无极，搜奇事转新"(《诗魔》)。可见他对艺术的追求和酷爱。林逋诗除赠答唱酬外，主要是写自然风月和隐居情趣。由于他结庐孤山数十年，幽雅的生活环境供给了他独特的诗料，因此杭州湖山胜景便成为他诗歌的重要主题。如《孤山寺端上人房写望》：

> 底处凭阑思眇然？孤山塔后阁西偏。阴沉画轴林间寺，零落棋枰葑上田。秋景有时飞独鸟，夕阳无事起寒烟。迟留更爱吾庐近，只待重来看雪天。

诗人住所临近孤山寺，他经常来此饱览湖山佳景，此诗即写由寺内端上人僧房眺望所得。全诗由"望"字生出。首联破题，点明"望"的立足点，暗示视野开阔。画轴在"望"中依次展开，层林中的佛寺，棋盘似的架田，秋空里的飞鸟，夕阳下的炊烟，处处呈现出一片幽寂萧散的意境，触发起诗人眇远幽邃的遐思。篇末收到诗人爱悦此地秋光，准备日后重来观赏冬景。诗中"孤山塔"、"林间寺"、"葑上田"，无不显示出钱塘风物的鲜明特色，而"阴沉画轴"、"零落棋枰"的巧于取譬，更引起后人的激赏和仿效。林逋笔下的钱塘风光，还善于织入诗人的自我行迹，渗透作者翛然物外的隐逸情调，《湖楼写望》、《湖山小隐》、《小隐自题》等，都是这方面的佳篇。如：

> 竹树绕吾庐,清深趣有馀。鹤闲临水久,蜂懒采花疏。酒病妨开卷,春阴入荷锄。尝怜古图画,多半写樵渔。
>
> ——《小隐自题》

诗人以明畅如话的语言,描绘了清幽闲静的隐逸环境,句句贯注着主人公愉悦自然、恬然自得的生活情趣。中两联景中有人,人与景融合为一,收尾借赞画而寓自赞之意,真可谓句句精妙,一气涌出,兴象深微,毫无凑泊之迹。林逋的写景佳句,如"夕寒山翠重,秋静鸟行高"(《湖楼写望》)、"片月通萝径,幽云在石床"(《湖山小隐》)、"碧涧流红叶,青林点白云"(《宿洞霄宫》)、"雪竹低寒翠,风梅落晚香"(《山村冬暮》)等等,均有一种天然雅洁的气韵,能给人以赏心悦目的画意美。

孤山盛产梅花,林逋所居多植梅畜鹤,因而他的咏梅诗尤负有盛名。方回说:"和靖梅花七言律凡八首,前辈以为孤山八梅。"(《瀛奎律髓》卷二十)其中《山园小梅》其一最为脍炙人口。诗云:

> 众芳摇落独暄妍,占尽风情向小园。疏影横斜水清浅,暗香浮动月黄昏。霜禽欲下先偷眼,粉蝶如知合断魂。幸有微吟可相狎,不须檀板共金樽。

此诗首联以"众芳摇落"反衬梅花的独占风情,颔联正面描绘梅花的形影和芳香,颈联借禽、蝶的被吸引,侧面烘染梅花的格高质美,尾联收到自身以清诗赞梅,章法严整缜密。"疏影"、"暗香"两句,虽系点化南唐江为的残句,由于改"竹影"为"疏影",易"桂香"为"暗香",抓住了梅花疏淡幽香的特色,且又借清溪、夜月来作衬映,这就巧妙地刻画出梅的骨秀神清,于梅品极为切合,因而赢得了历代骚人词客的称赞。"名字不须深刻石,暗香疏影满人间"(《梅磵诗话》引蜀僧居简吊和靖诗),后人凡赋梅花,往往想到林逋,如姜夔咏梅的自度曲两阕以"暗香"、"疏影"名调,即是一例。林逋其他的咏梅佳句,如"雪后园林才半树,水边篱落忽横枝"、"池水倒窥疏影动,屋檐斜入一枝低"、"横隔片烟争向静,半粘残雪不胜清"(《梅花》)等,也很受人爱赏。梅花清淑贞静、孤芳自守的风韵,与林逋追求雅洁的襟怀正相契合。诗人借物遣怀,写花寄意,花品、诗品、人品浑化合一,这正是林逋梅花诗的重要特色。

林逋喜写近体,擅长五律和七律,章法细密,用笔工致。他有一首临终明志的七绝说:"湖上青山对结庐,坟前修竹亦萧疏。茂陵他日求遗稿,犹喜曾无封禅书。"这可视作他一生为人的总结。清苦自守,不慕荣利,绝不谀上邀宠,而愿在一种高逸淡远的境界中求得自我满足,这种隐士生涯和审美追求,体现于吟咏,就形成了一种独特的风韵。梅尧臣称其诗"平淡邃美,咏之令人忘百事","其辞主乎静正,不主乎刺讥"(《林和靖诗集序》);《宋史》本传谓其诗"澄淡峭特多奇句";《四库全书总目·〈和靖诗集〉提要》亦云:"其诗澄淡高逸,如其为人。"这都道出了林逋诗歌的基本风调。

第三节　西昆体诗人

西昆体是北宋建国半个世纪后在馆阁文人中形成的一种新诗体[3]。景德二年(1005)秋,宋真宗命王钦若、杨亿等人聚集内廷藏书的秘阁编纂大型类书《册府元龟》。杨亿等人在修书期间互相唱和,另外还邀约未参加修书的张咏、舒雅、丁谓、钱惟济等参加,到大中祥符元年(1008)结为一集,由杨亿作序。杨亿把秘阁比为西北昆仑群玉山上的先王藏书府(掌故出自《山海经》和《穆天子传》),因取名为《西昆酬唱集》,今有《四部丛刊》本、《四库全书》本、中华书局出版的王仲荦注本等。集中共收录杨亿、刘筠、钱惟演、李宗谔、陈越、李维、刘骘、丁谓、刁衎、任随、张咏、钱惟济、舒雅、晁迥、崔遵度、薛映、刘秉等十七位作者的五七言律绝诗二百五十首,其中杨亿、刘筠、钱惟演的作品二百多首,占全部作品的五分之四以上,因而三人被目为西昆体的领袖人物和代表作家。他们都是富有才华、身居秘阁的文学侍从之臣。

杨亿(974—1020),字大年,建州浦城(今属福建)人。少有文才,年十一,太宗召试诗赋,下笔立成,深受嘉赏,授秘书省正字。十九岁赐进士及第。直集贤院,迁著作佐郎。真宗即位,拜左正言。后历任左司谏、知制诰、翰林学士、史馆修撰等职。曾预修《太宗实录》、《册府元龟》。前书八十卷,虽由钱若水主修,而杨亿独草五十六卷;后书与王钦若同总其事,其序次体例、群僚分撰篇序,皆经杨亿删定。杨亿为人耿介,天性颖悟,文格雄健,才思敏捷,喜诲掖后进,终生不离翰墨。著述甚多,今存《武夷新集》二十卷,有《四库全书》本、《浦城遗书》本等。

刘筠(971—1031),字子仪,大名(今属河北)人。真宗咸平元年(998)进士,释褐馆陶县尉。真宗、仁宗两朝,历任秘阁校理、翰林学士、尚书礼部侍郎、枢密院直学士等职。丁谓擅权,曾申请外任。参预纂修《图经》及《册府元龟》,三度知贡举。史称其"性不苟合,临事明达"。初为杨亿识拔,后与之齐名,时号"杨刘"。著述多佚,今存《肥川小集》,有《两宋名贤小集》本。

钱惟演(962—1034),字希圣,临安(今属浙江)人,吴越王钱俶之子,少补牙门将,从父归附宋朝,因博学能文,召试学士院,受到真宗称赞,诏直秘阁,预修《册府元龟》。后迁翰林学士、工部侍郎、枢密副使。仁宗即位，拜枢密使。后被劾落职，判河南府。钱惟演趋附权势，希冀进用，颇受讥议。但他家富图籍，雅好读书，与杨、刘齐名，喜奖掖后进，一时文士多出其幕府。

杨、刘、钱三人在文学上主要以创作和倡导西昆体著称。西昆体的一般特点主要是：其一，取材于翰院文士的日常生活和个人雅趣，多为唱和、赠答之作，往往数人同咏一题，所谓"更迭唱和，互相切劘"。其二，全写近体，讲究音节铿锵，词采妍丽，对仗工整，组织精致，锻炼时有新警之处。其三，取材博赡，典实密丽，但诗意晦涩，有饾饤堆垛之嫌，乏清虚爽畅之韵。其四，标榜仿效李商隐，刻玉雕金，织锦编绣，"研味前作，挹其芳润"，流香艳于行间，一以细腻风流为贵。

不过西昆体不同于初唐的应诏、应制和内廷贵家的园林宴集之作。它并不一味地歌德颂圣、铺陈华筵和流连风月，酬唱集中也有述怀诗，如杨亿的《受诏修书述怀》、《偶怀》、《怀旧居》等诗及刘筠的和作，都表达了一种警觉宦海风险，希图功成身退的志趣。两人都是性情耿介、颇尚风节的文人，联系当时的官场矛盾，可以感到诗中所流露的情怀是真实的。集中的咏史之作较多，如《始皇》、《汉武》借铺陈嬴政、刘彻崇信巫术方士、祈求成仙长生故事，批判统治者的昏聩虚妄："儒坑未冷骊山火，三月青烟绕翠岑"、"相如作赋徒能讽，却助飘飘逸气多"，语含讥讽，寓意深长。《南朝》、《明皇》描写南朝君主沉湎佚乐、荒淫无度和唐玄宗居安忘危、招致安史兵乱的故事，为统治者提供历史鉴戒："步试金莲波溅袜，歌翻玉树涕沾衣"、"河鼓暗期随日转，马嵬恨血染尘腥"，精美的对句，深蕴着耐人寻绎的历史教训。咸平、景德间，朝廷日趋奢靡享乐，知枢密院事王钦若等又迎合邀宠，怂恿真宗皇帝崇信符瑞，封禅泰山，杨亿等人摄取这些历史故事，更迭酬唱，是有其现实针对性的。酬唱集中《无题》、《代意》,杨、刘、钱等均有和作,他们步武李商隐,熔铸事典,精选词采,借朦胧之兴象,发幽隐之情思。如"桂魄渐亏愁晓月,蕉心不展怨春风"(杨亿)、"纨扇寄情虽自洁,玉壶盛泪只凝红"(钱惟演)等,都给人以意象婉美,雕绣满目之感。杨亿的一首《代意》可作代表:

梦兰前事悔成占,却羡归飞拂画檐。锦瑟惊弦愁别鹤,星机促杼怨新缣。舞腰罢试收纨袖,博齿慵开委玉奁。几夕离魂自无寐,楚天云断见凉蟾。

前四句用四个典故,铺陈佳人被弃被疏的痛苦悔恨,后四句描述佳人孑然独处的空虚孤寂。在丽词工对的诗句中,流动着悲凉哀怨的幽情。全诗倾入了诗人对薄命佳人不幸际遇的同情,又仿佛曲折地透露了才人志士遭忌失时的悲伤。这类诗的幽隐缜密、隐约朦胧,与李商隐诗颇有仿佛之处。酬唱集中的咏物诗,如《泪》、《梨》、《萤》等,多数铺排典故,刻镂物象,拘于形迹,意蕴单弱,价值不高。钱惟演的七绝《对竹思鹤》(见《能改斋漫录》卷一一),立意清超,韵致疏淡,有借客观物品寓一己情操的意向。只是钱氏的为人,与该诗末句"尽是人间第一流"的啸吟颇不相称,不能不令人惋惜。酬唱集中也有触及宫帏隐秘以期引起朝廷训戒的《宣曲》诗。宣曲是汉宫名,杨亿诗由"宣曲更衣宠,高堂荐枕荣"发端,以五言排律铺写历史上宫帏掌故、帝王与宫妃的淫秽故事,成二十二韵。刘、钱二人都各有和篇。当时真宗曾有召幸乐伶、宠妃荒政之事,他们咏唱宫帏艳事,意涉影射,因而触怒真宗,遂于大中祥符二年,下诏禁止浮艳文体。

总之,西昆酬唱的诗作除吟咏内廷文学侍臣的优游生活外,也不乏宣泄诗人真情实感和讽谕现实之作。在艺术上,西昆首领吸取李商隐的精整工切,仿效其无题诗的隐约朦胧,对增进诗歌语言的幽邃性、凝练美不无意义。但由于西昆诗人的生活内容毕竟失于贫乏,又过于弄斤操斧,常以切对为工,以编织故实争胜,流入为文造情一路,在诗坛上不免产生消极影响。《四库全书总目·〈西昆酬唱集〉提要》说:"其诗宗法唐李商隐,词取妍华而不乏兴象。效之者渐失本真,惟工组织,于是有优伶挦撦之戏。"这就比较公允地指明了西昆的得失。西昆体在宋初影响很大,"时人争效之,诗体一变"(《六一诗话》)。所以黄庭坚把杨亿与王禹偁并称:"元之如砥柱,大年若霜鹗。王杨立本朝,与世作郛郭。"(《次韵杨明叔见饯十首其七》)单从当年在文苑所产生的影响来说,这样的评论是有一定根据的。

〔1〕 谓以《周易》卜筮,"乾"卦变"小畜"卦。"小畜"意为不能畜大,所畜狭小,故名"小畜"。

〔2〕 诸孙大年,《四部备要》本载梅尧臣《林和靖先生诗集序》作"诸孙大言",误。《宋史·林逋传》云:"逋不娶,无子,教兄子宥,登进士甲科。宥子大年,颇介洁自喜,英宗时为侍御史。"据此收编林逋诗,请梅尧臣作序者,当即林逋兄之孙,侄宥之子林大年。

〔3〕 西昆体在宋初三体中时代最晚,它的盛行是在柳开、王禹偁过世之后。《宋史·文苑传》有云:"国初,杨亿、刘筠犹袭唐人声律之体,柳开、穆修志欲变古而力弗逮。"这段表述给人一种错觉,仿佛柳开"欲变古"系在西昆体兴起之后。游国恩等所编四卷本《中国文学史》,先说西昆体是宋初浮靡文风的集中表现,后述柳开、王禹偁反对宋初浮靡文风,也存有时代先后倒置之嫌,容易造成柳开、王禹偁反对西昆体的错觉。

第四章　苏舜钦、梅尧臣和前期其他作家

柳开、王禹偁之后，杨、刘风采，耸动天下。继起而重振诗文革新旗鼓的，有穆修、石介、范仲淹等人；而在诗歌方面表现出出色的创作实绩的，则首推苏舜钦、梅尧臣二人。

第一节　穆修 石介 范仲淹

穆修（979—1032），字伯长，郓州（今山东东平）人。秉性刚介，不阿权贵。幼嗜学，有才名，他的诗句传禁中，为宋真宗所赏识，询问公卿何以不加推荐，但为丁谓所潜，诬以其行不逮文，致遭冷落。大中祥符二年（1009）登进士第，越三年调补海陵（今江苏泰州）司理参军。"居职以不能俯仰自全，不幸为奸人所伺，诬搆以事，因被罪南谪，为池州参军"（《〈秋浦会遇〉并序》）。后遇赦，为颍州（为安徽阜阳）文学参军。未几罢。提倡古文，不遗馀力。家境贫困，曾向亲友募集资金，鸠工刻印其家藏之韩、柳集数百部，亲至汴京相国寺设肆出售，以广流传，并传其学与尹洙、尹渐兄弟。穆修有《河南穆公集》三卷，通行的为《四部丛刊》影宋本。集中录书序记志祭文二十篇。

穆修论文崇儒道,尊韩、柳。他叹息"今世士子,习尚浅近,非章句声偶之辞,不置耳目,浮轨滥辙,相迹而奔,靡有异途焉。其间独敢以古文语者,则与语怪者同也。众又排诟之,罪毁之,不目以为迂,则指以为惑。"(《答乔适书》)他更把学古文与学时文的差异加以对比,认为:"夫学乎古者,所以为道;学乎今者,所以为名。道者,仁义之谓也;名者,爵禄之谓也。"(同上)这就是说,学习古文可以体现儒家之道,学习时文徒为干禄求仕。穆修特别推崇韩、柳古文,认为上继经典,下启后昆,"唐之文章,……至韩、柳氏起,然后能大吐古人之文,其言与仁义相华实而不杂。如韩《元和圣德》、《平淮西》,柳《雅章》之类,皆辞严义密,制述如经。"(《唐柳先生集后序》)他自己更表示"予少嗜观二家之文,……苟志于古,则践立言之域,舍二先生而不由,虽曰能之,非余所敢知也。"(同上文)穆修大声疾呼,推尊韩、柳,倡导古文,在当时骈文风行之际,确为特立独行之举。不过他的古文留传不多,文字虽较柳开平易朗畅,但仍重在说理,具有文学形象性的作品极少。惟其中《亳州魏武帝帐庙记》所写曹操的形象较为生动:

……当帝之经营征伐也,袁绍父子,据兵河朔;吴权蜀备,内窥中夏。帝挟持汉室,抗力三方。慷慨兴言,则失彼匕箸;从容计事,则走人头颅。卒灭袁而沮权、备之强者,惟帝之雄。使天济其勇,尚延数年之位,得徐图成败,其伐谋制胜料敌应变之下,岂江吴庸蜀而足平哉?至今千年下,有观其书,犹震惕耳目,耸动毛发,使人懔其馀风遗烈。矧谯之旧邦,祠堂在目,像貌如生。……

这篇文章,骈散夹用,疏密相间,对曹操的评价亦较公允,是穆修的代表作。穆修崇儒尊韩,但并不反佛,在《亳州法相禅院钟记》、《蔡州开元寺佛塔记》等文中,他对佛教曾有所肯定。他看到佛法"与中国圣人之道并行于时"的事实,认为"世有佛以来,人不待礼义而然后入于善者亦多矣"。可见穆修对释家的态度与宋初其他古文家有所不同。

穆修有诗作五十多首,以律绝诗较多,文学意味亦优于其古文。如《村郭寒食雨中作》,虽多用拗句,但写景清新,寓意深微,不失为一首佳作:

寂寥村郭见寒食,风光更着微雨遮。秋千闲垂愁稚子,杨柳半湿眠春鸦。白社皆惊放狂客,青钱尽送沽酒家。眼前不得醉消遣,争奈恼人红杏花。

《巨盗》一诗,以律诗而反映当时大事,则是有感而发之作。

他的七绝有的即景抒怀,隐寓讥讽,如:

西京千古帝王宫,无限名园水竹中。来恨不逢桃李日,满城红树正秋风。

——《过西京》

池馆早来瓦砾存,路傍看取故侯园。身前便作荒凉计,只树芳菲不树恩。

——《故侯园》

两诗感叹帝王、公侯只追求眼前的自我享乐,而不思推恩及人,现实荣华转眼化为秋风瓦砾,谁还忆及他们呢!因物兴感,深蕴理致,耐人咀嚼回味。其长诗《秋浦会遇》并序,感慨遭遇,倾诉幽怀,计一千二百言,为有宋一代篇幅最长的五言诗之一。全诗痛快淋漓,往复循环,诚如他自己所说:"匪以言诗也,摅愤悒之辞也。"(本诗序)

石介(1005—1045),字守道,兖州奉符(今山东泰安南)人。"世为农家,父讳丙,始以仕进,官至太常博士。"(欧阳修《徂徕石先生墓志铭》,以下简称《墓志铭》)石介少时,家贫好学,刻苦自励,以儒家经典为依归。仁宗天圣八年(1030),举进士甲科。后为郓州观察推官、南京留守推官。秩满,迁某军节度掌书记。又代父入蜀为嘉州军事判官。丁忧回乡,服满,召入为国子监直讲,大力宣扬儒家之道,排斥佛老。石介关心政治,明辨是非。庆历三年(1043)吕夷简罢相,夏竦罢枢密使,杜衍、章得象、晏殊、贾昌朝、范仲淹、富弼、韩琦同执政,欧阳修、余靖、王素、蔡襄为谏官,皆一时名流。石介作《庆历圣德诗》称扬朝廷得人,斥夏竦为大奸,孙复见其刚直如此,曾告诫他说:"子祸始于此矣!"(《墓志铭》)石介出入大臣之门,招引宾客,干预政事,颇不自安,遂求出,得通判濮州。庆历五年七月未及赴任而卒。乡人称之为徂徕先生。存《徂徕集》二十卷,有清康熙泰安知州石健刊本、《四库全书》本等。《丛书集成》初编收《石徂徕集》二卷,有文无诗。中华书局排印校点《徂徕石先生文集》,收采完备,较便阅读。

穆修推广韩、柳文章,倡导文风改革,虽早于石介,但石介推尊韩愈,攻击昆体的态度较穆修尤为激烈。朱熹辑《徂徕先生行实》说:"天圣以来,穆伯长、尹师鲁、苏子美、欧阳永叔始倡为古文,以变西昆体,学者翕然从之。其有杨、刘体者,人戏之曰:'莫太昆否?'守道深嫉之,以为孔门之大害,作《怪说》三篇,上篇排佛老,下篇排杨亿。于是新进后学,不敢为杨、刘体,亦不敢谈佛老。"这说明石介在文风改革中起了突出的制造舆论的作用。石介标举儒学道统,特别推崇韩愈,撰作《尊韩》一文,将韩愈与孟轲并提,称韩愈为"贤人之至"。他以继承韩愈自期,以崇儒术、辟佛老、卫道统为己任。他论文一味强调文章的社会功利性,提出文"必本于教化仁义,根于礼乐刑政"(《上赵先生书》),又说:"三纲,文之象也;五常,文之质也";"教化,文之明也;刑政,文之纲也"(《上蔡副枢书》)。由此出发,他坚决反对"以风云为之体,花木为之象"的今文。这虽对浮靡之风有所矫正,但把文章视为儒教的工具,政治的附庸,实际上就走向了取消文的极端功利主义。在《怪说》中,他对杨、刘风采进行了严厉的批判:

  今杨亿穷妍极态,缀风月,弄花草,淫巧侈丽,浮华纂组。刓镂圣人之经,破碎圣人之言,离析圣人之意,蠹伤圣人之道。……其为怪大矣。

石介攻击西昆体,其火力之猛,在革新派理论家中可说鲜有其匹。他自觉地奋起卫道,对涤荡华靡文风是起了重要作用的。

  石介文有书、序、记、文启、杂著等约近百篇,内容多阐扬儒术,诋排异端,切责时弊,鉴古论今。他为文观点鲜明,饶有气骨,"极陈古今治乱成败,以指切当世贤愚善恶,是是非非,无所讳忌"(《墓志铭》)。文风切直峻急,峭刻险僻,多危言高论而缺乏文采。石介曾自谓:"仆文字实不足动人。"(《答欧阳永叔书》)从创作实践来看,这种自我评价也是确当的。《徂徕集》中有少数文章有一定的生动性。如《辨惑》运用历史故事论证天下无神仙、无黄金术、无佛;《录微者言》借记述微贱者之语,反映佣耕客户凶年的困苦无告;《责素飧》以鸡狗有功于人来反衬官僚"素飧尸禄"之可耻,这些杂文既有一定的现实意义,又有一定的文学意味。《击蛇笏铭》有一段文字颂

扬正气之浩然,云:

> 夫天地间有纯刚至正之气,或钟于物,或钟于人。人有死,物有尽,此气不灭。烈烈然弥亘亿万世而长在,在尧时为指佞草,在鲁为孔子诛少正卯刃,在齐为太史简,在晋为董狐笔,在汉武朝为东方朔戟,在成帝朝为朱云剑⋯⋯

一派凛然刚直不挠之气,拂拂于字里行间,文天祥的《正气歌》显然受到此文的影响。

石介的诗今存一百四十馀首,大都为事而发。上面提到的《庆历圣德诗》,歌颂仁宗用韩琦、范仲淹、欧阳修等贤人,自称"雅颂吾职,其可已乎?"此诗为四言,凡九百六十字,爱憎分明,忠奸是辨,所以他不免遭人嫉视。此外,他的五、七言诗,如《汴渠》、《麦熟有感》、《读诏书》、《西北》、《蜀道自勉》、《闻子规》等,均能写当时现实重大事件,以抒发一己忧国之感。其《岁晏村居》、《访田公不遇》等则写农村幽居生活,风格颇为清新,前诗云:

> 岁晏有馀粮,杯盘气味长。天寒酒脚落,春近曜头香。菜色青仍短,茶芽嫩复黄。此中得深趣,真不羡膏粱。

石介诗写景也偶有佳句,如"四时泉石应无夏,满谷云霞别是乡"(《留题敏夫隐居》)、"一片青衫非富贵,千竿绿竹好生涯"(《访竹溪呈孟节兼有怀熙道》)等。不过石介写诗总的倾向,较多注意诗歌的社会功利价值,而对它的艺术审美价值则重视不够。

范仲淹(989—1052),字希文,吴县人。父墉,从钱俶归宋,任武宁军(今徐州)节度掌书记。太宗端拱二年,范仲淹生于徐州官舍,二岁而孤,贫无所依,随母谢氏改适淄川长山(今山东邹平)朱氏,从其姓,名说。少有志操,年既长,知其家世,乃感泣辞母,赴应天府(今河南商丘)学舍读书,虽饘粥不充,但能苦学自励,昼夜不息。真宗大中祥符八年(1015)中进士,出任广德军(今安徽广德)司理参军,始迎母归养,并复范姓。此后十年间,在亳州、泰州、楚州等地历任州府小吏。三十七岁居母丧,寓应天府。服除后由晏殊荐,擢为秘阁校理。天圣末通判陈州。明道二年(1033)除右司谏。景祐初出守睦州,旋徙苏州。景祐二年(1035)判国子监,进除吏部员外郎权知开封府,因上百官图讥议时政,触怒宰相吕夷简,落职贬知饶州。后又徙知润州、越州。康定元年(1040),西夏元昊犯边,范仲淹被任为陕西经略安抚副使兼知延州(今延安),与韩琦协力疆防,治军有方,西境略定。庆历三年(1043)召任枢密副使,参知政事,与杜衍、韩琦、富弼同时执政,曾条陈十项改革政见,仁宗颁行全国,号称"庆历新政"。由于保守势力抵制,新政多罢而复故,新派且被诬为朋党。范仲淹不安于朝,自请外任,庆历四年出为陕西东路宣抚使,后又知邠州、徙邓州、杭州、青州。皇祐四年(1052)请颍州,在赴任途中死于徐州,享年六十四岁。著述有《范文正公集》二十卷,另有别集四卷,奏议二卷,尺牍三卷,通行本有《四部丛刊》影印本等。

范仲淹作为政治改革派领袖,也大力支持文风改革,赞赏柳开、穆修、尹洙、欧阳修等人写作古文。他从政治家的角度看待文章,认为"国之文章应于风化,风化厚薄见乎文章"(《奏上时务书》),而对于当时"为学者不根乎经籍,从政者罕议乎教化,故文章柔靡,风俗巧伪"(《上时相议制举书》)的现状深表忧虑。他提出朝廷要"敦谕词臣,兴复古道"(《奏上时务书》),取进士应"先策论而后诗赋"(《答手诏条陈十事》)。他强调文章的社会功能,主张以行政手段来矫正文风。但范仲淹并未把文学和政教混为一谈,在《唐异诗序》中,他形容诗歌的体性:"范围乎一气,出入乎万物,卷舒变化,其体甚大。故夫喜焉如春,悲焉如秋,徘徊如云,峥嵘如山。"这大致触及诗作的感情意象方面的特质。范仲淹看到诗的风格因人而异:"诗家者流,厥情非一:失志之人其辞苦,得意之人其辞逸,乐天之人其辞达,觏闵之人其辞怒。"这就把诗风同创作主体的遭际和情怀加以联结,从而使自己的文艺见解同视文章为宣讲伦理之工具的道学实用主义区别开来。

在范仲淹文集中,奏议、书牍等政论文和应用文较多,他的政论大都切合时务,言之有物,文笔晓畅,议论剀切,贯注了呼吁改革的精神,体现了忧国匡时的襟怀。如《奏上时务书》、《上执政书》可为代表。其《答手诏条陈十事》、《再进前所陈十事》等论文,条分缕析,识度卓荦,成为实施"庆历新政"的理论纲领。范集中的文集序和楼堂记较富有文学色彩。文集序如《唐异诗序》、《尹师鲁河南集序》等,多结合衡文陈述自己的文艺见解,而文笔也挥洒自如,颇富辞采。楼堂记以《清白堂记》、《桐庐严先生祠堂记》、《岳阳楼记》最为有名。《桐庐严先生祠堂记》叙光武与严光的友谊,以光武帝位之尊,衬严光清节之高,请宾陪主,且多用俪语,齐匀对称,文字优美。《岳阳楼记》叙述简当,写景鲜明,善于抓住不同景物所引起的不同感受,抒写迁谪之怀,发挥其独特的忧乐观。中间写景的两段,文字尤为精美:

若夫霪雨霏霏,连月不开,阴风怒号,浊浪排空,日星隐曜,山岳潜形,商旅不行,樯倾楫摧,薄暮冥冥,虎啸猿啼。登斯楼也,则有去国怀乡,忧谗畏讥,满目萧然,感极而悲者矣!

至若春和景明,波澜不惊,上下天光,一碧万顷,沙鸥翔集,锦鳞游泳,岸芷汀兰,郁郁青青;而或长烟一空,皓月千里,浮光耀金,静影沉璧,渔歌互答,此乐何极。登斯楼也,则有心旷神怡,宠辱皆忘,把酒临风,其喜洋洋者矣!

末段从登楼即景感怀翻出正意,用"先天下之忧而忧,后天下之乐而乐"的警语勉人自勉,体现出作者气宇恢宏,识度非凡。全文思路腾挪跌宕,句法骈散互用,声调铿锵朗畅,行文技巧也非常出色。范仲淹于文章重视内容,但并不忽视形式和文采。其奏议质实朴素,文多散行,而记叙文则融入排偶,时作藻饰,颇富于文学意趣。

《范文正公文集》共收古近体诗一百七十馀首,其中有干预现实、关怀民瘼的,如《四民诗》四首,分咏士、农、工、商,针砭时弊,反映百姓疾苦。不过这类古体诗,概念化的议论较多,诗的韵味不够,倒不如一些仿佛脱口咏出的绝句小诗写得新警而有馀味。如:

江上往来人,但爱鲈鱼美。君看一叶舟,出没风波里。
——《江上渔者》

一棹危于叶,傍观亦损神。他时在平地,无忽险中人。
——《赴桐庐郡淮上遇风》

范集中的写景诗、酬赠诗,也有写得颇为清新可诵的。如:

片心高与月徘徊,岂为千钟下钓台。犹笑白云多事在,等闲为雨出山来。
——《寄林处士》

范仲淹留存的诗较多,但艺术上尚未形成鲜明个性,而他的词作虽仅存五首,却很出色,一向脍炙人口。这五首词多是即景抒情,写一己遭遇,颇能开拓词的意境,风格则兼有豪放、婉约。如〔渔家傲〕云:

塞下秋来风景异,衡阳雁去无留意。四面边声连角起。千嶂里,长烟落日孤城闭。 浊酒一杯家万里,燕然未勒归无计。羌管悠悠霜满地。人不寐,将军白发征夫泪。

词写戍守边陲情景,景物雄奇辽阔,心情苍凉悲壮,欧阳修曾戏称之为"穷塞主"之词(魏泰《东轩笔录》)。此首上片写景,下片抒情,然景语含情,情语有景,能浑然成为一体。作者所忧者边境之未宁,功业之未成,词品颇高,不徒写一己之悲欢而已。此词风格豪放,已开后来苏轼词风的先路。他的〔苏幕遮〕却又表现出婉约风格,词云:

碧云天,黄叶地。秋色连波,波上寒烟翠。山映斜阳天接水。芳草无情,更在斜阳外。 黯乡魂,追旅思。夜夜除非,好梦留人睡。明月楼高休独倚。酒入愁肠,化作相思泪。

上片写秋景,由近及远,色彩缤纷,明丽如画。歇拍能把无形的感情融入具体的景物中,更显得愁思无际。下片纯写柔情,"夜夜"两句反语见意,愈显真切。结拍更令人销魂。忧谗畏讥、怀乡去国之情隐然流注于笔端。至于他的〔御街行〕写空闺离怨,〔剔银灯〕咏史抒怀,〔定风波〕写景说理,也均表现出一定的艺术技巧。其中〔御街行〕尤为脍炙人口。此词上片写秋叶、秋声、秋空、秋月,烘染了一个清寒、寂静的环境,为怀人作了铺垫。下片写怀人情思更觉沉挚切骨：

> 愁肠已断无由醉。酒未到、先成泪。残灯明灭枕头欹，谙尽孤眠滋味。都来此事，眉间心上，无计相回避。

"眉间"两句刻画离情无法摆脱最为深至，李清照〔一剪梅〕"此情无计可消除，才下眉头，却上心头"，即由此脱胎。另〔剔银灯〕一阕，庄谐兼施，明白如话，颇具潇洒脱俗意趣。而词中具有理趣，发表议论，实开宋人以议论入词之先河。

第二节　苏舜钦

苏舜钦（1008—1048），字子美。先世居蜀，曾住四川绵州盐泉（今绵阳东南）和梓州铜山（今四川中江）。自曾祖苏协起移家开封。苏舜钦生于开封，故欧阳修《湖州长史苏君墓志铭》称其为"开封人"。祖父苏易简，进士出身，以诗文著名，太宗时官至参知政事。父苏耆，字国老，亦工诗文，有才名，历任工部郎中、河东转运使。苏舜钦出生于世代仕宦的书香门第，自幼受到家庭良好的文化熏陶。《宋史》本传称其"少年能文章，慷慨有大志"。仁宗天圣七年（1029），因父荫补为太庙斋郎，从此踏上仕途，后调任河南荥阳县尉。景祐元年（1034）登进士第，授光禄寺主簿，历任亳州蒙城（今属安徽）、长垣（今属河南）县令。其间因父病故，曾去官至长安奔丧。这时苏舜钦不仅以诗文知名，而且在政治上赞同范仲淹等人"改革庶政"的主张。康定元年（1040），他回到汴京，任大理评事，监在京楼店务。庆历三年（1043），吕夷简因老病罢相。八月间，范仲淹由枢密副使拜为参知政事。不久,与杜衍、富弼等人筹划革除弊政,延揽人才,准备实施新法。次年三月,范仲淹引荐苏舜钦任集贤殿校理、监进奏院。苏舜钦为杜衍的女婿,又敢于撰文抨击时弊,因此激起保守官僚的嫉恨,当时的御史中丞王拱辰等更是公开反对改革。是年十一月,据京师习俗,进奏院举行秋季祀神。苏舜钦按照当时惯例,用拆奏封所积存的一批废纸换钱,备酒欢宴,并召歌妓助兴。王拱辰得知后,诬奏苏舜钦"监主自盗",以动摇范仲淹、杜衍的政治地位。结果苏舜钦被削籍为民,与会的十多位名士亦悉坐贬逐。事后王拱辰恬不知耻地说:"吾一举网尽之矣!"(欧阳修《湖州长史苏君墓志铭》)苏舜钦被废后旋即离开汴京,寓居苏州,买水石作沧浪亭,隐居不仕,日以读书自娱,"而时发其愤闷于歌词,至其所激,往往惊绝"(《墓志铭》)。庆历八年(1048),复官为湖州长史,未及赴任而病逝[1]。

苏舜钦著作,《郡斋读书志》、《直斋书录解题》题为《沧浪集》,作十五卷,《宋史·艺文志》著录《苏舜钦集》,作十六卷。今传《四部丛刊》本《苏学士文集》十六卷,系据清康熙徐惇复刊本影印,附何焯校记。1961年中华书局上海编辑所出版校点本《苏舜钦集》十六卷。1991年巴蜀书社出版傅平骧、胡问涛撰《苏舜钦集编年校注》[2]。

苏舜钦的诗歌与散文都很有特色。他在青年时代即以散文知名,欧阳修在《苏学士文集序》中说,"子美之齿少于予,而予学古文反在其后",并认为宋初时文之弊,直到天子下诏书,其流风始渐息,唯"独子美为于举世不为之时,其始终自守,不牵世俗趋舍,可谓特立之士"。这是对苏舜钦散文创作在北宋诗文改革历程中的地位和影响的高度评价。

现存苏舜钦的散文有书信十四篇,上书疏状九篇,启表十二篇,记序杂文十六篇,还有墓志哀辞及行状等十九篇。这些散文大体可分为两类:一类是议论朝廷大政,阐述改革主张,与当时的政治活动紧密相联,如《火疏》、《诣匦疏》等。前者论述宫中火灾之因在于人祸,希望革除弊政,罢再造之劳役;后者由河东地震引出对时弊的抨击,而且直指仁宗"隔日御殿"、"燕乐无节"等缺失。这类文章,感情激烈,笔锋犀利,不避权贵,"敢道人之所难言"(欧阳修《墓志铭》),具有强烈的现实针对性。另一类为记、序、杂文等,大都属于文学评论和小品随笔性质。其中有的表现了他的文学思想和审美意趣,如《石曼卿诗集序》说,"诗之作,与人生偕者也。……诗之原于古,致于用而已"[3],强调继承和弘扬古代文学中传道致用的精神。又如《上三司副使段公书》中有云:"言也者,必归于道义。道与义泽于物而后已,至是则斯为不朽矣。故每属文,不敢雕琢以害正。"这种散文创作思想与韩愈主张"文以载道"是相一致的。至于他的记叙散文,如《沧浪亭记》、《苏州洞庭山水月禅院记》、《处州照水堂记》等等,皆能融写景、抒情、记叙三者于一体,间有议论,而笔墨酣畅,既富有文采,又有声律之美。如为人们所熟悉的《沧浪亭记》,作者从被废的压抑心情着笔,形象地描绘了沧浪亭的优美环境和心物感应的无穷意趣,构成了一幅具有江南风格特色的山水园亭的写生画。其中写徜徉亭园、忘怀荣禄的襟怀:"洒然忘其归,箕而浩歌,踞而仰啸,野老不至,鱼鸟共乐,形骸既适则神不烦,观听无邪则道以明,返思向之汩汩荣辱之场,日与锱铢利害相磨戛,隔此真趣,不亦鄙哉!"颇极超然物外的旷放之致。全文语言简练,情韵兼胜,至今脍炙人口。

苏舜钦积极倡导古文,并以自己的散文创作打破骈四俪六的形式束缚,在转变宋初浮靡文风方面是作出了贡献的,但他的散文成就不及诗歌。

苏舜钦的诗歌今存古体九十六首,律诗一百一十六首,拾遗十一首,共有二百二十三首。数量虽不算多,但具有独特的面貌与风采,开始呈现出宋诗的特色。故清人叶燮《原诗·外篇》云:"开宋诗一代之面目者,始于梅尧臣、苏舜钦二人。"他的诗作可以分为前后两个时期,而以进奏院事件作为分界线。

前期诗歌的显著特色是与当时的政治活动紧密结合,具有鲜明的时代性和现实性。如《庆州败》通过丧师辱国的边塞战役的描述,对主将的怯弱与执政者的昏庸进行了深刻的揭露和尖锐的指责。《感兴》三首其三记述了林书生因进谏而获罪的经过,揭露了统治者迫害直言敢谏的知识分子的暴行。还有《己卯冬大寒有感》、《城南感怀呈永叔》、《吴越大旱》等诗篇,不仅深刻地反映了当时的天灾人祸,把笔触伸向阶级矛盾与民族矛盾相交织的复杂的社会现实,而且倾注了作者对广大人民生活苦难的深切同情。如《城南感怀呈永叔》:"十有七八死,当路横其尸。犬豲咋其骨,乌鸢啄其皮。胡为残良民,令此鸟兽肥!"刻画了饿莩遍野的现实惨象,同时又指责了身居高官的统治者"高位厌粱肉,坐论搀云霓"的可耻行为和丑恶嘴脸。

这些大胆揭露社会黑暗、腐败现象的古风,在当时的诗坛上,令人耳目一新。更不同凡响的是,作者以滂湃的激情,为保卫祖国边疆而振臂呼唤。如在《送李冀州》中写道:"男儿胜衣志四海,实耻坐得万户侯。"在《寄富彦国》中又说:"已知高贤抱器识,因时与国为辉光。……使之当国柄天下,夷狄岂复能猖狂!"他如《送安素处士高文悦》等诗反映边患严重,鼓励友人投身疆场,读之使人油然而生爱国之情。其中《吾闻》一诗抒发保卫边疆的壮志豪情尤为慷慨激越:

马跃践胡肠,士渴饮胡血。腥膻屏除尽,定不存种孽。予生虽儒家,气欲吞逆羯。斯时不见用,感叹肠胃热。昼卧书册中,梦过玉关北。

这些以疆防和报国为主题的诗篇,不仅在宋诗里最早出现,而且对后来岳飞、陆游等人同类题材的作品产生了深远的影响。

后期的诗歌虽然与前期创作有联系,但也显示出明显的变化。由于闲居生活限制了他的视野,心灵的创伤又使他淡化了政治热情,因此反映社会政治事件的诗作减少了;尽管还有些作品透露了他对官场的厌恶和被放的愤懑,然而寄情山水自然景物的诗歌明显增多了,并且注入了浓烈的主观感情色彩。其中《吴江岸》、《暑中闲咏》、《独步游沧浪亭》、《夏意》等小诗,写得清新恬淡,饶有旷达自得的意趣。胡仔《苕溪渔隐丛话》前集卷二十二认为《独步游沧浪亭》绝句"真能道幽独闲放之趣"。其《淮中晚泊犊头》,更受到人们交口称誉。诗云:

春阴垂野草青青,时有幽花一树明。晚泊孤舟古祠下,满川风雨看潮生。

这首即景抒情的小诗,勾勒出一幅淮河雨中晚泊的自然风景画。作者融入自己的孤寂之感,情景交炼而不露痕迹,表现了诗人所独具的艺术审美情趣。除了这些富有诗情画意的短篇佳作以外,被人称道的还有描绘松江长桥雄伟气势的律诗《中秋松江新桥对月和柳令之作》。欧阳修在《六一诗话》中说:"松江新作长桥,制度宏丽,前世所未有。苏子美《新桥对月》诗所谓'云头滟滟开金饼,水面沉沉卧彩虹'者是也。时谓此桥非此句雄伟,不能称也。"又如《松江长桥未明观鱼》诗中既描写渔民拂晓捕鱼的生动情景,又抒发自己宦海浮沉的感慨,境界开阔,笔力雄浑。在《遣闷》、《淮中风浪》以及长篇古诗

《夏热昼寝咏》等诗中,作者不仅揭示了人间险恶、世态炎凉的黑暗现实,而且吐露了埋藏内心的壮志未酬而无辜受害的无比悲愤。这类诗作说明,苏舜钦在被逐闲居期间,对世事并没有全然淡忘隔绝。

苏舜钦是一位性格豪迈而力主改革弊政的诗人,虽经挫折,前后期诗风也有发展变化,但从整体诗作来看,感情奔放,笔力豪健,"超迈横绝"(《六一诗话》),始终是其诗风的主要特色。《宋史》本传也指出他"时发愤懑于歌诗,其体豪放,往往惊人"。如《越州云门寺》"老松偃蹇若傲世,飞泉喷薄如避人"、《大风》"况时风怒尚未息,直恐泾渭遭吹翻"等,都是构思奇特,富有独创性的作品。只是由于北宋诗文革新运动尚处于发轫时期,他在创作中又往往急于落笔,语言难免出现粗糙、生硬之弊,削弱了诗作精炼含蓄的韵味。

苏舜钦平生极少填词,现存仅有一首〔水调歌头〕。此词格调与其诗风相近,充分显露出他的创作才华:

潇洒太湖岸,淡伫洞庭山。鱼龙隐处,烟雾深锁渺弥间。方念陶朱张翰,忽有扁舟急桨,撇浪载鲈还。落日暴风雨,归路绕汀湾。　丈夫志,当景盛,耻疏闲。壮年何事憔悴,华发改朱颜。拟借寒潭垂钓,又恐鸥鸟相猜,不肯傍青纶。刺棹穿芦荻,无语看波澜。

这首词是作者闲居苏州沧浪亭时所作。据魏泰《东轩笔录》卷十五云:"苏子美谪居吴中,欲游丹阳,潘师旦深不欲其来,宣言于人,欲阻之。子美作〔水调歌头〕,有'拟借寒潭垂钓,又恐鸥鸟相猜,不肯傍青纶'之句,盖谓是也。"这几句也许是缘此而发,但不必拘泥于《笔录》。词中既描绘太湖壮阔优美的山水自然景象,又寓情于景,寄托着个人身世之感。诗人融写景、怀古、抒情于一体,表达了愤世嫉俗、抑郁不平的情怀，其慷慨豪健的风格实为苏、辛豪放一派导夫先路。

第三节 梅尧臣

梅尧臣（1002—1060），字圣俞，宣城（今属安徽）人。宣城古名宛陵，以宛溪和陵阳山而得名，故世称梅宛陵和宛陵先生。父让，字克逊，居乡间务农。叔询，字昌言，进士及第，官至翰林侍读学士。梅询调任襄州通判时，将年仅十二岁而能作诗的梅尧臣带到任上，后来梅尧臣一直跟随其叔迁调，因而学业日进，早有诗名，但未能考取进士。二十六岁时以梅询的"门荫"，补太庙斋郎。是年娶妻谢氏，婚后不久，调任桐城县主簿，后调任河南县主簿。天圣九年（1031），妻兄谢绛任河南府通判后，梅尧臣又调为河阳县主簿。河阳离洛阳甚近，梅尧臣常往来于河阳与洛阳之间，结交名士。当时西京洛阳文人会聚，西昆诗派重要人物钱惟演判河南府兼西京留守，欧阳修为西京留守推官，尹洙以山南东道节度掌书记知伊阳县（今河南嵩县）。梅尧臣与他们交往甚密，时有诗歌唱和，并受到推重。《宋史》本传说钱惟演"特嗟赏之，为忘年交"，而"欧阳修与为诗友，自以为不及"。

景祐元年（1034），梅尧臣赴汴京应进士试又失败，后任建德县令。这时他的诗作不仅表现了对腐朽统治的厌恶之情，而且支持范仲淹等人主张革除弊政的斗争，同情他们被贬的命运。宝元二年（1039），他调知襄城县。康定二年（1041），又奉调改监湖州盐税。庆历四年（1044）入京，赴许昌任签书判官，以后又有迁转。皇祐三年（1051）九月，赐同进士出身，改太常博士。是年梅尧臣已五十岁，在诗坛上享有盛名，但不久却让他监永济仓，管理粮食仓库。后因母丧居宣城。至和三年(1056)返京,由翰林学士欧阳修等推荐,补国子监直讲。嘉祐二年(1057)正月,欧阳修与韩绛、王珪、范镇、梅挚等学士同知礼部贡举,共荐梅尧臣为参详官。作为主考官,欧阳修希望通过贡举考试扭转浮艳文风,梅尧臣积极配合,曾向欧阳修推荐他所激赏的苏轼文章。次年欧阳修又荐梅尧臣参与编修《唐书》。嘉祐五年(1060)春,梅尧臣迁官尚书都官员外郎,故人称"梅都官"。是年四月病逝于汴京。

梅尧臣的著作,《直斋书录解题》著录《宛陵集》六十卷、《外集》十卷,今已不传。现存最早的《宛陵文集》,是南宋嘉定十年(1223)残宋本,1940年由张元济影印。通行本有明正统本《宛陵先生文集》,今藏北京图书馆;明万历本《宛陵先生集》,《四部丛刊》影印,皆六十卷。今人朱东润有《梅尧臣集编年校注》,较为完备[4]。

梅尧臣的创作主要是诗歌。集中有诗作五十九卷,二千八百馀篇,尚有遗佚之作,数量可观。现存诗歌从天圣九年(1031)梅尧臣三十岁起收录,这时他在洛阳,受到西昆诗派重要人物钱惟演、谢绛的影响,"谢公唱西都,予预欧、尹观,乃复元和盛,一变将为难"(《依韵和王平甫见寄》)。后来由于他仕途偃蹇,涉世渐深,有感于社会风气的江河日下和诗歌创作的徒作空言,因此诗风渐趋变化,并且针对西昆诗体的弊病,提出了写实与兴寄的诗歌主张。他在《答韩三子华韩五持国韩六玉汝见赠述诗》中说:

圣人于诗言,曾不专其中,因事有所激,因物兴以通。自下而磨上,是之谓《国风》;《雅》章及《颂》篇,刺美亦道同;不独识鸟兽,而为文字工。屈原作《离骚》,自哀其志穷;愤世嫉邪意,寄在草木虫。迩来道颇丧,有作皆言空:烟云写形象,葩卉咏青红;人事极谀诡,引古称辩雄;经营唯切偶,荣利因被蒙。……

在《寄滁州欧阳永叔》诗中又说："仲尼著《春秋》,贬骨常苦笞。后世各存史,善恶亦不遗。……不书儿女书,不作风月诗,唯存先王法,好丑无使疑。安求一时誉,当期千载知。"从这里可以看出他主张学习《诗经》和《离骚》的优良传统,反对"嘲风雪,弄花草",批评内容空洞、形式只求"切偶"的浮艳诗风。他倡导"平淡"的诗歌境界,"因吟适情性,稍欲到平淡"(《依韵和晏相公》),"作诗无古今,唯造平淡难"(《读邵不疑学士诗卷》)。梅尧臣的平淡并不是淡而无味。他赞赏林逋"平淡邃美"的诗风,在艺术上追求"意新语工",能"状难写之景如在目前,含不尽之意见于言外"(欧阳修《六一诗话》),从而达到一种极高的艺术境界。他还有"文章制作比善塑"(《依韵酬永叔再示》)之语,可见在注重写实的同时,也强调艺术形象的塑造。尽管在他的大量诗篇中,也有缺乏形象的枯涩之作,但从整体上看,确能一扫当时诗坛的淫哇之风而独具一格,成为宋诗的"开山祖师"(刘克庄《后村诗话》前集卷二)。

梅尧臣诗歌的现实内容丰富,题材广泛。有的诗中表露了关切国事的热烈感情,如《故原战》、《故原有战斗死而复苏来说当时事》等写宋军将士在与西夏作战中激越悲壮的场面,谴责统治者御敌的无能。更为突出的是诗人关怀和同情农民的生活疾苦,对封建官吏奴役人民表示极大的愤慨。这在他早期的诗歌,如《田家四时》、《伤桑》、《观理稼》、《新茧》、《田家》、《陶者》等作品中得到了充分的反映,具有深刻的现实意义。稍后所作的《田家语》:"谁道田家乐,春税秋未足,里胥扣我门,日夕苦煎促。"进一步揭示了繁重的租税和兵役、天灾带给农民的深重苦难。与此首为姐妹篇的《汝坟贫女》,尤能通过贫家女子的沉哀哭诉,典型地展现广大人民的悲惨命运:

汝坟贫家女，行哭音凄怆。自言有老父，孤独无丁壮。郡吏来何暴，县官不敢抗。督遣勿稽留，龙钟去携杖。勤勤嘱四邻，幸愿相依傍。适闻闾里归，问讯疑犹强。果然寒雨中，僵死壤河上。弱质无以托，横尸无以葬。生女不如男，虽存何所当！拊膺呼苍天，生死将奈向？

此诗题下有小序云："时再点弓手，老幼俱集。大雨甚寒，道死者百馀人；自壤河至昆阳老牛陂，僵尸相继。"表明作者所写乃目睹无辜人民横尸遍野的惨象，反映了当时人民在兵役中遭受厄运的实况，堪称诗史。还有《岸贫》和《小村》二首，前者描绘住在河岸上的百姓的赤贫状态，后者写人民受到自然灾害，饥寒难熬，仍遭逼税的情景，凄怆感人。

另外，梅尧臣在统治集团内部展开政治革新的激烈斗争中，始终反对保守、腐败的势力。当范仲淹、尹洙、欧阳修等改革派遭到失败而被贬斥时，他写下了《彼鸳吟》、《巧妇》、《闻欧阳永叔谪夷陵》、《闻尹师鲁谪富水》、《寄饶州范待制》、《猛虎行》等诗篇，对保守势力表示了极大的憎恨和讥讽。尤其是《猛虎行》，作者以乐府古题抒发内心郁积的愤慨："当途食人肉，所获乃堂堂。"诗人借猛虎吃人比拟当朝权臣的陷害忠良。这种辛辣的讽刺，在北宋诗坛上是罕见的。在苏舜钦因"进奏院事件"而无辜被废时，梅尧臣奋笔写了《杂兴》、《送逐客王胜之不及遂至屠八原》、《邺中行》、《送苏子美》等诗，表露了愤然难平的强烈正义感。

在梅尧臣诗篇中还有不少描写山水自然风光的优秀作品，写景抒情，生动自然，清新可喜。欧阳修在《书梅圣俞稿后》说："其体长于本人情，状风物，英华雅正，变态百出。"而从艺术特色来说，则"工于平淡，自成一家"（胡仔《苕溪渔隐丛话》后集卷二四）。如著名的

《鲁山山行》：

适与野情惬，千山高复低。好峰随处改，幽径独行迷。霜落熊升树，林空鹿饮溪。人家在何许？云外一声鸡。

这首五律，立意新颖，笔墨细致生动，曲尽山行中的情趣。元人方回《瀛奎律髓》卷四评此诗云："尾句自然，'熊'、'鹿'一联，人皆称其工，然前联尤幽而有味。"清查慎行更认为此首"句句如画，引人入胜，尾句尤有远致"（《查初白十二种诗评》）。又如《东溪》：

行到东溪看水时，坐临孤屿发船迟。野凫眠岸有闲意，老树着花无丑枝。短短蒲茸齐似剪，平平沙石净于筛。情虽不厌住不得，薄暮归来车马疲。

这首诗融情于景，独具新意，既描绘清淡平远的春日景象，又写出诗人幽闲恬适的情思。方回《瀛奎律髓》卷三十四评诗中三、四句为"当世名句，众所脍炙"。此外如《考试毕登铨楼》："春云浓淡日微光，双阙重门耸建章。不上楼来知几日，满城无算柳梢黄。"写春云淡日，形象鲜明，意新语工。又如《梦后寄欧阳永叔》诗中"五更千里梦，残月一城鸡"两句，不仅写景如画，而且含有不尽之意。梅尧臣的景物诗，大都能"状难写之景如在目前"。如《晚云》诗中所写秋云变幻多姿的形态，比喻奇妙，耐人品味。有的写景诗中注入作者的主观感受，如《春寒》中写初春寒冷的自然景物，细致入微，托意深远，反映了诗人在革新活动处于低潮时的凄苦情怀。又如《和才叔岸旁古庙》写途中所见水旁古庙，既是一首纪行诗，也是一幅风俗画。还有《秋日家居》、《闲居》、《寄题徐都官新居假山》、《重过瓜步山》、

《金陵三首》等,都是写景抒情诗中脍炙人口的佳作。《范饶州坐中客语食河豚鱼》一首传诵很广,诗云:"春洲生荻芽,春岸飞杨花。河豚当是时,贵不数鱼虾。"欧阳修称此诗"破题两句,已道尽河豚好处",而"诗作于樽俎之间,笔力华赡,顷刻而成,遂为绝唱"(《六一诗话》)。这些都体现出作者善于用平淡朴素的语言,描绘各种景物形象,新颖工巧而意境含蓄。梅尧臣诗歌的风格还有雄奇、乖巧的一面,如《梦登河汉》:"夜梦上河汉,星辰布其傍。位次稍能辨,罗列争光芒。"想象奇特,展现出神话般的境界,显示出诗人深邃的思想和不畏权贵的斗争精神,诗风雄浑壮丽。类似的作品还有《黄河》等篇。由此可见,梅诗风格还不能仅用"平淡"概括。梅尧臣诗中还有一些抒写个人穷愁潦倒命运的作品,也很真挚动人,欧阳修称"其穷愁感愤,有所骂讥笑谑,一发于诗"(《梅圣俞墓志铭》),即指这类篇什。

梅尧臣诗主要取法唐人。严羽《沧浪诗话·诗辨》中说他"学唐人平淡处"。他的古诗受韩愈、孟郊的影响也比较大,如《余居御桥南夜间袄鸟鸣》一诗的自注就标明"效昌黎体"。梅诗在艺术表现方面有时显得生硬、草率和散文化,语言也有古硬、枯燥之处,这些都冲淡了诗歌抒情的神韵。尽管如此,梅尧臣对开辟"宋诗一代之面目"和转变诗风所作的贡献是重大的。龚啸认为他"去浮靡之习,超然于昆体极弊之际;存古淡之道,卓然于诸大家未起之先"(《宛陵先生集·附录》),这一评论是确有见地的。

梅尧臣的散文不多,今存《览翠亭记》一篇,《林和靖先生诗集序》一篇,赋十九篇。这些文章篇幅较短,简古纯粹可喜。词作今仅存一首〔苏幕遮〕(露堤平),题咏春草,鲜明如画,别有情味,欧阳修曾"击节赏之"(吴曾《能改斋漫录》卷一七)。

〔1〕 按准确说法,苏舜钦卒时已进入公元1049年。据欧阳修《湖州长史苏君墓志铭》:"庆历八年十二月某日,以病卒于苏州。"检《二千年中西回史日历》,庆历八年十二月乙丑朔日这一天为公元1049年1月7日,故知苏舜钦卒时,已跨入公历另一年度。

〔2〕《苏舜钦集编年校注》较后出,附录拾遗、年谱、传记、杂文、赠诗、悼诗、诗话、笔记、序跋、题识等,资料较为完备。

〔3〕 此序又见于《石徂徕集》卷下,有人认为系石介作,恐非。清何焯校本、李星根重校本等,于此文作者均无疑义,且文字风格亦与石介文不类。

〔4〕 朱东润编年校注本"叙论"三,考论梅集版本较详,可参阅。

第五章　柳　永

第一节　柳永的生平

柳永(984—1053)[1],原名三变,后改名永,字耆卿。先世河东人,后南迁于闽,定居崇安(今属福建)五夫里。祖父崇,以德义儒学著称乡里。父宜,为崇长子,在南唐官至监察御史。入宋后,先为濮州雷泽(今山东鄄城西北)令,与王禹偁缔交[2]。太宗淳化、至道间,柳宜自任城(今山东济宁)令改授全州(今属广西)通判,后擢赞善大夫、殿中省丞。至道三年(997),王禹偁知扬州,柳宜与他相聚[3]。真宗咸平元年(998),柳宜为国子博士,王禹偁知制诰,孙何直史馆,柳宜弟柳宏与孙何弟孙仅同年登第,他们之间当有交往。柳永兄弟三人:三复,真宗天禧二年(1018)进士;三接,与柳永同为仁宗景祐元年(1034)进士。在柳宜的熏沐下[4],三人文艺才能出众,人称"柳氏三绝"。

柳永出生后,父宜先后在山东、广西以及扬州等地为官,词人随父转徙四方[5]。柳宜在京为官期间,是柳永一生中最为欢快的青少年时代。当时正是真宗即位之初的咸平(998—1003)年间,"太平日久,人物繁阜"(孟元老《东京梦华录序》),在柳永眼前,是一幅"皇家熙盛,宝运当千"(〔透碧霄〕)的升平图景,周围是一片"朝野多欢"的社会风气,词人经常与"狂朋怪侣,遇当歌、对酒留连"(〔戚氏〕),尽情享受烂漫多彩的青春欢乐。在他后来所作的词中,多次"追念少年时"(〔阳台路〕)"帝里风光好"(〔戚氏〕)的汴京生活,充满了无限眷恋之情。

真宗咸平之后至仁宗朝初期,是柳永的青壮年时期,汴京仍是他主要的活动中心。出身仕宦世家的柳永,为了觅取出路,和当时大多数知识分子一样,多次参加科举考试;而当时的社会风尚和耽于佚荡生活的个性,又使他留连于歌楼伎馆之间。柳永精通音律,又擅辞章,民间歌女,"教坊乐工,每得新腔,必求永为辞,始行于世"(叶梦得《避暑录话》卷下)。他成了市井艺人演唱歌辞的作者,同时又是他们演唱技能的权威评判人,"一经品题,声价十倍"(罗烨《醉翁谈录》丙集卷二)。不少歌儿舞女为他的"风流才调"(〔传花枝〕)所倾倒,"在处别得艳姬留"(〔如鱼水〕),柳永与她们结下了不解之缘,有过不少风流韵事。

在歌功颂德之风盛行的真宗大中祥符年间,朝廷地方纷纷称奏祥瑞四出,柳永〔巫山一段云〕组词中的几首,就是这一时间所作[6]。"昨夜紫微诏下,急唤天书使者",写大中祥符元年(1008)天书降事;"人间三度见河清,一番碧桃成",咏大中祥符三年(1010)陕西黄河再清事。另外,还有颂贺大中祥符三年皇子(后来的仁宗赵祯)诞生满月的〔送征衣〕(过韶阳),咏写大中祥符五年(1012)真宗延恩殿祀圣祖赵玄朗事的〔玉楼春〕(昭华夜醮)、(凤楼郁郁),等等。这些词,多半是应教坊乐工所请而作。

仁宗时期,柳永谱写过祝颂仁宗诞辰、欢庆元宵节日的大量歌词,如〔永遇乐〕(熏风解愠)、〔迎新春〕(嶰管变青律)等。其中〔倾杯乐〕(禁漏花深)一词,"有'乐府两籍神仙,梨园四部弦管'之句,传入禁中,多称之"(叶梦得《避暑录话》卷下),以致仁宗"每对酒,必使侍从歌之再三"(旧题陈师道《后山诗话》)。然而,柳永创制的"淫冶讴歌之曲"(吴曾《能改斋漫录》卷一六),以及"纵游娼馆酒楼间,无复检约"(旧题严有翼《艺苑雌黄》)的浪漫情事,逐步流传到宫禁之中。天圣四年(1026)秋,视为祥瑞的老人星出现[7],柳永应制为〔醉蓬莱〕曲作词,因某些字句触犯仁宗忌讳,被"掷之于地"(王辟之《渑水燕谈录》卷八)。加之柳永落第时所写的〔鹤冲天〕词,其中"才子词人,自是白衣卿相",以及"忍把浮名,换了浅斟低唱"等语句,更使仁宗不悦。当柳永再次通过考试,"临轩发榜,特落之,曰:'且去浅斟低唱,何要浮名!'"(吴曾《能改斋漫录》卷一六)后虽"有荐其才者,上曰:'得非填词柳三变乎?'曰:'然。'上曰:'且去填词。'由是不得志"(《苕溪渔隐丛话》后集引《艺苑雌黄》)。科举功名上的失意,使他更加沉湎歌酒,从追求利禄的文士,逐步变为纵情风月的风流浪子,在官能享受中寻找某种补偿和满足。

随着岁月的增长,家庭社会的传统影响,个人经历的体验,柳永不能不清醒地看出,秦楼楚馆的生活毕竟不是一个仕宦子弟和文人学子的最后归宿。在他的青壮年时期,曾为寻找出路而多次离开汴京,浪游各地。他沿汴河南下,涉历淮岸楚乡,在扬州略作逗留,对少年时代经过的地方,怀有忆旧之情。他不止一次经过江南名城苏州,写下了〔永遇乐〕(天阁英游)、〔双声子〕(晚天萧索)、〔木兰花慢〕(古繁华茂苑)、〔瑞鹧鸪〕(吴会风流)等几首词。初到杭州时,写了著名的〔望海潮〕(钱塘自古繁华)词,对杭州的繁华富庶作了淋漓尽致的描述,洋溢着赞美生活和显露才气的热情。并曾去会稽,留下"分得天一角,织成山四围"(施宿《嘉泰会稽志》卷八载柳永题会稽广慈禅院会影亭诗)的名句。在漫游过程中,柳永去过福建家乡,写下《题中峰寺》一诗,中有"旬月经游殊不厌,欲归回首更迟回"(《嘉靖建宁府志》卷一九)之句,对故乡的山水怀有特殊的感情。其他如湖南的九疑、湖北的鄂城、四川的成都等地,也都有过柳永的游踪。这种无奈抛下汴京风月繁华的远游,常使词人发出"惜芳年壮岁,离多会少"([轮台子])的深沉感叹。

经历多年的坎坷,柳永终于在仁宗景祐元年(1034)考中进士,曾赋[柳初新]词表达兴奋喜悦之情。登第后,授睦州(今浙江建德)团练推官,经桐江严陵滩时,作[满江红](暮雨初收)词。到任月馀,深受知州吕蔚的赏识,破格举荐,因未成考而为朝臣所阻[8]。后为昌国州(今浙江定海)晓峰盐场监官,写下《鬻海歌》一诗,对盐民生活的痛苦表示出深厚的同情。仁宗庆历初,为泗州判官[9]。庆历三年(1043),晏殊、范仲淹当政。这年五月,朝廷下诏"举幕职、州县官充京朝官"(《续资治通鉴长编》卷一四一引《会要》)。柳永自景祐元年登第授官,担任幕职、州县官已整整八年,例可磨勘应格升为京官,但"吏部不放改官,三变不能堪,诣政府。晏公曰:'贤俊作曲子么?'三变曰:'只如相公亦作曲子。'公曰:'殊虽作曲子,不曾道针线慵拈伴伊坐。'柳遂退"(张舜民《画墁录》)。往昔的浪漫行迹,给宦途带来又一次挫折。经过一番努力,方得改官,为著作佐郎,远授灵台(今属甘肃)令[10],又为华阴(今属陕西)令[11],两地都距唐称长安、宋为京兆府的西安不远。[少年游]、[轮台子]、[引驾行]等词提到的"长安道",[瑞鹧鸪]词提到的"渭南",以及[戚氏]、[曲玉管]词提到的"陇水"、"陇首",都与这次远宦有关。柳永在长期的迁转徙调中,饱尝羁旅天涯之苦,在词中多"道宦途踪迹,歌酒情怀,不似当年"([透碧霄])的感伤。他后半生沉沦下僚,晚年才逐次升迁为著作郎、太常博士,最后官至屯田员外郎。约在仁宗皇祐五年(1053)后旅居京口时去世,殡于"润州僧舍"(叶梦得《避暑录话》卷下)。时隔二十年后的神宗熙宁八年(1075),王安礼知润州,为"出钱葬之"(叶梦得《避暑录话》卷下),立墓丹徒山(今江苏镇江北固山)下。

柳永"亦善为他文辞"(叶梦得《避暑录话》卷下),且"为文甚多"(周煇《清波杂志》卷八),惜大多佚失,今惟存零篇[12],而独以词流传和享名于世。有《乐章集》。原为九卷,见《直斋书录解题》、《文献通考》。《汲古阁珍藏秘本书目》载"宋板柳公《乐章集》五本",但汲古阁《宋六十名家词》本则作一卷。毛扆用含经堂宋本及周氏、孙氏两钞本校录,为《乐章集》三卷,《续添曲子》一卷,共二百零六首。朱祖谋据此本,并以诸本相校,刻入《彊村丛书》。《全宋词》用《彊村丛书》本,删去误入词五首,补入四首,计二百十二首,最为完善。

第二节　柳永词的思想内容

柳永以词成名,也以词受累。柳永词是词人一生的记录,同时也反映了他所生活的真宗、仁宗两朝的社会现实。

叙写城市的繁华富庶,是柳永词思想内容的一个重要方面。

历来侈陈都城大邑的壮丽繁富,多以赋体铺写,而柳永却以只宜绘写珠帘绣幌的小词细笔,描叙最能表现社会繁荣的都市生活景象,无疑是词在题材方面的一大开拓。柳永的这类词有四十多首,约占全部词作的五分之一左右,数量之多,罕有其比。北宋的汴京、扬州、苏州、杭州、长安、成都等几座主要名城,都在柳永的词笔下作过充分的描绘,其中咏写东南名城杭州的〔望海潮〕尤称名作:

东南形胜,三吴都会,钱塘自古繁华。烟柳画桥,风帘翠幕,参差十万人家。云树绕堤沙。怒涛卷霜雪,天堑无涯。市列珠玑,户盈罗绮,竞豪奢。　重湖叠巘清嘉。有三秋桂子,十里荷花。羌管弄晴,菱歌泛夜,嬉嬉钓叟莲娃。千骑拥高牙。乘醉听箫鼓,吟赏烟霞。异日图将好景,归去凤池夸。

词人以充满感情的笔墨,描绘了杭州秀丽的山水风物,又铺写了它邑居的繁荣富庶。柳永的这类词篇,不仅勾画了都市的风物景色,更主要的是通过一幅幅具体画面,透现出当时社会安定、经济繁荣的真实面貌。他的许多咏写汴京元宵、清明等节序的词作,就极为生动地反映了这种情景:

嶰管变青律,帝里阳和新布。晴景回轻煦。庆嘉节、当三五。列华灯、千门万户。遍九陌、罗绮香风微度。十里然绛树。鳌山耸、喧天箫鼓。　渐天如水,素月当午。香径里、绝缨掷果无数。更阑烛影花阴下,少年人、往往奇遇。太平时、朝野多欢民康阜。随分良聚。堪对此景,争忍独醒归去。

　　　　　　　　　　　　　　——〔迎新春〕

拆桐花烂漫,乍疏雨、洗清明。正艳杏烧林,缃桃绣野,芳景如屏。倾城。尽寻胜去,骤雕鞍绀幰出郊坰。风暖繁弦脆管,万家竞奏新声。　盈盈。斗草踏青。人艳冶、递逢迎。向路旁往往,遗簪堕珥,珠翠纵横。欢情。对佳丽地,信金罍罄竭玉山倾。拚却明朝永日,画堂一枕春酲。

　　　　　　　　　　　　　　——〔木兰花慢〕

前一首词，写汴京的元宵之夜，展现了"朝野多欢民康阜"的市民狂欢的盛大场景；后一首词，以清明踏青为背景，描写郊野的游春盛况。人们安享太平的心理状况和社会风习，在这些作品中得到了充分的反映和淋漓尽致的描绘。后人所说的"歌柳词，闻其声，听其词，如丁斯时"，并可"想见其风俗欢声和气，洋溢道路之间"（黄裳《书〈乐章集〉后》）的社会景况。在朝为官多年的范镇赞赏柳词："仁宗四十二年太平，镇在翰苑十馀载，不能出一语咏歌，乃于耆卿词见之！"（祝穆《方舆胜览》卷一〇引）就是指这类词作。

描述男女之间冶艳情事的词作，在《乐章集》中占有较大的分量，是柳永词的另一个重要方面。

与前人这类词作不同的是，词中的男女主人公，不是欣赏者的官僚雅士与被遣玩的歌儿舞女，而是同为市民阶层的浪子和艺伎，以相等的地位，相近的感情，相亲相爱。在表达感情上的真实大胆，更突破了传统束缚，显示出新的特色。柳永词中出现的女子，不是朦胧的女性形象，而是有名字、有个性的真实人物，如秀香，"语似娇莺，一声声堪听"（〔昼夜乐〕），歌声悦耳；英英，"妙舞腰肢软"（〔昼夜乐〕），舞姿动人；瑶卿，"能染翰，千里寄、小诗长简"（〔凤衔杯〕），颇具文采，等等，都各饶风姿。词人深切了解这些下层女子的苦况，如〔斗百花〕叙写了一位"长是夜深，不肯便入鸳被"的初堕风尘的少女；〔迷仙引〕则为一位烟花女子发出企求救离苦海的呼声："已受君恩顾，好与花为主。万里丹霄，何妨携手同归去。永弃却、烟花伴侣。免教人见妾，朝云暮雨！"其声、其情，哀怨感人。柳永与这些女子之间，有过逢场作戏的露水风情，但也曾有真正相爱的韵事，度过一段"凤枕鸾帏，二三载，如鱼似水相知"（〔驻马听〕）的生活。他对相爱的女子突然"彩云易散琉璃脆"（〔秋蕊香〕）般夭逝，充满了"好景良天，尊前歌笑，空想遗音"（〔离别难〕）的哀伤。词中表达男女感情大胆直露,如〔锦堂春〕一词下片,叙写一位女子的情爱心理:"几时得归来,香阁深关。待伊要、尤云殢雨,缠绣衾、不与同欢。尽更深、款款问伊:'今后敢更无端?'"毫无矫揉造作的娇羞,更多地表现为市井女子的坦露无忌。〔菊花新〕一词,叙写男女合欢的情景:"须臾放了残针线。脱罗裳、恣情无限。留取帐前灯,时时待、看伊娇面。"尤为露骨。柳永这类充满所谓"淫媟之语"的词作,毫无顾忌地突破了封建礼教和道德规范的束缚,以爽快率直的风格,充沛的气势,热烈的感情,描述了男女情爱的自由放纵,追求官能享受的肆无忌惮,从而反映了这一阶层特有的思想感情、生活态度和文化趣味。市民阶层的爱情,如此大量地在词中咏写,又如此广泛地传唱,而"平生自负、风流才调"(〔传花枝〕)的著名词人柳永,竟然投身到他们中间,歌唱他们的爱情,这一十分罕见的现象,深刻反映了当时市民阶层的力量和不可忽视的影响。

抒发飘转四方的羁旅行役情怀,是柳永词的又一个重要方面。

柳永登第为官后,久困州县而不得选调。长期"游宦成羁旅"(〔安公子〕)的生涯,使他写下不少感慨"浪萍风梗"的羁旅行役之作。这类题材成为柳永后期词作的主要内容,从一定程度上表明词人前期都市风月生活的结束,同时也标志着他从市井才子又复回归到士大夫文人的身份。应歌付唱的男女欢恋,演变为自我的抒情写意;红楼翠馆,移换成水乡山程、旷野长川,视野开阔,境界大变。细加区分,柳永的羁旅行役词略有前后期之别。前期因初入仕途,原先习惯的歌酒风月世界,一变而为山川驱驰,舟车劳顿,因而所作多半抒写因受功名利禄驱遣而无奈割舍风月恋情的懊恼。词中侧重追怀京城欢游情景,并多以明媚的春景作衬,色调明丽,如〔夜半乐〕(艳阳天气)一词三段,第一段写浓春烟景,第二段写春色中满怀春情的女子,第三段陡然一转,"念解佩、轻盈在何处?"勾起怀人之情;"空望极、回首斜阳暮。叹浪萍风梗知何去!"则是抒写天涯飘泊的感伤。这类词作多以风月恋情与羁旅情思的交织,都市繁华与山野荒僻的对照,往昔的和谐与眼前的孤寂衬比,着重用旧欢映照出今苦。后期在饱尝宦途坎坷的辛酸之后,更深一层地抒写"行役心情厌"(〔安公子〕)的失落情绪,从"路遥山远多行役,往来人,只轮双桨,尽是利名客"(〔归朝欢〕)的实质认同中,终于悟识到利名的无益。这类词篇比较侧重抒写今日羁旅行役的凄苦,而且多以秋景衬托,气氛萧瑟。〔八声甘州〕就是代表作之一:

对潇潇、暮雨洒江天,一番洗清秋。渐霜风凄紧,关河冷落,残照当楼。是处红衰翠减,苒苒物华休。惟有长江水,无语东流。　　不忍登高临远,望故乡渺邈,归思难收。叹年来踪迹,何事苦淹留?想佳人、妆楼颙望,误几回、天际识归舟。争知我、倚阑干处,正恁凝愁!

全词以清秋雨后的寥廓江天,霜风残照里的冷落关河,万物凋零中的东流江水,显示出雨后的清,霜风的寒,关河的寂,残照的依依,江水的悠悠,展现出一幅空间上无限高远、时间上杳然无穷的景境,从中透露出时月流逝难挽的感喟之情。词中的登高临远之思,羁旅行役之愁,佳人望远之怀,客子思乡之念,都融入浓重的悲秋气氛和深沉的人生感慨之中。柳永在这类羁旅行役词中,深刻地剖露了内心的种种矛盾、苦闷、懊恨和悲哀,写出他欢情无着、功名又复无成的独特感受。传统的宦游题材,在柳永词里显示出自己的个性色彩:羁旅苦况里织进了都会风月欢情,高远悲凉的气象中揉入了旖旎冶艳的绮思,在抒写个人的宦游感慨时,也反映了文士不遇的历史命运。

后人称赏柳永词工于羁旅行役,除了能用这类词作抒写出飘泊苦况中的"难达之情"外,还能"状难状之景"(冯煦《宋六十一家词选例言》)。词中有"渔市孤烟袅寒碧,水村残叶舞愁红"(〔雪梅香〕)的江南水乡,"红尘紫陌,斜阳暮草长安道"(〔引驾行〕)的名城古都,以及"九疑山畔才雨过,斑竹作、血痕添色"(〔轮台子〕)的南荒僻野,各地风貌,景色迥异。随着时序的变换,展现出春天的"冻水消痕,晓风生暖"(〔古倾杯〕),夏天的"火云初布,迟迟永日炎暑"(〔女冠子〕),秋天的"鹜落霜洲,雁横烟渚"(〔倾杯〕),以及冬天的白雪"千里广铺寒野"(〔望远行〕),刻画出不同的季节特征。〔凤归云〕(向深秋)词所写"天末残星,流电未灭,闪闪隔林梢"的流电景象,描摹逼真。〔河传〕一词写淮岸傍晚的乡女采莲:"采多渐觉轻船满。呼归伴。急桨烟村远。隐隐棹歌,渐被蒹葭遮断。曲终人不见。"由近而远,人影歌声,令人神往。在转徙四处的过程中,遇有名地胜迹,不免登临观赏,触景生情,每有感怀。"参差烟树灞陵桥,风物尽前朝。衰杨古柳,几经攀折,憔悴楚宫腰。"(〔少年游〕)满含怀古的幽情。〔双声子〕写姑苏之游,目睹香径已无,徒存荒丘,因而"想当年、空运筹决战,图王取霸无休。江山如画,云涛烟浪,翻输范蠡扁舟。验前经旧史,嗟漫载、当日风流。斜阳暮草茫茫,尽成万古遗愁!"词人以纵横挥洒之笔,择取和评说了一代兴亡的历史,别具一种苍凉悲慨沉雄老当的气韵,为柳词中风调独特之作。

在上述三种主要内容外,柳永还写过一些自叙怀抱、感慨平生之作,其中有早期所写的〔鹤冲天〕(黄金榜上),在科场失意之后,转而"恣狂荡"于"烟花巷陌","忍把浮名,换了浅斟低唱",用花月歌酒填补失意后的空虚,表现了一种肆无顾忌的狂放,充满了未尝人间辛酸的青春浪漫气息。后期所写的〔传花枝〕(平生自负)一词,以极为浅俗的语言,直率叙说甘心浪子生涯的态度:"阎罗大伯曾教来,道人生、但不须烦恼。遇良辰,当美景,追欢买笑。剩活取百十年,只恁厮好。若限满、鬼使来追,待倩个、掩通著到。"借阎罗王的语言,表明自己追求欢乐生活的情趣至死不变,洋溢着顽强乐观的精神。〔戚氏〕一词是柳永词中字数最多的一首长调,作者在二百一十二字中自叙生平,感叹身世:

晚秋天,一霎微雨洒庭轩。槛菊萧疏,井梧零乱惹残烟。凄然。望江关。飞云黯淡夕阳间。当时宋玉悲感,向此临水与登山。远道迢递,行人凄楚,倦听陇水潺湲。正蝉吟败叶,蛩响衰草,相应喧喧。　孤馆度日如年。风露渐变,悄悄至更阑。长天净,绛河清浅,皓月婵娟。思绵绵。夜永对景,那堪屈指,暗想从前。未名未禄,绮陌红楼,往往经岁迁延。　帝里风光好,当年少日,暮宴朝欢。况有狂朋怪侣,遇当歌、对酒竞留连。别来迅景如梭,旧游似梦,烟水程何限。念利名、憔悴长萦绊。追往事、空惨愁颜。漏箭移、稍觉轻寒。渐呜咽、画角数声残。对闲窗畔,停灯向晓,抱影无眠。

王灼《碧鸡漫志》引"前辈"评说:"《离骚》寂寞千载后,〔戚氏〕凄凉一曲终。"其意不仅指这首词的凄音哀情动人,而且认为词中所抒的穷愁羁旅之恨,天涯沦落之感,继承了《离骚》的遗韵,唱出了千古如斯的文士不遇的悲歌。

张端义《贵耳集》引项安世说:"杜诗柳词,皆无表德,只是实说。"以成就而言,柳词不能与杜诗相比,但从写实的创作态度和倾向来说,却是一致的。柳永词的内容不是拘限于风月恋情的传统疆界,而是依随生活的变化,从闺阁转进到都市游乐和江湖飘泊。他大胆如实地反映自己所接触到的现实生活,大到整个社会风貌的描述,诸如皇朝盛世的升平景象,都市的声色繁华,市民阶层的习俗心理,以及纵情歌酒风月的浪子情调,江湖羁旅的宦游况味,小到一颦一笑、一草一木的形态,甚至于一般人不敢写的男女床帏之事,都能形之词笔。总之,词人所亲身经历的眼前景、意中人、离合事、悲欢情,无一不被摄入并毕现于其词作之中。

第三节　柳永词的艺术成就

柳永以其与众不同的生活方式冲破了旧的传统规范,在词的创作上也同样显示了迥异前人的创新精神,在词的体制结构、表现手法、语言风格等各个方面,都作出了卓越的成绩,推动了词的发展。大体说来,主要表现在以下几个方面:

第一,大量改制、创制了新的词调,特别是增衍制作了许多慢词长调[13],大大拓展了词体,表现了突出的创调才能。

《乐章集》现存词二百十二首,分属十七宫调一百二十七曲调。如以六十二字为小令与慢词的分界,柳永词中慢词有一百八十馀首,小令只有二十几首,即使以八十字为界,柳永慢词也超过半数。与他同时的张先、晏殊,都仍以小令创作为主,慢词长调只有少量的十几首或几首,远远不能与柳永相比。慢词长调虽不是由柳永始创,但真正大量创制并广泛流行的却始自柳永。他制作慢词长调的主要途径有二:其一是"变旧声作新声"(李清照《词论》)。或化旧为新:虽用旧曲调名,而字数声情却截然有别,如〔抛球乐〕旧曲三十字,柳词为一百八十七字;或借旧为新:唐五代旧曲中虽有曲名而无歌词者,柳永选作慢词长调,如〔安公子〕、〔夜半乐〕、〔雨霖铃〕、〔曲玉管〕等;或衍短为长:将令词改制为慢词,如将五十六字的〔木兰花〕改制为一百零一字的〔木兰花慢〕,等等。其二是自制新调。或改换宫调:

如将歇指调〔洞仙歌〕改制为仙吕、中吕、般涉三调;或据民间新声创制:如〔郭郎儿近拍〕、〔合欢带〕、〔传花枝〕、〔娜人娇〕等曲;或自创新腔:如〔黄莺儿〕咏春天,〔望海潮〕咏钱塘,皆咏本事,明为首创。传统词调多为两段,柳永始创三段词体式,如〔十二时〕、〔浪淘沙〕、〔夜半乐〕、〔安公子〕、〔曲玉管〕、〔戚氏〕等等。

由于柳永熟谙音律,故能运用音乐节奏不同和曲式变化,创制了〔秋蕊香引〕、〔临江仙引〕、〔诉衷情近〕、〔过涧歇近〕;运用移调变奏手法,创制了调整节奏减短乐句的〔减字木兰花〕;词中犯调,亦创自柳永,如一曲之中使用两个以上宫调的〔尾犯〕、〔小镇西犯〕等。另外,他还创制了节奏迫急的〔促拍满路花〕,将小令叠韵变为长调的〔集贤宾〕,等等。继令词在温庭筠手里完成定型之后,令引近慢诸种体式的大备兼有,减字、犯调、叠韵等各种方法的灵活运用,都在柳永手里得到了完成和创造。而大量慢词长调的创制,更是柳永重大的开拓,成为词的发展史上的里程碑。词发展到柳永,乐工歌女之曲与诗客文人之词,音乐的谐美与文辞的流畅,才算得到了真正的融合,也才充分显示出词之有别于诗的独特个性,正如陈锐《抱碧斋词话》所说:"词源于诗而流为曲,如柳三变纯乎其为词矣。"

第二,确立了词的体段配置模式。柳永大量运用"前半泛写,后半专叙"(毛先舒《诗辩坻》)的基本模式,为以后的词人所广泛效法。

慢词长调具有较长的篇幅,能够容纳较多的内容,在体段配置、层次安排上,需要有恰当合理的结构模式。柳永根据大量乐曲的两段重复的结构特点[14],采用"前半泛写,后半专叙"的体段分配模式,使感情抒发的层次与音乐旋律的重复互相适应,紧密配合。柳永的这种两段模式,多采用前段写景、后段抒情的配置方法。词主抒情,前段写景,是为后段的抒情先作衬染和铺垫;后段的抒情,则是在前段的衬染、铺垫的基础上进一步加深。两段之间,互相映衬,前后递进,既显出区别,又有互为依存的联系。如〔双声子〕(晚天萧索)上片写姑苏台榭的荒芜,下片抒怀古之情;〔六么令〕(淡烟残照)上片写溪滩景色,下片则抒行役之感,皆是其例。又如〔倾杯〕一词:

> 鹜落霜洲,雁横烟渚,分明画出秋色。暮雨乍歇,小楫夜泊,宿苇村山驿。何人月下临风处,起一声羌笛?离愁万绪,闻岸草、切切蛩吟如织。　为忆芳容别后,水遥山远,何计凭鳞翼!想绣阁深沉,争知憔悴损,天涯行客。楚峡云归,高阳人散,寂寞狂踪迹。望京国。空目断、远峰凝碧。

词写羁旅行役中的怀人离愁。上片写雨后泊舟所见所闻的秋色秋声,纯为写景,但已隐含离愁,为下片预作铺衬。"鹜落"三句,以雁鹜飞落霜洲烟渚之上的景象,染出秋色的凄清。"暮雨"三句,点出时间、事情、处所,暗示出行役者的飘泊之苦。"何人月下临风处"二句,以笛声引出怀乡之思,羁旅之愁。接以"离愁"二句,以岸草、蛩吟隐衬愁绪的纷溢。下片的"为忆芳容别后",是上片"离愁"内容的具体点示。"水遥山远",自然从"苇村山驿"中想来。"鳞翼"的何计相凭,与"雁横"遥相呼应。天涯行客的憔悴,绣阁伊人的怀念,以及旧日欢情的消散,未来一切的渺茫,都是"离愁万绪"的丰富内涵。由此可见,上片的步步写景与下片的层层抒情,紧密关联。从乐曲来说,是旋律的重复呼应;就抒情而言,是层次的加深。这种体段配置模式的创立,无疑为慢词长调的创作提供了具有规范性的样式,产生深远的影响。柳永在创作过程中,往往能根据不同的情境和内容,将这种体段配置的基本模式加以相应的变化,有不少词将写景、抒情、叙事、怀人交错穿插,巧妙组合,灵活多样。词的体段配置上的模式化,是乐曲程式化的反映;而体段配置模式的多样化,则又表现了乐曲丰富多变的特点。

第三，表现手法多样。主要表现在以下几个方面：

其一，铺叙委婉，描述精细。慢词长调，容量较大，可以从容铺陈。李之仪指出：词"至柳耆卿，始铺叙展衍，备足无馀"（《跋吴思道小词》，《姑溪居士文集》卷四〇）。柳永词的铺叙委婉，按王灼《碧鸡漫志》所说，是指词的"序事闲暇，有首有尾"，情事发展的过程逐次展现，清楚完整。如〔采莲令〕词：

月华收，云淡霜天曙。西征客，此时情苦。翠娥执手送临歧，轧轧开朱户。千娇面、盈盈伫立，无言有泪，断肠怎忍回顾。 一叶兰舟，便恁急桨凌波去。贪行色、岂知离绪。万般方寸，但饮恨、脉脉同谁语。更回首、重城不见，寒江天外，隐隐两三烟树。

全词叙写男女别离的过程——别前的景色，别时的情态，别后离人在江上舟中回顾的景象，逐步道来，尽收眼底。词中对月落天晓的送别时间的点明，朱户到兰舟的别离地点的移动，以及离别中主要人物的出现，也都一一交代清楚。以描述精细来说，可举〔夜半乐〕一词为例：

冻云黯淡天气，扁舟一叶，乘兴离江渚。渡万壑千岩，越溪深处。怒涛渐息，樵风乍起，更闻商旅相呼，片帆高举。泛画鹢、翩翩过南浦。 望中酒旆闪闪，一簇烟村，数行霜树。残日下，渔人鸣榔归去。败荷零落，衰杨掩映，岸边两两三三，浣纱游女。避行客、含羞笑相语。 到此因念，绣阁轻抛，浪萍难驻。叹后约丁宁竟何据。惨离怀、空恨岁晚归期阻。凝泪眼、杳杳神京路。断鸿声远长天暮。

词分三段,分别叙写舟行所经之地,描述舟行所见,抒发离乡怀人之情,内容安排细密。第一段叙述舟行过程,先写层云叠聚的泛舟天气,次写"乘兴"泛舟的心情和泛舟的起点——江渚,然后写"渡万壑千岩,越溪深处"的舟行所经之远,所见山水佳胜之多。"怒涛"以下数句,细致写出从怒涛的江面到风顺水平的溪水不同水段的变化,在载重运货的商旅船只的呼唤声中,自己所乘的一叶扁舟就显得"翩翩"轻快。"南浦",是舟行所去之处。词人用"离"、"渡"、"泛"、"过"等几个动词巧妙钩连,将整个舟行过程完整地刻画出来。第二段写景,先以"望中"二字笼罩全段,再逐次展现"望中"景物:"酒斾"的"闪闪","烟村"的"一簇","霜树"的"数行",为"望中"远景;"渔人鸣榔归去",是水上所见较近的景;"败荷"二句,写岸边近景;最后写岸上的浣纱女子。由远而近,从江上到岸边,暗写出扁舟行进与缓缓停泊的过程,描述极为细腻。第三段抒情,初念抛家飘泊,继叹后约无凭,终恨岁晚难归,最后又由情入景,以双眼泪光滢滢的特写镜头和长天断鸿的寥廓背景,配以悠远雁唳的画外音,组成一幅情韵深长的画面。由此可见,柳永词的叙事、写景、抒情,都能"形容曲尽"、"细密妥溜",极尽精细之能事。

其二,情景衬融,点染得法。柳永词的背景,已从单纯狭窄的深院画阁和歌酒场面,拓展为都市巷陌和羁旅途中的山川自然景观,加上体段配置组合上的两段模式,带来词中写景成分的大量增加和写景手法的丰富变化。有的依随词中主人公的眼光逐次展现,远近变换。如〔满江红〕(暮雨初收)一词写桐江风光:先是"长川静,征帆夜落",由远而近,自江水而舟帆,写出江中夜泊的图景;然后是"临岛屿、蓼烟疏淡,苇风萧索",写泊舟近处景物;接着一转,"几许渔人飞短艇,尽载灯火归村落",又从泊舟处由近而远的望中画面着笔,显现出明显的流动感。有的则是大幅度的跳跃翻转。如〔望海潮〕词写杭州景物:"烟柳画桥,风帘翠幕,参差十万人家"三句,前两句由远而近,写城中景色,后一句以鸟瞰式的画面,展示杭州人物繁富密集的气象;"云树绕堤沙,怒涛卷霜雪,天堑无涯"三句,场景陡换,从城里转到城外,着重描绘钱塘江的壮阔景象;"市列珠玑"二句,又移写城中市井的富庶豪奢;"重湖叠巘清嘉"以下数句,复写西湖美景。全词画面转换,场景推移,频繁多变,又是一种手法。

在情、景两个部分的处理安排上,作者在恰当而又巧妙地进行配置、调度、穿插和交错的同时,又采用了对照、衬托、点染、杂糅交融等各种艺术手法加以具体描述,其中尤以刘熙载《艺概》指出的"点染"之法最为人们所称道。〔雨霖铃〕一词就是这方面的代表作:

> 寒蝉凄切,对长亭晚,骤雨初歇。都门帐饮无绪,留恋处、兰舟催发。执手相看泪眼,竟无语凝咽。念去去,千里烟波,暮霭沉沉楚天阔。　多情自古伤离别,更那堪、冷落清秋节。今宵酒醒何处?杨柳岸、晓风残月。此去经年,应是良辰好景虚设。便纵有千种风情,更与何人说!

表面上看来,只是景、情、事几部分的简单间隔,实际上却表现了柳永词的情景交融、点染得法的艺术特色。全词以别情贯串始终。"寒蝉凄切"三句,看似单纯写景,但中间着一"对"字,则表明如泣如诉的蝉声,长亭的黄昏暮色,骤雨初歇的凄清景象,都是远行者所见所闻所感,是饱含着离情的"情中景",为下文写具体离别设置了恰当的场景,酿造出离别的凄凉气氛,从这一角度来看,它是衬托,也是点染。"都门帐饮"五句,写具体的别离场面,为"情中事"。"念去去、千里烟波"二句,是从"执手相看泪眼,竟无语凝咽"的离人眼中所看到的景象,"烟波"、"暮霭",是眼前的近景、实景,而"烟波"前的"千里","暮霭"后的"楚天阔",则为杳渺的远景、虚景,是离人推想中的景象。这种远近虚实景象的倏忽变幻,在"念去去"三字的统摄下融为一片,泯合无痕。这两部分之间,又显然互为点染。下片的"今宵酒醒何处"二句,是紧承换头"多情"二句情语而来,用以烘染映衬冷落清秋景境中多情人的离别:离情别酒,固然已苦,但伊人尚在;而念想今宵扁舟远行,破晓醒来,伊人已去,惟见岸边柳丝摇曳,岂能不触动万种离情?深秋晓风,凄寒如水,吹醒了酒意,但也吹来了天地寂寥、身世飘零的孤独之感;空中残月如钩,清光不圆,人间分飞,人月同憾。这岸边飘拂的柳丝,空中凄寒的秋风,天上清冷的残月,水面飘移的扁舟,自然形成一种无限凄清的境界,令人凄惋欲绝。这首词情景杂糅,点染交错,层层烘衬,步步深入,不愧为柳永词中的名作。

其三,寓曲折于平直,运开合于流荡。柳永慢词长调多用直叙平铺,但并非一泻无馀,而是在一气流走之中,自有吞吐起伏。以一词而论,有全篇流泻奔注而中有顿宕者,如〔玉蝴蝶〕:

望处雨收云断,凭阑悄悄,目送秋光。晚景萧疏,堪动宋玉悲凉。水风轻、蘋花渐老,月露冷、梧叶飘黄。遣情伤。故人何在?烟水茫茫! 难忘。文期酒会,几孤风月,屡变星霜。海阔山遥,未知何处是潇湘?念双燕、难凭远信,指暮天、空识归航。黯相望,断鸿声里,立尽斜阳。

一起"望处"二字,统摄全词,直贯末尾。"雨收云断",望中所见;"凭阑悄悄",望中神态;"晚景萧疏,堪动宋玉悲凉",望中之情,至此一气而下。"水风轻"二句,笔势稍缓,仍承"望"字,对"晚景萧疏"作补充叙写。"遣情伤,故人何在,烟水茫茫"三句,一断,一问,一叹,笔势忽起波澜,而"望"字在暗中仍意脉不断。下片"难忘"以下数句,与"故人"二句蝉连,念旧伤今,悲远怀人,都是望中所感,笔势连绵。结以"黯相望,断鸿声里,立尽斜阳",以"望"字起结,前后呼应,气脉连贯。全词于奔注直泻之中,间以顿宕起伏,显示出动荡变化之美。有的词则前半纡徐婉曲,后半发露纵放。如〔夜半乐〕(冻云黯淡天气)一词,前两段写景,徐徐叙写,从容不迫,为后段蓄势。最后一段用"到此因念"四字急承迅转,结景入情,从浣纱女念及"绣阁轻抛",由败荷想到自身的"浪萍难驻",叹后会之约"无据",恨岁晚"归期"受阻,望神京"杳杳"难见,一句一意,翻腾跳荡,声情迫促,笔势如大江浪涛,汹涌吞吐。一词之中,两种笔墨,映照强烈,深刻表现了从泛舟之乐到触景陡生羁旅之苦的急骤变化过程。

柳永词中这种平直曲折的变化,固然与词人内在感情的流转及用笔的灵动有关,但他创用的新的组句方式所产生的作用,也是极为明显的。以五、七言为主组成的令词,所采用的多是二三或二二三句式,节奏格式比较固定平稳。柳永的慢词长调则大量创用了尖头句和领字统摄句,前者如一三组合的"指天涯去"(〔引驾行〕),一四组合的"昔观光得意"(〔透碧霄〕),一五组合的"剩活取百十年"(〔传花枝〕)等;后者如一字领两个四字句的"有三秋桂子,十里荷花"(〔望海潮〕),一字领两个五字句的"观露湿缕金衣,叶映如簧语"(〔黄莺儿〕),一字领两个六字句的"会乐府两籍神仙,梨园四部弦管"(〔倾杯乐〕)等。尖头句的前后分量轻重、节奏长短悬殊所造成的不均衡,自然呈现出一种倾斜、滑动的语势;领字统摄句以领字统摄几个属句的组合形式,自然形成以领字为中心的语意组合群。运用尖头句的倾斜、滑动的语势以增加流动感,而领字统摄句的主次轻重的区分,又自然带来明显的层次感,从而使慢词长调的承转递接流动自然,脉络分明,层次井然。

其四,知音识曲,声律谐畅。柳永词注意字声与音声的配合,讲究字声上去的区分,于入声尤为不苟。他擅于运用去声远扬的特点,如〔八声甘州〕一词上片以去声"对"字领起,词情一振;紧接着又以一去声"渐"字领两个四言偶句、一个四言单句,音节流动。下片第二句以去声"望"字挺接,同时领起两个四言句作一小顿;随后再以一去声"叹"字领一个四言句、一个五言句,笔意转进一层。词情随去声领字而起伏顿挫,声情自然谐合。柳词于上去二声的搭配运用特为重视,〔雨霖铃〕词中的"骤雨"、"泪眼"、"暮霭"、"自古"、"纵有"等字,均上去连用。词中对入声也极注重,如〔诉衷情近〕二首,其一"伫立江楼望处"、"重叠暮山耸翠"、"脉脉朱阑静倚"、"竟日空凝睇",其二"渐入清和气节"、"莲叶嫩生翠沼"、"绮陌游人渐少"、"伫立空残照",其中每句第二字均用入声,俱见不苟之意。柳词还很注意双声叠韵词的运用,如〔竹马子〕词中"登孤垒荒凉,危亭旷望,静临烟渚"数句,其中"荒凉"、"旷望"、"静临"均为叠韵;"极目霁霭霏微,暝鸦零乱,萧索江城暮。南楼画角,又送残阳去"数句,其中"霏微"二字叠韵,"零乱"、"萧索"、"南楼"等则为双声,字声音节浏亮动听。

在用韵上,柳词运用韵位的疏密间隔和句式的长短参差,表现曲调的复杂变化。柳词于起韵、换头处多喜用短韵,如〔二郎神〕起韵"炎光谢",换头"闲雅";〔留客住〕起韵"偶登眺",换头"旅情悄",等等。还善于用句中韵,如〔木兰花慢〕中"倾城、尽寻胜去"、"盈盈、斗草踏青"、"欢情、对佳丽地"数句,其中"倾城"、"盈盈"、"欢情",均为句中韵,或称暗韵。〔古倾杯〕中"动几许、伤春怀抱。念何处、韶阳偏早",其中"许"、"处"同韵,隔句暗叶,亦为句中韵而有所变化。从歌辞的句意来看,句中韵多与上下句一气连贯;从曲调的乐拍而言,句中韵则为小作顿住合节处,其意在强化节奏和增强旋律的应和作用。

柳永根据慢词多用疏拍以合长声的特点,在韵位安排上也都以疏韵为主。如〔斗百花〕词:"飒飒飘鸳瓦,翠幕轻寒微透,长门深锁悄悄,满庭秋色惊晚。"自"晚"字起韵,长达二十三字。〔凤归云〕词:"恋帝里,金谷园林,平康巷陌,触处繁华,连日疏狂,未尝轻负,寸心双眼。"自"眼"字起韵,长达二十七字,可谓曼声之极致。柳词有时用短长韵的相间以应和曲调之参差,如〔引驾行〕词:"红尘紫陌,斜阳暮草长安道,是离人、断魂处,迢迢匹马西征。新晴。韶光明媚,轻烟淡薄和气暖,望花村、路隐映,摇鞭时过长亭。愁生。伤凤城仙子,别来千里重行行。又记得临歧,泪眼湿、莲脸盈盈。"先以两个二十三字长韵与二字短韵交错相押,继以两个十二字长韵作接,长短悬殊,疏密迥异,错落有致。人称柳词"得音调之正"(元吴师道《吴礼部词话》),或云"词入管弦,柳实能手"(清胡薇元《岁寒居词话》),确非虚誉。

第四,雅俗并陈。

柳永词以通俗流利著称,并因此而颇受某些人的非议。其实,柳永雅词亦复不少。就总体分析,"耆卿词当分雅俚二类"(夏敬观《手评乐章集》)。

"俗"是柳永词的重要特色。除反映市井世俗的内容外,最突出的是大胆运用民间"浅近卑俗"(王灼《碧鸡漫志》)的语言。如写对情人的中意:"其奈风流端正外,更别有、系人心处"(〔昼夜乐〕);写别后的后悔:"堪恨还堪叹,当初不合轻分散。……虽后约、的有于飞愿。奈片时难过,怎得如今便见"(〔安公子〕)。〔爪茉莉〕一词,几乎全用口语写成,如"巴巴望晓,怎生涯、更迢递。料我儿、只在枕头根底。等人来,睡梦里"等等,刻画孤独的心理极为生动。所以清人沈谦《填词杂说》称道这首词"极孤眠之苦"。柳永的这类俗语词，适应了市民阶层的听唱水平。为了满足这一阶层追求新奇的艺术趣味，在通俗易懂的基础上，进一步要求语言的尖新动听、形象鲜明。如写幼妓："与解罗裳，盈盈背立银釭，却道'你但先睡。'"（〔斗百花〕）形象语态，如在目前。又如写女子担心感情发生变故的焦虑："假使重相见，还得似，旧时么？"（〔鹤冲天〕）喃喃自语，历历可闻。再如〔定风波〕一词：

自春来、惨绿愁红，芳心是事可可。日上花梢，莺穿柳带，犹压香衾卧。暖酥消，腻云亸。终日厌厌倦梳裹。无那。恨薄情一去，音书无个。　　早知恁么。悔当初、不把雕鞍锁。向鸡窗、只与蛮笺象管，拘束教吟课。镇相随，莫抛躲。针线闲拈伴伊坐。和我。免使年少，光阴虚过。

全词为歌女代言，叙写内心愁肠百转的痛苦。"无那！恨薄情一去，音书无个！"念当初情爱，记临别情语，恨音信全无，一声长叹，满腔深情。由恨而悔，并随之而生发出美好的虚想：才子读书，佳人伴坐，彻底摆脱歌女的沦落生涯，过上常在丈夫身边的良家妇女生活。这本是一个妇女的正常权利，但在等级森严的社会里，这只能是一种幻梦，而歌女"针线闲拈"伴文士读圣贤书，却被看成是对封建礼教的亵渎。柳永就曾因这首词的"叛逆不道"而造成仕途上的挫折，但这也恰恰显示出词人能够深刻反映下层妇女痛苦的难能可贵。正是在这种士大夫多方指责、而歌女乐工为之广泛传唱之中，显示出柳永俗词的影响和它的价值。

柳永的雅体词，历来为士大夫文人所一致叹赏。这类词多为咏写羁旅行役、描述城市风物及官场酬赠之作。与俗体词的多用白描不同,这类词作多用典使事,但不奥僻生涩。如〔满江红〕:"归去来,一曲仲宣吟,从军乐。"用王粲事。〔古倾杯〕:"目极千里,闲倚危樯回眺,动几许、伤春怀抱。"化自《招魂》。有的变化原句,如〔女冠子〕:"想端忧多暇,陈王是日,嫩苔生阁。"用谢庄《月赋》:"陈王初丧应、刘,端忧多暇,绿苔生阁,芳尘凝榭。"有的直接引用,如〔倾杯〕:"泪流琼脸,梨花一枝春带雨。"后一句用白居易《长恨歌》中成句。柳词的雅,并非单纯倚仗使事用典,而是于自然流畅的一贯风格中,出以雅语、雅情、雅境。柳永〔醉蓬莱〕一词流传,"天下皆称妙绝",照杨湜的看法,就在于"钩摘好语"(《古今词话》)。邓廷桢称赏"渔市孤烟袅寒碧"(〔雪梅香〕)句"差近风雅"(《双砚斋词话》),黄蓼园《蓼园词评》评赞〔黄莺儿〕"自然清隽"、〔望远行〕"清雅不俗",都是说柳词的雅语雅情。其实,柳词中也有不少雅境,如"银河浓淡,华星明灭,轻云时度。莎阶寂静无睹。幽虫切切秋吟苦。疏篁一径,流萤几点,飞来飞去。"(〔女冠子〕)何等清幽。"澄明远水生光,重叠暮山耸翠。遥认断桥幽径,隐隐渔村,向晚孤烟起。"(〔诉衷情近〕)则又是一种杳远境界。〔八声甘州〕一词,苏轼大加赞赏:"世言柳耆卿曲俗,非也。如〔八声甘州〕之'霜风凄紧,残照当楼',此语于诗句不减唐人高处!"(赵令畤《侯鲭录》卷七)陈廷焯《词则》称说这首词"情景兼到,骨韵俱高",都是指柳永这类饱含身世感慨的雅词,多能于情景点染之中,显露出悲凉寥落的气象,自具一种深远高阔的境界。

　　宋初词坛寂寥,即有零星篇什,亦多规模前朝遗风。真宗后期至仁宗朝,词坛渐趋繁荣,柳永与张先、晏殊同时崛起,并负盛名,且均有专门词集行世。晏殊词以承前为主,张先词略显变化之迹,至柳永词则大变,呈现出宋词的新面貌,为词的发展过程中一大关键。柳永慢词小令兼有,雅体俗体并存。其俗体词多受敦煌曲子词及当时市井流行俗曲新声的影响,"言多近俗,俗子易悦"(《苕溪渔隐丛话》后集卷三九引《艺苑雌黄》),因而"传播四方"(吴曾《能改斋漫录》卷一六),一些边远地区,也往往"凡有井水饮处,即能歌柳词"(叶梦得《避暑录话》卷下),影响甚广。其雅体词上承花间,却无其堆砌词藻和迷离惝恍的描写,而多受韦庄清劲真率词风的影响,但情致稍变柔婉,为士大夫文人所称赏。在当时词坛上,柳词"大得声称于世"(《苕溪渔隐丛话》后集卷三三引李清照《词论》)。苏轼门下秦观、黄庭坚的词,都深受柳词影响。对柳永俗词颇有不满的苏轼,于柳词的慢词长调形式,大开大阖的艺术手法,以及自抒情志的词人自我意识,无疑得到不少启迪。当时的文人作家,对柳词虽多非议指摘,而在实际创作中,却又颇多借鉴。柳永以其杰出的艺术才能和实际创作成就,使词坛风气为之一变,并自成一派。北宋周邦彦词自柳词出,写情亦多用赋笔,唯特加含蓄,词语更见精工。其他如沈唐、李甲、晁端礼、万俟咏等人,也都渊源于柳词[15],自然形成一种"柳氏家法"。南宋吴文英"慢词开阖变化,实间接自柳出,惟面貌全变,另具神理而已"(蔡嵩云《柯亭词论》)。他的俗体词更下开金元曲子,况周颐就曾指出:"柳屯田《乐章集》为词家正体之一,又为金元已还乐语所自出。"(《蕙风词话》卷三)

〔1〕 柳永生卒年,唐圭璋《柳永事迹新证》(《文学研究》1957年第3期)提出生于宋太宗雍熙四年(987)、卒于宋仁宗皇祐五年(1053)说,学术界多从之,但对柳之生年尚有不同看法。本文参照吴熊和《从宋代官制考证柳永的生平仕履》(《唐宋词通论》1989年版《附录》)一文意见,将柳之生年推前到宋太宗雍熙元年(984)。

〔2〕 宋太祖开宝九年(976),柳宜与王禹偁结识。《小畜集》卷二〇《送柳宜通判全州序》:"皇家平吴之明年,(柳宜)随伪官得雷泽令。雷泽,仆之故里

也,始与之交。"宜弟宣,时以校书郎为济州(州治在今山东巨野)团练推官,与王禹偁亦相友善。

〔3〕 宋太宗至道三年(998),王禹偁知扬州,作有《扬州寒食,赠屯田张员外、成均吴博士同年、殿省柳丞》、《和国子柳博士喜晴见赠》诗,以及《建溪处士赠大理评事柳府君墓碣铭并序》,知柳宜、王禹偁于本年在扬州相聚。

〔4〕 柳宜以文才自负。王禹偁《送柳宜通判全州序》记述:"淳化元祀,始以任城宰来抵阙下,携文三十卷叫阍上书,且请以文笔自试。"

〔5〕 柳永生年设为太宗雍熙元年(984),柳宜时为任城令。太宗淳化元年(990),柳宜至汴京,请求以文笔自试,授全州通判,柳永时年七岁。太宗至道元年(995)春夏间,王禹偁在汴京,为柳宜作《柳赞善写真赞并序》,柳永时年十二岁。太宗至道三年(997),柳宜与王禹偁重聚于扬州,柳永时年十四岁。依此排比,柳永幼年至少年时期,当随其父柳宜的迁调而生活于各地。

〔6〕 主柳永幼年、少年时期生活于福建家乡说者,多以《巫山一段云》组词为据,理解有误。联系词中写及"天书"情事,此组词作实借咏游仙而写真宗大中祥符年间天书降及泰山封禅等事。钟陵《柳永早年事迹考辨》(《南京师范大学学报》1994年第1期)一文,可以参看。

〔7〕 宋王辟之《渑水燕谈录》、胡仔《苕溪渔隐丛话》后集引《艺苑雌黄》,均称皇祐中老人星现,柳永应制作〔醉蓬莱〕词。老人星即寿星,《宋史·天文志》、《宋会要辑稿》五十二册《瑞异》"寿星"条,均有老人星出现的记载,唯皇祐间无出现老人星事。仁宗天圣元年(1023)二月己亥、二年(1024)八月丙子、四年(1026)七月壬申有老人星出现。据词中"素秋"词语,则天圣二年八月或四年七月作此词的可能性较大。

〔8〕 李焘《续资治通鉴长编》卷一一六载仁宗景祐二年六月"丁巳,诏幕职、州县官初任未成考者,无得奏举。先是,侍御史知杂事郭劝言,睦州团练推官柳三变释褐到官才逾月,未有善状,而知州吕蔚遽荐之,盖私之也。故降是诏。"

〔9〕〔10〕 明万历《镇江府志》卷三六载柳永侄所作《宋故郎中柳公墓志》残文:"叔父讳永,博学,善属文,尤精于音律。为泗州判官,改著作郎。既至阙

下,召见仁庙,宠进于庭,授西京灵台令,为太常博士。"

〔11〕 罗烨《醉翁谈录》庚集卷三:"柳耆卿宰华阴日,有不羁子挟仆从游妓,张大声势,妓意其豪家,纵其饮食。仅旬日后,携妓首饰走。妓不平,讼于柳,乞判执照状捕之。"

〔12〕 罗忼烈《话柳永》记载日本刊本《古文真宝》前集录有柳永《劝学文》一篇,计八十八字。《全宋文》第十四册卷五八〇据明刻本《文翰类选大成》卷一一〇亦录有此文。

〔13〕 慢词与音乐节奏的快慢有关,长调则因字数的多少而分,两者有别,但又有联系,此处是笼括而言。

〔14〕 王灼《碧鸡漫志》卷五〔望江南〕调:"予考此曲,自唐及今,皆南吕宫,字句亦同,止是今曲两段,盖近世曲子无单遍者。"

〔15〕 王灼《碧鸡漫志》卷二:"沈公述、李景元、孔方平、处度叔侄、晁次膺、万俟雅言,皆有佳句,就中雅言又绝出。然六人者,源流从柳氏来,病于无韵。"

第六章 晏　殊

第一节　晏殊的生平

晏殊(991—1055),字同叔,抚州临川(今江西临川)人。卒谥元献,人称晏元献公。又曾封临淄郡开国公,故也称晏临淄。

晏殊高祖墉,唐咸通中举进士,卒官江西,始著籍高安。曾祖延昌,徙居临川长乐乡沙河。祖郜,与延昌宦迹俱无考。郜生八子,家口繁多[1]。殊父固为郜次子,曾任抚州手力节级。自延昌以下,临川晏氏"三世不显"(欧阳修《晏公神道碑铭》),到晏固时,"其家日贫"(佚名《道山清话》)。

晏殊幼年聪慧过人,文章敏妙。真宗景德元年(1004),张知白安抚江南,以神童荐之于朝。次年五月,受特召试于殿内,因属辞敏赡和品性淳直,为真宗赏识,赐进士出身,擢秘书省正字,使读书于秘阁[2]。殊时虽十五岁,但能"力学自奋,人鲜及之。加以沉谨,造次不逾矩,甚为搢绅所器"(李焘《续资治通鉴长编》卷八二)。在朝廷举行的祭祀、游宴、贺节等活动中,他献所作颂赞诗赋,显示出非凡的才华[3],日益受到真宗的眷注,因而职位屡迁。二十八岁,为知制诰。三十岁,拜翰林学士,兼判太常寺、知礼仪院。时仁宗赵祯为皇子,后封寿春郡王、昇王,又立为太子,晏殊随之被任为寿春郡王府记室咨议、昇王府记室参军、太子舍人、太子左庶子。在真宗朝的十五年中,晏殊不断擢升,并渐参掖垣机密,同时兼任储禁重选,真宗每有咨访,多以方寸小纸细书相问,深见倚重。

真宗晚年,老病昏聩,皇后刘氏干政,大臣间倾轧激烈,朝政紊乱。丁谓与曹利用、钱惟演相结,力谋排陷寇准、李迪。天禧四年(1020)六月,命晏殊草寇准罢相制文,晏殊以只"掌外制"为借口拒拟诏命。七月,真宗觉察冯拯、丁谓、曹利用三人同被任命枢密使事失误,曾召殊相议,他又以"非臣职"委婉推辞。

仁宗即位,晏殊因是东宫旧臣,拜右谏议大夫,兼侍读学士,加给事中,知审官院。天圣初,太后刘氏垂帘听政。天圣三年(1025),殊任枢密副使。张耆因与太后有私恩,被召为枢密使。殊上疏抗争。天圣五年(1027)因用笏板击落随从牙齿,被御史劾奏,罢知宣州,随又改知应天府(今河南商丘)[4]。在任期间,他大力兴办学校,延请范仲淹教授生徒。不久,召为御史中丞,并荐范仲淹于朝。天圣七年(1029),范仲淹上疏论太后上寿事,奏请太后还政。晏殊听到后颇为震恐,责备范以狂率邀名。在范的严正抗辩后,晏殊表示愧服。

天圣八年(1030),知礼部贡举,举欧阳修为第一。他批评当时科举考试:"诸科专取记诵,非取士之意也",主张应"并试策问,参其所习,以较才识短长"(李焘《续资治通鉴长编》卷一〇九)。天圣九年(1031),为三司使。明道元年(1032),改参知政事,迁尚书左丞。仁宗生母宸妃李氏去世,殊奉命撰写墓志,未明言仁宗为其所生。次年,太后刘氏病亡,仁宗方知李氏是他生母,宰执都被罢免,殊也因此出知江宁府,随又改知亳州。宝元元年(1038),自陈州召还,再任御史中丞、三司使。当时正对西夏用兵,殊多次上疏,请罢监军,主张不以阵图授诸将,使能自为攻守,并建议募弓箭手教以战斗,出宫中财物以助边费。这些建议都被采纳施行。康定元年(1040),自三司使除知枢密院事。不久,为检校太傅、枢密使,封临淄郡开国公[5]。庆历三年(1043),为同中书门下平章事,集贤殿大学士,兼枢密使。范仲淹、韩琦、富弼同为执政,欧阳修、余靖、蔡襄等并任谏官,时称得人。次年西夏拒不称臣,邀索无厌,两府执政厌兵,多主退让,唯枢密副使韩琦认为不可。右正言知制诰欧阳修也主张抑其骄慢。同年四月,欧阳修出为河北都转运使,谏官奏留不许。孙甫、蔡襄上章弹奏,殊罢相,出知颍州。后移陈州,再徙许州。皇祐二年(1050),以观文殿大学士知永兴军。皇祐五年移河南,兼西京留守。至和元年(1054),以疾归京师。次年正月卒,年六十五岁。

晏殊一生,遭会两朝,少年早达,遍历华要,跻登两府,中间虽曾出典州郡,除知永兴军离京稍远外,其馀都是近畿名藩。他遍掌朝廷政务、军事、财政、监察等最高机关职务,"谋猷存二府,台阁遍诸生"(欧阳修《晏元献公挽辞》),位高望隆,举足轻重。仁宗庆历初年的改革,他是重要的关键人物。主张实施新政的代表人物范仲淹,核心成员富弼,以及欧阳修等人,或为门生,或为爱婿,他们之间,不只是师生、翁婿的私谊,更主要的是思想政治主张上的相近、相同,自然聚合为一股进步的政治势力。庆历新政的重要人物的任用、擢拔、安排,都与当时身居朝廷中枢地位的晏殊有关[6],从组织上保证了新政的实施。敌对者攻击当时新政人物"胶固朋党"、"布满要路"(《续资治通鉴长编》卷一四八引蓝元震疏奏语),道出了一定程度的实情。随着晏殊的罢相,"(范)仲淹等相次亦皆去,事遂已"(欧阳修《晏公神道碑铭》),新政也随之消亡。事实表明,庆历新政期间的人才荟聚,革旧立新主张的实施,都因晏殊政治生涯的升降浮沉而聚散行止,充分显示出他在此期间的重要作用。

晏殊少年时从岳父李虚己学习诗法，又因李荐引而与杨亿相识。入登秘阁后，随陈彭年学习，并得出于晁迥门下[7]，与杨亿、刘筠、宋绶等先后以文章名天下[8]。仁宗时期，他以朝廷重臣和文坛耆宿身份，广泛延揽文人隽士，热情提掖后进和推引人才，因而"一时名士，多出其门"（欧阳修《归田录》卷一），在众多的杰出文人作家中拥有很高的声望。北宋有人评述本朝文坛，认为王禹偁之后为"晏公，晏公之后欧阳公，欧阳公之后东坡，皆为一时之龙门"（晁说之《与三泉李奉议书》），指出晏殊、欧阳修、苏轼三人一脉相承，师生前后相继，充分肯定晏殊在北宋文学发展过程中的地位。《宋史》本传、欧阳修《晏公神道碑铭》都称他有文集二百四十卷，今已不传。清胡亦堂辑有《晏元献遗文》，为四库所收本；清劳格辑有《元献遗文》，南京图书馆有藏本；李之鼎辑有《晏元献遗文》，收入所刻《宋人四集》中。他的《珠玉词》，有明吴讷《唐宋名贤百家词》本、明毛晋汲古阁刊《宋六十名家词》本、南京图书馆藏许宗彦鉴止水斋《宋十六家词》明钞本、清晏端书晏氏家刻本等。《全宋词》据陆贻典、黄仪、毛扆等校汲古阁刊本，参校他本，补入黄昇《唐宋名贤绝妙词选》中所选二首，共得一百三十六首。

第二节　晏殊词的思想内容

在文学创作上，晏殊表现了多方面的才能。欧阳修认为，"晏公小词最佳，诗次之，文又次于诗"（魏泰《东轩笔录》引），此说是符合实际的。晏殊词上承唐五代馀绪，"祖述二主，宪章正中"（冯煦《宋六十一家词选·例言》），又有自己的特色。

晏殊长期身处高位，一生富贵优游，又性"喜宾客，未尝一日不燕饮"(叶梦得《避暑录话》卷二)。寄情歌酒,留连光景,自然成了《珠玉词》的重要内容。他以生动的笔触,描绘了当时的歌舞:"重头歌韵响铮琮,入破舞腰红乱旋。"(〔木兰花〕)表现了作者的高度欣赏水平,被称为内行的"弦管家语"(刘攽《中山诗话》)。在这类词作中,听歌赏舞的欢愉,往往拌和着叹老嗟时、好景难再的感伤,交织着人生有限、世事虚幻的悲叹。如"人貌老于前岁,风月宛然无异"(〔谒金门〕)、"金乌玉兔飞走,争得朱颜依旧"(〔秋蕊香〕)、"劝君看取名利场,今古梦茫茫"(〔喜迁莺〕)、"资善堂中三十载,旧人多是凋零"(〔临江仙〕)、"当时共我赏花人,点检如今无一半"(〔木兰花〕)等等。客观事物的种种变化,使他感到人生的变幻无端,"长于春梦几多时,散似秋云无觅处"(〔木兰花〕)。流逝者既不可追,人生又复有限,深刻的思想矛盾,反复的感情挣扎,作者终于参悟出一条自我排解的出路:"人生行乐耳,何自苦如此!"(《道山清话》)他主张"当歌对酒莫沉吟,人生有限情无限"(〔踏莎行〕),人生有限的憾恨,可以从多种的感情刺激和生活享受中求得补偿,在美人歌酒中得到某种程度的解脱。叹老嗟时、盛年难再的感伤,虽只如淡淡轻烟,却总是同纵情风月、为欢及时的情绪交织在一起,这种矛盾而又复杂的心理状态,是作者一生境遇和表面繁荣实已虚弱的时代趋势的折光反映。

抒写闲雅的情趣,是晏殊词中最有特色的部分。〔浣溪沙〕(宿酒才醒厌玉卮)、〔清平乐〕(金风细细)、〔踏莎行〕(小径红稀)、〔蝶恋花〕(玉椀冰寒)等,就是这样的词作。下引〔浣溪沙〕是比较为人熟知的一篇:

小阁重帘有燕过,晚花红片落庭莎。曲栏干影入凉波。
一霎好风生翠幕,几回疏雨滴圆荷。酒醒人散得愁多。

小阁燕过、花落庭莎、栏影入波,是词中主人公的眼中所见。不仅看出视线自上而下、由内到外的空间移动,而且从重帘小阁中的燕子穿飞、绿色庭莎上红花片片的飘坠、池水清波里栏干倒影的荡漾这一系列物象的变换推现中,暗示出需要多少时间去注视、迟留!暗度翠幕的好风微凉,散滴新荷的疏雨细声,能够沁肌入耳,又需要何等神凝气静的心境!筵罢人散后的岑寂气氛并不难有,难在有这份雍容闲暇的气度和冷静体察的幽情雅趣。

晏殊自十四岁被荐入朝,"富贵优游五十年,始终明哲保身全"(欧阳修《晏元献公挽辞》)。显达的地位,优裕闲适的生活,一切都那么安逸、宁静、自然。在他看来,天地之间,"万汇之多,万情之广,大含元气,细入无间,罔不禀和,罔不期适"(《庭莎记》,见吕祖谦编《皇朝文鉴》卷七七),人也如此。晏殊词中的这种闲情雅趣,是他特有的地位、生活、心境的反映,也是其思想上追求闲适境界的一种必然表现。他在抒写闲雅情趣时,常常不由自主地流露出寂寞孤独的轻愁。上面所引的〔浣溪沙〕一词,前五句重笔描绘庭院的岑寂,既反映了作者情趣的闲雅,也为结拍"酒醒人散得愁多"一句作了形象的说明。"双燕欲归时节,银屏昨夜微寒"(〔清平乐〕),"一场愁梦酒醒时,斜阳却照深深院"(〔踏莎行〕),孤独的凄寒,寂寞的斜晖,经常袭扰着作者的心境。"小饭防噎,跬行虞跌"(《几铭》,见吕祖谦编《皇朝文鉴》卷七三),事事怕有失误,时时处在小心谨慎的自我闭锁状态之中,反映了当时复杂的政治局势所带来的心理影响。晏殊这类词中的孤独寂寞的轻愁,正是这种精神状态的不自觉表露。

"美人才子传芳信,明月清风伤别恨。未知何处有知音,长为此情言不尽。"(〔木兰花〕)在晏殊词作中,抒写惜别伤离、相思怀人的内容,不仅占有相当的分量,而且具有很强的艺术感染力。晏殊素以性格刚简著称,但他所写的"多少襟怀言不尽,写向蛮笺曲调中,此情千万重"(〔破阵子〕),"此情拚作,千尺游丝,惹住朝云"(〔诉衷情〕),情思极为缠绵。小晏虽曾为之辩说:"先公平日小词虽多,未尝作妇人语也"(胡仔《苕溪渔隐丛话》前集卷二六引《诗眼》),显然是开脱之语。他在〔踏莎行〕中写道:

祖席离歌,长亭别宴。香尘已隔犹回面。居人匹马映林嘶,行人去棹依波转。　画阁魂消,高楼目断。斜阳只送平波远。无穷无尽是离愁,天涯地角寻思遍。

全词依次描摹送别至别后的情景:送者的匹马映林长嘶,在行者耳中,仿佛听到送者伤别的深情呼唤;行人的去棹随波远去,在送者看来,离情别愁将充塞天地于无穷无尽。一曲小令,"足抵一篇《别赋》"(唐圭璋《唐宋词简释》)。〔玉楼春〕一词着重抒写别后的相思:

绿杨芳草长亭路,年少抛人容易去。楼头残梦五更钟,花底离愁三月雨。　无情不似多情苦,一寸还成千万缕。天涯地角有穷时,只有相思无尽处。

"楼头"二句,对语精警。"五更钟"声的摇曳,"三月雨"丝的迷濛,巧妙地染画出相思者的残梦依稀,离愁连绵。"一寸还成千万缕","天涯地角有穷时",又从数量和空间上比衬多情之苦和相思的无尽。还有如"整鬟凝思捧觥筹,欲归临别强迟留"(〔浣溪沙〕),刻画临别依恋的情态;"当时轻别意中人,山长水远知何处"(〔踏莎行〕),吐露一时失误后的无穷悔恨,都写得情深语挚。作者在抒写离别相思之情时,善于把个人情感上的离合悲欢与人生聚散无常的感慨结合起来,因而有思致,有艺术概括力,耐人寻绎品味。

晏殊有一部分咏物写人词,过去很少有人论及,其实这一部分作品也很值得注意。词人对芙蓉、海棠、梅花、黄葵、荷花等都有题咏。这些咏花词不仅画形绘貌,模写逼真,形容出她们不同的姿貌和不凡的风骨,有的还在咏物中寄意寓感,别有蕴托。如:

> 嫩绿堪裁红欲绽,蜻蜓点水鱼游畔。一霎雨声香四散。风飐乱,高低掩映千千万。　　总是凋零终有恨,能无眼下生留恋。何似折来妆粉面。勤看玩,胜似落尽秋江岸。
> ——〔渔家傲〕

> 高梧叶下秋光晚,珍丛化出黄金盏。还似去年时,傍阑三两枝。　　人情须耐久,花面长依旧。莫学蜜蜂儿,等闲悠飏飞。
> ——〔菩萨蛮〕

前词借写秋荷抒发盛衰无常、美人迟暮之感,后词托咏黄葵慨叹人情反复,世态炎凉,感慨深沉。

晏殊词中,多抒写美人歌女的愁怨之情。但有几首写渔人村姑的词更觉别具风采。如〔浣溪沙〕(红蓼花香夹岸稠)写"小船轻舫好追游"的渔父,〔破阵子〕(燕子来时新社)写"笑从双脸生"的东邻村女,风格朴实清新。另有〔渔家傲〕写采莲女,也风姿动人:

> 越女采莲江北岸,轻桡短棹随风便。人貌与花相斗艳。流水慢,时时照影看妆面。　　莲叶层层张绿伞,莲房个个垂金盏。一把藕丝牵不断。红日晚,回头欲去心撩乱。

这里莲花与越女二美斗艳,相映生辉。"时时照影看妆面"一句,尤"有顾影自怜意,缠绵尽致"(陈廷焯《词则》)。又如〔山亭柳〕《赠歌者》一词:

家住西秦,赌博艺随身。花柳上,斗尖新。偶学念奴声调,有时高遏行云。蜀锦缠头无数,不负辛勤。　数年来往咸京道,残杯冷炙谩消魂。衷肠事,托何人?若有知音见采,不辞遍唱《阳春》。一曲当筵落泪,重掩罗巾。

据词中的"西秦"、"咸京"字样推测,这首词当是晏殊知永兴军(今陕西西安)时所作。换头所写歌女身世,真实地反映了下层妇女的悲惨命运。知永兴军是词人一生中外放最远的地点,而且又在暮年,心情颇为失意。所以此词虽是题赠歌者,实寓自己的身世之感。全词声情亢越,慷慨悲凉,乃晏殊词中的变声和别调。

晏殊身居台阁,久在官场,有时要应制歌颂升平,"太平无事荷君恩。荷君恩,齐唱《望仙门》"(〔望仙门〕);有时则开宴待客,"无事日,剩呼宾友启芳筵"(〔拂霓裳〕)。这类应酬贺庆、应歌侑酒之作,大抵单弱平庸,多不可取。

第三节　晏殊词的艺术特色

晏殊身处富贵之境,但对堆叠金玉、铺列锦绣的华艳文字深为不满,讥笑是"未尝谙富贵者",而主张吟咏富贵,应当"不言金玉锦绣,而惟说其气象"(吴处厚《青箱杂记》)。推而言之,创作首先要有真实的生活基础,而如何准确地、生动地反映和表现生活,不在罗列现象,粘滞形迹,而重在表现气象神情。他的词笔调闲婉,理致深蕴,情景浑融,语言雅丽,声音谐适,正是他的这一观点在创作上的具体体现。

笔调闲婉,是晏殊词的一大特色。他生平爱赏陶潜、韦应物诗,称赞"彭泽多野逸田舍语"(梅尧臣《以近诗赍晏相公忽有酬赠之什称之甚过》诗原注),爱赏韦应物诗"全没些脂腻气"(《青箱杂记》卷五)。他编辑《集选》,"凡格调猥俗而脂腻者皆不载也"(同上)。前人的熏陶影响,艺术趣味的偏好,以及由于富贵生活的烦腻所引起的心理上的新的替换和补充的要求,使作者着力追求闲雅的情趣,闲婉的笔调自然成为他在艺术表现上的特色。

他写富贵生活,却无雕绘满眼之迹。他写富贵气象的得意诗句,如"楼台侧畔杨花过,帘幕中间燕子飞"、"梨花院落溶溶月,柳絮池塘淡淡风"等等,以雅淡著称;其词如"日高深院静无人,时时海燕双飞去"、"一场愁梦酒醒时,斜阳却照深深院"等等,同样清疏雅洁。笔下不着金玉锦绣字眼,而作者的闲暇自在的神情,从容不迫的气度,恬静幽微的心境,特别是大家的高华气象,便自然而又委婉地表现出来。他写男女之情,绝少纤佻浮薄之语。有时直抒:"别来将为不牵情,万转千回思想过"(〔木兰花〕),"人间后会,不知何处。魂梦里,也须时时飞去"(〔殢人娇〕);有时采用衬托点染:"月好谩成孤枕梦,酒阑空得两眉愁"(〔浣溪沙〕),"闲役梦魂孤烛暗,恨无消息画帘垂"(〔浣溪沙〕),"明月不谙离恨苦,斜光到晓穿朱户"(〔鹊踏枝〕)。全然没有激烈迫促之音,没有刻骨镂心的深悲巨痛,而只是和婉不迫,含而不露。

理致深蕴,是晏殊词的另一艺术特色。人们一直称赞他的词有过人之情,但在《珠玉词》中最耐人吟味的却是那些深蕴理致、即在情境之外包涵丰富人生体验的名篇和名句。如"无可奈何花落去,似曾相识燕归来"(〔浣溪沙〕)一联,落花、归燕本是现实中的具体事物,但与"无可奈何"、"似曾相似"组合起来,它们已不再是确定的具体的花、燕,而是象征着某种美好、熟悉的事物和感情,既可理解为往事美好如花,但已凋谢零落成为过去,而故地陈迹,依稀如旧;也可作更为空灵的理解:人生的生死离别,盛衰浮沉,如同花开花落,而前尘往事,抚念追思,岂不是也如幻似真!他在另外一首〔浣溪沙〕中写道:

一向年光有限身,等闲离别易销魂。酒筵歌席莫辞频。
满目山河空念远,落花风雨更伤春。不如怜取眼前人。

念远伤春,因而对眼前人更增怜惜之情,就这首词的表面文字来看,作这样的理解完全可以。然而词中所写的"满目山河"、"落花风雨"的形象,"空念远"、"更伤春"的惆怅哀伤感情,又可以触引人们联想理想追求的渺茫难知,人生道路的坎坷多磨。这是由于晏殊词具有深蕴的理致和含义邃远的境界,所以能使欣赏者产生广泛的想象和思索,从中受到启发,得到更深刻的感受。也正由于此,他的"昨夜西风凋碧树。独上高楼,望尽天涯路"(〔蝶恋花〕)几句,曾被王国维称赏并用来比做创业治学的"第一境界"(《人间词话》)。深蕴的理致,增加了晏殊词的耐人寻味的韵味。

借景传情,情景浑融,是晏殊词的又一明显的艺术特征。他与当时上层社会的士大夫心理状态、审美趣味相似,一方面沉溺于声色繁华,一方面又日益陶醉于自然风景、花鸟园林之中。北宋时期的园林建筑之盛和山水画的繁荣,反映了这一时代风尚。艺术总是相通的,那一时期的绘画表现为整体性、全景性的描写自然,晏殊词中也多以

景为主,景多情少,景显情隐,借景传情,作者的主观感情很少直接外露,而大半与景浑融在一起。如〔踏莎行〕:

> 小径红稀,芳郊绿遍。高台树色阴阴见。春风不解禁杨花,濛濛乱扑行人面。　　翠叶藏莺,朱帘隔燕。炉香静逐游丝转。一场愁梦酒醒时,斜阳却照深深院。

全词写院内外的阑珊春色。出则绿多红少,杨花扑面;入则莺声燕影,炉香轻袅。酒醒梦回,惟见斜阳映照深院。点情的只有"梦"字前轻缀的一个"愁"字。但经此一点,便觉无景不情,愁思溶溢于所有景物的描写之中。在晏殊词中,没有雄山大海、旷野巨川的画面,而多以小阁曲阑、画帘银屏、啼莺梁燕等小景写意。如"恨无消息画帘垂"(〔浣溪沙〕),以画帘暗示内心的索寞;"罗幕轻寒,燕子双飞去"(〔鹊踏枝〕),以飞燕喻衬人事的变化;"炉香静逐游丝转"(〔踏莎行〕),以炉香袅绕透露心绪的幽微;"湖上西风斜日,荷花落尽红英"(〔破阵子〕)、"夕阳西下几时回"(〔浣溪沙〕),则是以斜阳、黄昏的景色,衬染季节的变换,惆怅美好往昔的难以复归。总之,晏殊惯于以小巧玲珑的意象,宣抒幽隐细密的诗情。

晏殊重视炼字,尤善于选用动词,如"小词流入管弦声"(〔浣溪沙〕)、"寒食清明春欲破"(〔木兰花〕)、"宿蕊斗攒金粉闹"(〔渔家傲〕)、"数行新雁贴寒烟"(〔拂霓裳〕)等,其中"流"、"破"、"闹"、"贴"等字,新警生动,形象鲜明。他对于虚字的运用也很注意,如〔浣溪沙〕"只有醉吟宽别恨,不须朝暮促归程",用"只有"、"不须"等虚字呼唤传神。晏词造句工巧雅丽,如"窗间斜月两眉愁,帘外落花双泪堕"(〔木兰花〕),作者抓住斜月弯弯,落花纷纷与两眉愁锁、双泪滴落的相似点,将它们巧妙地组合在一起,既是形象上的比喻,又是情景之间的映衬,收到了人物之情与花月之形浑融如一的效果,而特定的环境气氛与人物的心理状态,也随之刻画而凸现出来。馀如"楼头残梦五更钟,花底离愁三月雨"(〔玉楼春〕)等等,都能于雅丽工巧之中,寓流动脱化之势。对于令词的结句,作者更为着力。或用情结,如"酒醒人散得愁多"的叫醒全篇,"不如怜取眼前人"的憬然自悟,"当时共我赏花人,点检如今无一半"的迷惘感伤,以及"垂杨只解惹东风,何曾系得行人住"的微怨轻责,都有震动全局之妙。或以景收,如"小园香径独徘徊"的人影依稀,"斜阳只送平波远"的渺远景象,"梧桐叶上萧萧雨"的凄清声响,以及"小屏闲放画帘垂"的幽寂境界,均能曲传景外之情,境外之意。可见晏殊词无论以情或以景作结,均能做到情思深婉,馀味悠长。正如李之仪所指出的:"其妙见于卒章,语尽而意不尽,意尽而情不尽"(《跋吴思道小词》,见《姑溪文集》卷四〇)。

晏殊深谙音律,词中不仅辨别去声,而且严究入声,如〔浣溪沙〕(小阁重帘有燕过)一词中二、三、五、六句的第五字:落、入、滴、得,都是用入声字。这首词还多处用双声字,如阁、过、干、花、红、好、回、荷、帘、落、阑、凉、莎、疏、散,等等。运用音势、音高的长短高低,使全词抑扬顿挫,音律谐适,从而增强了艺术感染力。

北宋初期词坛的作者,多半为降臣废主,词作寥寥可数。至晏殊、柳永、张先同时崛起,并共负盛名,且各有词集行世,其数量、内容、形式都迥非前一时期所能比拟。晏殊因其特殊的地位和多方面的学识素养,在上层社会的文人学士中拥有广泛的影响。与张先、柳永相较,晏殊词承前较多,今存一百三十六首词作,多为唐五代旧曲。但也有宋代流行曲调,如〔渔家傲〕一调,就作有十四首。同时,还出现了长达七十九字的〔山亭柳〕,八十二字的〔拂霓裳〕。数量虽少,但已显示出新变之迹。《珠玉词》以其和婉明丽、含蓄清隽而深得人们的推赞。王灼至以为"风流蕴藉，一时莫及，而温润秀洁，亦无其比"(《碧鸡漫志》卷二)。其门生欧阳修，其子晏几道，均以小令见长，或有其清隽而更为豪宕，或得其温婉而别具凄楚。其后，葛胜仲、葛立方父子、谢逸等学晏词而各具特色。元明而后，瓣香不绝，有清以来，评述尤多。有人以为"晏氏父子俱足追配李氏父子"(毛晋汲古阁本《小山词跋》)，与欧阳修皆于词有"专诣"，而"词家遂有西江一派"(冯煦《蒿庵论词》)。近代词曲大家吴梅评云，宋代"开国之初，沿五代之旧，才力所诣，组织未工，晏欧为一大宗"，而"宋词应以元献为首"(《词学通论》第七章《概论二·两宋》)。

晏殊以词著称，其文亦温纯赡丽，诗尤闲雅有情思。宋祁《宋景文笔记》称其诗"末年编集者乃过万篇"，数量极为可观。诗文现已大半不传[9]。经诸家辑录，约存文二十馀篇，诗近一百五十首。承平日久，歌颂功德之风盛行，晏殊的一些赋、序、表、赞文章，亦以此类为多[10]。这类文章语句整饬有方，典实精警切当，其气温润丰缛，属于典型的朝廷台阁文字[11]。另有一部分表志说理之文[12]，则不假雕饰，朴实真率，叙述清简有法。欧阳修称其"以文章为天下所宗"(《晏公神道碑铭》)，当非虚誉之辞。晏殊现存诗篇中有相当数量的应制奉和及朋僚之间的唱酬之作。写得较多并有一定特色的是风物游赏和节序感怀一类作品。前者如"春寒不定斑斑雨，宿醉难禁滟滟杯。无可奈何花落去，似曾相识燕归来"(《假中示判官张寺丞王校勘》)，抒写了游赏中特有的闲情；后者如"楼台冷落收灯夜，门巷萧条扫雪天。病酒不闻花外漏，放朝仍得日高眠"(《正月十八夜》)，则是反映收灯节中闲静自得之趣。至《雪中》"衣上六花非所好，亩间盈尺是吾心"云云，则表示了对民生的关切。仁宗皇祐三年(1051)，范仲淹知青州，用黄素小楷书写韩愈《伯夷颂》远寄知永兴军晏殊等人。晏殊于其上题诗云："首阳垂范远，吏部属辞深。染翰著嘉尚,系言光德音。褒崇亘千载,精妙极双金。题咏益珍秘,用昭贤彦心。"伯夷是高尚持节的典型,所以说"首阳垂范远";而"用昭贤彦心",则揭示出范仲淹书写《伯夷颂》的深刻用意,对这位在庆历新政中志节不移的同道表露了惺惺相惜之情。晏殊早年诗作受杨亿、刘筠等人的昆体影响,却无重粉浓朱之腻。晚期则由学李义山而上趋韦应物、杜甫以至陶潜,诗的审美情趣有明显的变化。就总体而言,晏殊诗精雅整丽,流畅自然,如常为人传诵的"楼台侧畔杨花过,帘幕中间燕子飞"、"梨花院落溶溶月,柳絮池塘淡淡风"等诗句,都富有情思。曾季貍就极为称赏晏殊"遥想江南此时节,小梅黄熟子规啼"之类的小诗,认为"亦有思致,不减唐人"(《艇斋诗话》)。

〔1〕 清康熙五十九年查慎行纂修《西江志》卷一八六,载明吴与弼《长山晏氏族谱序》,文中叙述:"讳墉者,唐咸通中举进士,卒官江西,始著籍高安。墉生延昌,自高安徙临川长乐乡之沙河。延昌生郜。郜生旦、固、谏、清、亮、聪、贞、渐。固生殊,是为元献公。"据此知晏郜生有八子,固为次子。有关晏殊家世事迹,钟陵《二晏家世事迹补辨》(《南京师大学报》1986年第二期)、《晏殊年谱缀补》(南京师范大学《文教资料》1991年第3期)有详细考述,可参看。

〔2〕 夏承焘《二晏年谱》真宗景德二年系载其事云:"三月,廷试,赐同进士出身,擢秘书省正字。"所言三月廷试,非。应为五月,特召试,赐进士出身。《续资治通鉴长编》卷六〇、《宋会要辑稿》"选举九"载述其事甚详。前书载记真宗景德二年五月(后书载明为五月十五日):"抚州进士晏殊年十四,大名府进士姜盖年十二,皆以俊秀闻。特召试,殊试诗赋各一首,盖试诗六篇。殊属辞敏赡,上深叹赏。……乃赐殊进士出身,盖同学究出身。后二日,复召殊,试诗、赋、论,殊具言赋题尝所私习,上益爱其淳直,改试他题。既成,数称善,擢秘书省正字,秘阁读书。"

〔3〕 大中祥符元年(1008)十月,上《祥符嘉瑞殿双莲赞》,见《玉海》卷一九七。大中祥符二年(1009)五月,作《祥符东封圣制序》,见《续资治通鉴长编》

卷七一、《玉海》卷二八。夏承焘《二晏年谱》据序文"皇帝御极之十二载"语,系于大中祥符元年,乃误以东封时间为作序时间。大中祥符三年(1010)闰二月,作《后苑赏花诗序》,见《宋会要辑稿》三五册《礼四五》、《玉海》卷三〇《祥符赏花诗》。大中祥符八年(1015)十二月,上《承天节瑞雪表》、《皇子冠礼赋》,见《宋会要辑稿》五二册《瑞异一》、《玉海》卷一二九《冠礼赋》、《续资治通鉴长编》卷八二。天禧五年(1021)三月,作《天章阁颂》,见《玉海》卷一六三《天禧天章阁》、《续资治通鉴长编》卷七九。等等。

〔4〕 夏承焘《二晏年谱》作:"正月庚申,罢枢密副使,以刑部侍郎知宋州(原作宣州,误),改应天府。"又云:"碑叙迁刑部侍郎,在去年上疏论张耆前,似误。"按:罢知宣州,不误。《宰辅表》、传、碑、《宋会要辑稿》一〇六册《职官七八》、《续资治通鉴长编》卷一〇五、《苕溪渔隐丛话》后集卷二〇引《昭陵诸臣传》,均作"知宣州"。改作"宋州",无据。应天府,本唐之宋州,景德三年,因系宋太祖旧藩,升为应天府。大中祥符七年,建为南京。宋州、应天府、南京,同是一地。既云"知宋州",则"改知应天府"扞格难通。碑叙晏殊迁刑部侍郎在上疏论张耆前,不误。据《续资治通鉴长编》卷一〇三记载,天圣三年十二月甲寅,"枢密副使晏殊加刑部侍郎"。夏承焘《二晏年谱》以刑部侍郎为罢副枢出知外郡之加衔,系于天圣五年,实误。

〔5〕 夏承焘《二晏年谱》作"九月戊辰,加检校太尉枢密使",并引宛书城说:"查宋史谓唐制太尉在太傅下,宋改在太傅上。同叔所拜为太尉。"按《续资治通鉴长编》卷一二八作:"刑部尚书知枢密院事晏殊,为检校太傅、充枢密使。"《宰辅表》、《宋宰辅编年录》卷四,亦均作检校太傅,是。《临川县志》卷二〇《选举·封赠》:"晏延昌,推诚佐运功臣枢密使特进检校太傅行刑部尚书上柱国临淄开国公殊曾祖,原封太师,康定元年,追赠中书令兼尚书,馀如故。"亦证明此年晏殊加检校太傅。据《宋宰辅编年录》卷四所载晏殊除枢密使制文中"衍邑加封,并蕃异数"之语,其封临淄公亦在此年。晏殊授检校太尉不在本年,而在庆历二年(1042)七月自枢密使加同平章事时。庆历三年(1043)三月为相时,《宰辅表》正作:"晏殊自检校太尉、刑部尚书、同平章事加同中书门下平章事、集贤殿大学士,并兼枢密使。"足证康定元年为枢密使时所授为检校太傅,庆

历二年因自枢密使加同平章事,时称"枢相",故晋授检校太尉,与宋制太尉在太傅上正合。

〔6〕 康定元年(1040),晏殊自三司使知枢密院事,不久,为枢密使。杜衍随之同知枢密院事。知越州的范仲淹复天章阁待制,知永兴军,随又改陕西都转运使、陕西经略安抚副使、管勾都部署司事。因支持范仲淹遭贬的尹洙、余靖、欧阳修等人,也陆续调入朝廷或军事前线。庆历二年(1042)七月,晏殊自枢密使同平章事。庆历三年(1043)三月,晏殊为相,兼枢密使。在此期间,杜衍为枢密使,范仲淹、韩琦并为枢密副使。范迁参知政事后,富弼继为枢密副使。欧阳修、余靖、王素、蔡襄并为谏官,杨察为左正言知制诰。庆历新政的人事格局至此基本形成。

〔7〕 晁说之《嵩山集》卷一五《答李大同先辈书》:"……元献晏元(此字疑衍)、宣献宋同在西掖,皆吾高祖文元公门下之人也。"

〔8〕 《续资治通鉴长编》卷八五,大中祥符八年八月:"知汝州秘书监杨亿言……上览其章,谓辅臣曰:'亿之词笔,冠映当世,后学皆慕之。'王旦曰:'如刘筠、宋绶、晏殊辈,相继属文,有正元、元和风格者,自亿始也。'"

〔9〕 晏殊文集,明代尚有传本。胡应麟《少室山房笔丛》卷三《甲部·经籍会通三》记载:"一友人云:嘉靖中籍没分宜,有《晏元献集》一部,二十馀帙,钞本也。主其事者亦博雅之士,当时深欲借钞,虑生谤议,遂止。余闻,深为惜之。因记里中有元人育婴图摹本,载元献跋语,几七百言,其文甚庄雅,而书法殊有晋唐风,世但名元献诗词,罕知其文翰者。"此本虽非全帙,仍弥足珍贵,然此后湮没无传。

〔10〕 吴处厚《青箱杂记》卷六:"人臣作赋颂,赞君德,忠爱之至也。……今元献晏公、宣献宋公,遭遇承平,嘉瑞杂逻,所献赋颂,尤为多焉。"陆游于《晁伯咎诗集序》中亦云:"方吾宋极盛时,封泰山,礼百神,歌颂德业,冶金伐石,极文章翰墨之用。"(《渭南文集》卷一四)今存晏殊《两朝祥瑞图赞序》、《飞白书赋》、《祥符东封圣制序》、《进两制三馆牡丹歌诗状》等等,多属此类。

〔11〕 吴处厚《青箱杂记》卷五言文有"两等,有山林草野之文,有朝廷台阁之文",并指出"朝廷台阁之文,则其气温润丰缛"。

〔12〕 如《天圣上殿札子》、《庭莎记》、《与兄手帖》、《答中丞兄家书》等。

第七章　欧阳修（上）

欧阳修是北宋著名的文学家、史学家和政治家,他在文学、史学和政治实践方面都有出色的建树。在长达四十馀年的文学活动中,他以倡导诗文革新运动和诗、文、词的创作实绩对宋代文学的发展和繁荣作出了巨大的贡献,成为人们公认的宋代前期文坛的一代宗师。

第一节　欧阳修的生平与思想

欧阳修(1007—1072),字永叔,四十岁号醉翁,晚年号六一居士。庐陵(今江西永丰)人。父观,真宗咸平三年(1000)进士,在道州、泗州、绵州、泰州等地做过推官和判官。为官清廉,好施喜客,宅心仁厚。欧阳修四岁时,其父病逝于泰州任上,母郑氏年方二十九,家贫无依,遂迁往随州(今湖北随县),投靠任该地推官的叔父欧阳晔。晔为人"严明方质","洁廉自持"(《尚书都官员外郎欧阳公墓志铭》),对欧阳修也有影响。郑氏出于江南名族,"恭俭仁爱",很有教养和识见,亲自督导欧阳修学习,"家贫,至以荻画地学书"(《宋史》本传),并常向欧阳修讲述其亡父的人品风节,对幼儿的成长深致厚望。孤苦的身世和良好的熏染,使欧阳修刻苦读书,勤奋过人。

修少年时曾从邻人李尧辅家借得《昌黎先生文集》,"用心苦读,至忘寝食"。当时杨、刘时文风靡天下,韩文鲜为人道,欧阳修却深为它的深厚雄博所倾动,暗下决心,一旦"得禄"之后,"当尽力于斯文,以偿其素志"(《记旧本韩文后》)。

欧阳修开始应举并不顺利。十七岁应随州贡举,遭到黜落。三年后自随州荐名礼部,应仁宗天圣五年春试,又未获中。次年携文谒翰林学士知汉阳军胥偃,很受赏识。胥偃带他进京,两次参加国子监考试,均获第一。天圣八年(1030)晏殊知贡举,欧阳修始进士及第,授将仕郎、试秘书省校书郎、充任西京(洛阳)留守推官。洛阳为文化古都,又有龙门、嵩岳之胜,博学能文的钱惟演时任留守,幕府聚集众多文学之士,正如欧阳修诗中所称:"幕府足文士,相公方好贤"(《书怀感事寄梅圣俞》)。欧阳修于天圣九年春天到任,在西京三年,政务不多,有充裕的时间遍览嵩岳名胜,交游文林。在此期间,他特别与尹洙、尹源兄弟、梅尧臣、谢绛、富弼等人结为文章挚友。他们意气相投,文学观点一致,相互赠答,倡导文风改革,一时卓有影响,"遂以文章名冠天下"(《宋史》本传)。

景祐元年(1034),欧阳修秩满,经王曙推荐,召试学士院,留京任馆阁校勘,与修《崇文总目》。当时积贫积弱的赵宋王朝,对内外矛盾一味采取因循苟安政策,从而加剧了统治危机。为此,朝内某些有识之士,主张通过改革寻求出路,引起了保守势力的不满,从此朝内不断发生两派势力之间的冲突。早在上一年,欧阳修就曾上书鼓动范仲淹"直辞正色,面争庭论"(《上范司谏书》),体现出他勇于议政、力求改革的意向,这次入朝后,自然不可避免地卷入斗争的风云之中。景祐三年调回京师权知开封府的范仲淹指责当局因循守旧,不能选贤任能,被旧派权相吕夷简诬为"越职言事,离间君臣",谪贬到饶州。余靖、尹洙等上疏论救,亦遭斥逐。左司谏高若讷不尽言责,反而对革新派落井下石,欧阳修愤然贻书痛责,被贬为夷陵县(今湖北宜昌)令[1]。夷陵地僻而贫,但江山秀美,风俗朴野,在此期间,他写了不少反映当地风物的诗文。他反对身履贬所便戚戚怨嗟,偏把自己的居室名为至善堂。欧阳修贬夷陵一年,又徙乾德县(今湖北光化)令,宝元元年(1038)春天到任。次年梅尧臣出知襄城县,谢绛出守邓州,二人同行赴任,五月间欧阳修应约赴襄城与故人会晤,梅尧臣有《送永叔归乾德》诗。次年改元康定,欧阳修应召还京,复为馆阁校勘,继续纂修《崇文总目》。

庆历元年(1041),《崇文总目》书成,欧阳修改任集贤校理。庆历前期,辽、夏进逼,内外矛盾加深,改革声浪增强,欧阳修积极投身改革潮流,大力支持政治革新。庆历二年,他写《准诏言事上书》,提出了"三弊五事",大力呼吁改革。因政见未受重视,请求补外,出任滑州(今河南滑县)通判。次年三月,晏殊取代吕夷简为相,韩琦、范仲淹内召,欧阳修也受命还京任知谏院,后又官知制诰。这一期间,他以充沛的政治热情,连续向仁宗进献奏折。奏章剖析时弊,经画方略,揭露吕夷简、李淑等守旧派官僚,建议重用范仲淹、富弼、韩琦等人,力主"绝侥幸因循姑息之事",以"救数世之积弊"(《论乞主张范仲淹、富弼等行事札子》),忠言说论,是非分明。本年秋,范仲淹擢参知政事,提出十项改革主张,开始推行"庆历新政"。庆历四年四月,欧阳修奉命赴河东路(今山西一带)计度地方事务,考察军需、防务、荒田等问题,提出了改进建议,八月被派为河北都转运使。随着新政的深入,保守势力伺机反扑,指责新派为"朋党",范、韩等人相继罢去,欧阳修上疏剖辨,政敌诬告他与甥女有私,虽经勘验为构陷,仍于庆历五年谪官滁州[2]。

滁州介于江淮之间,地僻事简,林壑幽美,政事宽闲。欧阳修于公务之馀,时时登览琅琊,纵游林泉,并筑丰乐、醉翁、醒心诸亭,作记赋诗,有意在徜徉山水中淘洗新政失败所带来的内心忧愤。然而朝内权臣的肆虐,不免使他情绪激愤,块磊难平。保守派得势后继续迫害敢于言事的直臣,支持新政的石介于庆历六年七月病殁,夏竦等人诬称石介未死,正串通富弼谋反,朝廷派员调查,幸有多人具结保证,方免于发棺验尸。为此,欧阳修愤然写了《重读徂徕集》,称颂石介光明磊落,表示"我欲犯众怒,为子记此冤",体现了他"正色凛凛不可犯"的品操。嗣后,欧阳修的挚友尹洙、苏舜钦也由于旧派的迫害相继早逝。庆历八年,欧阳修移知扬州,闻知尹、苏噩耗,撰写了《尹师鲁墓志铭》、《祭苏子美文》等文寄托哀思,也倾泻了对阴暗时政的愤慨之情。他到扬州刚满一年,便于皇祐元年(1049)春徙任颍州(今安徽阜阳)。颍州城西五里,有一碧流十里的西湖,风光清幽,他曾作《西湖戏作示同游者》云:"都将二十四桥月,换得西湖十顷秋。"有买田卜居之意。次年改知应天府(今河南商丘)兼南京留守,曾写《寄圣俞》诗约卜邻清颍,有"行当买田清颍上,与子相伴把锄犁"之句。皇祐四年,归颍州宅丁母忧,明年秋护母丧归葬泷冈后,又重回颍州闲居。

至和元年(1054),欧阳修服除赴阙,权判吏部流内铨,到任数日为宦官中伤,即将外放,大臣纷纷论救,八月以宰相刘沆荐修《唐书》,留京迁翰林学士兼史馆修撰。嘉祐元年(1056),经曾巩力荐,与任群牧司判官的王安石相识,两人有诗互赠。次年春权知礼部贡举,"时士子尚为险怪奇涩之文,号'太学体',修痛排抑之,凡如是者辄黜。毕事,向之嚣薄者伺修出,聚噪于马首,街逻不能制。"(《宋史》本传)欧阳修主持的这次考试,虽引起了不小的风波,但事实证明他所坚持的选才标准完全正确。这一榜选拔了苏轼、苏辙、曾巩、程颢、张载等一批出色的人才,对扭转险怪文风也起了显著的作用。嘉祐年间是欧阳修仕途较为顺利的时期。嘉祐三年,加龙图阁学士权知开封府。五年,与宋祁撰《新唐书》成,迁礼部侍郎,又拜枢密副使。六年,任参知政事,进封开国公。在这期间,欧阳修曾就修治黄河、增补边兵、严格贡举、推荐贤能、体恤民贫、乞罢灯节等事项,进献奏章,多所建白。他与宰相韩琦"同心辅政,每议事,心所未可必力争,韩公亦开怀不疑。故嘉祐之政,世多以为得"(苏辙《欧阳文忠公神道碑》)。不过自"庆历新政"失败之后,朝臣多以循例守成为常,时政弊端未见重大更改,欧阳修虽身居清要,政治上也难以大有作为,心情上不免产生苦闷和矛盾。"思其力之所不及,忧其志之所不能","奈何以非金石之质,欲与草木而争荣",《秋声赋》中这些感喟之句,正是作者心灵郁结的自然抒发。

早在贬官滁州、颖州期间,欧阳修就萌发了优游林泉的意趣。历京官十馀年,已渐近老境,反思生平所经受的宦海风波和人事倾轧,更增强了他及早抽身的愿望。他深感"官高责愈重,禄厚足忧患",表示"决计不宜晚,归耕颖尾田"(《偶书》)。因此英宗即位后,他便于治平二年(1065)连续上表乞解机务,未获诏准。次年发生了"濮议"之争,欧阳修等认为英宗赵曙应称生父濮安懿王为"父"、为"皇考";吕海等人则主张赵曙既已过继给仁宗,对其生父就只应称"皇伯"。两派互相攻讦,形同仇敌。争论虽以吕海失利而告终,欧阳修却遭受了无根流言的伤害。治平四年,神宗继位不久,御史中丞彭思永、御史蒋之奇诬告欧阳修与长媳有私,后经神宗亲自诘问,澄清了事实,降黜了诬陷者,但经受这一风浪,欧阳修更加决心求去。当年三月罢参知政事,出知亳州。次年(1068)改元熙宁,欧阳修在亳州连上表札十通,请求致仕,未得允准,八月改知青州(今属山东)。熙宁三年七月,移知蔡州(今河南汝南)。神宗即位之初,支持王安石推行新法,朝臣之中发生了激烈论争。当时欧阳修离开了决策中心,加之他一心求去,因而对熙宁新法从整体上说似乎未加可否,只是在青州任上曾擅自停止发放夏季青苗钱,并上过《言青苗》两通札子。两札提出政府散发青苗钱应免除利息,制止强行抑配,在青黄不接农户急需时方可俵散(发放贷款)。这虽说是对新法推行中出现的问题陈述意见,但也说明他在即将引退前夕,仍然保持着对事负责、敢于直言的一贯作风。欧阳修在蔡州撰写《六一居士传》,说他家藏图书、金石、琴、棋、酒五物,自身将以一翁"老于此五物之间",希望天子能一日"恻然哀之","使得与此物偕返于田庐",以偿其夙愿。经过他累次上章请求,终于在熙宁四年六月,以观文殿学士、太子少师致仕。七月,欧阳修回到他早在皇祐年间于颍州营治的宅第,徜徉于西湖之滨。可惜他退居未久,便于熙宁五年(1072)闰七月二十三日(公历九月八日)病逝,享年六十六岁。

  欧阳修不仅是文坛领袖,而且是正视现实、勇于进取的政治家。史称他与人言"未尝及文章,惟谈史事",足见他对政治实践的重视。他在政治上主张革除积弊,缓和矛盾,均财节兵,宽简爱民,大体上与范仲淹的主张相近;在政治斗争中,他急流勇进,始终是"庆历新政"的鼓吹者和支持者。他尊儒反佛,不谈庄老,师法"六经",关心"百事",思想倾向于切用而求实。他为人"天资刚劲,见义敢为,襟怀洞然,无有城府","视奸邪嫉若仇敌,直前奋击,不问权贵"(韩琦撰《墓志铭》)。虽放逐流离,至于再三,志气自若,不戚戚于怀。晚期虽锋芒稍敛,希图远祸全身,急于思归求退,但仍保有刚毅敢言之气。欧阳修乐于道人之长,注意识拔人才,人称"奖引后进,如恐不及,赏识之下,率为闻人"(《宋史》本传)。他对文章知己尹洙、梅尧臣、苏舜钦的诗文称扬不已。曾巩、王安石、苏轼父子等,在屏处布衣、未为人知时,他就极力揄扬。一时文林名家,大都是他的好友和门生。欧阳修的思想性格和为人,在北宋文坛产生了广泛的影响。

  欧阳修著述丰富,晚年亲自汰选,于熙宁四年五月编定《居士集》五十卷；卒前一月，复与其子欧阳发等再次编定。南宋光宗绍熙二年(1191)至宁宗庆元二年(1196)，周必大约请庐陵名贤孙谦益、胡柯等十二人根据各种总集、诗话、笔记等广搜遗佚，并汇集各种刊本、碑本、真迹详加校订，编定《欧阳文忠公集》。今有《四部备要》、《四部丛刊》本等。本集共分十类：(1)《居士集》五十卷，系欧阳修逝世前一月与诸子共同编定者，收诗、赋、散文七百多篇。(2)《居士外集》二十五卷，补收《居士集》外的诗、赋、散文五百多篇。(3)《易童子问》三卷，以与童子问答方式论述对《易》的见解，共三十多则。(4)《外制集》三卷，系为朝廷所作制诰共一百五十馀篇。(5)《内制集》八卷，内容与上同。(6)《表奏书启四六集》七卷，系上给朝廷的表奏和官府间来往的书启，前五卷表状多为散行，后二卷书启则多为四六骈俪之作。(7)《奏议集》十八卷，系对朝廷关于政治、军事、经济、文化等大事件所提出的具体建议，共一百六十多篇。(8)《杂著述》十九卷，包括《河东奉使奏草》二卷、《河北奉使奏草》二卷、《崇文总目叙释》一卷、《归田录》二卷、《诗话》一卷、《近体乐府》三卷。(9)《集古录跋尾》十卷。(10)《书简》十卷。此外，《诗本义》十四卷，未收入本集，今存影宋本及明刻本多种。还单独著有《新五代史》(初名《五代史记》)七十四卷，与宋祁等合修《新唐书》二百二十五卷。词集题名不同，有《六一词》、《欧阳文忠公近体乐府》、《醉翁琴趣外篇》等。常见版本有《宋六十名家词》本、四库本、《四部丛刊》全集本、1955年北京文学古籍刊行社校点补辑《六一词》本等等，今存词二百四十首。

宋初古文倡导者都尊韩崇儒，欧阳修也高举这面旗帜，但其文学主张比前人有所发展。他对道与文及二者关系作了精湛的阐释。他一方面强调尊道和"师经"，说"大抵道胜者文不难而自至"，"其充于中者足，而后发乎外者大以光"(《与乐秀才第一书》)，另方面又认为崇道并不是"事无用之空言","师经必先求其意",因为"夫性非学者之所急","六经之所载,皆人事之切于世者,是以言之甚详"(《答李诩第二书》)。他反对"弃百事不关于心"(《答吴充秀才书》)。这就把儒道、经学和现实百事联系起来,从而矫正了空谈性命与玄理的弊病。他虽然认为道胜而文不难自至,但"古人之学者非一家,其为道虽同,言语文章未尝相似,孔子之系《易》,周公之作《书》,奚斯之作颂,其辞皆不同,而各自以为经"(《与乐秀才第一书》)。这就又把道与文区别开来,在重道的前提下,指出了文的相对独立性。在《代人上王枢密求先集序书》中,他更提出了"事信言文乃能表见于后世"的见解,强调了文的重要作用。欧阳修还发挥了韩愈"欢愉之辞难工,而穷苦之言易好"(《荆潭唱和诗序》)的观点,在其《梅圣俞诗集序》、《薛简肃公文集序》等序跋中,他生动地论述了生活与创作的关系,提出了著名的"文章穷而益工"说,触及了古代文艺的特殊规律,从理论上说明了文章事业的独立地位。

第二节 欧阳修的文

欧阳修的创作以散文成就为最高,他的五百馀篇散文,政论、史论、记叙、抒情、墓志、随笔等,各体具备,无体不工。

作为北宋诗文革新运动主要倡导者之一,他的文学主张和他积极支持改革的政治态度是一致的。他对革新北宋诗文的贡献可与唐代韩愈后先媲美。在他之前,柳开、穆修、石介等人都推崇韩愈,提倡古文。但是由于他们的古文主张和创作成就及其影响的限制,再加上时代条件也未臻成熟,因而还未能形成足以扭转一代文风的改革运动。欧阳修少年时就钦服韩愈古文,考中进士后曾在洛阳和尹洙、苏舜钦等文章名士相互切磋酬唱，鼓吹和致力于古文创作，逐步扩大影响。嘉祐二年，他又利用礼部贡举选拔人才之机，凭借主考官的职位，力斥号为"太学体"的奇涩雕琢的四六时文，而奖许识拔长于撰写平易朴素古文的士子，自此场屋风习为之一变。特别是他撰写了大量具有独特风格的古文，以自身出色的创作实绩，推动了古文运动的发展，成为诗文革新运动的主将。苏轼在《居士集序》中指出：

> 愈之后二百有馀年而后得欧阳子，其学推韩愈、孟子以达于孔氏，著礼乐仁义之实以合于大道。其言简而明，信而通，引物连类，折之于至理，以服人心，故天下翕然师尊之。自欧阳子之存，世之不悦者，哗而攻之，能折困其身，而不能屈其言。士无贤不肖，不谋而同曰："欧阳子，今之韩愈也。"宋兴七十馀年，民不知兵，富而教之，至天圣、景祐极矣，而斯文终有愧于古。士亦因陋守旧，论卑而气弱。自欧阳子出，天下争自濯磨，以通经学古为高，以救时行道为贤，以犯颜纳谏为忠。长育成就，至嘉祐末，号称多士，欧阳子之功为多。

苏轼这段话，正确地说明了欧阳修在诗文革新运动中的重要地位。

欧阳修的政论文，内容以国事民生为主，多剖析时弊，奏陈方策，析理透辟，议论剀切。如《原弊》反映农民所承受的惨重侵害，指出政府不知节用爱民的危机；《准诏言事上书》从透辟地剖析时政中概括出"三弊"、"五事"，触及北宋官僚政治的症结，提出了系统的变革建议；《本论上》针对朝政积弊，标举治国的根本方略，以"均财、节兵、立法、任贤、尊名"这五者的互相为用为当务之急。这些奏议文扣紧形势，条分缕析，击中要害，切于实用，其基本精神与范仲淹的庆历新政是一致的，有些作品就是他参加激烈政治斗争的产物。如

《朋党论》系为回击吕夷简等守旧官僚倾陷革新派朝臣而作。文章开始就提出朋党自古即有,唯在于辨别"君子之朋"与"小人之朋"的根本不同。经过反复论证,指出能否任用君子之朋关系到国家的兴亡治乱。论点明确,态度鲜明,给予论敌以有力的回击。

欧阳修的史论文也很有特色。他写的《新五代史》体现了轻天命而重人事的历史观,其目的在于通过评论历史,总结经验教训,为治国者提出鉴戒。他以鲜明的爱憎感,模仿《春秋》的褒贬笔法,着力于各篇"序"与"论"的撰制。如《明宗纪论》这篇总论性的文章,先指出明宗"不迩声色,不乐游畋",力求做到政治修明,可惜由于"仁而不明,屡以非辜诛杀臣下",终于祸起乱作,饮恨而终。作者引用康澄上书中"不足惧者五,深可畏者六"的议论,以及当时"识者皆多澄言切中时病"的事实,用以证明明宗不能接受忠谠之言而终于导致恶果。最后,又以康澄的言论"岂止一时之病,凡为国者,可不戒哉!"来说明"垂劝戒"的写作目的。《伶官传序》一文,更是其史论中的名篇。文章一开头就提出"盛衰之理,虽曰天命,岂非人事"的论点,紧接着叙述后唐庄宗成败兴灭的一生,从而总结出"忧劳可以兴国,逸豫可以亡身","祸患常积于忽微,而智勇多困于所溺"的历史经验教训,证实了文首成败在人的说法,借此"垂示鉴戒"。全文结构紧密,转折自然,前后对比,一唱三叹,故沈德潜评云:"抑扬顿挫,得《史记》神髓,《五代史》中第一篇文字。"(《唐宋八大家文读本》卷一四)

欧阳修的记叙文,有的侧重于记事和议论,有的侧重于抒情和写怀。前一类如《相州昼锦堂记》,是以苏秦、朱买臣的一时衣锦之荣,衬托出韩琦丰功盛德,赞扬他"不以昔人所夸者为荣,而以为戒"的品格志趣和怀抱"德被生民而功施社稷"、"耀后世而垂无穷"的政治理想,从而显示出韩琦卓然不群的胸襟和识度。《樊侯庙灾记》是力破迷信之作。作者从盗刳神腹、天降雹灾这两件偶合的事件说起,认为樊哙生前雄武,死后为神,"宜其聪明正直有遗灵矣"。既然如此,神灵自能保护自己,而不会"贻怒于无罪之命"。接着笔锋一转,自正面叙述雹灾原因,结尾又从反面归结到樊侯肆虐之不可能,否定了起首"侯怒而为之"的迷信说法,结构严密而有说服力。有名的《醉翁亭记》则是写景与抒情巧妙融合的杰构。文中写醉翁亭四时之景和亭间宴游之乐两段文字,尤为精美绝伦:

若夫日出而林霏开,云归而岩穴暝,晦明变化者,山间之朝暮也。野芳发而幽香,佳木秀而繁阴,风霜高洁,水落而石出者,山间之四时也。朝而往,暮而归,四时之景不同,而乐亦无穷也。

至于负者歌于途,行者休于树,前者呼,后者应,伛偻提携,往来而不绝者,滁人游也。临溪而渔,溪深而鱼肥,酿泉为酒,泉香而酒洌,山肴野蔌,杂然而前陈者,太守宴也。宴酣之乐,非丝非竹,射者中,弈者胜,觥筹交错,坐起而喧哗者,众宾欢也。苍颜白发,颓然乎其间者,太守醉也。

此文在写法上由远而近,从面到点。写景先从环滁群山到西南诸峰,到琅琊,再到两峰间的酿泉,然后点出泉边的醉翁亭,进而写此亭四时美景和宴游之乐。在句法上则先描叙后说明,组成几个分句,各句自为变化,互不雷同,但都以"也"字作结,使文气显得舒缓跌宕,音调谐美,而作者旷达疏放的襟怀也充分流露了出来。文情寓忧愤于旷放,韵味深醇,很像一首散文诗。体制上散中带骈,骈散相间,精整雅丽而富有回环唱叹之致。《丰乐亭记》则先通过写景说明此亭得名的由来,然后回顾五代到宋初滁州由干戈纷扰到天下一统的历史变化,再归结到今日滁州人民得以"安此丰年之乐"。全文用今昔对比的手法突出主题,并能将写景、叙事接合得十分自然。至于中段"故老皆无在者"、"遗老尽矣"云云,更表达了作者居安思危的深意,蕴含着他对现实的隐忧。欧阳修传记文不多,《桑怿传》写剑侠之士桑怿的捕盗事迹,以曲折奇特的情节刻画主人公的性格,反映吏治的腐败,对后代传记文如宋濂的《秦士录》、魏禧的《大铁椎传》有一定影响。另如《六一居士传》以疏宕的文笔反映作者晚年的爱好和志趣,可以和陶渊明的《五柳先生传》相媲美。

欧阳修的墓志碑文较多,以写朝廷名臣和文章知友的篇章最为出色。如《资政殿学士户部侍郎文正范公神道碑》一文,选取范仲淹一生重要行实,突出其忧国为政的大节;《徂徕石先生墓志铭》一文,采择石介的危言畸行,刻画其刚介无畏的个性;《故霸州文安县主簿苏君墓志铭》一文,重点叙述苏洵读书治学的经历,以旌表其大器晚成的文学业绩;《尹师鲁墓志铭》一文,则称述尹洙的文章风节,悼惜其终生困顿不遇。这些碑传都写得简练精覈,称述得体,评价适当,往往暗寓《春秋》笔法,带有感情色彩,深刻含蓄而又从容委婉。也有写得情韵俱长的,如《泷冈阡表》(本名《先君墓表》),从初稿到改定约经过二十年,定稿时作者已六十岁。主要内容是通过其母口述往事,表现其父少孤力学、为官清廉、事亲至孝及为人仁厚等操行,同时也深情地刻绘了寡母的仁爱有识、治家俭约和教子有方等品德。娓娓道来,显得亲切而又情意深长,明代归有光的《先妣事略》、《项脊轩志》等文,显然是受到此文的影响。

序跋及笔记也是欧阳修文集中的重要部分。其序跋文多结合论人评文寓托自己的文艺见解,如《苏氏文集序》于悼惜苏舜钦流离穷厄的同时,评述了苏氏对古文创作的贡献;《书梅圣俞稿后》既叹赏梅氏诗歌的高度感染力,又从而论述了音乐与诗歌的关系;《廖氏文集序》赞扬廖偁好古能文,解经有识,同时表现出作者敢于疑古而求实的精神;《梅圣俞诗集序》高度评价梅尧臣的诗歌成就,同时又发挥前人有关发愤著书之说,提出了诗穷而后工的著名论点。这些序文既有新警的议论,又善于描述形容,笔端往往饱含感情,富有抑扬唱叹之致。笔记文是随笔之体,开始于魏晋,而宋人最为擅长,其内容十分广泛,诸凡社会风习、朝野佚事、诗话文评等等,都有所涉及。欧阳修的笔记文也值得称述。如《归田录》是作者晚年所写的笔记集,共一百多则,其中不乏讽时之作。如写田元均为三司使,"权贵之家子弟亲戚因缘请托,不可胜数"。田元均"深厌干请者,虽不能从,然不欲峻拒之,每温颜强笑以遣之。尝谓之曰:'作三司使数年,强笑多矣,直笑得面似靴皮。'"这则故事,既写出田元均的为人正直,又反映了请托之风盛行的腐败世风。有名的《六一诗话》是第一部以诗话命名的论诗著作,对诗艺多精辟之论。随后司马光有《续诗话》一卷,卷首自题云:"欧阳公文章名声虽不可及,然记事一也,故敢续书之。"是知诗话之起,本同笔记。从这以后,诗话之作,相继问世,具见宋代论诗风气之盛。宋人诗话内容可说是无所不包,诸凡诗体源流、格律句法、佚事遗闻甚至神怪梦幻都有,而欧阳修的《六一诗话》实开风气之先。

欧阳修的《秋声赋》是宋代散文赋的前导,其特点是变旧赋骈偶对仗为奇偶相间的散体,变扬厉的铺张为适当的铺陈,而又能注意到音韵的铿锵和抑扬顿挫。赋中写秋声运用形象比喻,状难写之物,绘形绘声,十分生动:

盖夫秋之为状也:其色惨淡,烟霏云敛;其容清明,天高日晶;其气慄冽,砭人肌骨;其意萧条,山川寂寥。故其为声也,凄凄切切,呼号愤发。丰草绿缛而争茂,佳木葱茏而可悦;草拂之而色变,木遭之而叶脱;其所以摧败零落者,乃其一气之余烈。

这里从色、容、气、意、声等方面极意刻画出"秋之为状",进而归结到秋气摧折草木百卉的肃杀作用;以下再由秋声中草木的凋零,引申出人之衰老,融入了悲叹人生的感怆之情:

嗟乎!草木无情,有时飘零。人为动物,惟物之灵;百忧感其心,万事劳其形,有动于中,必摇其精。而况思其力之所不及,忧其智之所不能,宜其渥然丹者为槁木,黟然黑者为星星。奈何以非金石之质,欲与草木而争荣?

这段文字由自然现象过渡到社会现象,升华到人生有限、忧劳妨身的一种普遍规律,也是"庆历新政"失败后作者长时期苦闷情绪和韬晦襟怀的自然流露。

《祭石曼卿文》亦有文赋的特色。全文写生、死、形、名、金玉、荒城,在骈对铺陈中展开对比,悲凉悼伤之情坌涌而出。文句长短错落,转折变化,而一韵到底,又有声调谐和之美。它与《秋声赋》同为声情兼胜的一篇文赋。

欧阳修散文的成就是和他的学术造诣分不开的。他是"宋学"开创者之一。在经学方面,他曾在《经旨》一组文章中发挥独具的识见,故苏辙说他"长于《易》、《诗》、《春秋》,其所发明,多古人所未见"(《欧阳文忠公神道碑》)。如对于《易》,他在《易童子问》卷三考证说自《系辞》以下"非圣人作";在《经旨》的"易或问"中,又对前人未言《系辞》非圣人作之原因作了解释。又如对于《诗》,他写了《毛诗本义》,多所发明创获,所以《四库全书总目·〈毛诗本义〉提要》云:"说《诗》者……至宋而新义日增,旧说几废,推原所始,实发于修。"在史学方面,《二十四史》的《新唐书》,他是编纂者之一;还自编

《新五代史》,强调用《春秋》笔法,整理治乱兴衰的历史,寄托"善善恶恶之志",以前车之鉴,垂戒当今和来世。

欧阳修的散文振衰救弊,在散文史上具有开创性。散文自晚唐陵夷至于五代,气体卑弱,宋初柳开、尹洙辈力倡古文,而时风难挽。欧阳修于散文创作最勤,造诣至深。正如韩琦《欧阳公墓志铭》所云:"得之自然,非学所至,超然独骛,众莫能及。……于是文风一变,时人竞为模范。"论其散文的魅力,主要表现在以下几个方面。

一是在意蕴上具有含蓄沉厚之美。他胸襟超远,强调为文忧世。在《读李翱文》中,他喟然感叹当世"光荣而饱者,一闻忧世之言,不以为狂人,则以为病痴子"。可见他识度超群,思虑深远。但他文章的情致和意脉并不直截倾泻,一涌而出,而是如朱熹所说,"欧公不尽说,含蓄无尽"(《朱子语类》卷一三九《论文上》)。例如《丰乐亭记》用古今几层对比,说明安定环境来之不易,展现出珍惜太平时事的心情,使人感到深婉有致。他很赞赏《春秋》行文"简而有法",善于寓抑扬褒贬于记事之中。他又认为其语愈缓,其意愈切,其文便愈含深致和浓情。欧文正具有这些特色。其次,在章法上具有回环荡漾之美。如《醉翁亭记》末段由"夕阳"写到"人影",再写到"太守归"、"宾客从",进而描述"游人去而禽鸟乐"。至此笔锋一转,又从"禽鸟乐"返回到"人之乐",进而揭出"太守之乐"。两度回环,即将醉翁旷放自适的情趣描摹得淋漓尽致,也使文章摇曳跌宕,极富美感。再次,在语言上具有平易晓畅之美。欧阳修行文没有僻辞拗句,不追求韩文奇险的一面,避免了宋初古文辞涩言苦的缺点。故朱熹谓其文"只是平易说道理,初不曾使差异底字,换却寻常底字"(《朱子语类》)。此外,他还很讲求声韵谐和之美,《秋声赋》、《送杨寘序》、《祭石曼卿文》等篇,均写得声韵铿锵,音节流美,宛如散文诗,读之有一唱三叹之妙。从风格上说,欧文委婉自然,雍容舒缓,又具有一种阴柔之美。前人对此早有精彩的定评,如苏洵称其文"纡徐委备,往复百折,而条达舒畅,无所间断,气尽语极,急言竭论,而容与闲易,无艰难劳苦之态"(《上欧阳内翰第一书》);姚鼐形容欧文"如清风,如云,如霞,如烟,如幽林曲涧,如沦,如漾,如珠玉之辉,如鸿鹄之鸣而入寥廓",也很生动地描述出欧文的风格特色。

欧阳修散文艺术的高度成就,除了学问、修养的主要因素外,还同他精心刻苦的修改琢磨有密切关系。据前人记述,"欧公作文,先贴于壁,时加窜定,有终篇不留一字者。"(《吕氏童蒙训》)《后山诗话》记欧阳修语,谓"为文有三多:多看、多做、多商量也"。《石林燕语》亦称"欧阳文忠晚年,取平生所为文,自编次之。今所谓《居士集》者,往往一篇至数十过,有累日去取不能决者"。朱熹在《朱子语类》卷一三九中还谈道:"欧公文,亦多是修改到妙处。顷有人买得他《醉翁亭记》稿,初说滁州四面有山,凡数十字,末后改定,只曰'环滁皆山也'五字而已。"这类记述很多,说明欧阳修创作态度极为严谨,一丝不苟。

〔1〕 为援助范仲淹,众多朝官被贬,是当时政界的一场轩然大波,是锐意改革的政治家与守旧派头面人物、宰相吕夷简矛盾激化的表现。范仲淹贬饶州后,支持改革的朝臣激愤不平,纷纷上疏斥责吕夷简,为范仲淹辩护。余靖、尹洙为此接连遭贬后,高若讷不但不主持公道,反而诋毁范仲淹的为人。欧阳修不顾个人安危升沉,挥笔写了《与高司谏书》,骂他"不复知人间有羞耻事"。高若讷将此书上缴,欧阳修受到贬斥。馆阁校勘蔡襄为此写了《四贤一不肖》诗,表彰范、余、尹、欧为"四贤",讥刺高若讷为"不肖"。此诗不胫而走,"都人争相传写,鬻书者市之得厚利"(《宋史纪事本末》卷二九)。足见北宋士大夫敢于秉持直操,在当时反响很大。

〔2〕 《宋史·欧阳修传》:"于是邪党益忌修,因其孤甥张氏狱傅致以罪,左迁知制诰、知滁州。"孤甥张氏狱:欧阳修之妹嫁张龟正,张龟正死后,欧阳氏

携张龟正前妻所生孤女七岁的张氏投靠欧阳修。张氏成人后,嫁给欧阳修的远房侄儿欧阳晟,出嫁多年,竟与欧阳晟的男仆陈谏私通。事发之后,由开封府右军巡院审理。权知开封府事杨日严指使办案人让张氏在供词中牵连欧阳修,从而诬陷欧阳修与张氏有暧昧关系。政敌暗示审案人按上司的意旨审判结案,审勘者三易其人,诬陷的阴谋终未得逞。然而在所谓以张氏资财买田这一事"券既弗明,辩无所验"(《欧阳文忠集》附年谱)的情况下,仍将欧阳修削官降职,贬为滁州知州。勘理案情事,可参看《默记》卷下。

第八章　欧阳修(下)

第一节　欧阳修的诗

在宋诗发展过程中,欧阳修同他的诗友梅尧臣、苏舜钦同是宋调的开创者。他的诗名及成就略逊于其文,但他的诗作在矫正昆体、变革诗风方面还是起了先导作用的。《欧阳文忠公集》共收古近体诗八百五十多首,其中有不少议论时政、反映现实的内容。梅尧臣所谓"君能切体类,镜照嫫与施。直辞鬼神惧,微文奸魄悲"(《寄滁州欧阳永叔》),正是称赞这一类诗篇。如《食糟民》写农民辛苦种稻,荒年无粮,官吏竟把霉烂的酒糟售配给农民充饥。诗人目睹这种情景,用这首长诗大声疾呼地为"釜无糜粥度冬春,还来就官买糟食"的农民鸣不平。出使辽国途中所写的《边户》,反映了宋、辽边境地区居民遭受双重剥削的苦痛,诗中把澶渊之盟前边民练武御敌同和议成立后边民饮恨供纳作了对比,"虽云免战斗,两地供赋租",借边民的倾诉,对朝廷屈辱退让的对外政策作了尖锐的谴责。任职滁州写的《重读徂徕集》,怀着悲愤的感情陈述了石介被诬陷的经过,颂扬了亡友的忠义刚直。这首诗直接关涉到庆历党争。石介支持"庆历新政",引起了夏竦等旧派官僚的忌恨;石介病故,夏竦诬告他通敌谋反。他们甚至要派人发棺验尸:"已埋犹不信,仅免斫其棺。此事古未有,每思辄长叹。我欲犯众怒,为子记此冤。下纾冥冥忿,仰叫昭昭天。"这感天动地的诗句,是对权臣陷害直士的强烈控诉。《寄生槐》一诗托物寓意,说寄生槐"偷生由附托,得势争葱蒨",必须及早剪除,以免"长养遂成患"。这显然是有感而发,其攻击的矛头是指向那些依附权势、谗陷直士的奸佞之徒的。这类诗篇都具有强烈的现实性和针对性,可以窥见诗人的政治观点和爱憎分明的态度。

宋人诗论较唐代为盛,论诗诗也较为发达,在这方面欧阳修也是开风气之先者。《水谷夜行寄子美圣俞》、《答苏子美离京见寄》等可说是代表作。前篇论苏、梅诗风云:

子美气尤雄,万窍号一噫。有时肆颠狂,醉墨洒滂沛。譬如千里马,已发不可杀。盈前尽珠玑,一一难柬汰。梅翁事清切,石齿漱寒濑。……近诗犹古硬,咀嚼苦难嘬。初如食橄榄,真味久愈在。

在《六一诗话》中,欧阳修曾概括地指出:"二家诗体特异,子美笔力豪隽,以超迈横绝为奇;圣俞覃思精微,以深远闲淡为意。"上诗即是以万窍怒号、千里奔马来形容苏诗的风格豪健,气势奔放;以石漱寒濑、咀嚼橄榄比喻梅诗的清切古淡,意味深远;从而突出了两人独特的创作个性,成为评价苏、梅诗风的权威论断。《答苏子美离京见寄》评述苏诗的豪纵语言也很生动奇警。《再和圣俞见答诗》则不仅谈到梅尧臣的诗风,还涉及两人在论诗方面的相互切磋商讨:

嗟哉我岂敢知子,论诗赖子初指迷。子言古淡有真味,太羹岂须调以斋。

欧阳修的论诗诗,对宋人论诗风气的兴盛是有一定影响的。

欧阳修写了不少抒怀言志诗和山水风物诗,这类诗篇最能体现出欧诗清新自然、平易疏放的特色。试看《戏答元珍》诗:

> 春风疑不到天涯,二月山城未见花。残雪压枝犹有桔,冻雷惊笋欲抽芽。夜闻归雁生乡思,病入新年感物华。曾是洛阳花下客,野芳虽晚不须嗟。

这是诗人于景祐四年被贬为夷陵县令期间所作。诗中描绘山城景色,迁客乡思,感触虽深,但并无消沉之意。全诗自然工整,流动爽畅,作者自己也颇为得意:"'春风疑不到天涯,二月山城未见花',若无下句,则上句何堪?既见下句,则上句颇工。"(《峡州诗说》)长诗《啼鸟》作于滁州。其中有花鸟争春的景象:"花深叶暗辉朝日,日暖众鸟皆嘤鸣。"也有被贬以后的感受:"我遭谗口身落此,每闻巧舌宜可憎。"下面笔锋一转,不诉贬逐之苦,而但觉"花能嫣然顾我笑,鸟劝我饮非无情。"最后以讥嘲屈原之憔悴独醒来反衬自己不以贬逐为意的旷达襟抱。全诗语言平易,笔锋细腻,音节流美,舒卷自如,仿佛飘动的浮云、澄澈的溪水一样自然婉妙。欧阳修每到一处,常徜徉于山水之间,故其诗喜咏山水风情,在滁州、颍州等地的此类诗作尤为有名。如《丰乐亭游春》、《幽谷晚饮》、《幽谷泉》、《别滁》等均是描写滁州山水的力作。诗人深爱"蔚然深秀"的琅琊山和"潺然而出"的幽谷泉,时有咏唱。《幽谷晚饮》是诗人初到滁州时所作,其中有云:"山势抱幽谷,谷泉含山泓。旁生嘉树林,上有好鸟鸣。鸟语谷中静,树凉泉影清。"在诗人笔下,滁州山水是何等的清凉宜人,沁

人心脾!在颍州他更描绘出一幅幅山水佳制,如《初至颍州西湖,种瑞莲黄杨,寄淮南转运吕度支、发运许主客》诗:

> 平湖十顷碧琉璃,四面清阴乍合时。柳絮已将春去远,海棠应恨我来迟。啼禽似与游人语,明月闲撑野艇随。每到最佳堪乐处,却思君共把芳卮。

诗写西湖夜游。波平水静,湖中月影随着小艇徐徐移动,耳边似乎听到禽鸟低语,良辰美景,赏心乐事,处处触发起作者思友的幽情。对于西湖,他是十分爱赏的。《西湖》诗云:

> 菡萏香清画舸浮,使君宁复忆扬州?都将二十四桥月,换得西湖十顷秋。

诗中盛赞西湖夏景胜过扬州二十四桥的风光,写得情韵交至。苏轼从颍州移知扬州时,也曾有句道:"二十四桥亦何有?换此十顷玻璃风。"(《诗人玉屑》)即从欧诗夺胎,并可见当年颍州西湖风光的佳胜和诗人的留连向往之情。欧阳修曾在颍州筑三桥,以桥名为题写诗三首,其一云:

> 轻舟转孤屿,幽浦漾平波。四看望佳处,归路逐渔歌。
> ——《望佳》

湖上景色,涤荡了诗人的烦虑,使他获得了心灵的安慰:"人心旷而闲,月色高愈迥。唯恐清夜阑,时时瞻斗柄。"(《飞盖桥玩月》)像这类寄情山水的咏唱,确能体现出欧诗流动潇洒的特色。

欧阳修诗在力矫"昆体"的过程中,形成了自己的风格。叶梦得《石林诗话》云:"欧阳文忠公诗始矫昆体,专以气格为主,故其言多平易疏畅。律诗意所到处,虽语有不伦,亦不复问,而学之者往往遂失于快直,倾囷倒廪,无复馀地。"这段话对欧诗优点和短处都讲得颇为中肯。欧阳修写诗从内容出发,以骨力为重,避免昆体的雕镂词藻,堆垛典实,力求语言平易疏畅,发乎自然。治平四年在汴京写的思颍诗之一《寄答王仲仪太尉素》即是一例:

丰乐山前一醉翁,馀龄有几百忧攻。平生自恃心无愧,直道诚知世不容。换骨莫求丹九转,荣名岂在禄千钟。明年今日如寻我,颍水东西问老农。

全诗直抒胸臆,不用典实,不假雕饰,明白如话。苏轼说他"诗赋似李白"(《居士集序》)。欧诗的成就当然比不上李白,但其明快、清新、自然则与李白确有相似之处。张戒《岁寒堂诗话》说:"欧阳公诗学退之,又学李太白。"梅尧臣也称:"欧阳今与韩相似,海水浩浩山嵬嵬。"(《和永叔澄心堂纸答刘原甫诗》)与韩愈诗相比,欧诗虽逊其浩瀚奇伟的一面,但他学韩确比学李白更为明显,主要表现在继承韩愈"以文为诗"的传统,喜用赋体,多发议论,把诗写得平顺快直等方面,其古体诗尤为显著。诗并不排斥直陈和议论,关键在于要善于使直陈、议论与意象、情韵浑化融合。欧诗中成功的议论并不少见,有的还写得十分新警而富有情韵,成为广为传颂的名篇佳句。叶梦得《石林诗话》说:"(欧阳修)《崇徽公主手痕》诗:'玉颜自昔为身累,肉食何人与国谋。'此自是两段大议论,而抑扬曲折,发见于七字之中,婉丽雄胜,字字不失相对。"《和王介甫明妃曲》二首,借咏史抒感,诗句清新爽利,在咏唱历史故事中,运化入新警的议论。如第二首的"耳目所及尚如此,万里安能制夷狄","红颜胜人多薄命,莫怨春风当自嗟",这些议论都如石破天惊,耐人沉思。但如《奉答子华学士安抚江南见寄之作》,虽剖析时弊,针砭痛切,毕竟议论过多,在艺术上难免有所削弱。

欧阳修诗对后世有一定的影响。就其继承和发展韩愈"以文为诗"的特点而言,实为王安石、苏轼等人起了导夫先路的作用;对用散文化的诗体来讲哲学、史学乃至天文、水利的道学家邵雍、徐积之流,也开了风气之先。但在整个文学史上,其诗作的影响不但远逊其文,甚至不逮其词。

第二节 欧阳修的词

欧阳修的词留存至今者共有二百三十馀首(《全宋词》收录二百三十九首)。他的小令与晏殊齐名,号称"晏欧"。其词风接受了花间、南唐特别是冯延巳的影响,内容有自抒怀抱、描绘自然景色的小词,也有流行歌场的艳词,其中有不少风格清隽的佳篇。

欧词的创作可以分为前后两期,其分界线约在景祐三年(1036)左右。在此以前,特别是二十四岁中进士以后,他曾经一度过着"游饮无节"的生活,写下了不少艳词,其中小令、慢词都有,不乏佳制,也有过于"浮艳"之作。刘熙载《艺概》说:"冯延巳词,晏同叔得其俊,欧阳修得其深。"所谓接近南唐冯延巳词风者,大概就是指这些作品而言。景祐三年以后,由于直言遭忌,屡受诬陷打击,他的处境和人生态度都起了很大变化,词风也有所改变。他的后期词或伤时念远,或放浪形骸,或徜徉山水,如〔浪淘沙〕(把酒祝东风)、〔朝中措〕(平山阑槛倚晴空)和〔采桑子〕(轻舟短棹西湖好)等,均是被认为"疏隽开子瞻"(冯煦《宋六十家词选例言》)的作品。

在前期词中,〔踏莎行〕抒写离情别恨,向来被认为是欧词中具有代表性的佳作:

> 候馆梅残,溪桥柳细,草薰风暖摇征辔。离愁渐远渐无穷,迢迢不断如春水。　寸寸柔肠,盈盈粉泪,楼高莫近危阑倚。平芜尽处是春山,行人更在春山外。

词笔摇曳生姿,委婉多情。上片首三句点出行人为主的离别场面:春郊客舍,但见梅残柳细,暖风拂面而来,夹着阵阵草香,两人执手话别,心头涌起无限惜别之意。"离愁"两句,以悠悠而去的春水比喻离愁的无穷无尽,写景兼以抒情,虽说是从李煜的"离恨恰如春草,更行更远还生"之句化出,但语气更为婉转,极荡气回肠之致。下片写怀人之情。柔肠、粉泪,见出思妇离怀幽深;"莫近危阑"则是"望而不见"后的反语,暗示人已远去,眺望也是徒然,与上面"迢迢不断如春水"相呼应。王世贞《艺苑卮言》评云:"'平芜尽处是春山,行人更在春山外'……此淡语之有情者也。"语淡情深,正体现了欧词"深婉"的风格特色。著名的〔蝶恋花〕词也是一首脍炙人口之作[1]:

> 庭院深深深几许?杨柳堆烟,帘幕无重数。玉勒雕鞍游冶处,楼高不见章台路。　雨横风狂三月暮,门掩黄昏,无计留春住。泪眼问花花不语,乱红飞过秋千去。

全词多用暗示,除"楼高不见章台路"和"泪眼问花花不语"两句是写词中思妇的内心活动外,其余几乎全是描画庭院春晚雨横风狂、落红乱飞的凄迷景象;这些自然之景无一不与思妇的愁绪密切相关,但却是通过暗示方式曲折传达出来的,与上引〔踏莎行〕同样以"深婉"的特色见长。

欧阳修曾从民间词中汲取了不少营养,还进行了仿作。如他曾写过〔渔家傲〕两套各十二首,是咏十二月节令的"鼓子词","荆公尝对客诵永叔小阕云:'五彩新丝缠角粽,金盘送。生绡画扇盘双凤。'曰:'三十年前见其全篇,今才记三句,乃永叔在李太尉端愿席上所作十二月鼓子词。'"(见《欧阳文忠公集》卷一三二组词后附录阙名题记)这两组套词模仿民歌格调咏节日风光,写景叙事,生动而又切合时令。广为传诵的〔生查子〕[2]也是一首具有民歌风调的小词:

去年元夜时,花市灯如昼。月上柳梢头,人约黄昏后。
今年元夜时,月与灯依旧。不见去年人,泪湿春衫袖。

同样是元宵之夜的圆月与花灯,但一为花下幽会的欣喜,一为物是人非的悲思,上下两片形成强烈的对比,而以上片的乐景反衬下片的哀伤,更觉去年之乐何其乐,今日之哀何其哀。上片"月上"两句,尤为万口传诵。

在欧阳修的艳词中,也有不少应酬赠答之作,大都流于浮艳,艺术价值不高,在《醉翁琴趣外篇》中,更时有"鄙亵之语"。后世文人对这类词作或径予删削,或断为伪作。如罗泌《近体乐府跋》说:"其甚浅近者,前辈多谓刘煇伪作,故削之。"可见现存《近体乐府》一百馀首是经过删削的集子。元吴师道《吴礼部诗话》亦云:"欧公小词,间见诸词集。陈氏《书录》云:'一卷,其间多有与《阳春》、《花间》相杂者,亦有鄙亵之语一二厕其中,当是仇人无名子所为。'近有《醉翁琴趣外篇》凡六卷,二百馀首,所谓鄙亵之语,往往而是,不止一二也。"按欧阳修词集,今传《欧阳文忠公近体乐府》、《醉翁琴趣外篇》、汲古阁本《六一词》三种。《近体乐府》见于宋庆元吉州本《欧阳文忠公集》,《琴趣外篇》有南宋闽刻本,以上两种吴昌绶收入《景刊宋元本词》。《六一词》系自《近体乐府》出而稍有削减。《醉翁琴趣外篇》有不见于《近体乐府》的词六十馀首。该集中的艳词,有不少写幽期密约、洞房艳遇、床笫柔情。有的写得情致绵密,笔墨发露,不减于柳词,有的则不免流于庸俗乃至鄙亵。这些词章是否欧公所作,自宋以来,即有争议。如上所述,大抵古代词论家多断为伪作,近世论者多提出不必以卫道面目为欧公讳。我们认为至少有三点可以在今天取得共识。其一,认为欧公系"一代儒宗",不应写"侧艳"之词,因而断言集中所有艳词均属伪作。其实北宋文人写艳词并不犯禁,范仲淹、司马光也都有此类词作,欧阳修何以不能为之[3]。其二,欧词中有些艳词写得较为发露,并不足怪。当时士大夫于官署娱宾宴客有官妓侑觞,在家中歌舞遣兴有家妓浅斟低唱,是司空见惯的事情。欧阳修在那种环境里写几首艳词,透露一点私生活中的真情性真面目,只要不有意渲染色情,那是无可厚非的。在某种程度上,也是对封建礼教禁锢人们正常情欲的违离。其三,全集本系统的欧词(《六一词》),《全宋词》用吉州本),源流较清楚。《醉翁琴趣外篇》收词二百馀首,除与《近体乐府》相同者一百二、三十首外,另有通俗艳词七十馀首。这两部分词中都混有五代及宋初词人的作品,说明欧词编纂较杂。尤其后一部分词作,风格及词语多有不类于《近体乐府》者。因此,不能排除欧公词集中羼入伪作,更不能把其中所有轻浮的艳词都断为欧词。这里情况复杂,难以逐一考订,对于某些有疑窦的词章,只能有分析地加以审慎对待[4]。

景祐三年被贬以后,欧阳修在政治上屡遭打击,仕宦生活极不安定,匆匆来往各地,内心感慨加深。欧词中那些自叹身世、感喟人生的作品,大致是这一期间的产物。如〔浪淘沙〕:

把酒祝东风,且共从容。垂杨紫陌洛城东。总是当时携手处,游遍芳丛。　聚散苦匆匆,此恨无穷。今年花胜去年红。可惜明年花更好,知与谁同!

全词写得跌宕顿挫,沉着含蓄。上片回忆昔年同游洛阳,赏心乐事,历历在目。下片既叹息分别在即,更为来年能否与友人同赏春花而不尽怅惘。作者在另一首词中说:"世路风波险,十年一别须臾。人生聚散长如此,相见且欢娱。"(〔圣无忧〕)可以用来作为"恨无穷"的注脚。〔朝中措〕是作者为"送刘贡父守维扬"而作,词云:

平山栏槛倚晴空,山色有无中。手种堂前垂柳,别来几度春风?　文章太守,挥毫万字,一饮千钟。行乐直须年少,尊前看取衰翁。

作者曾作过扬州太守,并修筑过平山堂。词追忆平山堂的景物和往日生活,借以寄意赠别。上片借用王维诗句,写景视野开阔,微寓今昔之感。下片赞美友人才思敏捷,豪气过人,兼写自己放浪形骸的旷怀豪情,字里行间拂动着一股勃郁疏放之气。

欧阳修后期词中最受人注目的是那些描绘山水自然之景的小词,其中描绘颍州西湖风光之美的作品尤为清丽可喜。他在四十三岁时从扬州移知颍州,从此和颍州西湖结下了不解之缘。他写了许多观赏西湖、怀念西湖的词篇。所谓"状难写之景如在目前"的艺术要求,在其中得到了较好的体现。试看下面两首〔采桑子〕[5]:

轻舟短棹西湖好,绿水逶迤。芳草长堤,隐隐笙歌处处随。

　　　　无风水面琉璃滑,不觉船移。微动涟漪,惊起沙禽掠岸飞。

　　　　天容水色西湖好,云物俱鲜。鸥鹭闲眠,应惯寻常听管弦。
　　　　风清月白偏宜夜,一片琼田。谁羡骖鸾,人在舟中便是仙。

两首词主要描绘西湖的静态美。白天波平如琉璃,人坐船中不觉得船在移动,只是船过处水面微起波纹,惊动了沙禽。月夜西湖犹如一片晶莹的琼田,人坐舟中,四顾剔透玲珑,飘飘欲仙。词人用画笔绘制出一幅幅西湖静景,把大自然的难以形容的姿态清楚地呈现在人们眼前,达到了"词中有画"的艺术境界。再看另两首〔采桑子〕:

　　　　春深雨过西湖好,百卉争妍。蝶乱蜂喧,晴日催花暖欲然。
　　　　兰桡画舸悠悠去,疑是神仙。返照波间,水阁风高飐管弦。

　　　　清明上巳西湖好,满目繁华。争道谁家,绿柳朱轮走钿车。
　　　　游人日暮相将去,醒醉喧哗。路转堤斜,直到城头总是花。

两词突出地刻画了西湖的动态美:岸边百花争妍,蜂蝶喧舞,湖中游船轻泛,乐声悠扬,堤上车马拥挤,游人喧哗。词人笔下的西湖,又是那样的活泼喧闹,充满着青春的气息。应该指出的是,这些词在徜徉山水之中,隐隐透露了词人厌倦仕途官场的情怀。词人笔端所表现的内心波澜极其微妙,郁塞之情常常以旷达悠闲的态度出之,处处体现出欧词和婉含蓄的艺术特色。

　　欧阳修词在和婉含蓄中时带清丽疏放,多一唱三叹之致,具有很强的音乐性。他自身对于音乐颇有素养,故对音乐舞蹈的爱好在词中也有所反映,〔玉楼春〕即是为描绘琵琶乐曲〔六么〕的音乐和舞姿而作,其中有"贪看六么花十八"之句,曾为人引用。王灼《碧鸡漫志》卷三谈到"六么"时,引用了本词:"六么一名绿腰,……此曲内一叠,名'花十八',……曲节抑扬可喜,舞亦随之。"词本来就和音乐密切配合,欧阳修在音乐方面的造诣使他写词时能做到协律谐声,婉转流利,便于歌唱,在这方面,他也接受了民间词的影响。

第三节 欧阳修在文学史上的地位及其影响

在古代文学的发展过程中,宋初的诗文革新运动是唐代古文运动的继续,对转变当时的浮靡文风起着关键性的作用,而欧阳修则是这次运动的倡导者之一。他在早年就与尹洙、梅尧臣、苏舜钦等人"同为古文歌诗",经过不断的努力,终于结束了西昆体诗文风靡一时的局面,为古文的顺利发展铺平了道路。为了后继有人,他还识拔、荐引了三苏、曾巩以及王安石等人,使宋代诗文得以继续开拓新的疆域。王安石在《祭欧阳文忠公文》中,结合欧阳修的品德学问,形象地颂赞了他的文学成就:

> 如公器质之深厚,智识之高远,而辅以学术之精微,故形于文章,见于议论,豪健俊伟,怪巧瑰琦。其积于中者,浩如江河之停蓄;其发于外者,烂如日星之光辉;其清音幽韵,凄如飘风急雨之骤至;其雄辞闳辩,快如轻车骏马之奔驰。世之学者,无问乎识与不识,而读其文则其人可知。

苏轼也极其推重欧阳修,将他比作唐代古文运动的倡导者韩愈:"欧阳子,今之韩愈也。"(《居士集序》)李廌《师友谈记》也记录了苏轼的话:"方今太平之盛,文士辈出,要使一时之文有所宗主。昔欧阳文忠常以是任付于某,故不敢不勉;异时文章盟主贵在诸君,亦如文忠之付授也。"这就指明了欧阳修作为一代文宗的历史作用。欧阳修在文学上的主要成就是他所创作的众体具备、各有特色的散文,这些文章流传人口,影响深远:"盖公之文备众体,变化开阖,因物命意,各极其工,其得意处,虽退之未能过。"(吴充《欧阳公行状》)这并非溢美之辞。欧阳修的诗歌与梅尧臣诗齐名,两人的论诗主张相同,即要求符合《诗经》以来诗歌创作的优良传统。如前所述,其诗作对后辈诗人产生过一定的影响。欧阳修的词以和婉含蓄见长,除艳词外,抒怀写景之作常以自然疏放称胜,对词境也有所开拓,是北宋婉约词风的重要代表人物。欧阳修又是"宋学"的开创者之一,他精研经学、史学、金石、目录之学,在这些方面都有出色的贡献,对宋代学人也产生了广泛的影响。

〔1〕 按此词亦见于冯延巳集中,但李清照〔临江仙〕词序云:"欧阳公作〔蝶恋花〕,有'深深深几许'之句,予酷爱之,用其语作'庭院深深'数阕,其声即旧〔临江仙〕也。"此说当属可信。

〔2〕 由于杨慎《词品》卷二将本篇误作朱淑真词,后人也往往沿误,反予辨证。参见唐圭璋《读词四记》中《朱淑真〈生查子·元夕〉词辨讹》条(收入《词学论丛》)。

〔3〕 前人谓欧集中的艳词出于刘煇伪造,《直斋书录解题》卷一七已为之辨白。胡适《词选》云:"北宋不是一个道学的时代,作艳词并不犯禁,正人君子并不以此为讳。"夏承焘《四库全书词籍提要校议》亦云:"北宋士大夫如范仲淹、司马光亦为艳词,不必为欧阳修讳。"

〔4〕 南宋宁宗庆二年罗泌校《近体乐府》时,其跋语即谓柳永词亦杂欧公词集中。其中"甚浮艳者,殆非公之少作,疑以传疑可也。"王灼《碧鸡漫志》卷二有云:"欧阳永叔所集歌词,自作者三之一耳。其间他人数章,群小因指为永

叔,起暧昧之谤。"暧昧之谤指仁宗庆历五年政敌为攻击欧阳修利用艳词强加附会,诬蔑欧阳修与其外甥女有暧昧关系。有的论者据王灼语,推断《醉翁琴趣外篇》可能为欧阳修编集的一种包括自作和他人之作的歌词集。

〔5〕〔采桑子〕共十三首(其中三首与西湖无涉),前有《西湖念语》,可能写于不同时期,欧阳修归颍后加以整理,作为宴乐之用。

第九章　张　先

第一节　张先的生平

张先(990—1078),字子野,吴兴(今浙江湖州)人。祖任,生平宦迹无考。父维,"少年学书,贫不能卒业,去而躬耕以为养"(孙觉《十咏图序》,见周密《齐东野语》卷一五),家境很为艰困。仁宗时,曾为卫尉寺丞,后致仕家居。维为人徜徉闲肆,"平居好诗,以吟咏自娱",所作"不事雕琢之巧,采绘之华"(孙觉《十咏图序》)。他的沉澹自得性格和"清丽闲雅"(陈振孙《十咏图跋》,见周密《齐东野语》卷一五)的诗风,对张先深有影响。

张先进入仕途较晚,仁宗天圣八年(1030)中进士时,年已四十一岁。明道元年(1032),为宿州掾。宝元二年(1039),赋〔塞垣春〕(野树秋声满)词,寄知真州(今江苏仪征)沈邈[1]。康定元年(1040),以秘书丞知吴江县,修治地方胜迹如归亭,作《吴江》诗,被誉为"当时绝唱"(龚明之《中吴纪闻》)。庆历初,为嘉禾(今浙江嘉兴)判官。庆历六年(1046),居父丧,与知湖州的唐询结识。皇祐元年(1049),询离任,张先作〔转声虞美人〕词赠别。皇祐二年(1050),

知永兴军晏殊荐引张先为通判,议事之馀,常在一起饮酒听歌,相处甚得。除宦游长安外,张先还曾远涉邠州、渭州等西北边陲。皇祐三年(1051),返回吴兴,后受命以屯田员外郎知渝州。巴蜀的艰险,使词人产生"此心常欲老林丘"(《将赴南平宿龙门洞》,见《永乐大典》卷一三〇七四引《张子野集》)的退守家园之想。然而,他还是于皇祐四年(1052)春入川[2]。至渝州后,与提点夔路刑狱的程师孟相识[3]。皇祐五年(1053)春离蜀,先回江南,后重返长安,再度与晏殊相聚。十月,晏殊徙河南,张先赋〔玉联环〕词送别云:"叶落灞陵如剪,泪沾歌扇。无由重肯日边来,上马便、长安远。"对一直关怀他的晏殊表示了深切的惜别之情。嘉祐四年(1059)秋,先还吴兴,后出知虢州(今河南卢氏),不久离任。嘉祐五年(1060)春夏间,与知杭州的唐询再度聚会,并作《山亭宴慢》词送别。嘉祐六年(1061),至京,见宋祁与欧阳修,极受爱重。后以职方郎中知安州(今湖北安陆)[4]。在任期间,注意兴办学校,使这一地区的文化教育事业得到了发展。齐安孙贲途经安陆,与张先相见,临别时,张先作〔木兰花〕《和孙公素别安陆》词酬别,有"人生无物比多情,江水不深山不重"之句,抒写了惜别的深情。

英宗治平元年(1064),张先七十五岁,以尚书都官郎中致仕。虽已年迈,但精力仍很饱满,能看蝇头细字。原淮南发运使后知瀛州的马仲甫,曾两次发章举荐他,并寄诗赠酥,情意甚殷,张先赋诗酬谢[5]。退居之后,词人优游乡里,"啸歌自得,有酒辄诣"(苏轼《祭张子野文》),并常往来于湖、杭之间,与在湖、杭为官和隐退的诗客词人诗酒唱和,前后达十馀年之久。其间治平二年(1065)至治平三年(1066),蔡襄知杭州,张先多次陪同游湖饮酒,相得甚欢[6]。蔡襄离杭时,张先作〔喜朝天〕词,相送于清暑堂。治平四年(1067)至神宗熙宁二年(1069),祖无择知杭州,张先常随同观览湖山胜迹[7]，并曾同游吴江垂虹亭[8]，诗酒唱酬，交谊甚厚。祖无择对张先生活极为关怀，特予酒醋历子，并助治亭榭[9]。祖无择离杭时，张先作〔醉垂鞭〕词送别。此后，张先与知杭州的郑獬、陈襄、杨绘、赵抃，知湖州的孙觉、李常等人，都有过密切交往。神宗元丰元年（1078）逝世，卒年八十九岁。

　　张先一生经历时间较长，虽然久任州郡的政绩平平，然而在北宋词坛上，却是一位起到递接作用的重要词人。晏殊、欧阳修、苏轼三人都是对当时文坛有着深刻影响的领袖人物，张先与他们先后相交，且有不同一般的往还。张先长晏殊一岁，却是深受晏殊爱赏的门下士。"每张来，令侍儿出侑觞，往往歌子野所为之词"（佚名《道山清话》）。张先也以晏殊为知己，长期相依，在晏殊去世后，特为《珠玉集》作序，情谊很深。张先与欧阳修是同门，但年长十七岁，他初谒欧阳修时，"阍者以通，永叔倒屣迎之，曰：此乃'桃杏嫁东风'郎中。"（范公偁《过庭录》）极见倾慕之情。苏轼通判杭州，与张先结识，在《祭张子野文》中追忆说："我官于杭，始获拥篲。"以从学后辈自居。他们年龄上相差四十六岁，但相处之间，"欢欣忘年，脱略苛细"（同上），不拘形迹，极为投合。"跪履数从圯下老，逸书闲问济南生"（《和致仕张郎中春昼诗》），可见苏轼对这位词坛前辈的爱敬之情。他们有过多次的研讨和切磋，张先"细琢歌词稳称声"（同上）的才能和有关见解，无疑曾给苏轼以有益的启发。苏轼的早期词作正是从通判杭州开始，以熙宁年间最多，仅熙宁七年就有四十馀首，其中苏轼、张先同调同题的词作即有多首，如送陈襄的〔虞美人〕，和杨绘自撰腔的〔劝金船〕，送杨绘的〔定风波令〕，等等。苏轼这一期间清丽飘逸的词风，也显然受到张先词的影响。参加这种类似词社的创作活动的还有陈襄、杨绘、陈舜俞等人，以湖、杭为中心的吴越词坛曾经鼎盛一时，张先乃是其中的重要作者。

张先诗、文、词都很擅长,苏轼曾称许"子野诗笔老妙"(《跋子野诗集后》),但"俚俗多喜传咏先乐府,遂掩其诗声"(叶梦得《石林诗话》卷下)。由于张先深谙音律,文辞又精警清切,其词作自然声情并茂,因而"'三影'、'三中',流声乐府"(鲍廷博《张子野词跋》),誉满当时。《嘉泰吴兴志》称其"有集一百卷",《宋史·艺文志》著录有"张先诗二十卷"。今文已不传。诗存二十馀首,风调清丽。其《湖州西溪》诗有"浮萍破处见山影"、"过桥人似鉴中行"之句,写水中的山峦、行人倒影十分工巧。《直斋书录解题》著录《张子野词》一卷,清乾隆间鲍廷博得绿斐轩按宫调编排的抄本二卷,另辑补遗二卷,刻入《知不足斋丛书》。朱祖谋据黄子鸿校《知不足斋丛书》本,刻入《彊村丛书》。今存词一百六十馀首。

第二节 张先词的思想内容

张先一生与歌酒相伴,晚年致仕以后,仍然"日有文酒之乐"(陈舜俞《双溪行序》)。"每逢花驻乐,随处欢席"(〔惜琼花〕),可视为其自我写照。在听歌赏舞之中,"多为官妓作词"(旧题陈师道《后山诗话》),对她们的生活、思想感情有较深的了解。他在词作中描绘了女伎们生动的歌姿舞态:"分明珠索漱烟溪,凝云定不飞"(〔醉桃源〕《渭州作》),形容歌声的美妙;"催拍紧,惊鸿奔。风袂飘飘无定准"(〔天仙子〕《观舞》),刻画舞步的轻盈,都十分传神。作者对这些女子的境遇怀有深厚的同情,相传为晏殊出姬事而作的〔碧牡丹〕词:"镜华翳,闲照孤鸾戏。思量去时容易。钿盒瑶钗,至今冷落轻弃。望极蓝桥,但暮云千里。几重山,几重水。"对被弃逐女子的内心活动,刻画入微,哀婉感人,据说晏殊听后也为之动情。其馀如

"惜恐镜中春,不如花草新"(〔菩萨蛮〕)的年华易逝之叹;"明日不知花在否?今夜圆蟾,后夜忧风雨"(〔凤栖梧〕)的人生难得长欢之忧;"一点芳心无托处,荼蘼架上月迟迟"(〔望江南〕《闺情》)的难言惆怅;"行云犹解傍山飞,郎行去不归"(〔醉桃源〕)的无穷哀怨,都在不同程度上传达出她们的深衷隐曲。传诵一时的〔一丛花令〕就是这类词中的代表作:

伤高怀远几时穷,无物似情浓。离愁正引千丝乱,更东陌、飞絮濛濛。嘶骑渐遥,征尘不断,何处认郎踪。 双鸳池沼水溶溶,南北小桡通。梯横画阁黄昏后,又还是、斜月帘栊。沉恨细思,不如桃杏,犹解嫁东风。

本篇旨在写女主人公的伤离怀远。发端点题,又以"情浓"笼罩,以下用周围景物烘染旁衬,池沼、小桡、画阁、帘栊,在在触惹少妇的离愁,末后收到对命运的默想沉思,意境浑融,情韵细婉。"沉恨细思"三句,尤因"无理而妙"(贺裳《皱水轩词筌》)而"一时盛传"(范公偁《过庭录》)。

张先性格开朗乐观,交游甚广,词中的唱和寄赠之作近三十首。这里有湖山游赏的纪实,如〔泛清苕〕《正月十四日与公择吴兴泛舟》、〔河满子〕《陪杭守泛湖夜归》、〔感皇恩〕《安车少师访阅道大资同游湖山》等;也有挚友相聚的雅情抒发,如〔醉落魄〕《吴兴莘老席上》、〔定风波令〕《雪溪席上,同会者六人,杨元素侍读、刘孝叔吏部、苏子瞻、李公择二学士、陈令举贤良》、〔倾杯〕《碧澜堂席上有感》等;更多的则是送行赠别之作,如〔转声虞美人〕《雪上送唐彦猷》、〔喜朝天〕《清暑堂赠蔡君谟》、〔木兰花〕《和孙公素别安陆》、〔离亭宴〕《公择别吴兴》等等。纪实状景真切,抒情深挚感人,当时士大夫阶层的生活、精神面貌,也从中得到了真实的反映。任职的官吏,退休的臣僚,或在案牍之馀,或于闲暇之中,选择湖山胜处,设宴张席,观赏烟霞,消受声色之娱:"并行乐,免有花愁花笑。持酒更听,红儿肉声长调"(〔熙州慢〕《赠述古》)。不管是在饮酒和听歌中的沉思浮想,还是在"须知短景欢无定"(〔劝金船〕《流杯堂唱和翰林主人元素自撰控》)这种憬悟后的淡淡惆怅,都显得那么安定、悠闲、自在。没有激烈的震动,没有快速的节奏,更没有亢奋的呼唤和强烈的追求,只有细腻的官能感受和幽微心境意绪的体味。当然,在张先的寄赠酬唱之作中,也还有像〔沁园春〕《寄都城赵阅道》这样的壮词:

心膂良臣,帷幄元勋,左右万几。暂武林分阃,东南外翰,锦衣乡社,未满瓜时。易镇梧台,宣条期岁,又西指夷桥千骑移。珠滩上,喜甘棠翠荫,依旧春晖。 须知。系国安危。料节召、还趋浴凤池。且代工施化,持钧播泽,置盂天下,此外何思。素卷书名,赤松游道,飙驭云轺仙可期。湖山美,有啼猿唤鹤,相望东归。

全词意气纵横,在对赵抃的诚挚期望中显露了作者关心国事的热情,以及功成身退的襟怀。

由于长期外任州郡和久佐僚幕,仕途奔波,聚散无常,因而抒写离怀别绪、羁情乡思,自然成为张先词中的重要内容之一。"自古伤心惟远别,登山临水迟留。暮尘衰草一番秋。寻常景物,到此尽成愁"(〔临江仙〕),便是描述此种典型情绪的一例。张先词中的饯行赠别之作数量不少,其中如〔御街行〕《送蜀客》:"古今为(惟)别最消魂,因别有情须怨。更独自、尽上高台望,望尽飞云断。"〔渔家傲〕《和程公辟赠别》:"天外吴门清霅路,君家正在吴门住。赠我柳枝情几许。春满缕。为君将入江南去。"皆景境高远,情挚语切。伤离怨别,千古如斯,而男女之间的离别尤其令人黯然销魂。"谁道潮沟非远行,回头千里情。"(〔长相思〕《潮沟在金陵上元之西》)因情深而感道路悠长,虽咫尺之别亦远若天涯;"愿身能似月亭亭,千里伴君行。"(〔江南柳〕)因意切而愿人化身为月,虽千里之遥而近如身边——均能从不同的角度,写尽离别的难堪和难舍之情。又如"春水一篙残照阔,遥遥。有个多情立画桥"(〔南乡子〕),别景如画,情影动人。仕途奔波带来了离别,同时也带来了羁情乡思。〔庆春泽〕一词写道:

飞阁危桥相倚。人独立东风,满衣轻絮。还记忆江南,如今天气。正白蘋花,绕堤涨流水。　寒梅落尽谁寄。方春意无穷,青空千里。愁草树依依,关城初闭。对月黄昏,角声傍烟起。

家乡的湖光水色,使词人神往,而当年在家乡的一段恋情,更使词人难以淡忘:"别时携手看春色。萤火而今,飞破秋夕。"(〔惜琼花〕)。在这类词作中,离别的惆怅,羁旅的感伤,以及浓郁的故土之思,怀人之情,常常交织在一起,具有独特的风采。

张先涉历甚广,各地的山水妙境,人物风情,他大多曾身经目览。"终朝两信潮"(〔南乡子〕)的京口,"杜陵春,秦树晚"(〔更漏子〕)的长安,以及"烟染春江暮,云藏阁道危"(〔南歌子〕)的巴蜀奇险,都一一摄入他的词作之中。而都市的繁华,吴越一带的湖山,更如幅幅画图,层出叠现,描绘得尤为出色。如〔宴春台慢〕《东都春日李阁使席上》一词写都城汴京:

丽日千门,紫烟双阙,琼林又报春回。殿阁风微,当时去燕还来。五侯池馆频开。探芳菲、走马天街。重帘人语,辚辚绣轩,远近轻雷。　雕舫霞涘,翠幕云飞,楚腰舞柳,宫面装梅。金猊夜暖,罗衣暗裹香煤。洞府人归,放笙歌、灯火下楼台。蓬莱。犹有花上月,清影徘徊。

不仅写出帝都的壮丽嵯峨,王侯贵僚园池第宅的密布,车水马龙的繁忙景象,而且生动地反映了当时上层社会奢侈佚乐的风貌时尚。〔破阵乐〕《钱塘》一词所描绘的则是江南名城杭州:

四堂互映,双门并丽,龙阁开府。郡美东南第一,望故苑、楼台霏雾。垂柳池塘,流泉巷陌,吴歌处处。近黄昏,渐更宜良夜,簇簇繁星灯烛,长衢如昼,暝色韶光,几许粉面,飞甍朱户。和煦。雁齿桥红,裙腰草绿,云际寺、林下路。酒熟梨花宾客醉,但觉满山箫鼓。尽朋游、同民乐,芳菲有主。自此归从泥诏,去指沙堤,南屏水石,西湖风月,好作千骑行春,画图写取。

杭州的湖山胜迹,市井繁华,以及欢宴游乐的景况,词中都作了细致的描写,与柳永的〔望海潮〕咏钱塘颇有异曲同工之妙。词人对家乡吴兴的山山水水,更怀有特别的深情。"横塘水静,花窥影、孤城转。浮玉无尘,五亭争景,画桥对起,垂虹不断。"(〔倾杯〕《吴兴》)大量的风物情事都在碧水荡漾的背景中展现,处处抹染上水乡的色彩,散发着水乡的气息。"水天溶漾画桡迟,人影镜中移。"(〔画堂春〕)水波人影,一切如在镜中。又如〔武陵春〕一词云:

秋染青溪天外水,风棹采菱还。波上逢郎密意传,语近隔丛莲。　相看忘却归来路,遮日小荷圆。菱蔓虽多不上船,心眼在郎边。

景色秀美,感情朴质自然,男女的恋情,也同样带有水乡特有的情韵。

张先词中,有一部分抒情寄感之作。其中有写科场得意的喜悦:"画刻三题彻。梯汉同登蟾窟。玉殿初宣,银袍齐脱,生仙骨。花探都门晓,马跃芳衢阔。宴罢东风,鞭梢一行飞雪。"(〔少年游慢〕)也有回顾一生纵情风月的闲愁闲恨:"莫风流,莫风流。风流后,有闲愁。"(〔庆佳节〕)大量的则是在叙写时序、风物中蕴含着人生的体验和感触,如"人意共怜花月满,花好月圆人又散"(〔木兰花〕),因花月而生人生难以长圆之悲;"肠断送韶华,为惜杨花。雪毬摇曳逐风斜。容易着人容易去,飞过谁家"(〔浪淘沙〕),借杨花抒发聚散无常的感伤。写得最有特色的是在描绘景物之中,隐含幽眇的感怀,境界朦胧,意旨微茫。"云破月来花弄影"(〔天仙子〕《时为嘉禾小倅,以病眠不赴府会》),"中庭月色正清明,无数杨花过无影"(〔木兰花〕《乙卯吴兴寒食》),"那堪更被明月,隔墙送过秋千影"(〔青门引〕),溶溶月色之中的花影、絮影、秋千影,使人感受的不仅是景象的描绘传神,而且在摇曳飘飞的平凡影迹中,伴有作者心绪的流驰,意念的浮漾,景里含情,物中有思,含蓄深婉,耐人玩味。

第三节　张先词的艺术特色

张先前与晏、欧、柳永并驰,后与苏轼、秦观齐驱,他的词作反映出北宋词的嬗替变化轨迹。陈廷焯曾说:"张子野词,古今一大转移也。"(《白雨斋词话》卷一)吴梅同样认为:"子野上结晏、欧之局,下开苏、秦之先,在北宋诸家中适得其平。"(《词学通论·概论》)他既有与晏、欧相近的婉约雅丽的小令,又有铺陈细腻的慢词。就其词风而言,有含蓄处,亦有发越处。他在扩大词的反映领域等方面,作了有价值的尝试和实践。在张先现存的近一百七十首词中,数量较多的还是侑觞劝酒的唱词,是应歌的音乐文学;但他的词中也有不少是朋辈游宴、寄赠唱酬之作,则是以抒情为主。晏、欧词中,有词题的绝少,而在张先词中,有词题的竟有六十多首。虽然大部分词题是寥寥短语,但如〔定风波令〕(西阁名臣奉诏行)、〔木兰花〕(去年春入芳菲国)二词,则写有长达三四十字的小序,反映出诗中的制题之风已经浸淫及词,以及词由单纯应歌转而侧重抒写个人情志的发展倾向。词的逐渐诗化,使抒写男女之情的传统题材也随之发生变化,词的创作内容自然地得到拓展。在张先所运用的九十三个词调中,自创的新调占有一半,表现出善于择取时调新声以创制新曲的艺术修养和创造才能。其中〔山亭宴慢〕、〔谢池春慢〕、〔宴春台慢〕、〔喜朝天〕、〔少年游慢〕、〔剪牡丹〕、〔熙州慢〕、〔泛清苕〕、〔碧牡丹〕等,都是慢词。柳永与张先同作慢词,柳以"铺叙展衍,备足无馀"(李之仪《跋吴思道小词》)取胜,而张则"多用小令作法"(夏敬观手批《张子野词》)为之,反映出小令向慢词发展的转变特点。

据《古今诗话》记载:"有客谓子野曰:'人皆谓公张三中,即心中事、眼中泪、意中人也。'公曰:'何不目之为张三影?'客不晓,公曰:'云破月来花弄影'、'娇柔懒起,帘压卷花影'、'柳径无人,堕风絮无影',此余平生所得意也。"(《苕溪渔隐丛话》前集卷三七)从这段话里,可以看出作者独特的艺术追求。他以善于写影著称,在描绘事物、抒写感情中,深得以影藏形的馀音远致之妙。晁补之称"子野韵高"(魏庆之《诗人玉屑》卷二一),也是指张先词富有韵味、韵致。词中之意多避免直说,更不说尽,而多浅点淡染,侧面烘托,于浑沦恍惚之中,表现出含蓄蕴藉之美。张先词中写到影的约二十多处,有天影:"苕水天摇影"(〔虞美人〕);有水影:"忆苕溪,寒影透清玉"(〔忆秦娥〕);有人影:"水天溶漾画桡迟,人影鉴中移"(〔画堂春〕);有灯影:"渐楼台上下,火影星分"(〔泛清苕〕);有花影:"草树争春红影乱"(〔木兰花〕);有月影:"惜霜蟾照夜云天,朦胧影,画勾阑"(〔系裙腰〕),等等。当然,写得最出色的还是月下的花影、絮影、秋千影。"云破月来花弄影"一句,所以受到多方推赞,不仅是因为它刻画出月下花影的美妙,更主要的是在花月影中溢散出伤春惜景之情。按照常理,暗夜之中的花本来无影,"云破月来"后始能有之,但又无所谓"弄";花之所以"弄"影者,盖因风既吹散乌云,又复吹动花枝使然。所以云破、月来、花弄影,都因"风不定"而来。月下残花在即将成为明日落红前的"弄影",实是自怜,这与词人的"临晚镜,伤流景"恰成巧妙的衬照。就这一句说,似是花之自怜,月之惜花;但联系全词来看,花的弄影,实际上隐含着作者对年华流逝的自伤自哀。由此可见,张先是深知"物色在于点染,意态在于转折,情事在于犹夷,风致在于绰约,语气在于吞吐,体势在于游行"(陆时雍《诗镜总论》)之妙的。

张先词亦有意境清隽奇横之作。如〔木兰花〕《乙卯吴兴寒食》一词写道:

龙头舴艋吴儿竞,笋柱秋千游女并。芳洲拾翠暮忘归,秀野踏青来不定。　　行云去后遥山暝,已放笙歌池院静。中庭月色正清明,无数杨花过无影。

全词前后两境,景象迥殊:一幅是芳洲秀野,吴儿游女,龙舟竞渡,秋千挺立,入目尽是寒食节日的繁闹景象,生气盎然,画面动荡;一幅却是人去山暝,歌停院静,月色清明,杨花飘飞,另是一种岑寂清幽气氛。两种境界,动静相映,浓淡不一,对比鲜明。它是八十六岁的老词人眼中所见的实景,同时也是他不同心境的映现。"中庭月色正清明,无数杨花过无影。"清光幽辉中无数淡若无痕的杨花,有如澄澹空明心境中浮漾的几十年的往事旧影,过去的岁月、情事,眼前的月色、杨花,都在悄悄中流逝,最后消融于朦胧如梦的人生之中,景象优美,境界隽永。有时极平凡的题材,在张先笔下却能神思别出,奇境脱俗,如〔醉垂鞭〕:

双蝶绣罗裙。东池宴。初相见。朱粉不深匀,闲花淡淡春。细看诸处好。人人道。柳腰身。昨日乱山昏,来时衣上云。

这只是一首普通的赠妓词,但其中"朱粉"二句写其姿貌,以素淡自然的闲花与朱粉深匀的艳花相比,在众彩纷呈之中,独显淡淡春色,反衬出一种特有的天生情韵。"昨日"二句写其衣饰,衣上云彩图案,好似真正的烟云,人行之际,烟云随之,有如乱山云飞,昏然四起;写的是衣上的云,但却写成云中的人,人云莫辨,真幻难分,显得空灵飘忽,风神缥缈。陈廷焯《词则·别调集》称赏这首词"蓄势在一结,风流壮丽",周济《宋四家词选》则说结拍"横绝",都是指作者词中的境界变幻奇横,气象混茫。

旧题严有翼所撰《艺苑雌黄》记载了张先对柳永〔轮台子〕词的批评:"既言'匆匆策马登途,满目淡烟衰草',则已辨色矣;而后又言'楚天阔,望中未晓',何也?柳何语意颠倒如是!"(《苕溪渔隐丛话》后集卷三九引)可见张先非常重视描绘物象的真实性和运用词语的准确性。例如〔满江红〕《初春》云:"过雨小桃红未透,舞烟新柳青犹弱。"小桃露红,但未红透,新柳染青,却仍细弱,确是一幅初春景象。又云:"晴鸽试铃风力软,雏莺弄舌春寒薄。"不仅写景贴切,且"清新自来无人道"(杨慎《词品》卷三)。这种寓惨淡经营于自然浑成之中而略无雕刻之迹的艺术技巧,既得之于词人的"搜研物情,刮发幽翳"(苏轼《祭张子野文》),也反映了他追求新意的努力。张先词中,有不少自铸的新词,如以"蕊红"、"冰齿"形容美人的唇齿,以"花影艳金尊"(〔庆春泽〕)描绘酒杯中倒映的美人面容等。他还大量运用代字,如写人的肌肤、手指,用"抱云勾雪近灯看"(〔庆金枝〕)、"纤纤玉笋横孤竹"(〔菩萨蛮〕);写杨柳,用"几叶小眉寒不展"(〔蝶恋花〕)等等。又如〔青门引〕中"楼头画角风吹醒"一句,黄蓼园《蓼园词选》即特为指出,"'醒'字极尖刻"。盖词人意在极写悲凉的角声使人悚然心惊,却又不直说,转而托言角声为风吹"醒",其炼字之工,铸意之新,于此亦可见一斑。

〔1〕 夏承焘《张子野年谱》据《能改斋漫录》卷一七《吊二姬温卿宜哥》诗条所载,云沈子山为宿州狱掾时,曾属意营妓张温卿,作有《剔银灯》忆张温卿词二首,因联系张先此词中"叹樊川风流减,旧欢难得重见"之句,系于仁宗明道元年(1032),张先时为宿州掾。按:与张先交往中字子山者有二,一为沈邈,一为马仲甫。〔塞垣春〕词所寄之子山为沈邈,然作年非明道元年。《宋史》卷三〇二《沈邈传》称其人"疏爽有治才,然性少检。……会宾客纵酒,而与闾里妇女笑言无间",可知其风流不羁。又云:沈邈曾历知真州、福州。联系此词下片所写:"停酒说扬州,平山月,应照棋观。绿绮为谁弹,空传广陵散。但光纱短帽,窄袖轻衫,犹记竹西庭院。老鹤何时去,认琼花一面。"皆为扬州物事。据吴廷燮《北宋经抚年表》卷四"福建路"载:康定元年(1040)四月,真州沈邈知福州,以都官员外郎知。其前任许宗寿亦自真州知福州。据《淳熙三山志》卷二二《秩官类》三所载,许宗寿自真州移知福州,时在宝元元年(1038)十一月。据张先〔塞垣春〕《寄子山》词中"野树秋声满"句,此词当作于宝元二年(1039)沈邈知真州期间。

〔2〕 据梅尧臣《送张子野屯田知渝州》诗编次,张先受命知渝在皇祐三年

(1051)五月之后,时已入夏。而张先所作《将赴南平宿龙门洞》诗所写:"春来犹见龙孙出,静里微闻石乳流。涧水送花通阁底,寺僧催月落岩头。"以及〔渔家傲〕《和程公辟赠别》词所云:"巴子城头青草暮,巴山重叠相逢处。"都足证张先入川至渝州在皇祐四年(1052)春。

〔3〕 夏承焘《张子野年谱》据《宋史》程师孟传,知其曾提点夔路刑狱,但以不著年代为疑。对〔天仙子〕《别渝州》、〔渔家傲〕《和程公辟赠别》、〔少年游〕《渝州席上和韵》诸词,亦以为其年代难断。按:《宋史》卷三三一及卷四二六皆列有《程师孟传》,其中述及程师孟"提点夔路刑狱,泸戎数犯渝州边,使者治所在万州,相去远,有警,率浃日乃至,师孟奏徙于渝"。《宋史》卷四九六《蛮夷传》记载泸州蛮:"皇祐元年二月,夷众万馀人复围淯井监,水陆不通者甚久。"两传所载相合,则程师孟提点夔路刑狱当在皇祐之初。〔渔家傲〕《和程公辟赠别》诸词,自属皇祐五年(1053)春离渝东归之作。据词中"为君将入江南去"句,则张先出川先回江南可知。

〔4〕 夏承焘《张子野年谱》缺去此段宦迹,但因旧京本子野诗名《安陆集》,张先又作有〔木兰花〕《和孙公素别安陆》一词,亦有张先尝宦游安陆之疑。今据郑獬《安州重修学记》(《郧溪集》卷一五)所述:"嘉祐初,司农少卿魏君炎慨然图之,乃于州城之南门外东偏作夫子殿及东西二堂八斋室,安陆之民,始欣然相与环聚而观之,而喜城郭之有学也,而犹未睹教育之盛。及职方郎中张君先始集诸生,鼓箧而升堂,讲明六经之奥。"魏炎,亦作魏琰,其事迹附《宋史》卷三〇三《魏瓘传》后。《北宋经抚年表》卷四:嘉祐四年,安州魏炎知福,改广。张先于嘉祐五年离虢州任,英宗治平元年致仕,则知安州当在嘉祐六年(1061)至嘉祐八年(1063)间。其《冬日郡斋书事》(《永乐大典》卷二五三八"斋"字韵引)一诗云:"水落浅沙鱼队聚,草枯幽陇鹿群归。安人不信彤襜贵,上相还家是锦衣。"当为知安陆时所作。其诗旧京本题称《安陆集》,或称张先为张安陆,皆缘于此段宦历。

〔5〕 马仲甫,字子山。《宋史》卷三三一有传。《北宋经抚年表》卷二:治平元年,马仲甫知瀛州。据本传,知瀛州前为户部判官淮南发运使。张先所写《酬发运马子山少卿惠酥与诗》、《子山再惠诗见和,因又续成。子山不以予不

才,两发章荐"(均见于《永乐大典》卷二四五〇所引《张子野集》)二诗,皆作于此时。诗中"绝唱兼遗致政官"、"诗寄闲栖白首官"云云,与张先致仕家居境况正合。

〔6〕 据《北宋经抚年表》卷四,治平二年二月至三年五月,蔡襄以端明殿学士、礼部侍郎知杭州。张先《次韵清明日西湖》、《次韵蔡君谟侍郎寒食西湖》、《九月望日同君谟侍郎泛西湖夜饮》(均见于《永乐大典》卷二二六四"湖"字韵引《张子野集》)三诗,皆治平二年所作。蔡襄有《清明西湖》、《寒食西湖》同题诗,用韵亦同。

〔7〕 《两浙金石志》六《定山慈严院题名》:"祖无择、沈振、元居中、张先,熙宁己酉孟秋晦偕游。"张先作有《和元居中风水洞上祖龙图》诗(《咸淳临安志》),祖无择有《慈严院》诗(李卫《西湖志》)。

〔8〕 《苏州府志》卷三五《古迹》载张先《垂虹亭》诗:"来夜中秋今夜月,临江诗思有同清。与谁醉后又分散,顾我事牵难合并。相望有如千里隔,静看应是故乡明。昔年曾作东亭主,为拂前轩石上名。"祖无择有同题和韵诗:"此夕吴淞江上亭,江波寒映月波清。风含万籁秋声老,云散千山野色并。笠泽苍烟和雾重,洞庭丹桔带霜明。叨陪后乘通宵赏,惆怅无因记姓名。"祖无择于治平四年(1067)十月知杭,郑獬于熙宁二年(1069)五月知杭。据张先诗中"来夜中秋"之语推断,此诗当作于熙宁元年(1068)八月十四夜。《能改斋漫录》卷五《辨误》所载张先《鲈乡亭》诗:"霓舟忽舣鲈鱼乡,槎阁却凌云汉域","但怪鲈乡一旦成,分却松江半秋色"。亦当为此时重到吴江之作。夏承焘《张子野年谱》言鲈乡亭建于熙宁中,此说有误。《能改斋漫录》引张先此诗时云:"治平丙午所编《松江集》,有鲈乡亭等诗。其亭,尚书屯田郎中林肇所立也。其叙云:肇顷过松陵,读陈丞相留题,有'秋风斜日鲈鱼乡'之句,尝讽味之。去年秋,作亭江上,差有雅致。因取其句中鲈乡二字为亭名焉。"叙述鲈乡亭治立始末甚明。治平丙午为治平三年(1066),去年,则为治平二年(1065)。

〔9〕 《宋史》卷三一一《祖无择传》载,祖无择离杭州任后,知通进银台司。因知明州苗振以贪闻,御史王子韶出使两浙,牵发祖无择知杭州事,于熙宁二年十二月自京师逮赴秀州狱。其罪为"知杭州日贷官钱及借公使钱,并乘船过制,

与部民接坐"(《续资治通鉴长编》卷二一三)。《续资治通鉴长编》卷二一三注引韩驹《南窗杂钞》所录郑獬往代知杭州时上疏,为祖无择下狱不平,其中言及:"至于给致仕官张先酒醋历子及治亭榭不支瓦木价钱,则皆州郡常事。"是知祖无择知杭州期间,对张先生活颇多关照。

第十章　北宋后期文学概述

从熙宁元年(1068)神宗登位变法,到靖康二年(1127)金兵攻陷汴京约六十年,可称为北宋后期。北宋后期是统治阶级为挽救王朝危机而实行变法的时代,是党争剧烈,内外矛盾爆发终于导致北宋统治全面崩溃的时代。

仁宗后期政治危机的加深,促进了"庆历新政"的出台;新政的夭折,激起了嘉祐年间改革呼声的继续高涨。改革的时代浪潮推动神宗倚重王安石实行新法。熙宁、元丰近二十年的变法改制,虽局部收到理财的实效,但就整体而言,毕竟以失败而告终。变法未能找到摆脱危机的出路,却在士大夫中引起了长期的派争党祸。先是元祐"更化",次是哲宗"绍述",再后是赵佶、蔡京的立党人碑之举,新旧两派轮番上台,互相倾轧,变法之争完全演变为争权夺利的火并,以致加速了朝政的衰朽,引起了内外矛盾的总爆发。宣和年间宋江、方腊的武装起义刚被扑灭,金国的强兵悍马又动地而来,畏敌如虎的统治集团无心抗战,一味乞降,终于导致了汴京沦陷,徽、钦二帝被掳的覆亡结局。

北宋后期文学就是植根于动荡反复、大厦将倾的时代土壤之上的。然而,神宗、哲宗时代,诗、词、文的创作却臻于鼎盛,到徽、钦两朝文坛气象才渐趋冷落。文学的繁荣和社会经济的兴旺,有时并不同步出现。北宋文学高潮之所以出现在神宗、哲宗时代,是长期文化积累的结果。北宋前期诗文革新既为文学的长足发展开辟了道路,开国以来的经济发展、文治复兴、人才教育又为文学高潮的出现提供了条件,神宗时的变法、哲宗时的更化和绍述,虽曾引起朝政的动荡和反复,但中原的稳定统一局面毕竟尚未发生剧变,因此文学鼎盛的局面,犹如久经培育的花蕾,便在狂风暴雨未来前的平静环境中应时开放了。当开国一个世纪,文化生活普遍高涨所蕴蓄的内在活力充分挥发之后,文运也便自然地呈现出一种强弩之末的弱化趋势,再加徽、钦时期衰世风雨的纷至沓来,北宋后期文学发展便不可避免地进入了尾声。这是北宋后期文学发展的总体轮廓。

宋代古文运动经过欧阳修等人的努力,出现了初步繁荣。沿着欧阳修所开辟的道路继续前进,把散文发展推进到空前高峰的,则是以苏轼为代表的欧阳氏门客或弟子。他们的年辈比欧阳修略晚,创作的高峰期大抵在仁宗末叶到神宗时代,主要作家是曾巩、司马光、王安石和苏轼兄弟等。曾巩比欧阳修小十二岁,三十九岁时因受欧阳修识拔,与二苏中同榜进士,此后校书馆阁,著述日富。司马光与曾巩同岁,中进士却早于曾巩十八年。他虽非出自欧门,但在神宗初也曾得到欧阳修的举荐。司马光致力于《资治通鉴》的编写正在熙宁、元丰年代。王安石与曾巩为同乡好友,经过曾巩引荐始受知于欧阳修。他写作散文曾得到欧阳修的指授,当政前后都有散文名作。三苏父子同受欧阳修识拔,他们与欧阳修的关系更不同寻常。苏洵仅比欧阳修小两岁,致力文章起步甚晚,壮年始发愤读书,受欧阳修引荐时已年近半百,成名未久即因病弃世,其创作活动截止于英宗末期。苏轼、苏辙与乃父几乎同时成名,其后驰骋文坛,创作活动延续了四十多年。苏轼的成就尤为突出,堪称领袖一代文坛的巨匠;与之同时的散文作家也大量涌现,风格鲜明,各有开拓,形成体制完备、艺术成熟的局面,出现了宋代散文发展史上的一个高峰。

曾、王、三苏之后,散文作家大都出于苏门。苏门六君子黄庭坚、秦观、张耒、晁补之、陈师道、李廌等都长于文章。黄庭坚文名虽为诗名所掩,但其序跋、书札等作品文笔爽畅精警,与苏轼的杂文小品略近。秦观是写词能手,其谈兵议政的策论,则"灼见一代之利害,建事揆策,与贾谊、陆贽争长"(张綖《淮海集序》)。晁补之集中古文辞赋分量最大,前人称其"古文波澜壮阔,与苏轼父子相驰骤"(《四库全书总目·〈鸡肋集〉提要》)。张耒散文平易自然,明白条畅,注意感情渲染,汪洋淡泊有苏辙之风。陈师道少师曾巩,为文严谨有法,纪昀认为其古文当日虽不擅名,"然简严密栗,实不在李翱、孙樵下"(《四库全书总目·〈后山集〉提要》)。李廌受教于苏轼,早年喜爱谈兵,文笔飞驰,议论奇伟,成就可与张耒、秦观相颉颃。苏门后学大都承受师辈沾溉,语言平畅晓洁,笔力收纵自如,文体不拘一格,同苏文一脉相承。不过就整体而言,他们的文章成就毕竟难以企及他们的前辈。

北宋后期散文是前期散文的发展和蜕变。宋初古文家强调明道、宗经和法唐,在矫正浮巧中时或产生求深近迂、务奇就险的新弊。欧阳修文道并重,以平易疏畅之风,开辟了散文发展的通途。苏轼沿着欧文的方向把散文推进到天然灵动、舒卷自如的新境。他对"道"和"辞"都有新的诠释,使散文由载道、解经、论兵、议政,扩展到任情地叙写日常百事,体现个人性灵,而在形式上则因物赋形,略无拘检,意到笔随,无施不可。在他的影响下,后期作家的散文减少了道学气、说教气,增强了文学性、思辨性和鼓动性,出现了多姿多彩的个性风神。

北宋前期,经过梅、苏、欧阳对西昆体的洗削后,宋诗面目有了初步的显露。到了王安石、苏轼时代,宋诗的鼎盛局面方才形成,其标志是出现了有鲜明个性风格的荆公体、东坡体、山谷体、后山体和王安石、苏轼、黄庭坚三大诗人。王安石前期创作以服务于变法革新的政治诗、咏史诗最有影响,后期创作以退休蒋山的闲居诗、述怀诗最受称赞。苏轼的诗歌创作发轫于嘉祐,发展于熙宁元丰,而变化于绍圣之后的岭海远放。黄庭坚于熙宁初始跻入诗林,从此佳篇迭出,诗名日著,苏轼于元祐二年即有"效黄庭坚体"之作,足见其成就引人瞩目。王诗长篇峻刻奇绝,绝句雅丽清新;苏诗气宇宏阔,豪健雄放,清旷简远,无所不包;黄诗瘦硬峭拔、老朴沉雄而兼有浏亮芊绵之致。三人诗风各异,但同样重思理,富才学,喜用事,工锻炼,从而将宋调的独具特质发挥到极致。他们同时鼎立诗坛,卓然并称大家。故前人谓"造语之工,至于舒王、东坡、山谷,尽古今之变"(《王直方诗话》);欧阳公"能变国朝文格,而不能变诗格,及荆公、苏、黄辈出,然后诗格遂极于高古"(陈善《扪虱新语》)。

三大家之后,活跃于诗坛的主要是苏门诗人和江西后学。苏门诗人中,苏辙、晁补之、张耒、李廌等创作活动都延续到大观以后。苏辙写诗才情虽不逮乃兄,然毕生吟咏不辍,风韵明洁清逸,朴素淡雅,自成一格。晁补之诗大多平顺隽爽,温润典缛,但堂庑未广,个性风格不够鲜明。相比之下,张耒诗更有特色,所作内容丰实,风调清秀浑圆,自然坦易,颇有唐诗遗韵。李廌元祐间落第后,飘零湖海,郁塞之气发为吟咏,声情激荡,意趣不凡。黄庭坚所开创的江西派,是活跃于南北宋之交的最大诗派,派中作家大都于北宋末叶已闻名诗坛。其中陈师道年辈略早,成就最高,他游于苏门,学诗于山谷,最得江西神韵,与黄庭坚并称"黄陈"。此派中未及南渡的作家尚有潘大临、谢逸、饶节诸人。他们的成就高下不一,但皆源出于山谷,其重锤炼、求格力、讲诗法等,大致与黄、陈波澜莫二,在学养、才力、造诣方面则颇有逊色。

北宋后期诗歌,踵梅、欧之后,在宗杜学韩兼熔陶、谢的过程中,形成了以苏、黄为代表的典型宋调。宋调肇始于梅尧臣而完成于黄庭坚。从梅诗到黄诗到江西后学,诗歌的反映视角逐渐发生了"内转"倾向;后期诗人摆脱了前期裨补时政的诗歌实用观的影响,不甚强调以诗正面议政刺世,直接干预现实,而较侧重于自我表现,开掘心灵,咏唱道德理想的自我完善。与诗歌政教观的淡化形成反差,追求"高风绝尘"、磨研诗艺诗法的艺术情趣日益热化,从而既推动了诗论的发展,也提高了诗歌的艺术内质。这是北宋文化生活普遍高涨的时代条件下诗歌演进的必然趋势,也是北宋后期知识阶层面对乱世风云创作心态发生显著变化的结果。

北宋后期是词作进一步发展和变革的时代。词坛出现两种发展趋向:一是变革传统词风而另辟新径,一是发展传统词风而更追高格。前者有苏轼及其追随者黄庭坚、晁补之等人,后者有晏几道、秦观等人,到周邦彦而集其大成。北宋前期词承晚唐、五代之旧,写作目的多为应歌娱宾,观照对象侧重红粉歌姝,而言志抒怀、描写社会题材者非常少见。王安石不常作词,偶有吟咏,却能超出传统题材,洗去艳冶积习。苏轼熙宁中始注意写词,他发展李煜以词自悼亡国、张先以词赠答送别的传统,将词的反映视角空前扩大,使之变成了文人言志述怀的工具之一,开创了"举首高歌"、"逸怀浩气"的豪放清旷一派。黄庭坚、晁补之于歌妓词、艳冶词外,都写了不少风调苍郁的迁谪词、述怀词,说明两种词风都对他们发生影响,但他们更倾向于步武东坡。从他们前后词风的变化,正可以看出黄、晁诸人向反传统词风嬗变的轨迹。东坡词派在当时虽被目为"别调"、"变格",并且追随者也寥寥无几,但他们所开辟的词作诗化的路子,却对南宋词坛发生了重大影响。

晏几道年辈与秦观相当,其词从珠玉词出,擅长小令,逼近花间。

高唐团扇的风流题材,渗透着华屋山丘、雁过楼空的深深隐痛,情深言挚,哀艳无匹。秦观是苏轼门人,写词却以柳永为主要取法的对象。他既长于小令,又工于长调,以蕴藉含蓄矫柳词的发露,把身世之感融入艳情之中,词风细腻和婉,情韵兼胜,被誉为当行作手。贺铸同苏轼及苏门弟子均有交往,词作风格多样,主调倾向秾丽,用语善于熔化唐诗,也有一些奇思壮采、风格接近东坡之作。周邦彦词名晚起,创作活动主要在哲宗、徽宗时代。他以赋为词,辞采斐然,并长于腾挪勾勒,精于审音协律,词风缜密精工,沉郁顿挫,"前收苏、秦之终,后开姜、史之始"(陈廷焯《白雨斋词话》),把婉约词的醇雅典丽发挥到了极致。与周邦彦及"大晟词人"同时稍后,出现了女词人李清照,她以家常率真的语言,女性特有的柔肠和敏感,抒写亲身经历的爱情苦乐和国亡家变之感,悱恻凄楚,为北宋王朝的倾覆唱出了时代的挽歌。

　　北宋前期词与歌舞升平的社会环境相适应,由小令的成熟到长调的繁衍,由风韵的蕴藉儒雅到发露浅俚,主调并未越出风月艳情的樊篱;后期词作则渐渐渗进了较多的身世感喟、人生思索和时代悲慨,隐隐透露出乱世阴影。在前期,晏殊对柳永的讽嘲,欧阳修对范仲淹的戏谑,无形中显现出当时词坛上雅与俗的矛盾、言情与言志的分异。到后期,以词言志的意趣经过苏轼的发展,出现了"以诗为词"的诗化倾向,"词为诗裔"、诗词同源是这一派的理论依据。从秦观到周邦彦,又沿着摈俗崇雅、保持"本色"的走向,推动传统词风向醇雅演进,诗词异路、"别是一家"是这派词人秉持的创作观念。宋词未能沿着柳永的方向继续市民化、俚俗化,这是因为当时市民的力量尚未足与封建阶级抗衡,词的创作主体和接受主体仍是承受传统文化教养的士大夫,他们的艺术趣味大都反俗而尚雅。实际上,无论"诗化"或"雅化"都是词体的进一步文人化,都是词在具有高层次文化教养的作家手中向艺术新境域的演化。

第十一章　苏洵　曾巩　司马光

北宋中期,随着上层建筑领域改革和斗争的逐步扩展,在文坛领袖欧阳修的带动下,诗文革新运动日益深入,出现了创作高潮,形成了作家如林、群星灿烂的局面。苏洵、曾巩、司马光都是这一时期业绩卓然的诗文名家。

第一节　苏洵

苏洵(1009—1066),字明允,眉州眉山(今属四川)人,人称老苏,南宋以来多谓苏洵号老泉[1],是北宋中期重要的散文家。

眉州苏氏是唐代诗人赵州栾城苏味道的后裔。苏味道在武则天当政时任眉州刺史,卒于官,有一子定居眉州,从此眉州有了苏姓家族。宋代眉州苏氏是一家寒门地主,苏洵的父亲苏序"喜为善而不好读书"(苏洵《族谱后录》),晚年虽曾写诗,但成就不高。苏洵兄弟三人,长兄苏澹不仕;次兄苏涣,天圣二年进士,曾任阆州通判、利州路提点刑狱,是自唐以来眉山苏家第一位"勤奋问学"、跻身士林的人物。而苏洵及其二子轼、辙,则可说是同时出现于文苑的苏门三杰。

苏洵成为一位优秀的散文家,是经历了一段长期的艰难曲折历程的。他少年时代也读过书,学过属对声律,在苏涣影响下,大约十八九岁时还应过举,不过因应举失败而辍学[2],但直到二十五岁重整旧业前,他曾邀游蜀中山川,开阔了视野。"少年喜奇迹,落拓鞍马间。纵目视天下,爱此宇宙宽"(《忆山送人》),即是他当时漫游生活的纪实。

苏洵十九岁时,娶同县大理寺丞程文应之女为妻。程夫人出身于较有社会地位的书香门庭,也有文化修养,对丈夫的游荡不学,常为之"耿耿不乐"。在妻子支持下,苏洵二十五岁又开始读书,研习应举之学。"年二十七始大发愤,谢其素所往来少年,闭户读书为文辞"(欧阳修《故霸州文安县主簿苏君墓志铭》)。二十九岁再次赴京应进士第,落榜后,怀着惨然不乐的心情,西越华山,攀度秦岭,返回故乡。三十七岁,他第三次北游汴京,应茂材异等制科试,不料次年又遭黜落。

苏洵本不精于声律对偶,三次科场挫折,使他"知取仕之难,遂绝意于功名,而自托于学术"(《上韩丞相书》)。他认为科场文字"不足为学",转而潜心攻读经史百家。在《上欧阳内翰第一书》中,他陈述闭门治学的经过说:"由是尽焚曩时所为文数百篇,取《论语》、《孟子》、韩子及其他圣人贤人之文,而兀然端坐终日以读之者七八年矣。方其始也,入其中而惶然,博观于其外而骇然以惊。及其久也,读之益精,而其胸中豁然以明。"苏洵杜门读书课子,约近十年,果然学业大进,下笔千言立就,受到益州太守张方平、雅州太守雷简夫的称赏。

嘉祐初年,苏洵二子轼、辙也学业有成,文才初露。父子三人在张方平的支持下,携张方平、雷简夫致欧阳修、韩琦的推荐信,北游汴梁。欧阳修将苏洵所著《权书》、《衡论》、《几策》等进献朝廷,士大夫争相传诵。次年二子同中进士,一时苏门三士名动京师。不久,程夫人病故,苏洵携二子仓猝返里。朝廷下诏令洵赴舍人院应试,他认为"以五十衰病之身,奔走万里以就试",无异于"自取轻笑"(《与梅圣俞书》),遂称病辞不赴阙。

朝廷再次下诏,友人亦促其行。嘉祐四年,苏洵始携全家赴京。六年,被任为霸州文安县主簿,留京编纂礼书。越三年,成《太常因革礼》一百卷,刚奏进朝廷,治平三年(1066)春,病殁于京,年五十八岁。苏洵怀济世之学,一生蹭蹬,未得大用而死,故时人挽词有"立言高往古,抱道郁当时"(曾公亮)、"名儒升用晚,厚愧不先予"(韩琦)之叹。

苏洵文集,流传较广的为十五卷本《嘉祐集》,收有《几策》、《权书》、《衡论》、《六经论》、《太玄论》、书札杂文及杂诗等。有《四部丛刊》本、《四部备要》本。二十卷本内容增多,有三苏祠本,又有清邵仁泓刻本,书名题《苏老泉先生集》。今人注释本,有曾枣庄撰《嘉祐集笺注》,附录传记、年表、评论资料等。

苏洵是一位大器晚成的散文家,他不长于科场时文,而于古文用力特深。科举制策考试的失败,刺激他长期杜门苦读,"得以大肆其力于文章。诗人之优柔,骚人之清深,孟、韩之温醇,迁、固之雄刚,孙、吴之简切,投之所向,无不如意"(《上田枢密书》)。足见他博攻群籍,取资富厚。由于他腹笥浑浩,下笔精切,故文章备受时人称赏。张方平赞扬他"似司马子长",雷简夫称许他有良史之才,欧阳修把他比为荀卿子。

苏洵的散文主要是议论、书翰和杂文,特别是论政的《几策》、《衡论》,论兵的《权书》,谈经的《六经论》等,都是具有严谨系统的专著。而《上皇帝书》、《上欧阳内翰书》等二十几篇书牍,也都是谈论风生的力作。故吴德旋说:"老泉《嘉祐集》存文不多,却篇篇可

传。"(《初月楼古文绪论》)

苏洵撰文,立足于现实,着眼于实用。他自谓:"洵著书无他长,及言兵事,论古今形势,至自比贾谊。所献《权书》,虽古人已往成败之迹,苟深晓其义,施之于今,无所不可。"(《上韩枢密书》)贾谊是深晓治体的政论家,苏洵自觉地发扬贾谊的文章传统,无论谈用兵、论形势、评史事,无不为了"施之于今"。如《几策·审势》篇论述治理天下要审时度势,"以为之谋"。宋代制度"以大系小,丝牵绳联,总合于上",这种高度集权具有可强之势,但由于长期"习于惠而怯于威","惠太甚而威不胜",所以天下"常病于弱"。为此应当"留意于威",以便用"强政"求"强势"。论研究敌情的《几策·审敌》篇认为,赵宋王朝对外面临"虏日益骄而贿日益增"的处境,隐祸极大,指出"勿赂则变疾而祸小,赂之则变迟而祸大",因而主张改变赂敌方针,实行"蓄全力以待之"的御敌措施。《六国论》批评六国赂秦,目的是借古鉴今,对宋王朝的怯敌退让政策敲起警钟,其中"无使为积威之所劫"乃一篇要旨。沈德潜说:"宋朝受弊在此,至南渡而更甚矣。老泉远识,故能预见。"(《唐宋八大家文读本》)可见针对当时的内外政策,抓住问题的症结,发出极富现实性的议论,是苏洵散文最重要的特征。

苏洵喜言兵,论文好谈权变法术,意在为当朝提供谋略。《权书》十篇,前五篇阐述统兵应敌的策略原则;后五篇借论孙武、子贡、六国、项籍、高祖等历史人物与事件,品评用兵的得失,可说是在继承古代兵书遗产的基础上写成的军事学著作。其中包含某些辩证法的思想因素。《衡论》十篇是针对现实写作的政论,《远虑》、《御将》、《任相》、《重远》、《广士》、《养才》等前六篇,讲帝王选用和驾驭人才之术;《申法》、《议法》、《兵制》、《田制》等后四篇,分别讨论宋代法制、农制和田制的利弊,提出改革意见。在用人问题上,他反对一律用进士制策和章句名数声律之学来甄选人才，主张破格擢用奇杰之士。他认为"奇杰之士常好自负，疏隽傲诞，不事绳检"，不要对他们求全责备，"所宜哀其才而贳其过，无使为刀笔吏所困，则庶乎尽其才"，以免使之"北走胡，南走越"（《养才》），造成人才外流。《六经论》六篇，主要申述圣人制作六经的宗旨和意义，认为六经是圣人针对百姓好生、恶死、"苦劳而乐逸"的本性，为节制人的情欲，维系等级秩序而设的，其用意无非是"用其权机，以持天下之心"（《易论》）。在《谏论》中，苏洵主张谏臣应将怀忠心与讲方术相结合："龙逢、比干吾取其心，不取其术；苏秦、张仪吾取其术，不取其心。"在《利者义之和论》中，他提出君子不仅要讲"义"，也要不耻言"利"："即于利，则其为力也易；戾于利，则其为力也艰。利在则义存，利亡则义丧。""义利、利义相为用，而天下运诸掌。"这些议论多不合于正统儒学，而带有明显法家权术的气息，故欧阳修称他"论议精于物理，而善识变权"（《荐布衣苏洵状》），刘熙载也说"老泉文取径异于董（仲舒），而用意往往杂以晁（错）"（《艺概》卷一）。

苏洵行文务出己见，不蹈故迹，笔锋老辣，析理精微，纵横博辩，人谓有纵横家之风。例如管仲相桓公，霸诸侯，临终劝桓公勿用竖刁等小人，人皆服其先见，苏洵在《管仲论》中偏责其不能举贤自代。他认为竖刁、易牙、开方三小人不足为齐国患：

> 夫齐国不患有三子，而患无仲，有仲则三子者三匹夫耳。不然天下岂少三子之徒，虽威公幸而听仲，诛此三人，而其馀者，仲能悉数而去之耶？呜呼！仲可谓不知本者矣。因威公之问，举天下之贤者以自代，则仲虽死，而国未为无仲也。夫何患三子者，不言可也！

作者由此立论，推断出齐国之乱，管仲不得辞其咎。见解翻进一层，结论无懈可击，措辞如老吏断狱，一字不可移易。《仲兄字文甫说》从为兄易字说起，借题发挥，表达崇尚自然、重视灵感的文学观。它以水喻作家平日素养，以风喻外界引起的灵感与兴会，以风水相遭而文生，喻主观客观两相凑泊而成文，不仅见解精警过人，触及文艺创作的特殊规律，而且写法上也妙脱蹊径。苏洵的独具之识，常常通过精微的析理、鲜明的譬喻、抑扬婉转的陈述体现出来，因而具有较强的说服力和鼓动性。如被前人称为"上匹贾生《治安策》"（沈德潜《唐宋八大家文读本》）的《审敌》篇，对敌我态势的分析，一一曲中其情。文中形容赵宋王朝在因循苟安中日益陷入深重危机时说：

> 天下之势，如坐弊船之中，骎骎乎将入于深渊，不及其尚浅也舍之，而求所以自生之道，而以濡足为解者，是固夫覆溺之道也。

这鲜明的比喻，使人信服地感到宋室前景的岌岌可危，以及统治者的目光短浅。《上欧阳内翰书》先叙当代名流的离合进退，说明自己无由进谒以倾吐多年的向慕之情；次评欧阳修之文，以见自己了解对方之深；再自述学文经历，由自己的深知对方进而期望对方之知己。行文婉曲周折，驰骋自如。文中形容孟、韩、欧阳文风和自述学文经历两段写得十分生动，如：

> 孟子之文语约而意尽，不为巉刻斩绝之言，而其锋不可犯。韩子之文如长江大河，浑浩流转，鱼鼋蛟龙，万怪惶惑，而抑遏蔽掩不使自露，而人望见其渊然之光，苍然之色，亦自畏避不敢迫视。执事之文纡馀委备，往复百折，而条达疏畅无所间断；气尽

语极,急言竭论,而容与闲易,无艰难劳苦之态。此三者皆断然自为一家之文也。

这段文字抓住三家鲜明的个性极意形容,笔势如赴壑之水,一气奔涌。在《上欧阳内翰书》中,苏洵自述研读古人文章深入其底蕴,体验到"方其始也,入其中而惶然,博观于其外而骇然以惊,及其久也,读之益精,而其胸中豁然以明,若人之言固当然者。"这种艺术领悟的几种境界,非深得文章三昧者不能道。此文用语丰富,描绘性强,句式抑扬错落,跌宕多姿,是历来为人激赏的一段精妙绝伦的文字。曾巩评苏洵文说:"其指事析理,引物托喻,侈能尽之约,远能见之近,大能使之微,小能使之著,烦能不乱,肆能不流。其雄壮俊伟,若决江河而下也;其辉光明白,若引星辰而上也。"(《苏明允哀辞》)这段话对苏洵散文艺术风格和表现力的描绘,是颇为贴切生动的。明人茅坤将他列为唐宋古文八大家之一,亦可见其散文在文学史上的重要地位。

旧题陈师道的《后山诗话》引世语,有"苏明允不能诗"之说。叶梦得《石林诗话》则谓"明允诗不多见,然精深有味,语不徒发,正类其文"。可见苏洵非不能诗,只是所作不多,未足名家。通行本《嘉祐集》有杂诗一卷,凡二十二题,二十六首。康熙间邵仁泓所刻《苏老泉先生全集》多收《香》诗一首。宋残本《类编增广老苏先生大全文集》收诗二卷,较通行本多出二十首,再加散见于他集者四首,共得五十一首[3]。其诗多为古体,长达七十韵的《忆山送人》(通行本),写苏洵青年时代的几次漫游,形象瑰伟,笔力恢宏,可借以窥见作者寓目的名山胜景和早年的鞍马行迹。《水官诗》因东坡有和篇,附收于《东坡续集》卷一。英宗治平间,净因大觉琏师(原名陈怀琏,字器之,住持京都净因院)以唐代画家阎立本画的水官赠苏洵,苏洵作此以报。诗中以精细的工笔,真切地描绘出这幅名作瑰奇怪诞的神态和光怪陆离的物象,在题画诗中堪称佳构。苏洵近体诗只有十多首,《石林诗话》中提到的七律《九日和魏公》、《送蜀僧去尘》较有韵味。后诗云:

> 十年读《易》费膏火,尽日吟诗愁肺肝。不解丹青追世好,欲将芹芷荐君盘。谁为善相应嫌瘦,后有知音可废弹。拄杖挂经须倍道,故山春蕨已阑干。

此诗当为苏洵在汴京送僧人去尘回蜀时所作。诗中借赠别向友人吐露衷曲:自己长期潜心于学术,不愿迎合世好,宁可保持独立识见,以待知音鉴赏。诗中隐隐透露了孤寂寥落、自负而又自伤的复杂情怀,风调则感喟唱叹,婉而不迫,值得一读。

第二节 曾巩

曾巩(1019—1083),字子固,建昌军南丰(今属江西)人,人称南丰先生。出身于书香门第。祖致尧,官至尚书户部郎中。父易占,任过知县,因受诬罢官,家境困顿。为此,曾巩早年即"皇皇四方,营馈粥之养"(《南丰先生行状》)。二十九岁时,父亲病殁,他奉养继母,"抚四弟九妹于委废单弱之中"(《宋史》本传),生计是颇为艰难的。

曾巩在忧患中刻苦读书,成年后曾游太学,受到欧阳修的赏识,从此文名渐盛。庆历六年,入京应举不第,欧阳修写《送曾巩秀才序》,激励他"广其学而坚其守"。此后回乡闭门磨砺,学业益进,三十九岁时登嘉祐二年进士。

曾巩进入仕途,初任太平州司法参军。嘉祐五年,召为馆阁校勘、集贤校理,编校秘阁古籍。神宗熙宁初,改任英宗实录检讨官。在十几年的馆阁生涯中,他对整理古籍做出了不少贡献。

熙宁二年(1069),曾巩出任越州通判,五年派知齐州,六年移守襄州,九年徙知洪州,十年移知福州,元丰元年(1078)改知明州,后又改亳州、沧州。在这"转徙八州,推移一纪"(《再乞登对状》)的外任阶段,曾巩颇有善政。如在越州组织救荒;在齐州惩办"贼杀平人"的权豪和"椎埋盗敛"的团伙;在襄州开释无辜的囚系;在洪州控制瘟疫的蔓延等。

元丰三年曾巩赴沧州途中,受到神宗召见,被留京任史馆修撰,典五朝史事,后擢拜中书舍人。元丰五年遭母丧去职,次年四月在江宁府病逝,谥文定。

曾巩自称"家世为儒,故不业他"(《上欧阳学士第一书》)。他接受了正统儒家思想,恪守"圣人之道",不同于王安石、苏轼的融会百家,兼采佛老。他主张"不乱于百家,不蔽于传疏"(《筠州学记》),认为"佛最晚出,为中国之患"(《〈梁书〉目录序》),极为摈斥佛老。他为学虽被人视为表里经传,"醇乎其醇",但却不同于闭门穷经、食古不化的迂儒。他既反对"言道德者矜高远而遗世用",又不赞成治经术者"争为章句训诂之学"(《筠州学记》),而提出守道治学,应"因其所遇之时、所遭之变,而为当世之法"(《〈战国策〉目录序》),要"知天地事物之变,古今治乱之理",以便"随所施为,无不可者"(《宜黄县学记》)。曾巩为人志气高爽,注意砥砺风节,性格"刚毅直方,外谨严而内和裕"(《神道碑》)。他同王安石交谊深厚,后来政见发生分歧,他曾开诚进言,但并不谤议新法,以故虽经历熙、丰新政,并没有卷入新旧党争。

曾巩平生无他好,但喜藏书,"自幼迨长,努力文字间"(《上欧阳学士第一书》)。著有《元丰类稿》五十卷,《续元丰类稿》四十卷,《外集》十卷。今存《元丰类稿》五十卷,通行的有《四部丛刊》及《四部备要》本。《元丰类稿》二卷,有《潜园总集·群书校补》本。现存《元丰类稿》,最早刻本为元大德年间东平丁思敬刻本,流传最广的是康熙长洲顾崧龄刻本。中华书局排印本《曾巩集》即以顾崧龄刻本为底本,又参校各本整理而成。点校者从《南丰曾子固先生集》、《群书校补》等书中辑录佚诗三十三首,词一首,文七十八篇,附于卷末,内容较为完备。

曾巩未中第前即有文名,时人"得其文,手抄口诵,惟恐不及"(《墓志》)。官绅僧俗凡有兴造丧葬,常求他写记作铭。文坛名家欧阳修、王安石、苏轼等对他的文章都很推重。"曾子文章众无有,水之江汉星之斗"(《赠曾子固》),王安石的诗句,说明曾文在当时的重要地位。

曾巩古文中的书序很有特色。他入仕后长期任职馆阁,得以博览秘府群籍,窥本探源,辑佚补缺,写了不少卓有见地的书序。姚鼐称"目录之序,子固独优",是不错的。曾巩的目录序,产生于大量校勘工作之馀,对古籍的存佚、完缺、分合、流传多所阐明,意见中肯精当,富有文献学价值。多数序文并不局限于对典籍本身的考辨,而是选择中心开拓生发,借以阐扬儒学义理。如《〈战国策〉目录序》,借对刘向旧序的驳诘,阐发孔、孟守常以适变的观点;《〈梁书〉目录序》,由批判佛家自诩的"得诸内",发挥了儒学循理以应物的理论。这都表明曾巩文以载道的创作旨趣。曾氏书序虽多研讨旧籍,却能着眼现实,注重师往事,鉴来今。如在《〈陈书〉目录序》中,作者综举陈代兴亡得失之后,指出"兴灭之端,莫非自己致者"。在《范贯之奏议集序》中,作者着意标举范师道的勇于进言和仁宗的虚心纳谏,认为由此而产生了"天下之情,因得毕闻于上,而事之害理者常不果行"的积极效果。为他人奏议所作之序,也常能表彰直气切谏的恢宏气度,意在激励士林刚介敢言。

曾巩文集存杂记三十馀篇,所记有轩堂、亭台、佛殿、学舍、救灾、浚渠等等。曾巩记事文立意高,故文思超轶。如在《抚州颜鲁公祠堂记》中,作者并不一般地记述颜真卿的生平和颂扬他的慷慨赴死,而是从连遭斥逐、死而不悔的角度,突现他"历忤大奸。颠跌撼顿至于七八,而始终不以死生祸福为秋毫顾虑"的高风亮节,并说明这比之慷慨赴死更为难能。这就使本文的识度高人一等。一般应命作记,总少不了揄扬之辞,但曾巩的佛殿记与众不同,篇篇都嵌进了反佛的言论,在立意上别开洞天。《文体明辨序说》即云,"记以善叙事为主","迨至欧苏而后,始专有以议论为记者"。曾巩杂记也以此取胜。如《思政堂记》,开端简述作堂经过之后,随即紧扣"思政"推演出一段精湛的议论,激励堂主经过深思,行"人之所安",去"人之所厌",做出出色的政绩。在《墨池记》中,作者正面描述墨池的文字不多,却着重从王羲之"临池学书,池水尽黑"的传说,引出深造学业、道德必赖后天学养的深刻议论,文中"推其事以勉其学"的积极意旨,主要是凭借顺理成章的推论,一唱三叹地揭示出来的。曾巩的叙述、描写技巧很高,并且常能将叙述、描写同议论有机地结合起来。如《越州赵公救灾记》叙赵抃举办荒政的周密,细大不遗,井然有序;《道山亭记》写闽中山川的险远,笔力精妙,宛如画图;《齐州北水门记》记历下名泉的胜况,情景毕现,俨然在目;《拟岘台记》则以鲜明的词藻,描绘抚州山川景物,形象生动,节奏繁密,更是难得的简短精美的写景佳篇,其中写山峦旷野、四时明晦之景的一段尤为出色:

山之苍颜秀壁,巅崖拔出,挟光景而薄星辰。至于平冈长陆,虎豹踞而龙蛇走,与夫荒蹊聚落,树阴晻暧,游人行旅,隐现而断续者,皆出乎衽席之内。若夫烟云开敛,日光出没,四时朝暮,雨旸明晦,变化不同,则虽览之不厌,而虽有智者,亦不能穷其状也。

但曾巩并不停留在对事物的真切叙述描摹上,他善于水到渠成地诱发议论,使文章的旨趣得到深化和升华。比如《道山亭记》在描绘出山川险峻之后,插入议论道:"闽以险且远,故仕者常惮往,程公能因其地之善,以寓其耳目之乐,非独忘其险且远,又将抗其思于埃壒之外,其志壮哉!"这段点睛笔墨,寄寓了激励士人不畏僻远的深意,有利于开阔读者的心胸。

书札在曾巩散文中也较重要。曾氏多用书札开陈政见,纵谈古今,评议学术,故其中议论成分较多。如《答范资政书》,作者并不以直抒心曲的方式,倾吐对范仲淹破格知遇的感谢,而是从两人年辈爵德之悬殊,论及古今交游之道,从而得出范氏"乐得天下之英材,异于世俗之常见,而如巩者亦不欲弃之"的结论,借以颂扬对方的礼贤下士,将铭感之情以剀切的议论出之。《寄欧阳舍人书》旨在感激欧阳修为祖父作铭,却由突出铭文的意义并畅论志铭与史传的异同发端,进而几经转折,方引入本题。曾巩书札虽惯于议论滔滔,但行文则深有曲折宛转之致。如《福州上执政书》,连引风雅,且叹且释,读者但觉情文斐蔚,不知正为下文陈情乞养张本。至叙到就近养亲,又从闽中寇盗未靖,再作跌宕,运笔如鸾鹤盘旋,欲落又起,到地方收,极尽纡徐回环之能事。

总之,曾文在内容上雅赡浑厚,"引经据古,明白详尽"(欧阳修《致曾子固简》),常能发人所未见之义。前人称他"本原六经,斟酌司马迁、韩愈"(《宋史》本传),文格高古。苏辙赞誉他"儒术远追齐稷下,文词近比汉京西"(《曾子固挽词》),都有一定道理。曾文在布局上严谨条畅而有法度,讲究抑扬开合,文势曲折,荡漾不平。朱熹说,东坡文"只是据他恁地说将去,初无布置","南丰之文,却是布置"(《朱子语类》),正指出了这一特点。曾文的语言峻洁有力,简奥不晦,虚词和语气词运用得灵动活脱,有一种抑扬唱叹之趣。在风格上,曾文与韩愈文的硬直不同,而偏于柔婉;与苏轼的纵放驰骤不同,而偏于敛迹藏锋;与王安石的峭削廉悍不同,而偏于舒徐委婉。欧、曾文风相近,两家相较,曾文更趋简古谨严。前人多谓"曾子固文章纡徐委曲,说尽事情"(吕本中《童蒙诗训》),"节奏从容和缓"(吕祖谦《古文关键》),"其气味尔雅深厚"(刘熙载《艺概》)。这些都说明曾文的风格个性是鲜明的。曾巩的古文深受朱熹称誉,对南宋理学家的文章颇有影响。明代唐宋派作家也推重曾巩,王慎中、唐顺之、茅坤等人散文都师法曾巩,在论文中常常把曾文奉为楷模。茅坤还将曾巩列为唐宋古文八大家之一,并可见其在文学史上的重要地位。

曾巩不以诗名家,但他的诗却有一定成就。秦观、陈师道、彭渊才等惋惜曾氏"短于韵语","不能作诗"(见《东坡题跋》、《后山诗话》、《冷斋夜话》),并非确论。刘克庄、刘壎、方回、杨慎、胡应麟等,早已力辨其非。曾巩集中现存古诗五卷,一百九十首,律诗三卷,二百十四首。其中有一部分作品涉及国计民生的重大题材,如《追租》、《边将》、《胡使》、《秋日》、《兵间》、《岁暮感怀》等等。《追租》以饱含同情的笔墨写农民的悲惨遭遇。大旱连年,禾黍枯死,饥民嗷嗷待哺,统治者反以鞭棰逼迫人民交租服役,致使百姓"愁呼遍郊野","斯须死笞缚",诗人不禁激愤地责问官府:"忍令疮痍内,每肆诛求虐!"从而强烈地发出了"暴吏体宜除,浮费义可削"的呼声。《胡使》尖锐地揭露了宋廷屈己事敌的政策,"还来闾里索穷下,斗食尺衣皆北输",一语破的地鞭挞了统治者把国财民膏拱手送敌的罪恶。另一些诗篇抒写了对师友亲属的真挚情感,如《寄致仕欧阳少师》表达对欧阳修道德文章的敬慕,《过介甫偶成》写自己对王安石的开诚进言,《送钱生》、《送郑秀才》等体现了诗人对青年后辈的关心,《合酱作》寄托了对亡妻晁氏的深切怀念。这些作品语言平实质朴,感情诚挚醇厚,格调是健康的。此外,《晚望》、《谒李白墓》抒发了对古代诗人的仰慕和同情,情思感慨低回,也值得一读。

曾巩的写景诗在艺术上较为出色。他多年任职州郡,邑政之暇,徜徉山水,常有描摹风物娱情遣怀之作,其中有不少佳篇。如:

> 欲收嘉景此楼中,徙倚阑干四望通。云乱水光浮紫翠,天含山气入青红。一川钟呗淮南月,万里帆樯海外风。老去衣襟尘土在,只将心目羡冥鸿。
>
> ——《甘露寺多景楼》

> 雨过横塘水满堤,乱山高下路东西。一番桃李花开尽,惟有青青草色齐。
>
> ——《城南》

前篇写在镇江多景楼头骋目远望的景象,意境旷远,色彩鲜明,收尾又把心目转向高骞远翔的飞鸿,流露了诗人避世隐居的超旷胸襟。后篇写日常习见的雨后春郊景物,美妙如画,清俊宜人。再如《寄郓州邵资政》以二十韵排律写南丰风光,城郭山川,园林洲渚,一一呈现在读者眼前,笔锋细腻,色调明丽。曾巩知齐州时,"爱其山水,题咏最多"(王士禛《带经堂诗话》卷一四),其中描写大明湖、趵突泉、金线泉的诗篇,都新警真切,耐人玩味。曾巩的律绝诗艺术上比较纯熟,长于写景,注意琢炼,意境雅淡秀洁,格调上也清圆流利,颇有韵味。

自然，曾巩的主要成就和影响是在散文方面。但他对诗歌的创作也有相当修养。他的《明妃曲》、《北归》绝句，曾受到刘克庄的赞誉（见《后村大全集》卷一七五），《上元》等诗，得到方回的称赏[4]。朱彝尊曾见到宋人所辑《唐宋八家诗韵》，其中也包括曾巩[5]。方回谓："子固诗一扫昆体，所谓饾饤刻画咸无之，平实清健，自为一家。"（《瀛奎律髓》卷十六）方东树说："南丰字句极奇，而少鼓荡之气。"（《昭昧詹言》卷一）潘德舆说，曾诗"清新婉约，得诗人之风旨。谓其不能诗者，妄矣"（《养一斋诗话》卷四）。这都是比较平正的议论。曾巩在当时诗坛上虽不能与王安石、苏轼比肩，但其成就毕竟是不可忽视的。

第三节　司马光

司马光（1019—1086），字君实，号迂夫、迂叟，陕州夏县（今属山西）涑水乡人，人称涑水先生。父池、兄旦都曾任京内外职官。真宗天禧三年（1019），司马池为光山（今属河南）令时，司马光生于官舍，因取名为光。

司马光性格早熟，童年即手不释书，七岁时曾以石破瓮，抢救坠水儿童，传为佳话。仁宗宝元元年（1038）二十岁，中进士甲科。四十岁前历任苏州判官、武成军（今河南滑县东）判官、国子直讲、郓州和并州判官等职。四十岁迁开封府推官，后在京先后任职修起居注、起居舍人、同知谏院。神宗即位，擢翰林学士、御史中丞。

神宗任用王安石实行变法改革，司马光坚决反对。王安石强调理财，认为"善理财者，不加赋而上用足"；司马光则说："天地所生财货百物，止有此数，不在民，则在官。"王安石主张大明法度，锐意更革;司马光则说:"治天下譬如居室,弊则修之,非大坏不更造。"(苏轼《司马文正公行状》)有人议论:新法非不善,只是所用非人;司马光则说:"法亦不善,所遣亦非其人。"(徐咸《名臣言行录》)

由于司马光政见与变法派冰炭不相容,因力求补外,熙宁四年,以西京留守退居洛阳,专力编著《资治通鉴》。在洛曾建独乐园,引水浚池,筑堂聚书,游息徜徉其中。有时同洛中不满新法的耆老旧臣宴聚酬唱,名曰"耆英会"、"真率会"。司马光从五十三岁离京,居洛十五年,虽宣称"绝口不论事",实际上也曾于熙宁七年上疏朝廷,十年致书宰相吴充,元丰五年预作遗表,几次弹击新法。他身不在朝,仍然很有影响,成了隐然可与当轴相抗衡的反变法派政治集团的实际领袖。

元丰八年神宗病死,哲宗年幼,垂帘秉政的高太后起用旧派。五月,六十七岁高龄的司马光被任命为门下侍郎。他上台后,把革除新法视如"救焚拯溺,犹恐不及",很快就将熙宁、元丰的设施罢废殆尽,实行了全盘更化。他当政一年多,元祐元年便死在任上。

司马光"世家相承,习尚儒素"(《谢校勘启》),以此秉承正统儒学,信守不渝,并怀有"立身行道,辅世养民"(《与王介甫书》)的抱负,颇重刻苦自强,磨砺行节。不过,他的思想比较保守,坚信万物不变的形而上学历史观,认为:"古之天地有以异于今乎?天地不易也,日月无变也,万物自若也,性情如故也,道何为而独变哉!"(《迂书》)反映在政治观点上,他主张"继体之君,谨守祖宗之成法","世世相承,无有穷期"(《进五规状》)。在学术思想上,他维护纯正的儒学道统,主张"以孔子为的"(《答陈充秘校书》),反对刑名法术和释、道。他强调对封建纲常要身体力行,"父曰前,子不敢不前;父曰止,子不敢不止;臣之于君亦然。"(《士则》)他批评贾谊学不纯正,"视仁义为虚器,操刑法为利柄"(《贾生论》);批评柳宗元是"邪佞之人",说他非《国语》,"智识浅短"(《述国语》)。对当时士大夫"喜诵庄、老之言"、"无座不谈禅"的风气,他很不赞成。这说明司马光的思想卫道气味甚浓,他成为保守派的领袖并不是偶然的。

但司马光的为人也自有其优点。他政治观点保守,却还是同情人民的。他习于俭素,"恶衣菲食,以终其身"(《行状》)。他讲究风节,提出当谏官应具备三条:"第一不爱富贵,次则重惜名节,次则晓知治体。"(《举谏官状》)他为人襟怀坦白,扎实谨慎,自称:"吾无过人者,但平生所为,未尝有不可对人言者耳!"(胡仔《苕溪渔隐丛话》前集卷二八)又说:"光视地而后敢行,顿足然后敢立。"(《答刘蒙书》)邵伯温也说他为"脚踏实地人"(《闻见前录》十八)。司马光始终与变法派对立,因循守成,抵制更革,一旦当政,全盘复旧,作为政治家,他是不高明的,但作为历史家,他却有出色的贡献。他自幼涉猎群史,嗜之不厌,每想"删削冗长,举撮机要,专取关国家兴衰,系生民休戚,善可为法,恶可为戒者",写成一部编年通史。洛阳退居,是他认为政治上失意的时期,倒是在这时,既无政务牵累,又有书局自随,使他"得以研精极虑,穷竭所有,日力不足,继之以夜,遍阅旧史,旁采小说"(《进资治通鉴表》),终于完成《资治通鉴》这部皇皇巨著,在中国文化史上做出了不可磨灭的业绩。

司马光著述宏富,以文史方面而论,即有《资治通鉴》二百九十四卷,诗文集八十卷,《续诗话》一卷,笔记《涑水纪闻》十六卷等。以下分别予以论列。

《资治通鉴》是一部规模宏大的编年体通史,也很有文学价值。它编纂上起战国初(周威烈王二十三年,公元前403年),下讫五代末(周世宗显德六年,公元959年),共一千三百六十二年的史事,年经事纬,贯通古今,总约三百万言。

为了替皇帝巩固封建秩序提供历史借鉴,司马光早就有志于修纂编年史籍。治平三年,他独自完成了一部自战国至秦二世的八卷本编年史《通志》。《通志》得到英宗肯定,命他自选助手,组织班子,完成此书。他约刘攽(字贡父)写两汉部分,刘恕(字道原)写魏晋南北朝部分,范祖禹(字淳甫)写唐五代部分。神宗即位,开经筵,进读《通志》,编写工作继续得到神宗支持。神宗为此书写了序言,并定名为《资治通鉴》。直到元丰七年,前后历时十九年,始写定全稿,奏进朝廷。《通鉴》虽系集体编著,但举凡制订体例、提供样本、编列大纲,乃至笔削取舍、文字润色等,统由司马光身任其劳,所以全书体例严谨,文字风格统一,如出一手。司马光在《进资治通鉴表》中所说"臣之精力,尽于此书",是符合实际的。

《通鉴》的文学价值在于,它虽以编年方式叙述史实发展,但能把丰富而分散的史料用重大事件统摄起来,力避平均用墨,做到详略得宜,并注意了前因后果的关联照应,从而使行文重点突出,脉络分明,详而不芜,显示出作者高度的提炼组织材料的才能。如乐毅与田单、张骞通西域、党锢之祸、赤壁之战、淝水之战、天宝长安之乱等篇章,都写得有声有色,体现出长于叙事的优点。《通鉴》虽非纪传体,但对在历史上起过重要作用的人物,却不惜笔墨地予以烘染刻画,又善于熔铸有关史料加以补充,使人物血肉更为丰满。《通鉴》很少使用僻辞偏典,故作古奥,它常常把其他史籍难懂的语句加以熔化改编,使之通俗明白,文笔简洁,易于阅读。故钱大昕评云:"读十七史,不可不兼读《通鉴》。《通鉴》之取材,多有出于正史之外者,又能考诸史之异同而裁正之。昔人所言,事增于前,文省于旧,唯《通鉴》可以当之。"(《跋宋史新编》)

《通鉴》的最早刻本为元祐杭州刻本,今已佚。《四部丛刊》所收,系据南宋刻本影印。元朝著名学者胡三省(字身之,浙江宁海人)曾为《通鉴》作注,元以后刻本多有注文,今存的善本有清嘉庆鄱阳胡克家翻刻的元刊胡注本。中华书局标点本《资治通鉴》，就是据翻刻元刊胡三省注本校勘排印的。

司马光诗文集名《传家集》，有乾隆陈宏谋校刊本，附列陈编年谱；有《四部丛刊》影宋绍兴刻本，名《温国文正司马公文集》，两本均为八十卷，只目录篇次略有不同。集中有赋一卷，诗十四卷，制诏、章奏四十三卷，书启论议、记传等杂文十四卷，题跋、《疑孟》、《史剡》、《迂书》等二卷，墓志、祭文等六卷。

司马光以政治家的眼光论文，强调实用，反对华藻。他说："学者贵于行之，而不贵于知之，贵于有用，而不贵于无用。""孔子曰：'辞达而已矣'，明其足以通意斯止矣，无事于华藻宏辩也。"（《答孔文仲司户书》）司马光的散文贯彻了他的主张，大都是期有裨于政的经世致用之作。如《训俭示康》自述习于俭素的家风，讲述近世名臣崇尚俭德的生动事例，陈述前人"以俭立名，以侈自败"的正反经验，并针对世人竞尚侈靡的腐化现象而发。《谏院题名记》论谏官责任重大，系乎"天下之政，四海之众"，必能"专利国家而不为身谋"，方敢直言极谏。而谏官列名于版，忠、诈、曲、直，均留待后人评议，岂可不引起戒惧。虽仅百馀字的短章，却阐明了谏官应具的凛然大节。《进资治通鉴表》首明修纂《通鉴》的宿愿和意图，次述成此巨帙的经过，最后希望神宗开卷省览，借古鉴今，以助成善政。语言整饬庄重，措辞婉转得体，笔端凝聚感情，充分表达了作者对朝廷的一片忠悃。《送同年郎兄景微会稽荣觐序》，从批评一般士子中进士后常常"矜夸满志"开始，进而提出贤者"以德自显"，不恃外名，立意高出一筹。接着写郎景微毫无"偃蹇之容"，乃至使人不"知其有科级"，从而反衬并激励友人更以谦谨自持。行文不仅抑扬有致，且显见出作者识度的超拔。总之，司马光的文风是言之有物，不事华藻，朴素通畅，但却能寓情于辞，言尽其意，与《通鉴》文字风格是一致的。

司马光自谓"光素无文,于诗尤拙"(《答齐州司法张秘校正彦书》),但集中今存诗一千一百多首,其中律诗近九百首,可见他并非不能诗者。只是他一贯以儒臣自命,素不以词章为重,潜心史学之馀发为吟咏,并不着意用心于此而已。但他也说过"文章之精者尽在于诗"(《冯亚诗集序》)的话,并且认为"近世之诗,大抵华而不实,虽壮丽如曹、刘、鲍、谢,亦无益于用"(《答齐州司法张秘校正彦书》),故所作有一定的社会内容,其中如写民间疾苦的《道傍田家》:

道傍田家翁妪俱垂白,败屋萧条无壮息。翁携镰索妪携箕,自向薄田收黍稷。静夜偷舂避债家,比明门外已如麻。筋疲力敝不入腹,未议县官租税促。

这首诗写家境贫寒、又无子息的老农夫妇,虽然满头白发,仍不得不去薄田收割庄稼,深夜避着债主舂米;然而到了黎明时分,盈门索债的人已经无法应付,更不用说县官的催逼租税了。全诗虽用赋的手法直叙其事,已觉满纸辛酸,不忍卒读。再如《田家》、《苦雨》、《又和夜雨宿村舍》、《八月十七日夜省直纪事呈同舍》等诗,或写水潦伤农,或借田家的生活片段反映农民的贫困饥寒。这类作品风调近乎新题乐府,与前人的悯农诗一脉相承。另有一些写农家小景的诗篇,则物象如画,清逸可喜。如《湖上村家》:

万顷寒烟外,茅茨枕碧流。枫林巢乳鹤,沙溆乱鸣鸥。漠漠菰蒲晚,苍苍芦荻秋。欲过南浦去,篱下出渔舟。

在大量官场酬赠应答和日常抒怀遣兴的诗作中,以写作者退居洛阳时的心境和情趣的律绝诗较为引人注意。如表白自己对朝廷忠惘的：

>三十馀年西复东，劳生薄宦等飞蓬。所存旧业惟清白，不负明君有朴忠。早避喧烦真得策，未逢危辱好收功。太平触处农桑满，赢取间阎鹤发翁。
>
>——《初到洛中书怀》

>四月清和雨乍晴，南山当户转分明。更无柳絮因风起，惟有葵花向日倾。
>
>——《居洛初夏作》

司马光坚持反变法的立场，其出发点乃是为了真诚地效忠于赵宋王朝。他自信出处有因，行藏无愧，故在诗中往往倾吐他对新法的不满和牢骚，表白自己对去留的磊落襟怀，体现了他对皇帝的惓惓忠悃。叶梦得《石林诗话》云："司马温公熙宁间，自长安得请留台归，始至洛中，尝以诗言怀，……出处大节，世固不容复议。"魏庆之《诗人玉屑》卷十二亦云："温公居洛，当初夏，赋诗曰：……爱君忠义之志，概见于诗。"又如《夏日西斋书事》云："榴花映叶未全开，槐影沉沉雨势来。小院地偏人不到，满庭鸟迹印苍苔。"其"写闲居幽寂之意，翛然于尘埃之表"（蔡正孙《诗林广记》）。这些诗篇流自肺腑，意畅情真，颇能体现出作者的心境和个性。总的来说，司马光的诗歌平实疏畅，通俗易晓，不假雕琢，很少用典，也较少炫示学问博物的书卷气，风格略与白居易、王禹偁相近。缺点则是对生活发掘不深，在艺术上锤炼不精，笔力也缺乏气势。

司马光以馀事为诗，对于人们视为"诗馀"的小词自然更不重视，即有所作，也会随时散失。《全宋词》从《青箱杂记》、《侯鲭录》、

《苕溪渔隐丛话》后集等书中,辑得《阮郎归》、《西江月》、《锦堂春》三首。词的语言都较素洁疏淡。《锦堂春》写"飘零官路,荏苒年华"的慨叹,是个人即景感怀之作。

司马光有感于《六一诗话》"尚有遗者",遂仿其体作《续诗话》一卷。通行本有《百川学海》和《历代诗话》本。其书多承《六一诗话》,续其未备。如欧阳氏谓"九僧诗,今不复传",九僧只记惠崇一人;司马光则补记元丰初访得《九僧诗集》,并列出九人姓名里籍。欧阳修谓"自科场以赋取人,进士不复留意于诗",司马光则补记以诗著称者后复有杨谔、韩钦圣、滕元发诸人,于诗坛史料有所补益。书中品诗极有见地,如称赏林逋《梅花》诗、寇准《江南春》、王之涣《鹳雀楼》、杜甫《春望》等,一经表出,相沿传诵。诚如《四库全书总目·〈续诗话〉提要》所说:"妙中理解,非他诗话所及。"该诗话继《六一诗话》之后,在宋代都是首开诗话风气之作,对后世颇有影响。《涑水纪闻》是司马光的史料笔记,通行本为十六卷,中华书局有标点排印本。内容杂记宋代旧事,起于太祖,讫于神宗,多关朝廷大政,间涉琐闻,均标明出处,详述始末,足资研治宋代文史者参考。

〔1〕 一说老泉是苏轼之号。叶梦得《石林燕语》卷十云,东坡"晚又号老泉山人,以眉山先茔有老翁泉,故云"。明人黄灿、黄炜《重编嘉祐集纪事》亦谓老泉为苏轼之号,他看到苏轼的《阳羡帖》,有"东坡居士,老泉山人"的图记。

〔2〕 苏洵《送石昌言使北引》:"吾后渐长,亦稍知读书,学句读,属对声律,未成而废。昌言闻吾废学,虽不言,察其意甚恨。后十馀年,昌言举进士及第第四名。""未成而废"当即指举进士不中而辍学。又据司马光《石昌言哀辞》:"眉山石昌言,年十八举进士,……四十三乃及第。""光为儿时,始执卷则知昌言名,已而同登进士第。"司马光登第,据年谱在宝元元年(1038),时石昌言四十三岁,苏洵三十岁,由此逆数十一年,苏洵为十九岁,据此知苏洵首次应举不第当为十八九岁时。

〔3〕 宋残本《类编增广老苏先生大全文集》为海内孤本,其所存诗今人刘尚荣已辑出,见《文学遗产》1982年第3期。另《宋诗纪事》尚有《涵虚阁》五律一首,为诸本所未收。

〔4〕 《瀛奎律髓汇评》卷十六载方回云:"洪觉范妄诞,著其兄彭渊才之说,以为曾子固不能诗。学者不察,随声附和。今渊才之诗无传,而子固诗与文终不朽。两上元诗止是一意(指曾巩《钱塘上元夜祥符寺陪咨臣郎中丈燕席》、《上元》两诗)。'金地夜寒消美酒,玉人春困倚东风。'(前诗中句)岂不能诗者乎?非精于诗者,不到此也。'人倚朱栏送目劳'(后诗中句),并上句看,乃见其妙:谓游冶属意者,不胜其注想,而恨夫夜之短也。大抵文名重,足以压诗名。"

〔5〕 朱彝尊谓曾巩"不得谓非诗家",见《静志居诗话》。关于曾巩诗的评价,可参阅刘乃昌《简谈曾巩的诗歌》,载《光明日报》1984年1月31日《文学遗产》。

第十二章　王安石

第一节　王安石的生平和思想

王安石(1021—1086),字介甫,号半山,抚州临川(今江西临川)人。晚年封荆国公,死后追封舒王,谥文。后人因习称王荆公、舒王、王文公、王临川。

王氏祖籍太原,后徙临川。先世不仕,至安石父王益始跻入仕林。益字舜良(始字损之),祥符八年(1015)进士及第,接着宦游建安、临江、新淦、庐陵、新繁等地,后迁韶州知州、江宁府通判。"为人倜傥有大志,在外当事,辄可否矫矫不可挠"(曾巩《尚书都官员外郎王公墓志铭》),是比较体恤下情、敢于抑制豪强的能吏。王益刚毅敢为的性格,对王安石有所影响。

真宗天禧五年十一月十二日,王安石生于临江军(今江西清江)判官官舍[1]。王益七子,安石排行第三。王益做官常携家同行,安石少年即随父辗转各地,南到韶州,北游汴梁。至十九岁,王益在江宁通判任上病逝,全家始定居江宁。王安石少好读书,文思敏捷,自认为朝廷轩冕不难博取。后立志匡时济世,重新杜门苦读,"材疏命贱不自揣,欲与稷契遐相希"(《忆昨诗示诸外弟》),自期颇为高远。

仁宗庆历元年(1041),王安石二十一岁,由江宁赴京应试。次年,登杨寘榜进士第四名。自此走入仕途,直到四十八岁,主要在外郡任地方官。他先在扬州韩琦幕下任签书淮南节度判官厅公事,任满后,一度归访临川。庆历七年,调充鄞县(今属浙江宁波)知县。到任后即下乡巡视,发现渠川浅塞,"民最独畏旱,而旱辄连年"(《上杜学士言开河书》),遂组织农民浚治川渠,兴办水利。据邵伯温《邵氏闻见录》卷十一载,王安石在鄞县"读书为文章,三日一治县事。起堤堰,决陂塘,为水陆之利;贷谷于民,立息以偿,俾新陈相易;兴学校,严保伍,邑人便之。"可见王安石的政治才能,这时已初露锋芒。

皇祐三年(1051),王安石被改派为舒州(今安徽安庆)通判。嘉祐元年(1056),调回汴京任群牧司判官,时欧阳修正在京任翰林侍读集贤殿修撰。十几年前,欧阳修早从曾巩处对王安石的人品和文章有所了解,至此欧、王才得以在汴京欢晤。欧阳修写了《赠王介甫》诗,有"翰林风月三千首,吏部文章二百年。老去自怜心尚在,后来谁与子争先"之句,对之极表奖许。王安石答以《奉酬永叔见赠》云:

> 欲传道义心虽壮,强学文章力已穷。他日若能窥孟子,终身何敢望韩公。抠衣最出诸生后,倒屣常倾广坐中。只恐虚名因此得,嘉篇为贶岂宜蒙。

对前辈的期许,十分恭谨地表示逊谢。

宋代重内轻外,取得高科的士大夫大都希望留任京师或就试馆阁,以便跻身最高统治层。王安石秩满时却不求试馆职,朝廷特令就试,还多次辞免。为了有所作为,能"得因吏事之力,少施其所学"

(《上执政书》),他这次到京不久即申请外任,因此被派知常州。梅尧臣有《送王介甫知毗陵》诗赠行,激励他体恤民隐,施行德政。王安石到常州不久,又于嘉祐三年二月到饶州(今江西波阳)任提点江东刑狱。他在饶州了解到榷茶法的弊害,立即写了《议茶法》,建议"罢榷茶之法,而使民得自贩"。朝廷采纳了他的意见,用百姓运销、官府收税的办法,取代了弊端百出的专卖制。同年十月,王安石被召入汴京为度支判官[2]。嘉祐五年初春,曾奉敕伴送辽使回国,行至涿州而还。嘉祐六年,迁知制诰。八年,母吴氏卒,护丧归葬江宁。

王安石从开始入仕,到嘉祐三年应诏还京,差不多在外地做了十六七年地方官,每到一处,总是留心弊政,观察社会问题,为他形成系统的变法主张奠定了基础。就是在这种生活基础上,他写成了《上仁宗皇帝言事书》和《收盐》、《省兵》、《发廪》、《感事》、《兼并》等富有时代内容的著名诗文。

嘉祐八年仁宗病逝。英宗赵曙继立,改元治平,在位仅四年死去。年方二十岁的神宗赵顼登位,很想振作有为,留心物色宰辅。娴习吏事、卓有声望的王安石,这时便成为适宜的人选。治平时期,王安石一直在江宁居丧,神宗嗣立后,始出知江宁府,除授翰林学士。熙宁元年(1068)应诏回京,越次入对,奏进了《本朝百年无事札子》,激励皇帝厉行改革。次年,四十九岁的王安石被任为参知政事,后又迁同中书门下平章事,从此在朝内主持了六七年的变法改革。

王安石当政后,创置三司条例司,议行新法。几年之内,均输、青苗、募役、保甲等法次第推行,同时整顿学校,改革考试制度,使培养选用人才适应新法需要。新法主要针对宋代开国百年以来所形成的积贫积弱局面,在理财、整军、调整官僚机构、发展农业生产方面采取一系列措施,收到了一定的实效。王安石还支持王韶抗御西夏的方略,取得了熙宁六年经营熙河的胜利。新法的推行,对富商大贾和兼并势力有所抑制,自然会在统治阶级上层招来抵制。旨在稳定赵宋统治的变法,依托庞大的封建官僚机构迅速展开,必然产生种种流弊,乃至带来繁法扰民的后果,也给反对派造成口实,因而随着新法的推行,反对浪潮日益激烈。在皇权支持下进行的熙宁变法,由于神宗发生动摇而造成形势逆转,这就不能不迫使王安石于熙宁七年乞解机务,出知江宁府。虽然次年二月即应召复相,但终因变法派内讧,王安石陷于孤立,不得不于熙宁九年再次罢相,最后退出朝廷。

王安石在秉政期间,虽机务萦身,但不废学术翰墨。他除了亲自主持重新训释《诗》、《书》、《周礼》,完成学术著作《三经新义》外,还写了大量诗文。这一时期的诗文,如《孤桐》、《众人》、《答司马谏议书》、《答曾公立书》等,都与政治生涯紧密联系,体现了作者昂扬的进取精神和坚毅不挠的政治魄力。

王安石罢相后,在江宁过了十年退休生涯。他初离朝廷,写了一首七绝《六年》:

> 六年湖海老侵寻,千里归来一寸心。西望国门搔短发,九天宫阙五云深。

作为志在有为的改革家,被迫退出政治舞台,对六七年来的变法设施和大力支持他的神宗,不能不深表低回和依恋。王安石初以"判江宁府"的官衔回乡,熙宁十年六月,他辞去了这个职务,只以集禧观使的名义闲居。他在府城东门和钟山间构筑了"半山园",园北靠近传为谢安故宅遗址的谢公墩。《示元度》诗所云"今年钟山南,随分作园囿,凿池构吾庐,碧水寒可漱",即指此而言。王安石自奉俭约,居处出游都不讲排场。《宋朝事实类苑》卷四二引《东轩笔录》记其行迹说:

> 筑第于白门外七里,去蒋山亦七里,平日乘一驴,从数僮,游诸山寺。欲入城,则乘小舫,泛潮沟以行,盖未尝乘马与肩舆也。所居之地,四无人家,其宅但庇风雨,又不设垣墙,望之若逆旅之舍。

他的日常生活多是读书诵诗,谈禅出游,且仍勤于著述,不仅完成了学术著作《字说》进奏朝廷,更对诗文写作倾注了很大的精力。他晚年写了不少笔锋老辣的书札和《歌元丰》、《元丰行示德逢》等关于新法的诗章,尤致力于创作艺术精巧的写景抒怀小诗。

元丰七年(1084)春季,王安石得了一场重病,病愈,奏舍半山旧宅为寺,神宗命名为"报宁禅寺"。此后,他便于城内税屋以居。王安石虽远离朝廷,但对新法成毁却念念于怀。元丰八年神宗病死,旧派秉政,罢废新法,王安石闻讯后苦闷异常,"在书院读书,时时以手抚床而叹"(陆友《研北杂志》)。在一封家信中,他凄然地说:"予老病笃,皮肉皆消。为国忧者,新法变更尽矣!"[3]新法的全面毁废,使王安石深受刺激。次年哲宗改元元祐,四月,王安石就在忧愤中病逝,享年六十六岁。

王安石出身于长期任职郡邑的小官吏家庭,对社会状况较为了解。加之自幼接受传统的儒家教育,倾慕毕生倡导"仁政"的孟轲,故"慨然有矫世变俗之志"(《宋史》本传)。他思想开阔,自谓"自百家诸子之书,至于《难经》、《素问》、《本草》诸小说,无所不读,农夫女工,无所不问。"(《答曾子固书》)他赞同庄周"百家众技,皆有所长,时有所用"的观点(《庄周上》),对佛学、老庄和法家思想亦多所探究,并在博观约取的基础上重新训释经籍,形成著称一时的"新学"。在哲学上,他认为万物由五行变化构成,天象人事无不"新故相除",具有朴素唯物论和自发辩证法倾向。在政治上,他力主"改易更革",反对"因循苟且,逸豫而无为"(《上时政疏》)。在学术上,他敢于创新,主张"通经致用",认为圣人之术,"在于安危治乱,不在章句名数"(《答姚辟书》)。

王安石一生的思想,是随着他社会经历和政治际遇的不同,而有所起伏变化的。大抵早期志高气盛,颇露锋芒。当政阶段,始则知难而进,果毅敢为,独排众议,力行变法;及至"群疑并兴,众怒总至",深感"虽欲强勉以从事须臾,势所不能"(《乞解机务札子》),不免踌躇再四,只好急流勇退。所谓"当官拙自计,易于忤流俗;穷年走区区,得谤大如屋"(《寄吴冲卿》),正是他困难处境的真实写照。罢官闲居以后,他回味变法的艰辛历程,预感到政局逆转的危机,不禁百感丛生,忧愤交并,田园生活的恬静悠闲,也掩盖不了他精神世界的苦闷和创痛。当时的社会条件注定了王安石的改革理想无法避免失败,他奋力进取的结果终于事与愿违,不得不被迫引退。他与苏轼的改革主张和宦途经历虽不相同,然而他们的政治生涯都同样带有悲剧性。

王安石一生著述颇多,诗文集今存《临川集》一百卷,系宋绍兴间王珏刊,明嘉靖何氏翻刻,有《四部丛刊》、《四部备要》本等。又《王文公文集》一百卷,编次与《临川集》不同,系宋绍兴间龙舒本,有中华书局上海编辑所影印本。注释王安石诗,以南宋李壁为最早,李氏有《王荆文公诗笺注》五十卷,收诗比全集多出数十首。是书不单训释典实,且能核对版本墨迹,考索背景人物,保存了不少宋代资料,成绩斐然可观,有中华书局上海编辑所排印本。清人沈钦韩在李注基础上,运用大量史料继续考索探究,完成《王荆公诗集李壁注勘误补正》四卷,《王荆公文集注》八卷,也颇有价值。中华书局将两书校勘合并排印,名《王荆公诗文沈氏注》,极便检阅。

第二节　王安石的散文

王安石以政治改革家的眼光论文,主张为文"以适用为本","务为有补于世"(《上人书》),强调文章的现实功能和社会效果。在文道关系上,他反对"辞弗顾于理,理弗顾于事,以襞积故实为有学,以雕绘语句为精新",而赞成"表里相济",文道统一(《上邵学士书》)。王安石的文论对于矫正宋初的浮靡文风是有积极意义的。但他同许多政治家一样,常常把文章的内容等同于"礼教治政",而把表达形式称之为"辞",比之为"器之有刻镂绘画"(《上人书》),与"三苏"的文学主张相较,不免有忽视文学特性的倾向。

王安石的散文,大致贯彻了他的文学主张,多为有关政令教化、适于世用之作。集中有书疏、奏状、札子、论议、书启、记序等体别,其中以政论文、书札、序跋文、记叙文、小品文几类比较重要。

王安石的政论文大都体现作者的改革观点,直接为变法服务,有强烈的现实性和针对性。长达万言的《上仁宗皇帝言事书》,针对赵宋王朝面临的内部矛盾和政治危机,提出了陶冶人才以更革法度的系统政治主张,是最早展示王安石全部变法路线的宏文。嘉祐六年写的《上时政疏》,从分析前代的政治事件中总结出历史教训,建议仁宗正视宋廷的政治危机,更革"因循苟且逸豫而无为"的积习,及早实行"众建贤才"、"大明法度"的方策。应神宗询问所写的《本朝百年无事札子》,在回顾了北宋建国百年以来的历史状况之后,着重剖析了"累世因循末俗"的积弊,敏锐地指出了表面承平的外衣下所隐伏的种种危机,深刻阐明了变法改革的紧迫性。《上五事札子》是总结新法施行情况的一封奏章,它肯定"和戎"、"青苗"已取得成效,说明"免役"、"保甲"、"市易"正待展开,至关利害,强调能否"得其人缓而谋之",乃是后三项新法成败所系。这些政论都紧密联系王安石的政治实践,是为推行新法制造舆论而作的。梁启超说:"公论事说理之文,其刻入峭厉似《韩非子》,其强聒肫挚似《墨子》。"(《王安石评传》)颇能道出王氏论文刻至、朴挚、峭厉的特色。他的论文犀利透辟,议事论政反复剖白,深中肯綮。由于他本身具有行政才能,洞悉时事,故较少迂阔的书卷气。王氏议政,常喜标榜师古据经,如《上五事札子》说新法"可谓师古",免役出于《周官》,市易"起于周之司市"云云,每谈新法总爱溯源于经传,时人谓其"论议人主之前,贯穿经史古今,不可穷诘"(胡仔《苕溪渔隐丛话》后集卷二五)。但他据经而不拘,师古而不泥,故于先王强调"法其义",于群经则往往"断以己意",带有托古改制的色彩。行文条分缕析,局段井然,短篇密合无间,长文也经纬分明。如《上仁宗皇帝言事书》,篇幅恢宏,脉络却有条不紊,沈德潜誉为"部勒有方",评论说:"如大将将数十万兵而不乱,中间丝联绳牵,提挈起伏,照应收缴,动娴法则,极长篇之能事。"(沈德潜《唐宋八大家文读本》)

  王安石的书札文,议政论学居多,长于说理,而感情色调不浓。如《答司马谏议书》、《答吕吉甫书》、《答姚辟书》、《答曾子固书》,或申论变法,或探究学术,都表现出理足气壮,果毅不挠,且能简当精警地阐明个人见解,可否判然,决不含混调和。其中《答司马谏议书》尤具代表性。熙宁三年,正当变法在激烈的斗争中深入推行之际,司马光接连三次写信给王安石,要求废止新法,恢复旧制。特别是第一封信,长达三千字,对王安石设置"三司条理司",推行新法,给予全盘否定。本篇是王安石接到司马光第二封信后的复信。信集中于中间一段对对方责难给予答辩:

盖儒者所争,尤在于名实。名实已明,而天下之理得矣。今君实所以见教者,以为侵官、生事、征利、拒谏,以致天下怨谤也。某则以谓受命于人主,议法度而修之于朝廷,以授之于有司,不为侵官;举先王之政,以兴利除弊,不为生事;为天下理财,不为征利;辟邪说,难壬人,不为拒谏。至于怨诽之多,则固前知其如此也。人习于苟且非一日,士大夫多以不恤国事、同俗自媚于众为善。上乃欲变此,而某不量敌之众寡,欲出力助上以抗之,则众何为而不汹汹然?盘庚之迁,胥怨者民也,非特朝廷士大夫而已。盘庚不为怨者故改其度,度义而后动,是而不见可悔故也。

文中首先提出辨别名实,然后逐一批驳对方提出的侵官、生事、征利、拒谏四条"罪状",进而对"天下怨谤"的原因进行深刻剖析。文章旗帜鲜明,理足气壮,结构清晰严密,语言简截犀利,整篇回荡着倔强之气和峭拔之势,是历来传诵的名作。另有一些叙旧写怀、陈述身边琐事的手札,如《与王禹玉书》、《答孙少述书》、《回苏子瞻简》等,也能运笔自如,略展心曲;惟大都意淡言简,涵蕴不露,很少淋漓酣畅的感情渲染。王安石自谓"某天禀疏介,与时不相值,生平所得,数人而已"《答孙少述书》)。这种落落寡合的性格,人们不难从他的书札文字中窥知。他的序跋文字,评论经籍文章,时有新见,文风也很谨严。如《周礼义序》、《诗义序》、《书义序》、《老杜诗后集序》、《张刑部诗序》等,均辞气高古,笔力峻拔,劲悍廉厉,简截老到,没有枝辞赘语,体现了王氏散文的特色。

《临川集》中记叙体散文不多,但颇能别开户牖,引人瞩目。《游褒禅山记》结合记游华山,阐述治学之道在于不避险远;《越州馀姚县海塘记》通过记谢景初之筑海堤,说明为吏治邑,应当急民之急;《伤仲永》借早慧儿童变为庸才的事例,强调后天教育是成才的关键;《芝阁记》写珍贵的灵芝在不同时期或增声价或遭遗落,借以感叹人才进退的机缘常常出于偶然。这些文章立意深远,卓有识度,不专主叙事,而在于借题发意,因事明理。写法上由事件生发出见解,由感性升华到理性,叙述与议论相结合,颇有引人入胜之效。

王安石的记叙文多借事寓理,而哀祭文则贯注着浓挚的抒情色彩。姚鼐曾说悼祭之文"后世惟退之、介甫而已"(《古文辞类纂·序目》),评价极高。如《祭欧阳文忠公文》、《祭王回深甫文》、《祭沈文通文》等,往往抚今追昔,低回婉转,情深意挚,哀思绵绵。《祭欧阳文忠公文》尤为出色。文章由远及近,凌空而起,由天道渺茫、生死难测,感叹欧公逝世之突然。接着笔锋陡转,谓欧公"生有闻"、"死有传",平生一无缺憾,不必悲戚。由此引入对欧阳修一生人格修养、文章学术之礼赞。如云:

> 如公器质之深厚,智识之高远,而辅以学术之精微,故形于文章,见于议论,豪健俊伟,怪巧瑰琦。其积于中者,浩如江河之停蓄;其发于外者,烂如日星之光辉。其清音幽韵,凄如飘风急雨之骤至;其雄辞闳辩,快如轻车骏马之奔驰。世之学者,无问乎识与不识,而读其文则其人可知。

文笔恣肆挥洒,辞采纷呈:形容其"器质"、"智识"、"学术",下字精审;赞美其散文成就,则以"江海"、"日星"、"飘风急雨"、"轻车骏马"四喻,充分刻绘出欧文之渊博、璀灿、朗畅、明快、生动而形象;"呜呼"以下,又用感喟语气,转入对欧公宦途崎岖的陈述,借以衬跌出他的"果敢之气,刚正之节"。这篇祭文滂沛淋漓,饱含哀思,充分体现了作者对欧阳修的缅怀、礼赞、低回、仰慕之情,语语发自肺腑,用笔"一气奔驰,不可控抑"(沈德潜《唐宋八大家文读本》),在当时诸家所作纪念欧阳修的多篇哀祭文中,是深受称赏的一篇。

王安石警策精练的小品文,是其散文中的妙品。它们常以极简当的议论,一语破的的断语,抒写一种别具心眼的识度和见解。如《读孟尝君传》、《读柳宗元传》、《孔子世家议》、《太古》、《知人》、《鲧说》等,都是一二百字的短文,但言简意深,令人领略不尽。《知人》裁剪王莽、杨广、郑注的历史故事,说明奸佞善于矫情伪装,以假象迷人,从而论证知人之难。全文只有一百多字,论据充实,说理显豁,笔墨极为经济,一字不可增损。《读孟尝君传》全文不满百字:

> 世皆称孟尝君能得士,士以故归之,而卒赖其力以脱于虎豹之秦。嗟呼!孟尝君特鸡鸣狗盗之雄耳,岂足以言得士?不然,擅齐之强,得一士焉,宜可以南面而制秦,尚何取鸡鸣狗盗之力哉!夫鸡鸣狗盗之出其门,此士之所以不至也。

孟尝君是战国时期号称能养士的四公子之一,他手下有食客数千人。据《史记·孟尝君列传》记载,秦昭王十年,孟尝君被拘于秦,其门下客有擅长狗盗者,夜入秦宫,盗取狐白裘,献给昭王宠姬,宠姬劝昭王释放孟尝君。他逃至函谷关时,天色未明,昭王后悔,派人来追,按关法规定,鸡鸣后才开关放人出入,又有一门客善学鸡鸣,骗得守关人开关,从而逃出秦国。传统的说法认为孟尝君礼贤下士,善于延揽人才。王安石读《孟尝君列传》,认为他并未能得到真正的人才,因为真正的人才要有雄韬大略,能够经世济时,制服强秦,而孟尝君不过是依靠"鸡鸣狗盗"之徒的某些伎俩,使自身得以逃脱危险,这算什么"能得士"!这篇读后感反映了王安石政治家的非凡识度和宏大气魄。全文四层只有九十个字,一层提出世俗传统之见作为论题;二层以一针见血的断语予以反驳;三层摆出论据,谓孟尝君有强大齐国作后盾,真能得贤士定可制服强秦,决胜千里之外;四层翻转定案,归结全文。篇幅虽小,议题宏大,横扫群议,斩钉截铁,"语语转,笔笔紧",堪称"千秋绝调"(沈德潜《唐宋八大家文读本》)。这类短文,局段不凡,含意丰腴,文情跌宕,均有"尺幅千里"之势。

王安石的散文,当时即深受文坛盟主欧阳修的爱赏;友人曾巩专选时贤佳构,编成《文林》,对王文选录甚多。魏了翁曾说:"元祐诸贤,号与公异论者,至其为文,则未尝不推许之。"(《临川诗注序》)足见其文章成就在当时即广有影响。明人茅坤将他列为唐宋古文八大家之一,亦可见其散文对后世影响之一斑。王安石文识度高远,长于独抒己见,决不人云亦云。在局段结构上,力求经济而严谨,用墨仿佛压缩到最低极限,力避无谓的间隙和浮泛的话语。刘熙载说:"半山文善用揭过法,只下一二语,便可扫却他人数大段,是何简贵!"(《艺概》)正指出了这一特色。王氏散文的语言,没有绚丽的色彩和雕绘的痕迹,而以简劲朴奥精洁见称,可以说迭经锤炼,字字坚实,确能做到如他所说的"词简而精,义深而明"(《上邵学士书》)。其文运笔遒健老到,使篇中回荡着倔强之气和峭拔之势,形成一种峻洁严整、峭厉劲拔的风格。王安石为文取法韩愈,参酌韩、墨,而自名一家。韩愈散文兼有平易条畅和奇倔劲峭两种风致,欧阳修、王安石都追迹韩愈,但欧发展韩的平易,王则吸取韩的劲峭。故梁启超谓"公与欧公同学韩,而皆能尽韩之技而自成一家"(《王安石评传》)。不过,比起韩愈,王氏散文法度虽较为严整,但规模稍狭,缺乏纵横排荡的气势。

第三节　王安石的诗词

王安石一生对诗歌创作用力甚勤，杨蟠说他"于诗尤极其工，虽婴以万务，而未尝忘之"（见母逢辰大德本序引）。他曾广泛涉猎前人诗歌，编过《唐百家诗选》、《老杜诗后集》、《四家诗选》等。他是宋代最早倡导学杜的诗人。在《杜甫画像》诗中，他特别钦敬杜甫那种忧念社稷、关心人民的博大襟怀。他还说："予考古之诗，尤爱杜甫氏作者，其辞所从出，一莫知穷极，而病未能学也。"（《老杜诗后集序》）他主张写诗要"明而不华"，"发为词章"应当"感切今世事"（《答孙长倩书》）。他的诗作显示了他深厚的诗歌修养。

王安石的诗歌，今存约一千六百首。政事诗在他早年诗作中占有重要地位，这类作品常常针对政治弊端，提出尖锐的社会问题，表达鲜明的个人见解，富有改革锋芒和批判精神。皇祐初，王安石在鄞县写有《省兵》、《收盐》等篇。《省兵》是针对北宋兵冗耗财和缺乏战斗力的情况，提出缩编军队的问题。他主张要把择将练兵和发展农业生产结合起来考虑，有计划地整编军队，不急于实行裁减。《收盐》反映食盐专卖制弊端甚多，逼得百姓只好铤而走险。皇祐五年在舒州写的《兼并》、《感事》、《发廪》等诗，更揭露了土地兼并、豪强官吏盘剥给农民造成的深重灾难。如《感事》云：

贱子昔在野，心哀此黔首。丰年不饱食，水旱尚何有。虽无剽盗起，万一且不久。特愁吏之为，十室灾八九。原田败粟麦，欲诉嗟无赇。间关幸见省，笞扑随其后。况是交冬春，老弱就僵仆。州家闭仓庾，县吏鞭租负。

这质朴无华的陈述,真切地展示了在严酷的盘剥网罗下,广大农民走投无路的悲惨情景。带有乐府民歌风调的《河北民》,借描写北方人民的艰辛痛苦,批判了宋廷盘剥百姓以重币贿敌的屈辱政策,也体现了诗人对承平盛世的向往。《秃山》、《同昌叔赋雁奴》是政治性很强的寓言诗,前篇写海岛上一群猴子只知享受不懂生产,以至坐吃山空的境地;后篇写贪图安眠的雁群,不听值夜雁奴的多次报警,终于丧失警觉,为猎人捕获。两诗实际是针对赵宋内外政策所酿成的隐患,提出了富有深意的警告。这类政事诗多咏有关国计民生和封建秩序的重大社会题材,且以改革家的进取态度提出和反映问题,具有鲜明的政治倾向性。诗中惯于开陈政略,抒发议论,议论大抵能与典型素材相结合。有的借用故事来说理,政治见解寓于叙述描写之中。如《赠陈君景初》写北宋著名医生陈景初的超人医术和高尚品操,诗人从名医大刀阔斧的疗病,联想到对积重难返的弊政也必须由高手动大手术:

顾非避世翁,疑是壁中叟。安得斯人术,付之经国手?

这画龙点睛般的结尾,形象地展示了作者锐意改革的政治抱负。王安石表达改革思想的政事诗,多采用形式灵活的古体,语言古朴质实。有时也采用近体,如嘉祐六年任考官时写的《详定试卷》,就以工稳的七律表达了改革科举考试内容的见解。总的说来,王安石政事诗的思想内容和艺术形式还是大体统一的,但也存在抽象议论过多的概念化倾向,同后期的诗歌相比,它在艺术琢炼上毕竟显得粗糙一些。

《临川集》中有一组值得重视的爱国诗,是嘉祐五年春王安石奉敕伴送辽使回国时,在往返途中陆续写成的。李壁笺注说"公多有使北诗",即指此而言。按当时惯例,每年秋冬,宋、辽互派贺正旦使或生辰使,嘉祐年间朝廷几次派王安石使辽,他均以母老辞谢,故其诗有"奉使由来须陆贾,离亲何必强曾参"(《次韵平甫喜唐公自契丹归》)之句。唯独嘉祐五年春天这次应命陪送辽使,从汴京出发,经澶州、馆陶、永济、临清、贝川,至涿州边界,然后返京。他在《伴送北朝人使诗序》中说:"某被敕送北客至塞上,语言之不通,而与之并辔十有八日,亦默默无所用吾意,时窃咏歌,以娱愁思当笑语。"他把沿途感触见闻,形诸歌咏,并"悉录以归,示诸亲友"。这些诗约有四十馀篇,散见于诗集各卷[4]。由于这次北行实际上无异于使王安石以国防问题为主题,完成了一次实地考察和创作出差,因而使北诗就自然具有特定的生活基础和现实内容。其中有的诗写沿途山川形胜和风土人情,有的诗写个人持节出使的感受和襟怀,有的诗写边塞人民的生活状况。如:

涿州沙上望桑乾,鞍马春风特地寒。万里如今持汉节,却寻此路使呼韩。

——《涿州》

塞翁少小垄上锄,塞翁老来能捕鱼。鱼长如人水满眼,桑柘死尽生芙蕖。家家新堤广能筑,胡儿壮马休南牧。北风卷却波浪声,只放田车行辀辘。

——《塞翁行》

前首说自己像苏武那样手持汉节冒寒奔向边塞,任务是出使契丹,但却跋涉在原属中原疆土的涿州大道上。末句对宋朝边境的内移,流露了无限的感慨。后首写北方土地肥沃,物产丰富,边民刻苦耐劳,长于耕作和渔猎,只是盼望能平息辽兵的侵扰,过上和平安定的生活。使北诗中最值得注意的,是那些结合沿途形胜和边民心愿忧叹国防问题的篇章。如《澶州》是出京行至澶州时所作。真宗景德元年,宋廷在抗击南侵辽军获取胜利的形势下,同契丹贵族订立了"澶渊之盟",从此执行了重币贿敌的屈辱政策。《澶州》诗有五古七古各一首,它写了五十六年前的历史事件,肯定了寇准主战的功绩,批判了朝廷屈己事敌的方针。五古《澶州》借野老之口提出了"纷纭擅将相,谁为开长利"的质问,指明了"戈甲久已销,澶人益憔悴"的事实,对和议的针砭何其痛切!诗人行至宋、辽分界处的白沟河(在今河北省)所写的《白沟行》,寄意尤为深沉:

> 白沟河边蕃塞地,送迎蕃使年年事。蕃马常来射狐兔,汉兵不道传烽燧。万里锄耰接塞垣,幽燕桑叶暗川原。棘门灞上徒儿戏,李牧廉颇莫更论。

作者来到宋、辽边境,看到蕃兵矫健尚武,宋军麻痹松懈,塞南平野万里,燕云幽深莫测,顿时觉察到平静的景象后面隐藏着可怕的危机,不禁对朝廷的沉湎宴乐、怠忽边防深感忧虑,因而发出了"棘门灞上徒儿戏"的尖锐指责。在一首《入塞》诗中,作者写出了边民的心情:

> 荒云凉雨水悠悠,鞍马东西鼓吹休。尚有燕人数行泪,回身却望塞南流。

这诗与后来放翁"遗民泪尽胡尘里"同一感慨。在胡乐终止,鞍马星散,一派凄冷的送别场景中,诗人特意勾画了前来送行的燕云人民面向中原泪流满腮的形象,这是含有深意的。这无声的泪水,真切地传达了在契丹贵族统治下的百姓系念中原、盼望祖国统一的深厚感情。使北诗多随地抒感,使思乡怀归、忧念国事的感情同沿途风物结合交融,颇有塞垣风味和民歌情调。诗中体现出诗人敏锐的观察力,洋溢着作者关注国事的爱国热情,可以说是南宋杨万里、范成大等人使金诗的先声。

王安石还写了不少优秀的咏史诗,大都以立意新颖见长。自班固《咏史》诗以来,历代诗人多有所作,昭明《文选》即专列咏史一类,唐人更擅长咏史绝句。王安石咏史,兼用古体和近体,写得既多且好,大体可分三类:一类是借咏历史人物寄托个人抱负的作品。如《贾生》赞赏贾谊年少英俊,眼光锐敏,关切时势,勇于进取,"死者若可作,今人谁与归",表达了诗人的深深仰慕之情。另一首同题的七绝诗,认为贾谊的谋议一时略得施行,爵位虽低,不为不幸。看待人才的际遇,着眼于谋议能否施展,这体现了一个志在有为的政治家的襟怀。《孟子》一首更倾注了王安石对孟轲的无限崇敬:

　　沉魄浮魂不可招,遗编一读想风标。何妨举世嫌迂阔,故有斯人慰寂寥。

每读《孟子》一书,孟轲为倡导仁政、解民倒悬而毕生奔走的形象,便浮现在诗人眼前,不管世俗怎样把孟轲视为"迂阔"之人,但总会有人把这位大贤引为楷模和知己以慰寂寥。当时也有人批评王安石"护前自用,所为迂阔"(《宋史·吴奎传》),此诗即借孟子表明自己对认定的目标毫不动摇的决心。《杜甫画像》更以昂扬的激情和飘风急雨般的笔势,从评述杜诗的宏博俊伟,到慨叹杜甫的蹭蹬遭遇,进而高度颂扬他平生忧国忧民的用心:

> 吟哦当此时,不废朝廷忧。常愿天子圣,大臣各伊周。宁令吾庐独破受冻死,不忍四海赤子寒飕飕。伤屯悼屈止一身,嗟时之人我所羞。所以见公像,再拜涕泗流。推公之心古亦少,愿起公死从之游!

可以说自韩愈以来到北宋,对杜甫作如此高度评价的,还没有第二人。王安石的题咏确乎抓住了杜诗的神髓,从中也可看出作者抱负的宏伟非凡。此外,《双庙》颂扬张巡、许远勇赴国难的精神,《诸葛武侯》推许孔明虚心爱才的气度,都是借历史人物抒写怀抱的佳篇。第二类是从历史事件总结经验教训,为统治者提供借鉴的作品,《金陵怀古四首》可作代表。金陵是东吴以来许多王朝的国都,到处都有前朝的遗迹,作者触景兴感,结合当地山川形胜,缅想历代兴亡掌故,发抒了政治感慨。第一首用意尤为深长:

> 霸祖孤身取二江,子孙多以百城降。豪华尽出成功后,逸乐安知与祸双。东府旧基留佛刹,后庭馀唱落船窗。黍离麦秀从来事,且置兴亡近酒缸。

创业之君以单弱的军力,偏能夺取政权,后之子孙拥有数以百计的城池,却大多降敌就俘,其原因即在于胜利容易使人腐败,逸乐往往招致祸患。诗人以深稳老健的诗笔和慷慨感喟的语调,总结出一条忧劳兴邦、逸豫亡国的规律,对封建统治者是很有鉴戒意义的。《开元行》评述了唐玄宗前期与后期的功过得失,提出了"由来犬羊着冠坐庙堂,安得四鄙无豺狼"的论断,说明朝内坏人当道,国家就会四境不宁。这些诗虽取材于史事,着眼点却是为了针砭现实的。第三类是借评史发表一种新见特识的作品。如《窥园》、《商鞅》、《范增》、《宰嚭》、《赐也》、《韩信》、《王章》、《读史》、《乌江亭》等。现举两首来说明：

中原秦鹿待新羁，力战纷纷此一时。有道吊民天即助，不知何用牧羊儿。

——《范增》其一

杖策窥园日数巡，攀花弄草兴常新。董生只被《公羊》惑，肯信捐书一语真。

——《窥园》

在推翻暴秦的斗争中，项羽的谋臣范增出主意，把沦为牧童的楚怀王孙芈心立为义帝，这被认为是借以号令群雄的一种重要策略。王安石则认为只要能救民于水火，就能得到大家的拥护，何必拖出贵族血统的人物当招牌呢！董仲舒闭门读书，有"三年不窥园"的美谈。然而他传《春秋》公羊之学，多言灾异，以致招祸，几于不免。王安石反对这种治学方法，而主张经常接触外界，以开阔个人视野和思路，故有"窥园日数巡"、"兴常新"之语。两诗一谈政治，一议治学，均能借对史事的评判，一反传统旧说，表达新颖的见解。七律《读史》更体现了作者卓荦不凡的史识：

自古功名亦苦辛，行藏终欲付何人？当时黮闇犹承误，末俗纷纭更乱真。糟粕所传非粹美，丹青难写是精神。区区岂尽高贤意，独守千秋纸上尘。

诗人认为自古辛勤经营而卓有成就的人物,他们的历史真相在当时和后世都会遭到歪曲,文字和画图也未必能传达出他们的品德与精神,因此对古籍不能抱残守缺,迷信盲从,面对旧籍,必须以批判的眼光检验旧说,创造性地领会它们的精神实质。这是作者治学经验的诗的升华。苏轼所谓"糠粃百家之陈迹,作新斯人"(《王安石赠太傅敕》),正是对王安石这种治学态度的生动概括。《明妃曲》二首也是王安石咏史的名作,当时欧阳修、司马光、刘敞、曾巩等人都有和篇。据《后汉书·南匈奴传》,元帝遣宫女远嫁呼韩邪单于,王嫱主动请行,自此以后吟咏这一题材者甚多,大都喜用《西京杂记》昭君不赂画工故事,"闵其绝塞不还之苦"。王安石则独出新见,不但把讽刺矛头指向皇帝,为毛延寿翻案,而且通达地宽慰昭君,说她远嫁匈奴并非不幸。"君不见咫尺长门闭阿娇,人生失意无南北","汉恩自浅胡自深,人生乐在相知心",这深含人生哲理的议论,一扫"失身异域"的哀怨旧调,令人顿开心目。对于这首反传统的诗篇,一时毁誉纷纭。黄庭坚评云:"词意深尽,无遗恨矣!"范冲则抨击此诗"以胡虏有恩,而遂忘君父","坏天下人心术"。李壁也说:"诗人一时务为新奇,求出前人所未道,而偶致失言(见《王荆文公诗笺注》)。其实和蕃本来是当时朝廷安抚边疆民族的一种常用的政策,如果将肯定昭君远嫁斥为"背弃君国",那将把遣送昭君远嫁的朝廷置于何地!昭君远嫁乃君主之命,只要得遇知己,虽远处边陲,有何不可。孔子尚有"乘桴浮于海"之牢骚,诗人借明妃身世宣泄一点不平之气,正是此诗新警之处。所谓"坏人心术",自属深文周纳之论。《桃源行》也是一首颇有新意之作。自陶潜写《桃花源》诗后,桃源理想成为历代文人爱咏的诗题。王安石此诗用"虽有父子无君臣"来概括这种空想社会,深得陶诗的精神,而结尾"闻道长安吹战尘,春风回首一沾巾。重华一去宁复得,天下纷纷经几秦"云云,则感慨遥深,体现了一位政治家深沉的历史反思和忧患意识。综观王安石的咏史诗，大都取材广泛，立足现实，以形象的语言，发新颖的议论，力避浮泛之谈，喜作翻案之笔，尤其是其七绝小诗，常能一语破的，写得更为精粹。

王安石隐居十年，写了大量徜徉山水、抒愤遣怀的闲居诗，其中以律体尤其是绝句为多。《临川集》中绝句五百多首[5]，大部分为晚年作品。王安石被挤出政治激流，早年的锐气消磨殆尽，寂寞、彷徨、孤愤的情绪，驱走了原先的进取精神。他登山临水，访僧谈禅，读书吟诗，多半是为了驱遣内心的寂寞，寻求精神的寄托，消解郁积的忧愤，沉醉于暂时的闲淡，因而诗风也随之有所变化。《石林诗话》说："王荆公少以意气自许，故诗语惟其所向，不复更为涵蓄。如'天下苍生待霖雨，不知龙向此中蟠'、又'浓绿万枝红一点，动人春色不须多'、'平治险秽非无力，润泽焦枯是有材'之类，皆直道其胸中事。后为群牧判官，从宋次道尽假唐人诗集，博观而约取，晚年始尽深婉不迫之趣。"叶梦得正确地指出了王安石前后期诗风的变化，但只从文学修养方面来解释其变化原因，并未抓住要领，其实生活及思想的转折，才是他诗风变化的关键。

前人多赞王安石晚年精工闲淡的小诗，如黄庭坚说："荆公暮年作小诗，雅丽精绝，脱去流俗。"严羽《沧浪诗话》称其"绝句最高，其得意处高出苏、黄、陈之上"。胡仔举出《南浦》、《染云》、《午睡》、《蒲叶》、《题舫子》、《题齐安驿》等诗，认为都能"使人一唱而三叹"（《苕溪渔隐丛话》前集卷三五）。这类小诗如：

南浦随花去，回舟路已迷。暗香无觅处，日落画桥西。

——《南浦》

> 染云为柳叶,剪水作梨花。不是春风巧,何缘有岁华。
>
> ——《染云》

> 径暖草如积,山晴花更繁。纵横一川水,高下数家村。静憩鸡鸣午,荒寻犬吠昏。归来向人说,疑是武陵源。
>
> ——《径暖》

这些诗长于以工巧的语言、白描的手法,勾画闲淡秀雅的自然风光,读来怡情悦目,历历如画。其写景七绝,尤以《南浦》、《木末》、《北山》、《金陵即事》、《书湖阴先生壁》等篇,广为人们传诵。如充满画意的《金陵即事》其一:

> 水际柴门一半开,小桥分路入苍苔。背人照影无穷柳,隔屋吹香并是梅。

李壁赞叹说:"此诗吟讽不足,可入画图。"《北山》诗写尽诗人悠然闲静的情致:

> 北山输绿涨横陂,直堑回塘滟滟时。细数落花因坐久,缓寻芳草得归迟。

《石林诗话》谓读此诗,"但见舒闲容与之态"。单看这些精妙闲淡的写景诗,仿佛王安石真已超脱世外,怡然山林之间。其实也不尽然。这位备经挫折的改革家,始终没有完全忘情现实,"尧桀是非时入梦,因知馀习未全忘"(《杖藜》),"世事何时逢坦荡,人情随分值猜嫌"(《谢郏亶秘校见访于钟山之路》),这些深沉的诗句,恰好透露了他无法排解对政治是非的关怀和对世情险恶的惊悸。他内心的痛苦、矛盾不能不在晚年的诗歌中时而流露出来,所谓"解玩山川消积愤,静忘岁月赖群书"(《宝应二三进士见送乞诗》),正是诗人最好的自白。他如:

经世才难就,田园路欲迷。殷勤将白发,下马照清溪。

——《秣陵道中口占》

重将白发傍墙阴,陈迹茫然不可寻。花鸟总知春烂漫,人间独自有伤心。

——《重将》

载酒欲寻江上舟,出门无路水交流。黄昏独倚春风立,看却花飞触地愁。

——《载酒》

这些诗表面是流连光景,实际是悲慨人事,发感喟于风月之际,寓激愤于恬淡之中,格调是苍凉沉郁的。再如《梅花》、《北陂杏花》等诗,移情于物,托物寄怀,则又是诗人幽冷倔强性格的写照。总之,王安石晚年的诗歌,在艺术上愈加精美工致,炉火纯青,但生活热情和社会内容却比前期大为淡化了。

王安石写诗学杜甫、韩愈,晚年又参以王维,转益多师,融化前人,形成自名一家的"王荆公体"。其诗以思理见胜,新意迭出。赵翼不满他"处处别出意见,不与人同"(《瓯北诗话》卷一一),其实能匠心独运,这正是王诗的长处。王安石学识渊博,写诗广泛使事用典,不仅摭自经史百家,还兼及佛典道书。诗中所用词藻看似新鲜,亦往往有来历，有讲究。如宋人江朝宗读《虎图》诗"神闲意定始一扫"句，原以为用平常语形容画家作画时的沉着风度，后读《庄子·田子方》，才知是从郭象注语"内足者神闲而意定"之句化来。王安石写诗讲究法度，精于技巧。他常说，诗中对偶"用汉人语，止可以汉人语对"（《石林诗话》）。《书湖阴先生壁》诗用《汉书》中"护田"、"排闼"语，就是著名的例子。据说他的《晚春》诗用了"蹉对法"，诗话家惠洪都未能解其妙处（参见《艺苑雌黄》）。另一方面，他也反对用典太多，按题"编事"，主张"自出己意，借事以相发明"（《蔡宽夫诗话》），他诗中典故，不少就是用其语而不袭其意的活用或反用。王安石承受了韩愈以文为诗的影响，时而在句法上化骈为散，在字法上融化经籍语词。有的近体诗能以排偶之句，运单行之气，使诗格雄健劲拔。他的诗议论成分较前人有增多趋势。绝句小诗中的议论，大多精粹可喜；部分古体诗中的议论，存有理胜乎情，过于散化，缺乏韵味的缺点。故李郛批评《读墨》诗说："终篇皆如散文，但加押韵尔。"（《王荆文公诗笺注》卷六）另有《无营》、《无动》、《拟寒山拾得二十首》等，仿佛像押韵的哲学讲义，诗味甚少。王安石诗的风格，不同于欧、梅的冲夷淡远，而以逋峭谨严、雄健劲直见长。大抵前期偏于雄健，气胜笔锐，直泻胸臆，后期偏于精巧，锻炼工致，于舒闲中见悲慨；早年诗战斗性较强，晚年诗艺术上益精；先前的名篇多古体歌行，后来的成就在于绝句小诗。前人对王安石晚年诗篇评价甚高。如旧题陈师道的《后山诗话》说："公平生文体数变，暮年诗益工，用意益苦。"《石林诗话》也说："王荆公晚年诗律尤精严，造语用字，间不容发。然意与言会，言随意遣，浑然天成，殆不见有牵率排比处。"单从艺术方面着眼，这些评论确中肯綮，倘从全面来看，王安石前后期的诗歌则是各有长短的。

　　王安石诗宗杜、韩而自出机杼，比梅、苏、欧阳更多地表现出宋诗的面目。严羽所说宋人"以文字为诗,以才学为诗,以议论为诗"的倾向,在王安石诗中都已很显著。王安石在宋代诗坛上占有重要地位,尤以绝句艺术影响深远。杨万里酷爱他的绝句,在《荆溪集自序》中自称曾一度"又学半山老人七字绝句"。江西派瘦硬深窈的诗风,实由王安石导夫先路。故胡应麟谓其"七言诸绝,宋调垒出,实苏、黄前导也"(《诗薮》卷五)。梁启超也说:"山谷为江西派之祖,其特色在拗硬深窈,生气远出,然此体实开自荆公。"(《王安石评传》)这些说法是有道理的。

王安石不以词名家,偶有所作,却能别具风貌,引人注目。王灼云:"王荆公长短句不多,合绳墨处,自雍容奇特。"(《碧鸡漫志》)刘熙载亦谓:"王半山词瘦削雅素,一洗五代旧习。"(《艺概》)词集《临川先生歌曲》,有《彊村丛书》本、《四部丛刊》本等,今存二十馀首,多写景、抒怀、怀古乃至谈禅之作,绝少艳词丽句,儿女情态。其金陵怀古之作〔桂枝香〕最为有名:

> 登临送目。正故国晚秋,天气初肃。千里澄江似练,翠峰如簇。归帆去棹残阳里,背西风、酒旗斜矗。彩舟云淡,星河鹭起,画图难足。　　念往昔、繁华竞逐。叹门外楼头,悲恨相续。千古凭高,对此谩嗟荣辱。六朝旧事随流水,但寒烟、衰草凝绿。至今商女,时时犹唱,后庭遗曲。

此词上片写金陵秋景,山川如画,气象开阔。下片追怀六朝旧事,在盛衰兴替的鲜明对照中,寄寓了对统治者逸乐亡国的批评。立意高远,下字精审,格调悲壮苍凉,深受时人称许。据杨湜《古今词话》说:"金陵怀古,诸公寄词于〔桂枝香〕,凡三十馀首,独介甫最为绝唱。东坡见之,不觉叹息曰:'此老乃野狐精也'。"(《草堂诗馀》引)

后来张炎《词源》也把这首词同东坡的中秋〔水调歌头〕、夏夜〔洞仙歌〕和姜夔的〔暗香〕、〔疏影〕一同作为佳作典范,举出加以评赞。周邦彦的〔西河〕《金陵怀古》即深受此词影响。王安石不仅用词怀古,还用词写政治抱负和退休生涯。如〔浪淘沙令〕云:"汤武偶相逢,风虎云龙,兴亡只在笑谈中。"盖借咏史寄托自己的政治抱负。〔诉衷情〕云:"追思往昔如梦,华毂也曾丹。……达如周召,穷似丘轲,只个山山"。抚今追昔,表露了变法失败后的寂寞愤激之感。这些作品都颇见作者的个性,而与当时流行的绮靡词风迥然不侔。王安石词的语言,比之当行作家,劲峭有馀,谐婉不足,近乎其诗,故王士禛《倚声集》有"王介甫劚削,而或伤于拗"之评。

第四节　王令

王安石的好友王令,是宋仁宗时代一位富有才华的青年诗人。王令(1032—1059),初字钟美,改字逢原,广陵郡(今江苏扬州)人。祖父珫,父世伦,曾任低级官吏,事迹无考。令五岁而孤,由任低级武官的叔祖父王乙(王珫之弟)抚养成人。少年勤奋学习,通晓诗书。年既长,自谋衣食,在天长、高邮等地聚徒授书,借以糊口。他家无兄弟,一贫如洗,只好接回寡姐幼甥,相依为命。

至和元年(1054),三十四岁的王安石由舒州通判应召赴京,道出淮南,途经高邮,王令投书献诗求见,深为王安石赏识,两人从此结下文章交谊。经过王安石的揄扬,王令有机缘同孙觉、朱明之、王安国等人交往,并互有诗文唱酬。至和二年,邵必(字不疑)知高邮军,了解王令的才德,曾举其节行荐于朝廷,荐表中称王令"文学德行,俱出人右。奉寡姊如严父,教孤甥如爱子,寒饥穷困,不改其守"

(《淮南部使者邵必奏状》)。邵氏的荐举没有结果,嘉祐元年(1056)王令又回天长县充任塾师。其后一度流寓润州(今江苏镇江),次年又移家江阴暨阳(今江苏张家港)聚徒讲学。这年五月,王安石改太常博士、知常州,王令曾到常州依王安石寓居。

王安石很关心这位年已二十六七尚未议婚的贫苦友人,因而出面向妻子的叔父吴蒉介绍,希望叔丈人能把女儿(安石妻子的从妹)嫁给王令(见王安石《与吴司录议王逢原姻事书》)。经两度撮合,王、吴姻事议成,嘉祐三年春,王令赴蕲州(今湖北蕲春)娶妇,六月,泊舟鄱阳。时王安石调任提点江东刑狱,官署即在此地,两人因得欢晤,煮酒论文,留连数日。后来王安石回忆两人的鄱阳之会,曾有"庐山南堕当书案,溢水东来入酒卮"(《思王逢原》二首之一)之句。当年十一月王令迎吴夫人归还江阴,岁杪移居常州。嘉祐四年重操旧业,在常州聚徒讲学。不料因脚气病加剧,六月便溘然病逝,年仅二十八岁[6]。

王令死后只留下一遗腹女,成人后嫁钱塘吴师礼,生子吴说,有声于时。王令《广陵先生文集》二十卷,即其外孙吴说所编。文集原以钞本流传,至1922年吴兴刘承幹辑《嘉业堂丛书》,据钞本雕版,始有刊本。上海古籍出版社出版的《王令集》系用嘉业堂刊本为底本,校以其他藏钞本标点排印的。排印本附录传记、题跋及校点者所编《王令年谱》等资料,极便参阅。

王令短促的一生,是在孤苦茕独、贫病交加中度过的。从十六七岁起,他便坐馆训蒙,同时开始了诗文创作。十年的创作生涯,留下了七十多篇散文和四百八十多首诗歌。王令的散文步武韩、柳,反对骈俪,语句简古,不袭陈言。其论说文大抵阐扬治道,归宗儒术,内容拓展不多。有些杂文,如《道旁老父言》、《医谕》、《送穷文》等,构思新警,笔锋锐利,寄意峭刻,具有一定的现实批判性。

王令以诗名家,其主要创作成就在诗歌方面。他一生境遇困苦,但抱负远大,持节不渝,是一位激情澎湃的诗人。他以"忠于道"作为毕生的信念,所谓"吾志者道也,富贵岂吾之志哉?"他宣称志于道者,"其坚如金石,其常如天地,其照如日月,岂以外物之接与否,遂以为得失哉!"(《志述》)由此可见他自期远大,志趣非凡。王令集中有不少豪气干云、体现壮志激情的佳构,如《寄洪与权》:

剑气寒高倚暮空,男儿日月锁心胸。莫藏牙爪同痴虎,好召风雷起卧龙。旧说王侯无世种,古尝富贵及耕佣。须将大道为奇遇,莫踏人间龌龊踪。

这里的抒情主人公身倚长剑,胸怀日月,自比猛虎卧龙,藐视宗法血统,以大道求信于世,不甘心碌碌无为,这种襟怀和气概,颇有催人自新和进取的力量。再如"大遇定为当世福,不逢犹作后来师"(《招夏和叔》)、"英雄心胆老犹壮,道路风埃行未休"(《赠裴仲卿》)、"恶看富贵庸男子,喜见徜徉隐丈夫"(《赠崔伯易》)等等,都体现了诗人高尚的信念和积极的追求。另有《感愤》、《赠王介甫》、《赠王平甫》等诗,也都充溢着这种志气凌云、不可一世的激情。

王令虽然心高志壮,但怀才不售,既无力匡时行志,也难以改变个人的困顿处境,因而所作常倾诉贫病,或感叹蹭蹬不遇。如《秋居》、《夜坐》、《晚岁》等诗都写清贫的家居生活,诗境幽峭凄冷,字里行间蕴蓄着郁塞不平之气,风调略与孟郊诗相近。《谢束文见赠》五古,向学馆主人开怀倾诉个人孤苦的身世和艰难的生涯,可说是一篇情词凄惋的自传体叙事诗。王令很关心和自己命运相同的穷苦读书人,《寄都下二三子失举二首》对他们既激励又慰勉,寄寓了殷切的期望与同情。

王令一生处穷,但他没有局限于自悲自悼之中。"丈夫不合自穷愁,藜藿先须天下忧"(《秋日偶成呈杜子长显之》),这种抱负使他把关切生活的视线朝向了苦难的人民,《良农》、《饿者行》、《和洪与权逃民》、《原蝗》、《梦蝗》等,都是反映民生疾苦的诗作。《饿者行》写饥民沿门乞食,被恶奴凶狠地驱逐的场景:

> 雨雪不止泥路迂,马倒伏地人下扶。居者不出行者止,午市不合人空衢。道中独行乃谁子?饿者负席缘门呼。高门食饮岂无弃,愿从犬马求其馀。耳闻门开身就拜,拜伏不起呵群奴。喉干无声哭无泪,引杖去此他何如?路旁少年无所语,归视纸上还长吁。

作者选取了一个在旧社会随处可睹的人间悲剧,如实写来,尖锐地控诉了封建社会的贫富悬殊和豪门富户的残忍冷酷。《梦蝗》一诗,写诗人谴责蝗虫害农,梦中蝗虫前来答辩,其中假托蝗虫代表的答话,揭露了人间的极度不平:"割剥赤子身,饮血肥皮肤。噬啖善人党,嚼口不肯吐。连床列竽笙,别屋闲嫔姝。一身万椽家,一口千仓储。……此固人食人,尔责反舍且!"蝗虫举出人间豪门权贵及其爪牙为富不仁、骄奢淫逸的种种罪恶,指出人世间的"人食人"现象要比蝗害更加酷烈。诗中对封建社会黑暗现实的鞭挞是相当激烈和大胆的。

王令很崇敬杜甫、白居易。他称颂杜甫"气吞风雅妙无伦"(《读老杜诗集》),盛赞白居易"后世声名高白日"(《读白乐天集》)。他写诗继承了杜、白忧国忧民的思想传统,"丈夫出处诚何较,却痛苍生为泪垂"(《赠王平甫》),颇有悯惜生民,忘怀自我的心胸。王令诗在艺术上受韩愈、孟郊的影响最大。他在《答束徽之索诗》中说:"惟诗素所嗜,决切欲深造。……努力排韩门,屈拜媚孟灶。惟此二公才,百牛饱怀抱。"在《还东野诗》中他也表示了对韩、孟的由衷向慕。诗中说:"吾于古人少所同,惟识韩家十八翁,其辞浩大无崖岸,有似碧海吞浸秋晴空。"又说:"前日杜子长,借我孟子诗,三日三夜读不倦,坐得脊折臀生胝。"韩愈以文为诗,其古体长篇,句式多化骈为散,王令继承了这一特点,古体多以赋法敷陈其事。如《梦蝗》、《答束徽之索诗》等,都放笔直书,洋洋洒洒,宛如骏马下注陡坡。当然就总体说,则不逮韩愈诗的博大无涯。王令写清贫生活的某些闲居诗,还承受孟郊的影响,颇含抑塞不平、冷僻幽峭的气韵,只是不像孟郊诗那样逼窄而已。至于骨气的苍老,体貌的雄奇,则又非孟诗所可牢笼。王令诗的另一特点是在构思上常给人以非同寻常、想落天外之感。如:

> 清风无力屠得热,落日着翅飞上山。人固已惧江海竭,天岂不惜河汉干。昆仑之高有积雪,蓬莱之远常遗寒。不能手提天下往,何忍身去游其间!
>
> ——《暑旱苦热》

从落日着翅、江海枯竭的人间炎热,写到昆仑积雪、蓬莱仙境的高寒,诗人幻想能手提寰宇驰入清凉世界,拯救万民脱离酷热的火坑。这广阔的视野和瑰奇的意象,体现出诗人多么宏伟的襟怀!据张邦基《墨庄漫录》记载,王令"与王平甫数人登蒋山,相与赋诗,而逢原先成,举数联,平甫未屈,至'仰跻苍厓颠,下视白日徂,夜半身在高,若骑箕尾居',乃叹曰:'此天上语,非我曹所及。'遂阁笔。"王平甫所赞佩的题为《同孙祖仁王平甫游蒋山作》的五言长诗,确实视野广袤,思通千载,上下古今,想象飞驰,笔力确有过人之处。王令诗喜欢构造奇特的意象,往往物象缤纷,比喻联翩。如《寄满执中子权》形容子权诗歌不可名状的意味,一连串用了三组复杂的比喻来描摹,先是两军交锋的激烈,次是半夜暴雷的震荡,再是百珍美味的杂陈,令人目眩神惊,应接不暇,而对方诗境的密丽险怪,已被形容殆尽。王令诗有一种垒涌恣肆的激情,常常锋芒外露,有剑拔弩张之势,这正是青年诗人常有的风姿。这种青年气质有时也给他的诗作带来某些弱点,即未能精雕细刻,有失粗率生硬;某些诗篇又过于发露,缺乏悠长的馀韵。《四库全书总目·〈广陵集〉提要》说:"令才思奇轶,所为诗磅礴奥衍,大率以韩愈为宗,而出入于卢仝、李贺、孟郊之间,虽得年不永,未能锻炼以老其材,或不免纵横太过,而视局促剽窃者流,则固偶偶乎远矣。"总的来看,这段评述概括王令诗歌的得失还是简切而得当的。

〔1〕 王安石生年,旧有真宗天禧三年一说,系据《宋史》本传"元祐元年卒,年六十八"之语推算而来,蔡上翔《王荆公年谱考略》已辨其误。据宋人记载并印证本人作品,可知王安石生于天禧五年,享年六十六。至其出生月日,旧有二说:顾栋高《王荆国文公年谱》谓生于九月二日,此说大约来源于临川王氏家谱。吴荣光《历代名人年谱》据吴曾《能改斋漫录》卷一〇所记,作天禧五年辛酉十一月十二日辰时生。此说与王安石作品吻合,今人李伯勉《王安石生日考》(《文史》第 1 辑)已有论证,《能改斋漫录》所载可信。

〔2〕 据《宋史》本传及《续资治通鉴》,嘉祐三年王安石即被召入汴京为度支判官。元詹大和《王荆文公年谱》载入嘉祐六年,蔡上翔《王荆公年谱考略》、顾栋高《王荆国文公年谱》则定在嘉祐五年。按《续资治通鉴长编》载:"嘉祐三年冬十月甲子,提点江南东路刑狱祠部员外郎王安石为度支判官,献书万言,极陈当世之务。"王氏《解使事泊棠阴时三弟皆在京师》诗,李壁注云:"介父嘉祐三年二月,自常州移提点江东刑狱。此言换春冬,去官时当是四年,自是入为三司判官,献书万言,深言当世之故。"沈氏《李壁注勘误补正》谓:"公时为提点江东刑狱。《一统志》云:棠阴市,在抚州府宜黄县东二十里。又饶州府鄱阳县西七十里立德乡有棠阴镇。玩此二诗,似在抚州者也。"据此,安石此诗当为离江

西任还京时作。盖王氏嘉祐三年二月自常州移任江西,十月召为度支判官,动身赴京或在四年初春,献万言书当在到京之后。蔡氏将献万言书载入嘉祐三年,将召为度支判官系在嘉祐五年,殊为矛盾。其嘉祐五年五月一说,或据《宋史·仁宗本纪》所云嘉祐五年春,王安石曾奉敕伴送北使回国,春末还京,复任度支判官。《仁宗本纪》将复职载入,而对王安石嘉祐三年召入为度支判官事失载,当以《长编》为准。

〔3〕 参见《光明日报》1976年8月9日《新发现的一封王安石家信》。

〔4〕 《王荆文公诗笺注》卷二三《送契丹使还次韵答净因长老》诗注云:"公多有使北诗,而本传及年谱皆不载尝出疆,独温公《朔记》云云。"司马光《朔记》载嘉祐五年九月王安石曾出使契丹,但据《续资治通鉴长编》,本年王安石辞行,改派秘阁校理王绎出使。又安石《次韵平甫喜唐公自契丹归》诗题下自注云:"予辞北使,而唐公代往。"唐公是张瓌的字,《宋史》有传。据《长编》,张瓌于嘉祐六年八月曾使契丹,可知王安石曾再次辞使契丹。至于王安石伴送北使的时间,顾栋高《王荆国文公年谱》定在皇祐二年,既错解了《次韵曾子翊赴舒州见贻》诗中的"浪走尘沙鬓已斑"之句,又将曾子翊登第的时间臆改为庆历六年,不可依据。今人李德身考证《道逢文通北使归》诗,当为嘉祐五年春安石在贝州遇沈遘(字文通)所作。据《长编》,沈遘于嘉祐四年年底出使契丹,贺正旦后不久返回。王安石在贝州遇沈遘,正说明嘉祐五年春王安石方伴送北使回国,则使北诗当为此次出使往返途中所作,其说见李德身《王安石"使北诗"考》(载《南充师院学报》1981年第2期)。

〔5〕 据《临川集》统计,存诗共约一千六百多首,古体四百一十五首,律诗一千一百九十二首,其中绝句五百七十余首。李壁笺注本比《临川集》多出几十首。但据宋人诗话,王安石集中多有误收他人之作。

〔6〕 王令在中国文学史上如同王勃、李贺一样是短命的天才。他短短的一生留下了丰厚的创作业绩,体现了旺盛的创作精力,诗作中表现出充沛的朝气。然而除在生前曾受到王安石的揄扬识拔外,死后六百多年来未曾得到应有的重视。直到清顺治、康熙间吕留良编辑《宋诗钞》,录其《广陵集》一卷,称其"伟节高行,特立于时",其作始稍广其传。及至现代,始有雕版全集问世。

第十三章　苏　轼(上)

苏轼是北宋杰出的文学大家、一代文坛盟主。他一生在政治上迭经升沉,起落很大,充满坎坷和悲剧;在文学上却是人们公认的天才、全才,于诗、文、词、赋均有极高的成就。

苏轼这位文学巨匠的出现,不是偶然的。他生活于十一世纪后半期的北宋社会。经过建国后半个多世纪的社会相对稳定,封建经济和文化进一步得到发展,同时社会矛盾和政界党争也日趋剧烈。就文坛上说,欧阳修所领导的诗文革新运动已汇为巨潮,其影响正在扩展和深化。历史的社会环境具有了出现文学高潮的条件,而苏轼适于此时置身其间并成为一代旗手,又是与他的家世经历和天才气质分不开的。

第一节　苏轼的生平

苏轼(1037—1101),字子瞻,一字和仲,号东坡居士,宋仁宗景祐三年十二月十九日(1037年1月8日)生于眉山(今属四川)。轼兄弟三人,长名景先,早殇。轼出生时,其父洵年已二十八岁,正发愤杜门苦读经籍,潜心于学术文章。轼八岁从道士张易简读小学(见

《庆历盛德诗》),深慕韩琦、范仲淹、欧阳修之为人。母程氏是大理寺丞程文应之女,很有文化教养,颇注意对子女的早期教育,曾对苏轼"亲授以书",并以历史上的直臣名士激励其进取。苏洵古文根底深厚,因多次应举失败,中年绝意功名,专力读书课子,使苏轼深受陶冶,学业日进,刚进成年,即"学通经史,属文日数千言"(俱见苏辙《东坡先生墓志铭》)。

嘉祐元年(1056),苏轼首次与弟辙随父出川经长安赴京应举,次年与辙中同榜进士,深受主考官欧阳修的赏识。不久因奔母丧回蜀。嘉祐四年十月,服丧期满,父子三人沿长江经江陵再度赴京。由苏轼作序的《南行集》,就是父子三人旅途中所作诗文的合集。嘉祐六年(1061),应中制科入第三等,除授大理评事签书凤翔府判官。这期间苏轼针对财乏、兵弱、官冗等政治弊端,写了大量策论,大声疾呼地要求改革。

苏轼凤翔三年任满,父洵于汴京病故,他扶丧归里。熙宁二年(1069)还朝,正值神宗用王安石变法。苏轼的改革思想与王安石的变法主张有许多不同。如王安石主张"大明法度",多方理财,并迅速向全国推进新法。苏轼则强调择吏任人,反对"以立法更制为事"(《策略》第三);主张"节用以廉取",不赞同"广求利之门"(《策别》十八);他还提出"欲速则不达","轻发则多败",在兴革步骤上力主稳健。因此,他连续上书反对变法。由于意见未被采纳,自感难以见容于新派,随即请求外调。在熙宁年间,他先后被派往杭州、密州、徐州、湖州等地任地方官。

苏轼离京外任,虽对变法不满,但却能尽心职守,体恤民情。任杭州通判时,他曾赴湖州相度堤岸利害,并巡视新城、富阳、于潜等县,了解民瘼。熙宁七年九月改知密州(今山东诸城),正逢蝗旱天灾,他一面向朝廷奏陈灾情,请求减免赋税,一面组织百姓生产救灾。

熙宁十年，移知徐州，黄河决口，洪水汇于城下，苏轼率武卫营官兵抢修堤坝，"庐于城上，过家不入"（《东坡先生墓志铭》），城赖以安。在这期间，苏轼相机对邑政进行某些改革，收到"因法便民"之效。

苏轼不满意变法，当他看到新法推行中的流弊时，更"不敢默视"，时时"缘诗人之义，托事以讽"（《东坡先生墓志铭》）。王安石罢相后，何正臣、舒亶、李定等新进官僚却从苏轼诗文中深文周纳，罗织罪状，弹劾苏轼"指斥乘舆"，"包藏祸心"，因而于元丰二年（1079）他刚被派知湖州不久，便于任上被捕。那些新进官僚将苏轼投入监狱，勘问他诽谤朝廷的罪行，这就酿成了北宋有名的文字狱"乌台诗案"。经过几个月的折磨，苏轼侥幸被释，责贬黄州，元丰三年初到达贬所。在四年的贬斥生活中，他躬耕东坡，"幅巾芒屩，与田父野老相从溪谷之间"（《东坡先生墓志铭》）。虽被迫表示闭门思过，但并未缄口搁笔，仍然关心现实，同情人民，写了不少有价值的作品。元丰七年，苏轼改贬汝州，离黄州北上时，路经金陵，曾拜会退休宰相王安石，两人政治见解虽有分歧，但依然保持了良好的私交。他们共游蒋山，互相唱和，翰墨友谊又有了发展。

元丰八年，神宗病死。哲宗年幼，高太后临朝。次年改元元祐（1086），起用旧党司马光执政。苏轼刚到登州（今山东蓬莱）知州任上，又被调回京都任中书舍人、翰林学士知制诰等职。他不同意司马光"专欲变熙宁之法，不复校量利害，参用所长"，在罢废免役法问题上与旧党发生了分歧。苏轼认为差役免役"二害轻重，盖略相等，今以彼易此，民未必乐"（《辩试馆职策问札子》），这又引起了旧派的疑忌。苏轼这次在朝四年，主持过学士院考试和进士贡举，拔擢毕仲游、黄庭坚、张耒、晁补之任馆职，后又荐举秦观、陈师道等调京授官，一时才士毕集，互相酬唱，形成以苏轼为领袖的作家群，传为文坛佳话。

司马光去世后，旧派分化，朝内斗争激烈，苏轼遭受忌恨，要求补外，元祐四年三月出知杭州。苏轼重来离开十五年的旧地，倍感亲切，有"江山故国，所至如归"之语（《杭州谢表》）。当时浙西六州春潦夏旱，苏轼一面上《奏浙西六州灾伤状》，一面筹款救灾，并结合救灾招募饥民浚湖筑堤，美化杭州的环境。元祐六年二月，以翰林学士承旨召还。贾易、赵君锡等诬告苏轼写诗庆幸神宗晏驾，苏轼上章剖辩，澄清事实后，乞除外郡，先后被派知颍州（今安徽阜阳）、扬州。在颍、扬二州都不到半年，元祐八年秋又派知定州（今河北定县）。定州为边防重镇，鉴于驻军骄惰，防务废弛，苏轼曾整肃军纪，修缮营房，加强了边防。在元祐更化时代，他仍然按照自己的主张，在力所能及的范围内不断进行某些兴革。

元祐八年，高太后病死，哲宗亲政，次年改元绍圣（1094）。章惇、吕惠卿、曾布、蔡京等投机新法的分子，先后打起绍述熙、丰的旗号，报复元祐旧臣。苏轼更大的厄运临头。他被加以草诏"讥刺先朝"的罪名贬知英州（今广东英德），接着一月之内三次降官，最后贬为建昌军司马惠州（今属广东）安置。苏轼以六十衰迈之年，远流边远的瘴疠之乡，北归之望已绝，拟买地筑屋，作久居之计。但当权者又进一步打击元祐旧臣，于绍圣四年四月，再把苏轼贬到海南的儋州（今海南儋州市）。苏轼同家人于江边痛哭诀别，只身携带幼子苏过，浮海南渡，垂老投荒。他流放岭外七年，"饮食不具，药石无有"，家人离散，爱妾病亡，处境极为困厄。但朋友的慰藉，当地百姓的照拂，任天知命的思想，增加了他战胜劫难的勇气，使他能坦然自处，"食芋饮水，著书以为乐"（《东坡先生墓志铭》）。尤为可贵的是，他身处忧患，仍不忘关心当地人民的生活和生产，时常宣传内地生产知识，传播中原文化，培养黎族青年，同惠州百姓和黎族人民建立了淳朴的友谊。

元符三年(1100),徽宗继位,宽赦元祐旧臣,苏轼奉诏内迁。次年正月过大庾岭,四月经庐山,五月至金陵,闻朝内又有排挤元祐旧臣迹象,遂决计定居常州,不料在六月由金陵赴常州的船上病倒。晚年的忧患和积劳,无情地夺去了这位天才作家的馀年,六十六岁的苏轼,在建中靖国元年七月二十八日(1101年8月24日)不幸溘然长逝了。

苏轼的一生,时起时落,多灾多难,逆境多于顺境,特别是两度放逐,间关道路,艰苦备尝。这无形中使他丰富了阅历,了解了民情,扩大了视野。他既有过人的文学资质和素养,又经历了如此曲折而漫长的人生道路,诸种必然和偶然的因素的聚汇和交错,终于造就了这样一位稀世难逢的文苑巨星。

第二节 苏轼的思想与著述

儒、道、释三家思想的兼融贯通,是宋代一般哲学思想的共同趋势,苏轼自然无法超越这种传统思想模式,但"儒道消长"论和"外儒内道"说,尚未能准确描述出苏轼思想的个性化特色。他无例外地受着传统儒家思想教育,而对佛、道又濡染甚深。儒学是他出仕从政的主导思想。他强调"圣人一于仁"(《书义》),"先王谨于礼"(《论语义》),提出以"礼、乐、刑政教化""论道经邦"(《策略》二),怀有经世济民、致君尧舜的抱负和积极入世的精神,主张治国济世"凡可以存存而救亡者无不为,至于不可奈何而后已"(《墨妙亭记》)。对于释、道的态度,他与王禹偁、欧阳修等人不同,自谓"龆龀好道"(《与刘宜翁书》),少年时即对《庄子》有特殊的兴趣。在蜀中曾同成都文雅大师惟度、宝月大师惟简交游。通判杭州时,喜听海月大师惠辩说法,"时闻一言,则百忧冰解,形神俱泰"(《海月辩公真赞》)。贬居黄州时,"惟佛经以遣日"(《与章子厚》),常到安国寺"焚香默坐,深自省察",感到"一念清净,染汙自落"(《黄州安国寺记》),佛道的超尘遁世思想日有增益。苏轼早年虽有批评佛老的言论,但随着宦海浮沉和阅世日深,其思想与眼界渐趋开阔,终于走向了博采众家、兼融佛老一途。

苏轼有意调和三家,谓"儒、释不谋而同"(《南华长老题名记》),说庄子对儒学"阳挤而阴助之"(《庄子祠堂记》)。他不像道学家那样,以纲常伦理为轴心,暗中熔铸佛玄的哲理思辨,构造成精巧神秘的理论体系。苏轼的浑化三教,带有明显的朴素性。他无论阐述儒术、禅理、老庄,都很平易近人,而不同于理学家的玄虚莫测。如他说:"夫六经之道,惟其近于人情,是以久传而不废"(《诗论》),"圣人之道,自本而观之,则皆出于人情"(《中庸论》)。在他看来,六经无非是基于日常的事理与人情。惟其如此,则施之于政,也就易知易达,故云:"夫以忠恕为心,而以平易为政,则上易知而下易达"(《论始皇汉宣李斯》)。在论及黄老言时,也揄扬盖公所建白的"治道贵清净而民自定"(《盖公堂记》)。正因为倡简易,所以他不赞成儒生高谈性命。他告诫友人:"近时士人多学谈理空性,以追世好,然不足深取"(《答刘巨济书》)。又说:"儒者之患,患在于论性"(《韩愈论》);"孔子罕言命,以为知者少也"(《议学校贡举状》)。对于谈禅,他也同样主张脱玄而就易:"佛书旧亦尝看,但闇塞不能通其妙,独时取其粗浅假说以自洗濯,……若世之君子,所谓超然玄悟者,仆不识也。"(《答毕仲举书》)

苏轼倡简易,实着眼于能致用。"平生学道,专以待外物之变"(《与滕达道》),正说明了他融裁各家的现实目的。佛家虽是讲超世的,但他看出并特意揭橥其超世与世间的相通之处,故云:"宰官行世间法,沙门行出世间法,世间即出世间,等无有二。"(《南华长老题名记》)他不赞成释者的无心、无言、无为,认为这是"为大以欺佛者"(《盐官大悲阁记》)。他学道术,特取其健身御病之法,以"使真气云行体中,瘴冷安能近人"(《与王定国》)。他常常同陈述古辩论禅理,对方认为他理解过于浅陋,他却把陈氏所论比为"龙肉",把自己所奉比为"猪肉",说:"然公终日说龙肉,不如仆之食猪肉实美而真饱也。"(《答毕仲举书》)"龙肉"、"猪肉"之辩,生动地说明苏轼的谈禅,力图把禅理从玄虚缥缈的天国,移置于现实人生的土壤之上。

苏轼善于融会三家,圆通以应物。在《书义》中,他多次讲到以道应物的问题,如云:"水鉴惟无心,故应万物之变。""夫道何常之有,应物而已矣。物隆则与之偕升,物污则与之偕降。"这是说水鉴明澈,故可自然应物,应物就要因物制宜,而不可拘滞于定形。禅理所谓的"不说不观,了达无碍","不可执偏,强生分别"(《观妙堂记》),即与此理相通。苏轼所服膺的"讲无辩讷,事理皆融","遇物而应,施则无穷"(《祭龙井辩才文》),亦即此意。苏轼正是如此善于圆通地观照事理,从而明达地处世应物的。如关于趋世和出世,儒、释本有分别,苏轼赞海月辩公,则强调其两者融通:"人皆趋世,出世者谁?人皆遗世,世谁为之?爰有大士,处此两间,非浊非清,非律非禅。"对于一种传统的"诗能穷人"说,陈师仲曾提出相反的观点,苏轼则以为"云能穷人者固缪,云不能穷人者,亦未免有意于畏穷也。""人生如朝露,意所乐则为之,何暇计议穷达!"(《答陈师仲主簿》)见解何等明通。可见在融会三家的基础上,趋于简易、致用、圆通,是苏轼哲学思想的特色。

宋代文人看重修养和德操,苏轼亦然。他一生未离仕途,故终身贯注着正视现实、关心国计民生的积极入世精神。自谓"某未尝求事,但事入手,即不以大小为之。"(《与王定国》)即使晚年困厄岭外,一身难保,仍然执着地表示:"少壮欲及物,老闲馀此心。"(《次韵定慧钦长老》)其表兄程正辅官岭南,苏轼迭次提请他制止地方官吏用过重折科掊克民财,以防"惠州秋田大熟,米贱伤农"(《与程正辅》)。广州除官员富户可得井水外,一城尽饮咸苦,苏轼曾建议知州王敏仲采纳罗浮道士邓守安的设计,筹建竹筒引水工程,使"一城贫富同饮甘凉"(《与王敏仲》)。诸如此类的事例,足以证明苏轼爱物济世之心,始终不辍。苏轼浮沉宦海,却总是淡泊势利,保持旷然遗世、游于物外的襟怀。对于名利爵禄,他力求"毁誉不动,得丧若一"。他爱惜声名,但不汲汲于求名,主张"处己也厚","取名也廉",宁可"实浮于名",不要名过乎实。他向友人表露:"年大以来,平日所好恶忧畏皆衰矣,独畏过实之名,如畏虎也。"(《答李昭玘书》)在物欲的需求上,他不赞成节欲,也反对强求,而主张"因缘自适","水到渠成,不须预虑"(《答黄鲁直》)。他说:"外物不可必,当更临时随宜"(《与郑清老》)。他提出要"善于处穷",尤其是在逆境中,虽也偶或流露忧惧灰冷的意绪,然而大多数场合则能悠游自得,处之坦然,即所谓"祸福苦乐,念念迁逝,无足留胸中者"(《与孙志康》)。这种超旷识度,给了他战胜恶劣环境的勇气。"胸中有佳处,海瘴不能腓"(《和陶王抚军座送客》),正是诗人真切的自白。

苏轼一生致力于文章学术。"多情好事馀习气,惜花未忍都无言"(《花落复次前韵》)。晚年的诗句,说明他无法遏抑的创作冲动,盖发自诗人的天性和气质。对于治学亦复如此。他在黄州给滕达道的信中说,废闲中专治经书,"自谓颇正古今之误,粗有益于世,瞑目无憾也。又往往自笑不会取快活,真是措大馀业!"正由于此,在治学创作中他蕴积了丰富的文学见解。他反对宋初"贵华而贱实"的浮靡文风,重视文学的社会功能,主张文章"要有为而作",应"有意于济世之用"(《凫绎先生诗集序》)。他不同于道学家的轻视文辞,比政治家更重视文艺规律和技巧的探求。他提出作者要"有道有艺",表现事物要深入底里,追摄精髓,重在"传神",不能仅仅满足于"曲尽其形"。苏轼追求文艺的一种天机洋溢的自然美,倡导文理自然,姿态横生。这种天然的艺术美,一要来自深厚的学养,所谓"平居所以自养而不敢轻用","用于至足之后","流于既溢之馀,而发于持满之末"(《稼说》)。二要来自不可遏抑的创作兴会,所谓"杂然有触于中,而发于咏叹","非能为之为工,乃不能不为之为工"(《南行前集叙》),就是对这种自然飘起的创作冲动的描述。三要因表现对象之不同而寻求适宜的形式,如"行云流水,初无定质","因物以赋形,是故千变万化"(《滟滪堆赋》)。四要风格因作者个性而有异,不为凝定模式所拘囿。"地之美者同于生物,不同于所生"(《答张文潜书》),即是借喻此理。苏轼在《庄子解》中说:"天作时雨,山川出云。云行雨施,而山川不以为劳者,以其不得已而后雨,非雨之也。"他的重自然的文艺观,正与这种哲学思想相通,其中融合了道家任天而动的因素,具有丰富的内容。苏轼所追求的自然美,不是一般的平易简淡之境,而是平和奇、枯淡和绚烂的浑化统一,是融会了高妙、机趣、灵动的一种天然美。他在《与侄书》中所讲的"绚烂之极"归于平淡;《答鲁直》所说的"凡人文字,当务使平和,至足之馀,溢为怪奇";评韩、柳诗时所称扬的"外枯而中膏,似淡而实美",都说明了这种特独的审美理想。达到了这种境界,就会使创作"天机洋溢,意趣活泼,诚中形外,有触即发,自在流出,毫不费力"(朱庭珍《筱园诗话》卷一)。苏轼的许多作品,正是这种审美追求的体现。

苏轼一生著述宏富。经学著作有《东坡易传》九卷[1],《书传》今传二十卷,《论语说》已佚[2]。苏轼诗文集大致有两个系统。《四库全书总目·〈东坡全集〉提要》谓:"传本虽夥,其体例大要有二:一为分集编订者,……一为分类合编者。"分类合编本,旧称大全集,今传有《四库全书》本一百十五卷,清蔡士英刊行,前三十二卷为诗,以下各卷为文。分集编订本,通称《东坡七集》,原为明成化程宗刻,计《东坡集》四十卷,《后集》二十卷,《续集》十二卷,《奏议集》十五卷,《内制集》十卷,《外制集》三卷,《应召集》十卷,另附《乐语》、《年谱》各一卷,共一百十二卷。有清末端方校印本、《四部备要》铅印本。

苏轼作品的风行,引起文坛学界的广泛注目,从事诠释研究者代不乏人。较早注释苏诗的有北宋末赵次公、宋援、李德载、程缜四家,以后又有五家注、八家注、十家注。南宋中叶,王十朋在集录众多诗注的基础上,完成了苏诗的百家分类集注。其后又出现了施元之父子及顾禧合撰的编年注本。陆游同范成大还曾讨论过苏诗的笺注问题。清代重视苏诗,一时出现了不少研究苏诗的专家。查慎行的《补注东坡先生编年诗》、翁方纲的《苏诗补注》、赵翼的《苏东坡诗》、纪昀的《苏诗评点》等,都对苏诗研究有所发明和补正。其中乾隆、嘉庆时期的冯应榴(字星实,浙江桐江人)取王、施、查三家注,援证群书,参稽辨补,完成《苏文忠诗合注》五十卷,功力颇深。王文诰(字见大,浙江仁和人)依据"合注",删冗补阙,调整编年,编订诗注四十六卷,另撰总案四十五卷,合称《苏文忠公诗编注集成》,注释较冯注趋于简明,总案对苏轼一生行实考辨详备。今人孔凡礼点校的《苏轼诗集》五十卷,前四十六卷即以王氏集成为底本,四十七至五十卷的补编诗、他集互见诗则以冯氏合注为底本。苏轼散文除见于多种诗文合刊本外,最早的选注本是南宋郎晔的《经进东坡文集事略》。明代茅坤编选的《宋大家苏文忠公文钞》间有评批,也是较好的选本。对苏文辑集较全的是明末茅维的《苏文忠公全集》。今人孔凡礼点校的《苏轼文集》,即取茅维本为底本,又附有点校者所辑之《轶文汇编》,使今存苏文略备于此编。苏词多集外单行,《宋史·艺文志》、《直斋书录解题》均著录有《东坡词》,惜已失传。元延祐七年叶曾云间南阜草堂刊《东坡乐府》二卷,是今存最早刻本。旧时注释苏词者也并不乏人。据载,南宋傅幹、顾禧、金代孙安常等人,都曾为东坡乐府作注,可惜久已散失,仅有南宋傅幹《注坡词》钞本流传[3]。今人龙榆生《东坡乐府笺》,即据朱祖谋编年本《东坡乐府》又参阅吸收了傅幹注释而编撰的。1990年石声淮、唐玲玲又以朱本、龙本为基础,补充编年,增订材料,编成《东坡乐府编年笺注》(华中师范大学出版社版),是目前编年注本较全的一种。

第三节　苏轼的诗

宋诗取材广而命意新,苏诗最足代表。李东阳《麓堂诗话》认为前代诗格简古,内容局限,"赖杜诗一出,乃稍为开扩,庶几可尽天下之情事。韩一衍之,苏再衍之,于是情与事无不可尽。"从古近体诗内容的涵盖力来说,苏诗确实是在杜、韩的基础上有所展衍开拓的。

苏诗今存两千七百多首,内容丰富,社会政事诗在其中占有重要地位。

苏轼是留心观察社会、有志经世济民的诗人。他出身寒素,早年即直觉地感到贫富悬殊,苦乐不均。入仕后勤于邑政,入境问农,累次贬谪,生活接近下层,较为了解各地风土民情[4]。这些都为他写社会政事诗提供了基础。描写农民生活贫苦,同情其遭盘剥、受鞭笞的悲惨命运,是苏轼社会政事诗的重要内容。如《夜泊牛口》写沿江居民的生活苦况,《除夜大雪留潍州元日早晴遂行》写北方大旱后农村的凋敝,《送黄师是赴两浙宪》写水灾侵迫下江浙人民的苦难,《陈季常所蓄朱陈村嫁娶图》、《渔蛮子》控诉租赋的苛重扰民,等等。其中《渔蛮子》写一家渔民为逃避苛重剥削,长年漂泊水上,双足不践寸土,生活十分艰难:"人间行路难,踏地出赋租!"对严密的封建剥削网罗,提出的控诉尤为痛切。苏诗中不仅渗透着对百姓苦难的深厚同情,还体现出诗人为之纾困解厄的恳切愿望。在临离密州时,他深为自己未能改变当地农业落后的局面而不安,因之把殷切的期望寄托于接任的郡守:

> 秋禾不满眼,宿麦种亦稀。永愧此邦人,芒刺在肤肌。平生五千卷,一字不救饥。……何以累君子,十万贫与羸。
> ——《和孔郎中荆林马上见寄》

在友人黄实(字师是)赴两浙任职时,苏轼十分关切在饥饿线上挣扎的吴越灾民,因而恳切地向友人提出了"愿君五袴手,招此半菽魂"(《送黄师是赴两浙宪》)的要求。

苏轼认为实现"裕民"、"安民",必须发展生产。因此兴利除弊、促进生产、改善劳动工具和生活条件,也成为诗人咏唱的重要题材。如《和赵郎中捕蝗见寄次韵》写密州人民灭蝗抗灾的情景,《答吕梁仲屯田》记徐州百姓战胜黄河洪灾的经过,《石炭》反映徐州开发白土镇煤矿的场面,《秧马歌》、《无锡道中赋水车》歌咏江南农村先进的劳动工具,《游博罗香积寺》抒写诗人对利用水力改善农民生活条件的憧憬,等等。直到晚年流放海南,他还戚戚然"哀儋耳之不耕"(《和陶劝农六首并引》),并为此写了一组《劝农诗》,提出"春无遗勤,秋有厚冀"的告诫,希望边疆人民推广内地进步的耕织技艺。

在社会政事诗中,有一部分是针砭时弊或讽喻新法的。如《许州西湖》感叹颍川农业歉收而官府池台宏丽,《和子由闻子瞻将如终南太平宫溪堂读书》反映徭役苛重,劳民伤财,《雨中游天竺灵感观音院》讽刺官僚养尊处优,不知恤农等。《荔支叹》是这方面的名作,它由进贡荔支的历史故事,引出当代官僚献茶贡花,媚上邀宠,批判统治者为满足口体贪欲而不顾百姓死活。这些诗篇"言必中当世之过"(《凫绎先生诗集叙》),是具有现实批判性的。讽喻新法的诗篇情况比较复杂,有的是针砭新法流弊的,《吴中田妇叹》、《山村五绝》可作代表。前者借田妇之口,倾诉灾年农家的困顿,"官今要钱不要米,西北万里招羌儿。龚黄满朝人更苦,不如却作河伯妇。"这是针对新法所造成的钱荒谷贱而发的。青苗法的施行在一定程度上促进了生产,但村户助役纳税都要现钞,势必迫使农民贱价售粮,这种钱荒伤农现象,引起宋代不少政治家的关切,诗中涉及的问题,纵然有所夸张,总还是反映了历史真实的。《山村五绝》是反映青苗法和盐法弊端的作品。其中说农民贷到钱就会到城市游荡挥霍,恐怕言过其实,并且这也不能归咎于新法本身。其二、其三写百姓强运食盐和山区发生盐荒,倒有一定的现实根据。因为当时盐法太苛,封建机构完全垄断食盐收售,必然既堵塞了盐商生路,又会造成食盐供求失调。《和述古冬日牡丹》托物喻意,讽刺新派繁法扰民,虽手法隐晦含蓄,毕竟写出了对新法的不同看法。至于《刘贡父见余歌词数首以诗见戏聊次其韵》、《次韵黄鲁直见赠古风》、《王莽》、《董卓》等篇,或纯属对新法倾泻牢骚,或对新派官员影射攻击,这类作品恐怕除加深朝内党派对立之外,就说不上有什么积极意义了。苏轼的社会政事诗,从反映人民疾苦的深刻性上说,远没有杜甫、白居易写得那么典型,那么动人心魄。但他阅历丰富,取材广泛,命意新颖,不落窠臼,在描写社会生活的广度方面,是有新的开掘和推进的。

苏诗中美学价值最高,最为脍炙人口的作品,是倾入自我的写景抒怀遣兴诗。

苏轼热爱生活,钟情大自然,"身行万里半天下"(《龟山》),"行遍天涯意未阑"(《赠惠山僧惠表》),一生喜欢登山临水,探奇访胜。

因此祖国的名山胜水,妙景奇观,联翩不断地涌入诗人笔底,在苏诗中留下了形象生动的艺术姿容。如《入峡》、《巫山》、《出峡》写蜀中山川的雄伟,《凤翔八观》写陕西名胜的珍奇,《望海楼晚景》写钱塘江潮的汹涌,《登州海市》写东海烟云的奇幻,《新城道中》写江南村景的幽美,《白水山佛迹岩》写岭南风光的壮丽,等等。这些作品,在读者面前展开了无比瑰奇的艺术画廊。动景多于静景,奇景多于常景,造景多于写景,可说是苏轼景物诗的显著特色。《望湖楼醉书》、《望海楼晚景》、《有美堂暴雨》等,均以善于捕捉稍纵即逝的动景而称胜。试看:

黑云翻墨未遮山,白雨跳珠乱入船。卷地风来忽吹散,望湖楼下水如天。

——《望湖楼醉书》

横风吹雨入楼斜,壮观应须好句夸。雨过潮平江海碧,电光时掣紫金蛇。

——《望海楼晚景》

前首写望湖楼急雨,后首写望海楼晚晴,或急雨掠过,湖天一碧,或雨霁潮平,海天掣电。这里云、雨、风、雷、江潮、闪电,都给人一种流动感和力度感,与王安石晚年小诗幽静闃寂的意境很不相同。"作诗火急追亡逋,清景一失后难摹"(《腊日游孤山访惠勤、惠思二僧》),诗人所乐于追蹑的正是这种刹那变幻的景观物象。诗人足迹所历多奇山异水,而他生花的妙笔,又善于穷形尽相地予以摹写。于是巫山的连峰叠嶂,长江深夜的阴火,彭城急湍的奔洪,罗浮山奇绝的岩谷,惠州蒸腾的汤泉等等,都在苏诗中投下了奇妙的艺术影像。如:

> 双溪汇九折,万马腾一鼓。奔雷溅玉雪,潭洞开水府。潜鳞有饥蛟,掉尾取渴虎。我来方醉后,濯足聊戏侮。回风卷飞雹,掠面过强弩。
>
> ——《白冰山佛迹岩》

此诗先写白水山溪的曲折迸泻,雪珠四溅,飞雹掠面,再以饥蛟、渴虎旁衬,愈显出水势的奇幻惊险。

苏轼写山水不仅能"扬其异而表其奇,略其同而取其独"(《筱园诗话》卷一),而且往往注入浓情深致,使环境物象涂上创作主体的感情色调和个性风采。它由真切描摹客体的写景,变成了经由主观感情熔铸的造景,因此他的山水诗往往物我交融,写景与抒怀密不可分。如《游金山寺》先由万里征程、半生宦游导入写景,中间写江景之旷,晚景之丽,夜景之奇,而以"望乡国"绾合首尾,结处即借江神见怪、自誓归田收束全篇。正如陈衍所说:"通篇全就望乡归山落想,可作庄子《秋水篇》读。"(《宋诗精华录》)贬谪黄州后的写景感怀诗,有的更融入浓重的身世之感,如《寒食雨》其二云:

> 春江欲入户,雨势来不已。小屋如渔舟,濛濛水云里。空庖煮寒菜,破灶烧湿苇。那知是寒食,但见乌衔纸。君门深九重,坟墓在万里。也拟哭途穷,死灰吹不起。

此诗有作者手书真迹存世。全篇物象荒凉,语言古拙,格调悲怆,是作者贬居黄州时沉郁襟怀的真实坦露。但从总体来说,苏轼写景抒怀诗的主调趋于壮浪超拔,体现出傲兀的精神和旷达的气度,有的则浮动着奇思遐想,物我辉映,精神倍增,而毫无衰飒之气。《行琼、儋

间肩舆坐睡梦中得句》可作代表。全篇从地理形势发端,次写登高四顾的感慨,再写山岩中的清风急雨:

> 千山动鳞甲,万谷酣笙钟。安知非群仙,钧天宴未终。喜我归有期,举酒属青童。急雨岂无意,催诗走群龙。梦云忽变色,笑电亦改容。

奇景、遐想、旷怀,交融相生,一气浩歌而出,有"天风浪浪,海山苍苍"之象。这种神气超旷、奇想联翩的诗章,前人作品罕见,实乃诗人之所独诣。

有些诗由写景寄怀,进而升华到对人生社会或物理的深沉反思,从而注入意象,使之带有普遍性的哲理和思致,对读者能发生启迪思辨之效。《和子由渑池怀旧》、《东坡》、《题西林壁》、《法华寺横翠阁》、《慈湖夹阻风》等,都是这方面的佳篇。如《和子由渑池怀旧》:

> 人生到处知何似?应似飞鸿踏雪泥。泥上偶然留指爪,鸿飞那复计东西。老僧已死成新塔,坏壁无由见旧题。往日崎岖还记否?路长人困蹇驴嘶。

这首和苏辙的七律并不胶着于抚今追昔,忆旧感怀,而是将日常生活通过艺术思维的过滤,升华到人生哲理的高度,使人生无常、陈迹易泯等有关人生的睿智哲思,借助于"鸿飞"、"雪泥"等一系列意象,得到生动贴切的体现。诗中独创的警策而新颖的比喻,后来被人们概括为"雪泥鸿爪"的成语广为流传,说明此诗发人深思,影响深远。《题西林壁》由写看庐山而难识其真面目揭示了一个平凡而普遍的哲理:认识复杂的事物需要入乎其内,出乎其外,善于多角度考察。

《慈湖夹阻风》其二、其五云：

此生归路转茫然，无数青山水拍天。犹有小船来卖饼，喜闻墟落在山前。
卧看落月横千丈，起唤清风得半帆。且并水村欹侧过，人间何处不巉岩。

前一首写航程艰难，归路渺茫，当此之际，忽闻人语，意外地带来停舟歇息的希望，使行人顿感喜悦。后一首则由航行中难得饱帆顺风，兴起世路艰难的感喟。这类作品将引人深思的弦外之音，含蕴于日常生活小景的具体描摹之中，堪称苏诗的又一特色。

苏轼的题画诗，和陶诗和酬唱诗，在质量和数量上也颇为引人注目。

题画诗始于唐，盛于宋。苏轼是画家，有很高的绘画修养和鉴赏能力，故其所作题画诗大都高妙不凡。如《王维吴道子画》品评佛像、墨竹壁画，意象雄浑，笔势奇纵；《韩幹马十四匹》描摹群马动态，各具神情，章法错落精妙；《惠崇春江晓景》题咏戏鸭、归雁，早春气象和煦，生机盎然；《书李世南所画秋景》再现野外秋光，疏林扁舟，一派清幽淡远之致。《书王定国所藏烟江叠嶂图》更是题画长句中曲尽奇情幻景的名作。它由远景写到近景，由画面景想到现实景，由眼中画、意中景引出栖迹林泉的高情雅趣，远近虚实，层次分明，舒卷自如，出神入化。苏轼题画诗，不仅诗中有画，使人"见诗如见画"，还善于传达出画面韵、画中神和画外意，进而自由生发，或借以寄寓胸臆，或因以讽谕现实，或据以评画论艺，达到了信笔挥洒、变幻无穷的境界。如《惠崇春江晓景》其一：

竹外桃花三两枝,春江水暖鸭先知。蒌蒿满地芦芽短,正是河豚欲上时。

这首小诗不仅写出桃花初开、春水溶漾、蒌蒿丛生、芦苇吐芽等视觉所能见到的画面春景,且能运用艺术联想,表现鸭子的触觉,推测河豚的动向,从而使画面变活,使画中景象生机勃发,情趣盎然,成功地烘染出画中的神韵和画外的意蕴。

苏轼晚年写了一百多首和陶诗,这些作品在苏诗中别具一格。拟古诗由来已久,白居易也有"效陶潜体",但追和古人则不多见;李贺有《追和柳恽》诗,不过偶一为之。元祐七年苏轼在知扬州任上,写有《和陶饮酒二十首》,是他系统和陶诗之始。及至岭南,又一一追和,并在儋州自编一集,由苏辙写《东坡和陶渊明诗引》。苏轼晚年师范渊明,黄庭坚谓其出处不同,风味略似。苏轼亦自称晚年"独好渊明之诗",和作得意处"不甚愧渊明"。然而,两人生活道路、性格气质毕竟不尽相同,诗作也自然各有差异,施补华就曾说,苏轼和陶诗"真率处似之,冲淡处不及也"(《岘佣说诗》)。其实发自真性情的文学创作,即使极意步武前人,也应烙印鲜明的个性风神,否则何异于简单的复制品。和陶诗各题在用韵和句数上与陶诗相同,自然率真的风调相近,语言的简净朴拙相似,而所反映的生活内容则不为陶诗所限。作者力求师法陶诗的形式和风调,来表现自我精神境界和眼前的现实生活。岭南风土的幽美,边疆人民的清苦淳厚,自身坦然处穷、矫首傲世、委心任天的思想情操,在和陶诗中都得到了真切率直的反映。诗人饱经沧桑,晚年潜心反思,在这组诗中不时垒涌出深蕴自身甘苦和人生哲理的佳句,如"坎坷识天意,淹留见人情"、"穷鱼守故沼,聚沫犹相依"、"人间无正味,美好出艰难"、"不缘耕樵得,饱食殊少味"、"口耳固多伪,识真要在心"等等,颇可视为意味隽永的生活格言。可见这组诗不是因题造文的拟作,而是发自真情实感的肺腑之音。

苏轼广于交游,敏于酬赠,时或分题限韵,故集中唱和诗甚多。有的虽属和篇,却胜似原韵,浑厚真醇,气脉完足,毫无牵凑之迹。如《和董传留别》:

> 粗缯大布裹生涯,腹有诗书气自华。厌伴老儒烹瓠叶,强随举子踏槐花。囊空不办寻春马,眼乱行看择婿车。得意犹堪夸世俗,诏黄新湿字如鸦。

和诗并非一般应酬,而是写穷书生董传的为人:生活清苦而意气轩昂,才学满腹而囊空如洗。诗人对他在艰难的文场上力求进取,满怀同情和鼓励。苏轼在密州用尖、又二韵写了《雪后北台书壁二首》咏雪,甚受王安石爱赏,王氏刻意属和,苏轼见了和诗,又用原韵写成《谢人见和前篇二首》。费衮《梁溪漫志》卷七说:"荆公、东坡、鲁直押韵最工,而东坡尤精于次韵,往复数四,愈出愈奇。"用"粲"字韵与乔太博写诗,也一再唱和,往复数四。这些过去得到好评的酬唱次韵诗,虽被赞为"韵与意会,语皆浑成"(《梁溪漫志》),但不免有逞才炫学、过于新巧之嫌。他如谢人赠茶、惠墨,贺人生子、纳妾、寿辰、晋升,以及应命分韵、更迭酬唱之作,大多因题造文,削足适履,情韵甚少。《滹南诗话》云:"次韵实作诗之大病也。诗道至宋人,已自衰弊,而又专以此相尚。才识如东坡,亦不免波荡而从之,集中次韵者几三之一。虽穷极技巧,倾动一时,而害于天全多矣。"王若虚此语虽对宋诗不免求疵过甚,然而其中批评苏轼的意见还是比较中肯的。

苏诗才思横溢,触处生春,别开生面,成一代之大观,在诗史上可说是李、杜而后的又一艺术奇峰。

苏诗笔锋精锐,语言爽利,无论抒怀、写景、体情、咏物,均能意到笔随,巨细必达。如《百步洪》之写泉水湍急,《游径山》之写山势回旋,《新滩》之写鱼鸟情态,《庆源宣义王丈》之写人物性格等等,无不抉剔入微,明快透底。即使是写世态人情,也常能向深层掘进,化隐为显。如写被劾论罪的心有馀悸:

> 怛然悸寤心不舒,坐起有如挂钩鱼。
>
> ——《夜梦》

写旧时争名逐利的衰坏世风:

> 共见利欲饮食事,各有爪牙头角争。争时怒发霹雳火,险处直在嵌岩坑。人伪相加有馀怨,天真丧尽无纯诚。
>
> ——《赠陈守道》

真是口快笔锐,入木三分,"一滚说尽无馀意"(朱熹《朱子语类》卷一四)。正如赵翼所云:"爽如哀梨,快如并剪,有必达之隐,无难显之情。"(《瓯北诗话》)多淋漓痛快之语,而少蕴藉含蓄之致,是苏诗异于唐诗的一个特点。施补华《岘佣说诗》所谓"东坡才思甚大,而有好尽之病",当即此意。

苏诗想象飞驰,奇趣横生,意境灵动,比喻新颖巧妙,层出不穷。"长江绕郭知鱼美,好竹连山觉笋香"(《初到黄州》),由视觉环境迅即转化出香美的味觉嗅觉形象;"桑畴雨过罗纨腻,麦垅风来饼饵香"(《南园》),从桑田麦垅的风雨立时联想起收获时劳动产品的喜人;"空肠得酒芒角出,肝肺槎牙生竹石"(《郭祥正家醉画竹石》),把无形的酒助诗兴的创作灵感写成可诉诸视觉和触觉的具体物象,

诗思敏捷过人,天机洋溢。再如写客居中感伤节序、惋惜光阴、怀想亲旧的落寞心情:

> 寒鸡知将晨,饥鹤知夜半。亦如老病客,遇节常感叹。光阴等敲石,过眼不容玩。亲友如抟沙,放手还复散。
>
> ——《二公再和亦再答之》

诗中用一系列的生动比喻描述内心的多种感受,喻体和被喻的事物既是复杂的,又是随处可见的日常现象,初看平淡无奇,细味意趣深长。

苏轼发展了韩愈以文为诗的传统,笔力纵横驰骋,议论滔滔汩汩,加之他精熟坟典,语汇浩博,典实宏富,故称心挥洒,自成创格。古体长篇每能烟云卷舒,变幻无常。如《王维吴道子画》、《百步洪》、《送李公恕赴阙》、《寄吴德仁兼陈季常》、《送杨杰》等,都写得浑转浏亮,酣畅淋漓,常常于行文中忽从天外插来一段不测之境,为寻常胸臆中所无,大有"天马行空"之势。

苏轼娴熟古今各体,但亦不无短长。大致精于古体,尤以七古最优,五古亦有精神饱满、才气坌涌或以禅理见胜者。七律虽逊于七古,风调多洒脱流丽,以气格胜。七绝精美明快,不乏脍炙人口的佳篇。五言近体染指较少,故方回《瀛奎律髓》选录苏诗七律四十首,五律仅取一首。施补华说:"东坡最长于七古,沉雄不如杜,而奔放过之;秀逸不如李,而超旷似之;又有文学以济其才。有宋三百年无敌手也。"(《岘佣说诗》)许印芳谓:"东坡天才豪放,学殖富有,发为文章,非大篇长句不足供其挥洒。故其诗七言最为擅场,七古较七律尤出色,七律虽不及七古,而气格超胜。"(《律髓辑要》)这些均为公允持平之论。

苏诗新而能变，机趣洋溢，间有奇笔异想，而风格基调是清雄奔放、驰纵自如并兼有清逸简淡。尤为出色的是，苏诗风神出于天然自得，而不假人力雕镂。赵翼比较诗史三大家谓："李诗如高云之游空，杜诗如乔岳之矗天，苏诗如流水之行地。"苏诗妙处，"在乎心地空明，自然流出，一似全不着力，而自然沁人心脾"（《瓯北诗话》）。诗史苏、黄并称，而作风有异。黄以人力功夫胜，苏以天然才气胜；黄诗惨淡经营，悉心磨砺，苏诗放笔快意，不甚锻炼。优胜处难免带来不足，苏诗也得中有失。由于他恃才挥笔，沛然难收，句法时感率易，用事偶失拉杂，章法有时散缓，至于辗转和韵，掉弄禅语，凑韵凑篇之作，则更加不足为训。

[1] 《东坡易传》又名《苏氏易传》，有汲古阁《津逮秘书》本、《丛书集成》之《学津讨原》本、《四库全书》本。《东坡先生墓志铭》载：苏洵晚岁读《易》，作《易传》未成病危，命苏轼述其志，"公泣受命，卒以成书"。《四库全书总目·〈东坡易传〉提要》云："此书实苏氏父子兄弟合力为之，题曰轼撰，要其成耳。"

[2] 《东坡书传》有《两苏经解》本、《学津讨原》本、《四库全书》本等。《黄州上文潞公书》谓："到黄州，无所用心，辄复覃思于《易》、《论语》，端居深念，若有所得，……自以意作《论语说》五卷。"《论语说》自明以来即不见于著录。

[3] 据洪迈《容斋随笔》卷一五载，绍兴初有"傅洪秀才注坡词"；陈鹄《耆旧续闻》卷二载，有"顾禧景蕃补注东坡长短句"；元好问《遗山文集》卷三六谓金朝"绛人孙安常注坡词，……坡词遂为完本"。南宋傅幹《注坡词》十二卷，绍兴初年有刊本，陈振孙《直斋书录解题》曾著录。今存钞本乃徐积馀传钞天一阁明钞本。洪迈所称傅洪，殆以卷首有傅共（字洪甫）序，而将作序者误为撰人。今人有考辨，可参考程毅中《注坡词跋》、刘尚荣《钞本〈注坡词〉考辨》（均见四川人民出版社《东坡词论丛》）。

[4] 如苏轼在《论积欠六事并乞检会应诏所论四事一处行下状》所云：

"臣顷知杭州,又知颍州,今知扬州,亲见两浙、京西、淮南三路之民,皆为积欠所压,日就穷蹙,死亡过半。"又自述他自颍州移任扬州途中,"每屏去吏卒,亲入村落,访问父老,皆有忧色。云丰年不如凶年:天灾流行,民虽乏食,缩衣节口,犹可以生;若丰年举催积欠,胥徒在门,枷棒在身,则人户求死不得。言讫泪下,臣亦不觉流涕。"可见苏轼任职地方,注意了解民隐,敢于向朝廷痛切陈报实情,为民请命。

第十四章　苏　轼（下）

第一节　苏轼的文

在我国文学史上，苏轼是韩愈、柳宗元、欧阳修之后的又一散文巨匠。他一生对散文用力甚勤，咳唾成章，作品宏富，今存各体散文约四千馀篇[1]。体裁有赋铭、颂赞、论议、杂著、记叙、表状、书牍、碑传、笔记等多种，略可区分为议论文、记叙文、小品文、杂著几类。

议论文是苏文中的一个突出部分，包括奏议、进策、经解、杂说等，其中重要的是史论和政论。苏轼青年时即好"诵说古今，考论是非"（《答李端叔书》），其中有些系专为应举而作，类多复述经义，不免空疏汗漫，对此他后来曾自感愧悔。但苏氏家学素尚体用，苏辙亦称其兄"好贾谊、陆贽书，论古今治乱，不为空言"（《东坡先生墓志铭》），其论文中确有不少针对现实、表现识度、议论英发的佳篇。史论如《留侯论》、《贾谊论》、《晁错论》、《论封建》等，均能依据常见史料，引出独到见解，立论颖异，不落窠臼。政论以《思治论》、《进策》最有名。前者分析财乏、兵弱、官滥现象，提出要以"犯其至难而图其远"的勇气，决心革除"三患"。后者是由二十五篇分论组成的有系统的宏文巨制,其中《策略》总论天下形势和应变方针,《策别》就驭官、安民、丰财、治军四端设计改革措施,《策断》则分析敌我长短,提出御侮方术,内容丰富,有的放矢,集中体现了作者早期的改革主张。

记叙文包括碑传文、山水记、亭台记等,在苏文中艺术价值最高,最富有独创性。碑传文善用所写对象日常生活中的素材和细节刻画其个性,以突现畸人异才的高风特操,《方山子传》、《石氏画苑记》、《书刘庭式事》等可作代表。游记文长于在写景记游、烘染意境中,寄寓识见,融入诗情雅趣,《石钟山记》、《雩泉记》、前后《赤壁赋》等是这方面的名篇。为楼台亭榭所作题记的文字较多,《喜雨亭记》、《凌虚台记》、《超然台记》、《放鹤亭记》、《醉白堂记》等最为传诵,下笔往往着题而不为题囿,长于宕开笔势,随机生发,绅绎出一段妙理,颇能收警俗醒世之效。如《超然台记》开篇紧切"超然"题义凌空而起,就我与物的关系纵论忧乐之所由来:

> 凡物皆有可观。苟有可观,皆有可乐,非必怪奇玮丽者也。餔糟啜醨皆可以醉,果蔬草木皆可以饱。推此类也,吾安往而不乐。

按照常理,凡外物皆有可观可乐之处,然而关键在于自我的正确面对外物,因为:

> 人之所欲无穷,而物之可以足吾欲者有尽。美恶之辨战乎中,而去取之择交乎前,则可乐者常少,而可悲者常多,是谓求祸而辞福。夫求祸而辞福,岂人之情也哉!物有以盖之矣。彼游于物之内,而不游于物之外。……是以美恶横生,而忧乐出

焉,可不大哀乎!

作者认为人对物的欲求无穷,而外物给予人的满足有限,这就产生矛盾,成为苦恼的根源。陷入苦恼,戕害自我,是违背人情的,这是被外物陷溺的结果。由此他提出"游于物之内,而不游于物之外",乃是造成常人悲剧的原因。由这种超然物外的胸襟出发,入题记事,描述优游胶西之乐,再写因随遇而乐而引起建台的兴致,进而写登台览胜的愉悦。全文贯穿一个"乐"字:作者之所以能"无往而不乐",正在于自己能"游于物之外",亦即能超然于外物。这就是台名为"超然"的精义。全文融思辩、记事和抒情于一体,紧扣"超然之乐"逐层递进,由理入事,由事及景,最后画龙点睛、归结题旨。在记亭台中融入了一段深湛的人生哲理,发人深思。

书札、序跋、随笔、杂著,是苏轼散文中独具风韵的妙品。旧时于全集外另刊有《东坡尺牍》、《东坡题跋》,说明两类文章流传颇广[2]。苏轼广于交游,襟怀坦荡,书牍文字甚多,连同今人辑佚所得,共约一千五百多篇。书牍写怀抒感,信笔而书,最能反映作者的真性情、真思想。如《与李公择》(十一)手札:

示及新诗,皆有远别惘然之意,虽兄之爱我厚,然仆本以铁石心肠待公,何乃尔耶?吾侪虽老且穷,而道理贯心肝,忠义填骨髓,直须谈笑于死生之际,若见仆困穷便相於邑,则与不学道者大不相远矣。兄造道深,中必不尔,出于相好之笃而已。

苏轼以罪人身份被编管黄州,李常怀着凄楚的心情来信安慰。苏轼针对来函极力开解,既免除友人为自己过分担忧,又借以表明自己坦荡磊落的襟怀和生死穷达、不易其操的风节。王文诰说:"公与子由诗云：'丈夫重出处，不退要当前。'其一生安身立命，在此十字。今读此书，……千载之下，犹见其生气凛然也。"(《苏文忠公诗编注集成总案》卷二〇)这篇手札也同样表现了此种凛然的气宇。

如果说上引书札坦露了苏轼坚强的风节，那么，远放惠州所写《与参寥子》手札，则生动地体现了他豁达的个性：

<blockquote>
专人远来，辱手书，并示近诗，如获一笑之乐，数日慰喜忘味也。某到贬所半年，凡百粗遣，更不能细说，大略只似灵隐天竺和尚退院后，却住一个小村院子，折足铛中，罨糙米饭吃，便过一生也得。其馀，瘴疠病人，北方何尝不病。是病皆死得人，何必瘴气。但苦无医药。京师国医手里死汉尤多。参寥闻此一笑，当不复忧我也。
</blockquote>

苏轼以衰迈之年，身冒南疆瘴疠之气，困居惠州，生活凄苦，无医无药。但他傲视磨难，履险如夷，不暇自恤，反而体贴入微地宽慰友人。短札中以通俗幽默的口语，娓娓不倦地自述流放生涯，与老友笑谈家常，将无限酸楚藏于旷语、谐语背后，一切人生的眼泪和苦果自我吞咽，而把微笑和温馨留给他人。我们从苏轼书牍中，看到的乃是一位讲风节、重友情、敢于承受艰厄、善于豁达自处的活脱脱的铮铮人物。

题跋衡文谈艺，简短精警，作者有关艺文的真知灼见，往往熔铸于中。随笔、杂文、小品多见于《东坡志林》、《东坡七集》。名为"志林"者仅史论十三则，《稗海》本《志林》广为增益，与其姊妹篇《仇池笔记》同为笔记总汇而内容互有出入。"志林"、"仇池"苏轼生前已提及，或未完成，今本为后人辑纂。两书去其重见，约得三百篇，凡山川风物、制度典章、轶闻时事、阴阳术数，悉有载录，大抵随记经历见闻，有感即发，信笔写来，即成文章。另有《艾子杂说》旧题东坡撰，前人疑为伪托,但北宋周紫芝曾认定为苏轼作,或当有所据[3]。其文假托战国人艾子语,实为寓言故事,多含讽刺诙谐旨趣。

比之欧、曾诸家,苏轼在散文艺术上又有新的推进和开拓。

其一,由长于议论到精于思辩。苏文也以议论见长,它的议论具有一种雄辩的气势和化隐为显的形象状述力。其史论、政论,往往立意新警,善于翻空出奇,推倒旧案;在论证中,上下古今,援据赅博,雄辩滔滔,一往无前;而笔力纵横捭阖,腾挪变化,使文章具有一种滚滚不穷、浑浩流转的气势。他的议论,不同于某些政治家只是一味平正地开陈政见,而是善于运用形象化的手段来阐述复杂的道理。不用说其《日喻说》、《稼说》、《文说》等脍炙人口的杂文,即便是堂而皇之的奏章进策,也引进了类比、对比、比喻等多种文学手法,把道理讲得浅易亲切,发人深省。如《策略一》用受病"深而不可测"来说明当时政局"有可忧之势而无可忧之形";《拟进士廷试策》用"乘轻车驭骏马,冒险夜行"来比喻改革操之过急易于发生危险。较之平正的抽象推理,这样写法显然更收振聋发聩之效。苏文议论的另一个显著特色是其深湛的思辩性。即使在奏议、政论中,也不乏其例;在杂著、记叙等散文中,则尤为精辟出色。如《凌虚台记》,开笔凌空而起,从都邑靠山的形胜推出应当筑台的原委,接着写筑台、命名、作记的经过。第三段由"凌虚"二字引发,写出自己对物之兴废成毁的卓见特识:

> 物之废兴成毁,不可得而知也。昔者荒草野田,霜露之所蒙翳,狐虺之所窜伏。方是时,岂知有凌虚台耶?废兴成毁,相寻于无穷,则台之复为荒草野田,皆不可知也。尝试与公登台而望,其东则秦穆之祈年、橐泉也,其南则汉武长杨、五柞,而其北则隋之仁寿、唐之九成也。计其一时之盛,宏杰诡丽,坚固而不

可动者,岂特百倍于台而已哉?然而数世之后,欲求其仿佛,而破瓦颓垣无复存者,既已化为禾黍荆棘丘墟陇亩矣,而况于此台欤?夫台犹不足恃以长久,而况于人事之得丧,忽往而忽来者欤?而或者欲以夸世而自足,则过矣。盖世有足恃者,而不在乎台之存亡也。

文章从荒野起台,联想到"废兴成毁相寻于无穷"的历史规律,再以秦、汉、隋、唐时代坚固宏丽的宫殿化为丘墟垄亩作比况,进一步推断高台不可长久。凭今吊古,极尽欷歔感喟之致。以下急转直下,由"台犹不足恃以长久",推论"人事之得丧"更加如此,因而不可"夸世而自足",并认为"世有足恃者,而不在乎台之存亡"。所谓有"足恃者"究竟指的什么,作者却引而不发,让读者自行领悟。这通议论,把台的成毁变化,置于人类历史长河的广大背景之中,引出一个令人深思的哲学课题:在无限的宇宙中,一切事物的存在都是有限的、暂时的,究竟有哪类事物最能经受时间的磋磨而不易泯灭?人们究竟要靠什么来垂之久远?作者这种成毁观,既不同于靠广宇华屋来"夸世而自足"的世俗之见,又有别于万有归空的虚无思想,反映出他明达而超迈的识度。再如《墨妙亭记》就天命与人事的对立,阐明了"知命者必尽人事"的人生态度;《宝绘堂记》指出人对所爱悦之物有"寓意"和"留意"两种不同态度,前者借物以娱人,后者人为物所役,要不致让物役人,就应"寓意于物,而不可以留意于物"。可见苏轼在记亭台、摹山水、写游兴中,往往善于驰骋遐想,谛观万有,因物发端,即事明理,提出有关宇宙、人生、社会的诸种问题,从不同的角度思考,推演出醒迷警世的论断,闪耀着智慧的光彩。

其二,由重在传道到重在抒写性灵。北宋古文运动从倡导尊韩崇道开始,初期古文家多主张宗经明道,至三苏则转而强调写情达意。苏轼说:"作文先有意,则经史皆为我用。"(见周煇《清波杂志》)他曾自谓"与人无亲疏,辄输写腑藏"(《密州通判厅题名记》),故其文多写自我,见胸臆,显性灵。许多纪事抒情散文韵致翩翩,尤能给人以潇洒出尘之感。他襟怀旷达,无往而不乐,故为文又常以写乐为旨。如《上梅直讲书》是倾吐中第后内心欣快之情,《喜雨亭记》是写居官巧遇甘霖之喜,《超然台记》是写环境由优变劣而能得因缘自适之快,《放鹤亭记》是赞高人雅士隐居之乐,等等。作者写中第后之乐,不在于出仕有望,而在于得贤人为知己;写山林之乐,居然谓隐士可以超过"南面之君";写超然台之乐,不是乐其"雕墙之美"、"湖山之观",而是"乐其风俗之淳",因为从物质条件来说,胶西远不如钱塘。这些都体现出作者清雅高尚的襟怀,"飘然脱去世俗之乐而自乐其乐"(《上海直讲书》)的气度。文章既有一段出人意表的不可磨灭之理,又有一种轶尘绝俗的高旷韵致。苏轼的散文小品,情趣间出,或从细微事物体现普遍哲理,或由日常生活悟得人生妙谛,或借景物寄托某种情怀和意趣,信笔点染,即成妙文。如《记游松风亭》写登高疲惫,前程尚远,"良久,忽曰:'此间有什么歇不得处?'由是如挂钩之鱼,忽得解脱。"作者认为如能悟得此法,人生即使遇到最艰险、最紧张的处境,也能坦然处之。《在儋耳书》是苏轼于哲宗元符元年初到海南时所写的一篇随笔:

> 吾始至海南,环视天水无际,凄然伤之,曰:"何时得出此岛耶?"已而思之,天地在积水中,九州在大瀛海中,中国在少海中,有生孰不在岛者?覆盆水于地,芥浮于水,蚁附于芥,茫然不知所济。少焉水涸,蚁即径去,见其类出涕曰:"几不复与子相见,岂知俯仰之间,有方轨八达之路乎?"念此可发一笑。

苏轼垂老投荒,面对茫茫大海,凄然发出"何时得出此岛"之叹。但他没有因此颓唐绝望,而且想到邹衍谈天的一段话,顿悟出整个人寰无不为海洋环绕,何必为身处僻岛自伤。接着他构思出蚂蚁为覆盆之水包围旋又脱险的故事,来说明人间安危可以相互转化,大而宇宙人生,小而虫蚁草芥,无不如此。作者用齐物观、相对论来观照人生,借以求得心理平衡,从而于绝望中派生出希望,进而以倔强的希望,支持他战胜磨难。文章虽短,而构思奇绝,情节妙绝,识度卓绝。文章的结论是旷达的,而基调是凄惋的,把眼泪吞入愁肠,把笑容朝向人间,寓悲凉于诙谐之中,就是本文的风格。苏轼这类小品文多于日常琐事中顿起妙悟,生发哲理,其中渗透着身世之感,凝结着人生的体验,旷中含悲,于不经意中涉笔成趣,是从肺腑中自然流出而颇能体现性灵的文字。

其三,由容与闲易到灵动活脱,舒卷自如。欧文"条达疏通"、"容与闲易",是平易自然风格的典范。苏轼沿着欧文的道路迈入了工巧与天然浑化统一的新境界。苏文比苏诗显得平易,如《与王庆源》手札:

> 寓居官亭,俯迫大江,几席之下,云涛接天。扁舟草屦,放浪山水间。客至多辞以不在,往来书疏如山,不复答也。

寥寥几笔,就把环境气象的壮阔,寄情山水的悠闲,有意避嫌而不涉世的疏懒,真切地描摹出来,而激愤之情隐然字里行间。《刑赏忠厚之至论》虽属科场文字,却也写得圆熟流美,抑扬婉宕,很少奥句僻典和着力雕镂之迹。苏文平易自然,却不流于质直平淡。如《喜雨亭记》以议论发端,为以"喜"名物溯源正名;进而叙述建亭遇雨、官民共庆之本事,又以亭上对话写出得雨之所以喜;收尾用歌谣表明用"喜"名亭的道理,"繄谁之力"突然一问,随即由太守归功天子、造化,陡然落到亭上。旋议旋叙,忽语忽歌,文思愈出愈奇,笔势轻盈荡漾。又如《文与可画筼筜谷偃竹记》一文,首叙与可画竹之法的妙谛,神思飙举;次述与可生前喜笑之言,音容宛在;末写睹画怀人之悲,痛切肺腑。忽喜忽悲,波澜层出,极灵动活泼之致。

总之,苏文手法多变,往往突破凝固格局,使情景事理多重融合,浑然一体;语言有庄有谐,有精整有错落,散韵互用,长短相间,奇偶交错;文体不拘常套,因题制宜,时散时骈,亦文亦赋,尤善于在散文中吸收骈语,在赋体中注入散行的气势。如《张氏园亭记》、《祭欧阳文忠公文》、《潮州韩文公庙碑》、前后《赤壁赋》、《黠鼠赋》等都具有这种特色。其次,苏轼散文不仅以议论见长,而且常能向思辨化的更高层次升华,不拘于明道议政,而尤长于写胸臆,见性灵,妙手生春,涉笔成趣;在手法和体制上,由单一化走向复合化,善于融众长于一炉,破旧格,生新变,由此文风从自然平易一途,迈入了活脱灵动、仪态横生、出神入化、气韵天成的高境妙域。因此可以说,苏文集中体现了北宋散文的特色,代表了一代散文创作艺术的最高成就。

第二节　苏轼的词

今存苏词以熙宁中期作品为最早,足证苏轼染指此道,已在其诗文得大名于文苑之后。但就词作数量来说,今存三百馀首,已超过柳永、周邦彦现存作品约三分之一。尤其值得注意的是,他以不顾侪辈和传统的气概,在这一诗体的领域中坚持了开拓和创新。

苏轼开拓了词体堂庑。文学创变离不开固有传统,苏词中具有女性美的婉约之作,仍占相当比重,这不足为奇。而其可贵之处,正在于保有旧领地的同时开拓出新境域。苏轼不为传统习尚所囿,于柔情风月而外,举凡送别、闲适、壮志、旅怀、风景、农村、怀古、咏物、贺寿、悼亡、嘲谑等等,均可入词,确实达到了得心应手、无适不可的境地。特别是他对政治情怀的抒发,对人生波澜的思索和探究,对友谊的咏唱,对农村生活的描写等,在词作内容上显然带有超越前人的开拓性。苏词不仅内容开阔,而且表现重点有所转移。如果说,以前词体多写歌楼酒馆的旖旎风情,那么苏轼则把词体逐渐转化为文人言志抒怀的工具;以前词家多代女性立言,苏轼则更多地表现自我,深层次地袒露士大夫知识分子的性格与志趣。如〔沁园春〕(孤馆灯青)写"致君尧舜"、"用舍由时"的政治抱负,〔念奴娇〕(大江东去)表现倾慕功业、不甘寂寞的苦闷心绪,〔水调歌头〕(明月几时有)、〔临江仙〕(夜饮东坡)、〔定风波〕(莫听穿林打叶声)寄寓对某种人生波澜的理性反思,〔满江红〕(江汉西来)写身遭贬逐的不平之气,〔八声甘州〕(有情风万里卷潮来)写俯仰今古、忘机脱尘的超拔之致,〔鹧鸪天〕(林断山明竹隐墙)流露徜徉林泉的闲怡之趣等等。这些内容都是以前的词作所不常见的。咏月绝唱〔水调歌头〕(明月几时有)以逸思遐想,构造了一个清旷澄澈的境界,融会了睿智的人生哲理,体现了词人寥落而又开旷的胸襟。〔念奴娇〕《赤壁怀古》以英伟非凡的意象,磅礴雄伟的气势,高唱入云的格调,透露了作者有志报国、壮志难酬的感慨。此类极富个性化的词作,确为充盈着花影粉香的词坛吹来一股刚劲豪逸的清风。它们展示了作者丰富而复杂的精神世界,体现出活脱脱的个性风神,而这一切在苏词里都仿佛举重若轻,不假雕镂,满心而发,肆口而成。苏轼是以性情取胜的词家,正如元好问所说:"唐歌词多宫体,又皆极力为之。自东坡一出,情性之外不知有文字。"(《新轩乐府引》)王鹏运也认为"其性情、其学问、其襟抱,举非恒流所能梦见"(《半塘老人遗稿》)。故其词兴会高骞,品格非凡。

苏轼发展了词的表现技巧。大抵词境愈放,则词艺愈熟。苏词融汇前人多种技巧,提高了这一诗体的表现功能,显示出前所未有的纵横驰骋、游刃有馀的境界。婉约词不出情、景的描述,多用比兴手法,以含而不露为贵。柳永词发展慢声,展衍章法,长于白描和铺叙。苏词发展了柳词的铺叙手法,多用直陈叙事抒怀。如密州寄子由的〔沁园春〕,先写旅况,次写旅怀,进而追述昔年抱负,然后折转到当前如何应时处世,而以劝慰对方收束。铺叙细密,线索井然。这类词作不同于以写景为主、借景抒情的篇什,而是以叙事为干,即事写景。如果说上词叙事有失于平直,那么密州出猎所写的〔江城子〕、赤壁怀古所写的〔念奴娇〕,则驰骋激荡,不可一世。两词均有独特的场景和非凡的人物,尤其能以倾动全城和放眼长江的大背景来烘托人物,以威武雄奇的大场面来鼓荡人心,这在词史上可说是一新创。苏轼不仅能写大场面,还善于截取日常生活小景来寄情寓理,如〔临江仙〕(夜饮东坡醉复醒)写酒后听江涛的感触,〔定风波〕(莫听穿林打叶声)写道中遇急雨的从容,无不是借叙写生活细节,融入某种关于人生问题的深邃思考。苏轼有时化用神话故事,以虚幻的情节表现现实的政治感慨。〔满庭芳〕(归去来兮)下片写词人飞驰遐想,升入天宇,在银河岸头与停梭迎客的仙女对话:"银潢尽处,天女停梭。问何事人间,久戏风波?"天仙的问询,隐隐地透露了饱经政治风险的词人对仕途生涯的反省,对官场险恶的馀悸。足见柳词的叙事手法到苏词中已避去了平直,而更为纷繁多样了。

不用景语,不假叙事,而敞开肺腑直泻胸臆,也是苏词常用的抒情手法。在密州送文安国还朝写的〔满江红〕即是如此:

天岂无情,天也解、多情留客。春向暖、朝来底事,尚飘轻雪?

君遇时来纡组绶,我应老去寻泉石。恐异时、杯酒复相思,云山隔。

词贵婉曲,此词上片却痛快淋漓地畅叙别情,由眼前的留恋,说到异时的云山阻隔,杯酒相思,但读来并不感到平直乏味。原来作者自己恋友,却偏说上天留客;而上天留客之意,又由春暖飘雪推演而出,使主观感情借客观天象加以映现。写到双方的云泥异路,用"纡组绶"、"寻泉石"表示,化抽象为形象。故虽系直抒情怀,却直中有曲,朴中含巧,从而使这篇送别词摇曳跌宕,情致深婉。有的词则全用纵谈历史掌故来寄意。苏轼在徐州和子由的一首〔水调歌头〕(安石在东海),词意"以不早退为戒,以退而相从之乐为慰"(小序),开篇却纵谈谢安一生的行藏进退,借以见意,含蕴丰厚,仍有耐人寻绎之致。苏词中也有纯以议论写怀的,如〔满庭芳〕(蜗角虚名)、〔无愁可解〕(光景百年)等篇,虽出语爽利,笔到意尽,但终嫌拙直而乏韵味。

苏轼在运用比兴、寄托、比拟等婉曲手法上也十分擅长,且多所创新。顾敻〔虞美人〕写思妇怀人:"凭栏愁立双蛾细,柳影斜摇砌。""柳影"语意双关,既是为思妇衬托,又为之传神写照。这种以柳喻人的局部意象,到苏轼〔洞仙歌〕(江南腊尽)便演变为通篇借柳写人,即用连环比拟之法,先以柳为人,以人拟柳,既又以人为柳,以柳拟人。实际上词人咏质弱骨清的垂柳,原是为了悯惜才美而命薄的佳人。〔水龙吟〕《杨花词》,借杨花来写佳人的一种特定性灵和心态,极婉曲缠绵之能事,故前人评价甚高,至许为"神品"。词贵有寄托,张惠言谓温庭筠〔菩萨蛮〕仿佛是陶渊明的《感士不遇赋》,则未免求之过深。其实真正将香草美人的骚赋手法化入词的,应该说肇始于苏轼。〔贺新郎〕(乳燕飞华屋)当是这方面的力作。它着力刻画一位纯洁贞静的绝代佳人,她的无人理解的寂寞之愁和自伤迟暮的沦落之感,正是词人孤高失时、怀才不遇的政治情怀的艺术投影。词中以榴花衬映佳人,以佳人失时之态寄托词人政治失意之感,一派幽怨之情贯注于笔端,与杜甫《佳人》诗有异曲同工之妙。〔卜算子〕(缺月挂疏桐)以独往独来之孤鸿,暗喻贬放黄州之寂寞,语语双关,格奇语隽,也是成功的借物寄怀之作。此外在东坡乐府中还有檃栝体、集句体、对话体,表明苏轼对词的创作技巧多所创新。

苏轼变革了传统词风。词善言情,而情并不专以柔为正。古人囿于传统风习,往往只把柔情视为"情",故晁补之有"眉山公之词短于情"之说(《苕溪渔隐丛话》前集卷五一)。其实苏词并不乏"缘情而绮靡"之作,有的还写得相当出色。王士祯《花草蒙拾》称赞的"枝上柳绵吹又少"(〔蝶恋花〕),贺裳《皱水轩词筌》举出的"彩索身轻常趁燕"(〔浣溪沙〕),张炎《词源》评为"压倒今古"的杨花词(〔水龙吟〕)等等,都是写柔情的妙品,甚至被人比为美人中的王嫱、西施。苏词中直接间接涉及歌妓的词多达一百八十馀首,可见苏轼何尝短于此道,只是他不甘心以时风自域罢了。

苏轼的独特贡献,不在于他创作了数量可观的婉约词,而在于他写出了一部分豪放之作。有人认为苏词称得起豪放的仅有个别篇章,如俞彦就说,"其豪放亦止'大江东去'一词"(《爰园词话》)。所谓豪放,大致是指劲拔雄健、磊落恢宏、放笔挥洒、不受拘检的一种创作个性。以这种标准细检苏词,有人们熟知的名篇,如:

　　大江东去,浪淘尽、千古风流人物。故垒西边,人道是、三国周郎赤壁。乱石崩云,惊涛拍岸,卷起千堆雪。江山如画,一时多少豪杰。　遥想公瑾当年,小乔初嫁了,雄姿英发。羽扇纶巾,谈笑间、樯橹灰飞烟灭。故国神游,多情应笑我、早生华发。人间如梦,一樽还酹江月。

　　　　　　　　　　——〔念奴娇〕《赤壁怀古》

老夫聊发少年狂,左牵黄,右擎苍,锦帽貂裘,千骑卷平冈。为报倾城随太守,亲射虎,看孙郎。　酒酣胸胆尚开张。鬓微霜,又何妨!持节云中,何日遣冯唐?会挽雕弓如满月,西北望,射天狼!

——〔江城子〕《密州出猎》

两词大笔挥洒,豪气干云,可谓英雄绝唱。此外,苏轼还有不少辞锋凌厉、情怀磊落之作,其精神气韵都迥乎不同于传统的绮罗香泽之调。即以他的早期词而论,通判杭州期间为送陈述古而写的〔清平乐〕,为和杨元素而作的〔南乡子〕,寄益州守冯当世的〔河满子〕,七夕送陈令举而作的〔鹊桥仙〕等等,虽属短章,而笔力气格已自不凡。其后,守徐州时写的〔水调歌头〕(安石在东海),贬黄州时写的〔满江红〕(江汉西来)、〔满庭芳〕(三十三年)、〔水调歌头〕(落日绣帘卷),知杭州时写的〔八声甘州〕(有情风万里卷潮来),知颍州时写的〔满江红〕(清颍东流),贬惠州途中写的〔归朝欢〕(我梦扁舟浮震泽)等等,都是气象恢宏,笔走龙蛇的长篇。现举〔满江红〕一阕以见一斑:

江汉西来,高楼下、葡萄深碧。犹自带、岷峨雪浪,锦江春色。君是南山遗爱守,我为剑外思归客。对此间、风物岂无情,殷勤说。　《江表传》,君休读;狂处士,真堪惜。空洲对鹦鹉,苇花萧瑟。独笑书生争底事,曹公黄祖俱飘忽。愿使君、还赋谪仙诗,追黄鹤。

起句大笔勾勒,突兀而入,由摹写长江的瑰奇景色,牵带出乡思宦情。

下片由此开怀倾诉,藏激情于事典,借吊古以抒怀,字里行间浮动着一派苍凉悲愤、勃郁不平之气。再如〔归朝欢〕云:"我梦扁舟浮震泽,雪浪摇空千顷白。觉来满眼是庐山,倚天无数开青壁。"一起便觉意象奇伟,腾跃而出。像这类笔酣墨饱、意境非凡的词章,显然是可以称为豪品的。

肯定苏轼开创豪放词风,不应忽视苏词风调的多样性。在《东坡乐府》中,既有"雄文大手"、"辞气迈往"的豪放词,又有幽怨缠绵、情词妩媚的婉约词,还有抒发"逸怀浩气"的清旷之作,体现"灵气仙才"的幽隽之篇,描写农村风物的韶秀之什。各样风调皆不乏名篇佳作,都能以高妙的艺术魅力,赢得人们的赞赏。刘辰翁说:"词至东坡,倾荡磊落,如诗如文,如天地奇观。"(《辛稼轩词序》)在我国词史上,苏词真可称得上是一座突兀而起的奇峰。

第三节　苏轼在文学史上的地位及其影响

苏轼是我国历史上才华横溢的文学巨匠,他以多种形式的宏富而出色的作品,奠定了他在我国文学史上的崇高地位,并对当时和后代的文艺创作产生了巨大而深远的影响。

苏轼的著作在当时就已得到广泛的流传。青年时代他在文场脱颖而出后,随即名动士林,凡有词章,辄为人所传写,中年即有文集刊行。元丰初何大正等人为了弹劾苏轼,曾搜集"镂板而鬻于市"的多种苏集,缴进朝廷。据邵博《邵氏闻见后录》记载,有人向苏轼求墨迹,苏轼曾令人"取京师印本《东坡集》诵其中诗"而书之。当时边远地区的范阳书肆,也有《大苏集》刊本出售。其后各代重刊翻刻,更加层出不穷,难以殚数,其作品流传之广,在宋代作家中罕有其匹。

元祐时代，苏轼继欧阳修主盟文坛，声望甚高。毛滂《上苏内翰书》说，苏轼"名满天下，虽渔樵之人，里巷之儿童，马医厮役之徒，深山穷谷之妾妇，莫不能道"。即使政治失势之时，其文学名望亦不稍衰。正如赵翼《瓯北诗话》所云："东坡才名震爆一世，故所至倾动，士大夫即在谪籍中，犹皆慕与之交，而不敢轻。"在黄州、惠州、儋州时期都有不少官吏和文人冒着风险同他交游。苏轼死后，因被置入元祐党籍，著述遭到查禁，雕版复被焚毁，然而"禁愈严而传愈多"（朱弁《风月堂诗话》），人们甘冒禁令来保存和传播苏轼诗文。南宋初开始为苏轼恢复名誉，孝宗时更追谥文忠，出版遗著，孝宗赵昚还亲自为其文集写序。于是苏轼著述又以多种版本广为流传，一时"人传元祐之学，家有眉山之书"（《宋赠苏文忠公太师制》）。

杨万里说："唐云李、杜，宋言苏、黄。"（《江西宗派诗序》）宋人即把苏、黄与李、杜并列。由于江西诗法风行，人们多看到南宋诗人同黄庭坚的师承渊源，其实苏诗的沾溉作用更为广泛。他反映民生疾苦和风土人情的创作传统，为众多爱国诗人所继承；宋人以学识发议论，以驰骋笔力体现气格的风尚，也大都渊源于苏诗。从范成大、陆游、刘克庄等诗作的流动自然、放笔快意之处，不难看出苏轼诗风的影响。故宋荦说："南渡后，陆游学杜、苏，号为大宗。又有范成大、尤袤、陈与义、刘克庄诸人，大概杜、苏之支分派别也。"（《漫堂说诗》）金代王若虚论宋诗推重苏轼，力主尊苏抑黄。元好问论诗偏主壮美，诗格慷慨豪迈，略近苏轼。金代中叶还形成了"苏诗运动"。翁方纲有"程学盛南苏学北"（《书遗山集后》）、"遗山接眉山，浩乎海波翻"（《读元遗山诗》）之语，是符合事实的。元代名儒郝经教人学诗，曾提出"唐宋以来只读李杜苏黄"（《与撖彦举论诗书》）的意见。明代宋诗虽遭冷落，公安"三袁"却重性灵，崇自然，大力提倡苏诗。清代不少文人渴慕苏轼,有的悬其像于座右,有的请人绘"梦苏图",有的"闭门戢影"几十年研治苏诗,钱谦益、宋荦、查慎行等人的诗作,都受到苏轼的影响。

苏轼于词坛藩篱独辟,开豪放一派,至南宋蔚为大宗。由南渡初年的用词呼吁抗战,到稼轩一派以文为词、引吭悲歌,都是豪放词风的进一步发展。东坡铜琶铁板式的刚劲词格衣被金源,对北国激楚苍凉的乐府基调的形成影响甚大。金代词人蔡松年、党怀英、赵秉文、元好问等,都是学苏词的。蔡松年所撰〔大江东去〕,既步东坡韵,境界亦颇仿佛。元好问《新轩乐府引》谓:"坡以来,山谷、晁无咎、陈去非、辛幼安诸公俱以歌词取称,吟咏情性,留连光景,清壮顿挫,能起人妙思,……皆自东坡发之。近岁新轩、张胜予,亦东坡发之者与?"如上所述,金源一代词风,可说主要是发源于苏轼的。元代刘因、许有壬、张埜、萨都剌等,均有豪纵慷慨、沉挚苍凉之什,与苏、辛一脉相承。清初词家长调多学苏、辛,吴伟业词非专长,然"高者有与坡老神似处"(陈廷焯《白雨斋词话》)。其后,曹贞吉、顾贞观、蒋士铨诸家,都以风骨遒健、善学苏、辛著称。阳羡派首领陈维崧,更是沿着苏词的路子而拓展出新境域的词坛巨擘。

苏轼散文一向受到世人称扬。在唐宋八家中,他还同韩、柳、欧阳并称散文四家。真德秀说:"国朝文治蔚兴,欧、王、曾、苏以大手笔追还古作。"(《跋彭忠肃文集》)王十朋亦云:"学文而不韩、柳、欧、苏是观,诵读虽博,著述虽多,未有不陋者。"(《读苏文》)苏轼散文不仅启迪晁(补之)、秦(观)、陈(师道)、张(耒)等苏门弟子,其驰骋纵横的笔力和流动自然的语言,也给南宋主战派、事功派散文家以一定影响。明代拟古派提倡"文必秦汉",但苏文在士人中传习不衰。《东坡题跋》、《东坡尺牍》、《东坡志林》等,以多种版本辗转刊刻。苏文的畅达率真,倾谈肺腑,很为明、清重性灵的散文家所称赏。苏轼随手挥洒、涉笔成趣的短文,可说是明清小品文的先导。

〔1〕《东坡七集》一百一十卷,其前、后、续集七十二卷,内含散文四十馀卷,再加奏议、内制、外制、应诏各集三十八卷,合计散文近八十卷。明末茅维辑集,后经多次翻刻的专收散文的《东坡先生全集》七十五卷,共收文三千八百馀篇。今人孔凡礼广为钩稽,辑佚文近四百则,合计散文约四千二百篇。

〔2〕《东坡尺牍》有多种版本行世,如《苏文忠公尺牍》四卷,有《苏黄尺牍》本;《东坡先生翰墨尺牍》八卷,有《纷欣阁丛书》本;《苏东坡尺牍》二卷,有《唐宋十大家尺牍》本等。北京图书馆还藏有元刻本《东坡先生翰墨尺牍》残卷。苏轼大量题跋、随笔文字,多体现作者审美批评的真知灼见,宋人多有引录,后人编纂《东坡外集》,做了不少辑录整理工作。毛晋曾抽出刻入《津逮秘书》中,以《东坡题跋》之名行世。

〔3〕陈振孙《直斋书录解题》卷一一谓"《艾子》一卷,相传为东坡作,未必然也"。北宋末周紫芝《太仓稊米集》卷七《夜读艾子书其尾》认为系苏轼南迁后作。孔凡礼点校《苏轼文集》收入《佚文汇编》。

第十五章　苏辙与苏门弟子

第一节　苏辙

苏辙(1039—1112),洵幼子,轼弟,字子由,一字同叔,晚号颍滨遗老,谥文定,因生于仁宗宝元二年(1039)己卯,轼尝呼为卯君。少与兄一同读书乡里,承受家学。年十七娶妻史氏,十九岁与兄同中进士,二十三岁又登制科。因苏洵在京编纂礼书,辙获允留京侍亲。治平三年,洵病故,辙与兄扶丧归里。服除还京后,于熙宁二年(1069)上书神宗,提出去"三冗"(冗吏、冗兵、冗费)以丰财的政见,受到皇帝召见,被任为制置三司条例司检详文字。因议政与王安石变法主张牴牾,请求外任,知陈州(今河南淮阳),张方平辟为教授。熙宁六年,改任齐州(今济南)掌书记。十年,复到张方平幕府任南京(今河南商丘)签书判官。元丰二年(1079),苏轼得罪下狱,苏辙上书朝廷,"乞纳在身官以赎兄轼"(《为兄轼下狱上书》),坐谪监筠州(今江西高安)酒税。五年不得调。元丰七年,改歙州绩溪(今属安徽)令。

哲宗立,高太后垂帘听政,苏辙召还京师,除右司谏,迁中书舍人,改户部侍郎。整个元祐时代,他身居要位,历任翰林学士知制诰、尚书右丞、门下侍郎等职。他进呈大批论时事的奏状,赞成司马光罢废新法,支持朝廷贬逐新派官僚,同时也迭次提出赈济饥民、免除积欠、裁减浮费等改革政见。

哲宗亲政,起用元丰新党,苏辙出知汝州(今河南临汝),再谪知袁州(今江西宜春),未至,降秩贬居筠州。绍圣四年(1097),责授化州别驾雷州(今广东海康)安置。元符元年(1098),再贬循州(今广东龙川),杜门追思平昔,著《龙川略志》、《别志》。徽宗即位,量移永州、岳州(今湖南零陵和岳阳),旋被命奉祠,任便外州居住,遂还归颍昌(今河南许昌),闲居十二年。政和二年(1112)病逝,年七十四岁。

苏辙说:"惟我与兄,出处昔同。"(《再祭亡兄端明文》)又说:"辙之平生梗概与苏轼略同,而宦达过之。"(《苏文定公谥议》)苏辙与乃兄不仅生平出处略同,思想也颇相似。他怀有政治抱负,"好言治乱"(《自齐州回论时事书》),入仕后屡次上书言事,敢于抗论得失。熙宁时他反对王安石推行新法,元祐时他拥护司马光实行更化。他同情人民的疾苦,主张革除某些朝政弊端。不过,苏辙性格深稳恬静,藏锋不露,没有苏轼那么敢笑敢骂,洞见肺腑,故其前期政治坎坷也较苏轼为少。

苏辙自"少以文字为乐,涵咏其间,至以忘老"(《栾城后集引》)。一生著述较多,文集手自编定。计《栾城集》五十卷,收嘉祐四年至元祐六年诗文;《栾城后集》二十四卷,收元祐六年至崇宁五年诗文;《栾城三集》十卷,收崇宁五年至政和二年诗文。有《四部丛刊》、《四部备要》、《三苏全集》本。《栾城应诏集》十二卷,收早年所写进论、进策、秘阁试论,有《四部丛刊》、《三苏全集》本。上海古籍出版社《栾城集》,依据明代清梦轩本核校整理,较《四部丛刊》本多出文章三十七篇,另附收点校者曾枣庄、马德富所辑佚文三十七则,内容较为完备。此外,苏辙尚有学术专著《诗集传》、《春秋集解》、《古史》、《老子解》等。

苏辙的文学成就主要在散文方面。其散文作品虽不及父兄的宏博雄辩,才思横溢,但功力甚深,亦足以卓然自立。苏辙长于评史议政,少年时即"闭门书史丛,开口治乱根"(《初发彭城有感寄子瞻》),后来更有"人生逐日,胸次须出一好议论"(唐庚《唐子西文录》之语。他早年写的进论、进策,文思机敏,也颇有一些可取的识见。如《进策·臣事第一》提出大臣有权臣、重臣之别,"二者其迹相近而难明",权臣培植私势,窃柄擅权,"天下不可一日而有";重臣辅君翼国,"安危存亡之所系","天下不可一日而无",朝廷不能因"恶夫权臣之专",而使重臣"亦遂不容于其间"。《进策·臣事第四》指出,宋初实行"为将者去其兵权,为兵者使不知将",虽"足以变五代豪将之风",但非长久之计,"当今之势,不变其法,无以求成功"。他又认为"天下之事,有此利也,则必有此害",关键在于适时应变,"利未究而变其方,使其害未至而事已迁",决不能因噎废食。赵匡胤惩于五代君弱臣强、尾大不掉之弊,采取分离兵将、削夺臣权等措施,虽防止了强臣割据的出现,却造成了内无重臣、外无强兵的虚弱形势。苏辙看到了这种危机,在策论中敏锐地加以指出,是切中时弊的。赵宋以庞然大国而怯于强敌,形势有类于六国,故三苏都曾以六国为论题借古讽今。苏辙的《六国论》,不同于苏洵的论其"弊"和苏轼的论其"士",而是咎其"不知天下之势"。文章认为韩、魏为六国屏障,秦国咽喉,秦与六国争夺的要冲在于韩、魏,六国之计,"莫如厚韩亲魏以摈秦";倘若"四国休息于内",佐韩、魏以当强秦,就"可以应夫无穷"。不知出此,使"韩、魏折而入秦","而乃贪疆场尺寸之利",乃是六国的失策。全文剖辨明晰、精当,在对史事的严谨论析中,暗含着对现实的讽喻。沈德潜谓:"栾城逆料其变而筹之,若烛照数计而龟卜者。"(《唐宋八大家文读本》)这说明苏辙的议论文是有一定的现实性和预见性的。

苏辙的记叙文,不仅记事,而且常借事明理以抒怀,并能做到事与理浑然一体,紧密结合。在写法上,则文势汪洋,变化多姿。有的由叙事写景过渡到明理抒怀,有的借事以见意,理即寓于叙事之中,有的借对话来明理,笔法灵动,颇富艺术魅力。如《黄州快哉亭记》,开端从黄州江流的形势着笔,带出快哉亭,而后描写登临观赏之快:

> 盖亭之所见,南北百里,东西一舍,涛澜汹涌,风云开阖。昼则舟楫出没于其前,夜则鱼龙悲啸于其下。变化倏忽,动心骇目,不可久视。今乃得玩之几席之上,举目而足。西望武昌诸山,冈陵起伏,草木行列,烟消日出,渔夫樵父之舍,皆可指数,此其所以为快哉者也。

以下接写凭吊风流遗迹之快,点出命名"快哉"的缘由,由此引发出一段关于"快"的议论,借楚王与宋玉的对话引伸发挥,从而阐明快与不快,不取决于外物,而取决于内养,进一步得出"使其中坦然,不以物伤性,将何适而非快"的结论,再把这一道理绾结到亭主身上。全文紧扣"快"字,节节归结到"快"字,精妙紧凑,机趣盎然,写法上是由叙事到明理。《东轩记》先叙贬筠州建东轩,以及东轩虽成却不能安处的情形,引出一番颜回甘心贫贱,不改其乐,"非有德者不能任"的感慨和议论,从而表达了自己厌倦官场的情怀,也是叙议结合的写法。《武昌九曲亭记》通篇贯注着"天下之乐无穷,而以适意为悦","孰知得失所在"这一超然豁达的思致,但是并无集中的议论,文章的旨趣完全融化于徜徉山水、"适意忘反"的生活态度的具体描述之中，只是在收尾处才略略点出。文中对遨游武昌山水的描写，气度潇洒，笔力曲折。《墨竹赋》赞扬文同画竹妙得神理，全以主客对话展衍文字，而在谈论中极力铺陈形容，用语描绘性甚强，是散文赋中的一篇佳作。

在苏辙为数不多的书翰文字中，也有比较出色的作品。作者运笔自如，善于根据不同的对象披陈衷曲。《为兄轼下狱上书》婉转地为其兄表白心迹，陈奏忠悃，以求得皇帝的宽宥，用语委曲得体，情辞恳切悲恻。《上两制诸公书》用大量形象比喻，畅论读书心得，表明自己治学之道，在于放眼古今而又断以己见，故能"遍观乎百家而不乱"，行文淋漓酣畅，滔滔不休。《上枢密韩太尉书》尤以奇警疏宕而见称。上书意在求见韩琦，却从为文养气说起，且引孟轲、司马迁之语证成其说，见出自期不凡。以下宕开笔势，陈述自己为激发志气历览名山、大川、京邑、宫阙，拜谒当代名流，引出尚以未见韩琦为憾：

且夫人之学也，不志其大，虽多而何为？辙之来也，于山见终南、嵩、华之高，于水见黄河之大且深，于人见欧阳公，而犹以为未见太尉也。故愿得观贤人之光耀，闻一言以自壮，然后可以尽天下之大观，而无憾者矣。

这段文章写得口气非凡，措辞又很得体，真是"雄谈伟论，词沛气充，虽极夸人，自占地步亦不小"（李扶九《古文笔法百篇》卷一六）。文末点出求见用意，在于"益治其文，且学为政"，既谦虚得体，又自明志趣，并绾合全文。为见伟人，先借名山大川等魁伟物象作陪衬，且用伟辞壮采烘染形容，振笔直书，尤使文势跌宕而有奇气。

刘熙载比较二苏文异同，谓"大苏文一泻千里，小苏文一波三折"（《艺概》卷一）。说明苏辙散文无大苏奔放的气势，却有回环动荡的长处。苏辙文风确以平畅、疏宕见称,在纡徐之中时露骨力,于平直之处颇寓灵动活泼之致。有些篇章笔墨翛然尘外,能给人以洒脱拔俗之感。苏轼说:"其文如其为人,故汪洋淡泊,有一唱三叹之声,而其秀杰之气,终不可没。"(《答张文潜书》)可说是道出了小苏文的气韵。

苏辙存诗一千八百多首,数量颇有可观[1]。诗的内容,多为日常生活,身边琐事,文场应酬,赠答唱和。集中同大苏唱和最多,从嘉祐四年父子三人出蜀赴京,直到兄弟二人流放岭南,有大量依题次韵诗,尤其在早期,更是逐篇酬唱。但两相比较,无论视野、才情和骨力均不逮乃兄。苏辙《次韵子瞻道中见寄》云:"兄诗有味剧隽永,和者仅同如画影,短篇泉洌不容挹,长韵风吹忽千顷。"诚然,他的次韵多是"仅同如画影",而对原作的风韵、气魄,则是难以追尘的。

然而苏辙诗也有不可忽视的成就。他晚年闲居颍昌,身杂农牧,目睹田家艰辛,写过一些同情人民的作品。如"机张久乏纬,食晏惟薄粥"(《蚕麦》)、"县符星火杂鞭箠,解衣乞与犹怒嗔"(《秋稼》)、"深愧贫民饥欲死,可怜肉食坐称贤"(《春旱弥月郡人取水邢山》)等等,感情便十分深挚痛切。元祐四年,他出使契丹,路经密云县古北口的杨业庙,写了一首七律《过杨无敌庙》诗,悼念这位战功显赫、被俘殉国的爱国名将。苏轼贬儋州时,曾写"沧海何曾断地脉,白袍端合破天荒"一联,赠给当地书生姜唐佐,并告以"异日登科,当为子成此篇"。后姜生应举至京,轼已去世,遂过访苏辙,辙采用原句写成《补子瞻赠姜唐佐秀才》一首[2]:

> 生长茅间有异芳,风流稷下古诸姜。适从琼管鱼龙窟,秀出羊城翰墨场。沧海何曾断地脉,白袍端合破天荒。锦衣他日千人看,始信东坡眼目长。

这篇七律以爽利的格调和赞赏的口吻,语重心长地激励姜生努力进取,争取成为海南历史上一名进士,在文章仕途上取得成就,为边疆人民争气,体现出苏氏兄弟对边疆士子的悉心奖掖和热情培植。

苏辙的某些景物诗和赠和诗,也有颇受前人称许和较为传诵的。如苏轼喜诵其《南窗》诗,谓"人间当录数百本"(见《容斋随笔》),以广流传。清人亦谓"此诗当于陶、柳门外另置一席"(《龙性堂诗话续集》)。明杨慎赞赏他的《中秋夜》绝句,以为"有王维辋川遗意",并指出其题画诗《题李公麟山庄图》"奇景绝句,可诵可想"(《升庵诗话》)。其中如:

白龙昼饮潭,修尾挂石壁。幽人欲下看,雨雹晴相射。

——《玉龙峡》

苍壁立精铁,悬泉泻天绅。山行见已久,指与未来人。

——《陈彭漈》

这类诗写得清逸闲淡,幽冷奇峭,下字琢语,常有新警动人之处。初到绩溪谒梓潼庙所写的七律,也富有情致,爽畅可读,其中"雨馀岭上云披絮,石浅溪头水蹙鳞"等,也是风物宛然如画的佳句。苏辙的赠和诗,如七律《奉使契丹寄子瞻》、《追和张文定公》等,在晓畅的句格中,寄寓俯仰感喟的情致,都是饶有韵味的佳篇。贺裳《载酒园诗话》说:"栾城身分气概总不如兄,然潇洒俊逸,于雄姿英发中,兼有醇醪饮人之致,虽亦远于唐音,实宋诗之可喜者也。"可见苏辙于诗虽才气不逮,廓庑略小,然亦不乏潇洒出尘、清俊可喜的作品。

苏辙不长于写词,今仅存〔水调歌头〕、〔渔家傲〕两首。前首见于元刊本《东坡乐府》卷一,题《子由徐州中秋作》,苏轼〔水调歌头〕(安石在东海)词序亦提及此词,谓"余以其语过悲,乃为和之"。后篇见《栾城先生遗言》中,篇中"早岁文章供世用,中年禅味疑天纵"一联,颇能反映出他前后期心情的变化。

第二节　晁补之

北宋先后主盟文坛的欧、苏,都以乐于奖掖人才著称。苏轼秉性爱才,热心待士。葛立方《韵语阳秋》云:"东坡喜奖与后进,有一言之善则极口褒赏,使其闻于世而后已。"苏轼亦自谓"每念处世穷困,所向辄值墙谷,无一遂者。独于文人胜士多获所欲,如黄庭坚鲁直、晁补之无咎、秦观太虚、张耒文潜之流,皆世之未知,而轼独先知之。"(《答李昭玘书》)这大约也是"苏门四学士"并称之始。四人另加陈师道、李廌,世称"苏门六君子"。六人并提亦当肇始于苏轼。他曾说:"比年于稠人中,骤得张、秦、黄、晁及方叔、履常辈,意谓天不爱宝,其获盖未艾也。"(《答李方叔》)由此也可看出苏轼对门下六士的爱重。元祐年间,一时文林名士多出苏门,"六君子"文望尤为籍籍。南宋初苏文盛行,有人编纂苏门弟子合集《苏门六君子文粹》在坊间刊行,苏门文士仍为时人所称道。如叶适谓:"元祐初,黄、秦、晁、张,各擅毫墨"(《题陈寿老文集后》)。魏了翁云:"二苏公以词章擅天下,其时如黄、陈、晁、张诸贤,亦皆有闻于时。"(《黄太史文集序》)其实在苏轼周围所形成的被称为"元祐词林"的作家群,并不是一个有统一创作倾向的文学流派,他们虽在不同方面受着苏轼的熏陶和沾溉,但各人的创作成就却互有长短,艺术风貌也各具姿容。吴曾《能改斋漫录》即云,子瞻门下"四客各有所长"。晁补之咏苏门文士亦云:"黄子似渊明,城市亦复真。陈君有道举,化行闾井淳。张侯公瑾流,英思春泉新。高才更难及,淮海一髯秦。"(《饮酒二十首同苏翰林次韵追和渊明》)就晁补之本人的诗歌创作而言,也有其独特的风貌。

晁补之(1053—1110),字无咎,晚号归来子,宋济州钜野(今山东巨野)人。他出生于书香大族。父端友,字君成,能诗,苏轼曾为其诗集作序。族叔端礼及从弟冲之、说之、咏之等,均有著述。他幼承家学,七岁能文,十二岁从父宦游浙江上虞,十三岁受学于常州学官王安国,颇受赏识。熙宁间从父宦游杭州新城,熙宁六年(1073)二十一岁,袖文谒见苏轼,从此成为苏轼门下士[3]。熙宁八年端友病殁于汴京,补之奉母归里。元丰二年(1079)赴京应试,考官"谓其文辞近世未有",神宗称其"可革浮薄"(张耒《晁无咎墓志铭》),遂中进士。次年调澶州司户参军,五年召试学官,除北京国子监教授。

元祐元年(1086),李清臣荐堪馆职,召试学士院,除秘书省正字,迁校书郎,与黄庭坚、张耒等同入馆阁。其后秦观也应召入京供职,声气相求,遂在苏轼周围形成了一个很有影响的文学群体。元祐三年苏轼知贡举,晁补之与张耒、黄庭坚同被辟为属官。元祐六年晁补之以秘阁校理通判扬州,次年苏轼派知扬州,师生共理邑政,颇多唱和。不久苏轼内召,晁补之也召还秘书省任著作佐郎。

绍圣元年(1094),章惇当国,晁补之出知齐州。次年春因元祐党籍,贬应天府(今河南商丘)通判,九月改贬亳州通判。四年遭母丧,护柩归里,卜居缗城(今山东金乡)。元符二年(1099)秋,贬监信州盐酒税。次年徽宗即位,遇赦北归。建中靖国元年(1101),还朝任尚书吏部员外郎、礼部郎中兼国史编修、实录检讨官。崇宁元年(1102)外放河中府,到任不久,又差知湖州。由于蔡京继续打击元祐党人，晁补之被免官，从此回金乡，"废官休其廛八年"(《近智斋记》)，葺归来园，向慕陶潜，忘情仕进，以文翰自娱。大观四年起知泗州，到官未久，即死于任所，终年五十八岁。

晁补之"束发坟史，白首翰墨"，著述颇富。今存《鸡肋集》七十卷，有《四库全书》本、《四部丛刊》本等。集前有元祐九年作者自序，后有绍兴七年族弟谦之跋。大约补之生前曾自辑存稿，后又经谦之衷合编定。词集另刊，以双照楼影宋本《晁氏琴趣外篇》、毛晋刻汲古阁本《晁无咎词》较为通行。

晁补之从文学家的角度论文，故所言颇有可取者。他认为文学"不足以发身"，"诗人少达而多穷"，文人对于文学"营度雕琢，至忘寝食"，不过是出于对艺术的嗜好和追求(《海陵集序》)。他强调文学风格基于作者个性，个性不同，风格自然有异："文章视其一时风声气俗所为，而巧拙则存乎人，亦其所养有薄厚。故激扬沉抑，或侈或廉，秾纤不同，各有态度，常随其人。"(《石远叔集序》)论到创作技艺，则倡导胸中独得，反对蹈袭前人。

《鸡肋集》七十卷，辞赋散文约占五十卷，分量最大。政论《上皇帝论北事书》主张用兵北辽，收复汉唐故地，《上皇帝安南罪言》建言选将修习武备，安定南疆，都是善于综核古今、分析敌我的万言御敌方略。记叙体散文《新城游北山记》，用白描手法写浙江山水的奇姿异态，《照碧堂记》叙建堂经过，融入抚今追昔、登览优游之情，《拱翠堂记》于再现泉山形胜的同时，贯注以胜景鲜为人知的感慨。大都有叙有议，随机生发，文情涌流，颇具韵致。晁补之通晓书画，其题跋文如《海陵集序》、《汴都赋序》、《石远叔集序》、《书鲁直题高求扬清亭诗后》等，都表达了作者对艺文的精湛见解，是宋代批评史上的重要文论。晁补之喜为辞赋，曾模仿屈、宋写过《后招魂赋》。他对骚赋也作过研究，曾择取历代文藻情辞与楚辞及《离骚》相类者，编为

《续楚辞》二十卷、《变离骚》二十卷,为研究骚赋汇聚了参考文献。《宋史》本传评晁补之文温润典缛,凌丽奇卓。《四库全书总目·〈鸡肋集〉提要》亦云:"今观其集,古文波澜壮阔,与苏轼父子相驰骤。"

晁补之诗共六百馀首,内容以记游、酬赠、感怀和咏唱日常生活者为多。胡仔认为"古乐府是其所长"(《苕溪渔隐丛话》前集卷五一),但今存乐府诗不多。《豆叶黄》写农家生活,《行路难和鲜于大夫子骏》抒发人生失意的感慨,《芳仪曲》咏南唐国主李璟女李芳仪遭难的故事,均明快爽利,俊逸可读。五言古体《视田五首赠八弟无斁》、《同苏翰林次韵追和渊明》等,措辞平顺,感情真朴。《和苏翰林题李甲画雁》有"画写物外形,要物形不改。诗传画外意,贵有画中态"之句,对形神关系的见解颇含艺术哲理。晁补之古体长篇,虽能将放意挥洒的古文笔法用入诗作,但语言不够圆熟,琢句似欠精整。有些绝句小诗较有特色,如在济南写的《将别历下》、《将行陪贰车观灯》等,曾为王士禛所赞赏。南迁信州往返途中所写的《题庐山》、《贵溪在信州城南其水西流》、《遇赦北归》等篇,也为选家所重视。如:

来见芙渠溢渚香,归途未变柳梢黄。殷勤趵突溪中水,相送扁舟向汶阳。

——《别历下》

玉山东去不通州,万壑千岩瞰上游。应会逐臣西望意,故教溪水只西流。

——《贵溪在信州城南其水西流》

两诗以情观景,借景寄意,把清泉和溪水写得情意亲切,委婉地流露了作者眷恋历城、怀思京国的绵绵意绪。吕本中《紫微诗话》谓"无咎初从山谷理会作诗,故无咎旧诗往往似山谷"。其实晁补之的总体风格与山谷并不相近。晁诗大多平顺爽利,温润典缛,与山谷的奇警精绝有异。晁诗有学苏轼处,但缺乏苏轼横放奔溢的才情,堂庑也不够广。故陈衍说他"得苏之隽爽,而不得其雄骏"(《宋诗精华录》)。

晁补之词成就高于其诗。他有《骫骳说》二卷,是词史上较早的论词专书,今已不存,赵令畤《侯鲭录》、吴曾《能改斋漫录》中所引录的"评本朝乐府",当即该书的片段[4]。无咎词今存一百七十馀首,内容有不少开拓。集中丽情词、歌伎词约有三十馀篇,有的风情旖旎,不亚于婉约词家手笔。如〔水龙吟〕(水晶宫绕千家)一阕,系晚年重游湖州追怀少年艳遇之作。词中将浪漫艳情与地方风光错综一处描述,在凭吊陈迹、缅怀往事中渗透了事过境迁、物是人非之感;又将前人诗句和故事融化其中,愈觉感情沉挚而绵密。晁无咎写得最有特色的是迁谪词、闲居词,如〔迷神引〕(黯黯青山红日暮)倾诉贬谪信州的积郁,〔黄莺儿〕(南园佳致偏宜暑)描写闲居田园的夏景,〔行香子〕(前岁栽桃)咏唱隐居中的旷放情怀,都有一种慷慨磊落、恬淡清逸的韵致。题为"东皋寓居"的〔摸鱼儿〕是这类词的代表作。此词上片先写东皋的环境、雨景和夜景,而后引出陶醉园林、放浪形骸的抒情主人公,下片又转入直抒胸臆:

青绫被,莫忆金闺故步。儒冠曾把身误。弓刀千骑成何事?荒了召平瓜圃!君试觑,满青镜、星星鬓影今如许!功名浪语。便似得班超,封侯万里,归计恐迟暮。

全词以跌宕的笔势,慷慨的格调,熔化多种掌故的典重语言,抒发了似旷放、实激愤的复杂情怀,确是硬语盘空、潜气内转之作。刘熙载《艺概》云:"无咎词堂庑颇大。人知辛稼轩〔摸鱼儿〕(更能消几番风雨)一阕,为后来名家所竞效。其实辛词所本,即无咎〔摸鱼儿〕(买陂塘旋栽杨柳)之波澜也。"可见无咎词风,对辛派词是颇有影响的。此外,晁无咎的惜春词、咏花词及被称为绝笔的《洞仙歌》中秋词,都是为人所称的佳篇。

王灼《碧鸡漫志》指出:"晁无咎、黄鲁直皆学东坡,韵致得七八。"《四库全书总目·〈晁无咎词〉提要》也说:"其词神姿高秀,与轼实可肩随。"无咎步武苏轼,开拓词境,以词言志遣怀,于艳语外也时作壮语、旷语,在当时词坛上无论笔力、气象都接近于苏。但有的地方过于质直,故田同之说他"或伤于朴"(《西圃词说》)。不过他并非一味质朴,不少作品实是亦朴亦巧,有直有曲的。如〔忆少年〕之"无穷官柳,无情画舸,无根行客",即被前人誉为警绝之笔。〔水龙吟〕之"算春常不老,人愁春老,愁只是、人间有",婉转曲折,笔如游龙。晁词旷放处虽不同于苏轼之轶尘绝迹,超然象外,但有一种傲兀跌宕之气,往往由磊落感喟趋于沉咽。故冯煦谓其"无子瞻之高华,而沉咽则过之"(《六十一家词选例言》)。

第三节　张耒

张耒(1054—1114),字文潜,号柯山,亦称宛丘先生,祖籍亳州谯县(今安徽亳县),生长于楚州淮阴(今属江苏)。祖、父两代曾宦游外地,但官职卑小,仕履失载。外祖李宗易做过谯县令,长于写诗,受知于晏殊。耒幼年就学于家乡学宫,自称"卯角而读书,十有三岁而好为文"(《投知己书》),十七岁作《函关赋》,已传诵人口。十八岁游学于陈州（今河南淮阳），受到学官苏辙的称赏，因得纳交于苏轼。

神宗熙宁六年（1073），张耒二十岁，中进士，授临淮（今安徽泗县）主簿。元丰二年（1079）任河南府寿安县（今洛阳市宜阳县）尉，六年罢官居洛，八年官咸平县（陈留通许镇，今并入河南开封）丞。元祐元年（1087）范纯仁荐以馆职，召试学士院，先后任秘书省正字、著作佐郎、秘书丞、史馆检讨，后迁起居舍人。元祐间张耒任馆阁约近十年，得以熏沐于苏门，并同黄庭坚、晁补之、秦观、陈师道等交谊日深[5]。

哲宗亲政后，新党得势。绍圣元年（1095），张耒以直龙图阁知润州（今江苏镇江）。接着坐元祐党籍，徙宣州（今安徽宣城）。四年贬监黄州酒税，始与家居黄州的潘大临父子交游。元符二年（1099）秋徙复州（今湖北天门）。三年正月徽宗嗣位，春间张耒起为黄州通判，秋天派知兖州。建中靖国元年（1101），召为太常少卿，才数月，复出知颍州，冬移汝州（今河南临汝）。在颍州时，闻苏轼病逝，为举哀行服，表示悼念，遭言官弹劾。崇宁元年（1102）贬为房州别驾，黄州安置。在黄州他与潘大临结邻，傍柯山而居，直到崇宁五年放弛党禁，才得任便居住。晚年退闲陈州，政和四年病逝，年六十一。

张耒著述有《柯山集》五十卷，《拾遗》十二卷，《续拾遗》一卷，有武英殿聚珍版福建本、广雅书局本、《丛书集成》初编本。《张右史文集》六十卷，有《四部丛刊》影旧钞本。《宛丘集》七十六卷，有《四库全书》本，见于《宛丘集》而不见于《柯山集》的诗文，已辑入《拾遗》中。《张右史文集》与《柯山集》及《拾遗》、《续拾遗》所收篇目，略有增减。另有历史琐闻笔记《明道杂志》一卷，多记黄州轶事及品诗论文之语，有《唐宋丛书》本、《丛书集成》本。

张耒自谓"少时喜为文词，与人游，又喜论文字"（《答李推官书》)。其《临文》诗云:"一病废百嗜,好文心未忘,南窗纳虚明,罗列陈缣缃。"也反映出他一生勤于著述,至老不辍。张耒论文主张明理抒感,发乎自然,出于精诚,而反对有意雕镂求奇。他把文章视为"寓理之具",认为"学文之端,急于明理"(《答李推官书》)。他融会韩愈"不平则鸣"和苏门以水喻文之说,认为文犹之千仞大水,"排以巨峡,迫以高麓,而后怒号哮吼,声振百里,抑之者愈大,则其声也愈暴"(《书韩退之传后》)。这是激愤出文章说的发挥。无论明事理或抒感愤,张耒都赞成顺乎性情,合乎自然,故云:"文章之于人,有满心而发,肆口而成,不待思虑而工,不待雕琢而丽者,皆天理之自然,而情性之道也。"(《贺方回乐府序》)正由于他反对雕琢,崇尚天然,所以他的诗文创作,无不趋于平易、自然。

张耒的创作以诗歌成就最高。今存乐府歌行、古近体诗约一千七百馀首,社会内容较为充实。他早岁及晚年生活清苦,仕宦中几任临民小吏,对下层生活颇有体察,又承受中晚唐新乐府的影响,故其乐府及古体诗描写农家生活、稼穑艰辛、民生疾苦、社会问题者,在苏门学士中最为突出。如《田家三首》描摹农村日常淳朴的生活图画,《输麦行》写农家打场交租的情景,《九月十二日入南山憩一民舍》写山区居民的穷苦生涯,《昨者》、《己未四月二十二日大雨雹》悯惜雹灾伤谷,《一亩》写菜农饿死车下、妻子抱子悲啼的惨剧,等等。这些诗都真切朴素,具有强烈的现实性和浓郁的乡土气息。除劳苦农夫外,沿街叫卖的售饼儿(《北邻卖饼儿》),冒着酷暑出卖牛马力的劳工(《劳歌》),为生活逼迫铤而走险或劫财济贫的强盗(《和晁应之悯农》、《八盗》),因不满婚姻而遗憾终身的少女(《周氏行》)等,都得到了诗人的关注与同情,在柯山诗中留下了生动的剪影。其中《八盗》写八名强人持矛冲入街市,劫富散财,终被官兵捕获的故事;《周氏行》写一农家少女不满包办婚姻,蔑视乘机调笑的轻薄少年,后爱上一个搭船的书生,然而她只能把爱深深地埋藏于内心——这些社会题材在前人诗中较为罕见,表明诗人对生活矿藏有所开发。张耒关心西北二边的危机,《送胡考甫》、《送刘季孙守隰州》、《送毕公叔奉诏赴陕西》等诗,均以高昂的格调,激励友人赴身边庭,立功报国。张耒体态魁伟,自幼心壮气豪,志在有为,《再和马图》即记述了他少年时的勇武气概。步入仕途后,他因沉沦下僚,三贬黄州,长期斥废,故其诗亦多写儒生清寒生涯、寥落况味和抑塞情怀。如"天地身将老,山河意欲惊"(《岁暮书事》)、"醉眠多似陶彭泽,官况贫于郑广文"(《官舍岁暮感怀书事》)、"人生何用读书史,文字未补囊中阙"(《惜别赠子中昆仲》)、"浮世十年多少事,风烟依旧别离愁"(《寿阳楼下泊舟有感》)等等,时发"郁塞无聊者之言",格调犹"秋蛩寒螀"(《送秦观从苏杭州为学序》),与苏轼的悠游超旷有异其趣。张耒在宦游、羁旅和赋闲期间写了不少风景诗。如"箫鼓儿童集,衣裳妇女矜"(《腊日》)、"竹笼晨收果,茅庵夜守瓜"(《夏日》)、"袅风翠果擎枝重,照水圆荷舞叶凉"(《夏日杂兴》)、"天晴海上峰峦出,野暗人家灯火明"(《登城楼》)等等,或描述农村生活场景、淳朴风习,或吟咏山川逸姿、隐居野趣,大都平易舒坦,清新俊秀。

张耒诗的主导风格是平顺晓畅,坦易自然,乐府诗颇有张籍、王建遗韵。他很少用事,更不用僻典,不作奥语,写来仿佛毫不用力,肆口而成,自有韵味。方回说:"文潜诗大抵不事雕琢,自然有味。"(《瀛奎律髓》卷二九)的是确评。如《悼逝》追怀亡妻,《阿儿》写同儿子对话,均情思浑朴,语言明白如话。再如《出山》诗,开端便说青山对自己多情:"青山如君子,悦我非姿媚,相逢一开颜,便有论交意。"脱口而出,便有意趣。由于张耒写诗多产,又不甚着意,因而有的作品锻炼不精,失之滑率,有佳句而无完篇。不过,他也并非没有运思新警、精雕细琢的篇什,如《夏日》:

　　　　　蚓壤排晴畛,蜗涎印雨阶。花须娇带粉,树角老封苔。问字
　　　　病多忘,过邻慵却回。晚凉还盥栉,对竹引清杯。

全篇韵致清秀,笔锋精细入微。再如七律《二十三日即事》:

　　　　　已逢妩媚散花峡,不怕艰危道士矶。啼鸟似逢人劝酒,好山
　　　　如为我开眉。风标公子鹭得意,跋扈将军风敛威。到舍将何作
　　　　归遗?江山收得一囊诗。

这首诗写离黄州贬所时去险即夷的喜悦心境,比拟新巧,下字奇警,写景中暗寓人事,颇见炼意造句之工。张耒诗格趋于清秀圆润,不走江西瘦硬拗峭一路,为南宋范(成大)、陆(游)清圆疏畅的诗风透露了消息。故前人谓"张文潜自然有唐风,别成一宗"(方回《送罗寿可诗序》),"张文潜在苏、黄、陈间,颇自闲淡平整,时近唐人"(胡应麟《诗薮》)。

　　张耒散文主要有论说、记序、题跋、书启等类。他提倡"理达之文"(《答李推官书》),凡有议论,都是见解鲜明,语言条畅。《本治论》讨论"治天下之道",作者看到"时易而事迁,世变而势异",主张"按今之势而善为之",既反对"抱已陈无用之物而求施之"的保守观,又不赞成"猛政一快"的速成论。在《论法》中,作者正确地指出了一种常见趋势,即"有国者中世以后天下之事常多,而国家之观益美;生民之过日滋,而有司之文加备"。但如何解决这种守业的危机,作者开不出灵丹妙方,而归咎于"观美"和"文备"。在《敦俗论》中,他更主张以教化手段,将社会导向"民淳而法简"。这种中庸、缓进、简易的政治观,同二苏是颇为相近的。张耒的传记、赠、序等文

字,多融合议论,借事寓识。如《冰玉堂记》为刘恕父子记亭堂,着眼于称颂其风节"洁廉不挠,冰清而玉刚";《送秦少章赴临安簿序》为鼓励对方不畏折困,以草木经冬霜方可成材为喻,推演出"物不受变则材不成,人不涉难则智不明"的见解——都体现出善于立意和颇具识度。其题跋文,如《贺方回乐府序》、《送秦观从苏杭州为学序》、《跋唐太宗画目》等,均能结合不同作者的创作成就,阐述某种文艺识见,并对富于个性的作品风格作生动的形容与渲染。张耒散文与其诗风一致,亦以坦易自然、明畅通俗见长,可谓"发于文字言语,未有不明白条畅"(《答汪信民书》)者。他注意行文的感染力和生动性,善于用多重比喻阐述事理,以渲染描摹增益情采,其文势则如苏轼《答张文潜书》所评,"汪洋淡泊,有一唱三叹之声"。

张耒曾自谓于"倚声制曲"非其所长(《倚声制曲三首序》)。《能改斋漫录》录其〔少年游〕、〔秋蕊香〕两词,并谓"元祐诸公皆有乐府,唯张仅见此两首"。可知张耒作词不多。今人共辑得六首。三首写离思艳情,风格近柳永。其中〔风流子〕为游子怀念佳人之作,有"玉容知安否?香笺共锦字,两处悠悠。空恨碧云离合,青鸟沉浮"之语,全是婉约一路。张耒同妻子患难与共,感情甚笃,曾作《内生日》诗赞其贤慧,这首词可能是他谪贬黄州期间为怀念妻子而作的。另三首,或咏梅,或别友。〔满庭芳〕一曲,于描写优游林泉的村居生活中寄寓着对人生的感喟,颇有潇洒清旷之致。

第四节 李廌

李廌(1059—1109),字方叔,号太华逸民、济南先生,华州(今陕西华县)人。父惇,与苏轼同年。廌六岁而孤,叔父接至长洲,教他读书习文。因刻苦自励,少年时即以学问著称乡里。后谒苏轼于黄州,轼称其"笔墨澜翻,有飞沙走石之势"(《宋史》本传)。廌再拜受教,自此成为苏门弟子。成年后从事举业,但科场失利。元祐三年(1088)苏轼典礼部贡举,廌应试复落第,轼深为惋惜,写了《余与李廌方叔相知久矣,领贡举事而李不得第,愧甚,作诗送之》诗赠行,廌次韵以答,有"平时功名众所料,数奇辜负师友责"之句[6]。元祐间朝廷诏求直言,廌曾上《忠谏书》、《忠厚论》,并献《兵鉴》二万言陈奏边事。绍圣、元符间,从河南"将道汉沔,东适吴粤",在湖北与作襄阳从事的赵德麟结识,两人相从"为觞咏登临之乐"。赵常展所藏书画共同赏鉴,廌时有评说,后裒集所记,成《德隅堂画品》(以上见《画品书后》)。建中靖国初,苏轼病逝,李廌为文悼之,有"道大难容,才高为累"等语,措词奇壮,传诵一时(朱弁《曲洧旧闻》)。中年后绝意进取,漂流江湖。晚年定居长社(今河南许昌)。大观三年病逝。

据马端临《文献通考》,李廌有《济南集》二十卷,又名《月岩集》,其后散佚不传。今存《济南集》为清代四库馆臣自《永乐大典》中辑出,共为八卷,计古诗三卷,律绝诗一卷,赋、铭、议论、序记、书启等四卷。末附《德隅堂画品》一卷。有《四库全书》本、宜秋馆汇刊宋人集本。另有《李方叔遗稿》一卷,收入《两宋名贤小集》。元祐间李廌与苏轼、秦观、张耒等多有过往,曾杂记师友言论及当朝轶事,成琐闻笔记一卷,名《师友谈记》,有《百川学海》本、《学津讨原》本,《丛书集成》已收入。

李廌有志进取,雅好论兵,集中存《兵法奇正论》、《慎兵论》、《将才论》、《将心论》等文,或即《兵鉴》中散佚的篇章。结合部分诗作看,他早年时或激扬昂奋,颇有不甘以书生自域的豪侠气概。在苏门中,他的正统儒学思想较浓,曾著《圣学论》,请求皇帝"进圣人之学,以充圣人之道",建议朝廷"发挥孔孟之正道,锄薙百家之邪说"。在《浮图论》中,他痛斥浮图盛行有亏国体,主张设法排抑佛教。他自述"少时有好名急进之弊",后来聆听苏轼教诲,"信道自守",泊然于名利,故"八年中未尝一谒贵人"(《师友谈记》)。今存散文多有表彰清操雅志之作,如《斑衣寮记》写堂主安居乡里,"仰于先畴,百须不外索而具",满足于农业社会的田园生活和天伦乐趣。《安老堂记》赞友人"达观勇退","行己所好",而以恋贵贪财的世俗陋习作反衬。文中批判贪财之徒"苟求无厌,务得患失","笼物货而无馀藏,运筹算而无遗策";揭露恋权之辈"取愈隆而意愈切,禄愈丰而恋愈深",以致"位愈重而望愈轻,年愈高而德愈薄"。这对于金钱欲权势欲日炽的浮薄世风,是颇为深刻的针砭。李廌论文词采与事理并重,其《答赵士舞德茂宣义论宏词书》提出文章"四要":"一曰体,二曰志,三曰气,四曰韵。"按作者的解释,体、志偏于内容,气、韵偏于形式。但在具体衡文时,他侧重于讲气韵,并认为不同的作者个性,会写出不同气韵的文章,足见他是从文章家的角度来论文的。《画品》二十则,文笔简净,鉴裁明当,赵德麟评为"语胜理诣,翰墨娟秀,读之未必见画,而横陈目前"(《画品》附跋)。李廌的散文条达疏畅,笔力飞驰,议论奇伟,成就略可与秦观、张耒比肩。

李廌诗今存约三百九十首。他"丁年应举,皓首无成","求用于世而世不用"(《答赵士舞德茂宣义论宏词书》),终身布衣,飘零湖海,故其诗以咏唱羁旅行役,描绘山野风物,抒发不得志的感慨和题画酬赠者居多。其七古歌行笔力驰骤,意象瑰奇,呈飞沙走石、巨浪排空、龙腾蛟舞之态,体现了作者一腔慷慨愤激、兀傲不平之气,风调与李白放言不羁的七言歌行颇有相仿佛之处,《赠卜者张生歌,张历阳人也》、《汝州王学士射弓行》、《作塞上射猎行》、《自陕州渡黄河歌》等可作代表。七古《骊山歌》写李隆基幸蜀事,借一代治乱故事对统治者提供鉴戒,《某顷元祐三年春,礼部不第……》抒发个人落第后郁塞牢落的情怀,都于爽畅的笔墨中,蕴寓着低回欷歔的韵致,在其七古中别具风神。李廌的律诗也有不少平易顺畅、清俊可读之作,如《出城》:

> 岸走舟安稳,逍遥若步虚。晴烟迷白鹭,春水见浮鱼。桑树连坡种,人家夹水居。年丰春舍好,稚子学诗书。

诗写乡野风物,把自然景观与农家人事活动融汇一体,颇饶生活气息。《游宝应寺》在描写山岩古刹的萧索景观中,融合着人事兴亡的感慨和游子襟怀牢落的闲愁:

> 雨后秋风入翠微,我来仍值晚凉时。山遮日脚斜阳早,云碍钟声出谷迟。故国空馀烟冉冉,旧宫何在黍离离。兴亡满眼无人语,独倚阑干默自知。

李廌诗纵放有馀,精警不足,古体多洋洋长篇。苏轼《答李方叔书》云:"古赋近诗,词气卓越,意趣不凡,甚可喜也。但微伤冗,后当稍收敛之。"苏轼的评鉴,是符合李廌诗赋实际的。李廌偶有词作,《全宋词》辑存四首,〔虞美人〕写闲居雨中怀人的沉挚情怀,淡远清疏,遐思绵绵,或许是羁游江陵时期为缅想远放南州的师友故旧而作。

〔1〕 苏辙诗,据通行本《栾城集》统计,约有一千七百八十多首,今人栾贵明从《永乐大典》辑得诗四首(见《文学评论》1981 年第 5 期《苏轼苏辙集拾遗》),刘尚荣从《百家注分类东坡诗集》、《东坡和陶诗集》等辑得诗十五首(见《文学遗产》1984 年第 4 期《苏辙佚著辑考》),合计共约一千八百多首。

〔2〕 宋蔡正孙《诗林广记》载："《冷斋夜话》云：'东坡在儋耳，有姜唐佐者从乞诗。唐佐，朱厓人，亦书生。东坡借其手中扇，书其上云：'沧海何曾断地脉，朱厓从此破天荒。'苏少公云：'吾兄子瞻谪居儋耳，琼州进士姜唐佐往从之游，气和而言道，有中州士人之风。子瞻爱之，赠之诗曰：沧海何曾断地脉，白袍端合破天荒。且告之曰：子异日登科，当为子成此篇。君游广州州学，有名学中。崇宁二年正月，随计过汝阳，以此句相示，时子瞻之丧，再逾岁矣。览之流涕。念君要能自立，而莫与终此诗者，乃为足之云。'胡苕溪云：'《冷斋夜话》载此句，乃云：沧海何曾断地脉，朱厓从此破天荒。遂以姜唐佐为朱厓人，附会为说。今当以子由诗为正也。'唐荆州每解举人，多不成名，号曰'天荒'；至刘蜕舍人，以荆州解及第，曰'破天荒'。"又据曾敏行《独醒杂志》言："江西自国初以来，士人未有以状元及第者，绍圣四年，何忠孺昌言始以对策居第一，里人传以为盛事。故谢民师有诗寄忠孺云：'万里一时开骥足，百年今始破天荒。'"

〔3〕 晁补之何时受知于苏轼，通行的说法是十七岁。《四库全书总目·〈鸡肋集〉提要》云："苏轼通判杭州，补之年甫十七，随父端友宰杭州之新城，轼见所作钱塘《七述》，尤为称赏，由是知名。"自宋时即有晁氏十七岁著《七述》谒苏轼之说，近年出版论著及《辞海》等均沿此说，实误。《鸡肋集》中晁氏《及第上苏公书》、《上苏公书》均明言二十馀岁，始获拜见苏公。《七述序》又明言补之拜见苏轼受到启发后，"述公之言"而作《七述》，则《七述》必作于结识苏轼之后。据《咸淳临安志》，晁补之父端友为新城令，补之随侍官所。按：熙宁六年，补之二十一岁时，苏轼为杭州通判，春间巡行属县，补之始得谒见苏轼于新城。晁补之十七岁时，苏轼尚在汴京，不可能与补之相晤。刘乃昌撰《晁补之年谱》（见上海古籍出版社出版《晁氏琴趣外篇·晁叔用词》附录）有考辨，可参阅。

〔4〕 宋人词话专书，以苏轼友人杨绘（字元素）所编《本事曲子》为最早。元丰年间苏轼贬黄州时致杨元素书简中提到此书，近人赵万里有校辑《时贤本事曲子集》一卷，共九则。稍后的词话专书，当属晁补之的《骫骳说》，此书又名《晁无咎词话》，陈振孙《直斋书录解题》、朱弁《风月堂诗话》均提及此书，当为补之晚年所作。原书已佚，《评本朝乐章》当为其中的片段，赵令畤《侯鲭录》卷八、《苕溪渔隐丛话》后集卷三三、《能改斋漫录》卷十六等，均曾引录。可参阅

吴熊和《唐宋词通论》。

〔5〕 张耒在《祭晁无咎文》中,回忆任职馆阁时期,同晁补之等苏门弟子唱和交游的愉快情景,有云:"契阔积年,俱职太学,并试玉堂,同升馆阁。读书饮酒,两各壮年,意气豪盛,自以无前。"

〔6〕 李廌次韵诗,题曰:"某顷元祐三年春,礼部不第,蒙东坡先生送之以诗,黄鲁直诸公皆有和诗。今年秋复下第,将归耕颍川,辄次前韵……。"对李廌这次应举落第一事,《鹤林玉露》、《养疴漫录》等书,载有苏轼考前曾对李廌透露试题,因试题为章持、章援所窃,致使二章得中,李廌落榜等情节。王文诰《苏文忠公诗编注集成总案》已力辨其非。苏轼在《与李方叔书》中,提醒对方说:"私意犹冀足下积学不倦,落其华而成其实。深愿足下为礼义君子,不愿足下丰于才而廉于德也。若进退之际,不甚慎静,则于定命不能有毫发增益,而于道德有丘山之损矣。"观此语及苏轼赠诗,则透露策题的流言当不攻自破。正如王文诰在《总案》卷三〇所云:"流传小说,多有章援、章持窃得李廌策题之说,此不足道也。"

第十六章　晏几道

第一节　晏几道的生平

晏几道(1048？—1113？)[1]，字叔原，号小山。晏殊第七子。殊去世时，他与六兄祗德、八弟传正及姊妹四人都还年幼，后由二兄承裕妻张氏"养毓调护"，嫁娶成家[2]。后以恩荫为太常寺太祝。英宗治平年间，与黄庭坚、王肱结识，常携酒客吴无至共相纵饮[3]。神宗熙宁七年(1074)，郑侠上书请罢黜吕惠卿，反对新法，事发下狱。几道因曾与郑往还而被牵连，后被释出。元丰元年(1078)，知友王肱去世，几道受请为遗文作序[4]。元丰二、三年间，黄庭坚赴吏部等候改官，几道与他再次相聚，两人常和调官京师的王玹在寂照房饮酒唱和，有时醉倒在酒家垆边，有时同榻夜话，纵论时势，畅谈抱负，"俱含万里情，雪梅开岭徼"(黄庭坚《次韵叔原会寂照房》，见《山谷外集诗注》卷七)，意气纵横，期许不凡。当时几道正处壮年，笃于风义，气概豪迈，颇负声名[5]。元丰五年(1082)，监颍昌许田镇。府帅韩维曾从游于晏殊门下，在几道以手写自作长短句呈寄之后，于回信中规劝说："得新词盈卷，盖才有馀而德不足者。愿郎君捐有馀之才,补不足之德,不胜门下老吏之望云。"(邵博《邵氏闻见后录》卷一九)元丰七年(1084),黄庭坚移监德州德平镇(今山东德县),在汴京附近的咸平、太康路上,写了十首小诗寄怀几道和王肱,但这时作者恰已远涉江南,未能聚首[6]。哲宗元祐初,几道词名盛传于京师,苏轼曾请黄庭坚转致期望结识之意,但他回答说:"今政事堂中半吾家旧客,亦未暇见也。"(陆友《砚北杂志》上,引邵泽民说)辞气颇为倨傲。在这期间,他编辑自己的词集,黄庭坚为之作序。徽宗崇宁初,因"更缘事为,积有闻誉",由乾宁军通判调任开封府推官[7]。崇宁四年(1105),开封府两经狱空,几道转一官。大观、政和年间,他退居京城旧宅,清节自守,不登诸贵之门。时蔡京权势正盛,曾于重九、冬至日,遣客求写长短句,几道为作〔鹧鸪天〕两首,内容只限歌咏太平,而无一语言及蔡京。当时,他已是年迈的老人了。

　　几道生活的仁宗、英宗、神宗、哲宗、徽宗几朝,由于改革而引起的统治集团的内部矛盾和斗争,一直延续不绝。随着时间的推移和人事上的变化,围绕王安石变法问题上的分歧而出现的新旧党争,渐渐演变为不同集团之间的私利之争,政治上更加昏暗衰败。作者看透了当时的官场倾轧,不屑也不愿卷进党争的漩涡,"眼看飞雁手携鱼,似是当年绮季徒。仰羡知几避缯缴,俯嗟贪饵失江湖"(《观画目送飞雁手提白鱼》),透露了他知机避祸的心情。在他看来,当时的党争只是一种权势的争夺,任何一方的取胜不过是过眼烟云,转瞬即逝,"小白长红又满枝,筑毬场外独支颐。春风自是人间客,主张繁华得几时!"(赵令畤《侯鲭录》卷四)正寄寓了他对时事的见解。他自己持论甚高,而又禀性孤傲耿介,"纵驰不羁,尚气磊落"(陈振孙《直斋书录解题》),品评人事,"常欲轩轾人,而不受世之轻重"(黄庭坚《小山集序》)。他有慨于时弊,却不能畅抒所见,"我槃跚勃窣,犹获罪于诸公,愤而吐之,是唾人之面也"(《小山集自序》)。反映了作者不为当政者所容的处境和愤激心情。黄庭坚与他相交甚久,深知其为人,曾在《小山集序》中称他有四痴:"仕宦连蹇,而不能一傍贵人之门,是一痴也;论文自有体,不肯作一新进士语,又一痴也;费资千百万,家人寒饥,而面有孺子之色,此又一痴也;人百负之而不恨,己信人终不疑其欺己,此又一痴也。"这篇序文,"激昂婉转,以伸吐其怀抱"(张镃《梅溪词序》),真实而又深刻地反映了晏几道"磊块权奇,疏于顾忌"(黄庭坚《小山集序》)的性格特色。他仕途蹇仄,沉沦下位,除在汴京、颍州等地为官外,淮西、江南一带还曾有过他的行踪,生活迁徙不定,家境日趋窘困,晚景更为凄凉。

晏几道"平生潜心六艺,玩思百家",具有广博的文化修养,"文章翰墨,自立规摹"(黄庭坚《小山集序》),崭然不同于时流。文已不传,诗有零散篇什,而以小词著称于世,有《小山词》一卷。最早编集时,仿拟束皙《补亡诗》"遥想既往,存思在昔,补著其文,以缀旧制"之意,称《补亡》。自序说:"故今所制,通以《补亡》名之。"又称《补亡集》或《乐府补亡集》,见胡仔《苕溪渔隐丛话》后集卷三三。后称《小山词》,见陈振孙《直斋书录解题》。一称《晏叔原词》,见尤袤《遂初堂书目》。又称《小山乐府》,见《景定建康志》卷三三《文籍志》。另本称《小山琴趣外篇》,见《永乐大典》卷三〇〇六"人"字韵。《小山词》有吴讷《唐宋名贤百家词》本、毛晋汲古阁刊《宋六十名家词》本。唐圭璋《全宋词》据《彊村丛书》本《小山词》,另据《梅苑》、《阳春白雪》、《永乐大典》、《花草粹编》补入四首,共二百六十首。

第二节　晏几道词的思想内容

由于当时社会形势和个人遭际的影响,晏几道心情抑郁不欢,常常浮沉酒中,与二、三知友品讴赏舞,在狂篇醉句中抒写所闻所见,"寓其微痛纤悲"(夏敬观《小山词跋尾》)。

追忆往昔的恋情,感伤境缘的虚空,是《小山词》中咏写较多的内容。作者在自序中说:"始时,沈十二廉叔、陈十君龙,家有莲、鸿、蘋、云,工以清讴娱客,每得一解,即以草授诸儿,吾三人听之,为一笑乐。"在长期的过从中,词人与这些女子之间,有过斗草阶前的含羞初见,湔裙曲水的微笑相遇,琵琶弦上的诉说相思,哀筝一曲中的幽恨暗传,特别是一些题咏莲花的词中,更隐含着他与小莲的曲折情事。由于廉叔去世,君龙卧病,歌儿舞女流转人间,繁华遽逝,景境顿殊;作者在不少词作中抒写了别后的情怀。如〔蝶恋花〕:

醉别西楼醒不记。春梦秋云,聚散真容易。斜月半窗还少睡,画屏闲展吴山翠。　衣上酒痕诗里字。点点行行,总是凄凉意。红烛自怜无好计,夜寒空替人垂泪。

刚刚相别,岂能不记! 别前的欢愉,别时的哀伤,别后的凄凉,都历历在目。说"不记",实是说不愿记、不忍记。然而斜月半窗,画屏闲展,衣上酒痕,纸上诗行,却无一不令人记起春梦秋云般的匆匆聚散和蓦然分离后的难堪。〔思远人〕一词则抒写了别后的相思之情:

红叶黄花秋意晚,千里念行客。飞云过尽,归鸿无信,何处寄书得。　　泪弹不尽临窗滴,就砚旋研墨。渐写到别来,此情深处,红笺为无色。

念远怀人,临窗滴泪,还是常情。以泪水研墨作书,可见疾情已甚。红笺无色,说明泪水之多;明言情深,实是意苦。全词笔直语朴,而情意深婉。〔临江仙〕一词是别后的追忆之作,吐露了心中难遣的愁情:

　　梦后楼台高锁,酒醒帘幕低垂。去年春恨却来时。落花人独立,微雨燕双飞。　　记得小蘋初见,两重心字罗衣。琵琶弦上说相思。当时明月在,曾照彩云归。

楼台、帘幕的高锁低垂,衬染出眼前的春恨;落花、微雨、燕飞、人独,喻示了去年的春恨;小蘋初见,彩云归去,则点明了春恨产生的缘由。年年长在的春恨,实际上是青春恋情消逝的长恨。在词人的生活中,还有过别后重逢的悲欢离合之事,〔鹧鸪天〕一词就生动地反映了这样的内容:

　　彩袖殷勤捧玉钟,当年拚却醉颜红。舞低杨柳楼心月,歌尽桃花扇底风。　　从别后,忆相逢。几回魂梦与君同。今宵剩把银釭照,犹恐相逢是梦中!

当年一夕相逢的欢乐难忘,别后梦中相逢的飘忽难寻,今宵突然重逢的恍惚难信,今昔景境急转,感情、悲欢剧变,一切都"如幻如电,如昨梦前尘"(《小山集自序》)。"犹恐相逢是梦中",既是说重逢的出于意外,也是深恐相聚的短暂倏忽,迷离恍惚,如梦如幻。全词所写虽只是生活中的一个片段,但笔致却曲折回环,情景感人。

在这类词作中,有很多关于梦境的描写。词人现存二百多首作品,其中写到梦的即有四十多首。"一夜梦魂何处,那回杨叶楼中"(〔清平乐〕),"月细风尖垂柳渡,梦魂常在分襟处"(〔蝶恋花〕),梦魂常在当初相会和分手处留连徘徊;"梦魂惯得无拘检,又踏杨花过谢桥"(〔鹧鸪天〕),"梦入江南烟水路。行尽江南,不与离人遇"(〔蝶恋花〕),梦魂在杨花谢桥、烟水点染的江南追寻不止;"梦觉春衾,江南依旧远"(〔清商怨〕),"梦云归处难寻,微凉暗入香襟。犹恨那回庭院,依旧月浅灯深"(〔清平乐〕),梦回后悲凉的现实,更使人心理上难以承受。词人如此反复地描绘梦境,正是由于执着的追求在现实中受到阻扼和挫折,难以或无法实现,但又萦结于心,因而转寄于无所拘束的梦魂。这些都曲折地反映了作者企求摆脱世俗羁绊、向往美好生活的愿望,也是作者心灵深处对外部压力进行抗争的幻影;而梦境的渺茫,又暗示了追求的幻灭和空虚。

真实地反映下层女子的不幸遭遇,表现了作者真挚的同情,这一部分内容,在《小山词》里占有一定的分量。

晏几道长期寄迹于绮罗脂粉丛中,不乏寻芳问艳的冶游狎玩之作。但随着年龄的增长,阅历的加深,特别是个人的坎坷失意,对歌儿舞女们的沦落生涯也随之有了进一步的理解。在这部分词中,作者以细腻生动的笔触,描绘了众多的歌女舞伎的形象,浮现在人们眼前的不仅是美妙的歌姿舞态,而是在一颦一笑、一举一动的微妙变化中,透露出她们的内心活动。如〔菩萨蛮〕写到一位筝妓:

哀筝一弄湘江曲,声声写尽湘波绿。纤指十三弦,细将幽恨传。　　当筵秋水慢,玉柱斜飞雁。弹到断肠时,春山眉黛低。

纤指细抚,眼波顾盼,眉黛低垂,从弹奏的神态变化中吐露了难以言传的幽恨。"春浅未禁寒,暗嫌罗袖宽"(〔菩萨蛮〕),"伴人歌笑懒妆梳"(〔浣溪沙〕),歌儿舞女的肌肤生寒,梳妆慵倦,暗示了被迫无奈的哀怨。下面这首〔浣溪沙〕描写的则是一位歌女:

> 日日双眉斗画长,行云飞絮共轻狂。不将心嫁冶游郎。
> 溅酒滴残歌扇字,弄花熏得舞衣香。一春弹泪说凄凉。

在歌女精妆巧饰、恣歌酣舞的背后,隐藏着含泪伴笑、忍悲伴欢的苦楚,蕴含着无限自惜自哀的复杂心情。

晏几道的这类作品,描写的对象多是身处社会下层的歌女舞伎,她们只不过是"出墙花,当路柳",任凭"北来人,南去客,朝暮等闲攀折"(〔更漏子〕),作为供人遣玩的对象,受尽了凌辱和摧残,境遇极为悲惨。作者对她们的痛苦生活和复杂的思想感情体察深微,因而往往能在这些词中寄托着自己的真情追求。这种追求,突破了世俗观念的影响,反映了作者对世情的淡漠、现实的失望。词人笔下的这一幅幅女子的画像,是那一时代风俗画卷中的一个部分,它从一个侧面揭示了当时的社会面貌,反映出那一时期的"人情物态"(王铚《默记》卷下)。

抒写身世蹉跎和怀才不遇的悲慨,在《小山词》中很有特色,具有特别感人的力量。

晏几道身为宰相之子,加之才识过人,如想觅取进身之阶,期得仕途得意,并非难事。但因操持不同,所见有异,难为当世所知。在党争复杂的政局中,他既不依附于旧党,也不屈从于新派,而是狷介自守,不为时流所动,因此,也就难为以党派门户之见取人的当政者所用,只能沦为风尘小吏,离开京城,远宦州郡。在"南去北来今渐老"(〔浪淘沙〕)的无谓生涯中消磨有限的岁月。官务的烦冗无聊,使他产生"官身几日闲"(〔生查子〕)的懊恼,但因为生活的驱使,又不得不奔走四方,尝尽羁旅飘泊的凄苦。〔浣溪沙〕中写道:

午醉西桥夕未醒,雨花凄断不堪听,归时应减鬓边青。衣化客尘今古道,柳含春意短长亭,凤楼争见路旁情!

景真情挚,说尽客中苦况。他还在不少词中,抒写了绵绵的思乡怀旧之情:"归思正如乱云,短梦未成芳草"(〔泛清波摘遍〕),"天涯岂是无归意,争奈归期未可期"(〔鹧鸪天〕)。在吐诉天涯难归的苦情时,作者曾以东方朔自况,"故园三度群花谢,曼倩天涯犹未归"(〔鹧鸪天〕),这里既有碌碌无为而被迫"依隐玩世"的愤郁,也含有"虽欲尽节效情"(《汉书·东方朔传》)而终未能见用的悲慨。

晏几道对自己期许颇高,"少陵诗思旧才名","白头王建在,犹见咏诗人"(〔临江仙〕)。在《题司马长卿画像》一诗中更写道:"犊鼻生涯一酒垆,当年嗤笑欲何如?穷通不属儿曹意,自有真人爱《子虚》!"他以历史上的文豪诗人自比,颇为自负。然而仕途蹭蹬,纵然"清歌学得秦娥似,金屋瑶台知姓字"(〔玉楼春〕),"一弦弹尽仙韶乐,曾破千金学"(〔虞美人〕),身怀歌弹绝技,但"未知谁解赏知音"(〔虞美人〕),只能怅恨无已。作者在为这些歌女乐伎的才能埋没而深表同情时,实际上也暗含着自我怜惜之情。又如〔蝶恋花〕一词借咏秋莲抒怀云:

笑艳秋莲生绿浦。红脸青腰,旧识凌波女。照影弄妆娇欲语,西风岂是繁华主。　　可恨良辰天不与。才过斜阳,又是黄昏雨。朝落暮开空自许,竟无人解知心苦。

"照影弄妆娇欲语",是孤芳自赏;"西风岂是繁华主",则是矜持自重。从写莲来看,称得上得其风神;作为喻人,则是不肯轻慕荣华者的绝妙写照。良辰不与,空自期许,这里何尝只是咏物,它实际上反映了千古才人杰士沦落不遇的共同憾恨,也是作者蹉跎一生的形象概括。

晏几道"落拓一生,华屋山丘,身亲经历"(夏敬观《小山词跋尾》)。他感慨"齐斗堆金,难买丹诚一片真"(〔采桑子〕),"人情却如飞絮,悠扬便逐春风去"(〔梁州令〕),"可怜人意,薄于云水"(〔少年游〕),饱谙人情的翻覆,世态的炎凉。随着年华的老大,知友的零落,莲、蘋等人的流散,心情日益感伤。"尽教春思乱如云,莫管世情轻似絮","劝君频入醉乡来,此是无愁无恨处"(〔玉楼春〕),为求得排遣,因而时时寄情于花月歌酒:

　　天边金掌露成霜,云随雁字长。绿杯红袖趁重阳,人情似故乡。　　兰佩紫,菊簪黄,殷勤理旧狂。欲将沉醉换悲凉,清歌莫断肠。

　　　　　　　　　　　　　　　　——〔阮郎归〕

重阳佳节的人情风俗和游乐气氛,一如旧日。往昔虽有满腹牢骚,一腔失意,还可以趁此逢场作戏,佯狂歌酒,求得暂时的消解,而今日却难以重新鼓起这种意兴。况周颐《蕙风词话》卷三评云:"'殷勤理旧狂',五字三层意。狂者,所谓'一肚子不合时宜',发现于外者也。狂已旧矣,而理之,而殷勤理之,其狂若有甚不得已者。"盖"旧狂"也就是不与时合、难为世用的旧痴。欹崎的际遇,落拓的生涯,换来的是无法可解的悲凉,这里含有理想的幻灭,追求的无望,以及才智难展的索寞之悲。"身外闲愁空满,眼中欢事常稀"(〔临江仙〕),素有豪士之称的晏几道,竟成了"古之伤心人"(冯煦《宋六十一家词选·例言》)!

《小山词》里有一部分词,与当时政局形势有关。〔鹧鸪天〕(碧藕花开水殿凉)、(九日悲秋不到心)、(晓日迎长岁岁同)三首和〔庆春时〕(升平岁月),都是应酬官家之作。"升平歌管随天仗,祥瑞封章满御床"(〔鹧鸪天〕),在各种矛盾日益突出、酝酿巨变的社会现实面前,朝廷上下仍然佚乐如旧,沉溺于自我编织的太平盛世幻梦中自欺自慰。下引〔清平乐〕一词即写到这样的情景:

笙歌宛转,台上吴王宴。宫女如花倚春殿,舞绽缕金衣线。
酒阑画烛低迷,彩鸳惊起双栖。月底三千绣户,云间十二琼梯。

词中的吴王只是借托,实际上是当时统治阶层人物及其惊人骄奢的写照。醉生梦死的歌声舞影中,既有得势者的恣意狂欢,也有失意者的颓唐放纵。统治阶层生活上的荒嬉无度,反映了精神、道德上的空虚和堕落,是一个王朝政治腐败和渐趋崩溃的征兆。作者对当时隐藏着深刻危机的表面繁华怀有一种不祥的预感:

二月和风到碧城,万条千缕绿相迎。舞烟眠雨过清明。
妆镜巧眉偷叶样,歌楼妍曲借枝名。晚秋霜霰莫无情!

这首〔浣溪沙〕内容是咏杨柳,但对可能降临的无情霜霰充满了忧虑。"谁知错管春残事,到处登临曾费泪"(〔玉楼春〕),所咏似为伤春之情,实际上也寓含着面对时艰的深深感伤。最值得注意的是

〔诉衷情〕一词：

> 都人离恨满歌筵，清唱倚危弦。星屏别后千里，更见是何年。　　骢骑稳，绣衣鲜，欲朝天。北人欢笑，南国悲凉，迎送金鞭。

词中的"北人"、"南国"等词语，明显地触及北宋王朝与辽金之间的矛盾，作者对此有所揭露，有所讽刺，倾向和感情表露得很清楚。这首词所写的内容，虽然不能确指和证实与北宋末年某一历史事件有关，但从词中所写的"都人离恨满歌筵"来看，它所反映的事件是巨大的，影响是深刻的，以致牵动和震撼了整个京都。晏几道在词中所流露出来的凄楚之音，不仅是他个人生涯不幸的哀吟，也是那个时代即将崩解的悲歌。

第三节　晏几道词的艺术特色

晏几道词的艺术成就，前人赞誉甚多，有的说"追逼花间"（陈振孙《直斋书录解题》），有的说"秀气胜韵，得之天然"（王灼《碧鸡漫志》）。他的知交黄庭坚在《小山集序》中称其词"寓以诗人句法，清壮顿挫，能动摇人心"，更正确地指出他的词作善于将波澜跌宕的内容，敛入五、七字为主的小令形式之中，在构思、抒情、用语等方面都有自己的特色，篇幅虽短，却顿挫生姿，取得了动人心魄的艺术效果。

《小山词》构思新颖曲折。有的是常见的一般题材，但作者却能蹊径独辟，别开生面。如〔思远人〕下片："泪弹不尽临窗滴，就砚旋研墨。渐写到别来，此情深处，红笺为无色。"以泪珠弹滴写相思情苦,还是常事;而以泪研墨,则是异态;用泪墨作书,更是奇想;不说红笺因泪水和墨而模糊,却说是因情深而使红笺变得无色,则尤见巧思。全词本意在写相思情苦,但不用泛泛流泪哀叹情事,却只"就泪墨二字,渲染成词,何等姿态"(陈廷焯《词则》)!

对一些大体相似的题材内容,词人也能运用不同的构思方式,使之风貌各异。两首〔临江仙〕都是写当初相逢的难忘和别后的凄清寂寞,但一用顺写,一用倒叙,各具特色。"斗草阶前初见"一词,所写情事的时间较近,人物容貌、妆饰、姿态的描写也就特点鲜明,"靓妆眉沁绿,羞脸粉生红",在今昔对照中,侧重写相隔不久前的情景回忆。"梦后楼台高锁"一词,所写情事的时间较远,人物的细貌略去不写,只以"两重心字罗衣"衬现出难忘的小蘋形象,而突出地写"琵琶弦上说相思"和明月"曾照彩云归"的情景,在今昔对比中,侧重写当前的凄寂难堪。两词因侧重点上稍有不同,构思上也就有所变化。如前所述,作者常借虚幻的梦境来写现实的相思,但思路往往各异。〔鹧鸪天〕(小令尊前见玉箫)一词,从聚散场景写起,然后引出"梦魂惯得无拘检,又踏杨花过谢桥",由实入虚。〔蝶恋花〕(梦入江南烟水路)一词,则是先从梦入烟水江南写起,然后转写梦后的惆怅,由虚入实。两词中的杨花、谢桥,烟水、江南,本来都是生活中的实景,但在梦魂的飘荡和千里驰飞之中,自然幻化成虚境,虚实交错,闪烁着迷离飘忽的神秘色彩,浮现出虚幻多变的境界,从而产生了一种朦胧迷茫的艺术效果。

《小山词》的表现手法多样。其中许多篇什很少直抒其情,而多采用情景互衬和交融的手法,绘制出一幅幅令人难忘的画面,使人玩味不尽。有的以物烘染,如"今宵剩把银釭照,犹恐相逢是梦中"(〔鹧鸪天〕),"红烛自怜无好计,夜寒空替人垂泪"(〔蝶恋花〕),前者写重逢,银釭相照,人影成双,惊喜中融含着温馨;后者写分手,红烛孤照,形单影只,寂寞里散溢着凄寒。在烛影灯光的照射摇曳中,化映出不同的画面,传达出人物的内心感情。有时以景衬情,如"凉月送归思往事,落英飘去起新愁"(〔浣溪沙〕),因凉月如镜而回映往事,由落花纷飞而触引新愁,情缘景生,景情巧相映衬。有时情寄景中,如"去年春恨却来时,落花人独立,微雨燕双飞"(〔临江仙〕),字面上绝无一辞明言春恨之情,而从落花微雨、燕子双飞与孤独人影的画面中,衬示出人物的迷惘感伤心境,显得特别含蓄、深沉。有的景随情迁,如〔蝶恋花〕一词写道:

  碧玉高楼临水住。红杏开时,花底曾相遇。一曲阳春春已暮,晓莺声断朝云去。 远水来从楼下路。过尽流波,未得鱼中素。月细风尖垂柳渡,梦魂长在分襟处。

词中的景物随着人事的聚散悲欢,色彩、声响、光调也呈现出不同的变化:相遇时热烈欢乐,红杏开放得烂漫如云;相别时春光已老,晓莺也声声悲啼;别后悲苦思念,则是流波、弦月、寒风、渡口,一片迷濛中飘荡着孤独的梦魂,溢散着凄清的离情,景随情变,情异景殊,色调变幻。他还常用对比的手法,表现今昔如梦的感情。一首词中,或上片写今,下片念昔,或上片追昔,下片伤今,多以往日的欢愉反衬今日的悲凉,时间上的今昔和感情上的悲欢,都被浓缩统摄于一词之中,比照极为鲜明。有的以客观景境与人事变化相对比,如"落花犹在,香屏空掩,人面知何处"(〔御街行〕)。有的用事物如旧与人情不常相对比,如"旧香残粉似当初,人情恨不如"(〔阮郎归〕),"罗带同心闲结遍,带易成双,人恨成双晚"(〔蝶恋花〕)。有的在时间上作对比,"当年此处,闻歌飐酒,曾对可怜人。今夜相思,水长山远,闲卧送残春"(〔少年游〕)。有的在对比中含有喻托,"花信来时,恨无人似花依旧"(〔点绛唇〕),"可怜蝴蝶易分飞,只有杏梁双燕、每来归"(〔虞美人〕)。作者运用种种对比方法,从事物、情理的强烈对比中,触动和启发人们的联想,从而强化自己所要表现的感情,倍增艺术的感染力量。

《小山词》的章法多变。词人所作虽多为小令,但十分讲究起结承转,所以尽管篇幅短小,仍能波澜起伏,跌宕有致。其词的起调发端,多直入题意,如〔清平乐〕(留人不住)、〔临江仙〕(淡水三年欢意)、〔鹧鸪天〕(小令尊前见玉箫)等,起笔就开门见山,笼罩全篇。有的则用"以扫为生"(谭献评周邦彦〔齐天乐〕首句"绿芜凋尽台城路"语)之法,如〔蝶恋花〕发端"醉别西楼醒不记"一句,就全然撇去别时无限情事,只极写醒后别情的凄婉。有的题前着笔,一起就摄起题神,如〔临江仙〕词起调的"梦后楼台高锁,酒醒帘幕低垂"二句,发端就暗寓人去楼空之意,同时也就迤逦带入下面的怀人春恨。与起句相比,晏几道词的结句方式更为多样。有的用还顾法,如〔鹧鸪天〕通首都是写一见难忘情事,结句用"梦魂惯得无拘检,又踏杨花过谢桥",回顾起句,收足全首。有的用推开法,如〔浣溪沙〕下片"衣化客尘今古道,柳含春意短长亭。凤楼争见路旁情",先叙写羁旅之苦,再以闺中女子不能体味征人此际的情境推开一层。有的用倒挽法,如〔浣溪沙〕下片"静迤绿阴莺有意,漫随游骑絮多才,去年今日忆同来",从今日所见所感追忆往昔。有的用转折法,如〔浣溪沙〕(二月和风到碧城)一词,全篇六句,前五句极写柳的盛时袅娜之美,而末一句以"晚秋霜霰莫无情"突然折转,巧妙地表达出作者起伏跌宕的感情。另外有不少词运用烘托的手法,以形象鲜明的景语作结,如"相寻梦里路,飞雨落花中"(〔临江仙〕)、"紫骝认得旧游踪,嘶过画桥东畔路"(〔木兰花〕)等等,多以迷离取胜,含不尽之意于景外,神韵悠然,耐人玩味。词中的承转呼应,更是作者的着意用力之处。

如〔鹧鸪天〕(彩袖殷勤捧玉钟)一词,就构思来说,全词的结穴处在结拍"今宵剩把银釭照,犹恐相逢是梦中"二句,当年的初逢,别后的思念,都是重逢时的追忆内容。但就全词的层次而言,"当年"后接以"别后"、"今宵",时间的层次极为清楚。今宵重逢所以感到如梦难信,是因梦中相会旋复相失的次数太多,而这一切又都由于"当年拚却醉颜红"的一夕相逢引起,前后呼应,理脉贯通。〔临江仙〕(梦后楼台高锁)一词,以"春恨"作为关捩,"梦后"二句写眼前,"落花"二句写去年,"记得"三句写过去,由近及远,层层翻换,如一幅幅画面,不断映现,而又首尾贯穿,深得蛇灰蚓线之妙。

《小山词》用词造语,丰富多彩,不露雕琢之迹,常寓含铸炼之工于自然之中,而且遣词造语也多有言简意丰之胜。如"梦觉春衾,江南依旧远"(〔清商怨〕)两句,写现实中已是地远、人远,而梦中的江南也同样是如此遥远。句中"'依旧'二字,一波三折"(陈廷焯《词则》)。〔木兰花〕一词中的"墙头丹杏雨馀花,门外绿杨风后絮",全用名词组成,表面上似写院落内外的景象,而实际上是写墙内人当初艳如丹杏,而今已成零落衰谢的雨馀之花;门外人生涯落拓,如同风后的绿杨飞絮,飘散难定。对仗工整精丽,而又能尽工巧于矩度,寓流动于排偶,景象鲜明,喻托遥深。又如"衣化客尘今古道,柳含春意短长亭"(〔浣溪沙〕),"道"、"亭"本为极平常的景物,但前后各缀上"今古"、"短长"二字,便立刻从时间、空间的意义上加深了一层;再加上"衣化客尘"、"柳含春意"的人情物景,短短两句,构成了一幅特殊的图景,使人不禁产生风尘劳瘁、千古如斯的悲慨。

晏几道词的语言通俗自然,但"淡语皆有味,浅语皆有致"(冯煦《宋六十一家词选·例言》),深挚感人。有些词句粗看起来浅显,而情挚意深。以"梦魂纵有也成虚,那堪和梦无"(〔阮郎归〕)两句来说,梦魂本属虚无,但因情深意切,虽知其无,却仍盼望其有;纵然有梦,而梦后醒来还是成虚;然而最苦的还是连这种虚无的梦也没有!语浅意深,情思婉曲。晏词"出语必雅"(陈廷焯《词则》),以雅著称。这一方面与他的生活处境有关,晁无咎就曾举"舞低杨柳楼心月,歌尽桃花扇底风"二句评说:"可知此人不生在三家村中也。"(《苕溪渔隐丛话》后集引《复斋漫录》)另一方面则是书卷酝酿,长于点化所致,人们所传诵的名句:"落花人独立,微雨燕双飞"、"无处说相思,背面秋千下"(〔生查子〕)、"红烛自怜无好计,夜寒空替人垂泪"(〔蝶恋花〕)等等,都是由古人诗句化出。他化用古人诗句,如同己出,和谐融贯,熔冶得法,而且饱和着浓挚的情思。陈廷焯认为李煜、晏几道的词所以"无人不爱,以其情胜也。情不深而为词,虽雅不韵,何足感人"(《白雨斋词话》)。晏几道词正是情溢言外,以情取胜,以情动人的。

〔1〕 晏几道生卒年无考,夏承焘《二晏年谱》定小晏约生于仁宗天圣八年(1030),卒于徽宗崇宁五年(1106)。宛敏灏《二晏及其词·二晏年谱》系小晏生年于仁宗庆历元年(1041),约卒于徽宗宣和元年(1119)。按:黄庭坚《小山集序》:"晏叔原,临淄公之暮子也。"晏殊卒于至和二年(1055),六十五岁。小晏之生,当在晏殊五十岁后,六十岁前。按夏谱,小晏在晏殊去世时已二十五岁,按宛谱,也已十四岁,一已成年,一为少年。据刘攽《彭城集》卷三九,载有晏殊次子晏承裕妻张氏事迹的《永安县君张氏墓志铭》,文中叙说:"元献薨,有三男子、四女子幼稚。"三男当指祗德、几道、传正,称幼稚,当在十岁以内,三男四女,几道依次在祗德或一女之后。黄庭坚生于庆历五年(1045)。元丰七年(1084),黄庭坚三十九岁,在《自咸平至太康鞍马间得十小诗寄怀晏叔原》诗中自称"四十垂垂老",而称叔原为"云间晏公子,风月兴如何",口吻间颇为老气。依夏谱则叔原长于山谷十五岁左右,依宛谱也长五岁以上,与志文所载及黄诗语气明显不合。据上所述,叔原生年约在庆历八年(1048)似较近实。夏谱据《碧鸡漫志》所载蔡京遣客求长短句事考以蔡京仕迹,认为作长短句在蔡京崇宁

间初当权时,而崇宁五年(1106),小晏已七十四、五岁,故定"叔原约卒于此时"。按:《碧鸡漫志》卷二:"叔原年未至乞身,退居京城赐第,不践诸贵之门。蔡京重九、冬至日遣客求长短句,欣然而为作〔鹧鸪天〕,'九日悲秋不到心'云云、'晓日迎长岁岁同'云云,竟无一语及蔡者。"据此,蔡京求词当在小晏退居京城赐第之后。《宋会要辑稿》一六八册《刑法四·狱空门》:"徽宗崇宁四年闰二月六日诏:'开封府狱空。王宁特转两官;两经狱空推官晏几道、何述、李注,推官转管勾使院贾炎,并转一官,仍赐章服。'"是知崇宁四年,小晏尚在开封府推官任内,而五年二月,蔡京罢相,无从遣客求作重九、冬至词。大观元年五月,蔡京复相。三年六月再罢。政和二年又再相。晁端礼〔鹧鸪天〕(十首)小序:"晏叔原近作〔鹧鸪天〕曲,歌咏太平,辄拟之为十篇。野人久去辇毂,不得目睹盛事,姑诵所闻万一而已。"晁词第七首有"须知大观崇宁事,不愧生民下武篇"语,叔原大观中尚在,自无疑问。晁端礼生于庆历六年(1046),政和三年(1113)六月前闲居十年之久,"七月二十三日,以疾卒于昭德外第,实至京之逾月也"(晁说之《嵩山集》卷一九《宋故平恩府君晁公墓表》)。据"久去辇毂"之语,晁词十首当作于闲居之时,最迟在政和三年六月赴诏进京之前。叔原卒年最早也约在此时。钟陵《晏几道生卒年小考》(《南京师范大学学报》1987年第4期)一文,可参看。

〔2〕《永安县君张氏墓志铭》:"元献薨,有三男子、四女子幼稚,夫人养毓调护,皆至成立,娶妇嫁夫。"(刘攽《彭城集》卷三九)

〔3〕黄庭坚《王力道墓志铭》:"吾友力道讳肱,……以乡举士俱集京师,甲辰、丁未岁相从也。"(《豫章黄先生文集》卷二三)黄庭坚《书吴无至笔》:"有吴无至者,豪士晏叔原之酒客。二十年时,余屡与之饮,……元祐四年四月六日……"(《豫章黄先生文集》卷二五)

〔4〕黄庭坚《王力道墓志铭》:"……力道之兄,抚州军事推官将举恭睦之丧,兆于临朐之龙泉,而葬力道于其域。谋曰:知吾弟者,莫若吾友临川晏叔原几道,豫章黄鲁直庭坚。将请叔原序其文……"(《豫章黄先生文集》卷二三)

〔5〕黄庭坚《次韵答叔原会寂照房呈稚川》:"声名九鼎重,冠盖万夫望。"又《同王稚川晏叔原饭寂照房》:"晏子与人交,风义盛激昂。"(《山谷外集诗注》

卷七)

〔6〕 黄庭坚《自咸平至太康鞍马间得十小诗寄怀晏叔原并问王稚川行李鹅儿黄似酒对酒爱新鹅此他日醉时与叔原所咏因以为韵》:"东南万里江,绿尽一杯酒。王孙江南去,更得消息否。"(《山谷外集诗注》卷一四)

〔7〕 慕容彦逢《通判乾宁军晏几道可开封府推官制》:"敕具官某,开封府浩穰,任兼三辅,往佐府事,必惟材能。以尔更缘事为,积有闻誉,选于在列,俾践厥官,毋忘恪恭,以伫明陟,可。"(《摛文堂集》卷五)

第十七章 秦 观

第一节 秦观的生平

秦观(1049—1100),早年字太虚,后改字少游,自号邗沟居士,学者称淮海先生。原籍江南,后迁高邮武宁乡。父元化,曾从名儒胡瑗为学,因太学中海陵人王观"高才力学",遂为子取名为"观"。

秦观少时聪颖,"强志盛气,好大而见奇"(陈师道《秦少游字序》)。他博览群书,浸淫众说,除"先王之馀论,周孔之遗言"外,还涉猎"浮屠、老子、卜医、梦幻、神仙、鬼物之说"(《逆旅集序》),思想比较复杂。在三十多岁以前的这一段时期,他热心习赋,却无意科举,也冀立功业,但又不图仕进,"缪挟江海志,耻为升斗谋"(《春日杂兴》十首之二),志趣抱负不俗。他曾往返于湖州、杭州、润州、邵伯、高邮等地,登临纵览,浩歌剧饮,生活浪漫,充分表现了豪宕的情怀和脱略无拘的思想。与他交往密切而又影响较深的朋友是孙觉(字莘老)[1]。他们既是亲戚,又是忘年之交。熙宁十年(1077),经孙觉、李常的介绍,秦观专程去徐州拜谒久所钦慕的苏轼,"我独不愿万户侯,惟愿一识苏徐州"(《别子瞻》),极倾倒之情[2]。苏轼对这位后起之秀也赞赏备至,誉称秦观"新诗说尽万物情"(《次韵秦观秀才见赠》)。二人从此结下终生友谊。

从宋神宗元丰元年(1078)至宋哲宗元祐八年(1093),是秦观三十岁至四十五岁的壮年有为之际,也是秦观思想生活产生曲折变化的时期。元丰年间,他因去会稽(今浙江绍兴)探视祖父和任通判的叔父秦定,正与徙知湖州的苏轼同路。元丰二年(1079)春,与苏轼结伴而行,至无锡,登惠山,过吴江垂虹桥,遍游湖州诸寺院,相互酬唱[3],极为欢愉。至会稽后,为州守程公辟赏识,泛若耶,游鉴湖,访兰亭,谒禹庙,登蓬莱阁,相得甚欢。元丰三年(1080)回到高邮家乡,因苏轼的关系,又受到知扬州鲜于侁的顾遇,畅游扬州古迹。在此期间,路过高邮的苏辙、黄庭坚等人,都与秦观相聚,结为知交。

秦观因苏轼的劝说,从事举业[4],但道路颇为坎坷。元丰元年(1078),赴乡贡试,未中,心情甚为郁抑,作《掩关铭》。苏轼为之抱屈,作诗写信进行劝勉,秦观深为感动。元丰五年(1082),秦观参加礼部选,又未中,回归高邮。元丰七年(1084),苏轼从黄州移知汝州,至金陵,与王安石相见,多次称道秦观。后又特为致书王安石,评介秦观为一难得的人才,"愿公少借齿牙,使增重于世"(《与王荆公书》)。王安石借其侄婿叶涛之言,赞赏秦观诗"清新妩丽,与鲍谢似之"。在两位文坛前辈的鼓励称许下,秦观将自己所作诗文编为《淮海闲居集》,决心再次赴京应试。元丰八年(1085),秦观终于登第,结束了"奔走道途常数千里,淹留场屋几二十年"(《登第后青词》)的举子生涯。在将正式步入仕途之际,秦观的内心却怀有一种隐忧,他从苏轼的乌台诗案已初识宦途风波的险恶,然而又不甘心于没世无闻,因而既希望"官路亨通",但又担心,"谤伤之横至","祸殃于眇质"(《登第后青词》)。从他早年意图立功垂于后世以"太虚"为字,和这时愿如汉代马少游归老邑里而改字"少游"一事,就充分反映了这种矛盾心理和精神状态。

哲宗元祐年间，操持朝政的多为旧党，但内部派别斗争异常激烈。身为蜀党领袖的苏轼，就曾几次出知州郡。秦观入仕已迟，道路又复蹇仄艰难，在汝南蔡州为学官几近五年。直到元祐五年（1090），因范纯仁之荐，召试京师，才得除太学博士，校正秘书省书籍。元祐七年（1092），苏轼自扬州召还，进官端明殿学士、翰林侍读学士、礼部尚书，秦观迁国史院编修，与黄庭坚、晁补之、张耒同时供职史馆，人称"苏门四学士"。这几年中，秦观在京城任职，得与师友时相过从，精神上比较愉快。但由于家口较多，生活境遇困窘，"日典春衣非为酒，家贫食粥已多时"（《春日偶题呈钱尚书》），经常靠朋友接济。当时朝中日益激烈的党争使秦观深感不安。由于与苏门关系密切，他曾遭到洛党贾易的攻讦，而苏轼兄弟的相知、相护，更使秦观无法跳脱派别门户之争的漩涡。在生活和思想上的重压下，秦观的精神面貌发生深刻的变化，失去了往昔的豪宕气概，由进取转向退避，仕途功名之心渐趋淡薄。"道山虽云佳，久寓有饥色。功名已绝意，政苦婚嫁迫"（《送少章弟赴仁和主簿》），就表达了他此时进退两难的苦闷心情。"上有苍鹰祸，下有黄犬厄"（《和裴仲谟放兔行》），更说明他心上笼罩着变生不测的党祸阴影。

自哲宗绍圣元年（1094）开始，秦观进入一再远贬的时期。先坐党籍，以馆阁校勘出为杭州通判。途中又以"影附苏轼，增损实录"[5]事，贬监处州茶盐酒税。初出京时，秦观曾有一种脱出险恶风浪的轻松之感："俯仰舳艛十载间，扁舟江海得身闲。平生孤负僧床睡，准拟如今处处还。"（《赴杭倅至汴上作》）到处州以后，生活颇为自在，无事就到佛寺逍遥："竹柏萧森溪水南，道人为作小圆庵。市区收罢鱼豚税，来与弥陀共一龛。"（《处州水南庵》）但在政敌的多方罗织下[6]，终于在绍圣三年（1096），因一首小诗中的"因循移病依香火，写得弥陀七万言"（《题法海平阇黎》）二句，被言者以"不职"之罪远徙郴州。在郴州一年，又于元符元年（1098）诏移横州编管。九月，再移送雷州编管[7]。秦观在这几年中，削职、除名，一再远贬，从一般逐臣沦为流放的罪犯，连续的沉重打击，使他的心情日趋感伤。"骨肉未知消息，人生到此何堪！"（《宁浦书事》）充满了悲怆之情。元符二年（1099）岁暮，写下《自作挽词》，抒写"家乡在万里，妻子天一涯"的凄苦之情，以及"奇祸一朝作，飘零至于斯"、"荼毒复荼毒，彼苍那得知"的深冤无告、横遭祸灾之悲，情调极为哀伤，精神心理处于一种难以承受的断裂和崩溃的边缘。

元符三年（1100）正月，哲宗病逝，徽宗即位，政局发生变化。六月，自海南儋州内移廉州的苏轼，在雷州与秦观相会。不久，秦观复宣德郎，放移衡州居住，作《和陶渊明归去来辞》，叙写当时悲喜交集的心情："归去来兮，眷眷怀归今得归。念我生之多艰，心知免而犹悲！"七月，动身北还。八月，至藤州，中暑病逝，年五十二岁。

秦观一生中的主要时期，与苏轼紧密联系在一起，思想、创作以及生活道路，都深受苏轼的影响。秦观的应举和进入仕途，是因苏轼的劝勉；而后来的谪降远贬，则又受苏轼的牵连。他们之间，互相爱重，在思想上有许多共通之处。秦观归依苏轼门下，诗文创作上的钦仰，固然是一个方面，但更主要的是"苏氏之道最深于性命自得之际"，与秦观思想极为契合。他认为"论苏氏而其说止于文章，意欲尊苏氏，适卑之耳"（《答傅彬老简》）。秦观、苏轼思想都极为博杂，两人均主三教合一，以儒家思想为中心，而参以佛老。略有不同的是，苏轼在三者融合中，能熟参佛老之圆通静达，用以处世、应世，从而随缘自适，超然物外。而秦观在三者融合中，所趋重者实在黄老的"贵合而贱离"（《司马迁论》），力主个人的自我完善，使"造物之父与吾并驾而游"（《遣疟鬼文》），纵放恣肆，任意而行。然而，秦观性格上的强志盛气过分而导致的脆弱,加上生活和仕途上的沉重挫折,转而为内心的摧伤,终于在难以承受的内外并至的压力下心力交瘁,过早去世,这无疑是一代才人的悲剧。

秦观诗文词赋兼长,书法也"婉美萧散"(李纲《秦少游所书诗词跋尾》),有晋宋风味。今存《淮海集》四十卷,后集六卷,长短句三卷。据明嘉靖十八年张绥鄂州刻本《淮海集》缩印的《四部丛刊》本,据清道光十七年王敬之刻本排印的《四部备要》本,较为常见。单钞、单刻《淮海词》,有明吴讷《百家词》抄本,毛晋汲古阁《宋六十名家词》刻本。朱祖谋《彊村丛书》本,校勘精审。日本内阁文库藏宋乾道间高邮军学本最为完整。《全宋词》据北京图书馆藏宋乾道刻绍熙修本《淮海居士长短句》[8],缺叶据叶恭绰影印两种宋本,三本俱缺者,据北京图书馆宋本中汲古阁景宋抄补各叶。另以黄仪、毛扆等手校汲古阁《淮海词》校。荟萃众长,尤为可贵。

第二节 秦观的词

秦观的诗文词赋都有作品传世,但最能饮誉当时又对后世影响最大的却是他的词。晁补之甚至以为"近世以来,作者皆不及秦少游"(吴曾《能改斋漫录》引)。

秦观词题材较为广泛,就总体而言,仍以传统的相思恋情为主,约占全部词作的半数左右。秦观早年的漫游,以及后来在蔡州的失意时期,颇多狎妓冶游情事。在扬州"觞酒为花"(〔梦扬州〕),淹留多年;在蔡州与营妓娄东玉、陶心儿以及畅姓道姑相恋,都足见词人生活的浪漫。这类题材的词作,有的写得过分冶艳,如〔河传〕(恨眉醉眼);有个别的品格不高,如〔迎春乐〕(菖蒲叶叶知多少)。但就大部分词作来说,却写得真挚缠绵,绝少鄙俗之辞。如写幽会的〔醉桃源〕:"碧天如水月如眉,城头银漏迟。绿波风动画船移,娇羞初见时。"情境幽美,并无佻达之语。由于生活和追求功名等原因,秦观与这些女子之间,多是匆匆相恋,随又被迫分离。"柳下相将游冶处,便回首、青楼成异乡"(〔沁园春〕),词人不禁发出"名缰利锁,天还知道,和天也瘦"(〔水龙吟〕)的痛苦呼唤。在这类作品中,咏七夕的〔鹊桥仙〕一词最为人所称道:

纤云弄巧,飞星传恨,银汉迢迢暗度。金风玉露一相逢,便胜却人间无数。　柔情似水,佳期如梦,忍顾鹊桥归路。两情若是久长时,又岂在朝朝暮暮!

词借牛郎织女每年相会一次的神话故事,在现实与想象、人间与天上交织的奇妙境界中,叙写了他们相思、相见和又将相别的过程,于悲恨中蕴含着欢乐,在神味中满注人情。结拍两句,脱略临别总是黯然的传统写法,而陡作拗转之笔,别出新意。它既是离别时的深情相慰,更是坚贞不移的爱情誓言。全词毫无消沉哀伤之意,却闪耀着积极乐观的色彩,在古代抒写爱情的诗词中,实属罕见之作。

科举仕途的坎坷失意,使秦观词往往在抒写恋情的悲苦之中,夹杂和交织着世情的辛酸,如名作〔满庭芳〕云:

山抹微云,天粘衰草,画角声断谯门。暂停征棹,聊共引离尊。多少蓬莱旧事,空回首、烟霭纷纷。斜阳外,寒鸦万点,流水绕孤村。　销魂,当此际,香囊暗解,罗带轻分。谩赢得、青楼薄倖名存。此去何时见也,襟袖上、空惹啼痕。伤情处,高城望断,灯火已黄昏。

就写别情而言,这首词极尽缠绵凄惋之致。从词中"多少蓬莱旧事"几句来看,有往事不堪回首、前途又复迷茫难知之感。"谩赢得、青楼薄倖名存",则吐露了功名未成而情场留名的感伤。"将身世之感,打并入艳情"(周济《宋四家词选》),于离情悱恻之中,隐寓伤心怀抱。秦观的这类词作,曲折倾诉了内心的郁抑之情,蕴含着强烈的自我感受,具有词人独特的个性色彩。

秦观多情善感,他的抒写襟怀、感慨身世的词作,更显得一往情深,是《淮海词》的重要内容之一。"珠帘十里东风,豪俊气如虹"(〔望海潮〕),"狂客鉴湖头。有百年台沼,终日夷犹。最好金龟换酒,相与醉沧州"(〔望海潮〕),是写早年的纵横豪气。随着仕途的蹭蹬,特别是遭到贬谪之后,词人心灵上的重重挫伤发之于词,常常溢散出浓重的感伤情调:"春去也,飞红万点愁如海!"(〔千秋岁〕)"韶华不为少年留。恨悠悠,几时休?飞絮落花时候一登楼。便做春江都是泪,流不尽,许多愁!"(〔江城子〕)满天花絮是哀景,一江春水是愁情,它们与人的具体情事本无沾滞,然而一加牵合比喻,便顿见其人哀伤之情的深广。贬谪郴州时所写的〔踏莎行〕一词尤为著名:

雾失楼台,月迷津渡,桃源望断无寻处。可堪孤馆闭春寒,杜鹃声里斜阳暮。　驿寄梅花,鱼传尺素,砌成此恨无重数。郴江幸自绕郴山,为谁流下潇湘去!

词以雾月迷茫中的楼台隐失、津渡难认为喻,寓寄往事已矣、前途难卜的失落彷徨之感。这首词里的"桃源望断无寻处",与"苦恨东流水,桃源路、欲回双桨。仗何人、细与丁宁问呵!我如今怎向"(〔鼓笛慢〕),都是写全身而退、隐遁田园已不可得的悲痛。"郴江幸自绕郴山,为谁流下潇湘去!"则是对误入仕途、卷进政治风波的无穷悔恨。此词音调凄惋,意蕴深长。苏轼特别"爱其尾两句,自书于扇,曰:'少游已矣,虽万人何赎!'"(胡仔《苕溪渔隐丛话》前集卷五〇引《冷斋夜话》)这里既有深切理解秦观内心巨痛的"高山流水之悲"(王士禛《花草蒙拾》),也有牵累秦观、使遭致远贬和卒于道中的深沉疚恨[9]。

在复杂严酷的党争形势下,词人的怀抱往往不能直抒,只能宛转其辞,借写醉、纪梦而曲达其情。如在广西横州醉卧海棠丛中所写的〔添春色〕一词云:"社瓮酿成微笑,半缺瘿瓢共舀。觉倾倒,急投床,醉乡广大人间小!"醉后才能挣脱尘世的羁束压抑,获得短暂的轻松自由,"人间小"三字,道出了词人内心难以忍受的郁闷和痛苦。又如〔好事近〕词记写梦境:

  春路雨添花,花动一山春色。行到小溪深处,有黄鹂千百。
  飞云当面化龙蛇,夭矫转空碧。醉卧古藤阴下,了不知南北。

据《冷斋夜话》之说,这首词作于处州。当时苏轼贬惠州,苏辙谪筠州,黄庭坚贬黔州,张耒徙宣州,晁补之谪监信州酒税,苏门人物,风流云散。词人一改往昔的柔婉缠绵,而变为"造语奇警,不似少游寻常手笔"(周济《宋四家词选》)。透过表面的梦幻色彩,不难窥见词人心灵深处的激荡。上片所写的春雨、春花、春山、春鸟、春路、春溪的美景,似为喻写渐入佳境的前段生涯,下片的飞云化为龙蛇,当是暗示风云突变的政局变化。"醉卧"两句,曲折反映了奇祸陡降下彷徨消沉的心情。"笔势飞舞"(陈廷焯《词则·别调集》卷一)的奇特描写,隐含着词人纷乱无主的心态。秦观的这类"寄慨身世"(冯煦

《宋六十一家词选例言》)的词作,抒写了士大夫文人的压抑忧伤情怀,曲折透露出当时特殊的政治气氛。

除男女恋情和感慨身世之作外,《淮海词》中还有一部分纪游写景词,如〔望海潮〕(星分斗牛)写扬州街市繁华,〔望海潮〕(秦峰苍翠)写会稽山川秀色等。另外,还有充满游仙色彩的〔雨中花〕(指点虚无征路)、〔点绛唇〕(醉漾轻舟),其中的"玉女明星迎笑,何苦自淹尘域","尘缘相误,无计花间住",反映了词人涉入功名场中的烦恼和出世的道家神仙思想。至于〔调笑令〕十首,一首咏一人一事,则明显受到汴京民间乐曲〔调笑转踏〕的影响,这一题材内容,为秦观词中别开生面之作。

在词坛上,秦观词受到广泛的称赏,主要不是词的思想内容,而是那柔婉妍雅的词风所带来的艺术魅力。

李清照说秦观词"专主情致"(《词论》),楼敬思说秦观词"能以韵胜"(《词林纪事》卷六引),表明秦观的词以情韵深长感人。他的词大都抒自己的真情实感,在男女恋情的词作中,也绝少纤佻浮薄之语,而多出以深挚的情意。〔江城子〕(枣花金钏约柔荑)、〔促拍满路花〕(露颗添花色)二词中所写腕带金镯的女子,与词人关系极为密切,"恰似小园桃与李,虽同处,不同枝",中间有过一段不寻常的过从,在词人心上留下"忆后教人,片时存济不得"的痛楚。〔江城子〕(南来飞燕北归鸿)一词,被认为是秦观与苏轼贬谪后的重逢之作,就其具体内容而言,叙写"绿鬓朱颜,重见两衰翁"的历尽沧桑的友情,极为真挚感人。他的感慨身世际遇的词作,尤为沉郁,如〔望海潮〕云:

梅英疏淡,冰澌溶泄,东风暗换年华。金谷俊游,铜驼巷陌,新晴细履平沙。长记误随车。正絮翻蝶舞,芳思交加。柳下桃蹊,乱分春色到人家。　　西园夜饮鸣笳。有华灯碍月,飞盖妨花。兰苑未空,行人渐老,重来是事堪嗟。烟暝酒旗斜。但倚楼极目,时见栖鸦。无奈归心,暗随流水到天涯。[10]

元祐年间,苏门师友常相聚集,是秦观生涯中极难忘怀的一段岁月。此词作于绍圣元年(1094)出京前夕。词以"华灯碍月,飞盖妨花"与"烟暝酒旗斜。但倚楼极目,时见栖鸦"衬照,从西园景象的今昔盛衰,反映出苏门师友的浮沉聚散。"东风暗换年华"中的"换"字,暗喻了朝廷党争局势的剧变。词人怀旧伤今,抒发了"重来是事堪嗟"的人事变幻的感伤。秦观多情,师友之间,真率坦诚,他十分珍视这份人生知己的情谊。党祸突起,习惯于师友温情的秦观,顿时感到一种难以忍受的寂寞孤独。作于处州的〔千秋岁〕就是表现这方面情怀的一首名作:

水边沙外,城郭春寒退。花影乱,莺声碎。飘零疏酒盏,离别宽衣带。人不见,碧云暮合空相对。　　忆昔西池会,鹓鹭同飞盖。携手处,今谁在?日边清梦断,镜里朱颜改。春去也,飞红万点愁如海。

往昔相聚的欢乐,而今流散天涯的凄凉,未来前途的黯淡无望,独处无依的彷徨忧伤,都纷至沓来,使词人难以遏止地发出"春去也,飞红万点愁如海"的痛苦呼唤。这如海的愁情中,不只是个人际遇的感伤,更激荡着对师友、对美好人生的无限深情。苏轼等同门师友看到这首词后,都感动不已,相继唱和。苏轼词中有"珠相溅,丹衷碎"之句,可见秦观词的深情动人。

李之仪称赞晏、欧词"语尽而意不尽,意尽而情不尽"(《跋吴思道小词》)。这不尽的情就是令人玩味无已的韵致,秦观词也有这种特点。如写女子春情的〔画堂春〕(东风吹柳日初长)一词,上片"雨馀芳草斜阳,杏花零落燕泥香"二句,前人多称其善于状景。其实雨后斜阳中的芳草碧色,极易产生"王孙游兮不归,春草生兮萋萋"的联想,从而引起内心柔情的颤动;青春年华虽然会如杏花一样地飘零消逝,但由凋零的杏花拌和着尘泥构筑而成的香巢,却能让爱情真挚的燕子栖息其中,了却双飞双宿的心愿。这种言外画外的馀意,正是秦观词动人情韵之所在。词中长调慢词,易趋平直浅露,但秦观所作,也往往情韵摇漾,馀音不绝。如〔八六子〕一词:

倚危亭,恨如芳草,萋萋划尽还生。念柳外青骢别后,水边红袂分时,怆然暗惊。　无端天与娉婷。夜月一帘幽梦,春风十里柔情。怎奈向、欢娱渐随流水,素弦声断,翠绡香减;那堪片片飞花弄晚,濛濛残雨笼晴。正销凝,黄鹂又啼数声!

词写离情,但字面上却绝不出"离情"词语,只用有如芳草划尽还生的"恨",柳外水边分别的"念",以及每一触动就揪心生痛的"怆然暗惊"等一系列心情的变化托出。"片片飞花弄晚"两句,实景虚写,隐衬心绪的纷乱和难以消除的迷茫。处处不肯明言直说,但处处景物却无一不在言说离情。张炎认为"离情当如此作",其原因正在这首词能"得言外意"(《词源》),有耐人寻味的情韵。

秦观词中选取的景色物象,没有柳永词的宽泛,也不如苏轼词的高远,而多侧重追求意象的精致幽美,如自然界的飞燕、乳莺、寒鸦、垂杨、芳草、飞花、斜阳、飞云、残月、远村、烟渚、流水,等等;涉及人事的则是驿亭、孤馆、危亭,以及画屏、银烛、绣帘,等等。色彩上讲究艳丽鲜明,并注重它们之间的对比,如"青骢"与"红袂","红蓼花繁"

与"黄芦叶乱","碧水惊秋"与"黄云凝暮",以及"玉纤慵整银筝雁"与"红袖时笼金鸭暖"等,浓色重彩,形成鲜明的对照。在词人的笔下,美的意象和鲜明的色彩经过精妙的组接、配置,便立即展现出一幅幅令人心动神移的画面:"巷入垂杨,画桥南北翠烟中"(〔望海潮〕)、"秋千外,绿水桥平"(〔满庭芳〕),都是清丽俊逸的山水小品。"香墨弯弯画,燕脂淡淡匀。揉蓝衫子杏黄裙。独倚玉阑无语,点檀唇"(〔南歌子〕),则是活脱脱的特写镜头。取象的幽美,选色的鲜明,以及组合的精妙,都显示出词人构思的独特。"金钩细,丝纶慢卷,牵动一潭星。"(〔满庭芳〕)写江夜独钓,丝卷水动,引起倒映在江水中的星影摇漾,境界景象,清幽独绝。"遥怜南埭上孤篷,夕阳流水,红满泪痕中。"(〔临江仙〕)夕阳映照流水,本是平常景象,而夕阳映照流水的同时,又映照出伤离女子脸上的泪痕,在染遍天地的夕阳红色中,流水与泪水,夕阳红与胭脂红,都已融合为一,泯然无痕。夕阳流水的存在和消逝,人间的分别和离情的无限,被词人叠印到一幅画面之中,产生了动人心魄的艺术效果。

秦观词绝少直露,而多用柔婉之笔,正如周济所说:"少游意在含蓄,如花初胎,故少重笔。"(《宋四家词选目录序论》)他着意的不是物象的高远,更不是事物变化所显示的力度。〔满庭芳〕一词中"山抹微云,天粘衰草",如果仅写成远水遥天,那只是柳、苏手法,而在秦观笔下,远山要添上微云,遥天要带上衰草,一"微"字,一"衰"字,显示出追求细弱的艺术趣味。"抹"、"粘"二字,更表现了秦观的手法的柔婉。"微云"是轻薄飘浮的云丝,"衰草"是凋零枯萎的秋草,都是转瞬即逝的事物。但一加"抹"、"粘",色彩、意味顿变。将要消散的微云,仍要给远山抹上似有若无的丝丝缕缕;已经失去生意的秋草,依然要紧紧粘贴着长天——本无多少联系的云山、草天之间,刹那间变得情意深长。这样,作为离别背景的旷野远天,立刻从一般的画面，变为满含感情的形态，为正面描叙离别预先逗露出依依眷恋的影子。在词人笔下的事物情态，都是那样的轻灵柔和，如"微雨"、"纤云"、"轻舟"、"疏柳"，等等；行是"细履"，筝是"低按"，寒是"轻透"，连约会也是"嫩约"，绝无一丝粗重之态。在抒写感情上，更为细腻幽微，可以〔浣溪沙〕一词为例：

漠漠轻寒上小楼，晓阴无赖似穷秋。淡烟流水画屏幽。
自在飞花轻似梦，无边丝雨细如愁。宝帘闲挂小银钩。

词意是咏写春闺女子的寂寞孤独之情，但全词却不见一丝人物的声貌形态，也无正面直接的抒情。词人以极为空灵柔细之笔，拈取轻寒、晓阴、飞花、丝雨和画屏、宝帘、银钩等室内外景物，加以精细巧妙的勾连，从而使景中含情，境中有人。悄然浮溢进小楼的轻寒，轻灵虚幻如梦的飞花，迷濛连绵似愁的细雨，这所见所感的后面自然有人。画屏上淡烟流水幽韵的体味，隐衬出室内主人神驰远方山川的怀人之情。而银钩轻悬、宝帘半卷之下，无疑有倚窗遥望的伊人倩影。这幽雅清寂的境界，依稀飘渺的气氛，自然溢散出一种凄迷怅惘的情致，令人神思恍惚，低徊吟味。

在慢词长调的铺叙手法上，秦观承柳词而有变化发展。柳永重在铺叙详赡，借景抒情，但有些词坦直豁露有馀，含蓄委婉不足。秦观则重在情致的抒发，多融情入景，以景寓情。他所注重的不是事件的叙述，不似柳词采用情景二端的分片结构，重视领字所形成的层次和转折作用，从而显示变化分明的过程，而是多用意象画面，表现和反映情感的流动。如〔满庭芳〕（山抹微云）一词，上片歇拍的"斜阳外，寒鸦万点，流水绕孤村"，与下片换头的"销魂，当此际，香囊暗解，罗带轻分"，形式上跨越两片，而内容上则连为一体，其间没有转接之痕。〔望海潮〕(梅英疏淡)一词,依时间内容划分,是今、昔、今三个层次。上片的"金谷俊游"八句,描述当年新晴漫步、春景满园二事,下片换头的"西园夜饮"三句,仍紧就上片所写,继写夜宴之盛一事——三者都是追叙往昔西园宴游之乐,内容上连成一气。直至"兰苑未空"三句,才换意徐转。上述情况说明,秦观的慢词长调,重在意脉的连贯,情意的流动,以物象画面的推移、变换,透露内在感情的回旋婉转,局度安详从容,绝少明显的转折跳荡,充分显露了秦观词结构上的柔婉特色。

秦观深谙音律,人称其词"语工而入律,知乐者谓之作家歌"(叶梦得《避暑录话》卷下)。秦观二十馀首慢词中,用得最多的词调为〔满庭芳〕和〔望海潮〕,前者有六首,后者有四首。〔满庭芳〕上片四平韵,下片五平韵(换头二字不叶韵,则为四平韵)。〔望海潮〕上片五平韵,下片六平韵。两调都押平声韵,多用对句,每句平仄相对,相连对句,亦多注意平仄递用,句脚均为前仄后平,构成句式平整、音节和谐、声韵悠扬的整体,与作者舒徐柔婉笔调和缠绵悱恻之情妙相配合,辞情声态融合为一。

在秦观活动的北宋词坛上,先于他的柳永和与他同时的苏轼,都已对词的思想内容和词的艺术形式作出了重大的开拓、革新,产生了广泛深刻的影响:一是创制大量的慢词长调,运用坦率通俗的语言,抒写市井阶层的俚俗之情;一是以纵横挥洒的笔调,突出自我情性,抒发文人学士的逸怀浩气。两者双峰并峙,二水争流,反映出词在发展过程中的重大变化和不同的文化心理背景。与秦观同时的小晏,远绍花间、南唐词风,近承晏、欧,以清丽凄惋的格调,将令词艺术发展到顶峰。苏氏同门中,张耒不以词名,黄庭坚、晁补之"皆学东坡"(王灼《碧鸡漫志》)。秦观极受苏轼爱重,但在词的创作上,却没有完全追随苏轼,在"一洗绮罗香泽"的道路上进一步开拓前进,而是

"自辟蹊径,卓然名家"(况周颐《蕙风词话》卷二)。他远得花间,南唐遗韵[11],近取柳、苏之长[12],而又自出清新。在柳、苏慢词的格局开阔、气度从容的基础上,揉入花间、南唐令词的含蓄蕴藉,避免柳词的发露径直,苏词的横放恣肆,增添语尽而意不尽的韵致。在语言上,秦观词吸取柳词的自然流畅,亦间以市井语入词,但去其过分"尘下"的俚词俗语,而变以文人的妍雅。在男女恋情的题材之外,秦观词中颇多抒写身世感慨和复杂体验之作,突出了词的抒情个性,这显然是受到苏词重在抒发个人志意的影响。

秦观在词坛上的主要贡献,不是进一步的改革和创新,而是在当时词的发展水平上,做了比较、汰选和融合的工作,使词在保持抒情、谐律、婉约传统的基础上,更加柔婉妍雅。虽间有气格纤弱之失,但能于北宋词坛上兼融众长而自成一家,并"近开美成"(陈廷焯《白雨斋词话》卷一),在词的发展过程中,具有明显的影响。

第三节　秦观的诗文

秦观以"长于议论"(《宋史》本传)为朋辈所称许。《淮海集》今存进策三十篇,进论二十篇。进策内容涉及治术、财政、司法、役政、考选、军事、治安、人事等各个方面。审察历代治乱的得失,援古论今,其中不乏有补于世的见解,如主张任将帅以权,论盗贼为赋敛横出所迫,等等。进论二十篇,评骘汉至五代人物,有一些看法颇为精辟。如《鲁肃论》说鲁肃借荆州于刘备实为保吴,《石庆论》说汉武帝用无能的石庆为相是为防止权移臣下,等等。这些策论文章,论事善于旁征博引,行文博辩条畅,颇有苏轼文章风范,确如林纾所说:"学东坡之似者,无若少游,此少游之所以不及东坡也。"(《林氏选评名

家文集·淮海集序》）

秦观为文,善于模拟前人,虽尽刻写之工,但终觉缺少自己的个性色彩。

秦观诗的数量远远超过他的词,有四百首左右。题材内容较词广泛,其中反映家乡农村生活的《田居》组诗,叙写农民的劳动生活,具有浓郁的乡土气息。诗中还揭示了官府赋敛的苛虐,反映出农民的困苦:"得谷不敢储,催科吏旁午","倒筒备青钱,盐茗恐垂橐"。终年劳苦,只能勉强缴纳赋税和偿还青苗钱,最后连买茶盐的钱也没有着落,对农民表现了明显的同情。《滕达道挽词》:"心系汉廷长入梦,气吞胡虏不防秋",对爱国将帅的边功战绩,表示了由衷的钦仰。《次韵省马上有怀蒋颖叔》诗:"新淬鱼肠玉似泥,将军唾手取河西。"对当时西部少数民族侵扰的战事,深为关切。这些内容,是秦观诗中颇足珍视的一部分。

秦观诗中数量最多的题材是咏写山水景物和朋辈之间的酬赠唱和。如《与子瞻会松江得浪字》云:"漫然衔洞庭,领略非一状。恍如阵平野,万马攒穿帐。离离云抹山,窅窅天粘浪。"描绘江湖的浩渺景象,境界颇为壮阔。又如《次韵子由题平山堂》云:"栋宇高开古寺间,尽收佳处入雕阑。山浮海上青螺远,天转江南碧玉宽。"于高远气象之中,自饶清隽秀逸之致。秦观的酬唱诗作平平,出色之作不多。

旧题陈师道《后山诗话》说过:"秦少游诗如词。"金代元好问《论诗绝句》更提出"女郎诗"之说:"有情芍药含春泪,无力蔷薇卧晓枝。拈出退之《山石》句,始知渠是女郎诗。"前两句出自秦观《春日》诗,题材诗意原近柔弱,与韩愈《山石》本非一路,用以相比,殊为不伦。但就秦观景色风物一类题材诗作而言,确有与其词风相近的妩秀清丽的特色。这类诗作色彩明丽,如"水荇重深翠,烟山叠乱青"(《德清道中还寄子瞻》)、"莓径翠依屏上转,藕花红绕鉴中开"(《游龙瑞宫次程公韵》),众色毕现,异彩纷呈。《落日马上》诗云:"日落荒阡白雾深,紫骝嘶顾出疏林。回头已失来时路,杳杳金盘堕翠岑。"更是浓色重彩,绚烂瑰丽。秦观的这类诗作,也如词一样的笔触精细。"雨砌堕危芳,风轩纳飞絮"(《春日杂兴》)、"蛛网留晴絮,蜂房受晚香"(《睡起》)、"风定小轩无落叶,青虫相对吐秋丝"(《秋日》),诗人体察物象之幽微,动词选用之新颖,于此可见一斑。

妩秀清丽是秦观诗的重要特色,但不能统括他诗作的全貌。"连卷雌蜺挂西楼,逐雨追晴意未休。安得万妆相向舞,酒酣聊把作缠头!"(《秋日》)就是"语工而豪"(严有翼《艺苑雌黄》)之作。《观易元吉獐猿图歌》一诗,明显有韩愈以文为诗之风。晚年所作的《宁浦书事》、《雷阳书事》诗,朴质苍劲,"严重高古"(吕本中《童蒙诗训》),更非"女郎诗"所能概言。

秦观各类题材、体裁的诗作,最为人们喜爱和传诵的是他的写景七绝,如:

> 渺渺孤城白水环,舳舻人语夕霏间。林梢一抹青如画,应是淮流转处山。
>
> ——《泗州东城晚望》

> 霜落邗沟积水清,寒星无数傍船明。菰蒲深处疑无地,忽有人家笑语声。
>
> ——《秋日》

> 西津江口月初弦,水气昏昏上接天。清渚白沙茫不辨,只应灯火是渔船。
>
> ——《金山远眺》

笔调清新,景境如画,情味隽永,每一首都是一幅山水佳品。

〔1〕《与孙莘老学士简》:"虽父兄之于子弟,无以过此。"(《淮海集》卷三〇)《奉和莘老》:"挟经屡造芝兰室,挥麈常聆金玉音。"(《淮海集》后集卷三)

〔2〕秦观谒见苏轼于徐州,另有元丰元年之说。按:苏轼于熙宁十年(1077)四月赴徐州。七月十七日河决。八月廿一日,水及徐州城下。十月五日,水渐退。元丰元年(1078)三月,作《芙蓉城》诗。八月,黄楼成。秦观元丰元年应乡贡。乡试例在八月。秦观《别子瞻》诗中,有"一昨秋风动远情"之句。此诗不能作于元丰元年,而只能在熙宁十年。秦观在与苏轼书简中有"顷蒙不间鄙陋,令赋黄楼。自度不足以发物壮之万一,且迫于科举,以故承命经营,弥久不献。比缘杜门多暇,念嘉命不可以虚辱,辄冒不腆撰成,缮写呈上"等语。此信为元丰元年八月乡试后所写。故秦观之谒见苏轼不可能在元丰元年秋,而只能在熙宁十年。

〔3〕秦观作有《同子瞻赋游惠山三首》(《淮海集》卷四)、《与子瞻会松江得浪字》(《淮海集》卷七)、《同子瞻端午日游诸寺赋得深字》(《淮海集》卷三)诸诗;苏轼作有《游惠山》、《与秦太虚参寥会于松江而关彦长徐安中适至分韵得风字二首》、《端午遍游诸寺得禅字》(《苏轼诗集》卷一八)诸诗,皆同为此时唱和之作。

〔4〕苏轼写信劝勉秦观"不可废应举"(《答秦太虚》,见《苏轼文集》卷五二)。秦观答书中表示:"辱诲谕,且令勉强应举。如某者,实无所有,岂敢求异于时,但长年颇惭为儿女子所嗤笑耳。得公书,重以亲老之命,颇自摧折,不复如向来简慢,尽取今人所谓时文者读之。"(《与苏公先生简》,见《淮海集》卷三〇)

〔5〕李焘《续资治通鉴长编》卷四八四。

〔6〕王明清《挥麈录》卷一〇:"秦少游贬监处州酒税,在任两浙运使胡宗哲观望罗织,劾其败坏场务,始送郴州编管。"

〔7〕《续资治通鉴长编》卷五〇二:"元符元年九月庚戌,追官勒停横州编

管秦观特除名,永不收叙,移送雷州编管,以附会司马光等同恶相济也。"

〔8〕 绍熙三年《淮海居士长短句》,据乾道九年高邮知州王定国高邮军学《淮海文集》本修订。《永乐大典》卷二二五三七"集"字韵《淮海集》条,载有此本谢雩跋语,叙述修订情况颇详。

〔9〕 苏轼《答李方叔》:"某自恨不以一身塞罪,坐累朋友……少游又安所获罪于天,遂断弃其命。"又《答苏伯固》:"某全躯得还,非天幸而何,但益痛少游无穷已也。"

〔10〕 有人以为词中"西园"指王诜西园雅集之事,详见虞集《西园雅集图跋》。按:袁桷《题李龙眠雅集图》以为,李公麟所作雅集图有二,一在元丰间,是为王诜西园之雅集;一在元祐间,是为赵德麟之雅集。元丰间王诜西园雅集,秦观无从预会,元祐间至京师,苏门师弟始有雅集可能,但不必拘实于某人某园。

〔11〕 刘熙载《艺概》卷四《词曲概》:"秦少游词,得《花间》、《尊前》遗韵。"

〔12〕 夏敬观《手校淮海词跋》:"少游学柳,岂用讳言,稍加以坡,便成为少游之词。"

第十八章　贺　铸

第一节　贺铸的生平

贺铸(1052—1125),字方回,号庆湖遗老,卫州共城(今河南辉县)人[1]。

他是宋太祖元配贺皇后的五代族孙、宗室济国公赵克彰的女婿[2]。众所周知,太祖传位于长弟光义(即太宗),而光义却逼死了幼弟廷美和太祖、贺后之子德昭,将应由他们依次继承的皇位留给了自己的儿孙。自此亘及北宋末,君临天下者皆光义一脉,贺家与赵宋的亲戚关系因而大大疏远,何况至铸时又已六世。至于克彰,恰是廷美的重孙[3],更徒有宗室虚名而无政治实力。铸之父只做到低级侍卫武官[4],且早在他童年时就已去世。这样一个没落的贵族门第,所享有的特权并不甚多。

贺家七世为武官。铸"仪观甚伟,如羽人剑客"(程俱《宋故朝奉郎贺公墓志铭》),"貌奇丑,色青黑而有英气"(陆游《老学庵笔记》),"少时侠气盖一座,驰马走狗,饮酒如长鲸"(程俱《贺方回诗集序》),其仕宦生涯也从武弁开始。神宗熙宁初,他十七八岁,以门荫入仕。后二十馀年一直在低级侍卫武官的阶梯上磨勘迁升,由右班殿直做到西头供奉[5],任过的差遣计有监军器库门、监临城(今属河北)酒税、摄临城令、监磁州(治今河北磁县)都作院、监宝丰监、将作监属官、和州(治今安徽和县)管界巡检等。

然而,他并不纯粹是一赳赳武夫。七岁起,他就从父学诗,后更"书无所不读"(《墓志铭》),"遇空无有时,俯首北窗下,作牛毛小楷,雌黄不去手,反如寒苦一书生"(《贺方回诗集序》),终至"老于文学,泛观古今,词章议论,迥出流辈"(龚明之《中吴纪闻》载李清臣奏荐贺铸语)。宋王朝右文抑武,词人有此文才,当然不满意那"冗从"武官的流品。哲宗元祐六年(1091),因李清臣、苏轼等名臣之荐,他改入文阶,为承事郎。但其官远未因此亨通,此后十八年,历宣义郎、宣德郎、奉议郎而至承議郎,出任过监宝泉监、通判泗州(治今江苏盱眙)、太平州(治今安徽当涂)等差遣,官品既卑[6],职事亦微。

仕履如此蹭蹬,并非词人无能。他文武双全,时人曾将他比作后汉邓禹、东晋谢安那样的将相之具[7]。其仕宦期间的表现也不愧为封建社会的干才:"在管库,常手自会计,其于窒罅漏、逆奸欺无遗察。治戎器,坚利为诸路第一。为巡检,日夜行所部,岁裁一再过家,盗不得发。摄临城令,三日决滞狱数百,邑人骇叹。监两郡,狡吏不得措其私。"(《墓志铭》)其所以"用不极其才以老"(同上),关键即在于秉性刚直,"虽贵要权倾一时,小不中意,极口诋无遗词"(叶梦得《贺铸传》)。元祐二年(1087)监太庙时[8],有贵人子监守自盗,他亲自执杖责罚,直打到那纨袴子弟"叩头祈哀"(同上)方罢。在腐败的封建社会里,像他这样不阿权贵、嫉恶如仇的人,自然难以逃脱官局冷如冰的厄运。物不平则鸣,他曾如此奋笔抨击当时朝廷的官吏诠选之政:"维汉南有箕,垂象列三辰。长司簸扬职,糠秕居前尘!"(《和钱德循古意》)"鼠目獐头登要地,鸡鸣狗盗策奇功!"(《题任氏传德集》)讽刺之辛辣,痛骂之淋漓,求诸诗史,实不多见。

由于负奇才而无所遇,词人长期痛苦地挣扎在入世与出世的思想矛盾和斗争中。他一而再、再而三地流露出对污浊官场的厌恶,表示要归隐田园,效法陶渊明的躬耕,但又往往恋栈不去。其绍圣三年(1096)所作《题陶靖节集后》诗云:"惭无辟粒术,圭勺耗官仓。"为求生计,不得不仕。此语虽有部分实情,而大半是自我解嘲。事实是他并不甘心无声无息地生活下去,总幻想有朝一日风云际会,鲲化为鹏。直到出仕四十年、历宦三朝而一蹶不振的无情现实粉碎了他的痴梦,词人才下决心于徽宗大观三年(1109)请老退休,时年五十八岁。按当时惯例,仕宦年龄的极限为七十,词人前此十二年致仕,当有某种政治上的考虑。那时正值徽宗信用蔡京等一班佞臣,是北宋历史上最黑暗的年代。清人程庭鹭以诗议此事曰:"童蔡纷纭紊政权,逃名岂羡一官迁?"(见叶廷琯《吹网录》)可谓知人论世之言。

词人晚年一直隐居在苏、常二州,潜心于读书校勘。宣和七年二月卒于常州僧舍,享年七十四岁。

"我曹百石吏,藜藿每不充。"(《怀寄周元翁》)词人一世屈居下僚,俸禄有限,何况有时还无差遣可任,靠宫观祠禄过活。而自中年起即"母老妻病子弱,身复多疾"(李昭玘《代贺方回上李邦直书》),家累甚重。加之嗜书成癖,庋藏极夥,又是一大笔开销。收入难敷支出,词人平居的窘迫,不难想见。元丰三年(1080)在磁州任,他"贫无绡葛裯",夏日为蚊虫所苦,只好"拙计燃萧艾",以至呛得"举家更嚏咳"(《诅蚊》)。元丰四年闲居京师,"日俸才百钱,盐齑犹不供",他在除夕发出了"出门欲贷乞,羞汗难为容"(《除夕叹》)的哀叹。元祐六七年间困寓京城,全家"一月之间,饱食甘饮者不过数日"(《代贺方回上李邦直书》)。同时代人也说他早年"贫迫于养"(《墓志铭》),晚年"家贫甚"(《贺铸传》)。综上以推断,他一生的生活境况至少是不甚宽裕的。正因他属于地主阶级中较为贫寒的阶层,故尚能接近农民并正视他们的疾苦。元丰三年在磁州,当城中富贵人家于上巳节郊游行乐之际,他却叹惋道:"田亩久枯渴,麦芒栖暗尘。焦心戴白叟,日望西郊云。"(《春行》)夏季酷暑,自家"病肺苦焦渴,吐舌生喉疮",仍念念不忘"田夫信无罪,触热正驱蝗"(《病暑》)。难得的是,他的笔触并不止于对农民的同情,更指向了造成农民阶级贫困化的根本原因——地主政权的残酷剥削:"驾犁岂知耕?布谷不入田。大农坐官府,百吏饱穷年!"(《和钱德循古意》)不知稼穑的户部长官,聚敛赋税偏是内行,有他们坐镇以搜括百姓,官僚们自可长年啖肥饮甘。潜台词是:如此这般,广大农民安得不贫!

词人的五代祖、岳州刺史贺怀浦与高曾祖、平州刺史贺令图,都是在太宗雍熙年间宋、辽战争中殉国的烈士[9]。在民族斗争问题上,词人不坠门风,也持坚定的爱国主义立场。仁宗朝以来,西夏党项族政权频频入寇,给汉族和党项族人民都带来了深重的灾难。缺乏战斗力的宋军屡战屡北,朝廷只好向西夏岁纳大批银、绢,换取苟安。王安石变法时期,整军抗战,边防形势一度改观。尽管后来在灵州、永乐两战役中遭到严重损失,但终神宗一世,抗战态度还是坚决的。不料神宗一死,旧党上台,却又推行妥协路线,公然主张将若干边防要塞甚至战略要地拱手奉送夏人。正在此时,元祐三年(1088)秋,词人怀着满腔忠愤,在和州任上写下了悲壮激越的〔六州歌头〕[10],其掷地有声的词句,不啻是对妥协派的强烈控诉。

词人在《宋史》上是被列入《文苑传》的。他之所以闻名当时,流誉后世,与他在保存文化遗产、发展文学创作等方面的贡献有着不可分割的联系。他是著名的藏书家和校勘学家。他以中人的财力,惨淡经营,蓄书竟至万卷,已属不易;又"手自校雠,无一字脱误"(《贺铸传》），"老且病"犹"捐捐不置"（《墓志铭》），即更难得。靖康之变，中原沦陷，北宋王朝的大批秘籍丧失殆尽。高宗南渡后重建国家图书馆，词人之子即献书五千卷。据时人张邦基《墨庄漫录》记载，这些书籍都经词人精校，非如一般藏书家所庋之"舛谬讹错"。由此观之，他对古籍的保存和整理，厥功甚伟。他的文学创作成绩是多方面的，"诗文皆高，不独工长短句"（《老学庵笔记》）。其文今已散失几尽，诗则有《庆湖遗老集》前集九卷、《拾遗》及《后集补遗》各一卷传世。程俱为序，称其"五字八句诗，锻炼出入古今"，"其馀大抵名家作也"。杨时《跋贺方回鉴湖集》则称，"其托物引类，辞义清远，不见雕绘之迹，浑然天成"，"足以传不朽"。可知贺氏在北宋时就负诗名。又胡澄追忆道："贺公诗词妙天下，幼年每窃闻诸老称其名章俊语。"（《庆湖遗老诗集跋》）刘克庄《题跋徐总管诗卷》亦云："元祐间最为本朝文章盛时，荐之于郊庙，刻之于金石，被之以歌弦者，何其众也？惟贺方回……不缘师友，颉颃其间，虽坡、谷亦深嘉屡叹。……警联快句，余少传诵，老犹记忆。"则说明南渡近百年来贺诗仍蜚声于世。入元后，方回《瀛奎律髓》亦言"其诗铿锵整暇"，"余独爱之"。下逮有清，曹庭栋《宋百家诗存》亦谓"其诗灏落轩豁，有风度，有气骨，称其为人"，甚曰"余少时最爱贺方回诗，手抄一编，时时雒诵。兹汇刻宋集，因取《庆湖集》为百家之冠"。按北宋后期诗坛宗主当推苏、黄。苏诗如海潮汪洋恣肆，黄诗如奇峰峻峭突兀。贺诗取径在苏、黄之间，既不像苏诗那样丰腴挥洒，又不像黄诗那样瘦硬劚刻，于水则如江潭波动，于山则似林麓蜿蜒，力量、骨格虽未逮苏、黄，却有着自己的特色。当然，他在文学上的最高造就还是词。其词集《东山词》有《四印斋所刻词》本（《东山寓声乐府》一卷、《补钞》一卷）、《彊村丛书》本（《东山词》卷上、《贺方回词》二卷、《东山词》三种）等，上海古籍出版社一九八九年出版钟振振校注的《东山词》，后附《版本考》、《年谱简编》、序跋、评论等资料，极便研读。

第二节　贺铸词的思想内容

贺铸词今传二百八十馀首，就数量言，在北宋仅次于苏轼。所作取材范围较广泛，思想内容也颇丰富，举凡抒怀书愤、览古咏史、言情体物、绘景记游，无施不可，各臻其妙。他那操戈卫国的热忱，怀才不遇的悲慨，病世嫉俗的刚肠，恤民悯众的忧怀，乃至对亡妻的沉痛悼念，与恋人的执着相思，和朋友的深厚情谊，在词中都有反映。自晚唐以迄北宋的文人词，缘情绮靡，境域较狭。至苏轼出，以诗为词，扩大了词的表现功能，使之能够像诗那样自由地多侧面地表达思想感情，观照社会人生。这是唐宋词发展进程中最有意义的一次新变，但一时还未能为大多数人所接受。北宋后期词坛名家中，只有贺铸较多地继承了苏轼的创新精神，这也是难能可贵的。

贺铸词集中的压卷之作，当数那首闪耀着爱国主义光芒的〔六州歌头〕：

少年侠气，交结五都雄。肝胆洞，毛发耸，立谈中，死生同。一诺千金重，推翘勇，矜豪纵，轻盖拥，联飞鞚，斗城东。轰饮酒垆，春色浮寒瓮，吸海垂虹。闲呼鹰嗾犬，白羽摘雕弓，狡穴俄空。乐匆匆。　似黄粱梦，辞丹凤，明月共，漾孤篷。官冗从，怀倥偬，落尘笼，簿书丛。鹖弁如云众，供粗用，忽奇功。笳鼓动，《渔阳》弄，《思悲翁》。不请长缨，系取天骄种，剑吼西风。恨登山临水，手寄七弦桐，目送归鸿！

这首词追忆少年时的豪侠,哀叹十多年来的南北羁宦,归结到西夏入侵,民族多难,自己身为甲士,有志报国而无路请缨。声情激越,曲调悲凉,千载之下,生气犹凛凛然。这种题材,酷似《乐府诗集》中《结客少年场行》、《白马篇》、《少年行》、《游侠篇》、《壮士篇》诸作。所不同者,前人乐府多因古题吟咏,且均以第三人称叙述性口吻出之。当然其中也有寄寓了作者自身报国赤诚的,但假托他人,便不如以自己的喉管直呼胸中浩气来得真切,贺词感人之处,恰在于此。唐以来文人词极少直接反映国家、民族大事。北宋边患如此严重,但词人笔下含有爱国、抗战内容的作品,总共不过十馀首,只占现存北宋词全数的千分之二、三。而像贺铸这样以戎马报国为主题并用第一人称唱出的爱国壮歌,又只苏轼一首〔江城子〕《密州出猎》可相伯仲。苏词作于主战派执政的熙宁年间,故豪而壮;而贺词作于妥协派当国的元祐时期,抑塞郁愤,尤具悲壮气质,实开靖康以后爱国词派之先声,其独特的价值,当于此处细加体认。

〔行路难〕、〔将进酒〕亦是奇崛之作:

缚虎手,悬河口,车如鸡栖马如狗。白纶巾,扑黄尘,不知我辈、可是蓬蒿人?衰兰送客咸阳道,天若有情天亦老。作雷颠,不论钱,谁问旗亭、美酒斗十千? 酌大斗,更为寿,青鬓常青古无有。笑嫣然,舞翩然,当垆秦女、十五语如弦。遗音能记《秋风曲》,事去千年犹恨促。揽流光,系扶桑,争奈愁来、一日却为长!

——〔行路难〕

城下路,凄风露,今人犁田古人墓。岸头沙,带蒹葭,漫漫昔时、流水今人家。黄埃赤日长安道,倦客无浆马无草。开函关,掩函关,千古如何、不见一人闲? 六国扰,三秦扫,初谓商山遗四老。驰单车,致缄书,裂荷焚芰、接武曳长裾。高流端得酒中趣,深入醉乡安稳处。生忘形,死忘名,谁论二豪、初不数刘伶?

——〔将进酒〕

前篇抒写词人徒有文才武艺,却不得朝廷重用,只好以歌酒自我麻醉。壮士老去,功名未立,惊叹百年一瞬,恨不能驻日回景;世路如此,难举鹏翼,愁思缠绕之际,又觉得度日如年。后篇则揭示尽管陵谷沧桑,九州万变,而争名逐利,世风依然。词人鄙夷那些惺惺作态、一唤即来曳裾王门的假隐者,对于"深入醉乡"、"忘形""忘名"、真正不与腐朽统治集团沆瀣一气的高人狂士,则由衷地加以赞许。如果说〔行路难〕反映他虽因屈居下僚而溺于极度的精神痛苦中,却尚有用世之志的话,那么〔将进酒〕即表明他在饱经宦海沉浮后,已看破红尘,决心与龌龊的官场揖手相辞了。这两首词生动形象地暴露了埋没人才、扭曲人性的封建选举制度的本质,自有一定的认识价值。其题材和思想内容固为前此之词中所罕见,而直接标用乐府古题,也堪称词史上的特例。《乐府诗集》共载自汉至唐六家六首《将进酒》、二十一家五十六首《行路难》,其中李白四首最为传诵,兹作一出,后难为继。而贺铸乃能转用词体出新,虽不可夺谪仙之席,在词林中却是生面别开的。

写闺妇思念征人的组词〔古捣练子〕六首,展示了贺词思想内容的另一重要侧面——关心人民疾苦。第一首已残缺,此处从略,馀五首如下:

收锦字,下鸳机,净拂床砧夜捣衣。马上少年今健否?过瓜时见雁南归。

——〔夜捣衣〕

砧面莹,杵声齐,捣就征衣泪墨题。寄到玉关应万里,戍人犹在玉关西!

——〔杵声齐〕

斜月下,北风前,万杵千砧捣欲穿。不为捣衣勤不睡,破除今夜夜如年。

——〔夜如年〕

抛练杵,傍窗纱,巧剪征袍斗出花。想见陇头长戍客,授衣时节也思家。

——〔剪征袍〕

边堠远,置邮稀,附与征衣衬铁衣。连夜不妨频梦见,过年惟望得书归。

——〔望书归〕

宋代边烽不断,抛乡离井、驻守北陲的戍卒为数甚巨。他们既时刻面临战争和死亡的威胁,又得不到封建统治者的爱恤,于是亲人对他们的揪心的思念,遂成为极普遍的社会现象。词人曾目击"役夫前驱行,少妇痛不随。分携仰天哭,声尽有馀悲"(《部兵之狄丘道中怀寄彭城社友》)的惨状,深有隐恻,故这组词决非向壁虚构、无的放矢。其哀婉的笔调下,隐藏着对封建统治者的讽谴。如〔夜捣衣〕末二句,写瓜代之期已过,只见雁回,不见人返,思妇还得捣衣寄远,征夫仍须在塞上越冬,则朝廷言而无信、任意延长役期的行径,即已昭然若揭。又如〔望书归〕一阕,写边堠再远,也不应"十书九不到,一到忽经年"(唐贾岛《寄远》),思妇之所以今秋寄衣而不敢奢望明年以前能有回信,根本原因还不是朝廷对戍人及其亲属之苦痛置若罔闻!此意尽在"置邮稀"淡淡三字中。退一步说,即使词中并无讽谴朝廷之意,仅就字里行间倾注着的对思妇征夫之深切同情而论,它们也足可称为现实主义的优秀作品。此类题材,文人词中鲜见,明显是吸收了敦煌民间词的营养,就从择调用韵上也可看出借鉴的痕迹。敦煌词有云:"孟姜女,杞梁妻。一去燕山更不归。造得寒衣无人送,不免自家送征衣。"词调正是〔捣练子〕。贺词明标"古捣练子",六首中且有一半与敦煌词同韵,其中消息不难窥见。诚然,类似题材在南北朝及唐人诗中早已有之,但贺词质量之高,完全可与前人之佼佼者匹敌,又以联章体一赋六首,更有着自己的特色。

登临怀古之作,贺集中亦有六首。当时人们尚不习惯用词体写作这类题材,故这数量已创下了唐五代北宋时期的最高纪录。所作固有叹喟世事无常,不如及时行乐,退身远祸等消极的一面,但也不无借古讽今、伤时愤世之类积极的政治感慨,代表作即〔台城游〕:

南国本潇洒,六代浸豪奢。台城游冶,襞笺能赋属宫娃。云观登临清夏,璧月留连长夜,吟醉送年华。回首飞鸳瓦,却羡井中蛙。
访乌衣,成白社,不容车。旧时王谢,堂前双燕过谁家?楼外河横斗挂,淮上潮平霜下,樯影落寒沙。商女篷窗罅,犹唱《后庭花》。

词的开头一笔带过六代繁华竞逐于金陵的史实,继而铺叙南朝风流天子之最的陈后主如何骄奢淫逸,旋拈出隋军破陈,后主与二妃投井以匿的狼狈情状,予人国莫亡于奢的深刻历史教训。过片更以昔日簪缨聚居地今竟沦为贫民区的重大变迁,唤起读者的兴亡之感。收拍"商女篷窗罅,犹唱《后庭花》",图穷匕见,用杜牧诗针砭时世。北宋积贫积弱,国势远逊汉、唐,而统治阶级宴安鸩毒,殊不以六朝前车为鉴,是以王安石〔桂枝香〕先有"至今商女,时时犹唱,《后庭》遗曲"的浩叹。贺词用意正复相类,艺术上也与王作异曲同工。北宋的金陵怀古词,安石独步于前,贺氏此作与同时周邦彦之〔西河〕踵武于后,可谓金声玉振,鼎足而三。

贺铸的咏物词,以〔芳心苦〕一首最为传诵:

杨柳回塘,鸳鸯别浦,绿萍涨断莲舟路。断无蜂蝶慕幽香,红衣脱尽芳心苦。　返照迎潮,行云带雨,依依似与骚人语。当年不肯嫁春风,无端却被秋风误!

词咏荷花,却不耗费一点笔墨于花的形态,专力渲染她不与春芳争妍以取媚东君的高洁品质,以及无人赏识、自开自落、芳心独苦的不幸遭遇。这显然是用比兴手法寄托自己不肯随世俯仰,以致落拓江湖的人生感慨。骚情雅意,寄兴无端,花中俨然有作者之灵魂与人格在,是学屈原《橘颂》而得其神髓者。

有宋一代,诗坛是个"被爱情遗忘的角落",爱情的花朵几乎都开放在词苑。而宋词中所抒写的爱情,又几乎是清一色的婚外恋——文士和妓女间的卿卿我我,言及夫妻之情的作品则微乎其微。究其原因,殆为封建时代讲究门当户对,并不以性爱为婚姻的第一要义之故。然而,在相濡以沫的生活中培养浓郁情感的典型总还是有,贺铸为妻子赵氏所作的悼亡词〔半死桐〕就是一个突出的例证:

重过阊门万事非,同来何事不同归?梧桐半死清霜后,头白鸳鸯失伴飞。　原上草,露初晞,旧栖新垅两依依。空床卧听南窗雨,谁复挑灯夜补衣!

此词与苏轼〔江城子〕《乙卯正月二十日夜记梦》并传,同以真挚、沉痛见称,俱有催人泪下的文学魅力,堪称宋代悼亡词中的双璧。苏轼词迷离恍惚,荡气回肠,艺术境界差胜;而贺词则写出了夫妻感情的基础在于同甘共苦,生活内容较充实。二词对读,各有千秋,梅须逊雪三分白,雪却输梅一段香!

赵夫人去世后,词人曾与苏州的一位歌妓萌生过一段恋情。由于词人为生计所迫,南北趋走,辗转徙宦,未及婚娶,伊人即不幸夭折了。词人集中不少抒写爱情的乐章,当与此段恋情有关。如〔清平乐〕(厌厌别酒):"无端不系孤舟,载将多少离愁。又是十分明月,照人两处登楼。"〔西江月〕(携手看花深径):"欲寄书如天远,难销夜似年长。小窗风雨碎人肠,更在孤舟枕上。"这类佳作甚多,观其缠绵悱恻,哀感顽艳,即知词人之深于情,原不在秦观、晏几道之下。

词人的佳作还很多,囿于篇幅,不能遍举。当然,因受当时社会风气的熏染,他也写过一些以宴饮、冶游、闲愁、声色为主题的词章,暴露出一些不健康的思想情趣。另有些檃栝之作,如〔小梅花〕(思前别)檃栝唐卢仝《有所思》,〔晚云高〕等用杜牧《寄扬州韩绰判官》等绝句而添声,等等。虽如清王士禛《花草蒙拾》所言,此乃文人偶然游戏,非向前人集中作贼,但毕竟是算不得创作的。

第三节　贺铸词的艺术成就

贺铸既以贵族血统而一生沉沦,武弁出身而博学好文,又面目奇丑而心地善良,性格豪放而情思绵邈,这坎坷的身世、复杂的个性决定了其词作题材的不拘一隅,相应地也决定了其词艺术风格的五彩斑斓。

关于这一点,"苏门四学士"之一的张耒在为《东山词》作序时即已指出。他盛赞贺词"盛丽如游金张之堂,而妖冶如揽嫱施之袪,幽洁如屈宋,悲壮如苏李",评价极高。然清人陈廷焯犹嫌不足,谓"此犹论其貌耳,若论其神,则如云烟缥缈,不可方物",又曰其词"极沉郁而笔势却又飞舞,变化无端"(《白雨斋词话》)。他们的评论,虽不免杂有偏爱,但贺词之兼具阳刚之壮美与阴柔之优美,风格多所变幻,不主故常,却是无可否认的事实。

须加说明的是,自温庭筠、韦庄始,词家作风在辞采方面即有秾密与淡疏之分。西蜀多宗飞卿,南唐则近端已。北宋词坛受南唐影响较大,总的创作倾向主于清朗。而贺铸因有"笔端驱使李商隐、温庭筠"(《宋史》本传载其自语)的一面,故其相当一部分作品的精艳,在当时即十分惹人注目。我们在肯定其词风多样化的前提下,又不能不注意到这一重要特点。

在具体的艺术表现手法和写作技巧方面,词人也有不少独到之处。

他特别擅长以密集或回环的韵位、抑扬而错综的韵声来突出词作的节奏感和音乐美,用韵之讲究,在词史上罕见其匹。其表现有三:一、添叶多韵。《东山词》中,〔感皇恩〕、〔更漏子〕、长调〔下水船〕、仄韵〔天香〕、〔金凤钩〕、〔尉迟杯〕、〔六么令〕、〔风流子〕诸作,与时人相较,多叶一、二、三韵盖常事,甚至有多叶至四、五韵者。二、交叉布韵。〔虞美人〕、〔菩萨蛮〕、〔减兰〕诸调通常一叶三换,共用四部韵,平仄各二。而在《东山词》中,此数调往往一二五六句同叶一部仄韵,三四七八句同叶一部平韵,只用两部韵回环唱叹。三、平仄通叶。词调中除〔西江月〕等十数调是必须平仄通叶的定格,一般无此要求,但贺铸却有意识地大量采用此格。如〔菩萨蛮〕、〔减兰〕、〔更漏子〕小令通常叶用四部韵,两句一换,平仄相间;〔清平乐〕则叶用两部韵,上阕四句四叶用仄,下阕四句三叶换平。而在《东山词》里,十二首〔菩萨蛮〕、六首〔减兰〕、七首〔清平乐〕中各有五首,以及四首〔更漏子〕小令的全数,则平仄通叶,一韵到底。小令韵少,平仄通叶难度不大,未足为奇;奇的是他尚有两个长调用韵亦复如此。〔水调歌头〕十九句九十五字,常人只叶八平韵,而贺铸〔台城游·水调歌头〕平仄通叶,一气下韵十八句,笔力奇横,在宋词中实为仅见。又〔六州歌头〕三十九句一百四十三字,时人所作皆以一部平韵为主,三部仄韵为辅,共叶四部韵;而贺铸却只用一部韵,平上去三声通叶,连珠炮似地叶韵三十四句,益发拗怒而挺健。贺氏精通音律,所作传唱不辍,甚至被后人视为准绳,因此他之所以严于布韵,当是为使词作入乐美听之故。词乐今虽失传,但若将上举贺词朗朗诵读,仍觉声情并茂,唇吻流美。特别是〔六州歌头〕,句短韵密,管急弦繁,一气读来,真有大珠小珠落玉盘的音响效果,又如天风海雨飘然而至,惊涛骇浪此伏彼起,激越的声情在跳荡的旋律中得到了体现,两者臻于完美的统一。近人龙榆生赞美贺铸"在东坡、美成间,特能自开户牖,有两派之长而无其短"(《论贺方回词质胡适之先生》)。如果这是指苏词豪放而不屑剪裁以就声律,周词调谐音协而多儿女情、少英雄气,贺词却能熔苏氏之豪杰与周氏之律吕于一炉,虽作壮语也不隳音乐声韵之道,甚且要求更加严格的话,应当承认,他的意见还是有一定道理的。

善于融化前人成句,是贺词的又一大特色。词中用前人句,特别是用唐诗的风气,北宋前期已开,后期愈演愈烈,凡词坛名家莫不精于此道,而贺铸博学强记,运用之技术尤为娴熟。《东山词》中一字不改地用人成句竟达二十七家五十六句,增损变化者更多到九十馀家二百数十句,分布面广达一百四十馀首,超过了其词总数的二分之一。尽管所用未必处处都好,但总的说来却能做到"吾心为主,而书卷其辅"(况周颐《蕙风词话》),"掇拾人所弃遗,少加櫽栝,皆为新奇"(《宋史》本传)。〔小梅花〕二首最为典范,四十四句中用前人句凡二十二,分别取材于《诗经》、《楚辞》、《文选》、《后汉书》、陶渊明集、唐人别集;时代由春秋、战国、两汉、魏晋、南朝而及于盛、中、晚唐;文体而有诗文、辞赋、书札、传记、谣谚;部类包括经、史、集,方法或正用,或反用,或嵌用,或化用,或增字,或减字,或易一二字,或整句照搬。花样翻新,真能令人目不暇接。虽多用他人言语,却处处吐诉自己的心声。杂糅历代诸家各类典籍不同文体而浑然不可镌,若无真实性情,广博学识,奇杰才华,是难臻此境的。南宋赵闻礼《阳春白雪》评曰:"是亦集句之义。然其间语意联属,飘飘然有豪纵高举之气。酒酣耳热,浩歌数过,亦一快也。"服膺之意,情见乎辞。

利用骈偶所能提供的特殊艺术效果来突出作品的对称美与整饬美,也是贺词之所长。他不仅严格遵守有关词调中约定俗成的对仗位置规则,甚至有原谱不要求对、或句式字数参差本不可对处,亦骋才力而为之对,且往往入妙。如〔鸳鸯语〕末云:"行雨行云,非花非雾,为谁来为谁还去。"前两句用宋玉赋对白居易诗,已浑然天成;又化用唐欧阳獬《咏燕》诗,益以"为谁"一句,遂使全文势成鼎足,语作流水。又如〔寒松叹〕:"伤春燕归洞户,更悲秋、月皎回廊。"原谱为六、三、四句式,词人意匠心独运,使成一联六言对。中间空一音节,信手入一"更"字加强语气,非特不妨其工,反而愈增其妙。〔凌歊引〕一篇更见其属对时笔法之波诡云谲:

控沧江,排青嶂,燕台凉。驻彩仗、乐未渠央。岩花磴蔓,炉千门珠翠倚新妆。舞闲歌悄,恨流风、不管馀香。　　繁华梦,惊俄顷;佳丽地,指苍茫。寄一笑、何与兴亡! 量船载酒,赖使君相对两胡床。缓调清管,更为侬、三弄斜阳?

开头一破原谱韵读,连对四句(第三句为押韵故颠倒"凉台"二字),句句用韵("嶂"、"仗"用同部仄韵),大有钱塘海潮压顶而来之势。过片四句守谱作扇面对,又如素车白马,徐徐引去。以下至末尾三韵,用"一"、"两"、"三"三个数字作眼,使这一长段文字不对犹对,散中有俳趣在。宋李之仪称,自此词出,凌歊台"昔之形容藻绘者,奄奄如九泉下人矣"(《跋凌歊引后》)。其所以能在同题作品中度越前贤,固在乎气势,但词气仍须文笔发挥,这和篇中对仗技法的妙用是分不开的。

宋张炎《词源》独称贺铸"善炼字面",殊不知他更善炼意。仅其词中写"愁"一例,即足以使人眼花缭乱。在他笔下,"愁"有长度,能够伸展:"江上暮潮,隐隐山横南岸。奈离愁,分不断。"(〔河传〕)有面积,可以蔓延:"愁随芳草,绿遍江南。"(〔怨三三〕)有体积,堪用斗量:"万斛闲愁量有剩。"(〔减兰〕)有重量,亦能船载:"彩舟载得离愁动。"(〔菩萨蛮〕)有颜色,能抹在纸上:"小华笺,付与西飞去,印一双愁黛,再三归字,□九回肠。"(〔九回肠〕)总之,抽象转化为形象,犹如经过一场化学反应,看不见、摸不着的氢和氧变成了液态的水、固态的冰。其中除"万斛"、"彩舟"两句分别用北周庾信、宋初郑文宝诗意而稍加翻换外,多为词人自出心裁。即便是前人用之既熟的以山水喻"愁",词人也力求写出新意,如〔浪淘沙〕:"远山相对一眉愁。"〔鸳鸯梦〕:"闲愁朝复暮,相应两潮生。"至如〔横塘路〕:"试问闲愁都几许? 一川烟草,满城风絮,梅子黄时雨。"连设三喻,写愁之多与历时之久,又兼兴中有比,越发新奇,就更是公认的千古绝唱了。

贺词之"语意精新,用心良苦"(王灼《碧鸡漫志》),不特喻"愁"一例,再看他如何写"梦"——〔清平乐〕:"惟有夜来归梦,不知身在天涯。"只借归梦而暂忘羁旅天涯的愁苦,游子思家之凄凉情怀尽在不言之中。然而人所渴望者又未必件件能得之于梦。〔城里钟〕:"高城遮短梦。"这是写离别恋人踏上旅途的当晚,相见无由而惟冀于梦中聚会,情已堪怜;偏偏本即虚幻之梦又极短暂,更为高城所遮而不得到伊身边,其哀惋何以复加?寻常五字一波三折,令人咀嚼无尽。即使所望真得于梦,也未见得尽是幸事。〔菩萨蛮〕:"良宵谁与共?赖有窗间梦。可奈梦回时,一番新别离。"与其梦醒再经受一次离别的痛苦,倒是不要梦中相逢的好。写情至此,极沉郁顿挫之致。久别离,长相思,苦极恨极,只觉今日之梦是梦,昔日之真又何尝非梦?〔更漏子〕:"去年欢,今夕梦,怊怅晓钟初动。休道梦,觉来空,当时亦梦中。"惟极有情人方能作此无理语,理愈悖而情愈深。以上四例,固已精警不凡,但最精彩的还要数〔梦相亲〕:"此欢只许梦相亲,每向梦中还说梦。"心爱的人儿,只能与她在梦里耳鬓厮磨,是一重凄惋;却又梦里不知身是客,还要向伊诉说这种种温馨之梦,即更添一重悲凉;而似此"梦中说梦"之"梦"且每每发生,不止今夕一枕而已,伤感的厚度又加倍翻番:二句自是入骨情语,笔透纸背。"梦里相亲",但凡被爱神之箭射中心灵的热恋中人,无不有此情幻,是属对于实际生活现象的直观,诗家、词家、小说家、戏剧家人人能道,还不算新鲜;而"梦中说梦",则恐非人们包括作者本人之实曾经历,不能不说是对于生活现象所进行的艺术加工和再创造了,正是在这一点上见出了词人的独特构思。它决不是浅于情者对客挥毫之际可以立就的,而是由爱情间阻的极端痛苦这一巨大而沉重的精神负荷从词人的灵魂中压榨出来,因此具有强烈的艺术感染力。诚然,《庄子》、《大般若波罗蜜多经》中有过"梦中占梦"或"梦中说梦"的比喻,词人似从中得到启发。但前人以"梦梦"为理喻,体现着冷静的思辨色彩;词人则翻作情语,闪射出炽热的感情光华。由道家玄谈、释氏禅悦的语言机锋发展为词人情词中的艺术杰构,可谓冰生于水而寒于水了。

当然,词人在艺术上也不可能做到尽善尽美。他有些词作辞采过于华丽,有浓得化不开的弊病;有些词作俳句过多,显得雕琢、凝滞;有些典故翻来覆去用得太滥,等等。但这些毕竟是第二位的。

由于上述种种突出的创作成绩,贺铸在北宋词坛上赢得了与晏几道、秦观、周邦彦等先后齐名的殊荣。其词"悲壮"的一面是豪放派由苏轼至辛弃疾嬗变的关捩,"盛丽"的一面上继温庭筠,下开吴文英,在两宋词的发展进程中,有着不可忽视的承前启后的历史作用。作为宋词中的一大家,他当之而无愧色。

〔1〕 贺铸的籍贯,过去的各种文学史著多作"卫州(今河南汲县)"或径作"河南汲县"。按汲县为北宋时卫州州治,而贺铸实为卫州辖下之共城县人,故言其为卫州人可,言其为汲县人则不可。其《庆湖遗老诗集》自序曰:"高门平州府君受命北征,即诰其冢嗣曰:'吾家本庆氏,昔王子尝寓于卫,而子必以旧氏名之。吾死,必封树卫郊,示不忘本。'府君竟死事朔野。曾门以哀毁废于家,但名其子而重诰之。天圣初,大门总北道埛牧之正,遂卜府君之新阡于卫属邑共城东原,仍徙贯焉,行先志也。"本人自述如此,最为信实。

〔2〕 据《宋史》卷二四二《后妃传》上,贺氏病卒于后周太祖显德五年(958),年三十。其时赵匡胤还是后周的高级将领,贺氏的头衔为后周所封之"会稽郡夫人"。她的"皇后"称号,是赵匡胤代周自立并改国号为宋后,于建隆三年(962)四月追封的。其时她去世已达四年之久,而赵匡胤也早在她去世的当年就续娶了王氏,并于开国之初册封王氏为皇后。

〔3〕 据《宋史》卷二三四、二三五《宗室世系表》二〇、二一,克彰出广平侯承矩,承矩出颍川郡王德彝,德彝为魏王廷美之第三子。

〔4〕 据《墓志铭》,贺铸之父贺安世官至内殿崇班、阁门祗候。据《宋史》卷一六九《职官志》九"武臣三班借职至节度使叙迁之制",武臣自最低一阶三班借职迁转至节度使,共三十七阶,而"内殿崇班"仅为其中的第九阶,上面还有二十八阶。

〔5〕 据同上史志资料,"右班殿直"为武臣叙迁三十七阶中的第三阶,"西头供奉官"则为第七阶。

〔6〕 据《宋史》卷一六九《职官志》九"《元丰寄禄格》以阶易官"条,自迪功郎迁转至开府仪同三司凡三十七阶,"承事郎"为第十阶,"宣义郎"为第十一阶,"宣德郎"为第十二阶,"奉议郎"为第十四阶,"承议郎"为第十五阶。

〔7〕 《庆湖遗老诗集》前集卷一《答许景亮》诗小序曰:"许……惠然出长篇见投,况我以邓高密、谢太傅。"

〔8〕 《贺铸传》原文作"监太原工作"。按贺铸无太原行迹,"原"当系"庙"之讹。《宋史》卷一六五《职官志》五曰:"将作监……所隶官属十:修内司,掌宫城、太庙缮修之事。"《庆湖遗老诗集》前集卷五《西城有怀旧游》诗小序曰:"丁卯七月,余以将作属,日至琼林、金明督察营缮。"按"琼林"即琼林苑,"金明"即金明池,二者皆为京城禁苑。据此推断,其时贺铸即供职于修内司,故得"监太庙工作"。

〔9〕 此事夏承焘先生《贺方回年谱》未提及,李维新《读夏承焘先生贺方回年谱札记十一则》一文(载《郑州大学学报》1983年第3期)据《宋史》卷二二二《外戚传》等资料考得,详见该文。

〔10〕 关于此词的系年与具体写作背景,旧有二说。林庚、冯沅君二先生主编之《中国历代诗歌选》下编第一分册(人民文学出版社版)将它系在徽宗宣和七年(1125),以为抗金之作;夏承焘先生撰、吴无闻先生注《瞿髯论词绝句》(中华书局版)系年同上,但认为是抗辽之作。钟振振以为二说皆误,曾撰《贺铸〈六州歌头〉系年考辨》一文(载《中华文史论丛》1982年第4辑),可参看。

第十九章　黄庭坚与江西诗派(上)

苏门学士中,以秦观、黄庭坚两人成就最高。一为词苑圣手,一为诗坛宗匠。在诗史上,黄庭坚不仅可与一代文宗苏轼并称"苏黄",而且成为宋代最大诗派的开山领袖。以他为代表的江西诗风,鲜明地体现了宋诗的特色,对当时和后代诗人产生了广泛而重要的影响。

第一节　黄庭坚的生平

黄庭坚(1045—1105),字鲁直,宋洪州府分宁(今江西修水)高城乡双井里人,自号山谷道人,人称黄太史、豫章先生、黄文节公。

黄氏原籍婺州金华(今浙江金华)。黄庭坚六世祖黄赡于唐季以著作佐郎知洪州分宁县,始家于修水,其后五代均以读书从政传家。祖父黄湜兄弟十人俱成进士,世称"十龙"。父黄庶(字亚夫,号青社),仁宗庆历二年进士,官终摄知康州,"平生刻意于诗",有《伐檀集》传世,人谓其诗文"雄奇峭拔","意境一新"(《伐檀集跋》)。黄庶生子五人,长大临(字元明),次庭坚,三子叔献(字天民),四子叔达(字知命),幼子早亡。黄庭坚舅父李常(字公择)以富于藏书、博学能诗而"闻名于当世"(苏轼《李君山房记》)。

仁宗庆历五年六月十二日(公历 7 月 28 日),黄庭坚生于故里。他自幼聪颖警悟,读书"数过辄记"(晁公武《郡斋读书志》卷一九),五岁能背诵五经(佚名《道山清话》),七八岁已能写诗。嘉祐三年(1058),黄庶病逝于康州(今广东德庆)。此后,庭坚随舅父游学淮南,结识了一些学界名流,学业大进。"舅李常过其家,取架上书问之,无不通,常惊,以为一日千里"(《宋史》本传)。庭坚写诗回忆少年在舅家学习的情景,有"少也长母家,学海颇寻沿"(《奉和公择舅氏送吕道人研长韵》)之句。嘉祐六年,庭坚在扬州结识了推重杜甫的诗人孙觉,"因莘老之言,遂晓杜诗高雅大体"(范温《潜溪诗眼》)。孙觉很赏识他的品德才华,后来还把女儿兰溪嫁给了他。嘉祐八年,黄庭坚首次应举。风闻他中了省元,同舍置酒以贺。及至名落孙山的消息传来,坐间有人为之下泪,而他却"饮酒自若"(刘延世《孙公谈圃》卷下)。直到英宗治平四年(1067)再赴礼部考试,始登第三甲进士第。

黄庭坚登第后,调汝州叶县(今属河南)尉。神宗熙宁二年,河北发生水灾地震,叶县一带聚集不少灾民,他写了《流民叹》一诗,对苦难中的百姓深表同情。叶县三年的"折腰"生涯,使他"忽忽不乐",写有《思亲汝州作》、《次韵戏答彦和》、《郭明甫作西斋于颍尾》、《过平舆怀李子先》等诗,表达了思亲念家、向慕归田的情怀。熙宁三年,孙氏夫人病逝,诗人有诗痛悼这位共同生活不到三年的年轻伴侣。熙宁五年,朝廷诏举四京学官,他以文章优等除大名府(今河北大名)国子监教授。由于受到留守文彦博的青睐,留任七年。在大名期间,他结识了诗人谢景初(字师厚)。谢氏诗学杜甫,很赞赏黄庭坚的诗作,"曰:'吾得婿如是足矣。'"黄庭坚因而求婚,谢果然把女儿介休嫁给了他。在此期间,他与景初多有酬唱,自谓"从谢公得句法"(《黄氏二室墓志铭》)。元丰元年(1078),黄庭坚向徐州知州苏轼投赠《古风》二首,表示仰慕之忱。苏轼早在孙觉、李常处得知他的文才,这次读到赠诗,很为高兴,当即次韵两首,并复函鼓励,从此他便成为苏轼的门下弟子[1]。七年的学官生涯虽然较为清寒,但对淡泊名利、热心书史的黄庭坚来说,却也心安理得。"十年不见犹如此,未觉斯人叹滞留"(《闰月访同年李夷伯子真于河上》),虽系赞人,亦是诗人自我情绪的流露。

元丰三年(1080),黄庭坚入京改官,被派知吉州太和县(今属江西)。秋天自汴京起程赴任,过高邮,同秦观定交,并为之书《龙井》、《雪斋》二记。十月,道经舒州怀宁(今安徽潜南),游览了境内三祖山山谷寺、石牛洞,爱其林泉之胜,遂自号山谷道人。次年春抵任所。太和为贫瘠之邑,黄庭坚到任后,勤于职守,宽厚临民。"下田督未耘,入岭按新畬"(《代书》)、"我不忍敌民,教养如儿甥"(《乙未过太湖僧寺得宗汝为书寄山蘋白酒长韵诗寄答》),便是他当时邑政的纪实。他常常攀崖越岭,深入山村,了解下情,访求民瘼。《上大蒙笼》、《劳坑入前城》、《金刀坑迎将家待追浆坑十馀户山农不至》、《彤陂》等反映山农疾苦的诗篇,就是依据他巡行山区的见闻写成的。当时正在推行新法,新法中的盐政规定由官府向各地颁发盐荚(食盐者的户口册籍),以便打击奸商,控制食盐供销。然而各地官吏为了向上邀功,竟对百姓强行超负荷摊派,唯独黄庭坚依照实际情况办理,虽"大吏不悦,而民安之"(《宋史》本传)。诗人不仅将吏治情况形诸歌咏,而且还以奇绝的诗笔描绘了太和的清秀山水,名篇《登快阁》即作于此时。元丰六年(1083)十二月,移监德州德平镇(今山东商河境内)。他由太和顺路回乡省亲,次年春北上,经扬州、泗州,夏秋间始抵达任所。在泗州僧伽塔前曾书《发愿文》,文中有"愿从今日尽未来世不复食肉"之句,后人遂有"菜肚老人"之称。到任后,德州通判赵挺之意欲在德平推行市易法,黄庭坚则认为"镇小民贫,不堪诛求,若行市易,必致星散"(黄䓨《山谷年谱》卷十八)。因为他不肯阿附上僚,同赵挺之发生争论,终于酿成怨隙。德州官衙生活的落寞无聊,不免使他对远在天涯的亲友倍增思念。他的继室谢氏,又在婚后不久的元丰二年病殁。在赴德州任前他续娶的妾生了一个儿子,所以这时所写的《寄家》诗,有"梦回官烛不盈把,犹听娇儿索乳声"之句。怀友名作《寄黄几复》也写于宦游德平时期。

元丰八年三月,神宗病死,年幼的哲宗赵煦即位,高太后垂帘听政,朝廷起用旧党,黄庭坚被除授秘书省校书郎,六月应召抵京。不久,苏轼也回朝任职。次年改元祐元年(1086),三月,因司马光荐,参与校定《资治通鉴》。十月,除神宗实录院检讨官,主持编写《神宗实录》,因有"黄太史"之称。十一月,召试学士院,同张耒、晁补之并擢馆职。随后,秦观、陈师道也相继入京。一时黄庭坚出入苏门,并与其他苏门弟子交游酬唱,十分快意。元祐六年三月,《神宗实录》修成,修史人员均有升迁,黄庭坚也被擢为起居舍人。六月,因母亲去世,扶柩还乡。在六年馆阁生活中,他写了不少师友唱酬、官场赠答和题画谈艺的诗作,其中也不乏关涉时政的内容。如王安石病死,新党失势,他写了《次韵王荆公题西太一宫壁》,对王安石表示悼惜;边将生擒果庄,他写了《和游景叔月报三捷》,颂扬边防军的胜利。《子瞻诗句妙一世,乃云效庭坚体,盖退之戏效孟郊、樊宗师之比,以文滑稽耳。恐后生不解,故次韵道之。子瞻〈送孟容诗〉云:"我家峨眉阴,与子同一邦。"即此韵》、《老杜浣花溪图引》、《题竹石牧牛》等,都是这一时期的名作。

元祐八年冬,哲宗亲政,吕惠卿等人复官,黄庭坚方除服不久,闲居故乡,因预感政局有变,便上章辞免京官。绍圣元年(1094),除知宣州(今安徽宣城),旋又改知鄂州(今湖北鄂城)。未及赴任,《神宗实录》史祸发生,言者指责《实录》隐没先朝良法美意,含寓讽刺,朝廷令编修人员暂寓畿邑听候勘问。十一月,黄庭坚抵达陈留(今河南开封东南四十里)。章、蔡党人从《实录》中摘举千馀条,"谓为无验证。既而院吏考阅,悉有据依,所馀才三十二事"(《宋史》本传)。但终以"诬毁"先朝罪名,责授涪州别驾、黔州(今四川彭水)安置。绍圣二年初,长兄大临伴送黄庭坚自陈留经许昌,渡汉水,至江陵,然后取水路沿江而上,四月底到达黔州,寓居开元寺摩围阁。这年六月,长兄离去,兄弟"掩泪握手"为别,黄庭坚写了情韵凄惋的《和答元明黔南赠别》诗送行。黔州太守曹谱(字伯达)、通判张枨(字茂宗)皆"好事尚文"(《与杨明叔书》),对诗人颇为敬重,待之甚厚。一年后,三弟叔达从芜湖携带自己和黄庭坚的眷属来黔州团聚。诗人自谓年来谢病杜门,"买地畦菜,已为黔中老农"(《与宜春朱和叔书》)。在黔曾题《蚁蝶图》讽刺世态。又闲居无聊,尝摘白居易《长庆集》卷十、卷十一中诗句,成《谪居黔南十首》,借前人语以抒写自己复杂的谪迁情怀。元符元年(1098)春,黄庭坚外兄张向提举夔州路常平,为避亲嫌,他奉诏移戎州(今四川宜宾)安置。六月至戎州,寓居南寺,以"槁木庵"、"死灰寮"名其室;后僦居城南,又有"任运堂"之名。诗人谪黔徙戎,六易春秋,身处穷荒,艰难困顿,但他"泊然不以迁谪介意。蜀士慕从之游,讲学不倦,凡经指授,下笔皆可观"(《宋史》本传)。在戎州,他还书写了杜甫在蜀川和夔州创作的全部诗歌,刻之于石,并建《大雅堂》以储存诗碑。这一时期,诗人因"责授涪州别驾,黔州安置"而自号"涪翁"、"黔江居士"。

元符三年(1100)正月,哲宗去世,徽宗即位,太后向氏听政,旧党遭受迫害的局面有所改变。五月,黄庭坚复宣议郎,监鄂州盐税。他上表请辞,十月准告,复奉议郎,签书宁国军节度判官。十二月离戎东归。次年正月,皇太后向氏去世,徽宗亲政,改元建中靖国。三月,黄庭坚于东归途中接到权知舒州(今安徽潜山)的任命。四月至荆南时,朝廷又以吏部员外郎召令入京。因预料政局还会变化,他又连续上表请求差遣外郡,并暂寓荆州候复。在荆州期间,他写了著名的组诗《病起荆江亭即事十首》。崇宁元年(1102)正月,离荆州东归。途经巴陵,登岳阳楼,吟《雨中登岳阳楼望君山》绝句。随后经通城,回修水故乡,再取道萍乡,会晤任县令的长兄大临。途中,得诏命,准领太平州(今安徽当涂)事。五月,过筠州、江州、湖口,六月九日抵达任所。不料接任九天,即被罢职,于是即日解印登舟,离开当涂,溯江而上,经舒城、江州,九月流寓鄂州(今湖北武汉)。崇宁二年,朝臣对元祐旧臣的迫害变本加厉,黄庭坚被列入元祐党籍。两年前寓居荆州时他曾作《承天院塔记》,转运判官陈举拟书名碑尾以托不朽,未得同意。至是陈举挟怨报复,摘取《塔记》中"天下财力屈竭"等语,向原与黄庭坚有隙的副相赵挺之诬告他"幸灾谤国",十一月诗人遂被除名羁管宜州(今广西宜山)[2]。十二月,携家自鄂州启程。崇宁三年(1104)过洞庭,经潭州、衡州,泊舟浯溪,将家属留在永州,然后只身通过全州、桂州等地,于五、六月间抵达贬所。宜州不仅环境艰苦,地方官员还处处刁难年迈的诗人。他来贬所半年,仍没有安身之地。官府不准寓居城里,他只好在城南租赁了一间"上雨傍风,无有盖障"的民房,于崇宁三年十一月抱被入宿其中(《题自书卷后》)。次年五月,又搬到城头戍楼里栖身。黄庭坚暮年虽备受折困,但仍浩然自得,口不停吟,手不辍书,并撰写日记名《宜州家乘》。当地人民求教索诗者他均热忱相待;蜀中青年范寥远道谒访,他同这位书生同居戍楼,"围棋诵书,对榻夜语,举酒浩歌"(《宜州家乘》)。九月三十日,六十一岁的诗人病逝于戍楼。守候身边的范寥替他料理了后事。南宋高宗时,朝廷追赠黄庭坚为龙图阁学士加太师,谥文节。

黄庭坚出身仕宦之家,自幼即受传统儒学的熏陶,儒家经典烂熟于胸,故立身处世总"以忠义孝友为根本"(《与韩纯翁宣义》)。但在苏门弟子中,他又最深于禅学。宋代的洪州是禅宗盛行的地方,诗人自言家乡"多古尊宿,道场居洪州境内者以百数"(《洪州分宁县云岩禅院经藏记》)。他幼年时就开始接触禅僧,青少年时期因作艳词还受到法秀禅师的棒喝。元丰末过泗州僧伽塔,曾作《发愿文》,立誓痛戒酒色、肉食。他还成为临济宗黄龙派祖心禅师的入室弟子,祖心"将入灭,命门人黄太史庭坚主后事"(《五灯会元·黄龙祖心禅师》)。作为黄龙祖心禅师法嗣,《五灯会元》专为黄庭坚立传。对于佛家经典如《维摩经》、《楞严经》、《圆觉经》、《华严经》等,他都很精熟,因而禅味自然渗透在他的诗文创作中,朱熹即称其学问"诣力多得之释氏"(《山谷全书》卷三《评黄》)。他同当时许多著名释子如惟清禅师、悟新禅师、云居祐禅师、翠岩真禅师等等,酬唱赠答,切磋禅理,有深厚的友谊。黄庭坚也酷好老、庄之学,作有《庄子内篇论》,称其"法度谨严"。他不满于"儒者谓其术异不求",对"前儒者未能涣然顿解"老、庄经典,叹为憾事(《书〈老子注解〉及〈庄子内篇论〉后》)。

黄庭坚奉守儒术而又融通释、老,认为"佛法与《论语》、《周易》意旨不远,《论语》大旨不过迁善改过,不自复藏"(《与王雍提举》),"《列子》书时有合于释氏,至于深禅妙句,使人读之三叹"(《跋亡弟嗣功〈列子〉册》)。同苏轼相比,他既融汇三家,又更倾心于释、老。在个人出处问题上,他十分重视儒家的风节,即所谓"在朝之士观其见危之大节,在野之士观其奉身之大义"(《书赠韩琼秀才》)。由于长期仕途坎坷,身世侘傺,他尤为注意和恪守的却是修己安命、泊然自守的"奉身之大义"。对于"奉身"之道,他最强调超物脱俗,狷介律己,认为"士生于世,可以百为,唯不可俗"(《书嵇叔夜诗与侄木夏》)。苏轼"超轶绝尘,独立万物之表,驭风骑气,以与造物者游"(《答黄鲁直书》)等语,就是对这种性格的描述。要达到这种修养,黄庭坚特别重视内向的心性养练功夫。所谓"治经之法,……一言一句,皆以养心治性"(《书赠韩琼秀才》),"正心诚意而游于万物之表"(《跋元圣庚清水岩记》),就是诗人养性修身的要旨。与苏轼的敢怒敢骂有所不同,他侧重于以和光同尘的形式达到洁身自持的目的。他在《答人求学书》中说:"古之人学问高明,胸中如日月,然后能似土木,与世浮沉。"又曾告诫友人"事业宜深自修蕴,而处同僚中须亲睦,勿露圭角也。仕路风波,三折肱乃知为良医耳"(《与宋子茂书》)。可见内心通明而外形如土木,与世浮沉而超然尘垢之外,是他追求的应世之术。这种处世哲学,是黄庭坚融通三家思想而形成的,也是他所处党争日剧、仕路风险日烈的特定背景下的产物。

第二节　黄庭坚的著述和诗论

黄庭坚中年曾手编《焦尾集》、《敝帚集》,五十多岁时又自编《退听堂集》,皆已不存。今传《山谷全集》七十卷,包括内集三十卷,外集十四卷,别集二十卷,词一卷,简尺二卷,年谱三卷,有《四库全书》本。是编内集为其外甥洪炎据退听堂本编订,外集为李彤所编,别集为其裔孙黄𥮅所编。三集皆诗文合收。黄𥮅所撰年谱考订行事较为详审。《豫章黄先生文集》三十卷,编次依文体排列:首赋,次古诗、律诗、六言,再铭赞、记序、题跋、书简等散文,有涵芬楼影宋乾道刊本、《四部丛刊》本等。诗集注本有《山谷诗集注》内集二十卷,收诗起元丰元年,终崇宁四年,任渊注;外集十七卷,收诗起嘉祐六年,终崇宁三年,史容注;别集二卷,收洪、李所编内外集之遗,不编年,史季温注。有《四库全书》本、光绪二十六年义宁陈三立四觉草堂仿宋本、《四部备要》本等。乾隆四十九年,南康谢蕴山取翁方纲家藏本《山谷诗注》刻印。该书所收内、外、别集诗及三家注,均与四库本大致相同,惟多出《外集补》四卷,《别集补》一卷,收诗约近四百首,有编年,无注释,似为谢氏所辑补。谢氏刊刻本今收入《丛书集成》初编中。另有《山谷全书》八十一卷,计正集三十二卷,外集二十四卷,别集十九卷,附《伐檀集》二卷,序传目次等四卷,为乾隆三十年江宁缉香堂刻本。有同治间复刻本。近代如皋祝氏据宋本重雕《豫章先生遗文》十二卷,所收时有上述各本之遗落。黄庭坚词集有南宋闽刻《山谷琴趣外篇》三卷本,收入《影刊宋金元明词》、《四部丛刊》;有《彊村丛书》本《山谷琴趣外篇》三卷,以明嘉靖宁州祠堂本校闽刻本而成。《山谷词》一卷本,通行的有毛晋汲古阁《宋六十名家词》本、《四库全书》本。《四部备要》系据汲古阁本校刊重印。

黄庭坚集中散文有记叙、书札、题跋、铭赞、墓志、表章等类。亭堂记多记禅院;字叙多叙名字缘起;铭赞多简短祝颂之辞;书序、书札、题跋等多谈艺论文,时有真知灼见,蕴藏了作者较为丰富的文艺见解和诗歌主张。黄庭坚的诗论,有时也体现在他的某些诗篇中。寻绎这些资料,约略可以窥知其诗歌理论的梗概。

黄庭坚论诗力主独创。面对唐诗艺术的高峰,是望而却步,邯郸学步,还是自寻蹊径,独辟新境? 在这无法回避的问题前面,他显然是赞成后者的。他有"文章最忌随人后"(《赠谢敞、王博喻》)、"自成一家始逼真"(《题乐毅诗后》)的名言。他一再宣称"着鞭莫落人后"(《再用前韵赠子勉》)、"我不为牛后人"(《赠高子勉》)。他盛赞敢于创新的同道"不守近世师儒绳尺,规摹远大,……欲以长雄一世,虽未尽如意,要不随人后"(《王定国文集序》)。对艺术上一味效颦前人的作风,他深致不满,故常有"随人作计终后人"(《题乐毅诗后》)、"随人学人成旧人"(《论写字法》)之语。他还借用古代俚谣对文场上那种追随时尚的风气进行讽刺:"楚宫细腰死,长安眉半额。比来翰墨场,烂漫多此色。"诗人认为,"文章本心术,万古无辙迹"(《寄晁元忠十首》其五),作者应自出机杼,各抒胸臆。所谓"声随器形异,安可一律调?"(《几复读庄子戏赠》)正表明了他主张作品的风调应因人而异的观点。

切忌尘俗是黄庭坚诗学的又一主张。在《书嵇叔夜诗与侄木夏》中,他说:

> 叔夜此诗豪壮清丽,无一点尘俗气。凡学作诗者不可不成诵在心,想见其人。虽沉于世故者,暂而揽其馀芳,便可拂去面上三斗俗尘矣。……士生于世,可以百为,唯不可俗,俗便不可医也。或问不俗之状,余曰:难言也。视其平居,无以异于俗人,临大节而不可夺,此不俗人也。

这是作者论诗的一个重要标准。他在《与党伯舟帖》中也说:"诗颂要得出尘拔俗有远韵。"他要求诗能脱俗,而欲诗脱俗,诗人自己首先就要"不俗"。诗人的"不俗",并非表面上"异于俗人",关键是必须在大事上"秉不凋之节,奉以终始"(《与王子飞》)。他所说的"不凋之节",当然是指真儒出处、进退、忧国、临民的风范。洪炎特为标举的"远声利,薄轩冕"之类高风特操,更是他所钦仰并身体力行者。这种志趣虽然属于儒家传统的道德范畴,但它毕竟是当时历史条件下儒林正气的体现。怀抱这种心胸和修养,诗歌才能具有超尘拔俗的远韵。"句中稍觉道战胜,胸次不使俗尘生。"(《再次韵兼简履中南玉》)诗人追求的正是这一高远的境界。

为了独创和脱俗,黄庭坚又很看重诗人的学养。他认为作者的学养是诗文的根底,故经常强调养性、读书两个方面:"治经之法,不独玩其文章,谈说义理而已,一言一句,皆以养心治性。"(《书赠韩琼秀才》)他曾告诫友人:"文章虽末学,要须茂其根本,深其渊源,以身为度,以声为律,不加开凿之功自宏深矣"(《答秦少章帖》)又云:"文章乃其粉泽,要须探其根本,本固则世故之风雨不能漂摇。"(《与徐甥师川》)并以"生珠之水砂砾润,生玉之山草木荣"(《走笔答明略适尧民来相约》)来作比喻,用以强调作家自我修养的重要。在养性修身而外,黄庭坚也特别重视读书,认为"其未至者,探经术未深,读老杜、李白、韩退之诗不熟耳"(《与徐师川书》)。盖"词意高胜要从学问中来尔。……每作一篇要商确精尽,检阅不厌勤耳"(《论作诗文》)。为此,黄庭坚还打过一个比喻:"岷山之水滥觞,及其成江,横绝吴楚,涵受百谷,以深其原本故也。学而知本者,盖可以求师友于书册矣。"(《与元聿圣庚书》)但一味强调词意高胜来自"书册",就必然忽视社会生活作为文学的最本质的源泉,较之王安石、苏轼的某些文艺见解反有倒退之嫌。黄庭坚文艺理论中的这一缺陷,为江西末流"资书以为诗"的理论和实践伏下了病根。

在具备学养的基础上,黄庭坚还为写诗者提出了具体门径,即讲求法度和诗艺。他提出"作文字须摹古人,百工之技,亦无有不法而成者"(《论作诗文》),"学文则观古人之规摹"(《与王立之承奉直方》)。规模古人,目的在于"领略古法生新奇"(《次韵子瞻和子由观韩幹马,因论伯时画天马》)。黄庭坚讲诗法比王安石益加细密化、体系化。他讲究章法,认为"文章必谨布置"(《潜溪诗眼》),"作诗正如作杂剧,初时布置,临了须打诨,方是出场"(《王直方诗话》)。对句法、字法他讲得更多。他赞人"用字稳实,句法刻厉而有和气"(《跋雷太简圣俞诗》),"所寄诗醇淡而有句法"(《答何静翁书》),常说自己从某前辈得句法云云。黄庭坚还总结出一些创作技法,"点铁成金"、"夺胎换骨",是最为有名的两条。前者见其《答洪驹父书》:"古之能为文章者,真能陶冶万物,虽取古人之陈言入于翰墨,如灵丹一粒,点铁成金也。"后者见于惠洪《冷斋夜话》:"不易其意而造其语,谓之换骨法;窥入其意而形容之,谓之夺胎法。"对这两则诗法,有许多诠解、评论、辩析,毁誉不齐,褒贬各异。其实撮其要旨,"夺胎换骨"侧重于诗意诗境的因旧生新;"点铁成金"主要指语言上的继承点化。诗人创作免不了要继承参酌前人,事实上历来就有脱胎、点化的手法,只是经过黄庭坚的特加拈出,予以播扬,尔后遂成为江西诗家的不二法门。其实黄庭坚论诗,本来并不忽视内容。他赞赏"兴寄高远",讲过"但当以理为主,理得而辞顺"(《与王观复书》)的话。但由于他喜欢谈论诗法,江西末流的某些诗人又循此变本加厉,刻意在技巧字法上生新出奇,终乃遭致"剽窃之黠者"(王若虚《滹南诗话》)一类激烈的讥评[3]。

一般地说,黄庭坚并不忽视诗歌的社会功能。一方面,他赞成文章要"规摹远大,必有为而后作"(《王定国文集序》),也曾有"文章不经世,风期南山雾"(《寄晁元忠十首》其十)、"文章功用不经世,何异丝窠缀露珠"(《戏呈孔毅父》)等强调文学功能的诗句。另一方面,他又不赞成用诗歌讥刺政治,并将以诗"强谏""忿诟"比为"怒邻骂座",甚至批评苏轼的短处就"在好骂"。他认为,"诗者,人之性情",然而性情要加以陶洗、净化,做到遇物悲喜,"发于呻吟调笑之声,胸次释然,而闻者亦有所劝勉"。他把"末世诗人之言"比为"候虫之声",要做到"不怨之怨"(《书王知载朐山杂咏后》、《胡宗元诗集序》)。这就是说,他不赞成发挥诗歌直接刺世的作用,而看重诗歌娱悦性情、陶写襟怀、潜移默化的熏沐功能,作者倘有怨愤,也要规范于含蓄委婉的限度之内。这种观点有利于发展诗歌的美感魅力,却不利于发扬诗歌干预现实的传统,它明显地刻烙着北宋末期党争日炽、诗祸日剧的衰乱时代的印记。

第三节 黄庭坚的诗

黄庭坚现存诗歌约一千九百馀首。就其内容而言,赠答诗、次韵诗、咏物诗占有相当比重。其中部分诗歌,或以诗代笺,偏于应用;或依韵限题,涉于应酬;或雕镂新巧,近乎游戏笔墨。这类作品往往缺乏诗的韵味,价值不大,可以略而不论。黄诗中值得注意的有两个部分:其一,直接涉及现实的;其二,侧重表现自我的。

如前所述,黄庭坚赞同文章经世,但不主张诗歌直接干预现实。然而他并不是漠视现实的诗人,更不像前人所说的那样"与世咮少缘","真有凭虚欲仙之意,此人似一生未尝食烟火食者"(唐顺之《荆川先生集》卷一七《书黄山谷诗后》)。他早年做叶县尉时,就写过反映人民苦难的《流民叹》。元丰中做太和令时,曾深入山区,察访民隐,写过一组描写山农困苦生活的诗篇。诗人目睹下层百姓的疾苦,感同身受,憭然内疚,发出了"民病我亦病"的感叹,表达了"年丰村落罢追胥"(《次韵寅庵》)、"要使鳏寡无颦呻"(《赠送张叔和》)的愿望。在《虎号南山》中,他把贪吏暴政比成猛虎,对当时的苛政虐民进行了猛烈的抨击:"念昔先民,求民之瘼;今其病之,言置于壑。"他还一再向同僚和挚友宣传怜贫恤苦的爱民思想,例如他在元祐初写的《送刘士彦赴福建转运判官》一诗中,就提醒对方"维闽七聚落,茕独困吏饕",希望他到任后体恤民情,改革邑政。他嫉恶那些用百姓鲜血染红朱绂的官僚,在《寄李次翁》中,特意标举他"不以民为梯,俯仰无所怍"的良好风操。在《送顾子敦赴河东》中,诗人也同样谆谆嘱告:"上党地寒应强饮,两河民病要分忧。犹闻昔在军兴日,一马人间费十牛。"这意味深长的诗句,贯注着诗人关心现实、为民分忧的深情。北宋国力虚弱,西北面临辽、夏威胁,御敌防边始终是许多进步作家关注的社会课题,黄庭坚也不例外。元祐二年,岷州知州种谊擒获勾结西夏、叛服无常的西蕃首领鬼章青宜结,苏轼等人有诗祝捷,黄庭坚也写了《次韵游景叔闻洮河捷报寄诸将四首》、《和游景叔月报三捷》等诗,热情表彰边将的战功。在《送范德儒知庆州》、《次韵奉答吉邻机宜》中,诗人还以昂扬的激情,勉励守边友人为巩固疆防做贡献。他的某些爱国诗很有气势和热情,如《和游景叔月报三捷》:"汉家飞将用庙谋,复我匹夫匹妇仇。真成折棰禽胡月,不是黄榆牧马秋。幄中已断匈奴臂,军前可饮月氏头。愿见呼韩朝渭上,诸将不用万户侯。"全诗表示了对安定边塞、消弭战争的展望,贯注着压倒强敌的气势,洋溢着关怀国事的热情。洪炎《豫章黄先生退厅堂录序》说,黄诗"极其致忧国爱民,忠义之气蔼然见于笔墨之外",这种说法不是没有根据的。

  黄庭坚性格内向,为人比较谨慎随和,不像苏轼那样敢于嬉笑怒骂,再加他奉行"和光同尘"的处世哲学,故所作尖锐而集中地抨击时政之作不多。然而在他前期的诗篇中,也不乏对现实政局发表某些很有价值见解的篇什。例如元祐三年,友人徐景道初入仕途,他在《送徐景道尉武宁》诗中说:"李苦少人摘,酒醇无巷深,当官莫避事,为吏要清心。"又说:"风俗谙邻并,艰难试事初,官闲莫歌舞,教子诵诗书。"从对别人的期望中,反映了作者自身积极的济时行志的精神。北宋后期,党争激烈,官场倾陷成风,时局苍黄反覆,一派得势,就要把另一派踩在脚下。黄庭坚虽然也被卷进漩涡,吃了不少苦头,却能超脱门户之见,比较客观地看待问题。例如在《次韵子由绩溪病起》中,他提出了"人材包新旧,王度济宽猛"的见解,奉劝元祐初期重新执政的旧派人士参考新政之长,"兼用熙、丰人材"。元祐三年,友人曹辅出任福建路转运判官,他临别赠言,也特别提醒对方到地方要重视发现人材:"百城阅人如阅马,泛驾亦要知才难,盐车之下有绝足,败群勿纵为民残。"(《送曹子方福建路运判》)作者告诉友人,知人善任并不是一件易事,在那些不服驾驭、不被重用的人群中,常常有难得的人才,需要细心地识拔;对于个别残民以逞的害群之马,则切不要放纵姑息。元符三年徽宗继位,黄庭坚在《再作答徐无隐》中又说:"开纳倾万方,皇极运九畴,闭奸有要道,新旧随才收。"这种破除成见、广开才路的好意见,在《病起荆江亭即事》中也有鲜明的表述。黄庭坚政治上的升沉,是同元祐旧僚连结在一起的。旧派在新政废止后,对王安石攻击不遗馀力,他却在《次韵王荆公题西太一宫壁》、《有怀半山老人再次韵》、《奉和文潜无咎》等诗中,对王氏的人品和新学给予很高的评价:"荆公六艺学,妙处端不朽!""玉石恐俱焚,公为区别否?"这同那些不管是非、一味落井下石的人,形成了鲜明的对照。在为政的问题上,他无论自律或劝人,都念念不忘体恤下层百姓的疾苦:

官宁惮淹留,职在拊惸嫠。

——《丙辰仍宿清泉寺》

定知与民乐,吏瘦吾民肥。

——《寄题安福李令适轩》

这种不肯用牺牲百姓的利益来换取个人升迁,宁可让官府的吏员多受些劳苦以利人民的襟怀,在封建时代的上层人士中,委实是难能可贵的。元祐中期,变法形势发生了全盘逆变,当权者热衷于争权和倾轧,旧党内部分裂成各种派系,宋朝政局岌岌可危。黄庭坚以曲折的

笔法表达了自己对形势的隐忧:

> 洪福僧园拂绀纱,旧题尘壁似昏鸦。春残已是风和雨,更著游人撼落花!
>
> ——《同元明过洪福寺戏题》

这些都足以说明,黄庭坚的诗歌并不是和现实政治绝缘的。

然而,直接干预现实的诗作,无论从数量或反映生活的深广度说,在黄庭坚的诗歌中毕竟不占主要地位。写得最为出色、最有个性、最足代表其艺术成就的,恰是那些着重表现自我、从而侧面反映客观生活的抒情诗。从这类诗歌中,我们可以看到诗人明达的识度、坚定的操守,一反尘俗的襟怀,爱悦自然的雅趣,笃于情谊的淳厚性灵,并能体察出一种经过雅化、净化的人格美和情操美。黄庭坚重视人格、操守,主张加深内在修养,以期达到人格的自我完善。他所强调的修养功夫,主要是以道役物而不为物所役,并在诗中一再表达这种意向。如"丈夫存远大,胸次要落落"(《次韵杨明叔见饯》)、"心随物作宰,人谓我非夫"、"决定不是物,方名大丈夫"(《次韵杨明叔》)、"道应无蒂芥,学要尽工夫"(《再次韵》)等等。以此,他的个人抒情诗又多体现出其人格的狷洁。如《次韵杨明叔见饯》其二:

> 杨君清渭水,自流浊泾中。今年贫到骨,豪气似元龙。男儿生世间,笔端吐白虹。何事与秋萤,争光蒲苇丛!

元符三年,黄庭坚自戎州贬所东归,门生杨明叔写诗饯行,他因写此诗酬答。诗中激励对方出于污泥而不染,处贫贱而气豪,奋笔立言,羞与宵小争利。这虽是勉人之作,也体现了诗人自己追求的人格理想。再如：

十年不见犹如此，未觉斯人叹滞留。白璧明珠多按剑，浊泾清渭要同流。日晴花色自深浅，风软鸟声相应酬。谈笑一樽非俗物，对公无地可言愁。

——《闰月访同年李夷伯子真于河上，子真以诗谢，次韵》

这是元丰初年为访友而作的一首七律。岁月的流逝，并未消磨掉友人耿介拔俗的骨气，他依然不为个人的沉沦而叹息；虽然才高受忌，但善于和光同尘，在鸟语花香的大自然中自得其乐。与这样的高人开怀谈笑，个人的一切忧愁都被抛到了九霄云外。这类作品都是在对他人的赞美中，体现了诗人自己明达的识度和洁身自律的处世哲学。《题胡逸老致虚庵》也是这方面诗作的代表：

藏书万卷可教子，遗金满籯常作灾。能与贫人共年谷，必有明月生蚌胎。山随宴坐图画出，水作夜窗风雨来。观山观水皆得妙，更将何物污灵台。

诗中不仅表现了超名利、反尘俗的志趣，而且前两联更饱含着隽永的哲理，很能发人深省。诗人力反尘俗，自然倾心于"观山观水"的高情雅趣，因而他的个人抒情诗常常与动人的景观美结合在一起。如《雨中登岳阳楼望君山二首》，在刻画岳阳楼的优美景观中，抒发了自己于远放后脱险东归的欣慰情怀；《登快阁》写太和邑政之暇，登县东快阁所见旷远的江天胜景，同时透露了作者对摆脱官务羁绊的向往。其中"落木千山天远大，澄江一道月分明"一联，视野寥阔，笔力苍劲,向称写景名句。诗人对世俗名利表示淡薄,对于亲朋的情谊却十分醇厚。他写了不少怀念亲友的名作,如《寄黄几复》、《次韵几复和答所寄》、《过平舆怀李子先》、《次元明韵寄子由》等。《次元明韵寄子由》云:

> 半世交亲随逝水,几人图画入凌烟?春风春雨花经眼,江北江南水拍天。欲解铜章行问道,定知石友许忘年。脊令各有思归恨,日月相催雪满颠。

首联感喟弟兄朋友之间交亲已历半世,然而都未能建功立业。颔联接写春日景象,暗寓思亲、怀友之情。颈联进一步表达了去官学道的意愿,相信情如金石的好友苏辙定能相知相许。尾联用《诗经·小雅·常棣》"脊令在原,兄弟急难"的典故,叹息自己与苏辙双方都是欲归不得,一任光阴催白头颅而已。这首诗作于元丰四年太和县任上,时苏辙正贬官筠州。诗人由怀念自己的长兄黄大临(字元明),联想到对方也是人同此心,从而将身世之感、亲友之情、乡国之思和老大之恨等等复杂感情有机地揉合一处抒写,气势鼓荡,音节顿挫,真不愧为一首上乘的杰构。李之仪《姑溪居士文集·跋山谷帖》云,黄庭坚"于亲旧间上承下逮,一以恩意为主"。这种笃厚的性情不仅见诸上诗,他的其他抒写亲友之情的作品,也大都纯朴真挚,亲切可读。如《赣上食莲有感》,用一系列的联想和比喻,极写慈母之爱和兄弟手足之情亲;元丰六年移家德平、途经分宁时所写的《过家》,以细腻的文笔,描述闾里人事的变迁,寄寓了诗人对家乡和亲故的深沉眷念;元祐三年写的《嘲小德》,真切地刻画了小德学语学字的娇憨情态,体现了诗人对幼儿由衷的疼爱等等。下面这首《和答元明黔南赠别》,是他在黔州为赠别护送自己到贬所的长兄元明而作的七律。诗云：

> 万里相看忘逆旅，三声清泪落离觞。朝云往日攀天梦，夜雨何时对榻凉。急雪脊令相并影，惊风鸿雁不成行。归舟天际常回首，从此频书慰断肠。

前两联从兄弟二人同行于万里之外而暂时忘却逆旅的况味，写到终于举杯相别的黯然销魂，又从两人前此间关巫山，备尝艰辛，说到此次分袂之后，不知何时更能联床夜话；后两联再以风雪中的脊令、鸿雁，比况形影相依的兄弟即将天各一方，此后惟有频寄书信聊慰相思之苦而已。清冷的意境，凄凉的格调，烘染出老年手足患难与共、依依不舍的深情，读来十分感人。

总之，由于黄庭坚生活于北宋后期政治风云变幻、官场斗争严酷、舆论控制日趋严密的时代，他无力也无意冲进政争的漩涡作正面的抗争，而是无形中走上了和而不同、洁身远祸、狷介自持的道路。所以从文学创作上说，他是一位善于抒写自我，侧重展示主观世界的多重感受，借以折光地反映现实生活的诗人。生活道路、个性气质和艺术好尚的错综作用，决定他较少从社会斗争激流中，摄取重大的政治社会题材，而惯于从日常生活、园林雅趣、亲朋交往、读书治学中，触发出某种激情，体验出一定的真谛妙理，又经过潜心刻苦的艺术升华和提纯，从而写出了相当一部分优秀诗篇。

黄庭坚诗在内容上自有其特色，但相比之下，艺术上的创新尤为突出。如前所述，他论文反对"随人作计"，主张"自成一家"，他的诗歌创作实践成功地达到了这一目标。诗至唐代，大家辈出，无体不备，形成了一个不易超越的艺术高峰。宋人要想在古近诗体的范围内驰骋才力，开拓新的局面，就必须勇于独创，苦下功夫。黄庭坚正是继王安石、苏轼之后能够"更出新意,一洗唐调"的杰出代表。他的诗在艺术上有鲜明的独创个性,当年"东坡先生以为一代之诗,当推鲁直"(黄庭坚《与王周彦书》),后人也称誉他"英笔奇气,杰句高境,自成一家"(方东树《昭昧詹言》卷一)。要而言之,他诗歌的艺术独创性有以下几个方面。

其一,富有思致理趣,耐人寻绎回味。前人已指出:"黄山谷、陈后山专寓深远趣味。"(谢尧臣《张于湖先生集序》)这些深远的诗趣,并非来自抽象说教。黄庭坚善于即景宣情,托物寄意,借鲜明的形象,寓深邃的哲理。如《寺斋睡起二首》:

小黠大痴螳捕蝉,有馀不足夔怜蚿。退食归来北窗梦,一江风月趁渔船。

桃李无言一再风,黄鹂惟见绿匆匆。人言九事八为律,倘有江船吾欲东。

前者借物写人,以动物世界的智愚相角、多寡相讥来隐喻尘世的险恶污浊,进而引出梦思、归隐,寄寓了个人超轶尘俗的人生观感。后者以自然风物象征政治气候,感叹桃李为风折困,春事将尽,好景不长,暗示自己要洁身远引。元祐四年,旧党内部分化,刚直的苏轼受到攻击,不容于朝,这些诗篇正隐约地流露了作者对政局的忧虑。再如六言诗《蚁蝶图》:

蝴蝶双飞得意,偶然毕命网罗。群蚁争收坠翼,策勋归去南柯。

这诗写于崇宁初年蔡京等人加剧报复元祐旧臣时期,作者借题画描写了一幕把小人得意升迁建立在他人触网失败之上的畸形的社会关系图景,体现了诗人对险恶现实的厌恶。诗中无一字主观评论,而倾向性全由形象画面中自然宣出。据岳珂《桯史》云,这首诗传至京师,曾引起蔡京的震怒,足见其批判的弦外之音是不难为人察知的。宋诗好作理语。黄诗中的理语,多以幽邃的意蕴发人深省,耐人寻绎。如"宴安衽席间,蛟鳄垂涎地"(《次韵答斌老又和》)、"人生要当学,安宴不彻警"(《送李德素归舒城》)、"人才如金玉,同美异刚柔"(《常父惠示丁卯雪十四韵谨同韵赋之》)、"万卷藏书宜子弟,十年种木长风烟"(《郭明甫作西斋于颍尾请予赋诗》)等等。这些诗句虽有较浓的议论训诫意味,却由于识度超迈,琢语警策,而具有一种石破天惊的启迪之力。与仅写一景、一物、一事的作品不同,黄庭坚的许多诗篇往往能将某种现实、社会和人生的独特感受,作更高层次的艺术升华和概括,因而含有幽眇的思致和深沉的哲理,读来往往感到言近旨远,意味无穷。

其二,章法细密,线索深藏,转折急陡,起结无端。黄诗讲究章法布置,而布置常作曲折变化,绝不囿于固定套式,故能超出寻常滑俗蹊径。如《谢公定作竟陵主簿》:

> 谢公文章如虎豹,至今斑斑在儿孙。竟陵主簿极多闻,万事不理专讨论。涧松无心古须鬣,天球不琢中粹温。落笔尘沙百马奔,剧谈风霆九河翻。胸中恢疏无怨恩,当官持廉庭不烦。吏民欺公亦可忍,慎勿惊鱼使水浑。汉滨耆旧今谁存,驷马高盖徒纷纷。安知四海习凿齿,挂笏看度南山云?

这是一首章法缜密、布置谨严的力作。开端八句正叙,从赞美对方家世到称其人品、才学;"胸中"以下四句议论吏治,寄寓对友人的期望;"汉滨"二句以友衬之笔跌入;卒章再借习凿齿、王徽之的学问风度比况对方作收煞。法度严密,意象奇警。全诗以谢悰先世文采泽被儿孙领起,以下"万事不理"、"涧松无心"、"天球不琢"、"百马奔"、"九河翻"云云,奇崛的意象,看似杂然呈涌,毫不联属,其实"万事不理"正说明专力文章,"涧松"、"天球"比喻风度品格,"百马"、"九河"以喻文笔、谈锋,无不是由首联而来,是"斑斑在儿孙"的具体化。"胸中"四句所期望的政风,也是"中粹温"的合理推衍。结尾以宕开之笔收归拢之效。细针密线,脉络井然。《过平舆怀李子先时在并州》是诗人解叶县尉时怀想作吏并州的好友李子先,并借以抒写共同心曲的一首七律:

前日幽人佐吏曹,我行堤草认青袍。心随汝水春波动,兴与并门夜月高。世上岂无千里马,人中难得九方皋。酒船渔网归来是,花落故溪深一篙。

首联顺叙点题,写对方作吏并州,自己沿汝水赴叶,眼前青翠的堤草仿佛浮现出友人的服色,不必言"怀"而"怀"字自在其中。颔联两面着笔,以景会情,透露出双方的心潮激荡。颈联别开思路,忽发一通泛论,全用理语,似与上下互不联属,其实这恰是上文心绪不平的原因,也正是尾联判断句"归来是"之所从来。正因为难以遇到尊重识拔人才的九方皋,所以回忆前尘,不免心情悲愤,顿生结网放舟、归隐江湖之念。紧承斩截判断词"归来是"之后,忽而出一景句,将故乡溪水潋滟、落英缤纷的美景展现眼前,使人不能不动思归之情。全诗章法奇警,别具匠心。黄庭坚的短篇小诗,也同样力求章法跌宕,避免平直,如:

朝廷无事君臣乐,花柳多情殿阁春。不觉胡雏心暗动,绮罗翻作坠楼人。

——《和陈君仪读太真外传》其四

首两句渲染出一派承平晏乐、春景和煦的气象,第三句以下陡转,由胡雏心动推出绮罗坠楼的历史悲剧,气氛骤变,情势急转直下。寥寥四句,便高度概括了李唐由盛而衰的历史转换。方东树云:"山谷之妙,起无端,接无端,大笔如椽,转折如龙虎,扫弃一切,独提精要之语,每每承接处,中亘万里,不相联属,非寻常意计所及。"(《昭昧詹言》卷一一)这段话确能道出黄诗章法的精妙。

其三,讲究句法、字法,长于点化锻造,下语奇警,引人惊异。黄庭坚常以句法论诗,曾称陈师道"作诗渊源得老杜句法"(《答王子飞书》)。刘壎也说他"时作律诗,亦自有一种句法"(《隐居通议》卷八)。黄诗句法特点主要是笔力挺健,意象瑰奇,严整中有流走之势。《子瞻诗句妙一世,乃云效庭坚体……》一诗,硬语险韵,节奏拗峭,意象奇特,是被誉为"奇健之气,拂拂意表"的名篇。不少律句也多为人称道。如:

家徒四壁书侵坐,马瘦三山叶拥门。

——《次韵宋楙宗僦居甘泉坊雪后书怀》

桃李春风一杯酒,江湖夜雨十年灯。

——《寄黄几复》

"家徒四壁"联,用室空、书乱、马瘦和落叶满径等一系列萧索意象,极写文士隐者的清贫况味;"桃李春风"联,构造了两个相互对照的象征性场景,状述朋友间当年相聚之乐何其短暂,尔后分离之苦又何其长久,不用一个动词,便将怀友的深情和蹭蹬的身世之感尽寓其中,时间的跨度则超过十年,洵可谓极高度概括之能事。

黄庭坚诗尤讲究下字、用事,力求做到"用一事如军中之令,置一字如关门之键"(《跋高子勉诗》),故所作往往下字千锤百炼,一丝不苟。如《送舅氏野夫之宣城》诗,希望李莘到任后,邑政日有起色,因有句云:"晚楼明宛水,春骑簇昭亭,秕稗丰圩户,桁杨卧讼庭。"着以"明"、"簇"、"丰"、"卧"四字,就生动地预期出宣城环境优美、城市繁荣、百姓富足、讼事稀少的前景。再如"心犹未死杯中物,春不能朱镜里颜"(《次韵柳通叟寄王文通》),将内动词"死"用如外动词,形容词"朱"用作动词,镌刻深沉地写出了华年已逝、嗜酒不止的抑郁而磊落的心境。他如"诗入昼吟山入座,醉客夜愕江撼床"(《题落星寺》)一联,着一"入"字,写多情的山峦与人相亲,着一"撼"字,又写无情的江涛聒耳惊梦。陈师道所谓"句中有眼黄别驾",正是指的这类极能增强句式的警拔力和生动性的字眼。黄庭坚用字还善于避熟就生,以故为新。如"关防"、"颠狂"本是普通词语,但在"想见哦诗煮春茗,向人怀抱绝关防"(《次韵奉酬刘景文河上见寄》)一联中,把怀抱坦率说成"绝关防";在"何时确论倾樽酒,医得儒生自圣颠"(《再次韵寄子由》)一联中,把文人的自负写成"自圣颠",都显得语句生新而奇奥。再就用典而言,黄诗不仅强调"无一字无来处"(《答洪驹父书》),而且善于独出心裁地加以熔铸,力求"点铁成金"(同上)。如"寻师访道鱼千里,盖世功名黍一炊"(《王稚川既到都下有所盼未归》)、"愚知相悬三十里,荣枯同有百馀年"(《寄怀公寿》)两联,一是各以"鱼千里"、"黍一炊"三个字分别概括《关尹子》和《枕中记》中的两个典故,极为警策地状述了求学的勤苦和求名的无谓;一是熔化《世说新语》所载曹操谓杨修"我才不及卿乃三十里"

之事语入诗,即将本不能以空间距离计算的愚智之别巧妙地表述出来,又与"百馀年"组成天衣无缝的工对,使人感到匪夷所思,新警异常。方东树所谓"黄诗秘密,在隶事下字之妙,拈来不测"(《昭昧詹言》卷十),也正是指的这类例子。至于善于采用拟人化手法和机敏奇妙联想的诗句更是层见迭出,美不胜收,如"苦雨已解严,诸峰来献状"(《胜业寺悦亭》)、"春去不窥园,黄鹂颇三请"(《次韵张询斋中晚春》)、"残暑已俶装,好风方来归"(《和邢惇夫秋怀》)等等,同样都能以出人意表的玄思和警策非凡的瑰句,蹊径独辟,道前人之所未道。

其四,语言色泽洗净铅华,独标隽旨。黄诗的语言与其词作不同。黄词有一部分接近柳永,多写花月艳情,伤别狎妓,语言趋于艳冶;他的诗则"洗尽铅华,独标隽旨,凡风云月露与夫体近香奁者,洗剥殆尽"(陈丰《辨疑》)。其诗涉及艳语者,也多半属于借用或加以净化、雅化。如"公诗如美色,未嫁已倾城"(《次韵刘景文登邺王台见思》)、"习之实录葬皇祖,斯文如女有正色"(《次韵子瞻送李豸》),都是借美女比喻文章的风格。《和陈君仪读太真外传》题咏杨贵妃故事,侧重于历史教训的总结,所以写得也极雅洁庄重。连理枝本来是爱情关系的象征,但黄氏在《戏答陈季常寄黄州山中连理枝》诗中,偏不从儿女情爱上发挥,而是说:"老松连枝亦偶然,红紫事退独参天。金沙滩头锁子骨,不妨随俗暂婵娟。"这里化用佛典,意谓松枝长成连理不过是偶然的现象,正像金沙滩头偶现妇人身影的观音,本质上仍是菩萨骨骼。可见他写诗不喜作艳语、绮语、软语,而以典雅劲峭胜。其用语,除博采经史诗赋外,还多取材于禅家、道家和小说。如"定是逃禅入少林"(《次韵盖郎中率郭郎中休官》)、"有身犹缚律"(《次韵答王慎中》)、"六凿忽通透"(《复庵》)、"藏刃避肯綮"(《送李德素归舒城》)、"管城子无食肉相,孔方兄有绝交书"(《戏呈孔毅父》)等等,语言色泽都特古淡,且富有硬度。黄庭坚有时还把含义丰富的典故凝缩成简短的词语,直接嵌入诗中,如"百年才一炊"(《留王郎》)、"四壁不治第"(《次韵秦觏过陈无己》)、"眼中故旧青常在,鬓上光阴绿不回"(《次韵清虚》)等等。其中"一炊"、"四壁"、"青"、"绿"等语,都有丰富的意蕴。这些语言,诚如前人所云:"清新奇峭,颇道前人未尝道处"(陈岩肖《庚溪诗话》)。

其五,诗风瘦硬峭拔,兼有老朴沉雄、浏亮芊绵的特色。黄诗不但情思超迈,韵格高绝,而且造句奇崛,笔势雄健,加之又发展了杜甫诗用拗律拗句的手法,故能疗救晚唐的熟滑,矫正西昆的绮靡,形成瘦硬峭拔的独特风格。正如方东树所说:"山谷所得于杜,专取其苦涩惨淡、律脉严峭一种,以易夫向来一切意浮功浅、皮傅无真意者耳。"(《昭昧詹言》卷八)如《次韵几复和答所寄》、《题李亮功戴嵩牛图》,无论情思和笔力,都给人一种英特不凡的感受,确是黄诗的创格。这种风格并非单由形式来体现,而是诗人的性格、意趣加上警奇意象和峻嶒句法等诸多因素浑化融合而自然形成的。如:

　　酒浇胸次不能平,吐出苍竹岁峥嵘。卧龙偃蹇雷不惊,公与此君俱忘形。

　　　　　　　　　　　　——《次韵黄斌老所画横竹》

　　曲阁深房古屋头,病僧枯几过春秋。垣衣蛛网蒙窗牖,万象纵横不系留。

　　　　　　　　　　　　——《题槐安阁》

　　海南海北梦不到,会合乃非人力能。地偏未堪长袖舞,夜寒空对短檠灯。

　　　　　　　　　　　　——《次韵几复和答所寄》

这些诗都是由峥嵘、郁勃的诗情,僻涩冷峭的物象,以及挺折遒劲的语句糅合凝聚的结果,很能给人一种特有的力度感、生新感和奇峭美。如此新人耳目的爽气清风所带给读者的诗趣,决不是那种纤弱滑熟得令人发腻的诗风所能匹敌的。这确是黄庭坚的创格,也是他最有代表性的诗风。黄庭坚的五古七古,有些又写得老朴沉雄,如《留王郎》、《送王郎》、《送舅氏野夫之宣城》、《赠陈师道》、《老杜浣花溪图引》等等,故李调元评云:"黄山谷七言古歌行,如歌马、歌阮,雄深浑厚,自不可没。"(《雨村诗话》卷下)他的不少七律、七绝则笔势如风,一贯而下,饶有顿挫之致,并无锾钉之感。如"世上岂无千里马,人中难得九方皋"(《过平舆怀李子先》)、"安得雍容一尊酒,女郎台下水如天"(《郭明甫作西斋于颍尾》),不管颔联对偶或尾联收煞,不论是否用典,都能做到顺势而下,流丽晓畅。再如七律《登快阁》,韵格尤显明快浏亮,爽利异常。陈丰曾说:"或谓山谷诗一以生硬为主,何所见之偏也!公诗祖陶宗杜,体无不备,而早年亦从事于玉谿生,故集中所登,慷慨沉雄者固多,而流丽芊绵者亦复不少。……世人未览全集,辄以'生硬'二字蔽之,不知公诗虽时作硬语,而老朴中自饶丰致。"(《辨疑》)这种看法是较为全面的。

第四节　黄庭坚的词

黄庭坚词今存约一百八十馀首,数量上多于秦观,略可与柳永、周邦彦相当。旧题陈师道的《后山诗话》曾将黄庭坚与秦观并称,谓"今代词手,惟秦七、黄九尔,唐诸人不逮也"。赵令畤的《侯鲭录》则批评黄庭坚词"不是当行家语,乃著腔子唱好诗"。在词史上,黄庭坚远没有秦观影响巨大和受人推重,其词格同北宋词苑主体风调有所不同,大约是重要原因之一。

　　黄庭坚词中有两种风调颇异的作品。一为描写男女风情的,多写狎妓、艳遇和离思、别恨。如〔两同心〕(巧笑眉颦)、〔忆帝京〕(银烛生花如红豆)写男女的艳遇和幽会,〔蓦山溪〕(鸳鸯翡翠)写对官妓的眷恋等。欣赏女性的美貌,刻画私情的缱绻,担忧分隔的落寞,是这类词的主要内容。在艺术上的共同特点则是运思浅露,语言直率、俚俗。但有的代女性表白心曲,倾泻胸臆,却也一往情深。如〔沁园春〕:

　　　　把我身心,为伊烦恼,算天便知。恨一回相见,百方做计,未能偎倚,早觅东西。镜里拈花,水中捉月,觑着无由得近伊。添憔悴,镇花销翠减,玉瘦香肌。　奴儿又有行期,你去即无妨我共谁。向眼前常见,心犹未足,怎生禁得,真个分离。地角天涯,我随君去,掘井为盟无改移。君须是,做些儿相度,莫待临时。

有的词侧重写相思之苦,如〔望江东〕上片说只有梦魂追寻,下片说书信无由寄达,手法亦颇新巧:

　　　　江水西头隔烟树,望不见、江东路。思量只有梦来去,更不怕、江阑住。　灯前写了书无数,算没个、人传与。直饶寻得雁分付,又还是、秋将暮。

这些作品可以称为艳词、俚词,风调近乎柳永,但缺少柳词的细致白描和婉曲铺陈。其特点是擅长刻画人物的内心世界,在语言上更为质直、浅俚,多用方言、叠字、复沓、字谜乃至歇后语,如"怨你又恋你、恨你、惜你,毕竟教人怎生是"(〔归田乐引〕)、"你共人女边著子,争知我门里挑心"(〔两同心〕)等类,谐谑尖新,与当时蕴藉、儒雅的文人词风迥异。由于黄庭坚接受了民间俚词的影响,有些咏节序风情和生活感受的小词,也写得通俗平畅而饶有风致。如"春归何处,寂寞无行路。若有人知春去处,唤取归来同住"(〔清平乐〕)、"人间底是无波处,一日风波十二时"(〔鹧鸪天〕),均能给人以清新蕴藉之感。他的俚词有得有失,语言时而求新猎奇,难免有生涩之处,故刘熙载《艺概》云:"黄山谷词用意深至,自非小才所能办。惟故以生字、俚语侮弄世俗,若为金、元曲家滥觞。"这些俚词、艳词多为其早年作品,他自己也承认"余少时间作乐府以使酒玩世,道人法秀独罪余以笔墨劝淫。"(引自胡仔《苕溪渔隐丛话》前集卷五七)黄庭坚的艳词,写男女情事偶有露骨之处,但不可否认部分作品仍属有美学价值的恋情曲,一概说成"劝淫",乃是佛门禁欲主义的惩戒之言,是与文苑中的批评不能一例看待的。

  黄庭坚词中值得注意的,是一部分与上述词风迥然不同的个人言志抒怀的作品。这类作品显受苏轼革新词风的影响。王灼《碧鸡漫志》谓"晁无咎、黄鲁直皆学东坡,韵制得七八",当指此类篇什而言。黄诗另辟门户,独开一派;词却着意学习苏轼,有若干篇就直接标明是次东坡韵、用东坡韵的。王安石长短句不多,但"瘦削雅素,一洗五代旧习"(《艺概》),与苏词的路数略近。黄庭坚也有仿效王安石的篇什。与俚词、艳词多写儿女情、多代人立言不同,这部分词作,或赠别,或写景,或叹世,或言志,或咏茶,或贺寿,数量虽不算多,内容却较广泛。其中以抒发豪情逸致、迁谪襟怀的旷词和咏唱功名勋业的壮词最有特色,也最为出色。前者如〔水调歌头〕:

> 瑶草一何碧,春入武陵溪。溪上桃花无数,花上有黄鹂。我欲穿花寻路,直入白云深处,浩气展虹霓。只恐花深里,红露湿人衣。　坐白石,欹玉枕,拂金徽。谪仙何处?无人伴我白螺杯。我为灵芝仙草,不为朱唇丹脸,长啸亦何为。醉舞下山去,明月逐人归。

全篇以点石化金的词笔,融汇了多种优美的掌故和诗章,构造了一个纯洁幽隽的人间仙境,并凸现出一位高蹈遗世的诗人形象,而作者清旷超轶的情怀也由此得到了充分的体现。贬官戎州同诸甥饮酒赏月所写的〔念奴娇〕,更以意境的澄澈明净、想象的瑰奇清逸而受人称赏:

> 断虹霁雨,净秋空、山染修眉新绿。桂影扶疏,谁便道、今夕清辉不足。万里青天,姮娥何处,驾此一轮玉。寒光零乱,为谁偏照醽醁。　年少从我追游,晚凉幽径,绕张园森木。共倒金荷家万里,难得尊前相属。老子平生,江南江北,最爱临风曲。孙郎微笑,坐来声喷霜竹。

此词意象清旷,收尾数句掷地有声,展示出诗人不以升沉萦怀、不以坎壈为意的倔强性格。两词均寓慷慨郁塞于超旷豪逸之中。后篇"或以为可继东坡赤壁之歌"(《苕溪渔隐丛话》后集卷三一),其实两词格调都更接近苏轼的中秋词。元李治曾说,东坡〔水调歌头〕中秋词出,"一时词手,多用此格。如鲁直云:'我欲穿花寻路,直入白云深处,浩气展虹霓。……'盖效坡语也。"(《敬斋古今黈》卷八)黄庭坚词的这种风格,对辛弃疾沉郁苍凉其骨、潇洒清逸其貌的闲居词也有一定影响。辛词〔念奴娇〕(我来吊古)中"片帆西去,一声谁喷霜竹"之句,即由黄词脱化而来。他如写黔中贬谪生涯的〔醉蓬莱〕(对朝云叆叇),写初春风光的〔满庭芳〕(脩水浓青),风致也都颇为潇洒清俊。"一觞一咏,潇洒寄高闲"(〔蓦山溪〕),"一种风流气味,如甘露、不染尘凡"(〔满庭芳〕),也许可视作黄庭坚这类词品的自我写照。

黄庭坚有少量以武功勋业为歌咏题材的政治词,出语遒劲,意象雄武,颇有豪侠气象。如〔水调歌头〕:

> 落日塞垣路,风劲戛貂裘。翩翩数骑闲猎,深入黑山头。极目平沙千里,惟见雕弓白羽,铁面骏骅骝。隐隐望青冢,特地起闲愁。 汉天子,方鼎盛,四百州。玉颜皓齿,深锁三十六官秋。堂有经纶贤相,边有纵横谋将,不减翠蛾羞。戎虏和乐也,圣主永无忧。

上片写边将跨马塞北巡逻,极目平沙,遥望青冢,不禁引起了一腔"闲愁"。下片正是将军们愁思的内容:在汉皇鼎盛之秋,内有贤相,外有名将,却一味和番,给后廷宫娥带来无穷的羞辱和幽恨。字面虽是"汉皇",实是针对北宋退让政策而发。全词借边将"闲愁"寄寓了诗人对国事疆防的忧念。晚年贺黔守曹伯达生日所写的〔鼓笛慢〕(即〔水龙吟〕),借祝寿激励对方勇于进取,立功边庭。下片云:

> 千骑风流年少,暂淹留、莫孤清赏。平坡驻马,虚弦落雁,思临虏帐。遍舞摩围,递歌彭水,拂云惊浪。看朱颜绿鬓,封侯万里,写凌烟像。

词中无论景象和人物都有落落不凡、英气昂扬的意趣。这类壮词正面写边塞,颂武功,比苏轼词似更富豪气,实为南宋辛派悲壮激烈的抗战词导夫先路。

总之,黄庭坚词部分近柳,部分近苏。冯煦谓"若以比柳,差为得之"(《宋六十一家词选例言》),主要是看到他的俗词、艳词;王灼指出黄词学东坡,则是立足于他的旷词和壮词。但是这两类词都融入了作者自己的特点,从而使其词风有某种程度的新创。这中间最为重要的是延续了苏轼的词风,形成了洒脱劲健、"于倔强中见姿态"(陈廷焯《白雨斋词话》)的体貌。由于它不合于词尚缠绵软媚的传统,所以历代词评家多有微辞。从晁补之的"着腔子唱好诗",到陈廷焯的"黄九于词,直是门外汉",都代表了这种见解。黄词用俚语过多,至不可读,以其诗法入词,偶失生硬,这固是无可讳言的弱点。然而,他对词体内容毕竟有所开拓,某些作品重拙、疏宕和拔俗绝尘的气韵,无疑对后来词坛有一定积极的影响;在我国词史上,黄词于苏、辛之间所起的某种过渡作用,则更是功不可没的。

〔1〕 苏轼在《答黄鲁直书》中说:"轼始见足下诗文于孙莘老之坐上,耸然异之,以为非今世之人也。……其后过李公择于济南,则见足下之诗文愈多,而得其为人益详。"按:黄庭坚比苏轼小十岁,熙宁五年十二月杭州通判苏轼赴湖州巡视堤岸水情,会见湖州知州孙觉,在坐席间读到黄庭坚诗文,深表惊异。熙宁十年正月,苏轼解密州任由潍州赴徐州时,路经济南会见齐州知州李常,李常又取出外甥黄庭坚的诗文求正,苏轼对黄庭坚有了进一步了解。直到元丰元年黄庭坚致书苏轼并附诗二首,两位诗人乃正式订交。

〔2〕 洪迈《容斋随笔》四笔卷八:"黄鲁直初谪戎、涪,既得归,而湖北转运判官陈举以时相赵清宪与之有小怨,讦其所作《荆南承天塔记》,以为幸灾,遂除名羁管宜州,竟卒于彼。今《豫章集》不载其文,盖谓因之兆祸,故不忍著录。其曾孙㽦续编别集,始得见之。"所谓"幸灾",完全是有意捏造罪名,借机迫害。盖崇宁二年,蔡京等人不遗余力地打击政敌。四月,下诏销毁三苏、秦观、黄庭

坚文集;九月,又下诏在各地立"元祐奸党碑"。黄庭坚在德平镇时就曾与现在身任副相的赵挺之政见上发生矛盾,后来在馆阁时期黄庭坚又不满意赵的人品。陈举本来对黄庭坚不同意他在《荆南承天塔记》一文上署名耿耿于怀。这时他发现泄愤的时机已到,于是迎合上司之意,摘《塔记》中片言只语,诬告黄庭坚"幸灾谤国"。洪迈在前文中又云,《塔记》中"'观天下财力屈竭之端,国家无大军旅勤民丁赋之政,则蝗旱水溢,或疾疫连数十州。此盖生人之共业,盈虚有数,非人力所能胜者邪。'其语不过如是,初无幸灾风刺之意,乃至于远斥以死,冤哉!"

〔3〕 自宋以来对黄庭坚的诗论和诗作,就有褒、贬各异的评价。苏轼、刘克庄等对黄庭坚十分推重;王直方、严羽等则对黄诗多有微辞,侧重批评。王若虚《滹南诗话》称黄的夺胎点金说为"特剽窃之黠者耳",批评最为严厉。此后或扬或抑,两说并存。新中国成立后对黄庭坚的评价也毁誉不一。有的学者认为他的诗歌理论是形式主义的,忽视内容,诗歌创作缺乏现实性。有的论者则认为"夺胎换骨,点铁成金",是从学到悟的艺术修养程式,是借鉴承传和推陈出新;至于黄庭坚的诗歌,则是有相当的现实内容和艺术独创性的。我们认为,对黄庭坚应全面研读其著作而予以重新认识。其一,他的诗歌理论是丰富的,全面检讨其诗论,虽有某种复杂性,但总体上并不忽视内容,而且多有精湛独到之见。其二,他的诗作并不脱离现实,其倾入自我、表现品格的部分,最能代表其成就,而具有一种独特的艺术魅力。其三,应把江西派领袖人物对诗歌的独特贡献,与江西末流一味模拟所造成的偏弊和消极影响,加以区别,做出有分析的求实的评价。

第二十章　黄庭坚与江西诗派(下)

江西诗派是北宋后期文坛上出现的一个重要的诗歌流派。北宋徽宗时期,吕本中作《江西宗派图》,首推黄庭坚为宗派之主,而"自豫章以降,列陈师道、潘大临、谢逸、洪刍、饶节、僧祖可、徐俯、洪朋、林敏修、洪炎、汪革、李錞、韩驹、李彭、晁冲之、江端本、杨符、谢薖、夏倪、林敏功、潘大观、何觊、王直方、僧善权、高荷,合二十五人以为法嗣,谓其源流皆出豫章"(胡仔《苕溪渔隐丛话》前集卷四八),江西诗派由此得名。《宗派图》今已不传,其所列诗派名单及图序大意,最早为《苕溪渔隐丛话》载录。其后赵彦卫《云麓漫钞》、刘克庄《江西诗派小序》、王应麟《小学绀珠》所载名单稍有出入。《云麓漫钞》(卷一四)、严羽《沧浪诗话》(《诗体》)分别将吕本中、陈与义归入诗派,刘克庄《茶山诚斋诗选序》则把曾几等人归入诗派(《后村先生大全集》卷九七)。宋人曾编集、梓行《江西诗派诗集》,杨万里为之序(《诚斋集》卷九七),陈振孙《直斋书录解题》卷十五著录此书正集一百三十七卷,续集十三卷,惜二集均佚。江西诗派作家以江西人为多,其师承传授、艺术见解均与黄庭坚有一脉相承之处。论其创作实绩,除黄庭坚外,当以陈师道、陈与义、吕本中诸人最著,故方回认为"老杜之后有黄(庭坚)、陈(师道),又有简斋,又其次则吕居仁之活动,曾吉甫之清峭,凡五人焉"(《瀛奎律髓》卷二四),并首倡"一祖三宗"之说,谓"古今诗人当以老杜、山谷、后山、简斋四家为一祖三宗"(同上卷二六)。本章主要介绍陈师道、陈与义。江西派其他诗人则列入北宋后期诗人中叙述。

第一节 陈师道

陈师道(1053—1102),字履常,一字无己,号后山居士。世家彭城(今江苏徐州)。祖父洎,官至三司盐铁副使。父琪,字宝之,庆历初入仕,官至国子博士通判绛州。琪为人豁达磊落,自谓"行而畏人知者,吾不为也"(《先君行状》)。母庞氏,颍国公庞籍之女,晚年贫不能家,"人以为忧,夫人安之"(《先夫人行状》)。

陈师道生于宋仁宗皇祐五年(见方回《桐江集》卷三《读后山诗话跋》)。他自幼励志好学,年十六,以文谒见散文家曾巩,"曾大器之,遂业于门"(魏衍《后山陈先生集记》)。熙宁中,王安石经义之学盛行,朝廷用以取士,"师道心非其说,遂绝意进取"(《宋史》本传),隐居力学不懈。元丰初,在徐州谒拜知州苏轼,适秦观来游苏门,因又纳交于秦(《秦少游字序》)。元丰四年,朝廷命曾巩主修国史,曾举荐陈师道为僚属,未获准而罢。枢密章惇望其前来谒拜,拟引荐于朝,而陈师道终不往见。三十五岁之前,他始终以一介布衣,泊然自守,故晁补之称他"怀其所能,深耻自售,恬淡寡欲,不干有司"(《荐布衣陈师道状》)[1]。元丰七年,陈师道妻父郭概提刑四川,他迫于生计,只好让妻子儿女入川就食,其名篇《送内》、《别三子》、《寄外舅郭大夫》等诗即作于此时。

元祐二年四月,陈师道因苏轼、傅亮、孙觉等人荐举,被授亳州司户参军,充徐州教授(《谢徐州教授启》)。旋因梁焘荐,除太学博士

(《宋史》本传)。四年,苏轼出知杭州,五月途经南京(今河南商丘),陈师道自徐州越境送别,为言者弹劾,遂罢徐州教授,未几复职。《嘲秦观》、《答张文潜》、《示三子》、《送外舅郭大夫夔路提刑》等,都是教授徐州时期的作品。

元祐五年冬,陈师道移颍州教授。赴任途中,作《田家》、《巨野》、《泛淮》等诗。次年,苏轼来知颍州,陈师道从之游,酬唱颇多。苏轼离颍后,陈有《寄侍读苏尚书》诗。任颍州学官三年中,他不仅得以游谒苏门,且与欧阳修的二子欧阳棐(字叔弼)、欧阳辩(字季默)以及苏轼友人和门生黄庭坚、秦观、张耒、晁补之等人翰墨往还,交谊日深。

哲宗亲政后,言者复论陈师道进非科第,乃于绍圣元年夏末,"以例罢官,遂赴部,得监海陵酒"(《与鲁直书》),又谪迁江州彭泽令。未行,其母于绍圣二年三月病逝,遂于七月扶柩归葬徐州。其后依郭概(时知曹州)寓居曹州,往返于曹、徐间,"不言仕者凡四年,左右图书,日以讨论为务"(魏衍《彭城陈先生集记》)。绍圣五年,服除赴阙请官,"不蒙注拟,罢官六年,内无一钱之入,艰难困苦,无所不有"(《与鲁直书》)。直到元符三年(1100)徽宗登位,方复除棣州教授。是年秋末冬初启程,临行作《别乡旧》。未至任所,即于十一月除秘书省正字,入京供职。其《除官》诗"扶老趋严召,徐行及圣时。端能几字正,敢恨十年迟"云云,即为此而发。徽宗建中靖国元年十二月二十九日,陈师道殁于官,时年四十九岁。

陈师道生前有甲乙丙稿,死后其子将全稿交师道门人魏衍编次。魏衍"离诗为六卷,类文为十四卷,次皆从旧,合二十卷",而"诗话、丛谈,各自为集"(《后山陈先生集记》)。魏编本"编次有序,岁月可考"(任渊《后山集序》),惜未见传本。今存南宋绍兴初刊行的《后山居士文集》二十卷,诗六卷,有上海古籍出版社影印本。《四部备要》本《后山集》二十四卷,即明马暾所传、清赵鸿烈刊行本,计诗八卷,散文九卷,丛谈四卷,理究、诗话、长短句各一卷。《适园丛书》本《陈后山集》三十卷,有诗十二卷,文十八卷,包括丛谈、诗话在内。陈诗注释本,有《后山诗注》十二卷,宋任渊编年诠注。注者将原编各卷厘为上下,起自元丰六年,终于建中靖国元年,有《四库全书》本、《四部丛刊》初编本,并收入《丛书集成》初编。清代冒广生又有《后山诗注补笺》十二卷、《后山遗诗笺》二卷,补注任渊未注的诗,有冒氏丛书本。《后山词》一卷,通行的有毛晋汲古阁《宋六十名家词》本等。

黄庭坚《次韵秦觏过陈无己书院观鄙句之作》云:"陈侯大雅姿,四壁不治第。碌碌盆盎中,见此古罍洗。薄饭不能羹,墙阴老春荠。唯有文字工,万古抱根柢。"此诗概括了陈师道的气质品格、生活境遇,也高度肯定了他的文学成就。陈师道于文、诗、词皆有一定的成就。他为文师曾巩,作诗宗黄庭坚,填词颇受苏轼影响。其中尤以诗歌成就最高,当时即有"黄陈齐名"(刘克庄《后村诗话》)之说。吕本中作《宗派图》,任渊笺注诗稿,无不黄、陈并尊。其《答秦觏书》云:"仆于诗初无师法,然少好之,老而不厌,数以千计,及一见黄豫章,尽焚其稿而学焉。……仆之诗,豫章之诗也。"在《赠鲁直》诗中,他又明确表示:"陈诗传笔意,愿立弟子行。"这些都可见出他对黄庭坚的服膺。在诗歌理论方面,他的不少见解都与黄庭坚相近,如主张学杜,提倡创新,强调学力,讲究技巧等。他认为"子美之诗奇常、工易、新陈莫不好也",提出"学诗当以子美为师,有规矩,故可学"(《后山诗话》)。他学习黄庭坚,大概也出于同样的原因。与此同时,陈师道又反对"滞古"、"徇今",盖"文章从古不同时"(《赠秦觏兼简苏迨二首》其二),"滞古则舍己而就规矩,徇今则略法而逐世好",因而主张"会法而忘世,会理而忘法",要求诗歌"不主故常"(《后山诗话》),变化创新。陈师道于学诗虽重才情,但更讲后天功力,故有"学诗如学仙,时至骨自换"(《次韵答秦少章》)之喻。以此,他于写诗特重艺术追求,悉心刻苦锻炼,曾提出"学诗之要,在乎立格、命意、用字而已",要求"学者体其格,高其意,炼其字"(张表臣《珊瑚钩诗话》卷二),并且善于"因事以出奇"(《后山诗话》),"困难而见奇"(《颜长道诗序》)。他还揭示出"宁拙毋巧,宁朴毋华,宁粗毋弱,宁僻毋俗"(《后山诗话》)的原则,有意矫正尖巧、华靡、纤弱、浅俗的诗风。他认为"黄诗、韩文,有意故有工"(《后山诗话》),非常赞同欧阳修为文"看多、做多、商量多"的方法,反对冲口而出,率意为之,甚至批评苏轼诗作偶尔"失于粗,以其得之易也"(《后山诗话》)。陈师道的这些主张,在他的创作实践中都有明显的体现。

陈师道现存诗歌约六百九十首,多为结识黄庭坚以后的作品。其诗内容多集中于自己的日常生活,而正面取材于较尖锐的社会政治课题者寥寥无几。如《田家》描写农民生活,《呜呼行》批评赈济失措,《送杜侍御纯陕西转运》言及边廷防务的诗篇,百不一见。即使这类诗作,对现实问题的感受和探测,也远不及前人同类作品言切而意深。黄庭坚是善于通过表现自我来间接反映现实的诗人,而在涉猎学问、阅历世事方面,陈师道又不免略逊于黄,故其诗歌观照生活的眼界比黄更显狭窄。尽管如此,陈师道也有他自己的独特贡献。他写得最为深至而引人注目的题材,是亲子家人的骨肉分离之情,文人伏处闾巷的清贫生涯,志士怀才不售的愤慨傲岸,故旧交游间同病相怜、以沫相濡的友谊等等。

《送内》、《别三子》、《东阿》、《送外舅郭大夫概西川提刑》、《示三子》、《寄外舅郭大夫》等,都是写骨肉亲情的名篇。由于生活穷窘,诗人与妻子儿女被迫分离,这种生活情景,形之歌咏,大多言质情真,笔端饱蘸悲怆之情,不假雕镂而凄楚动人。如《别三子》:

夫妇死同穴,父子贫贱离。天下宁有此?昔闻今见之!母前三子后,熟视不得追。嗟乎胡不仁,使我至于斯!有女初束发,已知生离悲;枕我不肯起,畏我从此辞。大儿学语言,拜揖未胜衣;唤爷我欲去,此语那可思!小儿襁褓间,抱负有母慈;汝哭犹在耳,我怀人得知!

这里只截取一个离别场面,勾勒小儿女临行时依依难舍的情态,便极真切地将清贫人家相依为命的骨肉深情渲染出来。其《示三子》描写诗人初见久别儿女那一刹那间复杂微妙的心态,也同样真切动人。诚如前人所说,这类诗篇皆"沛然至性中流出,而笔力沉挚又足以副之"(潘德舆《养一斋诗话》卷六),"淡而真,是天性中物,不可以雕琢得者"(汪薇《诗论》卷下)。诗人一生"寿不过五十,官不过正字,困顿饥寒,以殁于位"(陈衍《祭陈后山先生文》)。他饱尝人世冷暖,以此多有倾诉饥寒之作。"我贫无一锥,所向皆四壁"(《答张文潜》)、"漏屋檐生菌,临江树作门"(《次韵夏日江村》)、"十载都城客,孤身冒百艰"(《九月十三日出善利门》)、"齑盐度岁每无馀,垂橐东归口未糊"(《简李伯益》),这些诗句都坦率地描述了诗人生活的拮据困窘。《暑雨》诗更是他清贫的乡居生活的真实写照:

密雨吹不断,贫居常闭门。东溪容有限,西极更能存。束湿炊悬釜,翻床补坏垣。倒身无著处,呵手不成温。

暑雨连绵,屋漏薪湿,使闭门蛰居的诗人身无着处,炊事难继,读来令人酸楚。陈师道有时穷到衣食无着,不得不伸手向人借贷,《谢宪台赵史惠米》、《寄单州张朝请》就反映了这种处境。后首末二联"一言悟主心犹壮,百巧成穷发自新。闻说监河收贷粟,定倾东海活穷鳞"云云,已毫不掩饰自己寄望于友人赒济的苦衷。诗人沉沦湖海,蹭蹬不偶,不免在诗中宣泄满腔的牢骚和不平。如在《赠关彦长》诗中有云:

> 问君胡为然,竟坐文字误。人事久难知,高才常不遇。论人较贤智,富贵宁在数!不见竹林诗,山王俱不与。湖塘发高兴,山林有佳处。迨此闲暇时,观游莫辞屡。功名如附赘,得失何用顾!

作者由感喟才高不遇,进而怨尤文章误身,归结到漠视功名,中含无限愤激不平之气。这种对怀才不遇的人生道路的回顾和反思,在其诗作中屡见不鲜。如"慷慨四方志,老衰但悲伤。虚名自成误,失得略相当"(《还里》)、"文章徒自苦,纸笔莫更存"(《寄邢和叔》)、"自怜落落终难合,白首诗书谩五车"(《和富忠容朝散值雨感怀》)等等。诗人无力改变当时压抑人才的社会环境,只有在同故旧知己交流感情、互相策勉和同病相怜中,求得精神的慰藉和平衡。如:

> 平生经世策,寄食不资身。孰使文章著,能辞辙迹频?帝城分不入,书札诇何人。子未知吾懒,吾宁觉子贫。
>
> ——《寄答李方叔》

> 海外三年谪,天南万里行。生前只为累,身后更须名!未有平安报,空怀故旧情。斯人有如此,无复涕纵横。
>
> ——《怀远》

前一首是寄给终身不得志的李廌的,后一首是怀念远窜南荒的苏轼的。在北宋末叶,无论文场新秀或儒林老宿,他们各有自己的不平和不幸,上述诗歌既是同情朋友,也是自我悲叹,它们抒写了怀才不遇的知识分子的心曲,体现了朋友之间相互理解、相互支持的淳厚情谊。透过这些作品,我们可以看到当时士子的际遇和命运,感受到诗人对当时社会和生活的某些侧面的独特感受和反思,其历史意义和美学价值是不容忽视的。

陈师道在诗歌艺术上是黄庭坚的追随者。黄庭坚重视诗人的后天学养,讲究作诗技法和门径,于诗句不惜功力地进行千锤百炼。陈师道师承了这种创作传统,又兼一生处穷,才无所展,遂把毕生精力贯注于文章事业。尝有《绝句》云:

此生精力尽于诗,末岁心存力已疲。不共卢王争出手,却思陶谢与同时。

这表明他对诗艺的追求有较高的标准,对诗歌创作态度十分严谨。罗大经曾把陈师道与秦观的写作作风进行比较说:"山谷云:'闭门觅句陈无己,对客挥毫秦少游。'此传无己每有诗兴,拥被卧床,呻吟累日,乃能成章;少游则杯觞流行,篇咏错出,略不经意。"(《鹤林玉露》卷六)可见秦观写诗放笔快意,是"天才型"的作风,近乎苏轼;陈师道每有所作,往往惨淡经营,是"苦吟型"的作风,略与唐代的孟郊、贾岛一派相近。就其句法而言,他远承杜甫,近师黄庭坚,五古还出入于郊、岛之间。他学杜表现在规模杜诗沉着浑朴的气象,效法杜诗句法和点化杜诗语句等方面。如《寄外舅郭大夫》:

巴蜀通归使,妻孥且旧居。深知报消息,不忍问何如。身健何妨远,情亲未忍疏。功名欺老病,泪尽数行书。

这首诗情味深幽,通体浑朴,方回认为是学老杜而逼真者,纪昀也赞其"情真格老,一气浑成"(《瀛奎律髓》附纪昀《刊误》)。三、四句显然由杜诗"反畏消息来,寸心亦何有"(《述怀》)脱胎而来。再如《次韵答晁无斁》、《次韵晁无斁除日述怀》、《次韵春怀》等诗,或点化杜句,或模仿其句法,均可看出杜诗对他的影响。他学黄庭坚,主要是广泛地运用黄诗在锻句上的点铁、换骨法。在化用熔裁别人的诗意和成句中,也包括当代作家在内。如《舟中》的"诗书满腹不及口",脱胎于苏轼"平生五千卷,一字不救饥"(《和孔郎中荆林马上见寄》);《何郎中出示黄公草书》的"妙手不为平世用,高怀犹有故人知",熔裁王安石"妙质不为平世得,微言唯有故人知"(《思王逢原》)等。黄诗喜用新警的比拟法,陈师道诗中也时见别出心裁的妙喻,如"君诗如静女,妙绝人所敬"(《次韵德麟吴越山水》)、"君如双井茶,众口愿共尝"(《赠鲁直》)、"吾老不可待,草露湿寒蛩"(《观兖文忠公家六一堂图书》)等等。这里以少女喻诗风,以名茶喻人品,以秋虫怨鸣喻诗人吟咏,设譬都颇为别致。由于陈师道生活基础不厚,眼界不广,学问也没有苏、黄那样淹博,而过多地在诗句的点化锻造方面下力,有时不免显露出局促、穷窘之态。他有"招携好客供谈笑,拆补新诗拟献酬"(《隐者郊居》)、"小家厚敛四壁立,拆东补西裳作带"(《次韵苏公西湖徙鱼》)之句。"拆补"云云,也许可以看作陈师道诗歌创作生涯的自我反省。

在江西派中,陈师道诗自有其足以名世的独立个性。感情真醇浑厚,语言朴拙隽永,风韵清劲雅洁,是陈诗的显著特色。陈师道论诗,重真情,反虚伪。他引用古语"诗可以怨",认为"人之深情皆以为怨,情发于天,怨出于仁"(《颜长道诗序》);又认为"士莫患于伪"

(《章善序》)。他曾有诗云:"孰知文有忌,情至自生哀。"(《寒夜》)集中确有不少情至生哀的作品,前引写家人骨肉之情的诗篇即可印证。封建时代是官本位的社会,当时的知识界无不追求"学而优则仕"。因为这不仅是建功立业的必由之途,也是糊口养家之所资。但宋代文人多自命清高,往往对求禄谋生讳莫如深。陈师道却于诗中坦率地披露,如"卧家还就道,自计岂苍生"(《宿合清口》)、"老作诸侯客,贫为一饱谋,折腰真耐辱,捧檄敢轻投"(《元符三年七月蒙恩复除棣学喜而成诗》)等。在《次韵春怀》中,诗人还写道:"欲作归田计,无如二顷何。折腰方赖禄,拭面未伤和。"陈师道是以"高介有节,安贫乐道"(《宋史》本传)著称的诗人,但他居然承认为了求禄,不得不"折腰"、"拭面",委曲求全。卢文弨说:"后山之诗,于淡泊中醇醇乎有醇味,其境皆真境,其情皆真情,故能引人之情,相与流连往复而不能自已。"(《抱经堂文集》卷一三)可谓得之。陈诗中涉及重大社会课题者不多,多取材于最平淡的日常生活,唯其如此,才能写得情真、境真;而道人之所未道,则更加不易。刘辰翁在《须溪集》卷六《陈生诗序》中谓:"若平生父子兄弟家人邻里间,意愈近而愈不近,着力政难。有能率意自道,出于孤臣怨女之所不能者,随事纪实,足称名家。"这话很有道理。陈师道的部分诗歌正是以率意自道,随事纪实,且能写出真情真境而著称的。

陈师道提出"宁拙毋巧,宁朴毋华,宁粗毋弱,宁僻毋俗"的主张(《后山诗话》),刻意追求一种朴拙美。陈诗的语言不像苏轼那样爽如哀梨,触处生春,也不同于黄庭坚的石破天惊,奇警过人,而是以老健朴拙见长。如《送外舅郭大夫夔路提刑》:

天险连三峡,官曹据上游。百年双鬓白,万里一身浮。可使人无讼,宁须意外忧。平生晏平仲,能费几狐裘?

全诗无色彩秾丽的字面,无僻典,无奇语,平平说来,却有无穷的意味。这首送妻父入川做官的五律,四联分别从四个角度下笔。首联写行者所去之地形势险要,颔联感叹对方年迈远游,最后两联从公私两个方面加以期望和慰藉。语言简拙,情意却极深厚,尾联尤具人生哲理意味。他如"客久艰难极,情忘去就轻"(《鸡笼镇》)、"残年憎送岁,病眼怯逢春"(《湖上晚归寄诗友》)、"穷多诗有债,愁极酒无功"(《夏日书事》)、"发短愁催白,颜衰酒借红"(《除夜对酒赠少章》)等等,也都是言简意深、外枯实腴、饱含人生体验的佳句。刘壎云:"后山翁之诗,世或病其艰涩,然摰敛锻炼之工,自不可及。"又云:"若他人必费尽多少言语摹写,此独简洁峻峭;而悠然深味,不见其际。"(《隐居通议》卷八)即中肯地道出了陈诗的长处。

陈师道的诗风,其老健瘦硬处与江西派同调,亦有与江西诸人相异者。方东树引姚姜坞之论,谓:"后山之祖子美,不识其混茫飞动,沉郁顿挫,而溺其钝涩迂拙以为高。其师涪翁,不得其瑰玮卓诡,天骨开张,而耽乎洗剥渺寂以为奇。"又云:"其五、七律清纯沉健,一削冶态瘁音,亦未可轻蔑。"(《昭昧詹言》卷一〇)这是说陈诗缺少杜诗的混茫沉郁和黄诗的瑰玮卓奇,而偏于苍坚幽邃、沉健峻洁。明瞿佑《归田诗话》曾比较陈师道和秦观诗格之异说:"后山诗如'坏墙得雨蜗成字,古屋无人燕作家'(引诗个别字与下文略有不同),寥落之状可想。淮海诗如'翡翠侧身窥绿酒,蜻蜓偷眼避红妆',艳冶之情可见。二人他作亦多类此。"陈诗确乎常给人以高古牢落的气象,下面两首可作代表:

断墙着雨蜗成字,老屋无僧燕作家。剩欲出门追语笑,却嫌归鬓着尘沙。风翻蛛网开三面,雷动蜂窠趁两衙。屡失南邻春事约,只今容有未开花。

——《春怀示邻里》

　　土山宛转屈苍龙,下有燊燊盖世翁。万木刺天元自直,丛篁侵道更须东。百年富贵今谁见? 一代功名托至公。少日拊头期类我,暮年垂泪向西风。

——《东山谒外大父墓》

　　两诗一抒写春怀,一缅怀长辈,在摄取意象上,都是避甜熟,就生新,避柔媚,就刚拙,以落寞、苍劲的意象,表达一种矫厉磊落的情怀,从而呈现出一派巉削高古的气韵。陈诗较少正面描摹引发创作主体情思的外在实景,较多抒写由外在事物所逗起的自我的独特感受。如"书当快意读易尽,客有可人期不来。世事相违每如此,好怀百岁几回开。"(《绝句》)这首小诗由日常读书、会客的感受,转而推进到对人生世事的感喟,虽多是意句,却因道出了人生的共同体验,而具有引人共鸣、耐人寻味的艺术力量。由于陈师道造句、取象和感受的独特性,形成了他足以卓然自立的诗风;至于某些作品过于意僻语涩,其短处也是不容讳言的。陈诗各体兼备,但造诣并不一律。"大抵词不如诗,诗则绝句不如古诗,古诗不如律诗,律诗则七言不如五言。"(《四库全书总目·〈后山集〉提要》)这一评论大体上是符合实际的。

　　陈师道少师曾巩,文亦颇有功力,今存一百六十五篇。他的《黄楼铭》、《与曾枢密书》等均以法度谨严为人所称。其《秦少游字序》、《王平甫文集后序》、《答秦观书》等,或记述友谊,或称道人品,或谈论艺文,既有一定识见,辞章亦灿然可读。故《四库全书总目·〈后山集〉提要》谓陈师道"其古文在当日殊不擅名,然简严密栗,实不在李翱、孙樵下。"陈师道于词颇为自负,曾称"余他文未能及人,独于词自谓不减秦七、黄九"(《书旧词后》)。其〔渔家傲〕《从叔父乞苏州湿红笺》亦云:"拟作新词酬帝力。轻落笔。黄秦去后无强敌。"但从《全宋词》所收五十四首词作来看,内容多恋情、咏物、酬赠、写景,题材上没有什么拓展,艺术上也缺乏鲜明的个性。其中为女性写情爱的艳词间有胜处,如〔木兰花〕有"不辞歌里断人肠,只怕有肠无处断"之句,写女子禁锢深闺的孤寂,语颇凄婉;〔菩萨蛮〕有"河桥知有路,不解留郎住。天上隔年期,人间长别离"之句,将天上与人间情人的分离对照来写,出语亦颇新警。但就整体成就而论,现存词作与他的自我评价未见吻合。故陆游《跋后山居士长短句》云:"陈无己诗妙天下,以其馀作词,宜其工矣。顾乃不然,殆未易晓也。"(《渭南文集》卷二八)陈师道在文艺批评方面时有自己的见解,其《后山诗话》说诗谈艺,兼及古文。他言诗不偏于论事,论辞不限于摘句,而是注重艺术品评。由于所论在内容和体例方面有所拓展,诗话一体遂开始跨入理论批评殿堂,对后来的《诚斋诗话》等类著述产生过一定影响。不过,今传《后山诗话》曾经后人增损,内容多有牴牾,已非全部出自陈之手笔,研读时应予注意。陈师道还有《后山丛谈》四卷,是杂记历史琐闻的一本笔记[2]。

第二节　陈与义

陈与义(1090—1138),字去非,号简斋。其先世居京兆,后避乱入蜀,家于青神,至曾祖希亮徙洛阳(今属河南),遂为洛人。希亮,字公弼,官至太常卿,父子与苏洵父子为世交。嘉祐中希亮知凤翔府,苏轼在其幕下为签书判官,后曾撰《陈公弼传》、《方山子传》,记希亮及其子陈恺行实。祖父恂,曾官奉议郎,是陈恺的三兄。父名失载,做过朝请大夫。外祖张友正以书法名世。

哲宗元祐五年六月,陈与义生于洛阳。幼年好学,"踔厉不群,篇籍之在世者无不读,既读辄记不忘"(葛胜仲《陈去非诗集序》)。早年学诗于颇有重名的崔鶠(字德符),后就读于太学。政和三年(1113)春,以上舍甲科及第,授文林郎,教授开德府(今河南濮阳)。六年八月解职归乡,常与亲旧赏画吟诗。八年十一月除辟雍录,直到宣和二年(1120)仍滞留任上,故所作《用韵寄元东》诗有"四岁冷官桑濮地,三年羸马帝王州"之句。

宣和二年,母张氏病逝。丁忧居汝州(今河南临汝)期间,结识了州守葛胜仲。宣和四年服除入京,由葛荐举,擢太学博士。次年,"徽宗皇帝见其所赋《墨梅》诗,善之,亟命召对,有见晚之嗟"(《陈去非诗集序》),遂除秘书省著作佐郎。六年闰三月,除司勋员外郎,旋擢符宝郎,并曾充任省闱考官。陈与义受知于徽宗,正在王黼当权时期,宣和六年末王黼被罢官,同党均遭斥逐,与义也受到牵累,贬为陈留(今河南开封境内)酒税,次年抵达任所。在馆阁之日,他交游渐广,往往"辞章一出,名动京师"(张嵲《陈公资政墓志铭》),写于宣和五年的《夏日集葆真池上以绿荫生昼静赋诗得静字》诗,就是名倾一时的杰构。据传此诗写成之后,僚友一见"皆诧为擅场",以致"京师无人不传写"(洪迈《容斋随笔》卷一四)。足见南渡之前,他在诗坛上已很负盛名。

钦宗靖康元年(1126),陈与义以父丧去官。这时正值金人南犯京师,他只身自陈留流寓邓州南阳(今河南邓县),自号简斋,作《题简斋》诗。秋初,北返陈留携家南奔。同年十一月,金人攻陷汴京。次年五月,康王赵构在南京(今河南商丘)即皇帝位,改元建炎(1127),是为高宗。十一月,高宗逃往扬州。建炎二年,金兵分东、中、西三路继续南侵,三年二月后,高宗又南奔杭州等地。直到绍兴二年初金兵北退,才返回临安(建炎三年升杭州为临安府)。陈与义在兵燹中携家逃到邓州,卜居城西。建炎二年,金兵进逼邓州,诗人逃往房州(今湖北房县),不料金兵已经攻入房州,他只得仓皇奔入南山,其后又辗转避难均州(今湖北均县)、郢州(今湖北钟祥)、岳州(今湖南岳阳)。建炎三年,暂寓郡圃君子亭,自号园公。在岳州,为避兵乱,曾泛舟洞庭湖,转徙湖中,由华容还郡。秋离岳阳,经潭州(今湖南长沙),过衡山,东去邵州(今湖南邵阳)投奔亲故,寄居紫阳山中。这时已经是建炎四年。这年春天,金人退兵。四月,高宗驻跸越州,以从班人少,命群臣共议,广行召擢,起用谪籍旧臣,陈与义被召守尚书兵部员外郎。秋间,他由紫阳山入邵州,过永州(今湖南零陵)、道州(今湖南道县)、贺州(今属广西)、康州(今广东德庆),绍兴元年(1131)春到达广州。既而又取道漳州(今属福建),由闽入浙,自黄岩(今属浙江)入台州(今浙江临海)。同年夏抵达会稽(今浙江绍兴)行在所,秋迁起居郎。从靖康事变到召回行在的五六年中,他间关江湖,危难丛生,艰辛备尝。"今年奔房州,铁马背后驰。造物亦恶剧,脱命真毫厘"(《避虏入南山》)、"避盗半九围,两脚不遗力。川陵各异态,艰险常一律"(《晚晴》),这些诗句真实地记录了诗人这一时期艰难险阻的遭遇。这种复杂、奇险、曲折的经历,使诗人视野大开,诗思坌涌,成为他创作最旺盛的阶段。

绍兴二年(1132),陈与义从驾至临安,历任中书舍人、吏部侍郎、礼部侍郎等职。在此期间,他曾上疏奏请察举人才,搜访元祐党籍及元符上书人名录,以便朝廷优予褒恤。四年秋,因疾请外,出知湖州。明年,召为给事中,因与时相论事不合,引疾求去,得请奉祠,卜居青墩(镇名,在今浙江桐乡北)。秋间曾至衢州(今属浙江),与赵子昼、程俱欢晤酬唱。六年六月,复召为中书舍人兼侍讲直学士院。陛谢之时,高宗谕曰:"朕当以卿为内相。"(李心传《建炎以来系年要录》卷一〇三)十一月,拜翰林学士,知制诰。七年正月,除右中大夫参知政事。一年后,以病乞退,再知湖州。避难还朝、侨寓浙东期间,陈与义虽仕宦通显,仍不辍吟唱。其题画咏花、叹老伤病之作,大都寄寓着家国身世之感。八年七月,诗人于湖州任上病重乞闲,解职不久,便于十一月二十九日病逝于湖州乌墩僧舍,享年四十九岁。

陈与义著述有《简斋诗集》和《无住词》,今传刻本以宋光宗绍熙元年胡穉笺注《简斋诗集》三十卷(附《无住词》一卷)为最早。该刻本原藏常熟瞿氏铁琴铜剑楼,后同元刊《陈简斋诗外集》一起影印,收入《四部丛刊》。另有日本覆刻明嘉靖朝鲜本《须溪评点简斋诗集》,其中有刘须溪(辰翁)增注。中华书局排印本《陈与义集》,即依据胡穉笺注本,补入刘氏增注,并校以各本,整理而成。《陈与义集》有诗六百二十六首,词十八首。

陈与义一生经历了北宋末叶、南宋初期两个阶段。靖康事变使宋代社会生活发生了巨大断裂和震动,陈与义的创作生涯很自然地以靖康为界,分为前后两期。前期的陈与义,身居京洛,交游士林,经太学步入仕途后,久沉下僚。虽一度以诗名蒙受朝廷恩宠,不久又遭贬黜。当时江西诗法盛行,他很受黄庭坚、陈师道的影响[3]。写怀、咏物、唱和、酬赠、题画、感叹时序等等,乃是他这一时期诗歌的主要内容。通过这些题材,诗人或寄慨有志难酬,或感叹职卑官冷,或讽嘲庸俗世态,或流连山水林泉,内容和情趣大体与黄、陈相近。如"二十九年知已非,今年依旧壮心违"(《以事走郊外示友》)、"梦阑尘里功名晚,笑罢尊前岁月流"(《次韵答张迪功》)、"有句惊人虽可喜,无钱使鬼故宜休"(《元方用韵见寄次韵奉谢兼呈元东二首》)、"纷纷骑马尘及腹,名利之窟争驰逐"(《题易元吉画麞》)等等,都体现了作者不满自身际遇和嫉恶庸俗世态的情怀。这种品格和意绪,在《书怀示友十首》中尤有显豁的表露。如其六：

> 有钱可使鬼，无钱鬼揶揄。百年堂前燕，万事屋上乌。微官不救饥，出处违壮图。相牛岂无经，种树亦有书。如何求二顷，归卧渊明庐。曝背对青山，鸟鸣人意舒。试数门前客，终岁几覆车。

作者以冷眼静观浇薄的世态，意识到自身位卑言轻，无力实现振兴末世的壮图，只可远离势利之场，归卧田庐，洁身自持。"试数门前客，终岁几覆车"，即流露出诗人对北宋末叶变幻莫测的官场风险的戒惧。二十九岁所写的《和张矩臣水墨梅五绝》是他的成名之作。在这组题画和咏物的绝句中，深深寄寓着诗人冷眼傲世和高洁拔俗的精神：

> 巧画无盐丑不除，此花风韵更清姝。从教变白能为黑，桃李依然是仆奴。
>
> ——其一

> 粲粲江南万玉妃，别来几度见春归。相逢京洛浑依旧，唯恨淄尘染素衣。
>
> ——其三

> 含章檐下春风面，造化功成秋兔毫。意足不求颜色似，前身相马九方皋。
>
> ——其四

其一赞赏梅花清淑的风韵,以俗艳的桃李反衬;其三咏唱梅花洁白的素质,以蒙受淄尘为憾;其四颂扬墨梅内在的骨相美,而不拘泥于外在色泽。三首都贯注着反尘俗、厌污浊、轻形迹的超拔诗情,体现出诗人遗貌取神、追求清幽、真纯的审美理想。如果说以上三诗是借梅品以见人品,那么,《十月》则是从正面描述自我形迹和仕路心态:

十月北风催岁阑,九衢黄土污儒冠。归鸦落日天机熟,老雁长云行路难。欲诣热官忧冷语,且求浊酒寄清欢。孤吟坐到三更月,枯木无枝不受寒。

这是宣和初作者在京都做学官时所作。前两联写客观的季候环境和景象,同时交织着主观的际遇和情愫。"催"、"污"二字,使时间和空间染上了感情色彩。"归鸦"、"老雁",既是写景,又是比人。"欲诣"两句,一副傲骨跃然纸上。末以深夜孤吟、免受宦海风险收煞。全篇情景交会,足为诗人前半生写照。陈与义前期的写景诗,大都刻画工细,尤擅白描,给人以清淡自然的美感享受。名倾一时的《夏日集葆真池上以绿阴生昼静赋诗得静字》,以悠闲清新的画面,表现幽静、清雅的境界:"鱼游水底凉,鸟语林间静","微波喜摇人,小立待其定",语言简劲而意趣横生,宜潘德舆赞其"词意新峭可喜,虽西江风格而能乐俗"(《养一斋诗话》卷九)。其《雨晴》诗云:

天缺西南江面清,纤云不动小滩横。墙头语鹊衣犹湿,楼外残雷气未平。尽取馀凉供稳睡,急搜奇句报新晴。今宵胜绝无人共,卧看星河尽意明。

全诗贴紧"雨晴"的题意,抓住微妙多变的景象,写出了自然界的一派生机和凉爽宜人的气候,同时也洋溢着舒畅喜悦的感受,荡漾着人与自然的感情交流。描写细腻,笔势劲健,韵致浓郁,是一首脍炙人口的佳构。他如《题牧牛图》、《襄邑道中》、《雨》、《以事走郊外示友》、《前韵寄元东》、《中牟道中》、《春日》等,也都以富有美感意趣而广为传诵。

靖康事变使陈与义的生活和思想都发生了突变,因而感叹流亡,忧愤时政,颂扬抗敌,怀念乡国,便成为他后期诗歌创作的主流。刘克庄云:"建炎以后,避地湖峤,行路万里,诗益奇壮。"(《后村诗话》前集卷二)即正确地指出了他后期诗作的重大变化。靖康元年,金兵进犯汴京,徽宗出奔,陈与义逃难到邓州,写了《邓州西轩书事》十首,以绝句联章的形式,评议时政,指斥朝廷缺乏明智的将相,官僚间互相倾轧,当权者决策失误,从而招致了强敌的进攻。这组诗在艺术上与黄庭坚的《病起荆江亭十首》颇为相近。其中"东南鬼火成何事,终待胡锋作争臣","始行夷狄相攻策,可惜中原见事迟"云云,都是极中肯綮的针砭。建炎元年所作的《感事》,用五言排律历述靖康以来汴京沦陷、徽钦被虏、高宗播迁、公卿窜亡等一系列国耻事变,发出了"云何舒国步,持底副君忧"的呼唤,将时事揉入议论,以天象喻指人事,全诗写得沉郁悲慨,气韵神似杜诗。《避虏入南山》是一篇纪实长诗,它记述了作者在房州突遇金兵而奔入南山的一段危险经历,其中描述脱敌的惊险,登山的艰难,山民的热情款待,投宿后的悲喜心情和深沉思索,都很真切细腻,典型地反映了家国事变中难民的共同遭遇和感受。流寓岳阳作的《居夷行》、《别岳州》,也是描写流亡生涯的诗作,诗人抚今追昔,顾后瞻前,倾诉了颠沛流离之苦和飘泊无依之忧。面对国耻家难,诗人内心时而激荡着报国热情:

中兴天子要人才,当使生擒颉利来。正待吾曹红抹额,不须辛苦学颜回。

——《题继祖蟠室三首》其三

然而,"臣少忧国今成翁,欲起荷戟伤疲癃"(《雷雨行》),这投笔从戎的壮怀,毕竟难有条件和机缘见诸行动,他只有把关怀国运的一腔精诚,倾注于颂扬卫国、批判怯敌的诗章之中。《刘大资挽词》、《次韵尹潜感怀》、《伤春》等,就是这方面的名作。《挽词》悼念靖康国难中坚持抗敌、出使不屈的刘韐,其中"一代名超古,千年泪染衣"、"河洛倾遗愤,英雄叹后尘"两联,落笔雄浑博大,下语典重肃穆,充分表达了诗人对以身殉国的烈士的崇敬之情。高宗登位,在李纲、宗泽为首的抗战派与黄潜善、汪伯彦一伙投降派的激烈斗争中,主战力量被排斥,赵构怯敌逃跑,造成了金兵长驱南侵的局势。《次韵尹潜感怀》就是为痛斥汪、黄误国而作的一首七律:

胡儿又看绕淮春,叹息犹为国有人。可使翠华周宇县,谁持白羽静风尘?五年天地无穷事,万里江湖见在身。共说金陵龙虎气,放臣迷路感烟津。

上两联痛惜朝廷无人,皇舆播迁,愤恨金兵入淮,御敌无将。下两联忧念家国灾祸连年,个人飘泊万里,虽已风闻銮舆进驻金陵,但前路涉茫,追随无从。句句扣紧时事,又句句流露报国之情,措语警动,气势慷慨跌宕。建炎四年,金兵由临安、明州尾追赵构直到海上,逃难到邵州紫阳山的陈与义,满怀忧愤地写下了下面这首著名的七律《伤春》:

庙堂无策可平戎,坐使甘泉照夕烽。初怪上都闻战马,岂知穷海看飞龙！孤臣霜发三千丈，每岁烟花一万重。稍喜长沙向延阁，疲兵敢犯犬羊锋。

诗中批评朝廷平戎无策，致使金兵铁蹄践踏京邑，不久又把皇帝逼入穷海。诗人虽远离銮舆，忧思痛切，但听到太守向子諲在潭州奋勇抗敌的消息后，也不禁转忧为喜。全篇雄浑沉郁，忧愤深广。两诗均能贴切地融化典实和前人名句，并以精美的语言，混茫的气格，浏亮的音调，抒写忧时爱国之情，深得杜诗同类题材的神韵。在转徙奔走东南诸州郡的途中，诗人屡为沿路的名山胜水和异地风物所吸引，因而写下了不少优秀的写景咏物诗。所谓"避寇烦三老，那知是胜游"（《细雨》），便是他创作此类诗篇的契机。如《登海山楼》写广州海山楼所见浩森浑茫的沧海景象，《渡江》写江南山水的壮观，《道中》、《晚步》写江南幽美的原野村落小景等等，或以清秀净爽称胜，或以杳远阔大见长。如《道中》：

雨子收还急，溪流直又斜。迢迢傍山路，漠漠满林花。破水双鸥影，掀泥百草芽。川原有高下，随处着人家。

全以白描手法写川原清幽的风光，景物如画，诗意盎然。由于上述原因，在陈与义后期写景咏物诗中，也常常融和着忧患意识和家国身世之感。如《观雨》全首写雨，尾联"不嫌屋漏无干处，正要群龙洗甲兵"，连用杜甫诗句表达了对太平的渴望。《牡丹》本是咏花，却从回叙十年前的国难下笔，感叹故国迢遥，再写以龙钟之身在异地观看牡丹，从而勾起了对以牡丹闻名的故乡洛阳的深情思念——都是借景抒情，感慨遥深的篇什。

陈与义晚年做过一年多的参知政事，于南渡诗人中堪称显达。

但在时局动荡、朝廷苟安、忠良被斥的情势下,他很难有所作为。其建树主要在文学方面。他向以诗人自命,终身致力于写诗。"年华不负客,一一入吾诗"(《年华》)、"宦情吾与岁俱阑,只有诗盟偶未寒"(《岁除感怀》)、"古人争名翰墨薮,柿叶桑根俱不朽"(《以纸托乐秀才捣治》)、"投老诗成癖,经春梦到家"(《试院书怀》),这些诗句都说明他潜心翰墨的诗人气质。

陈与义早年写诗受黄、陈影响最大。他盛赞"山谷措意也深,……而索之益远"(《简斋诗集引》),谓陈师道的诗"不可不读"(《却扫编》)。他在诗法上有与江西一脉相承之处:其一,写诗注重刻苦锻炼,一字不苟。他很赞成"唐人皆苦思作诗",以故"造语皆工,得句皆奇",并曾向葛立方称引"吟成五字句,用破一生心"(《韵语阳秋》卷二)等语。他自己也有"琢句不成添鬓丝"(《秋日》)、"书生得句胜得官"(《送王周士》)之句。他写诗正因如此苦心孤诣,千锤百炼,故出语常能摆脱故常,自辟蹊径。如《雨》诗:

> 潇潇十日雨,稳送祝融归。燕子经年梦,梧桐昨暮非。一凉恩到骨,四壁事多违。衮衮繁华地,西风吹客衣。

这首诗除首句平叙外,很少从视觉意象来正面描写秋雨的景物,而是侧重吟写秋雨的后果和诗人对秋雨的独特感受。燕子之思归,梧桐之凋落,凉意之透骨,居处之寥落,客居闹市之孤寂清寒,无非是创作主体在秋雨中多种感知的复合。而作者独特的精神世界,却借此得到入木三分的刻画。这种不犯正位,专用侧笔以透入底里的提炼之功,正与黄、陈波澜莫二。"一凉恩到骨"一句,由于琢思奇警,下字工切,尤为人们所称赏。再如"梦阑尘里功名晚,笑罢尊前岁月流"(《答张迪功》)、"林泉入梦吾当隐,花鸟催诗岁不留"(《次韵谢表兄张元东见寄》)、"浮生万事蚁旋磨,冷官十年鱼上竿"(《述怀呈十七家叔》)、"黄尘满面人犹去,红叶无言秋又归"(《以事走郊外示友》)等等,密集的意象,紧缩的句法,精美的辞语,巧妙的调配与组合,在在显见出诗人精心锤炼之功。其二,取资博洽,善于熔化。这一宋诗特别是江西诗人的共同风尚,也体现在陈与义诗中。比如《伤春》诗,就连用《史记》、《周易》的典实,点化李白《秋浦歌》、杜甫《伤春》的诗句,使这首诗避去了一般时事政治诗平叙直陈的通病,而显得意蕴丰腴,兴象华妙,增添了诗的情韵美。有些看来明畅平易的诗句,也往往是博采典籍的语言材料,经过熔铸提炼而成的。如"客子无定力,梦中波撼城"(《风雨》),"定力"出自佛经的《大智度论》,"波撼城"借用孟浩然《临洞庭湖上》的"波撼岳阳城"。又如"万里鸥仍去,千年鹤未归。极知身有几,不奈世相违。"(《别孙信道》)句句明白如话,但"万里鸥"点化杜甫《奉赠韦左丞丈二十二韵》结句,"千年鹤"用《搜神后记》令威化鹤归来的传说,"身有几"用《左传》"畏首畏尾,身其馀几"之语,"世相违"用陶潜《归去来辞》,句句又都有来历。陈与义诗的特点,是善于随手拈来,浑化无迹,变深奥为爽畅,故胡穉叙言称他"用意深隐,不露鳞角,凡采撷诸史百子以资笔端者,莫不如自其己出"。其三,构思雄奇,意象警动。前人称他的诗得"活法",风神奇壮,"体物寓兴,清邃超特",这和诗人常有出人意表的构思和意象有关。如"墙头语鹊衣犹湿,楼外残雷气未平"(《雨晴》)、"笑抚江南竹根枕,一樽呼起鼻中雷"(《对酒》)、"开门知有雨,老树半身湿"(《休日早起》)等等。鹊能语,雷有气,将醉后酣睡说成樽酒呼唤鼻中之雷,因老树叶茂而言秋雨只能湿其半身等等,都是意象警动、出语不凡的佳构。

陈与义受江西诗派影响而不为所囿。时代风雨,家国变故,推动了他诗作的剧变。他源于江西而锐意拓展,故能形成岿然独具的艺术风神。他的诗堂庑较广。它们不仅是诗人的自我灵魂史,而且含纳了社会政治风云和重大变故,往往能将个人遭遇同家国命运融汇一处,具有鲜明的时代感。胡应麟云:"陈去非宏壮,在杜陵廊庑。"(《诗薮》)所言甚是。就这一点说,江西派中还没有人能超过他。陈与义诗,特别是后期所作,纪行、叙事成分有所增强,律体比较爽畅而浏亮,沉着中有流动之致。这些都是由于他注意并善于学习杜甫的结果。就风格而言,江西类多奥峭生新,硬语盘空,陈诗则兼以雄阔慷慨、清迥明净擅场。方回所谓"简斋诗气势浑雄,规模广大"(《瀛奎律髓》卷二四),正指出了此种特色的一个方面。但综观陈与义的全诗,其中也有不少骨清神秀之作。大抵而言,前期清迥幽邃者居多,后期则以雄浑阔大见胜。陈与义还有一些明白如话的绝句小诗,如《中牟道中》、《柳絮》、《春日二首》等,灵秀活泼,充满生活情趣。这类诗作的风调对幽默轻快的"诚斋体"不无影响。张嵲称陈与义诗"体物寓兴,清邃超特,纡徐闳肆,高举横厉,上下陶、谢、韦、柳之间。"(《陈公资政墓志铭》)刘克庄也称赞他"造次不忘忧爱,以简洁扫繁缛,以雄浑代尖巧。第其品格,故当在诸家之上"(《后村诗话》前集卷二)。这些评论都从不同的方面概括了陈与义诗的艺术成就。陈与义不仅称得上是江西派的大家,也是两宋之间最为杰出的诗人。

陈与义《无住词》一卷十八首,除〔法驾导引〕三首游仙词为前期作品外,馀皆写于避乱途中或寓居湖州青墩镇无住庵时。词中大都寄寓着兴亡离合、身世飘零之感,故王灼以为其词"佳处亦各如其诗"(《碧鸡漫志》卷二)。如建炎三年诗人避乱洞庭时所写的〔临江仙〕,便是端午节借吊屈原抒发爱国情思的一首佳作:

高咏楚词酬午日,天涯节序匆匆。榴花不似舞裙红。无人知此意,歌罢满帘风。　　万事一身伤老矣,戎葵凝笑墙东。酒杯深浅去年同。试浇桥下水,今夕到湘中。

词从端午"高咏楚辞"、怀念屈原发端,接着由"节序匆匆"的喟叹引出"舞裙""歌罢"的怀旧之感,含蓄地表达了作者对和平生活的向往;换头直倾怨慨,然后借"戎葵"暗喻爱国情操,以对屈原的怀念绾合全篇。身世之感,家国之恨,并见笔端。〔临江仙〕《夜登小阁忆洛中旧游》更是伤时抒感的一篇名作:

忆昔午桥桥上饮,坐中多是豪英。长沟流月去无声。杏花疏影里,吹笛到天明。　　二十馀年如一梦,此身虽在堪惊。闲登小阁看新晴。古今多少事,渔唱起三更。

上片极写当年在洛下与众多豪杰之士欢宴的情景,一气贯注,笔力疏宕;下片陡落,又极写当前的悲凉怅悒,琢语沉郁凄惋。在以乐景反衬悲思的手法中,将沧桑之感表达得淋漓尽致,宜为胡仔《苕溪渔隐丛话》评为陈词"最优"之作。陈与义词大都笔意超脱,风情悲壮,有的与苏轼某些抒怀言志词相近,对辛弃疾有一定影响。黄昇云"去非词虽不多,语意超绝,识者谓其可摩坡仙之垒"(《中兴以来绝妙词选》卷一),纪昀谓其词"吐言天拔,不作柳蝉莺娇之态,亦无蔬笋之气,殆于首首可传,不能以篇帙之少而废之"(《四库全书总目·〈无住词〉提要》),都是公允的品评。

〔1〕 陈师道以讲究风节、富有骨气,受到时人称赞。苏轼在《与李方叔书》中说:"陈履常居都下逾年,未尝一至贵人之门,章子厚欲一见,终不可得。中丞傅钦之、侍郎孙莘老荐之,轼亦挂名其间。会朝廷多知履常者,故得一官。"

朱熹不满《东都事略》不载陈师道的高风亮节，他说："(陈)最好是不见章子厚，不着赵挺之绵袄。傅钦之闻其贫甚，怀银子见他，欲以赒之，坐间听他议论，遂不敢出银子。如此等事，他都不载。"赵挺之是陈师道的连襟，但陈鄙薄他的为人，一次在参与郊祀时，因囊无副衣，妻子从赵家借得皮衣给陈御寒，陈师道宁可受冻，拒不穿赵挺之的皮衣，"竟以中寒疾而卒"(《朱子语类》卷一三〇)。

〔2〕《后山诗话》、《后山丛谈》两书，自宋代起即有人疑为依托之作，如陆游《后山诗话跋》(见《渭南文集》)、方回《读后山诗话跋》(见《桐江集》)等。但《后山集》有门人魏衍附记，称"《诗话》《丛谈》各自为集"，则陈氏实有此两书，并非全由他人赝托。唯两书内容与史实时有牴牾，启人疑窦。《四库全书总目·〈后山诗话〉提要》亦谓书中"间有舛误，疑南渡后旧稿散佚，好事者以意补之耶？"大约此书非陈师道手定之稿，又有后人窜乱之迹，故虽得流传而讹误颇多，参阅时要注意判断。

〔3〕在江西派"三宗"中，陈与义年辈较晚。他十二岁时，陈师道病逝，十六岁时，黄庭坚过世。陈与义虽未及与黄庭坚、陈师道交游，但当他作为青年诗人登上诗坛时，黄、陈诗风正风靡一时，因而不能不深受影响，并且他也很为推重黄、陈。他的《邓州西轩书事十首》和黄庭坚的《病起荆江亭即事十首》风调颇相接近。陈与义与吕本中有交谊并时有酬唱，但吕本中作《江西宗派图》，却没有把陈的名字列入，故有人对陈与义算不算江西派诗人存有疑义。不过严羽《沧浪诗话》谓"陈简斋体""亦江西之派而小异"。方回不止一次地认定陈为江西派"三宗"之一。陈的诗论与诗作都无不承受黄、陈影响，故这里仍把陈与义纳入江西诗派章来加以叙述。

第二十一章 北宋后期其他诗人

在北宋后期诗坛上较为活跃的一群诗人主要是江西诗派的作家。吕本中的《江西诗社宗派图》,自黄庭坚而下,凡二十六人。关于此图的写作年代,向来有两说[1]。即使作于晚年,也在南渡四五年后,证明图中所列作者的创作活动基本在北宋。吕本中没有把自己的名字列入派中,南宋刘克庄《江西诗派序》始予增补。按照时代,吕本中在南渡后的诗词创作较多,不过就其师承和诗风而言,仍属江西派诗人。其馀作者除黄和二陈前已论列,何颙、潘大观两人在刘克庄作序时已明言"有姓名而无诗",并可略而不论外,今分节加以缕述如下。

第一节 韩驹 徐俯 潘大临 三洪

韩驹(?—1135),字子苍,蜀仙井监(治所今四川仁寿)人。政和初,以献颂补假将仕郎。召试舍人院,赐进士出身,除秘书省正字。历任洪州分宁知县、著作郎。宣和五年(1123)除秘书少监,六年迁中书舍人兼修国史。高宗即位,知江州。绍兴五年,卒于杭州(《宋史·文苑传》)。著有《韩子苍集》,已佚。今存《陵阳集》四卷,有

《四库全书》本、清宣统沈曾植刊《江西诗派韩饶二集》本，存诗三百四十馀首。

韩驹诗多个人抒怀和酬唱赠答，南渡后，也时有伤乱忧时之作，如"遥知驻跸艰危地，尚有忧时老大臣"（《次韵曾寺丞观早朝上徐谏议》）、"学士南来尚岩穴，神州北望已丘墟"（《抚州邂逅彦正提刑道旧感叹》）、"丧乱难堪重离别，可无书札向衰翁"（《余往岁与逊叔侍郎同寓广陵，靖康元年逊叔守符离，余被召过焉。未几余守南都，逊叔移真定过留数日。绍兴二年复同寓临川，感念畴昔，奉送一首》）等等，但时代内容远没有陈与义诗那样宏阔沉厚。他的《九绝为葛亚卿作》，写友人葛亚卿与妓女的恋爱故事，以女主人公的口吻倾诉流落风尘的女性对情人的痴情爱恋和离别深愁，情词凄婉，风调缠绵，是宋代少见的一组爱情诗。

韩驹的创作态度和诗风，无疑曾受江西派影响。他认为"学诗当如初学禅，未悟且遍参诸方。一朝悟罢正法眼，信手拈出皆成章"（《赠赵伯鱼》），这一论诗见解显然承绍江西。刘克庄谓"其诗有磨淬剪裁之功，终身改窜不已。有已写寄人数年，而追取更易一两字者"（《江西诗派序》）。这种严谨刻苦的创作作风也与黄庭坚相近。其现存诗作，有些即颇具江西风神，如：

> 北风吹日昼多阴，日暮拥阶黄叶深。倦鹊绕枝翻冻影，飞鸿摩月堕孤音。推愁不去如相觅，与老无期稍见侵。顾藉微官少年事，病来那复一分心。
>
> ——《和李上舍冬日书事》

全诗下字奇警，骨格瘦劲，意象清迥索寞，作风逼近黄、陈。根据有关资料，韩驹早年师法苏轼，受知于苏辙，后经徐俯介绍，始认识黄庭坚。因此，他虽曾濡染江西，十分讲究字字有来历，但晚年却"非坡非谷自一家"（王十朋《陈郎中赠韩子苍集》），多数作品写得平畅自然，不多用典，代表作有《夜泊宁陵》、《送子飞弟归荆南》等。周紫芝说："大抵子苍之诗极似张文潜，淡泊而有思致，奇丽而不雕刻。"（《太仓稊米集》卷六七）这种评价是大抵符合韩诗实际的。

徐俯（1075—1140），字师川，自号东湖居士，洪州分宁（今江西修水）人。少年能诗，舅父黄庭坚曾加指授，称其"词气甚壮，笔力绝不类年少书生"（《豫章先生文集》卷二六）。以父荫授通直郎。张邦昌僭位，即挂冠而去。建炎初应召入朝，绍兴二年赐进士出身，历任翰林学士、端明殿学士、签书枢密院事、兼权参知政事。九年知信州，十年病卒。著有《东湖居士诗集》，已佚。今存宋代陈思所辑《东湖居士集》，见于《四库全书》本《两宋名贤小集》中，共存诗二十五首。

徐俯早年受黄庭坚熏陶，主张"作诗自立意，不可蹈袭前人"（旧题吕本中《童蒙诗训》）。有人请教他作诗法门，他说，"目力所及，皆诗也。君但以意剪裁之，驰骤约束，触类而长，皆当如人意，切不可闭门合目，作镂空忘实之想。"（曾敏行《独醒杂志》卷四）足见他不赞成诗人离开生活而一味雕镂文字。晚年他更想超越江西而自立机杼，故教人学习六朝及《选》体（见曾季貍《艇斋诗话》）。宋人对徐俯评价颇不一致。黄庭坚、韩驹、洪朋、吕本中等人对他十分推重，称扬多有溢美之词。刘克庄则谓"集中不能皆善"（《后村先生大全集·江西诗派》），方回也说他"在江西派中无甚奇也"，"律诗绝无可选"（《瀛奎律髓》卷二一）。徐俯有些残存佳句，如"平生功名心，夜窗短檠灯"、"诗如云态度，人似柳风流"、"心如野鹤与尘远，诗似冰壶见底清"等等，以往颇受人称赞。但从现存的二十几首诗篇中，却看不出有什么鲜明的特色。倒是《后村千家诗》中录存了他一首意境幽

美的写景绝句:

>双飞燕子几时回?夹岸桃花蘸水开,春雨断桥人不度,小舟撑出柳阴来。
>
>——《春游湖》

这首小诗出语自然,充满画意。赵鼎臣曾有"解道春江断桥句,旧时闻说徐师川"之句(《竹隐畸士集》卷七《和默庵喜雨述怀》),张炎〔南浦〕《春水》名句"荒桥断浦,柳阴撑出扁舟小"即由此化出,并足说明当年传诵之广。

潘大临,字邠老,先世闽人,后家黄州(今湖北黄冈),应举不第,布衣终身。曾与苏轼、黄庭坚、张耒等交游。崇宁五年(1106)客死蕲春(张耒《潘大临文集序》)。潘大临弟大观,字仲达,亦列入宗派图,宋时已"有姓名而无诗"(刘克庄《江西派诗序》)。大临著有《柯山集》二卷,已佚[2]。今存陈思所辑《潘邠老小集》一卷,见《四库全书》本《两宋名贤小集》中,共收诗十四首。另有零篇及残句十余则,散见于《宋文鉴》、《苕溪渔隐丛话》诸书。

潘大临早得诗律于苏轼,黄庭坚称之为"天下奇才"(《书倦壳轩诗后》),惠洪也说他"工诗,多佳句"。谢逸向他函索新作,潘答书谓夜闻风雨,欣然题壁曰:"'满城风雨近重阳',忽催租人至,遂败意,只此一句奉寄。"(惠洪《冷斋夜话》卷四)后谢逸用此佳句写成三绝。后人对这句诗极为击节,南宋诗人赵蕃即云"好诗不在多,自足传不朽","我谓此七字,已敌三千首"(《淳熙稿》卷一)。后来遂成为家喻户晓的成语。潘大临集中除一首送别诗外均为题画诗,佳作不多。送别诗为《江夏别鲁直送之宜州》:

> 翰墨精神全汉魏，文章波澜似春秋。可是中州著不得，江南已远更宜州。

崇宁二年(1103)黄庭坚谪宜州，本篇当为作者在鄂州送别之作。诗中称颂对方的书法、文章，对他迭遭远窜深表同情。又胡仔《苕溪渔隐丛话》引录其《江间作四首》，其一为绍圣年间在黄州泛舟怀友之作，诗云：

> 白鸟没飞烟，微风逆上船。江从樊口转，山自武昌连。日月悬终古，乾坤别逝川。罗浮南斗外，黔府若何边。

诗从江行所见，转入对宇宙无穷、岁月流逝的感慨，最后引出对远放南荒的苏(轼)黄(庭坚)的怀思。尾联极意驰想罗浮、黔州之迢遥，不明言怀人而朋友深情已充溢笔端。运思深沉，气象浑茫，眼界宏阔，与黄庭坚五律风韵颇有仿佛之处。

三洪指江西南昌洪氏三兄弟：洪朋(字龟父)、洪刍(字驹父)、洪炎(字玉父)。另幼弟洪羽(字鸿父)早卒，诗文不传。母黄氏，系黄庭坚之妹。父早卒，由祖母教授经义。其后兄弟四人从黄庭坚学习诗法，黄称"洪氏四甥才器不同，要之皆能独秀于林"(《书倦壳轩诗后》)。在吕本中《江西宗派图》中，三洪均被列入。

洪朋，应举不第，三十八岁病殁，著有《洪龟父诗》一卷，已佚。四库馆臣自《永乐大典》辑得诗一百七十馀首，编成《洪龟父集》二卷，收入《四库全书珍本初集》。另有佚诗七首，见于栾贵明所辑《四库辑本别集拾遗》。洪朋诗内容不外写景、抒怀、题画、酬赠，艺术上

步武其舅,句法颇为警策。如《独步怀元中》:

> 净尽西山日,深行城北村。琅珰鸣佛屋,薜荔上僧垣。时雨慰枯腹,夕风清病魂。所思渺江水,谁与共忘言。

不仅诗情牢落,所下"鸣"、"上"、"慰"、"清"等字也较灵动。

洪刍,绍圣元年(1094)进士,崇宁三年(1104)被列入元祐党籍,后叙复原官。靖康中为谏议大夫。汴京沦陷时,因替金军搜刮金银,玷污名节,建炎初流放沙门,死于岛上。著有《老圃集》,今存四库馆臣辑本,收诗一百八十馀首。另有《洪驹父诗话》,多论江西诗人,早佚,今有郭绍虞《宋诗话辑佚》本。洪刍失节贬废,人品不为时重,诗作则颇受揄扬。断句如"眼中人物东西尽,肺病京华故倦游"、"关山不隔还家梦,风月犹随过海身"、"深秋转觉山形瘦,新雨能添水面肥"等等,宛然江西句法。周紫芝称其诗"用意精深,颇加雕绘之功,盖酷似其舅"(《太仓稊米集》卷六七),所言不诬。

洪炎,元祐末登第释褐,因受洪刍牵连,列入党籍被贬。后起用,历官著作郎、秘书少监。建炎三年(1129)曾避兵龙潭(江苏镇名),高宗召为中书舍人。著有《西渡集》,有《四库全书》据浙江鲍士恭知不足斋所藏抄本抄转,又有《两宋名贤小集》本,存诗一百一十多首。洪炎经历国变,久栖湖海,除日常写景诗外,多有反映干戈丧乱、田庐丘墟之作,在三洪中成就最高。如《迁居》、《己酉岁十一月二十六日避寇至龙潭院十二月十五日作》叙写家国所遭的劫难,《石门中夏雨寒》表达对复兴国运的渴望,《山中闻杜鹃》寄托思乡怀旧之情,社会内容较为充实。诗中感叹国难、同情民隐的诗句,如"蝼蚁轻民命,泥沙损国赀"(《庚戌岁六月四日至洪城,旧庐无复尺椽,怅然感怀,用丙午岁迁居诗韵》)、"六飞尚东巡,狐兔穴中州,戈铤塞河洛,冠盖集闽瓯"(《进石鼓山涌泉院》)、"田园荆棘漫流水,河洛腥膻今几年"(《次韵公实雷雨》)等等,情词均较痛切。《将去宝峰,诵老杜"更欲投何处",赋五言三首》,兴象苍茫,措语凝重,可以看出杜甫伤乱诗对他的影响。《四月二十三日晚同太冲、表之、公实野步》是洪炎的写景名篇,其中"鸟外疏钟灵隐寺,花边流水武陵源。有逢即画元非笔,所见皆诗本不言"两联,写景和设喻都新警可喜。吴聿《观林诗话》称:"豫章诸洪作诗有外家法律,然多不见于世。"三洪中仅洪炎诗集尚存,所作亦多有可以称述之处。

第二节　夏倪、二谢、晁冲之及其他诗人

夏倪,字均父,蕲州(今湖北蕲春)人。以宗女夫人仕,宣和中自府曹谪祁阳(今属湖南)监酒。建炎初病卒。著有《远游堂集》,已佚。今有陈思所辑《五桃轩集》,收入《两宋名贤小集》中,共题画诗五首。其中《跋聚蚁图》云:"纷然虫臂蚁争环,争与高人一解颜,不待南柯昏宦毕,始知身寄大槐间。"嘲讽权利纷争的世态颇为尖锐。另有《和山谷游百花洲盘礴范文正祠下》十首五绝,见于《范文正公集》附录,《宋诗纪事》已收入。夏倪与黄庭坚、饶节、惠洪、吕本中交游,吕本中《紫微诗话》称誉他"文词富赡,侪辈少及"。然今存诗过少,无从窥其全貌。

二谢指谢逸及其从弟谢薖,临川(今江西抚州)人,均以诗名,人称"二谢"。刘克庄云:"弟兄在政、宣间,科举之外,有歧路可进身,……二谢乃老死布衣,其高节亦不可及。"(《江西诗派序》)可见其出处、人品。谢逸,字无逸,号溪堂先生,卒于政和三年(1113),著

有《溪堂集》,已佚。今存《溪堂集》十卷,乃四库馆臣自《永乐大典》辑出,收诗二百三十馀首。另《两宋名贤小集》中《溪堂集》一卷,仅收诗二十九首。其诗多写清贫生涯,纪江湖胜游,咏四时风物及酬赠寒士诗友。《明水寺》诗有云:

> 嗟予嶔崎人,平生百忧扰。好古嗜简编,僻性乐鱼鸟。每逢佳山水,耳听眸子瞭。况同佳士游,意气溢云表。

这是诗人生活和性情的真诚自白。在这种狷介个性和留连溪山的生活基础上,谢逸又接受了黄、陈高洁拔俗创作风尚的熏陶,从而使其诗作浸染了清逸幽隽的色调。"今观其诗,虽稍近寒瘦,然风格隽拔,时露清新"(《四库全书总目·〈溪堂集〉提要》)。纪昀所言,可视为谢逸诗风的定评。尝作蝴蝶诗三百首,人号"谢蝴蝶"。其七古有的也写得慷慨磊落,豪宕不羁,如《送董元达》:

> 读书不作儒生酸,跃马西入金城关。塞垣苦寒风气恶,归来面皱须眉斑。先皇召见延和殿,议论慷慨天开颜。谤书盈箧不复辩,脱身来看江南山。长江滚滚蛟龙怒,扁舟此去何当还。大梁城里定相见,玉川破屋应数间。

全诗一气流走,笔势奔腾,意在激励友人勿为求显达而易其风操,也体现了作者的气宇和傲骨。

谢薖,字幼槃,号竹友居士。终生以琴弈诗酒自娱,行迹、诗文均与其从兄相近。所著《竹友集》,有《四库全书》本、《丛书集成》初编本(称《谢幼槃文集》),诗文兼收,存诗二百七十馀首。《两宋名贤小集》亦辑存其诗作。薖诗内容多写山野隐居生涯,艺术则师范黄、陈,其律诗拗劲处尤近于黄。佳句如"寻山红叶半句雨,过我黄花三径秋"(《送珍上人》)、"两牛鸣处地非远,万竹阴中吾所庐"(《招汪叔野》)、"人道奸藏有三窟,公知民病极千疮"(《投赠通守陈虚中》)等,都颇为峭拔新巧。然而正如查慎行所评:"大率有句而无篇,求其通首相称者寡矣。"(《得树楼杂钞》卷五)还有些篇章因过于步趋黄、陈而未免流入苦涩。论其成就,实不逮乃兄。唯集中某些村野景物诗如七绝《夏日游南湖》、《鸣鸠》之属,尚清逸可诵。

晁冲之,字叔用,初字用道,巨野(今属山东)人。曾隐具茨山,人称具茨先生[3]。从兄补之,苏门四学士之一,有文名于当时;子公武,宋代著名藏书家,著有《郡斋读书志》。冲之早年曾遨游汴京,经历过一段肥马轻裘、酗酒狎妓的浪漫生活。绍圣之后惩于党祸,遂飘然隐去,栖息新郑(今属河南)。徽宗时重到京师,与陈师道、吕本中交游。吕氏将他列入宗派图。诗集名《晁具茨集》,今有《海山仙馆丛书》本、《丛书集成》本等,存诗一百六十馀首。

晁冲之学诗于陈师道[4],与吕本中交游颇厚,一生主要栖隐林壑,任心独往,不计荣利,与江西派宗主人物有相近的一面,其诗自然受到黄、陈影响。如《僧舍小山》三首,锻磨生新语句,融化佛道典实,写山岩佛舍的幽僻景观,呈现一种僻、冷、幽邃的气韵,颇具江西风调。然而冲之又有慷慨俊迈、倜傥风流的一面,故诗中也有其不同于江西派的个性特色。他的七古《夷门行赠秦夷仲》盛赞古代豪侠的刚猛义烈,借以激励友人,笔势如飙风驰电,慷慨豪纵;七律《都下追感往昔因成二首》写浪漫生活、风流艳情,文藻华美,韵格婉转晓畅,在江西诗苑中较为少见。其他如为怀友而写的《感梅忆王立之》,以平易深稳、笔锋老健见称;为赠别妹夫而作的《送王敦素》,以平易自然、毫无矫饰见长。这些诗篇都不为江西诗律所牢笼。刘克庄称其诗"意度沉阔,气力宽馀,一洗诗人穷饿酸辛之态",有的还写得"激烈慷慨"(《江西诗派序》)。尽管《具茨诗集》中清逸之作居多,廊庑不够阔大,但刘克庄所指出的这些特色却也是显而易见的。晁冲之词,有赵万里所辑《晁叔用词》,共十六首,主要写柔情离思,风格与其诗相近,主情致不重故实,笔力馀闲平易,语言清秀雅亮。"纡徐排调,略似柳耆卿"(况周颐《历代词人考略》)。

李彭,字商老,南康军建昌(今江西永修)人,陈振孙、刘克庄均说他是文学家、藏书家李常(字公择)的从孙。与黄庭坚、谢逸、惠洪、吕本中等皆有唱酬。惠洪称他与徐俯、洪刍为"南州近时人物之冠"(《石门文字禅》卷二七)。其他行履不可考。著有《日涉园集》,已佚。今存《四库全书》本《日涉园集》十卷,乃四库馆臣从《永乐大典》中辑出,共收诗七百二十馀首。《两宋名贤小集》仅辑存其诗十二首,名《玉简小集》。李彭诗数量不算少,可惜生活面不够开阔。有些作品写得较为平实明畅,如怀念诗友洪刍的七律《望西山怀驹父》:

去岁湖湘赋凛秋,闻君江国大刀头。百年会面知几遇,十事欲言还九休。照眼遥岑落怀袖,过眉挂杖立汀州。莫言青山淡吾虑,谁料却能生许愁。

写望山怀友的心情颇为真切。李彭诗也有些佳句,如"贪看山入座,惯听雨鸣廊"(《题吕少冯听雨堂》)、"瘦节直疑青嶂立,道心长与白鸥闲"(《寄希广禅师》)、"远峤云屯钟磬晚,诸天目断薜萝深"(《送妙喜禅师往荆南》)等等,颇见江西磨淬之功,唯通首称妙的名篇较少。刘克庄说他"诗体拘狭,少变化"(《江西诗派序》),纪昀称其

"边幅未宏,而锤炼精研,时多警策"(《四库全书总目·〈日涉园集〉提要》),所评都有一定根据。

三僧指饶节、僧祖可和僧善权。三人中以饶节作品流传最多。

饶节(1065—1129),字德操,一字次守,抚州临川(今江西抚州)人。业儒于家,妙龄饱学,因连蹇场屋,流寓汴京,与名士交游。尝为曾布客,后与布书论新法不合,乃弃婚宦祝发为僧,法名如璧,挂锡邓州,作偈有"闲携经卷倚松立,试问客从何处来"之句,遂号倚松老人。建炎三年卒。存《倚松老人集》,有《四库全书》本、《江西诗派韩饶二集》本。收诗三百七十馀首。亦见于《两宋名贤小集》。

饶节与江西派诗人二谢、王直方、汪革、夏倪等人有酬唱,同陈师道、吕本中也有交往。他是一位不满衰俗而逃禅避世的儒生,《阅旧诗轴见夏均父和晁之道次其韵》诗即写自己弃世入禅的思想过程。其《次韵答吕居仁》七律,首联"向来相许济时功,大似傱伽饷远空",化用佛典,运思奇警;颈联"文章不疗百年老,世事能排双颊红",炼字精巧而饶有思致——并可窥见江西诗风对他的影响,所以很受吕本中的赞赏。饶节有不少诗写幽僻的山僧生涯和绝去世虑的悠闲心境,但并不流于枯寂,而颇多闲逸活脱的生活情趣。如《晚起》:"月落庵前梦未回,松间无限鸟声催。莫言春色无人赏,野菜花开蝶也来。"即是一例。大致饶节的诗风比较清丽潇洒,不乏情致。吕本中说"饶德操萧散"(《紫微诗话》),刘克庄说"如璧诗轻快似谢无逸"(《江西诗派小序》),陆游更以为"饶德操诗为近时僧中之冠"(《老学庵笔记》卷二),评语均较允当。

祖可,字正平,俗姓苏,名序,京口(今江苏镇江)人。有《东溪集》、《瀑泉集》,均佚。善权,字巽中,俗姓高,靖安(今属江西)人。有《真隐集》,已佚。祖可今存佚诗二十首,善权则不足十首,故无法全面品衡他们的诗作。《苕溪渔隐丛话》前集卷五十七引《西清诗话》云:"近时诗僧祖可被恶疾,人号癞可。善权老亦能诗,人物清癯,人目为瘦权。可得之雄爽,权得之清淡。可诗如'清霜群木落,尽见西山秋',又'谷口未斜日,数峰生夕阴',皆佳句也。"徐俯《画虎行》末章云:"忆昔余顽少小时,先生教诵荆公诗。即今耆旧无新语,尚有庐山病可师。"移用杜甫《解闷》其六中称赞孟浩然的成句加以推许,他在江西派诗人心目中的地位可知。善权与饶节、谢逸、惠洪等人有交往,惠洪亦称重其诗。其《山中秋夜怀王性之》有句云:"候虫鸣空阶,蝙蝠挂藻井,龛灯照痴坐,苔壁印孤影。"所写意象极寥落。刘克庄谓"祖可嗜读书,诗料多,无蔬笋气,僧中一角麟也。善权与祖可相上下"(《江西诗派小序》)。可见善权在当时诗僧中亦属佼佼者。

除上述诗人外,列入宗派图的作家,尚有林敏功、林敏修、汪革、高荷、江端本、李錞、杨符、王直方等八人。他们的作品留存至今的均不足十首,只能略作综合介绍。

林敏功,字子仁,有《高隐集》。林敏修,字子来,有《无思集》。蕲州(今湖北蕲春县)人。兄弟二人皆隐居不仕,世号"二林"。刘克庄时已说"二林诗极少",集皆不传。今只有佚诗数首。汪革,字信民,临川(今江西抚州)人,做过学官,清贫自守,自言"人常咬得菜根,则百事可做"(吕东莱《师友杂志》)。谢逸《怀亡友汪信民》亦有"吾友汪夫子,才力百夫赡","青衫困冷官,半世守寒俭"之句。卒于大观末年。其《青溪集》早佚,仅存佚诗五首。高荷,字子勉,江陵(今属湖北)人,自号还近先生,官直龙图阁。黄庭坚自戎州归,荷以三十韵五律求见,黄有《次韵高子勉》十首等诗对他表示勉励和推许,两人结为忘年交。"晚为童贯客,得兰州通判以死,既不为时论所与，其诗亦不复传云"（叶梦得《石林诗话》卷中）。陈振孙《直斋书录解题》卷二十著录有《还还集》二卷，不传，今仅存佚诗四首。吕祖谦《宋文鉴》所收《见黄太史诗》三十韵，典重精巧，通体不懈，受到黄庭坚青睐，不为无因。其《腊梅》七绝亦为人称赏。唯《瀛奎律髓》寄赠类所载七律《答山谷先生》，以通体粗鄙，被人讥为江西恶诗。江端本，字子之，开封人，江邻几之孙，端礼、端友（字子我）之弟。与晁冲之、吕本中等人酬唱。吕本中曾将他与晁冲之并称，有"老足交亲薄，江晁尔独贤。文章未遽绝，岁月或堪怜"（《同叔用宿子之家》）之句。江端本的《陈留集》今已不存，佚诗甚少。刘克庄曾有"子我诗多而上，舍兄而取弟，亦不可晓"（《江西诗派序》）之语，对江端本被列入宗派图表示困惑。李錞，字希声，曾官秘书丞，其《李希声集》早已散佚，《王直方诗话》、《宋诗纪事》等曾录存其佚诗残句数则。杨符，字信祖，其《杨信祖集》早已不存。刘克庄《江西诗派序》称其"吏道官官恶，田家事事贤"为"唐人得意语"。王直方，字立之，号归叟，汴京人，补承奉郎，曾监怀州（今河南沁阳）酒税，后退居汴京，处城隅一小园中，笑傲自适，喜从诸文人游，闻见日博，纂述文苑师友逸闻馀论，成《王直方诗话》。卒于大观三年（1109），年四十一。其《归叟集》已佚，诗话今有郭绍虞辑本。诗作《宋诗纪事》辑得数首。刘克庄作诗派序，谓"王直方诗绝少，无可采"。方回则云王直方"亲炙苏、黄诸公，诗传不多。吕居仁位之派中。细读其诗，虽不熟，亦有格"（《瀛奎律髓》卷三五）。

第三节　吕本中

吕本中（1084—1145），字居仁，号紫微。寿州（今安徽凤台）人。

元祐宰相吕公著的曾孙。"幼而敏悟,公著奇爱之"(《宋史》本传)。父好问(1064—1131),字舜徒,以荫补官。高宗时曾任尚书右丞,不久为宰相李纲等所论罢。吕本中亦以恩荫授承务郎。绍圣间,因系元祐党人子弟而被免官。宣和六年(1124),任枢密院编修官。靖康改元时,迁职方员外郎,以父嫌而奉祠。高宗绍兴六年(1136),召赴行在,特赐进士出身,擢起居舍人。二年后迁中书舍人兼权直学士院。他力主恢复,曾上奏云:"当今之计,必先为恢复事业求人才,恤民隐,讲明法度,详审刑政,开直言之路",然后可以"练兵、谋帅,增师上流,固守淮甸,使江南先有不可动之势,伺彼有衅,一举可克"(《宋史》本传)。吕本中反对议和,与主战名相赵鼎关系甚密,又拒绝权臣秦桧的引用,终因触怒秦桧而遭罢免。后移居信州(今江西上饶),从事讲学,自云"吾儒任学术,精力事研究"(《秋窗遣兴》),故学者称之为东莱先生。晚年生活清苦,曾作《谷隐堂》诗云:"老人本是山中客,四海为家无住宅。家人清坐已忘贫,何曾更问堂宽窄。"据《上饶志》云,谷隐乃吕不问在中原时所居堂名,后居玉山县(今江西县名)之西,亦以是名堂,其侄居仁为之赋诗。绍兴十五年卒。

吕本中既是诗人、词人,又是著名的道学家。他推尊元祐之学,又从学于理学家杨时、游酢等,著有《春秋解》、《童蒙训》、《师友渊源录》。《直斋书录解题》著录其诗集《东莱集》二十卷、外集二卷。前二十卷有《四部丛刊续编》影印宋乾道沈度刻本、《四库全书》本。另有宋庆元黄汝嘉刻《东莱先生诗集外集》,《外集》为三卷,今藏北京图书馆。

吕本中诗论主要见于其所著之《紫微诗话》(一卷)。这部诗话虽偶有涉及经义文章兼及诗坛杂事的内容,但以论诗为主。他的诗论不主一家,也无门户之见,大抵仍源于儒家传统诗学。他认为作诗之道仅靠专学杜甫和黄庭坚是不够的,还应该效法李白和苏轼,故在《与曾吉甫论诗第一帖》中说:"如东坡、太白诗,虽规摹广大,学者难依,然读之使人敢道,澡雪滞思,无穷苦艰难之状,亦一助也"(《苕溪渔隐丛话》前集卷四十九)。他提倡"学诗当识活法。所谓活法者,规矩备具而能出于规矩之外,变化不测而亦不背于规矩也"(《夏均父集序》)。这种"活法"的诗论,与黄庭坚论诗所谓"夺胎换骨",韩子苍所说"饱参",实乃同一关捩,都是强调作诗非"悟"入不可。

吕本中的诗歌今存约有一千五百多首,在当时即以诗名世。他的诗作很受江西诗派的影响,《宋史》本传谓其"得黄庭坚、陈师道句法"。前期诗篇刻意求工,十六岁时便有"风声入树翻归鸟,月影浮江倒客帆"之句(曾季貍《艇斋诗话》)。后更着意师法黄庭坚,如《探梅呈汪信民》:"细朵定无尘上浣,暗香犹带雪霜新。"《江梅》:"斜枝似带千峰雪,冷艳偷回二月天。准拟从君出城去,竹舆仍胜百花鞯。"又如《暮雨》:"暮燕翻雷天作云,一声归鸟万村昏。"用语于新奇中带拗折,近似黄庭坚。他尤注重诗中响字,其《童蒙诗训》引潘邠老云:"七言诗第五字要响,如'返照入江翻石壁,归云拥树失山村','翻'字'失'字是响字也。……所谓响者,致力处也。"《苕溪渔隐丛话·前集》卷五十三谓吕本中诗清驶可爱,如"树移午影重帘静,门闭春风十日闲"、"往事高低半枕梦,故人南北数行书"、"残雨入帘收薄暑,破窗留月缕微明"等。这些诗句都充分显示出他在炼字琢句方面的深厚功力。

吕本中的诗歌学习杜甫和黄庭坚,并且始终没有摆脱黄庭坚的影响,但亦广采博收,不专于一家,故《四库全书总目·〈紫微诗话〉提要》云:"盖诗体始变之时,虽自出新意,未尝不兼采众长。"至于他后期诗风的发展变化,则是在经历亡国伤痛后显现出来的。如《兵乱后杂诗》其一:

晚逢戎马际,处处聚兵时。后死翻为累,偷生未有期。积忧全少睡,经劫抱长饥。欲逐范仔辈,同盟起义师。(自注:"近闻河北布衣范仔起义师。")

其四:

万事多翻复,萧兰不辨真。汝为误国贼,我作破家人!求饱羹无糁,浇愁爵有尘。往来梁上燕,相顾却情亲。

其五:

蜗居嗟芜没,孤城乱定初。篱根留敝屦,屋角得残书。云路惭高鸟,渊潜羡巨鱼。客来阙佳致,亲为摘山蔬。

这组杂诗是在金兵攻陷汴京,徽、钦二帝被掳北去后,作者回到故都,目睹城池残破的悲惨景象,有感而作。上引三首从不同的生活侧面,反映了"靖康之变"后苦难的社会现实,揭露了金兵破城和权奸误国的罪恶行径,抒发了诗人深沉的爱国情思。纪昀对《瀛奎律髓》卷三十二所选五首写的批语云:"全摹老杜,形模亦略似之,而神采终不及也。"然此类诗篇略无江西诗派末流生硬枯涩之弊,并且显露出作者诗风的转变。又如《丁未二月上旬日》:"泣血瞻行殿,伤心望虏营。尚存仪卫否?早晚复神京。"《寒食》之二:"淮南江北半胡兵,想见春风战血腥。"《送常子征赴召》:"但能消党论,便足扫胡尘。"这些诗篇都切中时弊,具有较强的现实意义。诗人在避乱途中所写的《连州阳山归路》,既反映了战乱年代现实生活的侧影,又表现了诗人衰病飘泊的无限辛酸,语言明白流畅,在自然流转中体现出凝练的笔力。如前所述,吕本中在逃难途中的心迹近似杜甫,故其间所作常有学杜之处,如《柳州开元寺夏雨》末二句:"面如田字非吾相,莫羡班超封列侯。"诗人借用《南齐书·李安民传》和《后汉书·班超传》的典故,表明自己没有封侯的形相,也不羡显贵的官位,实际上是对坐享富贵而不顾国事艰危的将相表示不满,流露出伤时忧国的深沉感慨。方回《瀛奎律髓》卷十七谓此诗末句"乃是避地岭外,闻将相骤贵者,亦老杜秦、蜀、湖、湘之意也。"他还认为"居仁在江西派中,最为流动而不滞者,故其诗多活"。他的诗歌不仅"流而不滞",而且时有浑厚之作,如《夜坐》诗,纪昀在《瀛奎律髓》卷十五中就有"瘦硬而浑老,江西诗之最佳者"的批语。可见其后期诗歌随着风格的明显变化,成就也超过了前期。陈岩肖《庚溪诗话》卷下谓吕诗"多浑厚平夷,时出雄伟,不见斧凿痕",所评亦确有见地。

吕本中的词作,近人赵万里《校辑宋金元人词》辑有《紫微词》一卷,今仅存二十七首。所作多为小令,主要抒写离愁别恨、春花秋月等,其中有的颇流露出怀念中原的深挚情意,如:"只言江左好风光,不道中原归思、转凄凉。"(〔南歌子〕)有的富有民歌情调,如〔采桑子〕:

恨君不似江楼月,南北东西。南北东西,只有相随无别离。恨君却似江楼月,暂满还亏。暂满还亏,待得团圆是几时?

词中运用重叠、对比的手法,表现乱后离别难逢的苦恨,颇为新颖别致。此外如〔浪淘沙〕之"柳色过疏篱",〔清平乐〕之"故人何处?同在江南路",〔虞美人〕之"平生臭味如君少",〔减字木兰花〕之"去年今夜,同醉月明花树下"等,都写得清丽自然,别有情味。曾季貍《艇斋诗话》谓其晚年所作长短句,"尤浑然天成,不减唐花间之作"。可见他词作虽少,也有独具韵致的佳品。

〔1〕 一说是范季随《陵阳先生室中语》记吕本中谓"乃少时戏作"。另一说见吴曾《能改斋漫录》卷十载,宗派图作于"绍兴癸丑之夏"。按,癸丑为绍兴三年(1133),时本中五十岁,已届晚年。

〔2〕 柯山在黄州,崇宁元年(1102)张耒被贬为房州别驾安置于黄州。这时张耒同潘大临结为紧邻。张耒居柯山西,大临居其东,相隔一里,两人时相过从,友情颇笃。他们都曾以柯山为号。潘大临后来客死蕲春。政和之初,潘大临之子戆拜见张耒,拿出其父文集求序,张耒写了《潘大临文集序》,今存于张耒《柯山集》卷四〇,而潘氏《柯山集》已不可见。

〔3〕 喻汝砺在《晁具茨先生诗集序》中说:"方绍圣之初,天下伟异豪爽绝特之士,离谗放逐,晁氏群从,多在党中。叔用于是飘然遗形,逝而去之,宅幽阜,荫茂林,于具茨之下。"晁冲之约于此时始卜居新郑。具茨山,又名大隗山,在河南新郑西。

〔4〕 晁冲之《过陈无己墓》诗,有"五年三过客,九岁一门生"之语。

第二十二章　北宋后期其他词人

北宋后期词坛进一步呈现出多彩多姿的局面。一方面,承袭晚唐、五代以及北宋前期婉约词风的作家绵延不断;另一方面,受苏轼开创的豪放词风影响的作家也开始出现。深入一层审视,则祖述前此婉约词风的作家群中,既有侧重"花间"以迄晏、欧等士大夫文人词的风神者,又有侧重敦煌以迄柳永等市民阶层词的风神者。所谓"侧重",只是就其创作主要倾向而言,而分属这两条支流的词人,在他们创作实践的过程中,仍然是互相渗透、互为影响的。徽宗崇宁四年(1105),专门设置大晟音乐机关,逐渐形成了一批"大晟词人",其代表人物周邦彦虽然以承袭柳永词的传统为主,但也在相当程度上兼收并蓄自"花间"以迄晏、欧等人的风神,因而常被后人目为北宋婉约词集大成的人物。旷代女词人李清照,曾对北宋词坛诸名家耆宿皆作了尖锐的批评,而从她的词论及其创作实践来看,固然"铸语则多生造",有"独辟门径"(陈廷焯《白雨斋词话》卷二)之意,却依然以婉约为宗。至于接受苏轼词风影响的作家,除贺铸之外,比较明显的还有叶梦得,但他们也兼有许多婉约风貌的作品,同样不能一概而论,从而将他们径直划入豪放一派之中。另外,以某一风格为其主体格局的词人,由于时代、身世、气质以及创作情趣的互有异同,所作面目也就互有差异,需要作具体的分析。总之,在承继传统的基础上,分流拓展与互为影响的情况交相错杂,辨析作家创作的主要倾向,兼及他们的其他方面,再考察其创作过程中的发展变化,才能把握整体,作出较为准确的论述。

贺铸、周邦彦、李清照均另有专章论述。本章则分节介绍主要源于柳永的万俟咏、田为、曹组,主要源于"花间"以迄北宋前期文人词的陈克、周紫芝,以及多受苏轼影响的叶梦得等六人。

第一节 万俟咏 田为 曹组

万俟咏,字雅言,自称大梁词隐。生卒年不详。哲宗元祐年间以诗赋著称,王灼《碧鸡漫志》卷二称其为"元祐诗赋科老手"。然屡试不第,遂不复仕进,放情歌酒,其词作每出一章,次日京城内即很快流传。徽宗政和初年,召试补官,任职大晟乐府制撰,参助周邦彦审定音律,创制新调。曾"请以盛德大业及祥瑞事迹制词实谱。有旨依月用律,月进一曲,自此新谱稍传"(《碧鸡漫志》卷二)。高宗绍兴五年(1135),补任下州文学。其馀事迹不详。

万俟咏词作,陈振孙《直斋书录解题》著录有《大声集》五卷,云"周美成、田不伐皆为作序"。又据《碧鸡漫志》卷二记载,他曾自编词集,初分"雅词"、"侧艳"两体,取名"盛萱丽藻";召试入宫后,又删去"侧艳"体,再编成集,分为"应制"、"风月脂粉"、"雪月风花"、"脂粉才情"、"杂类"五体。但此集早已失传。赵万里有辑本,《全宋词》收录二十九首。从现存词作来看,大都为作者自度新腔,如〔春草碧〕、〔恋芳春慢〕、〔安平乐慢〕、〔细带长中腔〕等,这与词人精通音律有密切关系。其词格调音律更趋工细,造语亦较典丽,内容则仍不脱浅斟低唱、倚红偎翠之属。有些点缀升平、颂扬君主的歌词,如

"处处笙歌,不负治世良辰"、"谁知道,仁主祈祥为民,非事行春"(〔恋芳春慢〕),以及"太平无事,君臣晏乐,黎民欢醉"(〔醉蓬莱〕)等,明显地反映了北宋末世君臣沉湎声色歌舞的奢侈腐败风气。词作中有些虽属吟咏节序和抒写羁旅别情的传统题材,但善于铺叙,"源流从柳氏(永)来"(《碧鸡漫志》卷二),而别具匠心,饶有情致。如〔三台〕《清明应制》:

见梨花初带夜月,海棠半含朝雨。内苑春、不禁过青门,御沟涨、潜通南浦。东风静、细柳垂金缕。望凤阙、非烟非雾。好时代、朝野多欢,遍九陌、太平箫鼓。 乍莺儿百啭断续,燕子飞来飞去。近绿水、台榭映秋千,斗草聚、双双游女。饧香更、酒冷踏青路。会暗识、夭桃朱户。向晚骤、宝马雕鞍,醉襟惹、乱花飞絮。 正轻寒轻暖漏永,半阴半晴云暮。禁火天、已是试新妆,岁华到、三分佳处。清明看、汉宫传蜡炬。散翠烟、飞入槐府。敛兵卫、阊阖门开,住传宣、又还休务。

此词三叠,描写清明春日景象,极尽铺叙之能事,故李攀龙称其"铺叙有条,如收拾天下春归肺腑状"(见《草堂诗馀隽》)。词中所谓"好时代、朝野多欢,偏九陌、太平箫鼓",虽粉饰太平,却正是北宋末年统治集团醉生梦死生活的真实写照。另有一些小词则别出机杼,语浅情深,在承袭"花间"、晏、欧的基础上,开拓了一种新的境界。如:

一声声,一更更,窗外芭蕉窗里灯,此时无限情。 梦难成,恨难平。不道愁人不喜听,空阶滴到明。

——〔长相思〕《雨》

短长亭,古今情。楼外凉蟾一晕生,雨馀秋更清。　　暮云平,暮山横。几叶秋声和雁声,行人不要听。

　　　　　　　　　　——〔长相思〕《山驿》

前首化用温庭筠〔更漏子〕(玉炉香)的词意,写夜听雨声而难眠的离愁和寂寞之情;后首写山驿秋日黄昏的凄清景色,与所抒羁旅之情融为一体。末句"不要听"三字,尤"含有无限惋恻"(黄蓼园《蓼园词评》)。此类词作,"发妙音于律吕之中,运巧思于斧凿之外,平而工,和而雅,比诸刻琢句意而求精丽者远矣"(黄昇《唐宋诸贤绝妙词选》)。可见万俟咏不仅谱写新声,促进词的格律化和词调的繁衍,而且其"典雅"词作在艺术上也有可取之处,故黄庭坚以"一代词人"(《唐宋诸贤绝妙词选》)许之。

　　田为,字不伐,生卒年与籍贯皆不详。善弹琵琶,精通音乐。徽宗崇宁间充大晟府制撰,与万俟咏同时供职大晟乐府,"才思与雅言(万俟咏)抗行,不闻有侧艳"(《碧鸡漫志》卷二)。宣和元年(1119)罢典乐,为大晟府乐令。后历官至广西经略使,以忤秦桧被逐,死于狱中。

　　田为洞晓音律,工于乐府。吴则礼与他诗词唱和较多,其中《田不伐遗披云图》诗有"田郎具眼人,会遣披云啸"(《北湖集》卷一)之句加以称许。所著《芊呕集》久已失传。其词赵万里有辑本,《全宋词》收录六首。

　　田为创作的慢词甚多,可惜大都散失,今仅存〔江神子慢〕、〔探春慢〕、〔惜黄花慢〕三调,从中略可窥见其创制新声的特点。如〔江神子慢〕云:

> 玉台挂秋月。铅素浅、梅花傅香雪。冰姿洁。金莲衬、小小凌波罗袜。雨初歇。楼外孤鸿声渐远,远山外、行人音信绝。此恨对语犹难,那堪更寄书说。　　教人红消翠减,觉衣宽金缕,都为轻别。太情切。消魂处、画角黄昏时节。声呜咽。落尽庭花春去也,银蟾迥、无情圆又缺。恨伊不似馀香,惹鸳鸯结。

此首上片由景入情,极写闺中思妇对行人远去而杳无音信的挂念,下片更由画角黄昏、花落春去、月圆又缺的哀景,兴起当时轻别的悔恨,不尽相思愁苦。全词娓娓诉说离愁别恨,脉络分明,笔致婉转,立意造语既与柳永相近,又与周邦彦〔浪淘沙慢〕(昼阴重)有异曲同工之妙。

田为小词,言情体物,构思工巧,饶有韵致,如〔南柯子〕:

> 梦怕愁时断,春从醉里回。凄凉怀抱向谁开?些子清明时候、被莺催。　　柳外都成絮,栏边半是苔。多情帘燕独徘徊。依旧满身花雨、又归来。

上片写女主人公力图借助梦、醉摆脱愁思,然而梦断春回,短暂的春光在黄莺声中又将逐渐消逝,满怀凄凉因无人诉说而不得排解。换头承上,具写春光渐老;结拍再以多情的燕子归来,暗示无情的心上人始终未归。全词借春景以写愁绪,如怨如慕,如泣如诉,堪称思笔交至。这类作品则逼近晏、欧风神。

曹组,字元宠,颍昌阳翟(今河南禹州市)人。生卒年不详。早年与兄纬有声于太学,以诸生为右列,但屡试不第。徽宗宣和三年

(1121),以下使臣承信郎特令就殿试,考中第五甲,赐同进士出身[1]。后历任武阶兼阁门宣赞舍人、给事殿中等职,又为睿思殿应制。宣和四年(1122),徽宗穷竭财力而经营的"艮岳"告成,曹组以才思敏捷,奉诏作《艮岳赋》。赋中"颂咏太平",深得徽宗赏识,因又奉诏与李质共作《艮岳百咏诗》以进。但"组逢辰未久而没,官止副使"(王明清《挥麈录》后录卷二),《碧鸡漫志》亦谓其"夤缘遭遇,官至防御使"。大约卒于宣和末年。著有《箕颍集》二十卷,为其子曹勋所编刻,谢克家、任伯作序,今已不存。赵万里辑为《箕颍词》三十六首,又有易大厂汇刊《北宋三家词》本(作《元宠词》)。

曹组词作,在政和年间即广为流传,"每出长短句,脍炙人口"(《碧鸡漫志》卷二)。这些所谓"脍炙人口"的传唱词作,内容大都写"侧艳"和"滑稽",曾遭人非议,被目为"滑稽无赖之魁"(同上)。其中以〔红窗迥〕最为著名,一时为浅薄者所仿效。据《碧鸡漫志》说,南宋初,其子曹勋"尝以家集刻板,欲盖父之恶,近有旨下扬州毁其板"。从现存三十六首词来看,作为近幸宠臣,他的词中有些歌咏太平的内容,所谓"济楚风光,升平时世"(〔脱银袍〕)、"丰年乐,岁熙熙、且醉太平"(〔声声慢〕)等,与万俟咏词中粉饰太平者属于同调,大都平庸不足取。

曹组词中有一些"侧艳"之作,如〔点绛唇〕(密炬高烧)、〔阮郎归〕(檐头风珮响丁东)、〔鹧鸪天〕(浅笑轻颦不在多)等。但写得情意真切、风格清丽婉约的,则多是"一怀离恨,满眼欲归心"(〔蓦山溪〕)一类抒写羁旅乡思的词作。如〔青玉案〕:

碧山锦树明秋霁。路转陡、疑无地。忽有人家临曲水。竹篱茅舍,酒旗沙岸,一簇成村市。　凄凉只恐乡心起。凤楼远、回头谩凝睇。何处今宵孤馆里。一声征雁,半窗残月,总是离人泪。

此首上片写旅途景况,宛如一幅明丽秋光中的山行图。下片抒写乡愁,由独卧孤馆而兴去国怀乡之情。写景曲折有致,抒情语浅意真,其内容、风格、结构、琢语均大类柳永的〔夜半乐〕(冻云黯淡天气)。另外如写清明客中怀人的〔忆少年〕(年时酒伴)、咏幽径兰花的〔卜算子〕(松竹翠萝寒)、写江南早梅的〔好事近〕(茅舍竹篱边)、写暮春缅怀故人的〔点绛唇〕、写春日睡起情思的〔如梦令〕等,都呈现出清幽婉丽的风貌,接近晏、欧、少游一路。而咏梅的〔蓦山溪〕一阕,尤有"白玉为骨冰为魂,耿耿独与参黄昏"的"幽趣"(李攀龙语,见《草堂诗馀隽》):

洗妆真态,不在铅华御。竹外一枝斜,想佳人、天寒日暮。黄昏小院,无处着清香,风细细,雪垂垂,何况江头路。　　月边疏影,梦到消魂处。结子欲黄时,又须作、廉纤细雨。孤芳一世,供断有情愁,销瘦却,东阳也,试问花知否?

上片描绘梅花韵格的高洁,下片自抒赏梅的抑郁情怀,末以"问花"作结,前人以谓"微思远致,愧粘题装饰者,结句自清俊脱尘"(沈际飞《草堂诗馀正集》),确非虚誉之辞。

曹组"工谑词"(黄昇《花庵词选》),曾使闻者绝倒的"杂曲数百解"(《碧鸡漫志》卷二)今已散失。在现存的"滑稽"诙谐词中,虽有庸俗无聊之作,但也有语言通俗、构思独特之处,如〔扑蝴蝶〕云:"人生一世,思量争甚底。……有人争奈,只知名与利。朝朝日日,忙忙劫劫地。"又如〔相思会〕下片云:"粗衣淡饭,赢取暖和饱。住个宅儿,只要不大不小。常教洁净,不种闲花草。据见定、乐平生,便是神仙了。"还有〔渔家傲〕下片云:"晚来醉着无人唤,残阳已在青山半。睡觉只疑花改岸,抬头看,元来弱缆风吹断。"这类口语化的通俗词作又显然源自柳永,在北宋末期词坛上虽不罕见,但"以滑稽下俚之词行于世得名"(《直斋书录解题》)的词人却以曹组为最,元代散曲或即受其影响。

第二节　陈克　周紫芝

陈克(1081—1137),字子高,自号赤城居士,临海(今属浙江)人。父贻序,英宗治平三年(1066)进士,以诗名为苏轼、曾巩所赏识。克少年时随父宦学四方,后侨寓金陵(今南京)。应举后为敕令所删定官。高宗绍兴四年(1134),尚书吕祉帅建康,节制淮西军马,荐为幕府参谋。陈克欣然允诺,并与建康通判吴若同撰《东南防守利便》三卷,谓"先定都邑以固根本,后定进取以复境土",又云"立国东南,当联络淮甸荆蜀之势"(《四库全书总目·〈东南防守利便〉提要》)。此书专为南宋抗金立言,故吕祉上奏朝廷。绍兴七年(1137),随吕祉至淮西。原淮南东路兵马钤辖郦琼叛宋降金,杀吕祉。陈克奋勇出战,不幸兵败被擒。金人令其屈膝,陈克毫无惧色,厉声斥敌,并回答说:"宁为珠碎,不为瓦全!"金人"积薪焚之,克骂不绝口,声如雷震"。宋军民"闻先生(陈克)死,号恸如丧所亲"(《临海县志》卷二四)。在北宋末年南宋初期,陈克是惟一为国捐躯的词人。

陈克工词,诗作亦颇有特色。《直斋书录解题》著录其《天台集》十卷,《外集》四卷,《长短句》三卷附。又著录其《赤城词》一卷。今《天台集》已散佚。《赤城词》有旧钞本一卷,为《彊村丛书》所收,赵万里校辑本有四十一首,《全宋词》续补二首,《全宋词补遗》又补辑四首,共四十七首。从现存词作来看,大部分为小令,主要内容是写闺妇闲情逸趣和节序风情等,词风工丽婉雅,深得《花间》和北宋婉约词的神韵。如〔菩萨蛮〕:

绿芜墙绕青苔院,中庭日淡芭蕉卷。蝴蝶上阶飞,烘帘自在垂。　玉钩双语燕,宝甃杨花转。几处簸钱声,绿窗春睡轻。

这是一首历来为词家所称赏的小词。上片写帘内人所见暮春闲庭中的景物,下片写耳听燕语和儿童簸钱游戏的声响,末句从晏几道〔更漏子〕(露华高)"绿窗春睡浓"句化出,说明以上所写,皆梦醒后的所见所闻;而着一"轻"字,尤寓闲适之情于幽静的景物之中,可谓妙思传神,"殊觉其香蒨"(张宗橚《词林纪事》卷一〇引卢申之祖皋语)。又如写闺中愁绪的〔谒金门〕:

愁脉脉,目断江南江北。烟树重重芳信隔,小楼山几尺。
细草孤云斜日,一向弄晴天色。帘外落花飞不得,东风无气力。

词中写女主人公登楼望极天涯,由于烟树重重,远山渺渺,不仅不见行人踪影,而且音信阻隔,面对细草、孤云、落花,虽天色一片晴好,内心却倍感孤寂愁苦。通首由"愁"字领起,以下全以景物烘托,无论题材词风,均与"花间"一脉相承。又如〔菩萨蛮〕:

赤栏桥尽香街直,笼街细柳娇无力。金碧上青空,花晴帘影红。　黄衫飞白马,日日青楼下。醉眼不逢人,午香吹暗尘。

上片描写繁华街道的动人景物，下片刻画贵游公子骑马狎妓的骄横形态，结末暗用李白"大车扬飞尘，亭午暗阡陌"诗意进行讽刺，寓意颇深，风格则更于韦庄为近。此外，作者写阳羡竞渡的〔鹧鸪天〕，写阳羡上元的〔浣溪沙〕，写祈雨有感的〔虞美人〕等，犹如一幅幅江南风俗画，富有地方生活情味；其中"踏车不用青裙女，日夜歌声苦"之句，对农民劳动的艰苦寄予了深切的同情，这在北宋末世和南宋初期的词坛上也是罕见的。尤其值得注意的是，亲历战乱的作者在词中还融入时代身世之感，如〔临江仙〕上片云："四海十年兵不解，胡尘直到江城。岁华销尽客心惊。疏髯浑似雪，衰涕欲生冰。"即生动地反映了金兵南侵的严酷现实和词人饱经丧乱的悲苦心情，读来为之凄恻。尽管这类词作在《赤城词》中所占比例极少，但已为南宋前期大量出现的慷慨忧国歌词开了先声。

陈振孙《直斋书录解题》认为陈克"词格颇高丽，晏、周之流亚"。周济《介存斋论词杂著》也说："子高不甚有重名，然格韵绝高，……比温则薄，比韦则悍，故当出入二氏之门。"陈廷焯《白雨斋词话》卷一更云："陈子高词婉雅闲丽，暗合温、韦之旨。晁无咎、毛泽民、万俟雅言等远不逮也"所论大抵允当，由此亦可见陈克词的渊源及其在当时词坛上的地位。

周紫芝（1082—1155），字少隐，自号竹坡居士。宣城（今属安徽）人。早年热衷功名，但科场失意，"此生三度试甘酸"（〔阮郎归〕），以致"家贫，并日而炊，人哂之，不顾"（毛晋《竹坡词跋》）。后因耻归故里而隐居陵阳山中，过着"酒儿熟也，赢取山中一醉"（〔感皇恩〕）的生活。绍兴十二年（1142）始登第。他在《闷题》诗中自注云："壬戌岁始得官，时年六十一。"但"官晚而名不达"（陈天麟《太仓稊米集序》)。绍兴十七年(1147),任右迪功郎敕令所删定官,不久为枢密院编修官。绍兴二十一年(1151)出知兴国军(治所在今湖北阳新)。晚年退居九江。由于周紫芝热衷禄位,尝为秦桧作生日诗,其《大宋中兴颂》"亦归美于桧,称为元臣良弼"(《四库全书总目·〈太仓稊米集〉提要》),故其人品为后世所讥。著有《太仓稊米集》七十卷、《竹坡诗话》一卷、《竹坡词》三卷。其词有《唐宋名贤百家词》钞本、毛晋汲古阁刊本等。《全宋词》收录一百五十六首。

周紫芝工词,又能诗。他曾向苏门诗人张耒、李之仪请教诗法,又很佩服黄庭坚、陈师道、陈与义等人[2],但其诗在当时颇有自家面目,笔墨清新爽利而不堆砌典故,沾染江西诗派的习气并不很深。所作古诗如《输粟行》、《双鹊行》等,同情民生疾苦,较深刻地反映了现实生活。《五禽言》组诗则依声抒情,写农家生活困境,手法多变,具有民歌风味。他的近体诗如《题湖上壁》等,大都写得清丽流畅,别有情致,"无豫章(黄庭坚)生硬之弊,亦无江湖末派酸馅之习"(《四库全书总目·〈太仓稊米集〉提要》)。

周紫芝的词作早年"从晏几道入,晚乃刊除秾丽,自成一格"(《四库全书总目·〈竹坡词〉提要》)。其《鹧鸪天》词小序云:"予少时酷爱小晏词,故其所作,时有似其体制者。"他的词以写男女情爱、离愁别苦者居多,情思和格调与晏几道词风相近似。如写秋夜眷念歌女的〔鹧鸪天〕:

> 一点残釭欲尽时,乍凉秋气满屏帏。梧桐叶上三更雨,叶叶声声是别离。　　调宝瑟,拨金猊,那时同唱〔鹧鸪〕词。如今风雨西楼夜,不听清歌也泪垂。

上片写秋夜灯残,词人满怀孤独凄苦;下片以昔日欢聚的温馨与眼前分离的悲苦相对比,感情跌宕起伏。结拍情景交至,尤觉语浅意深,令人难以为怀。全词风格、琢语,融温庭筠〔更漏子〕(玉炉香)、晏几道〔临江仙〕(梦后楼台高锁)于一炉,是典型的婉约之作。又如〔踏莎行〕:

> 情似游丝,人如飞絮。泪珠阁定空相觑。一溪烟柳万丝垂,无因系得兰舟住。　雁过斜阳,草迷烟渚。如今已是愁无数。明朝且做莫思量,如何过得今宵去!

此首抒写别情。词人既写出岸边分别时的哀伤情景,又倾诉了今宵孤寂难熬的无限愁苦,从而将景与情、人与事拍合一处。通篇全用白描,直吐胸臆,而韵味深长。孙兢《竹坡词序》谓竹坡乐府"清丽婉曲",非"苦心刻意而为之者",即指此类词作而言。此外如写春夜怀人的〔生查子〕(春寒入翠帷)、写游子思归的〔醉落魄〕(江天云薄)等,都体现出他前期词风清丽婉曲的特征。

周紫芝词中还有不少登山临水、描写自然风光的作品,如写九华山的〔水龙吟〕(楚山木落风高)、写金陵白鹭亭的〔水调歌头〕(岁晚念行役)、写西湖北高峰的〔朝中措〕(西湖烟尽水溶溶),以及写游真如、广孝二寺的〔渔家傲〕(路入云岩山窈窕)等,往往移情入景,注入个人身世感触。在"净扫风埃,收拾烟光入句来"(〔减字木兰花〕)之际,或慨叹"春云更似人情薄"(〔醉落魄〕),反映了词人落第后饱尝人情冷暖、世态炎凉的感受;或叹息"可怜踪迹尚东西,故园何日归"(〔阮郎归〕),抒发了词人飘泊不定的凄苦心情,使自然景物染上了浓重的感情色彩。

需要指出的是,靖康之难的历史巨变,在周紫芝的笔下几乎没有得到什么反映。词中既未表达慷慨报国之志,也未流露家国丧乱之

悲,集中仅有〔临江仙〕《送光州曾使君》一阕稍具时代气息:

> 记得武陵相见日,六年往事堪惊。回头双鬓已星星。谁知江上酒,还与故人倾。　铁马红旗寒日暮,使君犹寄边城。只愁飞诏下青冥。不应霜塞晚,横槊看诗成。

光州在河南,当时已为宋与金对峙的边城。词人虽感时抚事,却并没有吐露出激愤的情怀,字里行间还呈现出一片萧索的气象,其思想境界也是不甚高的。

周紫芝词学花间、晏、欧、柳、秦,其《书自作序后》云:"仆顷岁尝作中秋词(即〔沙塞子〕),后三十年夜饮花下作木芙蕖词(即〔渔家傲〕),二词之作,日月几一世,而语之工拙,相去几何? 岂非前一词似鹦鹉,后一词作秦吉了耶?"(《太仓稊米集》卷六七)虽属自谦之辞,亦可见其刻意步武前贤之意。其实竹坡词清倩婉秀,实兼五代、北宋婉约派诸家之长,并有自家面目,无愧南渡前后的作手。毛晋《竹坡词跋》云:"紫芝尝评王次卿诗,云如江平风霁,微波不兴,而汹涌之势、澎湃之声固已隐然在其中。其词约略似之。"所评可谓允当。

第三节　叶梦得

叶梦得(1077—1148),字少蕴,自号石林居士,吴县(今江苏苏州)人,一说乌程(今浙江吴兴)人。哲宗绍圣四年(1097)进士,调任丹徒尉。徽宗朝自婺州(今浙江金华)教授召为议礼武选编修官。因蔡京荐召对,深受徽宗赏识,特迁祠部郎官。后任中书舍人、翰林学士。大观三年(1109),以龙图阁直学士出知汝州(今河南临汝),不久落职,提举洞霄宫。政和五年(1115),出知蔡州,复官龙图阁直学士。后移帅颍昌府(今河南许昌),在任期间,惩治黠吏,关心民瘼,"发常平粟赈民"(《宋史》本传)。由于性格耿介不阿,为宦官所恶,秩满后又落职提举洞霄宫。北宋末世,他或废或起,因而时有隐退之念。宣和三年(1121)南归,在湖州卞山石林卜筑精舍,过着著书自娱的隐逸生活,其《避暑录话》即作于此年。

靖康之难和金兵不断南侵的动荡局势,使他满怀悲愤。宋室南迁后,又复供职朝廷。建炎初担任户部尚书,深晓理财之道,并提出御敌良策。绍兴元年(1131),任江东安抚大使,兼知建康府。八年,再帅江东,整饬边备,"团结沿江民兵数万,分据江津"(《宋史》本传),使入侵金兵不得渡而去。宋金和议达成后,叶梦得调任福建安抚使,兼知福州。时秦桧执政,他因忤桧意,于绍兴十五年(1145)上章请老,以崇庆节度使致仕,退居卞山石林,家藏书数万卷,惟以读书吟咏遣岁。卒赠检校少保。

叶梦得学识渊博,著述繁富,吟咏潇洒。其诗"深厚清隽,不失元祐诸贤矩矱"(翁方纲《石洲诗话》卷四)。他的著述,《直斋书录解题》著录《石林总集》一百卷,年谱一卷,《石林建康集》十卷,《避暑录话》二卷和《石林词》一卷。另有《注琴趣外篇》三卷为江阴曹鸿注《叶石林词》。今《总集》已佚,《建康集》仅存八卷。其诗话《石林诗话》,笔记《石林燕语》、《避暑录话》等都广为流传。流传词集有明吴讷《唐宋名贤百家词》钞本、毛晋汲古阁刻本、《宋元名家词》本、叶德辉《石林遗书》本、《四库全书》本(用毛刻本)等。《全宋词》据钞本校补,收词一百零二首。

叶梦得词在南渡前后有着明显的不同。早期词作虽不出传统题材范围,但在婉丽的词风中已呈现出较多的个人面目,如遐迩传唱的

〔贺新郎〕：

> 睡起啼莺语。掩苍苔、房栊向晚,乱红无数。吹尽残花无人见,惟有垂杨自舞。渐暖霭、初回轻暑。宝扇重寻明月影,暗尘侵、尚有乘鸾女。惊旧恨,遽如许！　　江南梦断横江渚。浪粘天、葡萄涨绿,半空烟雨。无限楼前沧波意,谁采蘋花寄取？但怅望、兰舟容与。万里云帆何时到？送孤鸿、目断千山阻。谁为我,唱〔金缕〕？

据叶梦得孙叶筠谓"赋此词时年方十八,而传者乃云为仪真妓女作"(刘昌诗《芦浦笔记》卷一〇),据此可知其为作者早期的代表词作。上片先写午睡醒来,已近黄昏,唯闻黄莺声声,但见红花纷飞,垂杨自舞,景物至为凄清。然后写因春事渐阑,暖意初回,重寻宝扇,蓦见扇上所绘仙女形象,因而睹物思人,引起内心埋藏的旧恨。下片承上"旧恨"拓开,由眼前所见浩淼的江天景色,怅恨伊人远去,既无由重见,又难寄深意,而千山阻隔,望亦徒然。结拍用梅尧臣《一日曲》"东风若见郎,重为歌金缕"诗意,加倍写足怀人之情,有一唱三叹的馀韵。关注《题石林词》云:"味其词婉丽,绰有温、李之风。"而此词在婉丽中却带有豪逸之气,廊庑也较为阔大,实已开其后期词风之先声。

词人在南渡前长期仕宦,位居显要,但时遭贬废,颇历风波,故对污浊官场常生厌恶之情,而往往寄意于山水田园之间。所谓"来往未应足,便细雨斜风,有谁拘束。陶写中年,何待更须丝竹"(〔应天长〕),"古今同是东篱侧,问何须、特地赋归来,抛彭泽"(〔满江红〕《重阳赏菊,时予已除代》),都是其思想感情的真实写照。而〔满江红〕咏颍州西湖的下片"兰舟漾,城南陌。云影淡,天容窄。绕风漪十顷,暖浮晴色。恰似槎头收钓处,坐中仍有江南客。问何如、两桨下苔溪,吞云泽"云云,则又反映了词人徜徉山水的情趣。由于上述原因,其前期词风不仅渐趋清旷疏淡,而且词中较多融化陶渊明的诗句,如〔念奴娇〕《南归渡扬子作,杂用渊明语》上片云:"故山渐近,念渊明归意,翛然谁论。归去来兮秋已老,松菊三径犹存。稚子欢迎,飘飘风袂,依约旧衡门。琴书萧散,更欣有酒盈尊。"这种大量融化陶渊明语句入词的檃栝体显然是受到苏轼〔哨遍〕(为米折腰)一类词作的影响。

南渡后,叶梦得的词风在前此基础上更有所发展变化,接受苏轼豪迈、清旷一路的痕迹愈加明显,这主要是由于作者胸怀家国之痛和匡复之志,因而常将慷慨激越的声情融入词作之中。如用苏轼《赤壁怀古》词原韵的〔念奴娇〕(云峰横起)写道:"万里云屯瓜步晚,落日旌旗明灭。鼓吹风高,画船遥想,一笑吞穷发。当时曾照,更谁重问山月。"在充满豪气的画面上,隐含着怀古伤今的沉痛之情和个人的身世之感,与苏轼原作几乎同一鼻息。又如〔八声甘州〕《寿阳楼八公山作》云:

> 故都迷岸草,望长淮、依然绕孤城。想乌衣年少,芝兰秀发,戈戟云横。坐看骄兵南渡,沸浪骇奔鲸。转盼东流水,一顾功成。　　千载八公山下,尚断崖草木,遥拥峥嵘。漫云涛吞吐,无处问豪英。信劳生、空成今古,笑我来、何事怆遗情。东山老,可堪岁晚,独听桓筝。

寿阳八公山在今安徽寿县城北,历史上著名的淝水之战就发生在这里。在金兵压境的南宋绍兴初,词人帅江东兼寿春等六州宣抚使,到此登临,自然联想起东晋谢安、谢玄等所指挥的这场以少胜多的著名战役,从而抚今思昔,抒发了爱国抱负难以施展的悲愤。这种思想感情在其晚年词作中更时有所流露。词人在喟叹"平生豪气安在"、"功业竟安在"、"老矣真堪愧,回首望云中"(〔水调歌头〕)的同时,常常渴望出现像谢安那样的人物来挽救国难:"谁似东山老,谈笑静胡沙"(〔水调歌头〕)。不仅如此,词人还对沦陷的中原地区有着深沉的怀念,如〔点绛唇〕《绍兴乙卯登绝顶小亭》云:

缥缈危亭,笑谈独在千峰上。与谁同赏,万里横烟浪。
老去情怀,犹作天涯想。空惆怅,少年豪放,莫学衰翁样。

此词系作者离任归卞山后所作。词中抒写了登临绝顶小亭观景时兴发的感触,所谓"天涯想",即含蓄而又明确地表达了词人渴望收复中原的情怀。

叶梦得后期词中,更多的是接近于苏轼雄浑飘逸风格的作品,如〔念奴娇〕《中秋宴客,有怀壬午岁吴江长桥》一阕,既描绘了洞庭山下湖水汹涌浩渺的壮阔气势,又抒写了月下登楼观赏时所生发的奇思遐想和身世漂流的慨叹,其风格、构思都逼近苏轼的〔念奴娇〕(大江东去)和〔水调歌头〕(明月几时有)。即如〔浣溪沙〕《次韵王幼安,曾存之园亭席上》下片云:"柳絮尚飘庭下雪,梨花空作梦中云。竹间篱落水边门。"〔江城子〕《登小吴台小饮》下片云:"湖海苍茫,千里在吴关。漫有一杯聊自醉,休更问,鬓毛斑。"也大都"不作柔语殢人,真词家逸品也"(毛晋《石林词跋》),故关注《题石林词》称其晚岁词作"落其华而实之,能于简淡时出雄杰,合处不减东坡",《碧鸡漫志》卷二,也认为他学东坡的韵致可得十之六、七,可见其词"挹苏氏之馀波"(冯煦《宋六十一家词选例言》)的观点乃是历代词评家之所共识。

〔1〕 陈振孙《直斋书录解题》卷一七云:"组本与兄纬有声太学,亦能诗文。……谢克家任伯为集序,其子勋跋其后,略见其出处。盖宣和三年始登第。……集中有《谢及第启》,自序云:'早预诸生,竟叨右列。'……曾慥《诗选》云:'六举不第,宣和中诏赴廷试,赐第。'"

〔2〕 见方回《桐江集》卷三《读太仓稊米集跋》。

第二十三章　周邦彦

第一节　周邦彦的生平

周邦彦(1056—1121),字美成,自号清真居士,并以"顾曲"为堂名,钱塘(今浙江杭州)人。少时"疏隽少检,不为州里推重,而博涉百家之书"(《宋史·文苑传六》)。神宗元丰二年(1079),入都为太学生。六年(1083),献《汴都赋》七千言。由于赋中铺陈汴京盛况,赞美新政,加之壮采飞腾,奇文绮错,因而得到神宗的赏识,他本人也从太学生被擢为太学学正,开始进入了仕途。在此期间,辞采斐然、年少风流的周邦彦经常在歌台舞榭、倡楼瓦舍中留连,所写词章,大都为应歌赠妓的"软媚"之作(张炎《词源》下),属于没有什么特色的"无谓之词"(周济《介存斋论词杂著》),以至作者后来也颇悔其少作[1]。但像〔少年游〕(并刀如水)一类歌词,却也玉艳珠鲜,别饶姿致,不能一概否定。元丰八年,神宗去世。哲宗即位初期,因年幼由高太后垂帘听政,一度重新引用旧党,排挤、斥逐新党人士,周邦彦很可能因倾向新党而"居五岁不迁",他的一些自伤幽独和羁旅怀归之作,如〔浣溪沙〕(楼上晴天碧四垂)、〔苏幕遮〕(燎沉香)等,大约就是在这一背景下创作的。

哲宗元祐二年(1087),"不能俛仰取容"的周邦彦终于"自触罢废"(并见其《重进汴都赋表》)而被逐出太学,教授庐州(今安徽合肥)。当时他在《友议帖》中自谓"罪逆不死,奄及祥除"。"祥除"指神宗去世,"罪逆"则隐寓不容于旧党而获谴之意。宋代以京官为贵,周邦彦不仅在太学正任上长时间不得升迁,现在又被外放到庐州这个"地僻无钟鼓"(〔宴清都〕)的地方,心情自然十分悲凉,故每有"残灯灭,夜长人倦难度"(同上)的感喟。元祐四年(1089)秋,赴荆州(今湖北江陵),大约也是任教授等职[2],前后又有三年之久。这一时期所作以纪录行踪、抒发流落无聊之情的词篇为多,如〔还京乐〕(禁烟近)、〔倒犯〕(霁景对霜蟾乍升)、〔点绛唇〕(台上披襟)、〔扫花游〕(晓阴翳日)、〔风流子〕(枫林凋晚叶)等。元祐八年(1093),又知溧水(今属江苏)。在溧水三年期间,襟怀更觉凄楚,词作如〔满庭芳〕(风老莺雏)、〔过秦楼〕(水浴清蟾)、〔花犯〕(粉墙低)之类,大都抒发中年伤于哀乐、飘流薄宦、不如归去的感情,所云"年年,如社燕,飘流瀚海,来寄修椽"、"叹年华一瞬,人今千里,梦沉书远"等句,都是此时思想感情的真实写照。以上十年,由于侘傺无聊,飘零不偶,年岁日益增长,性情随之变化,加之在溧水三年间又颇受道家安时处顺、乐自得生之类思想的影响[3],周邦彦的词风也就渐由软媚转趋凄惋、奇崛、沉郁顿挫,而〔齐天乐〕《秋思》、〔西河〕《金陵怀古》等作,尤为其后期词风开了先声,奠定了基础。

元祐八年九月,太皇太后高氏去世,哲宗亲政。次年四月,改元绍圣,渐复熙宁新法,召用新党被贬诸人,并不断责降、禁锢元祐年间的旧党人士及其子弟。周邦彦于绍圣四年(1097)四十二岁时被召回京,担任国子主簿,当与这一历史背景有关;从他在将抵汴京途中所作〔浣溪沙〕(日薄尘飞官路平)中所表达的喜悦之情,可以窥见一些消息。元符元年(1098),召对崇政殿,重进《汴都赋》,除秘书省正字。徽宗建中靖国元年(1101),迁校书郎。崇宁三年(1104),迁考功员外郎。大观元年(1107),迁卫尉宗正少卿,兼议礼局检讨。政和元年(1111),迁卫尉卿。至此,周邦彦在京师服官前后已有十五年之久。还京之初,他犹如"定巢燕子,归来旧处"([瑞龙吟]),因而所作[垂钓丝](缕金翠羽)、[少年游](檐牙缥缈小倡楼)、[应天长](条风布暖)、[点绛唇](辽鹤归来)等等,大都表达了悲喜交并的复杂感情。而上述[瑞龙吟]一阕,论者或以为不仅写身世之感,对政事的沧桑也有所寄托[4]。与此同时,由于环境和心情都有所变化,又出现了一些绮陌看花、垂杨系马之类应歌赠妓之作。

徽宗政和二年(1112)至政和四年(1114),周邦彦以奉直大夫直龙图阁知隆德军府(今山西长治)。政和五年,徙知明州(今浙江宁波)。六年,还京为秘书监。七年,进徽猷阁侍制,提举大晟府,时年六十二。再度还京的两年,周邦彦在政治上虽比较显达,也只是循资格而得的。当时新党蔡京用事,周邦彦并未因主张熙宁新政而依附于蔡,所以楼钥在其所编《清真先生文集》的序中说他"虽归班于朝,坐视捷径,不一趋焉";王国维《清真先生遗事》也说他提举大晟府时,"不闻有所建议,集中又无一颂圣贡谀之作"。不仅如此,论者或以为他在这一期间所作[黄鹂绕碧树]、[双阙笼佳气]以及[蝶恋花](爱日轻明新雪后)等五首,都对徽宗的淫奢佚乐、荒于政事和蔡京的怀奸植党、权倾天下有所讥刺。他在大晟府任上仅一年左右即出知真定府(今河北正定),也许和上述情事有关[5]。在提举大晟府任上,"周美成诸人讨论古音,审定古调,……由此八十四调之声稍传。……又复增演慢曲、引、近,或移宫换羽,为三犯、四犯之曲,按月律为之,其曲遂繁。"(张炎《词源》卷下)这不仅对词乐的发展贡献很大,对提高他自己创作的音律之美也很有裨益。

徽宗宣和元年(1119),周邦彦知真定府,不久即改顺昌府(今安徽阜阳)。次年,徙知处州(今浙江丽水),未到任,又奉祠提举南京(今河南商丘市)鸿庆宫。因方腊在睦州(今浙江建德)起事,他辗转避乱于睦州、杭州、扬州,于宣和三年(1121)六十六岁时卒于鸿庆宫的斋厅。

综观周邦彦一生的创作,当以绍圣四年重入汴京以后的成就最为突出,名篇如〔兰陵王〕(柳阴直)、〔琐窗寒〕(暗柳啼鸦)、〔大酺〕(对宿烟收)、〔六丑〕(正单衣试酒)等皆作于这一时期。这是因为异地飘零,饱经忧患,抚今思昔,感慨良多,加之随着年龄的增长,创作经验的积累,故所作思笔兼到,日趋成熟境地。

周邦彦在当时不仅以词名家,就是诗文也颇有可观。陈师道《后山诗话》云:"美成笺奏杂著俱善,惜为词掩。"陈郁《藏一话腴》亦云:"至于诗歌,自经史中流出,当时以诗名家如晁(补之)、张(耒)皆自叹以为不及。"此外,张端义《贵耳集》、楼钥《清真先生文集序》等也有相同的评论。可惜他的《清真先生文集》、《清真杂著》、《操缦集》等所载诗文杂著,元明之时已渐散佚,到了清代更是湮没无闻,经过学者的爬梳钩稽,今仅得佚诗四十五首,佚文十二篇而已[6]。

周邦彦的创作,无疑以词为当行出色。其词集版本甚多,今天常见的有朱祖谋《彊村丛书》覆刻宋本《片玉集》十卷(即陈元龙《详注周美成片玉集》);王鹏运《四印斋所刻词》覆刻元巾箱本《清真集》二卷、《集外词》一卷;毛晋汲古阁本《片玉词》二卷、《补遗》一卷;以及吴则虞校点的《清真集》(中华书局版)和罗忼烈笺注的《周邦彦清真集笺》(三联书店香港分店版)等。今存词一百八十馀首。由于版本众多,宋以来各种词选又多所采录,故伪托之作时有阑入,而文字的异同也至为纷纭,阅读时应参考有关校点本作更深入的研究。

第二节　周邦彦词的思想内容

周邦彦的词大多写爱情和身世之感,同柳永词有很多相似之处。写爱情的词篇,有的是在酒筵歌席上的赠妓应歌之作,有的则真实地表达了对所爱女子的感情。写身世之感的词篇,内容较为广泛,举凡羁旅行役之苦,缅怀故乡之情,物是人非之叹等等,皆摄入笔底。少数词作则可能寓托了他对时政的看法,有一定的政治意义。

周邦彦的赠妓应歌词,大多作于为太学生时,虽以软媚而为论者诟议,其中也还有少数真切动人的作品,如〔少年游〕云:

并刀如水,吴盐胜雪,纤手破新橙。锦幄初温,兽烟不断,相对坐调笙。　　低声问:向谁行宿?城上已三更。马滑霜浓,不如休去,直是少人行。

前人颇多以此词附会于李师师、宋徽宗和作者之间的儿女恩怨,近人郑文焯《清真词校后录要》、王国维《清真先生遗事》和陈思《清真居士年谱》皆已辨其非是。它实际上是饮于妓馆的一首作品[7]。下片写夜深人静,妓女留客歇宿,并不涉及牵裾之类淫辞秽语,而是以关心客人的婉转口吻,表达了缠绵偎倚之情,把人全然写活了,所以后之论者常以"佳制"、"神品"许之,同柳永、黄庭坚同类艳词相比,便有高下、雅俗之别。作于知溧水任上的〔风流子〕则是一首别有情致的艳词:

新绿小池塘,风帘动、碎影舞斜阳。羡金屋去来,旧时巢燕;

土花缭绕,前度莓墙。绣阁凤帏深几许,曾听得理丝簧。欲说又休,虑乖芳信;未歌先咽,愁近清觞。　　遥知新妆了,开朱户、应自待月西厢。最苦梦魂,今宵不到伊行。问甚时说与,佳音密耗,寄将秦镜,偷换韩香。天便教人,霎时厮见何妨!

词人深深地爱上了一位深居绣阁凤帏之中的大家女子,而从这位女子弹奏的丝簧声中,词人觉得对方也是多情之人,于是设想女方晚妆之后,打开朱户,待月西厢,期望着有情之人前往幽会。然而事与愿违,无法相见,中夜入睡,也不能在梦中前往她的身边。所以在结尾情急而呼"天便教人,霎时厮见何妨!"况周颐《蕙风词话》以为"此等语愈朴愈厚,愈厚愈雅,至真之情由性灵肺腑中流出,不妨说尽,而愈无尽",可谓知音。下面这首〔瑞龙吟〕是周邦彦情词中的代表作之一,常被前人目为沉郁顿挫风格的典型慢词:

　　章台路,还见褪粉梅梢,试花桃树。愔愔坊陌人家,定巢燕子,归来旧处。　　黯凝伫。因念个人痴小,乍窥门户。侵晨浅约宫黄,障风映袖,盈盈笑语。　　前度刘郎重到,访邻寻里,同时歌舞。惟有旧家秋娘,声价如故。吟笺赋笔,犹记《燕台》句。知谁伴、名园露饮,东城闲步。事与孤鸿去。探春尽是,伤离意绪。官柳低金缕。归骑晚、纤纤池塘飞雨。断肠院落,一帘风絮。

此词作于绍圣四年还京任国子主簿之时。经过十年的外放,今日能重返京师,在朝中任职,心情应该是愉快的;可是词中所表达的感情却比较低沉。这是因为旧地重游,不见当年钟情的一位歌妓,物是人非,又情随境迁,所以不禁感慨系之。就全词题旨而言,不过是人面桃花,旧曲翻新;但因有弦外之音,中寓身世之感,从而使这首情词意蕴加深。论者或以为词中隐寓了旧党罢斥、新党复来的政事沧桑[8],可备一说。作者另一首名篇〔浪淘沙慢〕则是一首离别京城,怀念所欢的慢词:

> 昼阴重,霜凋岸草,雾隐城堞。南陌脂车待发,东门帐饮乍阕。正拂面、垂杨堪揽结。掩红泪、玉手亲折。念汉浦、离鸿去何许,经时信音绝。　情切,望中地远天阔。向露冷风清,无人处、耿耿寒漏咽。嗟万事难忘,惟是轻别。翠尊未竭,凭断云、留取西楼残月。　罗带光消纹衾叠。连环解、旧香顿歇。怨歌永、琼壶敲尽缺。恨春去、不与人期,弄夜色、空馀满地梨花雪。

上片写当时与所欢分襟时令人黯然消魂的情景,"念汉浦"句以下,转写别后音信杳然、旧情断绝的怅恨,与下引〔解连环〕一词所抒写的怨情有相似之处。但此词以作者的口吻出之,〔解连环〕则托为闺怨之词:

> 怨怀无托。嗟情人断绝,信音辽邈。纵妙手、能解连环,似风散雨收,雾轻云薄。燕子楼空,暗尘锁、一床弦索。想移根换叶,尽是旧时,手种红药。　汀洲渐生杜若。料舟移岸曲,人在天角。漫记得、当日音书,把闲语闲言,待总烧却。水驿春回,望寄我、江南梅萼。拚今生、对花对酒,为伊泪落。

"纵妙手"三句,就是上词"连环解、旧香顿歇"的意思,比喻旧情的断绝。"漫记得"三句,由怨嗟转为决绝,大有"反是不思,亦已焉哉"

(《诗经·卫风·氓》)之意。"水驿春回"以下,突然又作转折,幻想并企求对方回心转意;结尾更进一步表示,不论对方态度如何,自己永远不能忘情。沉郁顿挫的风格,将近乎痴心的真情写得入木三分。

综观周邦彦这类词作,虽多描写痴男浪子的口吻和青楼倡女的情愫,其题材与柳永的同类作品似无二致,但由于柳永一生蹭蹬,在混迹歌楼酒肆的生活中,其思想感情常能与下层歌女倡伎互相拍合;而周邦彦一生仕宦相对来说较为顺利,当其听歌宿妓之际,固然也不乏狎情绮思,却缺少柳永与歌伎之间那种"同是天涯沦落人"的深层感情。张炎《词源》评其"意趣却不高远",刘熙载《艺概》也訾以"周旨荡",若从上述角度观之,应该是不为过的。

抒发身世之感的歌词在清真集中占有相当大的份量,其中以羁旅行役为题材的作品大都写于外放期间,精采之作较多。试看〔满庭芳〕《夏日溧水无想山作》:

风老莺雏,雨肥梅子,午阴嘉树清圆。地卑山近,衣润费炉烟。人静乌鸢自乐,小桥外、新绿溅溅。凭阑久,黄芦苦竹,拟泛九江船。　　年年,如社燕,飘流瀚海,来寄修椽。且莫思身外,长近尊前。憔悴江南倦客,不堪听、急管繁弦。歌筵畔,先安簟枕,容我醉时眠。

地卑山近,气候潮湿,处境类似白居易贬谪"地低湿"的江州。何况年年像社燕一样,辗转飘零,无有已时,所以尽管有清圆的树阴,溅溅的春水,优美的乐曲,也无法使词人心情愉悦,只能一任风老莺雏,雨肥梅子,乌鸢自乐,不想一切身外之事,长日沉醉酒中,躲进梦乡,以避闲愁。旅途之中,通过抚今思昔手法来写身世之感的词作,〔尉迟杯〕是较为突出的一首:

  隋堤路,渐日晚、密霭生深树。阴阴淡月笼沙,还宿河桥深处。无情画舸,都不管、烟波隔南浦。等行人、醉拥重衾,载将离恨归去。 因念旧客京华,长偎傍、疏林小槛欢聚。冶叶倡条俱相识,仍惯见、珠歌翠舞。如今向、渔村水驿,夜如岁、焚香独自语。有何人、念我无聊,梦魂凝想鸳侣。

此词是离开京城,夜宿舟中之作。全词由日晚烟浓,当夜"还宿河桥深处"发端,过片转忆"旧客京华"时的欢乐之事,再从"如今向"折转到眼前现实。两相对比,昔日之欢聚,更加反衬出今日之孤寂寥落。通过惜别来写身世之感的作品也有不少,〔兰陵王〕便是这方面的名篇:

  柳阴直,烟里丝丝弄碧。隋堤上、曾见几番,拂水飘绵送行色。登临望故国,谁识京华倦客。长亭路,年去岁来,应折柔条过千尺。 闲寻旧踪迹。又酒趁哀弦,灯照离席。梨花榆火催寒食。愁一箭风快,半篙波暖,回头迢递便数驿。望人在天北。 凄恻,恨堆积。渐别浦萦回,津堠岑寂。斜阳冉冉春无极。念月榭携手,露桥闻笛。沉思前事,似梦里,泪暗滴。

这首词主要写惜别之情,其中"愁一箭风快"数句,写尽了别离的凄苦。固然,"黯然消魂者惟别而已矣",但"别虽一绪,事乃万族"(江淹《别赋》)。周邦彦写作此词,正值又一次从京城外放真定府之际,时年已六十三岁。词人于三十二岁时自太学正教授庐州,是一别京华;五十七岁时自卫尉卿直龙图阁出知隆德府,是再别京华;现在又自待制出知真定府,已是三别京华。所以说是"曾见几番、拂水飘绵送行色","谁识京华倦客",感情凄苦至极。以下设想行人离开京城后的情景,而此行人恰恰就是词人自己。"如人饮水,冷暖自知",别离更兼外放的况味只有词人自己体会得最为真切、深刻,因而形诸文字,也就更能动人心弦。

《清真词》中还有一些通过怀归来写身世之感的作品。周邦彦是钱塘人,从二十四岁入都为太学生以迄六十六岁去世,长时间在外地任职。宋代既以京官为贵,所以他在朝廷供职时较少乡思;而一旦离开京城,到地方上去做官,思归的心情便油然而生。如〔大酺〕云:

> 对宿烟收,春禽静,飞雨时鸣高屋。墙头青玉旆,洗铅霜都尽,嫩梢相触。润逼琴丝,寒侵枕障,虫网吹粘帘竹。邮亭无人处,听檐声不断,困眠初熟。奈愁极顿惊,梦轻难记,自怜幽独。
>
> 行人归意速,最先念、流潦妨车毂。怎奈向、兰成憔悴,卫玠清羸,等闲时、易伤心目。未怪平阳客,双泪落、笛中哀曲。况萧索、青芜国。红糁铺地,门外荆桃如菽。夜游共谁秉烛。

这首词大约也是离京到外地赴任途中所作。离开京城之时,黄昏遇雨,一不堪;邮亭无人,檐声聒耳,二不堪;梦轻易醒,独守逆旅,三不堪。由去国而至怀乡,乃是自然产生的感情;如今潦水四流,车毂难前,虽然归心似箭,无奈难以成行,可谓更是不堪。下文一系列悲愁辞语,都是被此数不堪逼迫而出。末二句以秉烛夜游作结,也是聊以自我排遣之辞。〔六丑〕《蔷薇谢后作》则是借咏雨形式表达身世之感的力作:

> 正单衣试酒,恨客里、光阴虚掷。愿春暂留,春归如过翼,一去无迹。为问花何在?夜来风雨,葬楚宫倾国。钗钿堕处遗香

泽。乱点桃蹊,轻翻柳陌。多情为谁追惜?但蜂媒蝶使,时叩窗槅。　　东园岑寂,渐蒙笼暗碧。静绕珍丛底,成叹息。长条故惹行客,似牵衣待话,别情无极。残英小、强簪巾帻。终不似,一朵钗头颤袅,向人敧侧。漂流处、莫趁潮汐。恐断红、尚有相思字,何由见得。

全词咏蔷薇,借惜花伤春暗寓身世之感,看似咏物,实是自叹。词人年老远宦,作客他乡,花落春去,意绪索寞,是花是人,比兴无端;如泣如诉,语极呜咽。所以周济《宋四家词选》评云:"不说人惜花,却说花恋人;不从无花惜春,却从有花惜春;不惜已簪之残英,偏惜欲去之断红。"

周邦彦的怀古词也写得很好,可惜数量极少,〔西河〕《金陵怀古》是最为脍炙人口的一首:

佳丽地,南朝胜事谁记。山围故国绕清江,髻鬟对起。怒涛寂寞打孤城,风樯遥度天际。　　断崖树,犹倒倚,莫愁艇子曾系。空馀旧迹郁苍苍,雾沉半垒。夜深月过女墙来,伤心东望淮水。　　酒旗戏鼓甚处市,想依稀、王谢邻里。燕子不知何世,入寻常、巷陌人家,相对如说兴亡,斜阳里。

用词的形式来写金陵怀古的名作,当首推王安石的〔桂枝香〕。周邦彦赓续为之,却又别开生面。全词分为三片。第一片先以发端两句撇去史实不说,然后着力总写金陵气象巍峨的山川形胜。第二片写莫愁旧迹,物是人非,更以夜景托出凄凉,读之令人生哀。第三片再写王谢故居依稀难认,而当年燕子已飞入寻常巷陌人家,千古兴亡之感因此油然而生。从全词的题旨来看,本来不过是櫽栝刘禹锡的

《金陵五题》，但由于浑然天成，多从景上虚说，兼以气韵沉雄，苍凉悲壮，故意蕴沉厚，前人认为可与王安石〔桂枝香〕媲美，乃至以"绝唱"许之。

就题材来说，周邦彦词所涉及的领域比较狭窄，并没有超出北宋其他婉约词人的樊篱。王国维《人间词话》批评他"创调之才多，创意之才少"，是比较中肯的。周邦彦之所以能超迈侪流，在词史上具有很高的地位，主要是在艺术技巧方面的成就。

第三节　周邦彦词的艺术成就及其影响

周邦彦词在艺术技巧方面的特色，以陈振孙《直斋书录解题》的评语最为允当："多用唐人诗语檃栝入律，浑然天成。长调尤善铺叙，富艳精工。"此外，强焕《题周美成词》说他"抚写物态，曲尽其妙"，陈廷焯《白雨斋词话》说清真词的妙处"亦不外沉郁顿挫"，《四库全书总目·〈片玉词〉提要》认为"邦彦本通音律，下字用韵，皆有法度"等等[9]，也分别从技巧、风格、音律等方面加以肯定。

在严整的章法结构中富有变化，是清真词（特别是长调）的一大特色。

上下片分言今昔乃是词的通常作法，周邦彦词也是这样。例如前引〔浪淘沙〕（昼阴重）一首，大体来说，第一、二两片写昔，第三片言今；但第一片"念汉浦"两句，虽然是写别后至今，音信断绝，属于"往事"范畴，而所"念"之时则在今日，成为勾连前两片和最后一片的枢纽。下面这首〔夜飞鹊〕《别情》在结构上却同中有异：

河桥送人处，凉夜何其。斜月远堕馀辉。铜盘烛泪已流尽，霏霏凉露沾衣。相将散离会,探风前津鼓,树杪参旗。华骢会意,纵扬鞭、亦自行迟。　　迢递路回清野,人语渐无闻,空带愁归。何意重经前地,遗钿不见,斜径都迷。兔葵燕麦,向残阳、欲与人齐。但徘徊班草,欷歔酹酒,极望天西。

下片头三句,写河桥上喧闹之声渐杳,只感到道路的漫长。原来转瞬之间,行人已去,只有独自一人带着满怀愁恨,踏上归途。从上片写到这里,已将送别的全过程作了完整的描述。如果至此而掩卷寻绎,总以为上片是写送别,下片是写归途,再下面就该写回到家中之后的寂寞凄凉了。及至读到"何意重经前地",才知道不仅上片的分别场面是追写,下片的起头三句也还是对往事的回忆。以上两种写法,既与传统相近相似,又打破了上下两片各司其职的老框框,有所发展创新。再看以下两首分为三叠的词作的章法结构。〔瑞龙吟〕(章台路)一首,三片分写今、昔、今。第一片用"还见"二字扣住往昔,第二片用"黯凝伫"扣住今日,第三片又用"前度刘郎重到"绾合今昔。开阖变化,沉郁顿挫,却又环环相扣,脉络井然。〔兰陵王〕(柳阴直)一首,章法便迥然有异。第一叠,写今日来到送别之地因所见而产生种种联想和感触。第二叠,兼写昔、今、未来:"闲寻"句,追往;"又酒趁哀弦"三句,写眼前离筵;"愁一箭风快"四句,则是想象离别之后我(行者)在舟中所处的情境,是虚摹而非实事。第三叠,转入别后情怀,正面实写离恨。读完全词,我们才恍然大悟,一、二两叠其实都是顺序追述别离的全过程,第三叠才拍合到现在。层次原极分明,却写得恍惚迷离,跌宕多姿,这样细针密线的结构,必须细加玩味,方能领略。

善于大量借用、化用前人诗意词句入词,并使之浑然天成,是周邦彦词的另一特色。这和周氏"博涉百家之书"且长于辞赋有着密切的关系。

《清真词》中,有一些是通篇借用唐人诗意的,如前引〔瑞龙吟〕(章台路)全用崔护《题都城南庄》诗意,〔西河〕《金陵怀古》全然檃栝刘禹锡《金陵五题》等。这类作品虽说是"旧曲翻新",然而经过作者的再创造,却不但如出己手,而且同原作相比,已具有了它们独特的机杼和风姿。例如崔护的原作是一首七绝,具有高度概括的特点,但毕竟因为受到篇幅的限制而不可能充分展开。〔瑞龙吟〕则是一首双拽头的慢词,共分三叠,如何将紧缩的内容敷衍成一百三十馀字的长篇,这就需要在艺术构思上煞费苦心,既要做到层次分明,又要力求波澜起伏。此词层层脱换,笔笔往复,韵味深长,耐人咀嚼,致使崔护人面桃花之作不能专美于前。当然,取得成功的最根本原因,依然源于词人在生活实践中的深刻感受和体验,而绝非单凭艺术脱胎和点化之功。

周邦彦词中化用或借用前人诗句的例子更多。如〔满庭芳〕《夏日溧水无想山作》的"雨肥梅子",用杜甫《陪郑广文游何将军山林》"红绽雨肥梅";"黄芦苦竹",用白居易《琵琶行》"住近湓江地低湿,黄芦苦竹绕宅生";"且莫思身外"两句,用杜甫《绝句漫兴九首》"莫思身外无穷事,且尽生前有限杯",等等。又如〔尉迟杯〕(隋堤路)的"阴阴淡月笼沙",用杜牧《泊秦淮》"烟笼寒水月笼沙";"无情画舸"四句用郑仲贤《柳枝词》"亭亭画舸系寒潭,直到行人酒半酣。不管烟波与风雨,载将离恨过江南",等等。清真词借用、化用前人语句,不限于唐人,举凡汉、魏、六朝、唐、宋各代的作品,都能信手拈来,改铸融化,不着痕迹。张炎《词源》称赏清真词"善于融化诗句",大约就是指的这些方面。

抚写物态,曲尽其妙,是清真词的又一特色。

周邦彦很善于摹写人的情态。例如〔少年游〕(并刀如水)写一

位妓女留客歇宿,几句话便活画出一位殷勤留客的多情女子形象。又如〔蝶恋花〕云:

> 月皎惊乌栖不定,更漏将残,辘轳牵金井。唤起两眸清炯炯,泪花落枕红棉冷。　执手霜风吹鬓影,去意徊徨,别语愁难听。楼上栏干横斗柄,露寒人远鸡相应。

更漏将残,行者闻邻人汲取井水之声而惊起,于是便呼唤所欢女子起来送行。女子骤然醒来,尚未立即省悟到就要与征人别离,故两眸炯炯有光,反映出一种懵懂、惊诧的神情;然而她很快便意识到分袂在即,于是忍不住悲从中来而泪湿鸳枕。"唤起"两句,不仅将此女子猛然惊醒后一霎间的情态描摹入神,而且也将她的心理状态栩栩如生地传达了出来。

周邦彦也很善于摹写景物,其中描写四季景物者尤多,分别为四十四、十三、二十五、八首。例如〔苏幕遮〕上片"叶上初阳干宿雨,水面清圆,一一风荷举"写夏景数句,王国维《人间词话》即以为"此真能得荷花之神理者,觉白石〔念奴娇〕、〔惜红衣〕二词犹有隔雾看花之恨"。又如〔兰陵王〕"斜阳冉冉春无极"一句,写别浦、津堠之间离人去后的当前春色,景中见情,造语非常工巧精刻。以所写景色而论,"春无极"即春色无边,既能引起绵邈之思;"斜阳冉冉"即夕阳欲下,又能给人以苍茫之感。词人巧妙地将这两种不同的景色有机地融合一处,就形成了一种如梁启超在《艺蘅馆词选》评语中所说的"绮丽中带悲壮"的艺术效果。再以所寓情思而论,春色无穷,固能使人们产生惆怅之感;黄昏将近,也易能引发人们的迟暮之悲。这样,自不能不由离别相思之恨,引申到自己作为一个"京华倦客"的因春惆怅、惋惜年华上来,所以其含蕴的感情也相当复杂。

除了以上写景中的上乘之作外,他如〔解语花〕(风销焰蜡)之写元宵,〔六么令〕(快风收雨)之写重九,〔花犯〕(粉墙低)、〔丑奴儿〕(肌肤绰约真仙子)、〔品令〕(夜阑人静)、〔玉烛新〕(溪源新腊后)之写梅花,〔水龙吟〕(素肌应怯馀寒)之写梨花,〔倒犯〕(霁景对霜蟾乍升)之写新月,〔大酺〕(对宿烟收)之写春雨等等,无论节序风光,自然景物,也莫不描绘精致,刻画入微。强焕序清真词集所谓"抚写物态,曲尽其妙",确非溢美之辞。

音律美也是周邦彦词的特色之一。

周词既具有文字美,又具有音律美,所以王国维在《清真先生遗事·尚论三》中说道:"故先生之词,文字之外,须兼味其音律。……今其声虽亡,读其词者犹觉拗怒之中自饶和婉,曼声促节,繁会相宣,清浊抑扬,辘轳交往。"词乐虽已失传,但由于周邦彦精通音律,下字用韵皆有法度,故读其词,仍觉抑扬有致,充满优美的旋律感。

与柳永词相同,清真词不但极其讲究入声字的运用,且一句之中,往往平声字分辨阴阳,仄声字递用上去入三声;而四字句中,尤注意平分阴阳,仄辨上去。除此之外,周词尚有平去对照与隔平配去上、去入之法而为柳词所未及者。如"偷换韩香"、"天便教人"(〔风流子〕)、"空带愁归"、"斜径都迷"(〔夜飞鹊〕)、"时认鸣镳"(〔忆旧游〕)、"来寄修椽"(〔满庭芳〕)等四字句,第二字都是去声,其馀三字则阴平、阳平错用。因为去声字最为拗怒,深具顿跌之效,"最为紧要"(沈义父《乐府指迷》),置于数悠长的平声字之间,可收美听之效。这是"平去对照"的例子。又如"桥上酸风射眸子"、"不恋单衾再三起"(〔夜游宫〕)、"看两两相依燕新乳"(〔荔枝香近〕)、"念汉浦离鸿去何许"(〔浪淘沙慢〕)等句,末三字俱为"去平上";"更当恁地时节"、"似伊无个分别"(〔满路花〕)、"来折东篱半开菊"、"更把茱萸再三嘱"(〔六么令〕)等句的末三字,以及〔兰陵王〕中许多词句的末三字"送行色"、"过千尺"、"旧踪迹"、"照离席"和三字句"恨堆积"等,俱作"去平入"——这又是"隔平配去上、去入"的例子。宋初音乐大致仍沿前代之旧,至宋太宗而一变[10]。太宗改定的燕乐,即柳永填词之所据。及徽宗即位,设立大晟府,以雅乐改定俗乐,词乐又一变。徽宗新定音乐,即由周邦彦主其事,所以清真词所依据的则是大晟乐。由于这一原因,周邦彦所用的词调很少与柳永相同[11],其词之韵脚安排较为平均,与柳词在韵脚安排上忽疏忽密、错综变化的情况也颇有差异[12]。由此并可推测柳永当时词调音乐的旋律必然跳动活泼,变化多端,而周词所配大晟乐的乐调旋律及节奏则相对停匀得多。根据以上数端,对我们在吟诵清真词时仔细体味它们的音律之美是很有助益的。

周邦彦在词史上具有十分重要的地位,后代的许多词论家都认为他是两宋词坛上一位承先启后的大家。陈廷焯《白雨斋词话》云:"词至美成,乃有大宗,前收苏、秦之终,后开姜、史之始,自有词人以来,不得不推为巨擘,后之为词者亦难出其范围。"刘肃《片玉词序》、严沆《古今词选序》、先著《词洁》、周济《介存斋论词杂著》等均有类似评语。他们都将周邦彦词看作"词家正宗","集大成者","真足冠冕词林"的"千古词坛领袖",评价可谓极高。第一位对周邦彦作全面研究的王国维,早年对周词的印象很坏,说"美成词多作态,故不是大家气象",明确表示"不喜美成",甚至将清真词目为"倡伎","当不得一个'贞'字"。经过反复研读,看法逐渐有了转变,先是褒贬参半而非一味贬抑,最后在写《清真先生遗事》时,竟得出了"词中老杜,则非先生不可"和"两宋之间,一人而已"的结论。前后变化,简直判若两人。今天看来,王氏最初和最后的看法虽然都有失之偏颇之处,但周邦彦在词史上的地位由此也可见一斑了。

周邦彦在当时即盛负词名。陈郁《藏一话腴》云:"周邦彦……

二百年来以乐府独步,贵人学士、市儇妓女知美成词为可爱。"毛开《樵隐笔录》也记载说:"绍兴初,都下盛行周清真咏柳〔兰陵王慢〕,西楼南瓦皆歌之,谓之〔渭城三叠〕。"从对市民阶层的影响来说,周邦彦词和柳永词很有相似之处,故周、柳往往并称。周词对文人词的影响更大,南宋婉约派的重要词人如姜夔、吴文英、史达祖、卢祖皋、高观国、陈允平、蒋捷、周密、王沂孙、张炎等人,无不在某个方面不同程度地受到沾溉。方千里、杨泽民的《和清真词》以及陈允平的《西麓继周集》甚至专力赓和周词,在声律上字字奉为标准。到了清代,研究论述周邦彦及其词作的人依然很多,戈载《宋七家词选》以周邦彦为首;周济《宋四家词选目录序论》更提出"问途碧山,历梦窗、稼轩以还清真之浑化"的主张,将周邦彦词作为创作的最终归宿。直到今天,海内外仍有许多学者从不同的角度继续研治,说明周词的影响确是十分深远的。

第四节 周邦彦的诗文

周邦彦的诗文在当时即颇负盛名,惜为词名所掩,后人知之者甚少。

周邦彦现存四十五首诗,题材较为广泛。有咏当时史事的,如《天赐白》、《薛侯马》等;有咏历史故事的,如《过羊角哀左伯桃墓》、《楚平王庙》、《越台曲》、《开元夜游图》等;有旅行诗,如《漫成》二首、《楚村道中》二首、《晚憩杜桥馆》、《远游》等。他如写景、抒怀、投赠之属,也都有所作。所存诗中,五古、七古和五、七律绝几各占半数,形式也较多样。

周邦彦诗受韩愈、李贺的影响较大。在江西派诗风风行一时之

际,作者不亦步亦趋,而是另辟蹊径,是有足称述之处的。试看他的七古《天赐白》并序:

> 永乐城陷,独王湛、曲真夜缒以出。真持木为兵,且走且战,前陷大泽中,顾其旁有马而白,暂腾上驰去。五鼓,达米脂城,因以得脱。真名其马为"天赐白"。蔡天启得其事于西人,邀余同赋。
>
> 君不见书生镌羌勒兵入,羌来薄城束练急。蜡丸飞出辞大家,帐下健儿纷雨泣。凿沙到石终无水,扰扰万人如渴蚁。挽绠窃出两将军,房箭随来风掠耳。道旁神马白雪毛,噤口不嘶深夜逃。忽闻汉语米脂下,黑雾压城风怒号。脱身归来对刀笔,短衣射虎朝朝出。自椎杂宝涂箭创,心折骨惊如昨日。谷城鲁公天下雄,阴陵一跌兵力穷。舣舟不渡待亭长,有何面目归江东!将军偶生名已弱,铁花暗涩龙文锷。缟帐肥刍酬马恩,闲望旄头向西落!

曲真是抗击西夏入寇的骁将,《宋史》作曲珍,卷三百五十有传。他曾协助徐禧筑城永乐(在今陕西米脂)以守,西夏来犯,徐不听其言,以致城破兵溃,真不得不夜缒而奔。这首诗次第写敌兵压境,形势危急,曲真二人出奔,意外获得一匹白马而终于脱险,但也因此受到朝廷的罪谴,投闲置散,在抗击西夏的征战中无用武之地。其中细节描绘,可以补正史的不足。全诗大气包举,慷慨悲凉,加之用字奇崛,音响跳荡,显然是模仿韩愈诗风,个别字句也可见出夺胎李贺的痕迹。风格更加接近李贺的,有《仙杏山》、《芝术歌》和《宿灵仙观》等。如《仙杏山》云:"仙人药光明夜烛,种杏碧山如种玉。春风裂石凤收花,赤颊离离照山谷。……珠旒领首一破颜,气压蟠桃羞若木。自从移植近星榆,山水无光灵鬼哭。"从这类兼有仙气和鬼气的诗句中即可见一斑。

总的来说,周邦彦的诗歌风格和他的词风在典丽奇崛方面很有相似的一面,但同其词作一样,周诗中也间有一些清新蕴藉之作,特别是他的七绝,试举两首为例:

耕人扶耒语林丘,花外时时落一鸥。欲验春来多少雨,野塘漫水可回舟。

——《春雨》

窗风猎猎举绡衣,睡美唯应枕簟知。忽有黄鹂深树语,宛如春尽绿阴时。

——《偶成》

周邦彦现存各体文十二篇中,以《汴都赋》、《续秋兴赋》、《足轩记》等最著名。《汴都赋》以发微子和衍流先生两个虚构人物的对话,铺写汴京之"高显宏丽,百美所具"(《汴都赋》序),继承了班固《两都》、张衡《两京》、左思《三都》等京都大赋的传统,但夸饰较少,与班、张、左等人诸赋之泛陈侈丽之言者有所不同,所以楼钥《清真先生文集序》说它"富哉壮哉,铺张扬厉之工,期月而成,无十稔之劳;指陈事实,无夸诩之过,……而皇朝太平之盛观备矣。"《续秋兴赋》是有意赓续潘岳《秋兴赋》的力作,所写秋日季候以至万物的变化,颇能得宋玉《九辩》的风神,例如下面一段:

嗟时之不可留兮,儵如飞筈之离弦。忽此素秋之来兮,气憭慄而凄然。夺青为黄兮,而变盛为蔫。万实离离兮,大者如杯而小者如拳。万叶飘飘兮,上者游空而下者沦渊。蚊蝇收声而离席,鹏鹗得势而盘天。微雨供凉而萧飒,鲜云结阴而连绵。

《足轩记》是一篇散文。足轩建在太学斋后的空地上,四周风景颇为幽美。作者在写诸生游观之乐后,着重通过对足轩命名的争辩,阐发了"无往而不足"和"无往而足"的辩证关系:

观鱼之泳,朝浮而夕沉。出没唅喁,则横海吞舟,喷浪飞涎者,亦若是得其所而已矣。观蜂蝶之往来缘扑,则物之逐扰扰以终其生者,亦若是劳而已矣。吾于万物,不观其色而观其真,不观其形而观其理。天下之广,山海之富,有形之象,不必目历而物数,故无往而不足。是以清宫洞房,安床弱席,人之所息,足于一寐;熊蹯鲤脍,紫兰丹椒,羞炰调芼,人之所食,足于一饫。如有隐忧,则目眣而不瞑,咽结而不下,虽有奇居异馔,尚能寄支节而润舌乎?则知所足者在此而不在彼也。越内外之度而驰之万物,是为漏卮洞管,其中欿然无物可实,故无往而足。

这段文字既富有文学意味,又含有老庄的哲理精神。结尾尤为精彩:

若夫男子之时乘肥衣轻,握符节以役臣仆者,不识果欲窃是物以足其志乎?托是具以行其志乎?若窃是物以足其志者,是亦小丈夫而已矣,乌可以名足!

虽然反映了作者安时处顺的道家思想,却具有强烈的针对性和讽刺性,同他的〔黄鹂绕碧树〕《春情》"这浮世、甚驱驰利禄,奔竞尘土。纵有魏珠照乘,未买得流年住。争如盛饮流霞,醉倚琼树"所表达的一类思想感情是一致的。

〔1〕 参见周密《浩然斋雅谈》。

〔2〕 据王国维《清真先生遗事》。

〔3〕〔6〕 参见罗忼烈《周邦彦三题》,载《文学评论》1993年第7期。

〔4〕〔5〕〔8〕 参见罗忼烈《周邦彦清真集笺》。

〔7〕 参见王又华《古今词论》引毛稚黄语。

〔9〕 《四库全书总目·〈和清真词〉提要》更云:"邦彦妙解声律,为词家之冠。所制诸调,不独音之平仄宜遵,即仄字中上去入三音亦不容相混,所谓分刌节度,深契微芒,故千里和词,字字奉为标准。"

〔10〕 参见《宋史·乐志》。

〔11〕 柳词及周词调名相同者仅有〔早梅芳〕、〔玉楼春〕、〔定风波〕、〔尉迟杯〕、〔法曲献仙音〕、〔西平乐〕、〔一寸金〕、〔浪淘沙〕、〔迎春乐〕、〔应天长〕、〔少年游〕、〔诉衷情〕、〔满江红〕、〔六么令〕、〔木兰花令〕等调,但其中所据音乐相同者则仅有〔早梅芳〕各一(俱入正宫)、〔西平乐〕各一(俱入小石)、〔一寸金〕各一(俱入小石)、〔应天长〕各一(俱入商调)、〔诉衷情〕柳一周二(俱入商调)、〔满江红〕柳四周二(俱入仙吕)、〔六么令〕各一(俱入仙吕)、〔玉楼春〕柳五周四(俱入大石)、〔定风波〕各一(俱入商调)、〔少年游〕柳十周一(俱入商调)等调而已。

〔12〕 柳永词一阕之中(包括句首及换头处),其韵脚往往或长至二十馀字,或短至二、三字。如〔倾杯〕"惨黛娥"至"频耳畔低语"七句,第一句只七字用韵,第二至第六句共二十二字始再用韵,第七句只五字又用韵,分布字数间距为七、二十二、五。又如〔引驾行〕"红尘紫陌"至"愁生"十句,其韵脚分布字数间距为二十三、二、二十三、二等。周邦彦所用的词调则显然较为平稳,其起韵虽时有用三字短韵的例子,但并无短至二字,亦无长至二十馀字者。换头处用二字短韵的例子也较柳词为少。至于超过二十字一韵的作品不过四处,尤集中于〔西平乐〕一词;但〔西平乐〕全首只协七韵,在《清真集》中属绝无仅有的特例,且其句式为十四、十四、二十五、十四、十六、二十八、二十六,普遍皆长,整体仍较平均,不似柳词的参差错落,跳动变化。林玫仪《柳周词比较研究》(收入其《词学考诠》中,台湾联经出版事业公司出版)论之甚详,可参阅。

第二十四章　李清照

第一节　李清照的生平

李清照(1084—1155?),自号易安居士,济南章丘明水(今属山东)人[1]。生长于书香门第。父李格非,进士出身,"以文章受知于苏轼"(《宋史·李格非传》),为"后四学士"之一,有《洛阳名园记》等传世。母王氏,相家女[2],亦能文。李清照才思敏捷,博闻强记,从小又受到良好的家庭文学氛围的熏陶,故"自少年即有诗名,才力华赡,逼近前辈"(《碧鸡漫志》卷二)。

李清照的生活、创作经历以建炎南渡(1127)为界分为前后两个时期。前期生活平坦、幸福。十八岁与太学生赵明诚结婚,婚后居汴京(今河南开封)。夫妇二人志趣相投,诗词酬唱之馀,共同收集、校勘金石书画。"每获一书,即共同勘校,整集签题"(《金石录后序》)。徽宗大观元年(1107),因赵明诚父赵挺之狱事,李清照夫妇离京屏居青州(今属山东)乡里[3]。居乡十馀年间,继续收藏、整理文物。每饭后,夫妇二人烹茶读书,乐此不疲。宣和三年(1121),赵明诚起知莱州(今属山东)[4],后改任淄州(今山东淄博)。赵明诚的出仕,给夫妻琴瑟相合、"相对展玩"书画的美满生活插进了一些离别相思的况味,李清照笔下一首首优美动人的别离曲即由此而产生。〔一剪梅〕、〔醉花阴〕、〔凤凰台上忆吹箫〕等都是这一时期的佳作。不过,别离时间并不长,往往是赵明诚赴任不久,李清照便跟随前去任所居住,因而她这期间吟诵的离别相思曲多是哀而不伤,苦涩中略带甜美,叹息时不失轻盈。

钦宗靖康元年(1126)的战乱,彻底改变了李清照的生活与命运。民族的悲剧,时代的剧变,使她卷入了苦难的漩涡,其心境与词境也随之发生变化,由轻盈的叹息变为沉重的感伤。高宗建炎元年(1127)三月,赵明诚奔母丧于金陵(今南京市),八月知江宁府事。李清照随即"载书十五车"南下,自此步入漂泊江南的苦难历程。建炎元年十二月,李清照夫妇在青州积攒的书画家什十馀屋,因兵乱被焚。建炎三年八月,赵明诚又在金陵病逝。家破夫亡,李清照悲恸欲绝。她本人"又大病,仅存喘息"(《金石录后序》),而此时金兵正大肆南侵,战事危急,李清照不得不强支病体,继续南奔避难。其时又有趁火打劫之徒,觊觎李清照珍贵的金石文物,制造"玉壶颁金"之谤(参《金石录后序》),李清照便携铜器等文物,追随向东南沿海奔逃的高宗行在,希图投进以辨明是非。她历经艰险,赴越州,转台州,泛海走温州,奔衢州,但终未赶上,遂于绍兴元年(1131)再至越州,卜居于乡民钟氏家中,不料所存无几的金石书画又遭盗窃。次年,她赴杭州,受张汝舟纠缠,改嫁给张。因不堪张汝舟的"凶横"折磨,再婚后不久,李清照即与张汝舟"讼而离之"[5]。李清照告发张汝舟"妄增举数入官",张汝舟被除名、编管柳州,李清照亦被下狱,"居囹圄者九日"[6]。几年之内,连遭劫难,"忧患得失,何其多也"(《金石录后序》)。绍兴四年,李清照卜居金华(今属浙江),"乍释舟楫而见轩窗,意颇适然"(《打马图序》),生活、心境才慢慢平静下来。几年后转寓临安(今杭州),孤苦伶仃地度过她寂寞不幸的晚年。

李清照的一生,悲喜参半,对人生的幸福和痛苦都有深切的体验。作为杰出的女诗人,李清照的创作并非只停留在个体不幸的哀吟上,她也忧虑关切国家的命运和民族的前途,她痛恨当朝君臣将帅不能收复北方失地,拯救人民于涂炭之中,体现出杰出诗人的博大胸怀。

李清照的作品,流传下来的已不多。宋时分别刊行的《李易安集》十二卷(晁公武《郡斋读书志》)和《漱玉词》五卷(陈振孙《直斋书录解题》)都已失传。现存的诗文集皆为后人所编,有明毛氏汲古阁辑刻《诗词杂俎》本、《四库全书》本、清王鹏运辑《四印斋所刻词》本、赵万里《校辑宋金元人词》本《漱玉词》一卷。今通行的有《全宋词》本李清照词,《李清照集》(中华书局版)、《漱玉集注》(山东人民出版社版)和《李清照集校注》(人民文学出版社版)、《重辑李清照集》(齐鲁书社版)等。

第二节 李清照的诗文

李清照"善属文,于诗尤工,晁无咎多对士大夫称之"(朱弁《风月堂诗话》卷上)。虽然她流传下来的诗只有十六、七首和一些残句,但借此仍可窥见其诗作独特个性的几个侧面。

李清照诗具有强烈的现实感。这种感受不是对社会现实生活表层现象的描述,而是侧重于对现实政治危机的洞察与透视。早在徽宗朝众多的士大夫狂热地歌颂升平时,她已觉察到"酒肉堆中"所潜伏的社会政治危机,并通过对历史的回顾反思来表现她对现实的忧虑。这从《浯溪中兴颂诗和张文潜》二首可以概见。其一云:

五十年功如电扫,华清宫柳咸阳草。五坊供奉斗鸡儿,酒肉堆中不知老。胡兵忽自天上来,逆胡亦是奸雄才。勤政楼前走胡马,珠翠踏尽香尘埃。何为出战辄披靡,传置荔枝多马死。尧功舜德本如天,安用区区纪文字。著碑铭德真陋哉,乃令神鬼磨山崖。子仪光弼不自猜,天心悔祸人心开。夏商有鉴当深戒,简策汗青今具在。君不见当时张说最多机,虽生已被姚崇卖。

此诗大约是李清照居青州时作[7]。她目睹了世态人情的变幻和朝中权要的相互倾轧。其父李格非被列入元祐党籍而遭贬;公公赵挺之虽曾位居宰辅,但去世后不久便被蔡京诬陷,追所赠官,落职,李清照夫妇也因此而离京屏居乡里。朝政的变化直接影响到李清照的生活境遇,加深了她对时局世事的认识和理解。正是有感于权臣的窃幸乘宠,她在诗中对"奸雄"误国、王朝兴衰不胜感慨。但李清照并不是从家庭、个人的遭遇出发来借古讽今,而是认识到君臣的骄奢淫逸加之权臣的倾轧会导致国家的败亡。唐代开元盛世的迅速衰败,其根源就在于皇帝沉溺于"酒肉堆中",荒于朝政。作者指出"夏商有鉴当深戒",正是直接针对现实而发。当时蔡京"倡为丰、亨、豫、大之说,视官爵财物如粪土"(《宋史·蔡京传》),君臣的享受欲极度膨胀,尤其是江南进奉"花石纲",造成民怨沸腾。君臣"有鉴"而不戒,必将重蹈历史覆辙。诗人对此是满怀忧虑的。

如果将张耒原作与李清照此诗比较,更能见出李清照识见的深刻之处。张耒原唱以歌颂郭子仪"中兴"的功业为主,而李清照更重视总结盛唐衰落的历史教训,指出前人"但说成功尊国老",却不去思考江山倾覆的深层原因,以为现实的借鉴。而李清照作为女性,环境对她的压抑与禁锢比男性诗人更甚,但她毅然冲破层层束缚,直接表明对现实政治的态度,寓意深刻,显示出一种无畏的勇气和胆识。

李清照南渡后的诗篇,则是面对动荡的社会现实,把笔端指向朝中的昏君庸臣。建炎间,黄潜善、汪伯彦任宰相,唯务逃跑避敌,苟全性命,使中原州郡相继沦陷;不少将帅也是遇敌即溃,望风而逃。李清照作诗讽刺道:"南渡衣冠少王导,北来消息欠刘琨。"(失题)指责当时的将相不能像东晋的王导、刘琨那样志在"戮力王室,克复神州"。绍兴元年(1131)后,南宋偏安江南一隅已成定局,北方中原却失陷不保,李清照对此更是"不能忘言","沥血投书",作《上枢密韩肖胄诗》,"以寄区区之意",表达她对主和投降派的痛恨愤懑。诗中"如闻帝若曰",直接以皇帝的口吻代言,对高宗皇帝不敢让将士收复失地("勿勒燕然铭"),只能以厚赂乞和("币厚辞益卑")的投降政策进行了辛辣的讽刺。作为"闾阎嫠妇"的李清照,在给当朝签书枢密院事的诗中讽刺君上,需要何等的胆量!这种胆量源于对"赤子""苍生"的深沉关切。由于中原大地沦入金人之手,"子孙南渡今几年",收复失地、回归故土的希望渺茫,她只能"欲将血泪寄山河,去洒东山一抔土"。这与陆游"遗民忍死望恢复"一样,真实地道出了中原人民迫切希望收复的心声。

李清照前期生活是那么幸福,而后期遭遇却是那样的痛苦,一般性格脆弱的女性,是很难承受这样沉重无情的打击的,但她却顽强地活到七十岁,并创造出许多精美的文学作品,这本身就体现出一种刚强的英雄气概。她在《夏日绝句》诗中说:

生当作人杰,死亦为鬼雄。至今思项羽,不肯过江东!

建安诗人王粲《咏史诗》曾有"生为百夫雄,死为壮士规"的豪言,而李清照谓"生当作人杰,死亦为鬼雄",也表现出同样的英雄崇拜意

识,故明人毛晋云:"易安居士文妙,非止雄于一代才媛,直洗南渡诸儒腐气,上返魏晋矣。"(《漱玉词跋》)

李清照把这种英雄气融化于诗,便又创造出阔大的诗境和雄放的气象。如《题八咏楼》:

> 千古风流八咏楼,江山留与后人愁。水通南国三千里,气压江城十四州。

浙江金华的八咏楼,自南朝沈约、唐人崔颢以来,题咏甚多,而李清照此诗超拔于众作之上。上联从时间上逆溯千古,再由怀古而返观今人、自身。一"愁"字蕴含着丰富的历史内涵和人世沧桑之感。下联从空间上大笔勾勒八咏楼的形胜、气势,境界寥廓,"气象宏敞"(《古今女史诗集》卷六)。一"压"字尤富重力感。其《浯溪中兴颂诗和张文潜》之结构亦纵横开阖。第一篇首句"五十年功如电扫",大笔写出历史盛衰变化之速;第二句"华清宫柳咸阳草",对比今昔,以小写大。昔日繁华盛丽的华清宫如今野草丛生,衰落乱世之情境于具体细微中见出。而第二首"去天尺五抱瓮峰,峰头凿出开元字",像特写镜头,意象凸出,富有造型的立体感。

诚然,李清照性格的主导面还是其女性的情深执着、柔婉细腻,故她也不乏缠绵悱恻的"本色"诗:

> 十五年前花月底,相从曾赋赏花诗。今看花月浑相似,安得情怀似昔时。

——《偶成》

> 春残何事苦思乡,病里梳头恨最长。梁燕语多终日在,蔷薇

风细一帘香。

——《春残》

二诗都写物是人非的伤感。看花、赏月、梳头、思乡、怀人,是李清照后期的生活与情感世界。她在普通的日常生活中表现出深沉浓厚的情思,与其词的表现方式相通。后一首虽然只四句,但能将客观环境和景物的声响动态与人物的情态动作、心理及视觉、听觉、嗅觉、触觉等多种感受一并托出,既如一幅工笔画,又似一曲交响诗。

李清照流传下来的文只有四篇,但皆为珍品,其中以《金石录后序》最为著名,清李慈铭就曾说:"宋以后闺阁之文,此为观止。"(《越缦堂读书记》卷九)《金石录》是赵明诚的金石著作,也凝聚着李清照的大量心血。它是李清照夫妇生活的见证,爱情的结晶。赵明诚去世八年后,李清照"忽阅此书,如见故人",遂写下这篇至情至性的自传性抒情散文。文章在篇首简介《金石录》的内容后,即以"得之艰而失之易"为叙事线索,按时间顺序,依次描述夫妻二人收集金石的艰难和遭受战争乱离先后四次亡失的过程。文章虽以金石文物之得与失为中心,但主旨是抒情,写物是为了怀人,在叙事中充分表现了夫妇两人的爱情、嗜好、个性和生活情趣。二千卷金石多是他俩婚后居汴京和寓青州时所收集。文中描写收集的过程说:

余建中辛巳,始归赵氏。时先君作礼部员外郎,丞相时作吏部侍郎。侯年二十一,在太学作学生。赵、李族寒,素贫俭。每朔望谒告,出,质衣,取半千钱,步入相国寺,市碑文果实。归,相对展玩咀嚼。……后屏居乡里十年,仰取俯拾,衣食有馀。连守两郡,竭其俸入,以事铅椠。每获一书,即同共勘校,整集签题。得书、画、彝、鼎,亦摩玩舒卷,指摘疵病,夜尽一烛为率。故能纸札精致,字画完整,冠诸收书家。余性偶强记,每饭罢,坐归来堂,烹茶,指堆积书史,言某事在某书、某卷、第几叶、第几行,以中否角胜负,为饮茶先后。中即举杯大笑,至茶倾覆怀中,反不得饮而起,甘心老是乡矣。故虽处忧患困穷,而志不屈。

为了收集文物,常"脱衣市易",表现出夫妇二人对金石文物的嗜好和沉浸于学术研究中的共同志趣。后来金兵入侵,李清照南下避难时,面对青州十馀屋"盈箱溢箧"的文物无法运走,"且恋恋,且怅怅",难以割舍;逃难中,赵明诚嘱咐李清照万一遇危,在"必不得已"的情况下,应先抛弃行李衣被,其次才扔掉书册卷轴及古器,至于宗器等贵重文物则须"自负抱,与身俱存亡",又显示出夫妇二人对金石文物的宝重。李清照在《打马图序》中曾说过:"慧即通,通即无所不达;专即精,精即无所不妙。"由于夫妇二人对金石专心致志,"爱惜如护头目",故校勘精深,"冠诸收书家"。《金石录后序》不仅充分展示了李清照的生命、情感历程,也表现出她的个性气质。专而精是其个性的一个侧面,而下面这段描写则流露出她个性的另一方面:

余性不耐,始谋食去重肉,衣去重采,首无明珠、翠羽之饰,室无涂金、刺绣之具。

她性喜自然实在、清俭朴素的生活方式,不以华丽的装饰、表象炫人,不以肥美之物满足享受欲,而注重精神愉悦。这与其词作的清新天然、淡雅脱俗而情韵深厚的审美情趣正相一致。《金石录后序》的末尾在说到"得之艰而失之易"后,将笔意宕开,说"有有必有无,有聚必有散,乃理之常",从痛苦中自我超脱、开解,表现出豁达超然的人生态度。她的《打马图序》同样显示出作者的个性。"予性喜博,凡所谓博者皆耽之,昼夜每忘寝食"。即使是南渡初"流离迁徙","然实未尝忘于胸中"。因为"博者无他,争先术耳"。博弈可使人在竞争中磨砺才智,并可取得成功获胜的快感。李清照在博弈游戏上要争先,在社会生活上她要作"人杰",在艺术创作中她要写出"惊人句",追求"第一流",都体现出她争强斗胜的个性。李清照的散文正是她人格个性的自然流露。

第三节　李清照的词

由于时代环境和女性身分、地位的制约,闺房始终是李清照的生活世界,爱情则成为她毕生的精神支柱。这就决定了李清照词作题材的取向和意象的选择范围:以吟唱爱情、人生为主,并多从室内外的景物和日常起居活动中选择、熔铸表达情思的意象。

李清照的词作大多数是她心灵里流出的纯真爱情之歌,题材虽然相对单一,但其内质情韵、表现方式却随着时代、身世和创作情绪的变化而变化,呈现出不同的风姿。如〔凤凰台上忆吹箫〕写她与丈夫的离别之情:

香冷金猊,被翻红浪,起来慵自梳头。任宝奁尘满,日上帘钩。生怕离怀别苦,多少事、欲说还休。新来瘦,非干病酒,不是悲秋。　　休休。这回去也,千万遍阳关,也则难留。念武陵人远,烟锁秦楼。惟有楼前流水,应念我、终日凝眸。凝眸处,从今又添,一段新愁。

词从女词人与丈夫分别写起。炉香早灭,懒得去点燃;被衾散乱,无心去整理;镜奁尘积,也无意绪去揩拭,只是懒慵慵地独自梳头,慢慢打发这即将离别的时光。室内物象的烘托,人物动作神态的描写,准确而生动地传达出临别之际她依恋不舍的心理,并进而写出她心理活动的过程——本想嘱咐丈夫一些体己话,但千言万语,"欲说还休";试图挽留,却又"难留";最后力图自慰自解,但离愁早生,"从今又添一段新愁"。昨夜的欢爱顿成今朝的离别,难以形容的欢与愁的变化,在词人笔下写得如此委婉动人,真可谓"婉转曲折,煞是妙绝"(陈廷焯《云韶集》卷一○)。

李清照与丈夫离别后的词作,情韵又大不相同,如古今共赏的名篇〔醉花阴〕云:

薄雾浓云愁永昼,瑞脑销金兽。佳节又重阳,玉枕纱厨,半夜凉初透。　东篱把酒黄昏后,有暗香盈袖。莫道不销魂,帘卷西风,人比黄花瘦!

临别时只是担心、想象别后的离愁,而离别后则是实在的苦闷。此词妙在把别后复杂的生理、心理体验综合写出。别后独居,白天嫌其日长难熬,晚上更是辗转难寐。"半夜凉初透",不只是晚秋天气造成身体触觉上的寒冷,更是心理上的孤独凄凉。"玉枕纱厨"是往日夫妇温馨欢爱生活的处所与见证,如今孤眠,渴求的心理得不到满足,更显失望心凉。结末三句,以景见情,借物拟人,语意新妙而富有创造性,遂成为千古传诵的名句。〔蝶恋花〕(暖雨晴风初破冻)也是通过春光融和、万物复苏来表现作者自身内在生命的躁动与渴念,并把它升华为"酒意诗情",从而将人的爱欲恋情诗意化、审美化。同写久别,〔一剪梅〕又别具面目:

红藕香残玉簟秋。轻解罗裳,独上兰舟。云中谁寄锦书来?雁字回时,月满西楼。　花自飘零水自流,一种相思,两处闲愁。此情无计可消除,才下眉头,又上心头!

此词不同于前述几首的单向思念,而是双向相思,我思他,他亦思我,故在孤寂的别离情绪中含蕴着夫妻心心相印的幸福感。丈夫寄来"锦书",本可稍慰寂寞,但爱之太深,又不能不思。在轻盈舒缓的叹息中,包含着无限的柔情。

别离太久,就盼着丈夫早日归来。在这种情境中写的望夫词,心声语调就显得比较急迫:

春到长门春草青。江梅些子破,未开匀。碧云笼碾玉成尘。留晓梦,惊破一瓯春。　花影压重门。疏帘铺淡月,好黄昏。二年三度负东君。归来也,着意过今春。

——〔小重山〕

夜来沉醉卸妆迟。梅萼插残枝。酒醒熏破春睡,梦远不成归。　人悄悄,月依依,翠帘垂。更挼残蕊,更捻馀香,更得些时。

——〔诉衷情〕

深切的思念化成"归来也"的深情呼唤。花好月圆人未团圆,不免有些愁苦,但绝无怨恚,即使是"梦远不成归",也还是自我宽解:"更得些时"。在自我宽慰中包含着对丈夫的理解与体贴。哀而不伤,怨而不怒,离别的苦闷中含有相知相爱的慰藉,本能的欲望升华为精神上崇高优雅的爱情之歌,这便是李清照前期爱情词的特质。宋词中不乏相思曲、离别调,但多半是男性词人的单恋或代拟女性相思,而李清照词则是直接以妻子的身分抒发自我对丈夫深沉炽热的爱,她以女性的敏感、细腻来表现女性化的柔情蜜意,显得格外的真切动人。

南渡后,李清照家破夫亡,但对亡夫的爱念,仍然执着深沉。在寡居的数十年里,她就是凭着对亡夫赵明诚深情的忆恋来支撑她的生命,充实她的灵魂,只是前此轻盈委婉的望夫词如今已变成了沉重哀伤的生死恋歌!如〔孤雁儿〕:

藤床纸帐朝眠起,说不尽无佳思。沉香断续玉炉寒,伴我情怀如水。笛声三弄,梅心惊破,多少春情意。 小风疏雨萧萧地,又催下千行泪。吹箫人去玉楼空,肠断与谁同倚。一枝折得,人间天上,没个人堪寄!

死别与生离,情怀自是不同。生的暂离,毕竟还有重逢团聚的希望;如今人天永隔,想要折梅寄与,也不能如愿,这是何等的孤独悲凉!此词的感人处,不仅在于写出了自身的寂寞哀伤,更在于流露了对亡夫铭心刻骨的思念;词的境界则由前一阶段的明亮欢快变为灰冷凝重,"红花"、"淡月"等带有暖色的意象群被枯花败叶等萧瑟凄凉的冷色意象群所取代。再看其名作〔声声慢〕:

寻寻觅觅,冷冷清清,凄凄惨惨戚戚。乍暖还寒时候,最难将息。三杯两盏淡酒,怎敌他、晚来风急。雁过也,正伤心,却是旧时相识。 满地黄花堆积。憔悴损,如今有谁堪摘。守着窗儿,独自怎生得黑。梧桐更兼细雨,到黄昏、点点滴滴。这次第,怎一个愁字了得!

全词笼罩着一片凄切悲哀的氛围。早年每遇"雨疏风骤",只是忧虑春花的凋零,对自身并无伤害,仍不妨"浓睡",而晚年身衰体弱,已禁不住晚来急风的吹打;昔日大雁带来的是"锦书"与希望,如今过雁引起的却是无尽的绝望与伤心;昔年人虽是与花俱瘦,但饱含着孤芳自赏的情韵,而今则是人与黄花俱"憔悴",带有对生命将逝的哀伤;往昔黄昏是东篱把酒赏菊,苦恼中尚有几分潇洒,现在的黄昏则是独坐窗前,一任梧桐细雨点点滴滴地敲击着痛苦不堪的心灵。回想昔年的种种幸福,沉吟如今的诸般苦痛,真是"怎一个愁字了得"!此词围绕"愁"字展开多角度的描写,层层深入地表现出作者复杂的人生体验。又如〔临江仙〕的"如今老去无成,谁怜憔悴更凋零",既显示出老来身心的憔悴虚弱,又写出了无依无靠的孤独感、生命即将凋零的恐惧感和老而无所成就的内疚感。李清照所创造的这些艺术珍品,在当时已享有盛名,老来尚自愧"无成",又见出她对人生、事业的更高追求。在另一首〔渔家傲〕(天接云涛连晓雾)词中,她不满足于"惊人句",而力图追求新的超越突破,所表现的也是同一种精神。

　　李清照的词,是她一生的生命历程、情感世界的艺术写照。她早年爱情的幸福与离愁,后期的不幸与憔悴孤独,都铭刻在她的词作中。在词史上,她是继苏轼之后将自我生命寄托倾注于词的具有独特个性的又一杰出词人。李清照词的意义,绝不局限于个体的哀乐;她的不幸与苦难完全是由时代剧变、社会动乱所造成的,因而她个人的不幸也折射出时代、民族的悲剧,她对人生不幸的吟唱也反映出民族共同的心声。像〔永遇乐〕(落日熔金)词,就直接通过词人自己的经历、感受表现出社会今昔盛衰的变化和战争乱离造成的心灵创伤。在"元宵佳节,融和天气"里,当"酒朋诗侣"邀她欢度佳节时,她却忧虑着人生命运的变化不测和社会的动荡危机:"次第岂无风雨。"这种忧患感是词人在经历社会的和平与战乱、饱尝人世的幸福与苦难后的体验,社会人生的苦难在她心灵上刻下了沉重的创伤,以致于即使是在良辰美景、片刻欢娱的时节也忧心忡忡。李清照词与现实的关系,有其特定的观察视角与特殊的表达方式,她不是去展现战乱给社会造成的苦难图景,而是以女性特具的敏感和细腻去切身感受并深层地表达出战乱给人们留下的难以磨灭的精神创伤。

李清照的词,以爱情为轴心,还多方面地展现了她的生活情趣和人生理想。她热爱丈夫,关心"苍生",也钟情于大自然。大自然的一山一水,一花一木,都让她陶醉:

> 常记溪亭日暮。沉醉不知归路。兴尽晚回舟,误入藕花深处。争渡,争渡,惊起一滩鸥鹭。
>
> ——〔如梦令〕

哪怕是秋光已逝,群芳凋零,她在大自然中也能发现美感:

> 湖上风来波浩渺。秋已暮,红稀香少。水光山色与人亲,说不尽、无穷好。　莲子已成荷叶老。清露洗、蘋花汀草。眠沙鸥鹭不回头,似也恨、人归早。
>
> ——〔怨王孙〕

只有充满着同情与爱心的人,才能洞察、领会自然万物的真谛与美感,才能感受到"水光山色与人亲"。花的命运也常牵动她的心弦:

> 昨夜雨疏风骤。浓睡不消残酒。试问卷帘人,却道海棠依

旧。知否?知否?应是绿肥红瘦。

——〔如梦令〕

在酒意未消、浓睡初醒的朦胧状态中,她也仍然惦念着海棠的命运。卷帘人对花落的漠然,更反衬出"我"惜花的深情。李清照爱花,尤爱"不与群花比"的寒梅(〔渔家傲〕)和"自是花中第一流"的岩桂(〔鹧鸪天〕),因为它们不以"浅碧轻红"的炫丽色彩与百花争艳,而以玲珑雅洁、自然天真的"体性"傲立群芳,这种审美意趣也正是她所追求、崇尚的艺术创作理想。

李清照是写情的能手,往往三言两语,或用一个动作、一个细节就能准确地传达出复杂微妙的情思。如〔一剪梅〕词写夫妇两处分居而彼此思念,作者思及丈夫对自己的爱,幸福感油然而生,眉头亦不觉舒展;但自己独居的寂寞及对爱人的思念又不禁涌上心头,一"下"一"上",准确而简练地传达出内心情绪复杂细微的变化。〔声声慢〕开篇十四个叠字,从动作、环境和直接的心理刻画等多角度、有层次地表现出作者老来寡居、终日闷坐、茫然若失而时有所思、遂不觉寻觅四顾的恍惚、孤独感。但"天上人间",只有自我一人形影相吊,四周环境的冷冷清清,更加剧了心灵的悲惨凄切。前期之作〔蝶恋花〕写丈夫久别后,自我内在的生命本能躁动而心绪不宁,亦用笔精妙:

暖雨晴风初破冻。柳眼眉腮,已觉春心动。酒意诗情谁与共?泪融残粉花钿重。　　乍试夹衫金缕缝。山枕斜敧,枕损钗头凤。独抱浓愁无好梦,夜阑犹剪灯花弄。

此首宛如一幅仕女图。作者长夜不眠,斜靠在枕头上,辗转反侧,头上首饰零乱不整,夜阑更尽,仍泪眼汪汪地痴望着残灯,时而无聊赖地剪弄灯花,思盼着丈夫。昔日是夫妇同剪灯花,而今是独弄,作者只用一两个动作细节就写出了少妇孤夜难眠的心理状态。这些传神的动作细节往往是从她自身的日常起居活动中提炼出来的,符合她特定的身分、心态,富于生活的真实感。又如〔添字丑奴儿〕:

窗前谁种芭蕉树,阴满中庭。阴满中庭。叶叶心心,舒卷有余清。 伤心枕上三更雨,点滴霖霪。点滴霖霪。愁损北人,不惯起来听。

词写作者漂泊到江南后对南方地理环境和气候的不适应。三更枕上听雨,见出一夜无眠。雨打芭蕉,本听"不惯",却无法逃避,无可奈何,索性"起来听"。这个日常动作,传神地写出了作者无法排解苦闷的心理。〔南歌子〕写"凉生枕簟泪痕滋。起解罗衣,聊问夜何其?"表现方式与此相同。而〔永遇乐〕的"怕见夜间出去。不如向帘儿底下,听人笑语",〔声声慢〕的"守着窗儿,独自怎生得黑",都是用日常生活来表现不寻常的情感。借平凡细事写深情,在平易的语言中显示出匠心独运,这是李清照词的一大特色。

李清照写情,不只善于表现瞬间的心曲,更长于描写心理活动的曲折过程。如〔武陵春〕:

风住尘香花已尽,日晚倦梳头。物是人非事事休,欲语泪先流。 闻说双溪春尚好,也拟泛轻舟。只恐双溪舴艋舟,载不动,许多愁。

物是人非,触目生愁。"闻说"两句,写怦然心动,意欲出游;"只恐"

三句,则又自我否定前想,复跌入痛苦的深渊之中。词人以舟载愁的形象比拟,更见其愁思的凄婉深重。〔念奴娇〕(萧条庭院)所写离情,"一开一合,情各戛戛生新"(《蓼园词选》)。〔菩萨蛮〕(风柔日暮)写故乡之思,也是乍喜乍悲,情思流动。这些词作多层次地展现出李清照复杂的心灵世界,构成了她所独创的"易安体"。

第四节 李清照的词学批评

在现存散文中,李清照有一篇专门评词的文章,即今人所通称的《词论》。其实"词论"并非原有篇名,而是后人所加。最早记载此文的是南宋初期胡仔《苕溪渔隐丛话》后集卷三十三,只标"李易安云",后来魏庆之《诗人玉屑》卷二十一据此转载,始加上"李易安评"的标题,篇首也是"李易安云"。胡仔是据"闻见"载录,在传闻过程中字句原意难免改动失真[8],因此可以说它并不是逻辑性很强的系统的词学理论。文中有云:

逮至本朝,礼乐文武大备。又涵养百馀年,始有柳屯田永者,变旧声作新声,出《乐章集》,大得声称于世。虽协音律,而词语尘下。又有张子野、宋子京兄弟、沈唐、元绛、晁次膺辈继出,虽时时有妙语,而破碎何足名家。至晏元献、欧阳永叔、苏子瞻,学际天人,作为小歌词,直如酌蠡水于大海,然皆句读不葺之诗尔,又往往不协音律者,何耶?盖诗文分平侧,而歌词分五音,又分五声,又分六律,又分清浊轻重。且如近世所谓〔声声慢〕、〔雨中花〕、〔喜迁莺〕,既押平声韵,又押入声韵。〔玉楼春〕本押平声韵,又押上去声,又押入声。本押仄声韵,如押上声则协,如押入声,则不可歌矣。王介甫、曾子固文章似西汉,若作一小歌词,则人必绝倒,不可读也。乃知别是一家,知之者少。后晏叔原、贺方回、秦少游、黄鲁直出,始能知之。又晏苦无铺叙;贺苦少典重;秦即专主情致,而少故实,譬如贫家美女,虽极妍丽丰逸,而终乏富贵态;黄即尚故实,而多疵病,譬如良玉有瑕,价自减半矣。

李清照注意到自盛唐至北宋柳永,词都是协律可歌的,与音乐有着密切的关系。因此,歌词对语言的音乐性、节奏感比诗文要求更严格,它不仅要字分平仄,还要区分清浊轻重、五音六律,以便"可歌"。严格的"协律"要求,强烈鲜明的音乐节奏感,是词区别于诗的本体特征。李清照认为词"别是一家",是不同于诗文的独立的抒情体式,它比诗有更严格的声律要求。所谓"知之者少",还含有推尊词体之意。

词"别是一家",李清照原是针对词的本体特性,即音乐性而言,但也包含着词的表现内容、表现方式上的特点。词既与音乐与生俱来,在其胚胎期就打上了音乐的印记,并始终与音乐保持着密切的联系。词的音乐性又决定了词长于抒情的特性。李清照注重词的音乐性,有利于词保持自身独特的韵味与审美效应,使之不至流为诗的变种——"句读不葺之诗",从而失去它在文学上的独特地位。

至于李清照对北宋以来各家所作的评论,对词的发展是有推动作用的。从批评的内容来看,比如说晏几道词"无铺叙",贺铸词"少典重",秦观词"少故实",这只是比较各家的优劣长短,并不能代表李清照对词的全部创作主张。尽管这些指责未必公允,但评论不等于创作,如果据此去求证李清照的词是否讲求"铺叙"、"典重"、"故实",进而论证她的词学理论与创作实践是否一致,这种方法并不可取,更不能以此来否定这篇《词论》的开创意义[9]。

总之,这篇文章不仅是宋代词坛上有自己见解、有组织条理的一篇词论,也是我国妇女所作的文学批评第一篇专文,它在词学批评史上占有十分重要的地位,宜乎几百年来一直很受读者的注目。

〔1〕 李清照里籍,一般作"济南人"或"山东历城(宋历城县治在今济南)人"。此据济南博物馆藏李格非《廉先生序》碑及《光明日报》1981年6月15日所载于中航《〈廉先生序〉碑与李清照里籍问题》。

〔2〕 参王仲闻《李清照事迹作品杂考》,原载《文史》1963年第2辑,又见《李清照研究论文集》,中华书局1984年版。

〔3〕 赵挺之狱事及李清照屏居青州之时间,详见黄盛璋《李清照事迹考辨》之三《屏居乡里的原因及其起迄年代》,载《文学研究》1957年第3期,又见《李清照研究论文集》,中华书局1984年版。

〔4〕 赵明诚起知莱州的时间,王仲闻《李清照事迹编年》系于宣和三年(见《李清照集校注》,人民文学出版社1979年版);黄墨谷《李清照易安居士年谱》系于宣和二年(见《重辑李清照集》,齐鲁书社1981年版)。

〔5〕 李清照是否改嫁,明清以来颇多争议。宋人胡仔《苕溪渔隐丛话》前集卷六〇、王灼《碧鸡漫志》卷二四、晁公武《郡斋读书志》卷四下、洪适《隶释》卷二四、赵彦卫《云麓漫抄》卷一四、李心传《建炎以来系年要录》卷五八、陈振孙《直斋书录解题》、明人彭大翼《山堂肆考》卷一二二等俱谓李清照曾改嫁张汝舟。然明清以来,徐燉《笔精》、黄溥《闲中今古录》、瞿佑《香台集》、朱彝尊《明诗综》、王士祯《分甘馀话》、卢见曾《重刊金石录序》、俞正燮《易安居士事辑》及陆心源、李慈铭等俱为李清照辨诬,谓李清照并无改嫁之事。今人黄盛璋、王仲闻等力证李清照改嫁之说,黄墨谷等则力辨李清照未曾改嫁(详参《重辑李清照集》附录《翁方纲〈金石录〉本读后》、《〈投内翰綦公崇礼启〉考辨》)。对此问题,尚需深入探讨。此处姑从宋人改嫁之说。

〔6〕 见李清照《投内翰綦公崇礼启》。所谓张汝舟"妄增举数入官"(见李心传《建炎以来系年要录》卷五八)是指:宋代科举中有特奏名一项,即举子累

试不中,到了一定的年龄和次数,可以不再经解试和省试,直接参加殿试,而殿试时不管合格与否,都赐予及第、出身,授予官职。"举数"即参与省试、殿试的次数,宋朝政府对此有严格的规定。张汝舟当是考了几次未中,遂在试卷中作弊,妄增举数,蒙混过关,被授予官职。李清照以此告发,故张汝舟坐罪除名勒停(参傅璇琮《漫谈宋代文化史研究的材料建设》,载《中国典籍与文化》1992年第2期)。

〔7〕 此诗作年,众说不同。黄盛璋《赵明诚李清照夫妇年谱》谓作于哲宗元符三年(1100)前后,时李清照十七岁左右。黄墨谷《李清照易安居士年谱》谓作于徽宗崇宁元年(1102)。盛静霞《李清照〈浯溪中兴颂〉写作年代商榷》谓"当在南宋秦桧得势以后"作(载《杭州大学学报》1987年第2期)。乔力《李清照研究二题》"断为大观二年退归青州乡里,即她二十五岁后所作"(载《东岳论丛》1984年第6期),今从此说。

〔8〕 马兴荣《李清照〈词论〉考》认为《词论》是伪作(载《词学论稿》,华东师范大学出版社1986年版),程自信《李清照〈词论〉非伪作考辨》则坚持认为《词论》"系李清照所作"(载《李清照研究论文集》,齐鲁书社版)。

〔9〕 对李清照《词论》的理解和评价,历来颇有分歧。详见《李清照研究论文集》(中华书局1984年版)所载夏承焘、黄墨谷、刘遗贤、邓魁英、徐永端文和《李清照研究论文集》(齐鲁书社1991年版)所载傅淑芳、岳国钧、沈家庄、朱千波等人文章。

第二十五章　辽代文学

辽(916—1125)是契丹统治者在我国北方建立的政权。"契丹"之名最早见于《魏书》,为源出鲜卑宇文部的一支,自古以来即生息在我国东北地区的辽水上游,以车帐为家,逐水草而居。在辽太祖耶律阿保机建立辽朝以前,这个民族一直同中原地区与各代王朝发生军事、政治、经济和文化的联系。建立政权以后,则"东朝高丽,西臣夏国,南子石晋而兄弟赵宋"(《辽史·地理志》),在祖国北方开创了烜赫一时的兴盛局面。辽先后与五代、北宋并立,彼此之间虽然发生过一系列战争,但也有较长时期的和平相处与友好往来。与此同时,汉文化与契丹文化也经历了一个互相影响、互相吸收的过程。特别是契丹统治者衷心倾慕中原文明,积极汲引中原文化,从而促进了辽代文化的发展。作为研究对象,辽代文学可以说是在较大程度上散佚了的断代文学,严格意义上的文学作品在后人辑成的辽文总集中为数不多。其文学作者除汉族人士外,还有某些契丹人士。用契丹文写作的契丹文文学与汉文文学并行,后者在这两种并行的文学中占主要地位。

第一节　前期文学

唐末五代，中原多难，文章之士缩影窜迹，不自显扬。其时，特别是后晋灭亡之时，中原人士，尤以燕蓟人士，流入北国甚多。他们普遍受到契丹统治者的重视，得以充分发挥才干，多有建树，对辽代社会，包括文化的发展，作出很大贡献。这些人虽身居显要，然亦不能没有去国怀乡之思、喜怒哀乐之情和唱和应酬之事，有时则发为吟咏，见于篇什，从而将唐末五代的文风带入了辽国。

韩延徽（882—959），字藏明，幽州安次（今属河北）人。初仕于燕帅刘仁恭父子，曾为幽都府文学。使辽被留，极为辽太祖耶律阿保机器重，参军事，颇多建树。久之，由于怀念乡里，赋诗见意，逃亡入后唐。不久，复归辽。阿保机命为守政事令，崇文馆大学士，参决朝政。后又以功拜左仆射，封鲁国公，任南府宰相，为佐命功臣之一。韩延徽思乡探亲一事在入北的南人中很有代表性，张砺、李澣也曾有过类似的经历。遗憾的是他的诗作却都已亡佚了。

赵延寿（？—948），本姓刘，恒山人，为赵德钧养子。美容貌，好书史，后唐明宗以女妻之。辽太宗耶律德光出兵援立石晋，延寿与其父俱降。官至中京留守、大丞相，封魏王，极为德光宠幸。他本将门之子，幼习武略，馀暇颇以篇什为意，亦甚有雅致。今存一首失题诗：

黄沙风卷半空抛，云重阴山雪满郊。探水人回移帐就，射雕箭落着弓抄。鸟逢霜果饥还啄，马渡冰河渴自跑。占得高原肥草地，夜深生火折林梢。

描写塞上景色和游猎生活,颇为真切。

辽太宗耶律德光灭晋北归,以中原文臣从行。德光死于途中,从行文士如和凝、冯道等复还中原,李澣(亦作"浣")则仕于辽。澣(?—962)字日新,幼聪敏,文章慕初唐四杰。仕晋为中书舍人。入辽,授翰林学士。后欲遁归南方,为逻者所得。穆宗本想把他处死,枢密使高勋援救云:"澣本非负恩,以母年八十,急于省觐致罪。且澣富于文学,方今少有伦比,若留掌词命,可以增光国体。"(《辽史·李澣传》)又荐澣撰《太宗功德碑》,云"非李澣无可秉笔者"。文成,加礼部尚书,宣政殿学士。宋人称他"词藻特丽,俊秀不群"(苏易简《续翰林志》)。李澣在辽所作,辑为《应历小集》,其兄李涛后又编为《丁年集》。李澣于辽宋两邦获得如此盛誉,足见其才学不凡,手笔敏妙。

李澣等由中原入辽的汉族人士,其诗文本无异于唐末五代。投身北朝后,变化了的生活环境影响了他们的思想感情及其作品的内容、形式和风格。上引《失题》诗虽非上乘之作,却是早期入辽汉人诗作中的仅存者。李、赵等人的作品在辽代文学中应居重要地位,也可能很具特色,遗憾的是它们已几乎全部亡佚了。

辽代前期也有一些能诗能文的契丹贵族。他们大多受过良好的文化教育(包括传统的汉文化教育),深受汉族社会风气的濡染和历代文学名著的熏陶,因而熟悉汉语、汉文,并能使用汉字写作诗文。

东丹王耶律倍(899—936)是契丹民族第一个学者、诗人、艺术家。《辽史》本传称其幼聪敏好学,藏书至万卷。他通阴阳,知音律,工辽、汉文章,尝译《阴符经》,是契丹贵族中具有很高文化水平并积极吸收汉文化的代表人物,曾建议立孔子庙,为阿保机所采纳。其后被封为东丹王,管辖文化水平较高的原渤海地区。耶律倍在文学上颇受汉族文士张谏和渤海人士王继远的影响。张谏是耶律倍为太子时的文学侍从,实际上是他的一位老师。王继远其先亦为汉人,仕东丹国为翰林学士,曾为耶律倍撰《建南京碑》。继远后裔为熊岳王氏,金代著名诗人王庭筠即其裔孙。耶律倍聪敏好学,又与诸文士交游,汉文学修养得以不断加深。阿保机东征渤海,凯旋回国,耶律倍作歌以献。后在南京(今辽宁辽阳)起书楼于西宫,又作《乐田园》诗。这两首作品虽已失传,但一般认为属于他的名作。《乐田园》诗可能流露出因见疑于其弟太宗德光而不自安的心情。《辽史》本传云:"唐明宗闻之,遣人跨海持书密召倍,倍因畋海上,使再至,倍谓左右曰:'我以天下让主上,今反见疑;不如适他国,以成吴太伯之名。'立木海上,刻诗曰:'小山压大山,大山全无力。羞见故乡人,从此投外国。'携高美人,载书浮海而去。"《海上诗》是耶律倍仅存的一首诗,感情沉痛愤激,语言朴素质直,充分表现了去国离乡时的真实情怀。赵翼对此诗评价颇高,认为"情词凄惋,言短意长,已深有合于风人之旨矣"(《廿二史札记》卷二十七)。耶律倍寓居后唐,更名李赞华,又仿效白居易字乐天,署"乡贡进士黄居难字乐地",其情志所在,于此可见一斑。

耶律倍子平王隆先,为人聪颖,博学能诗,有《阆苑集》行于当世。他的性情气质颇近似汉族文士,写作水平可能超越乃父,可惜作品今已不传。

太宗耶律德光(902—947),工书能文。据《辽史》本纪记载,天显十年(935)五月,葬彰德皇后于奉陵,他曾亲自制文悼念。后幸弘福寺为皇后饭僧,见大圣皇帝、应天皇后及人皇王所施观音画像,抚今思昔,悲叹不已,又制文题于壁。此文已失传,但既能使"读者悲之"(《辽史》本纪),想必颇为出色。耶律德光之文今存《报皇太弟问军前事书》,语言简洁、凝练,颇具文采。其状乱后汴京形势云:

司属虽存,官吏废堕,犹雏飞之后,徒有空巢。久经离乱,一至于此。

又云:

非汴州炎热,水土难居,止得一年,太平可指掌而致。

抱负非常,很符合他的口气,当是出其自作。

耶律琮(929—979),字伯玉,亦名合住,阿保机弟,契丹小字创制者迭剌之孙。迭剌曾于神册三年(918)图谋南奔,早于耶律倍投唐十馀年,事觉未果。看来,耶律琮的这位祖父也是中原文化的倾慕者。据《耶律琮神道碑》(残文)介绍:

(琮)优游自得,不拘官爵,而乐之以琴棋歌酒,玩之以八索九丘。雪落西园,□□□王之赋;花开南馆,□□宋玉之诗。

说明他深受传统汉文化的影响。他镇守范阳时,曾率领数骑,径往雄州北门,与宋朝郡将立马陈说两国利害。今《太平治迹统类》载其《与知雄州孙全兴书》,当即其时所作,书云:

琮滥受君恩,猥当边任。臣无交于境外,言则非宜;事有利于国家,专之亦可。切思南北两地,古今所同,曷尝不世载欢盟,时通贽币。往者晋氏后主,政出多门,惑彼强臣,忘我大义。干戈以之日用,生灵于是罹灾。今兹两朝,本无纤隙。若或交驰一介之使,显布二君之心,用息疲民,重修旧好,长为与国,不亦休哉!

这篇骈体书函，写得相当出色，表达了希望南北两朝友好相处的正确立场和诚挚心情，其中文句当时在宋朝人士中曾有流传[1]。

辽前期的文学作品传世甚少，有关史料也略而不详。通过对现有材料的分析，我们可以看到，辽朝初期的几十年中，因为社会政治、经济的发展和对汉文化的积极学习、吸收，其文学发展是很快的，并已具有一定的水平。这种情况既明显表现于中原入辽人士的创作上，也充分体现在契丹民族作者的写作中。耶律阿保机当年只能以会说汉语自诩，耶律倍兄弟二人则已能熟练地运用汉、契丹两种文字写作诗文，而耶律隆先和耶律琮就更接近于专门作家了。

第二节 中后期文学

现在所能见到的辽代文学作品多作于圣宗以后，辽中后期有关文学的历史记载也比较翔实。

随着国势的强盛、社会的安定和文化的繁荣，辽朝中后期的统治者更加留意诗赋，热心提倡文学。沈德潜《辽诗话序》指出："辽之圣、兴、道三宗，雅好词翰，咸通音律；……文学之臣……皆淹通风雅。"吟诗作赋在社会上已蔚成风气，燕云等先进地区的文风更是从未间断。但必须指出，契丹文化的进一步发展，主要仍局限于统治阶级中，作者多为上层人物，契丹族文学作者尤其如此。

圣宗耶律隆绪（971—1031），契丹名文殊奴，幼喜书翰，十岁能诗。晓音律，善绘画，制曲百馀首，是一个多才多艺的皇帝。其《传国玺》诗云："一时制美宝，千载助兴王。中原既失守，此宝归北方。子孙宜慎守，世业当永昌。"这首诗是宋仁宗时出使辽的使臣所传，前人多以为出自耶律隆绪,但宋仁宗朝历辽圣宗、兴宗、道宗三帝,因此这一说法还不能作为定论。耶律隆绪和东丹王一样,也非常尊崇白居易,曾有"乐天诗集是吾师"之句[2],并曾用契丹文字翻译了白氏《讽谏集》,令群臣学习,这对契丹文诗歌的创作、发展是起了重要作用的。

耶律隆绪子兴宗宗真(1016—1055),契丹名只骨,善骑射,通音律,好儒术,能吟咏,喜交文士。据《辽史·耶律谷欲传》云,"谷欲冲澹有礼法,工文章","兴宗命为诗友,数问治要,多所匡建"。被宗真"命为诗友"的,还有萧韩家奴。宗真在位二十馀年,同他有关的文学活动见于史文记载的很多,如重熙六年(1037)六月,赐南院大王耶律胡睹衮命,亲为制诰词,并赐诗以示尊宠[3]。七月,以皇太弟重元生子,又赐诗[4]。类似材料,还有一些[5]。宗真的诗大都没有流传下来,只有《耶律仁先墓志》存其赐诗一联:"自古贤臣耳所闻,今来良佐眼亲见。"《辽东行部志》存其《以司空大师不肯赋诗以诗挑之》诗:"为避绮吟不肯吟,既吟何必昧真心。吾师如此过形外,弟子争能识浅深。"作品都很平庸、浮浅,缺少文学意味,不过"既吟何必昧真心"的诗歌主张,却反映了当时契丹民族朴素的文学观念。

兴宗子道宗耶律洪基(1032—1101),契丹名查刺,生当辽朝后期,学识比其父、祖渊博,对于写作诗文颇有兴趣,水平也较高。其诗作由耶律良辑为《清宁集》,已失传。今存《赐法均大师》一联:"行高峰顶松千尺,戒净天心月一轮。"又有《题李俨黄菊赋》诗:"昨日得卿黄菊赋,碎剪金英填作句。袖中犹觉有馀香,冷落西风吹不去。"皆颇有韵致,较见功力,在辽代现存诗作中属上乘之作,曾引起南宋诗人陆游的注意[6],并被元人张肯(字继孟)檃栝入词[7]。

除上述三位帝王外,辽代中后期的作者还有很多,较为突出的有以下诸人。

萧柳，字徒门，圣宗时人。多智、能文，并有武略。膂力过人，勇冠三军，曾为四军兵马都指挥使。为人滑稽诙谐，虽君臣燕饮，无所避忌，时人甚至比之为俳优。他临终时对人说："吾少有致君志，不能直遂，故以谐进。冀万有一补，俳优名何避！"[8]耶律观音奴辑集其所著诗千篇，题为《岁寒集》，今不传。

耶律资忠，字沃衍。博学，工辞章。出使高丽被留六年，怀念故乡君国，辄有著述，号《西亭集》，又有《治国诗》。从他一生行事看，可谓契丹苏武。其兄国留善属文，因事下狱，死前著《兔赋》、《寤寐歌》，为世所称。其弟昭，字述宁。博学，善属文，曾奉诏作赋述萧挞凛之功。其《答萧挞凛书》有句云："昭闻古之名将安边立功，在德不在众。故谢玄以八千破苻坚百万，休哥以五队败曹彬十万。良由恩结士心，得其死力也。"文中将契丹名将耶律休哥与谢玄并提，可以窥见契丹和汉民族交融的一个侧面。

萧孝穆（981—1043），历仕圣宗、兴宗两朝，位极高显，时称为"国宝臣"，其所著文为《宝老集》。据《辽史·兴宗纪》载，重熙六年六月，兴宗酒酣赋诗，孝穆与北宰相萧撒八皆属和，夜中乃罢。惜唱和诸诗俱已不传。

杨佶（？—1046），字正叔，南京（今北京）人。幼颖悟，读书自能成句，弱冠时已颇有声名。统和二十四年（1006），举进士第一，为兴宗时名相。太平十年（1030），宋遣梅询贺千令节，诏佶迎送，多所唱酬，每见称赏。有《登瀛集》行于世。

萧韩家奴，字休坚。少好学，弱冠入南山读书，博览经史，通辽、汉文字。统和十四年（996）始仕，为兴宗诗友。曾任翰林都林牙，兼修国史，与耶律谷欲、耶律庶成编纂遥辇可汗至重熙以来事迹为二十卷。译《贞观政要》、《通历》、《五代史》。有《六义集》十二卷行于世。卒年七十二。

耶律庶成,字喜隐。幼好学,聪慧强记,善辽、汉文字,于诗尤工。兴宗时官枢密直学士。曾与萧韩家奴同进《四时逸乐赋》,又同撰《实录》及《礼书》,有诗文行于世。清宁间卒。庶成弟庶箴(？—1082),庶箴子蒲鲁,皆善属文。蒲鲁字乃展,幼聪悟好学,七岁能诵契丹文字。习汉文,未十年,博通经籍。重熙中,举进士第。应诏赋诗,立成以进。庶箴尝作《诫谕诗》以寄蒲鲁,蒲鲁答以赋,当时人称其典雅。

　　耶律良,字习撚,生于乾州(今辽宁北镇西),先后读书于医巫闾山和南山。官至惕隐、中京留守,死后追封辽西郡王。善诗赋,其《秋游赋》、《捕鱼赋》颇受道宗欣赏。曾为道宗耶律洪基编辑御制诗文。有《庆会集》,耶律洪基亲为作序。

　　萧铎卢斡,好学,有才干,善属文。年三十始出仕,太康二年(1076)被诬远戍,多年始得归乡里。曾作古诗三章见志,当时名士称其高情雅韵,不减古人。

　　耶律孟简,字复易。性颖悟,善属文,六岁即赋《晓天星月诗》。官至节度使。因反对耶律乙辛,流谪边远。史言其虽被谗见逐,但并不形于辞色,优游自适,遇林泉胜地,终日忘归。后闻太子遇害,不胜哀痛,作《放怀诗》二十首伤之,今只存其序。又编耶律曷鲁等三人行事以进,并提出史官应尽的职责:"史笔天下之大信,一言当否,百世从之。苟无明识,好恶徇情,则祸不测。故左氏、司马迁、班固、范晔俱罹殃祸,可不慎欤!"

　　王鼎(？—1106),字虚中,幼好学,博通经史。清宁年间举进士第一,累迁翰林学士,升观书殿学士。鼎善诗文,当代辞章,多出其手。其作品今传有《焚椒录》等。《焚椒录》是他于大安五年(1089)谪居镇州可敦城(今蒙古国鄂尔浑河上游哈剌巴剌哈孙)时所著。书中详细记载了道宗懿德皇后萧观音被耶律乙辛构陷含冤而死的始末,保存了萧观音的《回心院》等词作及有关文献,所记颇异于《契丹国志》而合于《辽史》萧观音传。书前有作者自序,说明材料来源和写作宗旨,"直书其事,用俟后之良史",以为懿德皇后辨冤。后世有人怀疑《焚椒录》系明人伪作,但是拿不出确凿根据。

辽代文学作品见于著录者尚有《刘京集》四十卷[9]、《北朝马氏集》[10],又有佚名的《七贤传》[11]等。

辽代佛教盛行,沙门释子也有人以诗文名世,如郎思孝(沙门海山)、了洙、智化等。

第三节 杰出的契丹女作家

辽代文学中极引人瞩目的是契丹妇女作家。契丹以鞍马为家,军旅田猎,后妃未尝不从,故她们往往长于射御,甚至亲自率兵征战。但其中也不乏才情兼具、能诗善赋的女作家。这种情况与契丹妇女尤其是贵族妇女的社会地位较高、有较多的自由有关。吴梅《辽金元文学史》谓"辽邦闺阁多才",是符合历史事实的。以诗文著称者有道宗宣懿皇后萧观音、天祚文妃萧瑟瑟、耶律常哥,还有近年来方为世人所知的秦晋国妃萧氏等。

萧观音(1040—1075),是后人最熟悉的辽代女作家,《焚椒录》详细记载了她的生平事迹和诗文作品。她美姿容,善谈论,能自制歌词,好音乐,尤善琵琶,为当时第一。清宁初立为懿德皇后,乾统初追谥宣懿皇后。曾作《伏虎林应制》诗云:

威风万里压南邦,东去能翻鸭绿江。灵怪大千俱破胆,那教猛虎不投降。

又作《君臣同志华夷同风应制》诗云:

  虞廷开盛轨,王会合奇琛。到处承天意,皆同捧日心。文章通谷蠡,声教薄鸡林。大寓看交泰,应知无古今。

被道宗誉为女中才子。后来,由于谏猎秋山被疏,因作〔回心院〕十首。下面是其中的几首:

  扫深殿,闭久金铺暗。游丝络网尘作堆,积岁青苔厚阶面。扫深殿,待君宴。
——其一

  装绣帐,金钩未敢上。解却四角夜光珠,不教照见愁模样。装绣帐,待君贶。
——其五

  剔银灯,须知一样明。偏是君来生彩晕,对妾故作青荧荧。剔银灯,待君行。
——其八

  张鸣筝,恰恰语娇莺。一从弹作房中曲,常和窗前风雨声。张鸣筝,待君听。
——其十

歌词抒发幽怨望幸的心情,反映了北朝宫廷生活的一个侧面。词藻华丽,寓意凄惋,颇受后世称道。徐釚《词苑丛谈》卷八论此词云:"怨而不怒,深得词家含蓄之意。斯时柳七之调尚未行于北国,故萧词大有唐人遗意也。"萧观音又有《怀古》绝句云:"宫中只数赵家妆,败雨残云误汉王。惟有知情一片月,曾窥飞燕入昭阳。"亦为辽诗中极流丽有韵致者。其《谏猎疏》云:"妾闻穆王远驾,周德用衰,太康佚豫,夏社几屋。此游畋之往戒,帝王之龟鉴也。顷见驾幸秋山,不闲六御,特以单骑从禽,深入不测。此虽威神所届,万灵自为拥护。傥有绝群之兽,果如东方所言,则沟中之豕,必败简子之驾矣。妾虽愚闇,窃为社稷忧之。惟陛下尊老氏驰骋之戒,用汉文吉行之旨,不以其言为牝鸡之晨而纳之。"吴梅《辽金元文学史》尝评云:"词意并茂,有宋人所不及者,谓非山川灵秀之气,独钟于后不可也。"上述对于萧观音诗文的评价,或不免稍有过誉,可能是由于作者才貌非凡,命运悲惨,辽代诗文存世又少精彩之作,所以才引起了人们的普遍同情而致溢美。

萧瑟瑟(?—1121),本为渤海王族。聪慧娴雅,详重寡言,工文墨,善歌诗。辽朝末年,天祚帝畋游无度,疏斥忠良,信任奸佞,女真强盛,日见侵迫。瑟瑟忧国伤时,曾作歌讽谏:

勿嗟塞上兮暗红尘,勿伤多难兮畏夷人。不如塞奸邪之路兮选取贤臣。直须卧薪尝胆兮激壮士之捐身;可以朝清漠北兮夕枕燕云。

又咏史讽谏:

丞相来朝兮剑佩鸣,千官侧目兮寂无声,养成外患兮嗟何及,祸尽忠臣兮罚不明。亲戚并居兮藩屏位,私门潜蓄兮爪牙兵。可怜往代兮秦天子,犹向宫中兮望太平。

两诗斥奸书愤,清醒地分析了当时辽朝面临的危亡形势,表现出对王朝前途的关心,社会意义很强,是辽代文学中的重要作品。可是诗中提出的诚挚忠告却引起了天祚帝的嫉恨,最后同萧观音一样被赐死。

秦晋国妃萧氏(1001—1069),其名无考。她是一位埋没近千年的女作家。前不久出土的墓志说她幼而聪警,博览经史,能文工词,其作传诵朝野,脍炙人口。又善作飞白之书,尤工丹青之画。为人轻财重义,延纳群贤,赈给寒素,升荐才俊之士。她对世事也极关心,常常谈论古今兴亡,品藻人物。有《见志集》若干卷,虽已失传,但从墓志中所谓"虽古之名妃贤御,校其梗概,则未有学识该洽、襟量宏廓如斯之比"的记载,可以看出这位萧妃的确是一位罕见的契丹贵族妇女。

耶律常哥,道宗时人,入《辽史·列女传》。幼爽秀有成人风,及长操行修洁,自誓不嫁。能诗文,但不苟作。咸雍间,作文以述时政,受到道宗称赞。《述时政文》略云:

> 君以民为体,民以君为心。人主当任忠贤,人臣当去比周,则政化平,阴阳顺。欲怀远,则崇恩尚德;欲强国,则轻徭薄赋。四端五典为治教之本,六府三事实生民之命。淫侈可以为戒,勤俭可以为师。错枉则人不敢诈,显忠则人不敢欺。勿泥空门,崇饰土木;勿事边鄙,妄费金帛。满当思溢,安必虑危。刑罚当罪,则民劝善;不宝远物,则贤者至。建万世磐石之业,制诸部强横之心。欲率下,则先正身;欲治远,则始朝廷。

这篇文章反映了一些契丹贵族妇女关心世事,留意政治,不徒事华词丽句的风气。常哥本传云,枢密使耶律乙辛屡求诗,常哥赠回文诗以讽之,因而后遭乙辛诬陷。年七十,卒于家。

第四节 馀论

辽朝的契丹文字创制后,即与汉字同时并行,因而契丹文文学亦有可观。根据史书的记载和契丹文实物资料的证明,契丹大、小字,主要是用来写作碑文、哀册、墓志、诗文作品以及翻译汉文著作。

最早见于史书记载的契丹文作品为辽太祖纪功碑。《辽史》卷二《太祖纪》云:"天赞三年,九月甲子,诏砻辟遏可汗故碑,以契丹、突厥、汉字纪其功。"这类纪功碑,也见于祖陵。碑文可视为一种较原始的文学样式。哀册文与墓志铭亦为文体之一种。今日可见的契丹文哀册有:辽兴宗、仁懿皇后、辽道宗、宣懿皇后等四哀册;墓志铭则甚多,如《耶律延宁墓志》、《北大王墓志》、《耶律仁先墓志》等。这些契丹文作品,有的很完整,长达数千字,文辞形式似颇工美,但基本未能解读,很难作进一步的研究。近年有人考释出《兴宗哀册》作者为耶律良,《仁懿皇后哀册》作者为耶律庶箴,道宗、宣懿两哀册的作者为耶律固。耶律固学识渊博,精通契丹文和汉文,曾辅导过天祚帝耶律延禧。道宗崩,延禧曾问礼于总知翰林院事的耶律固。辽亡入金,金熙宗修《辽史》,耶律固以特进主其事。又尝奉诏译书。他不但是一位文章大家,也是一位翻译能手。像耶律固、耶律良这样的契丹文作品的撰写者还有许多,史传常书某人善辽、汉文字,工辽、汉文章,如萧韩家奴等人即是。

用契丹文写诗当始于东丹王耶律倍。元好问《东丹射骑》诗云:"意气曾看小字诗,画图今又识雄姿。血毛不见南山虎,想得弦声裂石时。"(《遗山先生文集》卷十四)可见这位金代著名诗人曾得见耶律倍的契丹小字诗稿。如前所述,圣宗耶律隆绪用契丹文字译白氏

《讽谏集》,说明契丹文诗歌的写作已达到相当高的水平,这自然也进一步推动了契丹文诗歌的发展。东丹王等人的契丹文诗作早已失传。现在可知的契丹文诗歌,有寺公大师的《醉义歌》,原文已佚,现存耶律楚材以汉文译写者。从这首译成汉文的长诗可知,契丹文诗歌已有了相当发展,它与汉文诗歌的关系也是很密切的。契丹文诗歌作品,于金朝建立后尚颇流行。后来契丹文字消亡,契丹文文学作品也就随之消亡了。

辽代的口头文学作品,在这一政权和契丹民族相继消亡后,由于无人专门搜集整理,大多失而不传。不过在有关辽朝特别是契丹民族的历史记载中,尚保存不少原始、古老的神话故事和历史传说,它们多是契丹民族发展历程的曲折反映。如《辽史·地理志》所载青牛白马的故事,便蕴含着契丹民族由母系氏族制过渡到父系氏族制和迁居木叶山的一段经历。有关辽代的民间诗歌,张舜民《使北记》指出:"胡人吹叶成曲,以番歌相和,音韵甚和。"但今日所见辽代俚曲谣谚已属寥寥。辽朝灭亡前夕流传的《国人谚》倒颇具特色:

　　五个翁翁四百岁,南面北面顿瞌睡。自己精神管不得,有甚心情杀女直。

据《契丹国志》云:"天祚亲征败绩,中外归罪萧奉先,于是谪奉先西南面招讨,擢用耶律大悲奴为北枢密使,萧查剌同知枢密院使。间有军国大事,天祚与南面宰相、执政吴庸、马人望、柴谊等参议。数人皆昏谬不能裁决,当时国人谚云云。"这首歌谣辛辣形象地讽刺了昏庸无能的最高统治集团,写得朴质、活泼,正是人民口头创作的本色。

辽代文学植根于我国北方多民族杂处地区,发端于五代这个我国古代文学相对低潮时期,复杂的地域条件和历史因素,决定了辽代文学要受到多方面的影响,其中有突厥文化的影响,回纥文化的影响,渤海文化的影响,当然更有鲜卑文化的影响。而目前人们了解更多的还是先秦以来特别是唐代与北宋的汉文学对它的明显的影响。

辽代文学的作者几乎都是统治阶级上层人物,作品多反映贵族社会生活和统治阶级的内部矛盾。有些作品则描绘边塞的自然风光,展示北国人民的生活图景,具有浓厚的地方色彩和民族情调。辽代文学在一定程度上扩大了写作题材,但它毕竟还是处于发展中的文学,没有能在辽室覆亡前充分发展起来,所以它的成就不但远逊于唐宋文学,而且也不及其他各代文学。虽然如此,辽代文学也是中国古代文学整体中的一个有机组成部分,它对金、元、明、清文学甚至日本、朝鲜文学都曾发生过一定的影响。

〔1〕 见陈述辑校之《全辽文》(中华书局1982年版)引《杨文公谈苑》。

〔2〕 转引自《全辽文》卷一。

〔3〕〔4〕 《辽史》卷一八《兴宗一》。

〔5〕 如《辽史》卷一八《兴宗一》载,重熙五年四月,"幸后弟萧无曲第,曲水泛觞赋诗"等。

〔6〕 见陆游《老学庵笔记》卷四。

〔7〕 《辽诗纪事》卷一引《莼鲈词话》云:"元张肯继孟櫽栝其词寄〔蝶恋花〕曰:'昨日得卿黄菊赋,细剪金英,题作多情句。冷落西风吹不去,袖中犹有馀香度。　沧海尘生秋日暮,玉砌雕阑,木叶鸣疏雨。江总白头心更苦,素琴犹写幽兰谱。'"

〔8〕 《辽史》卷八五《萧柳传》。

〔9〕 清黄任恒《补辽史艺文志》著录。

〔10〕 马氏之名失载。该集为《补辽史艺文志》著录。

〔11〕 《七贤传》为《辽史》卷七七耶律吼传著录。吼为七贤之一,馀六人姓名失载。